谨以此书
纪念毛主席发表非洲研究指示五十周年
并献给中非合作论坛第五届部长级会议

This book is dedicated to the 50th anniversary of the publicity of Chairman Mao’s instruction on African Studies and to the 5th Ministerial Conference of the Forum on China-Africa Cooperation

社科学术文库

LIBRARY OF
ACADEMIC WORKS OF
SOCIAL SCIENCES

非洲游

邵华泽题

李新烽 著

下

中国社会科学出版社

目　录

（下册）

第四编 非洲览胜

别人的双腿不能代替你旅行。

四处乱窜的狗能找到老骨头。

水里的石头不知道烈日下的山冈有多热。

——非洲谚语

非洲览胜

在全球的世界遗产中，非洲占有一席重要之地。游历非洲，不能不看世界遗产。我们的游历路线从南到北，从开普敦到开罗，纵穿非洲大陆，一路走进五个遐迩闻名的世界遗产——罗本岛、斯特克芳丹、大津巴布韦、拉木城和金字塔。这五处遗产有的早有耳闻，有的颇感陌生，无论如何，只要走一遍，必定大有收获。

罗本岛成为世界遗产，是由于一位令全世界敬佩的伟人在那里度过了 18 年的铁窗生涯。走进罗本岛监狱，您的思绪和视野会因为那间昏暗狭小的牢房而变得活跃与开阔，您对人生的感悟会因为您参观了罗本岛而经历一次洗礼，您一定会对一位身穿花衬衫、面带微笑的慈祥老人曼德拉肃然起敬！如同罗本岛一样，其他几个世界遗产各具千秋，参观这五个世界遗产后，您对非洲的认识一定会加深。

黑色是美丽的，非洲出美人。我国汉朝陆贾在《新语·思务》中说："好者不必同色而皆美。"如今，在国际大型服装表演中少不了黑人模特，黑人名模的名字几乎在全世界家喻户晓。怎样看待美？如何评判黑人的美？尽管世界各国不同民族不同文化背景的人对美的认识和评判有着各自不同的标准，但是黑人美女赢得全世界的赞誉已成为事实。《倩影佳人》既让您一睹"黑牡丹"的迷人风采和迷人魅力，又让您欣赏南非社会黑白美女交相辉映、争奇斗艳的多姿多彩。

非洲的不少城市被冠以"小巴黎"、"小瑞士"的美誉，更有个别国家被称为"黑珍珠"、"人间天堂"。这些溢美之词在告诉您，非洲值得一游。不少非洲国家举国处处有美景，岛国和大陆沿海向您展示着一个美丽迷人的海滩和海洋世界，大陆中部的火山喷发奇景纷呈，非物质文化旅游遍布整个大陆。

众所周知，非洲是个资源丰富的大陆。地下是黄金钻石，地上是各种珍奇植物。黄金光彩耀眼，钻石璀璨夺目，正是这迷人的光彩改变了南非的历史。钻石和黄金深藏地下，夹杂在矿石中，冶炼和筛选要经过一番艰苦的劳动。有人曾发出这样的疑问：人类为什么要在地球上挖深洞而仅仅是为了那一颗颗小小的钻石呢？钻石王回答简练而经典："是妇女的虚荣心。"

绝大多数钻石是白色的，但也有钻石是色彩斑斓的。您见过"绿钻"吗？当有人说他见过彩色钻石时，您别以为所有钻石都深埋在地下，有一种"绿色钻石"是长在地上的。它与其他千姿百态、稀奇古怪的植物一起，构成非洲植物的大千世界。

非洲大陆鲜花盛开。

第十六章　美丽风光

置身于美丽的自然风光之中，让人轻松愉快、心旷神怡。

您想象中的好望角和眼前的好望角有什么不同？当您在此观波浪汹涌、听涛声澎湃、赏天然美景时，别忘了这里是“非洲大陆的最西南端”，而不是“非洲大陆的最南端”。非洲大陆的最南端——厄加勒斯角距离好望角尚有 140 余公里。另外，别以为北京到这里有 12933 公里，就以为中国与这个“天涯海角”没有多大关系，有人说最早绕过好望角的可能是中国的郑和船队，那可是 600 年前的事了。

当您从南非北上来到津巴布韦的维多利亚大瀑布时，震耳欲聋的瀑布涛声和那飞架瀑布上空的七彩虹不由让您赞叹大自然的美丽与奇特。维多利亚大瀑布是世界上跨度最长的瀑布，跨越津巴布韦与赞比亚两国，要观赏瀑布的全貌必须办两个国家的签证，从两国分别入境，一个瀑布让您旅游了两个国家。

津巴布韦的西邻国是纳米比亚，就在该国的西部沙漠地区，您能观看到奇特的“月球风光”和世界上独一无二的珍奇植物——千岁兰，这两个风光一定会让您沉迷其间，流连忘返。

赤道穿越非洲大陆，在乌干达的赤道圈旁，您能见识赤道风情，西红柿有水果与蔬菜之分，而毛里求斯的七色土与土风舞又让您感受独特的岛国风光。

中国古人说：“独于山水不能廉。”置身于美丽景色之中，您一定要忘情投入，尽情观赏，纵情享受！

第一节　白浪滔滔好望角

每当提起天涯海角，人们自然认为那是一片遥远的荒野之地，脑海里顿时浮现出草木难生、人迹罕至、空旷寥廓的凄凉景象。“莫将边地比京都，八月严霜草已枯”就是中国古代诗人笔下的边关天涯。那么，位于非洲大陆最西南端的好望角——这个举世闻名的天涯海角会是一幅什么样的景色呢?

从开普敦沿海岸线驱车南行，一边是碧波万顷的大海，一边是陡峻直立的峭壁，随着蜿蜒的滨海公路向开普半岛南端延伸，一幅幅美丽如画的迷人景色将我们带入好望角自然保护区。始建于1939年的这个自然保护区，据说是为了保护欧洲白人初来此地时的那种原始状态。保护区面积50多平方千米，形似一把尖刀插入大海，一条公路纵卧其间，从入口处到好望角尚有13千米。

好望角自然保护区堪称一个天然的动植物园，成百上千种动植物，其中不乏该地特产，和谐统一地生活在这个边缘地带。数百种动物——从海中游弋的鲸鱼到天空飞翔的海鸟、从地上爬行的蜥蜴到岛上漫步的狒狒，构成一个立体多样的动物世界。这里有1036种针叶灌木，是世界上相同单位面积上灌木种类最多的地方；帝王花是南非的国花，这里有26种美丽的帝王花，花色从浅粉色到深红色，争奇斗艳，竞相开放，构成一幅绚丽缤纷的美丽彩图；除9种好望角特有的鲜花外，这里还有26种从国外成功移植而来的“异域佳丽”，它们是19世纪中叶从澳洲、欧洲和美洲的植物园里精心挑选的。汽车在其间穿行，美景在窗外掠过。

南非国花——帝王花。

纵卧保护区的公路在约10千米处出现分岔，右弯朝西南方向前行，便来到一片平坦开阔的海滩，潮湿的海风阵阵劲吹，白色的海浪滚滚涌来，拍打着岸边排排嶙峋的乱石，卷来层层嫩绿的海带，群群海鸟追逐浪尖俯仰嬉戏，一处险峻的石质岬角静静屹立海边，雄伟壮观，赫然障目。这就是驰名全球的好望角，一块黄色木牌上标明：东经 18° 28′ 26″ ；南纬 34° 21′ 26″ ；非洲大陆的最西南端。第一位环球航行的英国航海家德雷克曾于 1579 年经过这里，认为好望角是“世界海岸线上最雄伟美丽的岬角”。

“不识庐山真面目，只缘身在此山中。”清楚、全面、客观、多角度、全方位地观察和认识好望角需要站在“远近高低”的不同点。开普角与好望角相连，比好望角地势高，是观看好望角得天独厚的佳地。如果从纵卧保护区公路的分岔左弯向东南方向前进，就可看见一条高高升起的山岳，其顶峰海拔约 240 米，上面矗立着一座灯塔。这就是与好望角毗连的开普角，两角恰如孪生子。

这里是旅游胜地。停车场上整齐地排满了各种车辆，不同国籍、肤色、年龄的人们来到这个天涯海角，一睹非洲大陆最西南端的独特风光。游人可以步行到开普角的顶端，也可先乘一种名叫“飞行荷兰人”的缆车，这一缆车的命名是为了纪念 1860 年在这里沉没的同名帆船。缆车的终点站离开普角顶点尚有一段陡坡，拾级而上就到达灯塔。这座灯塔建于 1860 年，海拔 249 米，置身此地，视野顿时为之开阔，四周景色一览无余。

在这片天涯海角之地，常年多是风和日丽的天气。站在灯塔前朝南方极目远眺，茫茫大海碧波万顷、一望无际。“落霞与孤鹜齐飞，秋水共长天一色。”当海鸟掠空而过，尽管不是落霞时分，唐代天才诗人王勃这一千古传诵的名句自然会浮现在你的脑海。而当你环视周围，仰视蓝天，俯视大海，唐代另一位诗人施肩吾在《晓光词》中的名句“风神为我扫烟雾，四海荡荡无尘埃”也会在脑海闪现。凭借着无穷的想象力由远及近遐思，本格拉寒流自西向东缓进、厄加勒斯暖流由东而西急冲，两大洋流就在离这里不远处的海域相汇。就在前方湛蓝的海水表面上，有一处不时翻滚着白浪，那是三百多年来数十艘大型船

近距离观看好望角。

舰触礁沉没海底所形成的海上奇观。从这里俯瞰，岬角处竖立着一座新灯塔，它于1919年建筑在真正的开普点上以代替旧灯塔，海拔87米。旧灯塔的光力相当于2000支蜡烛，在晴朗的夜空，航行在茫茫大海中的船只远离67公里就能看见。尽管如此，当遇上多云浓雾天气，船只难免失事。新灯塔海拔低，可以避免旧灯塔地势高而雾多的不利因素，且其光力相当于50万支蜡烛；1936年由煤气灯改为电灯，光力又增加了38倍。

站在旧灯塔处眺望，东南方向是厄加勒斯角，那才是非洲大陆真正的最南端，比好望角还向南伸出50多米；东北方向是多半圆形的法尔斯湾，“法尔斯”是英语“错误”的音译，由于它伸入内陆使当年的航海者沿海岸旅行多绕了一段路程，因之得名；西南方向就是伸向大西洋的好望角——非洲大陆的最西南端，只见其角下排排波浪滚滚涌来，有节奏地拍打岩岸，击起滚滚的白色浪花，发出滔滔不绝的响声。此时此地此景此声，不禁令人思潮涌动！

15世纪后半叶，随着资本主义的兴起和科学技术的进步，欧洲国家加速了海上探险步伐。葡萄牙加紧寻找绕过非洲大陆南端通往富庶东方的新航道，1487年8月，国王任命迪亚士继续未竟事业。迪亚士率三艘双桅帆船驶离里斯本，沿非洲西海岸航行到今天纳米比亚的吕德里茨湾时，放下供给船带领两艘帆船继续前进，未料遇到暴风袭击，不得不驶离海岸。谁知强大的风力将帆船直朝南方吹去，帆船像断线的风筝，随风漂流了12个昼夜，迷失在苍茫大海之中。他们只知道朝东航行可以接近海岸，可是航行一段后仍是汪洋一片，只好调转航向北行，于1488年2月3日抵达莫塞尔湾。

惊恐、疲倦、茫然，求生欲战胜了使命感，船员们坚决要求返航，迪亚士却执意前行。当到达阿尔戈阿湾时，船员们彻底失去了忍耐和信心，在“六军不发无奈何”的窘境中，迪亚士被迫决定调转船头回航。归程是在看得见海岸的情况下航行的，当驶过“错误湾”后，迪亚士犯了一个错误，认为来到了“非洲大陆最南端”。此时此地，急流险滩、狂风巨浪、风力高达100公里/小时，周围还布满了暗礁岩石，他们险些葬身鱼腹。于是给这个岬角起名——风暴角。

迪亚士凯旋祖国，受到英雄般礼遇。葡萄牙国王认为，迪亚士里程碑式的“新发现”是个好征兆，将会给他们带来新希望，因为绕过那个风暴海角就可以通往东方，遂以积极态度将“风暴角”易名“好望角”，一直沿用至今。葡萄牙一位历史学家曾写道：“船员们惊异地凝视着这个珍藏了多少世纪的壮美海角。他们不但发现了一个突兀的岬角，而且发现了一个崭新的世界。”

由于迪亚士对付抗命船员的态度过于软弱，失去了西方发现东方新航道的一次良机。1497 年 7 月 8 日，达·伽马奉命率四艘帆船再次从首都里斯本出发，继续探索通往印度的航道，是年 11 月 22 日驶过好望角，于次年初抵达印度，完成了航海史上的一个壮举。1500 年，迪亚士——这位好望角的发现者、在随葡萄牙航海家卡布拉尔远航印度途经“风暴角”时，遭遇风暴沉船海底。为了纪念迪亚士和达·伽马，后人在好望角分别为其立碑。

1988 年，一些欧洲人和南非白人在南非曾举办庆典，纪念葡萄牙航海家迪亚士“发现”好望角 500 周年。对此，南非前总统曼德拉曾反唇相讥道：“早在欧洲人到达好望角之前，我们非洲人就已经在这里了。”

毋庸置疑，好望角的“发现权”非非洲人莫属。但相对于外人而言，首次远航好望角的人是否就是迪亚士？看来还有待商榷。从不断发现的古代文物和遗迹，以及相关专家学者的考证和研究成果来看，所谓欧洲人首航好望角的说法，已开始受到动摇和质疑。

在好望角以东 147 公里的非洲大陆最南端——厄加勒斯角，有一个沉船博物馆，里面展示着从好望角及其附近海域打捞出来的各种物品。我在那发现，从破烂不堪的船舷，到锈迹斑斑的铁锚，从船上所载的水手生活用品，到逃生所用的橡皮救生圈……几乎是应有尽有。我还注意到，在那里展示的被打捞出来的瓷器，大多产自中国。一些物品上带有明显的汉字。

在一本名为《南非的船难与打捞》的书中，列举了近 1000 艘沉船的位置与时间，“这当然不可能囊括历史上所有在南非沿海沉没的船只”。该书的前言指出，“南非史料记载的第一次船难发生在 1505 年，一艘从印度满载香料的葡萄牙船在回程途中在莫索湾沉没”。“这显然不是第一艘在南非的沉船。早在此前，南非境内就发现了中国瓷器，而中国船队极有可能在 1420 年前后绕过好望角”。

为破解中国船队首航好望角而在南非海域尚未发现中国沉船这道难题，该书第 29 页专门介绍了中国先进的造船术，书中写道：“中国古代的帆船制造业代表着世界最高水平，欧洲直到 19 世纪才能够达到。”郑和船队庞大，船体坚固。跟随郑和第七次下西洋的巩珍在《西洋番国志》中说：“宝船体势巍然，巨无与敌，篷帆锚舵，非二三百人，莫能举动。”《明史》记载：“造大舶，修四十四丈，广十八丈者六十二。自苏州刘家河泛海。”按明代尺寸换算，郑

换个角度远看好望角。

和宝船的长宽分别约为138米和56米。由此推算，最大宝船的载重量可达2500吨，排水量3100吨。

为完成下西洋的重任，郑和组建了世界上前所未有的庞大远洋船队。船队由宝船、水船、座船、马船、粮船、战船等各种船型合理构成。每次远航，由62艘大中型宝船组成主体，加上其他类型的船只，“乘巨舶百余艘”。其中第一次下西洋乘船208艘之多，是七下西洋使用船只数量之最。

相形之下，1492年西班牙航海家哥伦布远航美洲时的船队仅有三条小帆船，旗舰“圣玛利亚”号的排水量不足100吨。1497年葡萄牙航海家达·伽马远航时的船队只不过四艘船，船身长不到25米，载重量仅120吨左右，还堪称是当时欧洲装备最精良的船只。待达·伽马返回葡萄牙里斯本时，海员剩下不到一半人。麦哲伦的船队返回西班牙时，船队水手已所剩无几。而郑和的船队，不但绝大多数水手安全回国，而且还带回了众多的外国使者。所有这些表明，当时在造船工艺、航海科技和驾驭海洋的能力方面，欧洲人都望尘莫及。

究竟谁人首航好望角？有的外国学者经过深入研究和实地考证后认为，首次远航好望角者是中国的郑和船队，而不是欧洲人。欧洲人是在得到郑和的航海图之后，才得以远航好望角、“发现世界”的。英国学者孟席斯对此更是确信无疑，他在书中谈到了有关经过。

1421 年当郑和的宝船到达印度古里时，一名年轻的威尼斯人达·康提恰好在那里。此人曾在埃及学习过阿拉伯语，还娶了一名穆斯林妻子，改信了伊斯兰教，并以穆斯林商人的身份游历各国。他结识了中国船员，并搭乘中国船从古里来到东非沿海的索法拉，继而随船南下西行，绕过好望角到达非洲西部海岸……

达·康提离开船队时，带走了从中国人那里得到的航海知识和几幅航海图的副本，回欧洲后将其中的一幅航海图呈给为葡萄牙王室工作的制图师毛罗修士，再由毛罗将那张珍贵的航海图敬献给着迷于航海的葡萄牙亲王亨利。毛罗曾出版过达·康提的见闻录，还在 1459 年按中国航海图的样本绘制了一张世界地图。在这幅地图上，毛罗准确地画出了好望角的三角形状，他把好望角称为“德迪亚卜角”，并画了一幅中国帆船图，还就此作了题记说明。题记描述了中国水手在好望角——“德迪亚卜角”休整补给的情景，还特别提到这些水手所发现的大鸟和鸟蛋，其实就是指鸵鸟和鸵鸟蛋。数百年过去了，如今好望角的鸵鸟仍会伸长脖颈欢迎游人。

由于达·康提的缘故，最早由中国人绘制的航海图，经过欧洲人复制或加工绘制，便开始在威尼斯和欧洲其他地方出现和流传。它们或称航海图或称世界地图，由于翻译等方面的原因，即使是同一个地方，其称呼却不相同。

1428 年，葡萄牙王储敦·佩德罗，也即亨利亲王的兄弟，将一幅世界地图从威尼斯带回葡萄牙。佩德罗是一个旅行家，在游历威尼斯时，“购买了一张世界地图，该图绘出全世界的各个部分。图中，麦哲伦海峡的称谓是‘龙尾巴’；‘博阿·埃斯佩兰克角’——好望角的另一个别称——被称为非洲的最前方”。也就是说，在 1428 年——这个早于欧洲人首航好望角 60 年的年份，好望角——“博阿·埃斯佩兰克角”和麦哲伦海峡——“龙尾巴”等世界著名海上要冲就已经被绘制在世界地图上了。

孟席斯为佐证其观点，曾沿着他推断的当年郑和船队的航线进行环球游历，还根据郑和船队在离开“索法拉”后以每小时 6.25 海里的航行速度，判断出中国船队绕过好望角的时间应该是 1421 年 8 月。

孟席斯认为，郑和船队远航之域不只是非洲的好望角，甚至还到过美洲大陆，并最终完成人类首次环球航行。他和别的西方专家为此还列举了大量证据和实例。

待到哥伦布、迪亚士、达·伽马、麦哲伦等欧洲著名的航海家远航时，他们每人都怀揣一份郑和的航海图。好望角也好，美洲大陆也罢，都是图中标明之地，这些欧洲经典航海家所能做的，只是“按图索骥”而已，何谈首航好望角、发现“新大陆”和环球航行，甚至“发现世界”？他们不过是步前人的后尘，在隐没了前人的功绩后，才在历史上留下了自己的名字。为此，孟席斯等中外学者同声疾呼，现在该是“拨乱反正”的时候了！“他们应将功劳归于第一批探险家，在永乐十九年～二十一年，即公元1421年～1423年进行了史诗般航海事业的中国人。”“葡萄牙人领导整个欧洲掀起了探险和殖民的浪潮。在这么多国家里，它是中国人辛苦追寻新天地与新海洋的最大受益者。”

众所周知，由中国人开创的远航先河，在郑和之后未能继续下去。其后欧洲人通过运用中国人积累掌握的航海知识，其中包括《郑和航海图》，开启了另一个远洋航行时代。就其积极意义而言，它继续推动了地理大发现，在一定程度上引发和促进了近代工业革命，进而对人类历史进程产生了极其深远和广泛的影响。就其消极意义来说，它给亚非拉地区和人民带来了野蛮征服、奴隶贩卖和殖民掠夺等灾难和祸患，在人类历史上刻下了一道痛苦、悲惨的印记。

好望角的“发现”改写了世界历史，殖民主义者从此轮番粉墨登场，在非洲大陆南端上演了一幕幕掠夺资源、抢占财产、贩卖奴隶、压迫剥削的丑剧，从而激发了殖民地人民的觉醒与反抗，在非洲掀起了一浪高过一浪的反对殖民统治的热潮。非洲人民最终摆脱了强加在他们身上的殖民主义枷锁，走上了民族独立与国家发展的道路。

啊，好望角！你是一位饱经风霜的历史老人，端坐在非洲大陆的最西南端，沐浴着强劲的海风，经受着巨浪的冲击，静观惊涛骇浪、风云变幻！你因独特的地理位置而驰名，你因东西方航道在你脚下经过而著称，你因一段特殊的南非历史从你脚下开始而享誉，你是南非历史真正的见证人！而今，新南非已经诞生，人民获得了解放，国家开始了重建，你依然静坐在这里，你脚下那滔滔不绝谴责殖民统治与压迫的慷慨激词，已着意化作琅琅悦耳的欢声笑语，迎接着五湖四海远道而来的游人，向他们讲述着好望角的历史、现在和未来……

第二节 瀑布涛声飞彩虹

发源于安哥拉中东部与赞比亚西北部高地的赞比西河，先南流、后东北折、再转向东南，经纳米比亚、博茨瓦纳、津巴布韦和莫桑比克，注入莫桑比克海峡，形成一个横卧在非洲大陆南部的大“S”形状。就在南流与东北折之际，当河流平缓前行之时，造化一怒之下抽刀断水，将河床拦腰斩断，在地面砍出一道长约2000米、宽深各约100米的峡谷，于是河水像骏马脱缰，狂奔跳涧，又恰似银河落地，飞流直下，在悬崖断壁间形成滔滔白浪，直泻谷底发出隆隆巨响，雾气冲天降下沙沙雨点，阳光折射飞架道道彩虹……这就是气势磅礴、雄伟壮观、绚丽多姿、妩媚多彩的维多利亚大瀑布。

大瀑布横跨津巴布韦与赞比亚两国国界，以1708米的宽度成为世界上跨度最大的瀑布。世世代代在这里劳动生息的当地居民，早就给瀑布起了个生动形象、有声有色的名字——雷鸣般的雨雾。大瀑布平均落差92米，当河水丰盈之时，以每分钟5.5亿升的流量狂泻而下，在谷底掀起的水雾能升腾至500米的高空，产生的巨响能远达70公里。

从景观上看，大瀑布分为五段，这缘于赞比西河上的岩石小岛将河床分为五个出口，由于赞比西河在此形成北南走向，大瀑布自西而东依次是魔鬼瀑布、主瀑布、马蹄瀑布、彩虹瀑布和东段瀑布，前四个瀑布位于津巴布韦，后一段则属于赞比亚。当我从津巴布韦走近大瀑布西岸，行进在风景美丽的小道上，伴随着愈来愈大的隆隆涛声，天空中不时飘来绵绵雨丝，抬头张望，艳阳当空，一道飞架南北两岸的彩虹映入眼帘。这是魔鬼瀑布，其名称源于一个当地传说：人们夜间做了噩梦，或是其他征兆预示厄运与霉气将要降临，就捉来

世界上跨度最大的瀑布——维多利亚大瀑布。

彩虹飞架大瀑布。

一只鸡或是一只羊，从这里扔到河中，让瀑布的巨浪将其冲走，厄运自然随之远去，妖魔鬼怪一冲而光，人们因此消灾弭祸，求得平安，这反映了当地居民追求平静幸福生活的良好愿望。他们哪曾料到，1855 年 11 月 16 日，英国探险家、传教士利文斯通沿赞比西河划舟来到这里，“发现”了大瀑布。为效忠女王，明知这座瀑布有名，却以女王的名字——“维多利亚”重新为其命名。为纪念利文斯通的这一“发现”，接踵而来的英国殖民当局为其铸造了一尊全身铜像，现在他就面对瀑布站立在我身后。

怀着对这段历史的慨叹，我从西岸绕道南岸东行，羊肠小道两旁是各种茂密的热带植物，阻拦着烈日直射的重重雨雾纷纷落下，主瀑布以其特有的形式正在为远方客人接风洗尘，欢迎光临。在雨中观赏对面的主瀑布，从谷底不停升腾的阵阵雨雾不时飘过，时隐时现的主瀑布让人难识“庐山真面目”，活像一位即将上轿出嫁的新娘，婚纱掩面，给人一种朦胧美。真可谓：近观瀑布挂前川，雾里看花忽隐现。飞流直下三百尺，耳际涛声时不断。

阳光雨露，大瀑布附近草青叶绿，常年一派秀丽风光，这种原生态的大自然让人感受到一种原始美。诚然，仅有原始美是单调的。当你观赏马蹄瀑布时，瀑布的形状活似万马在绝崖峭壁上奔腾，耳畔隆隆的涛声仿佛变成了马蹄得得，战鼓咚咚，这种动感美让人精神为之一振。

正当你感叹马蹄瀑布名不虚传、活灵活现时，眼前出现了另外一种景观：道道彩虹与你等距离前行，如同“月亮走我也走”。彩虹瀑布因游人在此总能观赏到彩虹而得其名。有时，你会不经意发现一道道彩虹从峡谷里、从瀑布间、从树林中升空，四面八方的彩虹让你目不暇接……这是大瀑布的色彩美，让人感到置身彩虹之中。

从魔鬼瀑布到彩虹瀑布，大瀑布的落差为 70 ~ 93 米，再经 95 ~ 108 米，至此达到最深，从河流落入瀑布谷底的河水逐渐流到这里，与东段瀑布流来的河水在此汇合后南流。由于峡谷窄深，加之雨雾笼罩，在津巴布韦一边难以观赏到大瀑布从头流到脚的全景，给人一种缺憾美。当你来到赞比亚一侧，观赏东段瀑布时，大瀑布的整体美活现眼前，不但能看到东段瀑布的全貌，而且能观赏彩虹瀑布的底端，两国河水合二为一的景观，在此俯视便可一览无余：河床骤然从两千米宽浓缩到几十米，两边对流的白浪在此渐成静流，咫尺之遥就从跳涧飞奔转化为静水流深，恰似一个在母亲怀抱中大声啼哭的婴儿瞬间进入梦乡。

沿着水流的方向前观数百米，一座 150 米宽的铁桥飞架大河两岸，那是维多利亚大瀑布桥，它记载着这样一段历史：利文斯通的大“发现”打破了当地居民的平静生活，1890 年，英国人统治了大瀑布南面的津巴布韦，四五年后又控制了大瀑布北岸的赞比亚。殖民者始于“发现”，继而占领，至此原形毕露无遗。1903 ~ 1905 年，殖民者又建造了这座公路铁路桥，打通赞比西河在此形成的天堑，企图为英国实现从开罗到开普的殖民统治铺平道路。

大瀑布有一种悲壮美，这种美能使人受到震撼。就在这座桥建成六七十年后，大瀑布南北两岸发生了翻天覆地的历史性变迁：魔鬼瀑布冲走了殖民者强加在非洲人民头上的厄运，马蹄瀑布鼓舞着非洲人民的斗争士气，主瀑布的怒吼声震碎了殖民主义的黄粱美梦，大瀑布两岸的人民先后赢得了国家独立和民族解放，实现了当家做主人。

听瀑布涛声，观彩虹飞渡，这涛声是迎接客人的锣鼓，这彩虹是连接游人的彩带。啊，大瀑布！而今的你，在传颂着世界人民的友情。

第三节　月球风光“千岁兰”

在地球上能够看到月球风光？除非具有神话传说里的“千里眼”，或是借助于现代化的超级望远镜，否则无异于天方夜谭；如果说“月球风光”就在地面上，那则几乎等同于无稽之谈。所以，当在纳米比亚的旅游地图上看到“月球风光”的标记时，我是无动于衷、颇不以为然的。可是，当看到“月球风光”旁边的千岁兰时，我是下定决心要去探险而一睹为快的。如果说这一下意识的决定无不令人感到意外的话，为看千岁兰而首先目睹了“月球风光”更是意外的收获。

黎明时分，我和向导梁致豪就从纳米比西海岸城市斯瓦科普蒙德市出发，为的是在有限的时间内一睹深藏于戈壁丘陵之中的千岁兰。因为我当天下午5时必须赶到200多千米外的温得和克机场，乘坐飞往南非的航班。为了节约时间，我们按照头天晚上打听到的消息，先到一家加油站购买参观千岁兰的“门票”，同时索取一张通向沙漠戈壁滩深处的路线图，以免误入歧途浪费时间。得知我们远道而来又时间紧迫，加油站的黑人小伙子热情而详细地向我们介绍通往目的地的三条路线的优劣状况，力主我们走大路而尽量少走小道。由于旅游地图上提醒游人参观千岁兰必须乘坐四轮驱动的越野车前往，当我们提出小轿车能否通行时，黑人小伙子用无可置疑的肯定语气做出回答，给我们吃了一颗定心丸。

我们于是从纳米布沙漠向戈壁滩和丘陵行进，按图索骥般地期待着目睹千岁兰。谁料，就在岔路辨道犹豫之时，车轮陷入路边的沙漠之中，轮子打滑越陷越深。正在我们焦急之时，后面驶来的一辆越野车如同天降，未等我们开口求救，三四个白人小伙子就从车上跳下来，一个坐在司机座上驾驶，一个在旁边指挥，两人从车后面用劲儿推。我们对这一突如其来的情况还未反应过来，只听见“呼”的一声，小车从沙漠中挣扎出来，坐在越野车上的几位漂亮小姐拍手叫好，这一角色变换如此之快，激动得小梁竟微笑着用汉语对他们说“谢谢”。那几个神速的“天兵”似乎身负急务，又跳上越野车，微笑着招手“拜拜”，坐在车后面的小姐留下一连串银铃般的笑声。

我们微笑着望着他们远离的身影，激动得一时不知所措。反应过来时，方快步上车，想追赶上他们再道声感谢，可为时已晚，我们是赶不上他们了。这一小插曲除告诉我们天下处处有好人外，更提醒我们要注意行车安全，否则在这渺无人烟的荒原野外，万一出事叫天天也不应了。汽车在沙漠路上行驶，很快进入戈壁滩路，时速开到60千米车就震动得厉害，车轮卷起的小石子不时敲打着车身，车后扬起一道浓浓的尘土，辽寂的戈壁滩上“前不见古人，后不见来者”，我们唯恐误入歧途，不时查看着手中的“密电码”，何处左转何时右拐丝毫不敢马虎。

大约行驶了30千米，戈壁滩的左边出现了奇观：一望无垠的道道谷梁连绵起伏，似大海中的波澜又好似山坳里的沟梁，黑蓝之中透出淡黄平添了几分凝重感，阳光之下云烟缭绕弥漫着几分神秘气息。这就是遐迩闻名的“月球风光”，几名来自欧洲的游人正站在“观景点”、手持望远镜览胜，嘴里还不时津津乐道，感叹大自然的神奇天功。据说美国的“月球风光片”就是在此地拍摄的，所谓的“月球风光片”实为纳米比亚戈壁滩旁边的独特风光。

从大西洋海岸向内陆算起，先是纳米布沙漠，连着的是戈壁滩，两者的界线不十分明显，再接着就是“月球风光”了，千岁兰就深藏于“月球风光”之中，观看千岁兰颇费一番周折，可谓“无限风光在险峰”。纳米比亚近年来重视发展旅游业，而对参观“月球风光”和千岁兰的60多千米的道路却不予修建，路途崎岖不平，罕有路标指示，这不是有关方面的疏忽大意，据说是为了保持“原汁原味，古香古色”而有意为之，让游人在参观途中充满探险和惊奇，远道而来的西方游客对此乐此不疲，情有独钟，玩的就是这种充满探险的“野味野趣原生态旅游”。当我们向前行时，观看风光的游人不时出现，有的车停一边站在那里观望“月球风光”，有的驾驶着越野车从我们旁边超车，有的从对面驶来，他们是参观千岁兰后返回的。租来的越野车上，一般以家庭为单位，两人至五人不等，车顶还载着旅游用的大背包和帐篷。

路面更加高低不平，20千米的时速车竟颠簸得人前摇后摆，前面不远处，两座丘陵像两尊巨大的石狮子盘踞在道路两旁，通往千岁兰的必经之道从中穿过，从地图上看，“石狮”的尾巴处横卧着一条从内陆深处流向大海的长

地球上的“月球风光”。

河——斯瓦科普河，过了河一拐，最多再走十千米就是千岁兰生长区，我们不禁喜出望外。

随着小车左摇右晃从两尊“石狮”中间通过，我们眼前是另一番奇特的风光：在两尊“石狮”包围的狭长而平坦的盆地中，各种各样的大型奇异花草举目皆是，在这人迹罕至、干燥少雨的戈壁滩上争奇斗艳，迎风弄姿，展示着大自然无穷无尽的生命力。当我们在烈日下驶入“沙漠”时，看见前面的两名白人游客向我们不停地摆手，示意我们不要再向前开进。经过数载岁月的流逝，纳米比亚的自然地貌发生了巨大变化，远古的斯瓦科普河如今处于沙漠、戈壁滩和荒原之中，早已变成为一条名副其实的“沙河”，粒粒沙漠占据着河床似一条弯曲的长蛇静静地躺卧在那里，毫无流水可言。这一对意大利夫妇借用的小轿车在过“河”时便陷入沙漠之中，进退两难，两人正用从周围找来的干枯树枝为车刨沙开道，连急带晒满头大汗。我们急忙下车过去，一边感谢他们提醒我们未遭此运，一边帮助他们奋力推车，无奈力气不及，车轮只是原地打转而不前行，屡试而无果。由于时间有限，我们只好与他们告别返程，放弃参观千岁兰，期待后面驾驶越野车的游人能够帮助他们。

我们带着遗憾与庆幸的复杂心情驶离“沙河”。庆幸的是如果没有那一对意大利夫妇在前面遇“陷”，困在沙河之中的就是我们了，我们行前一心想着参观千岁兰，加之时间紧迫，只图快去速回，对这种深入戈壁滩的探险之旅从思想上到行动上缺乏准备，既没有带一点饮料食品，也没有携带必要的防身工具，万一陷入其中，别说参观千岁兰、赶当天的飞机，恐怕连回去都希望渺茫了，后果不堪设想。遗憾的是距离千岁兰仅一河之遥而不能如愿观看，近在咫尺却被一河隔之千里，千岁兰到底是什么样的一种植物，面积有多大，露在上面的根有多高，叶子有多长，图片上的千岁兰与实际上的究竟区别在何处……这一连串的谜团无法解开。

正当我们不无遗憾地议论之时，我意外地向车窗外一望，看见路边不远处的戈壁滩上生长着一枝千岁兰，惊奇地叫出声来，小梁半信半疑地停住了车。我们急忙奔跑过去，千岁兰就在眼前，一株、两株、三株，每隔七八米一株，此处共三株，散居在茫茫戈壁滩上，默默无闻，被人冷落。

原来，回程时行至前一个岔路口，我们一不小心走错了路，不是来时的原路，而是另一条通往千岁兰的小道。谁知这一错却成全了我们，真可谓“踏破铁鞋无觅处，得来全不费功夫”，千岁兰“不负有心人”哪！

啊，千岁兰！和照片上的形状一模一样，远瞧像一个巨大的白萝卜，近看半似松树球果半似花卉。仔细观察，约半米高的根干挺立在地面之上，顶部内外两侧生长着序轮状的孢子叶球，形状大小如枣核，本色鲜红似枸杞子，因风吹日晒雨浸而呈深褐色；根干外侧孢子叶球之下生有一对扁宽的带状厚叶，橄榄绿色，厚度约两厘米如仙人掌，长三米有余，顶端因接触干燥沙漠戈壁，加之日晒风吹而残损枯萎，形似碎布条。我蹲下用手抚摸，根部干硬粗糙，表皮如百年老树；叶子坚韧光滑，从顶端折断，白汁从中涌出；孢子叶球坚硬无比，其硬度不亚于枣核。

千岁兰古老而神奇，是世界上唯一卓越的奇异物种，具有奇迹般的生命力和长达 1500 年之久的寿命。生长在与世隔绝的孤寂世界之中，经受着世纪风雨的侵袭和烈日的曝晒，任凭狂沙日夜不停地肆虐，千岁兰蹲坐在沙漠戈壁之地，傲然迎风斗沙，毅然坚韧不动。周围其他花草植物年年枯荣变化、生老病死，千岁兰仅靠露在地面之上的根干和伸向四周的厚叶吸纳雾气和露水、传输水分和养料，四季常青，年年如此。科学研究表明，除靠两三米深的地下根吸收养料外，千岁兰主要依赖露在地面上的根和伸向四周的厚叶吸纳雾气和露水、传输水分和营养。这也是千岁兰的根为什么要向上长出地面，“反其道而行之”；巨大的双叶平面伸向远方，以尽可能多地吸收雾气和露水、聚集雨水，顶端干枯防止水分流失的秘密。

千岁兰与众不同，根部向上生长。

千岁兰是纳米布沙漠戈壁之中的特产。斑马、羚羊等动物不时来吃它的肥厚的叶子，沙漠戈壁之中的其他食草动物不停地偷食它的红果，烈日狂风不断地轮番肆虐，千岁兰不但没有死亡绝迹，反而凭借着从海洋吹来的西南风，一方面日夜兼程吸纳水分和养料；另一方面适时朝东北方面传播繁衍，生生不息，不断壮大。千岁兰是纳米比亚人民性格的真实写照和民族精神的永恒象征。

1859年9月3日，奥地利出生的葡萄牙植物学家韦尔威特希考察纳米布沙漠之时，意外地发现了被自己叹为奇观的千岁兰。他双膝跪倒在炎热的戈壁荒野上，用迷惑不解的目光注视着眼前这一古老而神奇的植物，感叹道："我坚信这是南部非洲热带能够生长的最美丽、最壮观、最崇高的植物，是非洲最不可理解的产物之一。"从此，千岁兰以韦尔威特希的名字，后加拉丁语的"神奇"一词而得名。

新千年之初，纳米比亚人民用千岁兰命名他们国家购买的第一架波音747飞机。

第四节　奇异的赤道风情

赤道从非洲中部笔直穿过，形成别具一格的气候特征和风土人情。在非洲，乌干达首都坎帕拉要算是距离赤道最近的首都了，从首都出发沿着柏油马路朝西南进发，大约在120公里处就会穿越赤道。为引起过往车辆行人的注意，有关部门特意在马路两侧修建了"赤道圈"，在路面上画了一道粗黄色的赤道线，把赤道打扮成一个小小的旅游热点，过往车辆每行到此，大都知情会意地停下车来，在赤道圈照相留影，在赤道的路边商店买工艺品纪念。这还真的让人大长见识。

赤道附近的物产特征与风土人情直接与赤道气候有关。赤道附近地区终年气温高，湿度大，阳光充足，闷热多雨，年平均气温在25℃～30℃，且气温变化很小。当中国北方进入严冬之时，赤道仍旧是艳阳高照，强烈的阳光直刺得眼睛都难以睁开，当戴上墨镜观看时，眼前竟是绿草如茵，百花争艳。再朝附近一看，由于得天独厚的阳光雨露，周围的草木也比别处的明显繁盛，香蕉林也格外繁密，以至于香蕉个大体肥，能顶普通香蕉两个那样大，一朵香蕉——一棵香蕉树的果实可重达三四十公斤，我就看见当地农民用自行车一次最多只能带上三朵。

据随行的当地黑人朋友介绍，这种香蕉已经不是水果，而是"粮食"了，当地人称这种香蕉为饭蕉，以区别于作为水果的香蕉，饭蕉的味道也远不如作为水果的香蕉那样香甜可口。既然是粮食，那就不能直接食用，必须经过加工，否则不但味道艰涩而且很难消化。

大概是由于太阳直射的原因，赤道附近的居民——赤道人的皮肤更加黝黑，黑里透红，很是健康，体壮如牛。这倒不是胡乱的运用形容词，我曾仔细观察过几头在赤道线上吃青草的黄牛，那牛不但体形美观，而且那犄角也生得长而弯曲，弧线优美，造型精致。在市场经济的巨浪冲击下，赤道人也学得聪明起来，念起了“赤道经”，随着赤道圈的建立，圈周围的地摊和简易商店也悄然而至。这些赤道地摊和商店主要出售赤道的土特产品，分为工艺品和水果蔬菜两大类。

据摊主们介绍，他们出售的全是地地道道的赤道货，以水果蔬菜摊为例，什么菠萝芒果，还有西瓜南瓜，品种多样，应有尽有。在一家西红柿摊位前，一种身上长刺的椭圆形水果很是惹眼，我也觉得很是新鲜，问起名称，对方答曰西红柿，我不解地指着摊位下层红颜色的西红柿说道，我问的不是西红柿，对方笑言他指的也不是那个西红柿，接着向我介绍说：西红柿有两种，红色圆形的是蔬菜西红柿，是我们大家都熟知的，绿黄色相间椭圆形的，是水果西红柿，一般人比较陌生。他还进一步强调，黄色是西红柿完全成熟的标志，绿黄相间乃是即将成熟的象征，一般情况下不必等到表皮全部变黄了再收获，由于赤道地区气温高，那样就难以储存，必须立即出售或是消灭掉。我拿起一个看时，才感觉到这种西红柿身上的刺看似凶猛实则很软，温柔到毫无扎痛感。就外观而言，个头比蔬菜西红柿稍大，而价格相差无几。既然是水果，果汁自然丰富，吃起来味道厚重甜美，没有蔬菜西红柿固有的那种酸味。与大多数水果一样，这种水果西红柿皮肉相连，均可入口。

香蕉能当饭吃，西红柿是水果，这是因为香蕉有果蕉与饭蕉之分，西红柿

“赤道商店”充满赤道风情。

有蔬菜与水果之别。从西红柿与香蕉提供的知识，人们可窥视赤道物产丰富之一斑。

第五节　七色土与土风舞

岛国有奇景。当我再次来到毛里求斯采访时，老华侨朋友一见面就寒暄道，记者总是来去匆匆，上次没有时间看七色土，这次一定要弥补这个遗憾了。还有，毛里求斯的土风舞。“作为岛国，毛里求斯的美丽海滩与其他国家无甚区别，而这两个‘土’却是毛里求斯的特色。”

汽车在山道上前行，窗外是满眼春色。打开车窗，湿润空气扑鼻而入，阵阵花香沁人心脾，好一派迷人的岛国风景啊！毛里求斯由火山喷发而形成，距离非洲大陆东南岸约 2000 千米，面积 1865 平方千米，长宽分别是 65 千米和 45 千米，海岸线长 330 千米，最长的河流拉格兰特仅 4 公里，最高的山脉琵峒山海拔 828 米。当汽车翻越一道山坡后，前面出现了一片绿色大盆地，这就是位于岛西部的查马雷尔地区，以神奇的七色土闻名遐迩。

进入盆地后，地势渐趋平缓，汽车行驶在泥土路上，所幸尚未掀起尘土，抢眼的奇花异树依旧鲜艳。当汽车爬上一个小坡，在一小片空地上停稳后，四周仍是绿树环绕。推开一个小小的木栅栏门，进入曲径通幽的“森林”地带，刚走了二三十米远，前面就出现了一片开阔地，这便是处于绿树重围中的七色土。在阳光照耀下，静卧在山间的彩色泥土显得更加美丽多姿。

七色土的形状像座小山，中间隆起，两边与东西两岸的山坡相接，南北两侧缓慢的坡度伸向平地，似一道道彩色的山水流向两边的丛林。七色土面积不大，东西长约 50 米，南北也不过百余米，然而由于其置身于山间的丛林中，多彩多姿又形状变化多端，堪称大自然的奇观。七色土的道道颜色并不单一，却又相当分明，红色中夹带着蓝色，蓝色中包含着黄色，黄色中又泛起绿色，可谓你中有我、我中有你，既有自己的鲜明特色，又不被其他色泽喧宾夺主而淹没，呈现出七彩缤纷的世界。更让人惊奇的是，若把山坡上各种不同颜色的泥土翻开后再混合在一起，只要经过一场大雨，又都恢复原状了。七色土是由于火山灰的侵蚀而逐渐形成的，漫长的岁月赋予了七色土极强的同一性，这是一时的人力难以改变的。

汽车在黑夜中前行，窗外是看不透的甘蔗林，刚进入海滨旅馆，耳边就传来一阵节奏明快的音乐。毛里求斯没有民俗村，仅大型活动和大型宾馆才演出土风舞，我是专程前来五星级宾馆观看表演的。每逢周末，高级宾馆一般都在晚餐时间表演土风舞，让客人边吃饭边欣赏，感受异国风情，增添旅游乐趣。您瞧，姑娘们穿上长尾花裙，赤脚露脐，翩翩起舞，时而磨脚，时而摇臀，粗看颇有些肚皮舞的味道，细观则体味出不同特色来。土风舞的摇摆幅度不大，主要是臀部摆动，同时舞者用双手拉开裙摆加大动作造型，给人一种极强的夸张感。姑娘们的腰部非常柔软，表演时跪在地上头向后背能接触到地面，不时赢得阵阵掌声。除单独表演外，她们还为男女歌手伴舞，并邀请客人们上台共舞，使观众成为参与者，台上台下形成互动。

土风舞演员的裙子不一般。

观看着舞蹈，我的思维也随着欢快的音乐跳动起来，相关知识不时浮现在脑际：毛里求斯的土风舞名曰塞卡舞，由非洲流传而来的舞蹈改编而成，音乐源于非洲奴隶，如今用现代乐器演奏，克雷奥尔语歌唱，大多欢快奔放。昔日奴隶们跳舞是为了忘却自己的不幸遭遇，随着时代的前进，塞卡舞在发展过程中又从东西方音乐和舞蹈中汲取营养，而今已形成不同流派，成为欢乐的同义词，吸引着不同年龄的人们，受到各国游人的欢迎。塞卡舞的代表人物是佛雷尔，他活到92岁高龄，为后人留下了丰富的文化遗产。

啊，塞卡舞的形成过程不就是一部浓缩的毛里求斯历史吗？公元10世纪，阿拉伯人曾“到此一游”。1505年，葡萄牙人发现了这座孤岛，称之为“塞尔尼”。1598年，荷兰人发现这颗“明珠”，改名为“毛利斯”，并在1638年建立了小型殖民地，开始种植甘蔗，引进稻米和家畜。然而，恶劣的自然环境迫使他们于1712年弃岛而归。未曾想到，仅仅3年后法国人就接踵而来，将其变为自己的殖民地，并命名为“法兰西岛”。为进一步开发这座荒岛，法国人波拉东内鼓励移民和贩卖非洲奴隶，开始其血腥的殖民统治。黑白两大人种的结合形成了混血的克里奥尔人及其文化。

在法国人来到毛里求斯约100年后，英国人替代法国人成为新的统治者，将岛名改回“毛里求斯”。其实，英国人是换汤不换药，只作了形式上的主人，岛上仍沿袭法国的法律、语言、宗教，乃至生活方式。1835 年，正当制糖业发展到高峰之时，奴隶制被废除。此年，岛上人口已从 100 年前的 838 人跃升至 96779 人，其中 10%是白人，20%为克里奥尔人，其余 70%是奴隶。为解决糖业生产对劳动力的需求，英国决定从殖民地印度引进合同工，45 万印度人相继登陆。在殖民统治下，印度苦力和克里奥尔人过着牛马般的生活，用自己的血汗换来了毛里求斯的繁荣，并于 1968 年赢得了独立，真正成为岛国主人。

历史上的不同时期，世界上的不同民族，从早期的白人到后来的奴隶，从印度苦力到中国移民，由于不同的原因，相继来到这个印度洋上的明珠，带来了各自的文化、语言、宗教、风俗、音乐和舞蹈等“七色土”，携手跳起了“塞卡舞”，使今日的毛里求斯成为多元文化的大熔炉，各民族和睦相处的典范。美国作家马克·吐温曾说过：“上帝先创造了毛里求斯，再创造了伊甸园。”想必上帝在建造伊甸园时，一定忽略了毛里求斯那段不幸的历史。

毛里求斯的土风舞尽显风情。

第十七章　倩影佳人

非洲出美女，南非多佳丽。

在非洲各国的大街上，在非洲沿海和岛国的沙滩上，美女如云，倩影。非洲模特选拔小组走遍非洲大陆，花中选花，看花了眼，最后决赛时竟犹豫再三，难下决断。有人说，安哥拉的姑娘俏，有人说津巴布韦的姑娘俊，也有人说坦桑尼亚的姑娘靓，更有人说南非的姑娘美。中国古人曰：“美色不同面皆佳于目。”的确，这些国家都盛产美女。那么，非洲人怎样看待自己的美？从非洲模特选拔中，我们可以管中窥豹，可见一斑。

1999 年，博茨瓦纳姑娘喜摘“环球小姐”桂冠，南非小姐成为“世界小姐”亚军；2001 年，尼日利亚小姐被加冕“世界小姐”；在同年的非洲模特大选拔赛中，塞内加尔姑娘荣膺冠军；2002 年，在非洲小姐选美中，加蓬小姐荣登宝座……黑人美女有其共性：个子高挑、身材苗条、曲线突出；大眼睛、双眼皮、厚嘴唇。

1998～2000 年，在南非小姐选美中，夸祖鲁－纳塔尔省的姑娘连续 3 年夺冠。1999 年采访新当选的南非小姐时，那位风趣幽默的美人同我开玩笑说：“你应该经常去我们省看看，那里美女如云，养眼开心，一定会让你流连忘返，乐不思蜀。”那么，南非小姐是怎样选出来的呢？她们具有哪些魅力呢？

2004 年，南非美女莎丽丝·赛隆荣膺奥斯卡女主角。她衣锦还乡，受到“元首级”接待，举国为之骄傲与欢呼。“黄金姑娘”的人生道路让您从中能体会奋斗的艰辛与成功的喜乐，而观赏南非时装节则让您在欣赏美的同时，感

非洲模特让您瞧个够。

受社会的进步与时代的变迁。

第一节 “非洲模特”走世界

2001年5月23日晚，“非洲模特”大赛在南非著名的旅游度假胜地太阳城举行，来自塞内加尔的戴露小姐力挫群芳，脱颖而出，荣膺“非洲面孔”——“非洲模特”。这不但是她人生的一个重大转折点，而且意味着她将代表非洲走上世界模特舞台，可望成为一名世界超级名模。

入围参选实属不易

非洲模特选拔不同于一般的选美。无论是某国某地区的小姐选拔，还是世界范围内的环球小姐或世界小姐竞争，都是将某地或各国的小姐云集，从中选择最优秀者。非洲模特虽类似于非洲小姐选美，但由于其目的明显地不同于一般意义上的选美，因而不是从非洲大陆各国的小姐中进行再次选美，而是组织者和评委们一国一国地跑，跑遍非洲大陆，找遍大街小巷，寻遍学校工厂，以自己的目光选人，以自己的标准定人。

为了选拔当年的非洲模特，在近一年的时间内，位于南非的组织者乘飞机从非洲南端的开普敦到北端的开罗，纵横穿梭了整个大陆，足迹遍布30几个国家，最终选择了24名佳丽入围。为了使非洲模特能够真正代表非洲面孔，组织者主要在南部、东部和西部非洲国家中选美。在莫桑比克，评委们在首都街头空手而归，最后走进一所中学，在一大堆女学生中一眼就看中了鹤立鸡群的马克斯，经过对她进行身高和三围测量，评委表示十分满意。由于事情来得过于突然，生性腼腆的马克斯一时竟六神无主，不知所措。评委安慰她说，按照规定，他们必须征求入选者家长的意见，如果家长表示异议，他们也只好忍痛割爱。未料，当他们到家中征求意见时，马克斯的父母竟喜出望外，满口答应。

非洲模特选拔的另一个特点是不限于一国一名入选者，严守择优录取、宁缺毋滥的原则。在当年的选拔中，南非、安哥拉、科特迪瓦和突尼斯四国均被挑选了两名，另有几个国家则无人入选。这样，

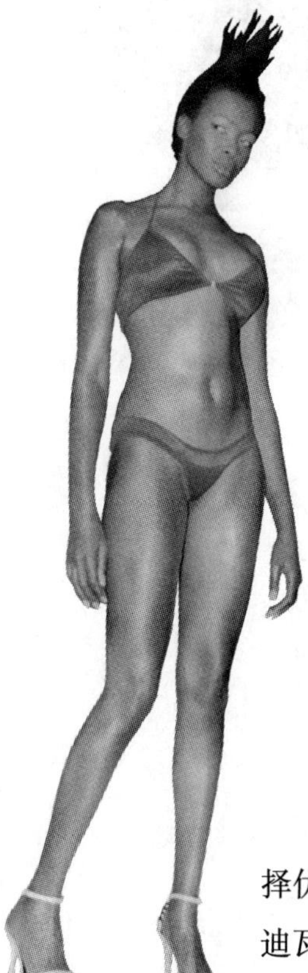

“怒发”冲天。

有幸参加最后比赛的24名佳丽实际上代表了20个非洲国家。

入围参选实属不易

头戴鲜花。

跑遍偌大一个国家，竟没有选中一名理想者，如此选美，条件是否过于苛刻？组织者规定，入选者的年龄须在13~24岁之间，身高1.70米以上，三围必须合乎标准。什么是具体标准呢？组织者未向外界公布，但从乌干达当年没有小姐合乎标准入选可见一斑。在乌干达首都坎帕拉，评委们在大街上东瞧西看，或许是看花了眼，未看中一个合格者，原因是乌干达姑娘个头矮，身高欠佳。最后，他们来到乌干达成立最早的齐佩模特公司，百余名模特闻讯前来应选，21岁的马茨西小姐是其中的佼佼者。她是一名在校大学生，身高1.80米，丰满而苗条，可谓亭亭玉立，众人皆认为她入选十拿九稳，可结果令她们无不目瞪口呆："臀部太大，超过标准。"结果，乌干达姑娘当年"缺席"。

马茨西事后表示："如果我告诉朋友我未入选是因为身材太宽，她们会笑掉牙的。这些评委们需要的是营养不良的豆芽菜。"人们普遍认为，马茨西是苗条的，如果就其身高而论，她91.5厘米的臀围是无可挑剔的。另一名身高1.80米，臀围89厘米的模特埃佩纳也是麦克雷雷大学戏剧系的学生，她对落选也表示意外，"他们太不公正了，或许我不具备他们所需的条件，或许他们根本就不想在乌干达选人"。

如此选模特，强烈地刺痛了乌干达姑娘和乌干达民众的自尊心。乌干达首都一家报纸在头版以"乌干达姑娘太矮过宽"为题刊登了这条新闻，国人闻之无不惊讶。乌干达人有自己的审美观。一名34岁的出租车司机认为，这样选美让人纳闷，对乌干达男人来说，我们喜欢中等身材、褐色皮肤、比较丰满的女人。27岁的齐佩模特公司创始人奥沃瑞小姐说，她之所以创办模特公司，是因为她的一名身材苗条优雅的朋友穿她设计的服装引人注目，但后来才发现，普通服装——身材和胖瘦适中的服装更受欢迎。"如果你过于瘦长苗条，别人会说你是艾滋病患者。"奥沃瑞这样补充道，她最后气愤地说，她公司的模特有的去了欧洲发展，有的为外国公司在乌干达做广告模特，"他们来到乌干达竟未选中一个，更重要的是凌辱了我们”。更多的乌干达人发出这样的疑问：是选非洲模特还是用西方的审美标准评判非洲姑娘？

最后比赛　异彩纷呈

这次非洲模特选拔是由南非有限电视台和英美集团黄金公司两家赞助的，据说非洲和欧洲两个大陆的4000万名观众观看了最后决赛的电视实况转播。

为了最后决赛的成功进行，组织者颇费了一番心机。入选的姑娘都是第一次面对镜头，难免过于拘谨。为此，提前一个月把她们集中到南非进行培训。最重要的是，入选者的着装、决赛的现场、节目的安排和音乐、舞蹈的设计均要体现非洲文化、非洲传统和非洲风格。一句话，要体现和展示出非洲特色。为达到这一目的，组织者专门从非洲大陆和世界各国请来了非洲服装设计师，让他们根据参选者各人的特点设计服装；请来音乐家为现场设计主题音乐和背景音乐；让非洲服装设计师和音乐家当评委。组织者主要想通过这一活动改变世人对非洲大陆的偏见，让世人正确地认识非洲。

经过培训的24名参选者，虽然年龄大都在16岁左右，但她们不负众望，使这一活动取得了预期的效果。决赛时，经过各式服装演示，评委们首先从24人中选出前十名，再从前十名中选中前五名，最后再选出最后一名“非洲面孔”——“非洲模特”。另外，英美集团黄金公司还从参选者中选出一名“非洲黄金模特”，在未来的一年中作为英美公司的特约模特，到世界各地展示该公司的各种新式黄金首饰。来自加纳的17岁的阿伯拉弗小姐夺得这一荣誉，赢得价值四万兰特的黄金首饰奖励。

非洲名模。

醉翁之意　颇为满意

经过激烈角逐，20岁的塞内加尔戴露小姐荣膺“非洲模特”的称号，进入前五名的其他四名选手将有幸参加当年的“世界超级模特选拔赛”。她

爆炸式是假，百小辫是美化，唯有板寸才是真。非洲人的头发自然卷，一般长到一寸多长。与中国人时髦卷发相反，非洲人拉直头发是赶潮流。

们分别来自津巴布韦、科特迪瓦、坦桑尼亚和厄立特利亚。

戴露在参选者中确实表现不俗，气质不凡，每次出场都赢得热烈掌声。有人评论说，她之所以当选是因为她剃了个光头，在展示其特有的头部美的同时，减少了发型设计不佳可能带来的减分现象。据说，评委们在塞内加尔寻觅对象时，一眼就看中了这位身高 1.80 米的姑娘，并认为当年的“非洲模特”非她莫属。她是首都达喀尔的一名海关官员，家中兄妹八人，当主要组织者鼓励她剃成光头会更加漂亮时，她当时觉得好笑，果真剃成光头后，她在很长一段时间内都难以适应。不过她现在已经习惯了，而且觉得这样很美。她表示，戴安娜是她心目中的偶像，因为戴妃“生前做了许许多多的慈善事业”。

一朝被选中，人生大转折。戴露夺冠意味着她将与美国福特国际模特公司签订价值 20 万美元的四年合同，飞往美国开始职业模特生涯，并将走向世界，以自己特有的光头形象出现在 T 型台上，极有可能成为一名世界超级名模。由于讲法语，她在南非进行四个月的英语培训后，再去美国纽约。

其实，这次比赛的最大赢家应该是位于美国纽约的福特国际模特公司。福特公司表示，他们寻找的正是能够真正代表非洲面孔的漂亮模特，戴露必将赢得服装设计师和服装杂志的青睐。“一般而言，非洲姑娘个高、端庄、大方、漂亮，具有做职业模特的优越条件。”

非洲模特选拔始于 1997 年，前四年的“非洲模特”已大显身手，多次在意大利、法国、德国和美国参加大型服装节，并被这几个国家著名的服装杂志选为“封面人物”，跻身于世界名模之列，相信“小荷才露尖尖角”的戴露小姐也一定会好梦成真。

年轻的服装设计师。

第二节 “世界小姐”出非洲

“黑牡丹”跃居花魁

2001 年 11 月 16 日晚，第五十一届世界小姐选美大赛在南非西北省太阳城举行，尼日利亚小姐达丽科力挫群芳荣膺本年度世界小姐桂冠。作为中国选手首次参赛的海南三亚形象小姐李冰进入前五名。

来自世界93个国家和地区的93名佳丽竞选本届世界小姐。经过激烈角逐，尼日利亚小姐阿格巴尼·达丽科荣幸地获得世界小姐，阿鲁巴小姐泽丽尔达·丽和英国苏格兰小姐朱丽特—简·霍妮分别荣获亚军和季军。

达丽科在接受记者采访时表示，她对获得世界小姐“感到十分意外，同时对自己能够作为尼日利亚的首位世界小姐备感荣幸”。

首位黑人“世界小姐”。

选美大赛同时设有其他奖项，韩国小姐荣获最佳服装设计奖，泰国小姐拉达获最佳上镜头奖，巴巴多斯小姐斯特芬尼·查斯获最佳才艺奖。

作为南非著名的旅游胜地，太阳城当晚热闹非凡，巨大的圆形剧场座无虚席，来自世界各地的6000多名观众观看了决赛，世界上约有25亿人通过电视实况转播观看了这场选美大赛。

世界小姐选美大赛始于1951年，每年举行一次。作为新世纪的第二次选美，本届大赛具有两大特点：一是中国第一次派选手参赛；二是首次采用专家与观众共同评议的方式选美，专家与世界各国观众通过互联网和电话投票相结合，双方各占50%。

尼日利亚小姐达丽科是第一位夺得世界小姐桂冠的黑人女性。此后，她逐渐成为一位著名模特，频频出现在诸多时尚杂志中，已锻炼成为一名灵活机智、擅长言谈的“黑人女外交家”。目前，她在纽约工作。

对这次选美结果，别说是参选的佳丽们几家欢喜几家愁，也许是花中选花看花了眼，就是采访这次活动的记者们也免不了七嘴八舌一番。这次选美似乎特别看重媒体，特意给记者散发了意见表，让记者参加评判。媒体中心的门前张贴着93名佳丽的玉照，记者们的评头论足反映了各自不同的审美标准和审美趋向。起初，大家不约而同地看好委内瑞拉小姐，可不久便从组委会传出不利于委内瑞拉小姐的消息。接着，大家就你一言我一语，南非当地的新闻界同行认为，泰国小姐最美丽，因为她是混血美女，集东西方美于一身；驻南非的西方记者表示，尼加拉瓜小姐最漂亮，因为她皮肤健康、曲线优美、十分迷人。此外，巴西、智利、法国和西班牙等国的小姐，都是记者的热门话题，而其中惟有西班牙小姐进入前五名，其最终结果更让大家跌破眼镜。

“美丽事业”是非多

爱美之心，人皆有之。正是在这一人类共同心理的驱使下，世界选美作为一种特殊的产业，在经历半个多世纪的风风雨雨之后，伴随着世人赞同、置疑、反对和诧异的目光，非但没有昙花一现，反而在发展中国家大有方兴未艾之势。尽管如此，2002年遍布全球的世界选美热却给人们的头脑里投来了一个个问号，出现了一些与选美初衷相悖的“脱轨”倾向，引起人们的关注乃在情理之中。

目前，全球性的选美活动主要有英国的世界小姐评选，美国的环球小姐角逐和日本的国际小姐比赛。诸如此类的选美，尽管名目繁多、花样翻新，但万变不离其宗：组织者通过策划、组织、宣传选美活动获取高额商业利润，参赛者以能够有资格参与竞争引以为荣，当选者则在一夜之间身价倍增，个人命运从此开始大转变。简言之，对组织者与参与者而言，选美是一种“双赢”游戏，而不论其游戏规则是否规范合理。

“蝴蝶”飞舞。

过浓的商业操作干扰了选美应有的公正性，是各类选美活动难以走出的怪圈。2001年世界小姐选美赛在南非举行，南非媒体曾根据世界小姐评选的“惯例”预言说，最后入选的十名竞争“世界小姐”桂冠的佳丽中，必有一名来自本届大赛举办国，另有一名出自下届举办国；如果二者不可兼得，定

参赛 2001 年“世界小姐”选美的亚洲佳丽。

有一个不出预料意外。2001 年和 2002 年的大赛结果表明，这一预言足以能使诸葛亮哑口无言。当全球性选美在发达国家由盛而衰、前景暗淡之际，为了开拓“美丽事业”的新局面，给选美注入新的经济活力，各家组织者近年把目光移到非洲和亚洲，2001 年让尼日利亚姑娘夺冠，“黑人小姐”在世界小姐选美中实现零的突破，意在巩固非洲国家的原有市场；连续两年让新参赛的中国姑娘入围前十名，让亚洲其他国家的小姐分享比赛的单项奖，旨在进军亚洲，瞄准中国这一巨大的潜在市场，把手伸向中国人的钱包。至于环球小姐，让初出茅庐的中国姑娘一举进入前三名，则与世界小姐的做法有异曲同工之妙。这一围绕商业利润而做出的大胆举措无异于“司马昭之心”。

过激的政治倾向背离了选美的客观性，是各种选美活动难以跨越的误区。“好者不必同色而皆美”，“美色不必同面皆佳于目”本是普遍的审美原则，尽管东西方审美观各异，但基本原则是固定不变的。然而长期以来，选美的组织者和裁判戴着有色眼镜裁断，以自己的审美标准、价值观念和生活方式画线，甚至将意识形态的冲突带入选美之中，使世界小姐和环球小姐成为清一色的白人，这给世界选美无不打上深深的所谓“白人优越论”的烙印。如果说这尚不能列入选美政治化之列，“世界小姐”针对尼日利亚的两次决定则将政治倾向暴露无遗了。1995 年 11 月，世界小姐选美在南非举行期间，尼日利亚军政府处死了九名民主人士，选美组委会遂将正在参赛的尼日利亚小姐拉吉列入黑名单，取消了其参赛权。七年后的11月，世界小姐选美在尼日利亚举行之际，由于此前该国北部索科托、卡齐纳等地的伊斯兰教法庭对几宗“通奸案件”做出用石头砸死的判决，遭到西方国家群起而攻之，与之相呼应，不少佳丽做出罢赛决定。事情至此远未结束，当地报纸的一句低级拙劣的玩笑不幸又成为一场宗教冲突的导火索，造成200余人命归黄泉、20个教堂和8个清真寺化为废墟的悲剧，世界小姐比赛不得不移师老家伦敦进行。选美溅满鲜血、染上血色，这血的教训理应引以为戒，可不知能否唤起组织者的深思？

三大选美组织各自为政、自成体系，缺乏必要的权威性，是各类选美活动难以逾越的陷阱。目前，三大全球性选美组织分别以颁发许可证或代理书的形式，通过单线联系的方法，在世界大多数国家寻找到了各自的代理人或代理机构；这些遍布全球的选美代理，良莠不分，鱼龙混杂，绝大多数在本国缺乏认可，不具备代表性和权威性；他们与各自的选美总部形成隶属的管理体系，下级负责在本国为上级选拔参赛者，三大选美机构各行其道，井水不犯河水。2001年参赛的墨西哥世界小姐代理向我反映，这种似乎合理的管理体制导致各类选美活动在同一国家轮番登场，且互相拆台掣肘兜圈子，浪费人力财力精力，给“美丽事业”投上了一层难以消除的阴影。

世界小姐组委会近年表示，为了改变过去重外表轻内在的弊端，使当选佳丽不致成为“绣花枕头”，特在比赛中取消了泳装表演。试问，仅这一取消就能达到选美目的？由此可见，选美规则前后不一、自相矛盾暴露出选美组织的内部管理和选美宗旨的混乱性，无疑给选美活动披上了一层忧郁的外衣。

综上所述，既然是商业气味浓烈的美丽表演活动，就应该按照经济规律运行，遵守客观、公正的游戏规则，树立权威性，消除混乱性。如果选美组织者真心想为世人特别是青年，每年选拔和树立一个秀外慧中的典范、热爱和平的使者、倡导文明的先锋、渴求知识的标兵和助人为乐的楷模，那么就不应该把双眼仅仅停留在商业利润上，而应该放远目光，自觉地担负起教育、培养参赛者与当选者的社会责任与义务；而参赛者和当选者更应该以身作则，率先垂范，不辱美誉，从而使选美活动名副其实，当选小姐表里如一。如是，人们头脑中对选美活动形成的问号便会拉直。

2001 年“世界小姐”选美参赛佳丽风采迷人

第三节 “南非小姐”心灵美

选美庆典一年一度

1999年元旦前夕，南非小姐选美仪式在著名的旅游度假胜地——太阳城举行，来自全国各省的九名佳丽在这里一展其迷人的风采。当夜鲜花人尽观，不知花冠落谁家。经过激烈角逐，来自夸祖鲁—纳塔尔省的索尼亚·拉丝蒂小姐艳压群芳、脱颖而出，赢得1998年“南非小姐”的桂冠。这位风度翩翩、楚楚动人、气质高雅的20岁的小学教师对记者自信地说，她有信心竞争世界小姐，为南非捧回这一举世瞩目的桂冠。未料，在2000年的世界小组选美大赛上，索尼亚荣获亚军，与冠军失之交臂。

当选南非小姐需要过五关斩六将
最后角逐更是异彩纷呈异常激烈

南非小姐是经过民选层层选拔产生的。先以区为单位选美，获胜者再参加市级比赛，该市的夺冠者才能参加省级选拔，九个省的小姐最后入围南非小姐选美。全国选美的第一名当选为南非小姐，同时选出第二名亚军和第三名季军。

1998年“南非小姐”前三名。

2001 年“南非小姐”前三名。

2004 年“南非小姐”前三名。

南非小姐一年一选，任期一年，特殊情况下可以延长任期。比如 1997 年的南非小姐克里施尼·奈克就因为全国选美时间向后推迟半年，任期长达 18 个月。南非小姐在任期间如发生意外，第二名替补为南非小姐。

当选南非小姐不但需要优越的自然条件：五官端正、容貌漂亮、身材优美、仪态婀娜，而且需要优越的内在条件：高雅脱俗的气质、飘逸迷人的风度、高等教育的知识修养、积极向上的人生追求。1999 年参加竞选的九名佳丽可谓亭亭玉立、光彩照人、超凡脱俗、各有千秋。她们之中，有一名获得硕士学位，其余八人要么是学士，要么是在校大学生。她们虽从事的职业不同，却有相同的人生追求，立志要干一番事业，为国家进步和人民幸福做出自己的最大努力。

选美，除看中外表美外，更重视心灵美。选美的最后一道关就是对小姐智慧和追求的综合测验。经过晚礼服、长裙、短裙和泳装的比赛之后，从九个小姐中选出前五名，评判员对她们进行提问。在回答关于女权运动、禁烟、如何迎接新世纪、如何做一个女法官和女人除外表美外什么最重要等问题时，小姐们个个反应敏捷、对答如流，赢得全场雷鸣般的掌声。索尼亚对最后一个问题的回答是：“自信。勇敢地面对生活，树立坚定信念，理想就会变成现实。”

南非小姐代表南非的对外形象

小姐选美仪式成为全民族庆典

南非小姐是美丽的：外表美、心灵美。正因为如此，南非小姐不仅成为南非少女心目中的偶像，更是南非人民心目中的公主，他们无不以“南非小姐”这样美丽的形象代表南非而感到自豪和骄傲。在 1998 年的环球小姐和世界小姐竞选中，美丽迷人的南非小姐奈克皆进入了前十名，只因她身高 1.69 米，未达到比赛要求的 1.73 米的身高而未能进入下一步的角逐。尽管如此，奈克还是被评选为“非洲小姐”。

南非人喜爱他们的“小姐”，积极参加小姐选美活动。正因为如此，无论是区、市、省，乃至全国，选美之日一般定在节假日，此日也成为不同范围内的一种节日。约翰内斯堡里沃尼亚区当年的选美日期定在星期六，此日艳阳高照，碧空万里，该地区的居民兴高采烈地来到选美地点——购物中心广场，先是观看舞蹈、音乐、武术等表演，同时可以随时在临时售货点购物，然后再去观看选美。该区小姐范齐尔经过角逐当选为豪登省小姐，参加全国比赛夺得亚军。

越来越多的南非人成为“南非小姐”选美的参与者，以至于全国选美仪式成为全民族的庆典。南非国家电视台向全国转播了选美实况，数百万人收看，

2003 年“南非小姐”(右)和“南非少女”。

选美现场更是座无虚席。选美仪式集歌舞、音乐、服装表演、民俗表演于一体，突出“彩虹国度”民族团结这一主题。国旗的六种颜色不但体现在参赛小姐和演员的服装上，而且反映在舞台的设计和灯光艺术上。选美仪式成为一次大型文艺晚会，成为一个全国性的庆典，增强了全民族的凝聚力。这个庆典拉开了圣诞节的序幕，犹如我国的春节联欢晚会，已逐渐成为一种民俗。

1999 年“南非小姐”“卑躬曲膝”与“粉丝合影”。

南非小姐是美丽迷人的光环
当选小姐人生道路由此改变

南非小姐是迷人的：落落大方、楚楚动人。南非小姐的桂冠是闪光的，当它戴到南非小姐的头上时，小姐就如同桂冠一样熠熠生辉、光芒四射，这光辉首先照亮了南非小姐本人的生活，改变了她的人生道路。

一旦当选南非小姐，资助选美的大公司立即赠给她 10 万兰特的现金和一幢供她在任期内居住的花园别墅，并赠给价值 1.5 万兰特的货物，这些货物以小姐的名义赠给一家慈善机构。她还可以得到一辆价值 15 万兰特的小车，价值 3 万兰特的钻石，3.5 万兰特的服装及衣柜，4 万兰特的鞋子和 4 万兰特的化妆品。此外，南非小姐还能得到 5 万兰特的旅游费，2 万兰特的行李费，3 万兰特的住宿费，5 万兰特的人身保险和 8000 兰特的手机费。这些费用，再加上任期内特殊身份所挣得的收入，一年之内将成为“百万小姐”。

1997 年南非小姐奈克说，任期内她参加了许多世界性和全国性的活动，出席了为数不少的场合，认识了各国各界的名流，锻炼了她的社交才能，学到了书本上根本无法学到的东西。南非小姐改变了她的人生道路，给她带来了好运。她相信“成功之路永远在自己脚下”。

南非小姐具有崇高的事业追求，而当选南非小姐则给本人提供了施展才华和实现理想的良机。索尼亚热爱教育事业，热爱孩子，认为教育是国家发展的基础、经济腾飞的基石。她表示将来要从事教育，提高少年儿童的知识文化水平，于是决定把得到的 10 万兰特奖金的一部分捐献给“曼德拉儿童基金会”，

“我知道这仅仅是个开端，前面的路还十分遥远，但我相信通过努力能实现自己的奋斗目标”。

一位南非名人这样指出，南非小姐是一位角色模特和民族的美丽象征，在获得的所有奖励之外，她同时赢得全民族的喜爱。

“南非小姐”秀外慧中

在“南非小姐”选美庆典上，经过春夏秋冬服饰的魅力展示和两轮即席回答问题的智力角逐，22 岁的赫莎·汉密尔顿小姐过关斩将，以其艳压群芳、聪慧过人的独特魅力脱颖而出，荣膺 1999 年度“南非小姐”。

身高 1.80 米的赫莎双腿修长，亭亭玉立，就像其数位前任一样，确是一位窈窕动人的美丽姑娘。在选美舞台上，在灯光照耀下，身着不同服饰的她时而端庄典雅、素雅大方，时而风貌楚楚、光艳照人，时而妩媚娉婷、婀娜秀逸……整个选美过程中，她始终挺拔超群、风度迷人，终于人心所向、如愿以偿地摘取“南非小姐”的桂冠。赫莎毫无掩饰其当时的兴奋心情，笑言激动得浑身颤动，似乎陶醉在梦里。

就在赫莎折桂的次日，我走进太阳集团的总部大楼采访了她。身着黑色便装的“南非小姐”脱掉头上的耀人光环，给人一种朴素自然之美。我们的话题便从她当时的感受开始，赫莎会意地嫣然一笑：“我现在仍然十分激动，不过已经回到现实之中了。”

赫莎毕业于南非纳塔尔大学经济系，仍在业余攻读金融学。谈到学校读书和业余深造，赫莎首先提起父亲对她的精心

“南非小姐”美丽动人。

栽培："父亲是一位酷爱学习的经济管理人士，从小就经常鼓励我努力学习，掌握本领，相信自己，用真才实学去实现自己的理想。"在父亲的熏陶下，她坚信"知识就是力量"这一名言，认为她现在投资咨询员的职业，如同许多其他职业一样，既需要本领域的专业知识，也需要其他方面的广博知识，否则将落后于知识爆炸的时代，而不管你是青年还是老人。

知识为"南非小姐"平添了许多魅力。这次选美中每个入围的参赛小姐必须即席回答两个问题，当赫莎听到"作为一位南非小姐，如何向来访的外国旅游者导游"时，她脱口而出，先带客人去开普敦，再到自己的家乡夸祖鲁—纳塔尔省，然后来到约翰内斯堡。赫莎对这三个地方的旅游景点及其特点了如指掌，如流的对答赢得全场热烈掌声。而当问她"男人在社会中的最大作用是什么"的问题时，她不假思索："男人的最大作用是支持和爱护女人。"这一简短、机智，又略带几分俏皮的妙语答词连主持人也忍俊不禁，观众哪里还顾得上吝惜自己的掌声和欢呼声呢？

追求知识使赫莎养成了喜爱读书的好习惯。她喜爱阅读小说，特别是名人传记，更对一本关于南非"真相与和解委员会"的书爱不释手。"阅读这本

笑对镜头，光彩照人。

“黑牡丹”乐开了花。

书，特别是其中关于‘真相与和解委员会’内幕的情况，不但能了解南非的历史，而且能加深对南非现实的认识，从而引发对新旧南非转变时期的思考。”她若有所思的专注神情和独具角度的一番见解，不禁让人感到此情此景似乎应与眼前这位漂亮小姐无缘。赫莎说自己与书结下了难解之缘，一直想继续深造，攻读硕士、博士学位。

赫莎是位性格外向的姑娘，爱说爱笑，明快的谈笑中对人和事的看法泾渭分明。当我们的话锋转到如何看待“美”时，她认为一个人的心灵美胜于外表美，因为心灵美方能“长久不衰”。“举例而言，一个美人，如果她缺乏善良、诚实、乐于助人等美德，行为不美，即使她天生丽质、美艳绝伦，她的美也是不能令人称赞的；反之，一个人虽相貌平平，却具有做人的美德，这才是真正的美，人们无疑会喜爱她。”我反问道：“你认为什么是做人的美德?”赫莎胸有成竹地回答：“一个人，特别是青年人，应该诚实、正直、善良、勤劳、乐于助人、积极进取、对家庭和社会负有责任感。”作为“南非小姐”，她将尽快投身到社会之中，为帮助孤儿和艾滋病患者奉献一片爱心，为国家减少失业、创造就业机会而积极参与教育事业。

谈到自己，这位金发碧眼的漂亮姑娘自认为仪态端庄、秀气美丽，同时“头脑清醒，能够掌握平衡、把握自己，不过分追求金钱和穿着打扮”。她喜爱

2002 年“南非小姐”曾来中国参赛“世界小姐”。

穿 T 恤衫和牛仔裤，不爱浓妆艳抹，崇尚自然之美，这大概只能从其生长在海边、喜爱大自然中寻找答案。

话题落到“南非小姐”的自然美时，赫莎神情专注地反问：“‘中国小姐’如何看待美?”当得知当时尚无“中国小姐”，因为中国不主张选美时，她睁圆双眼，大为惊诧地问：“为什么?”由于中国和南非两种截然不同的文化背景，听完我的解释她仍不明白，非要打破沙锅问出个子丑寅卯来。于是，她对我发表了一席主张中国选美的演说：“选美不仅仅是依据漂亮的脸蛋、优美的身材，而且注重参选者的气质、风度、知识修养和美好心灵，是秀外慧中、内外美相结合。‘南非小姐’是女青年的一个偶像，已成为一个特定角色，代表着国家形象，是一位民间大使。我以自己能有幸承当这一角色而感到格外自豪。”她稍一停顿，认真地看着我，用肯定的语气说，“中国也应该有自己的‘中国小姐’”。

临别时，赫莎为自己在“世界小姐”选美时遇不上“中国小姐”而感到无不遗憾。也许是美女有远见，仅两年后，中国佳丽就来到南非，参加世姐大赛。四年之后，“世界小姐”选美大赛在中国三亚连续举办了三届。

第四节　“黄金姑娘”归故里

荣获2004年奥斯卡最佳女主角仅仅一周之后，即同年3月6日，莎丽丝·赛隆就踏上了祖国的土地。在为期一周的祖国之行中，她受到了举国上下热烈而又隆重的欢迎，使她无处不感到亲切温暖和受宠若惊。在新闻媒体轮番“轰炸”的采访中，在民众热情的期待中，莎丽丝始终以谦恭的态度微笑以对，彬彬有礼，落落大方，从未以“大腕”自居，从未摆出“大明星”盛气凌人的架子，赢得了民众的交口称赞。她被誉为南非的“黄金姑娘”，遂在全国掀起一股“莎丽丝热”，一时成为人们心目中的“青春偶像”。

红地毯迎接佳人凯旋

3月7日晚7时，一辆崭新的黑色奔驰600徐徐驶入南非有线电视台。当莎丽丝下车踩上红地毯时，激动的人群挥舞着小旗，五彩纸屑朝她撒来，耳际是齐鸣的鞭炮声，著名歌星为她高唱《欢迎来到非洲》……面对此情此景，她一边接过鲜花，一边激动地说：“我不敢相信这一切。”

这是电视台在欢迎莎丽丝前来参加现场直播节目。面对全国观众，主持人问她手上戴的戒指是否有特殊意义，因为不久前曾传闻她已怀孕，她笑答：“是，是的，你这个鬼鬼祟祟的淘气鬼，我们（指她和演员男友汤森）还没有订婚。我们在一起三年了，我没有怀孕。我是一个幸运的女孩，这只是一枚表达爱情的戒指。”

电视台特意找来了莎丽丝母校的小学老师和舞蹈学校的几名老同学。在那样一个特殊场合重逢，大家格外亲切。老师回忆说，莎丽丝小时就聪明刻苦，富有理想，认为自己能成

美女朝您走来，您认识她吗？

名，而今如愿以偿，可喜可贺。老同学谈起往事，欢声笑语中难免夹杂着喜庆的泪花，大家都为莎丽丝而感到自豪。

一个人的辉煌，是一片土地的荣光。从 16 岁在黄金城伯诺尼镇骑自行车上舞蹈学校的一名靓丽女孩，到 28 岁作为大明星衣锦还乡，莎丽丝为南非带来了骄傲，南非人因她而感到自豪。

总统馈赠黄金矿石

3 月 8 日晚，应姆贝基总统之邀，莎丽丝与母亲踩着红地毯来到总统府。姆贝基送给莎丽丝一件特殊礼品——一块含有一盎司黄金的矿石。这块珍贵的矿石是南非两位矿业老板送给总统，再以总统的名义赠给莎丽丝。放置矿石的木盒子上写着："赠给莎丽丝·赛隆，我们南非的影星，姆贝基总统赠送。"

姆贝基祝贺莎丽丝荣获奥斯卡大奖，感谢她为南非赢得了荣誉："好，太棒了，我们非常高兴，全国人民都感到自豪。"莎丽丝同时感谢总统在自己刚获奥斯卡女主角后，通过她母亲向她发来的贺电。

总统在贺电中说："南非再度获奖了，从诺贝尔和平奖和诺贝尔文学奖，到现在的奥斯卡最佳女主角奖。赛隆用事实证明，我们作为一个国家，能够产生世界上最优秀的人才。"在电影《恶魔》中，我们看到莎丽丝"凭借着其坚强的意志和坚韧的情感，战胜其个人早年的家庭悲剧环境，使自己的表演更加出色"。"在自己的个人生活中，赛隆小姐是南非从过去的巨大痛苦到今日取得伟大成就的准确象征"。姆贝基如此说。

南非文化艺术部特意向莎丽丝发出贺电，并在报纸上用整版的篇幅刊登出来，对她荣获大奖、为国家赢得荣誉表示热烈祝贺。

曼德拉高度称赞

3 月 11 日中午，南非前总统曼德拉邀请莎丽丝·赛隆共进午餐，祝贺她荣获奥斯卡最佳女主角。面对记者，曼德拉无不幽默地说："在这样一位世界名人面前，我竟不知说什么话了。"他感谢莎丽丝为南非作出了"贡献"，"使那些原不了解南非的人知道了我们，同时改变了世人总是把南非与种族隔离联系在一起的旧印象"。

曼德拉见了美女也高兴。

面对曼德拉的称赞，莎丽丝激动得热泪盈眶，她对曼德拉说：“我热爱你。”说完，她就与曼德拉拥抱。她表示：“曼德拉是人之楷模，使世人得到鼓舞。他不但属于南非，而且属于世界。”她此前曾指出，自己期待着与曼德拉见面，“他经历了太多的艰难困苦，但身上没有一盎司重的仇恨，有的是希望、爱心和同情”。

这是莎丽丝第二次与曼德拉会面。五年前回国时，她曾应曼德拉的邀请与之见面，当时，曼德拉就表示，以后将邀请她共进午餐。

回报祖国和人民

《欢迎回家，莎丽丝》，这是她抵达南非的当日，《星期六星报》头版头条的通栏大标题。南非全国上下，从政府到民间，从新闻媒体到普通民众，由衷地祝贺她获奖，真诚地欢迎她凯旋。

莎丽丝这次回到祖国受到一系列的隆重礼遇，这使她未免感到受宠若惊。回国期间，她出席了慈善晚宴，拍卖自己的服装捐献给慈善事业；她访问了艾滋孤儿院，表示将为遏制艾滋病蔓延尽心竭力，并将为此成立一个基金会；她还希望与南非同行合作，促进祖国电影业的发展。在问及是否愿意成为“国家的形象大使”时，莎丽丝说，如果有幸成为南非的形象大使，她一定尽其所能，在国际社会宣传自己的祖国，帮助国家战胜面临的困难，为南非树立更好的国际形象。

南非民众清楚地发现，莎丽丝这次回国与上次的明显区别是，她要进一步为国家作出自己的贡献。上次，她站在“反对用暴力虐待妇女和儿童运动”的前列，自己的形象也出现在电视公益广告“真正的男子汉不会去强奸妇女”中，并因此引起一些非议。在一片非议声中，她坚定地认为：“任何形式的暴力都是不能接受的，我们能够用自己的声音来阻止暴力。”

这次，她表示要“建立一个基金会，进行艾滋病检测和DNA检验”。“我们的民众在死亡，我们的孩子被沦为孤儿，我要为遏制艾滋病蔓延尽心尽力。”她表示，每个人都能为此做出自己的努力，并不需要等到获得诸如奥斯卡奖一类的奖项后，才可以为国家作贡献。她强调教育能够促使变化，“只要有教育，就会有变化”。

莎丽丝对祖国和人民真诚的赤子之心，使人回想起她的一句话：“我仅仅失去了南非口音，但没有失去祖国文化。”这是她回答有关为何操美国口音时讲的，“美国口音只是为了谋生和工作的方便”。

赢得人民的厚爱

在获奖晚会上，莎丽丝激动地表示，她感谢正在收看电视转播的南非民众，她将于下周回祖国南非。得知这一消息后，南非航空公司主动与她联系，为她和随从人员提供了免费的头等舱机票，还赠送她一张“白金贵宾卡”，这是世界领袖人物、国家内阁成员和极少数名人才能享受的特殊待遇。

莎丽丝为国增光添彩，她生长的小镇更是倍感自豪。人们争相谈论她，从母校师生到街坊邻居，从商店顾客到饭店老板。她曾去过的几家饭店不约而同地推出了“莎丽丝喜爱的饭菜”，诸如奶酪饼、牛肉派、双层奶酪汉堡等。受到鼓舞最大的还是艺术院校的师生，他们原以为世界级的大奖“可望而不可即”，莎丽丝用事实告诉他们，一个人通过自己的努力，可以把获大奖的愿望成为“现实”。

除姆贝基总统赠送莎丽丝黄金矿石外，黄金城的一位宝石商将新近在莫桑比克发现的一颗极为稀有的“天河石”命名为“莎丽丝之人”，并表示在切割磨光后送给她。宝石商斯蒂文·法恩说，该块海蓝色的绿松石上，带有非常漂亮的蓝色和灰色纹理，十分罕见。无独有偶，钻石商布朗兄弟赠送给莎丽丝一对镶有 1.6 克拉钻石的白金耳坠。

所到之处，莎丽丝没有一点“明星”和“大腕”的架子，更不以“名人”来标榜自己。南非人民以拥有这样的“美丽天使”而自豪，不少人形容她是“不朽的木兰花”，新闻媒体更是将其形象地比喻为南非的“黄金姑娘”。

此间报纸就此发表评论认为，莎丽丝带给祖国的不仅仅是荣誉和自豪，她以其超人的勇气和非凡的韧性取得了事业的成功，为全国人民，特别是青少年树立了一个楷模。“‘勇气’和‘韧性’是她带给祖国青少年的精神财富，如果年轻人能从中得到启示，将会受用无穷。”

丑陋为美丽增色

成功的光环上总是闪烁着汗水和泪花。莎丽丝曾演出过《山谷两日》、《总有骄阳》、《巴格·文斯传奇》、《潜水风暴》和《甜蜜 11 月》等影片。对莎丽丝而言，《恶魔》是其力作，使她的事业达到辉煌，为她先后赢得 15 个奖项，然而很少有人知道，作为女主角和制片人之一的她，全身心地忘我投入这部影

角度一变，树比山高。

片，在一定意义上，是其个人不幸的家庭遭遇的写照。

1975 年 8 月 7 日，莎丽丝出生在黄金城约翰内斯堡以北的伯诺尼镇。她 6 岁开始学习芭蕾舞，并想在美国成为一名舞蹈家。1991 年 6 月 21 日，15 岁的她目睹了一场家族悲剧的发生：酗酒的父亲从酒吧回来，她本能地预感到家中将要发生不幸的事情，父亲从身上掏出手枪，母亲在自卫中枪杀了父亲。莎丽丝后来讲，那晚在她心中留下的伤痕，就像一个文身。“这就是我的过去，但它没有毁灭我的前程。”

此后不久，16 岁的莎丽丝在“今日新模特”大赛中夺冠，人生开始大转变。她飞往意大利米兰，活跃在欧洲的几个时装之都，她这个“南非小镇飞出的金凤凰”一时成为耀眼的模特新星。从小就梦想成为芭蕾舞演员的志向又驱使她奔赴纽约，走进一所芭蕾舞学校。18 岁时，她因膝盖受伤而被迫中止舞蹈生涯，在母亲葛妲的说服下，她购买了一张飞往洛杉矶的单程机票，开始只身闯荡好莱坞。她后来笑言：“我当时连好莱坞在洛杉矶都不知道。”而今，她却跻身于世界十大明星之列。

在《恶魔》中，虽然拥有 1.77 米的身高，36B–24–36 的优美线条和金发碧眼的漂亮脸蛋，但是莎丽丝不是以“花瓶”形象取胜，而是反其道而行之，以挑战外貌、戏路和演技夺魁。为了逼真地塑造一个恶毒堕落的变态女杀手，她不但增肥近 15 公斤，而且剃掉眉毛，装上黄板牙，满脸点上雀斑。她还研究犯罪心理学，深入角色心灵深处，进而在眼神、口吻、步伐、动作诸方面，全方位地刻画人物，以使表演形神兼备，入木三分。

第五节　南非社会的“窗户”

常言道：“眼睛是心灵的窗户。”那么，什么是社会的窗户呢？窃以为，是时装。这一对“窗户”的认识，是在采访南非时装节时产生的。

2004 年 7 月 29 日 ~ 8 月 1 日，南非第八届时装节在黄金城约翰内斯堡国际会议中心举行。评论界一致认为，本届时装节标志着南非时装已从非洲本土和欧美时装的阴影中走了出来，形成自己的特色。时装的南非特色可概括为大小两个“四化”。从宏观角度观察，时装的“四化”是：观众时装化，表演综合化，时装政治化，设计个性化。从微观角度观赏，时装的“四化”表现为：

男装女性化，女装性感化，时装生活化，休闲开放化。

本届时装节是在新南非诞生十周年之际举办的。十年来，新政府致力于发展国民经济，提高黑人的社会经济地位。时至今日，这一政策已初见成效。从时装观众的人员构成及其着装打扮就能明显地感受到这一变化。前几年，前来观看时装节的黑人观众寥若晨星，且是应邀而来。这一年，黑人观众大幅增加，多是购票入场。此外，他们个个服饰考究，不落俗套，令人刮目相看。

种族隔离制度给南非社会打下了深刻烙印，黑白鸿沟过去犹如万丈深渊难以逾越。新政府实施种族和解政策，在提倡种族平等的同时，努力促进种族融合。在时装节期间，黑白青年携手观赏表演这种过去罕见的事情在这次服装节期间已成为寻常。一对打扮入时的黑白少女手牵手、肩并肩入场，并排相邻入座，言谈举止亲如姐妹，让人误以为她俩是参展的时装模特。

作为南非时装节的总导演、老华侨后代郑先生表示，南非时装具有浓厚的政治色彩。显然，此言不是指从时装节上能够嗅出的“和解”、“平等”与“黑人经济地位提高”的政治气味，而是说政治充满南非社会的各个角落，时装当然难有例外。本届时装节共有35个服装设计师参赛，观众注意到，有的时装上印有黑人觉醒运动领袖比科的大头像。在最后一场表演里，设计师独具匠心，将“自由”、“民主”、“和解”、“重建”和“信心”等文字绘制在十个彩带上，再通过十名模特斜挎彩带的特殊表演，形成一种政治广告，赞扬新

这几位礼仪小姐像模特吗?

政府十年来取得的重大成就。郑先生笑言："南非是一个多元社会，反映在多姿多彩的时装上，政治又是必不可少的一元。"

在经济全球化的今天，任何国家都不是一座孤岛，南非时装受到欧美和非洲大陆的影响也在情理之中。难能可贵的是，在经过一番迷茫、徘徊后，南非时装找到了自己的位置，形成自己的特色。这一特色既有别于欧美式的过分夸张，也不同于非洲大陆的固守传统，更异于旧南非的囿于一隅，其主要特色是立足本国，以我为主，博采众长，大胆创新，形成两个"四化"，进而展示南非社会的多元特征，反映南非社会的发展脚步。南非的时装，事实上是这个社会变化的一个缩影，是观察这个社会的一扇窗户。

假如您想认识一个社会，最直接、最简便的方法也许就是打开时装这扇窗户——不仅仅是观赏时装节，还要走进大都市的繁华闹区，观赏在街头流动的服饰，特别是俊男靓女们的入时着装打扮，它是一个社会时尚的"风向标"。在这里，时装成为一种"语言"，不单纯是美的符号，它能引起人们对一个社会的深层思考。

服装表演反映社会生活。

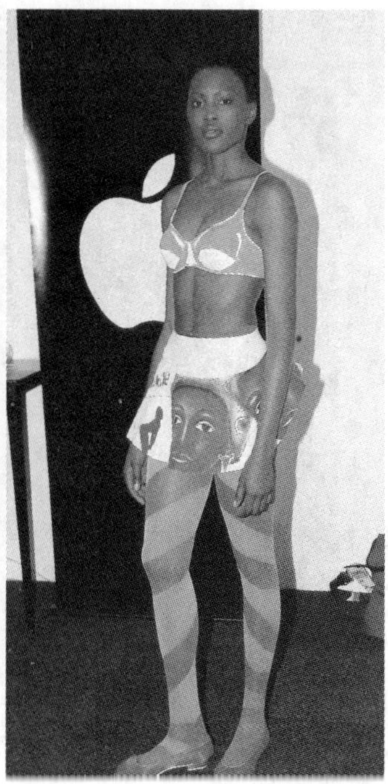

第十八章　旅游天堂

美国作家马克·吐温曾访问过毛里求斯。他说："上帝先创造了毛里求斯，然后才建造了天堂。"言下之意，毛里求斯是人间天堂。

毛里求斯被誉为"印度洋上的明珠"和"旅游者的天堂"。那里的海滩特别吸引人，白沙细软，风日清和，美女云集；如果能下到海底，更是另有一番景象，奇妙的世界让您如痴如醉。毛里求斯因此每年吸引着世界各国络绎不绝的游客。

也许是马克·吐温一叶障目，辽阔的非洲大陆更是令人神往。许多人都说："如果当今世界上有天堂的话，那就是南非。"南非有多种族的人民，多色彩的文化，丰富多彩的旅游资源，良好多元的旅游设施，以及人们感叹的多么美好的气候！有人说，南非将全世界的旅游资源浓缩在一起了，可谓"茫茫世界在一国"。如果您想省时省力省钱地周游世界，那就旅游南非吧，旅游一国等于遍览全球！

南非不但旅游资源丰富，而且人们的旅游度假观念超前。走进南非度假村，您的休闲观念一定会受到启发。

平心而论，非洲国家的旅游资源各具千秋。刚果（金）的火山爆发别具一格，景观独特；非物质文化旅游遍布全洲，方兴未艾，在丰富旅游项目的同时，保护着民族民俗文化，继承着民族传统精神。

第一节 举国处处有美景

纳米比亚——雾中沙漠行，美景眼底收

汽车沿着海岸线在沙漠公路上北行，右边是茫茫沙漠，云雾蒙蒙之中透出惨淡的金黄色，恍若置身于黄土高原之上；左边是滔滔大海，白浪滚滚不时拍打着海岸，一望无际的蔚蓝色海洋被重重薄雾遮住了视线；前面依旧是望不尽的沙漠世界，大西洋的波涛和本格拉寒流形成的雨点和雾气隔着车窗不时向我们袭来，雨刷器在不停摇摆，为了行车安全，车灯划出两道光线指示着方向……

纳米布沙漠南起南非西北部，北至安哥拉西南方，纵贯纳米比亚西部，大自然的神工巧艺在纳米比亚西海岸创造了这一独特的沙漠景观，外加由南极而北上的本格拉寒流的影响和西方殖民者的侵入，又给沙漠世界增添了斑斓的色彩——十字角、海豹滩、旅游城、沙漠城市、沙漠别墅、沙漠摩托车赛……

俗话说："靠山吃山，靠水吃水。"近年来，聪明的纳米比亚人民"吃"起沙漠来，利用沙漠发展特色旅游，吸引来五洲四海的游人，使旅游成为国家经济新的增长点。

我们是从旅游城——斯瓦科普蒙德市出发北上的，由于置身于沙漠世界，柏油马路基本上为细沙所覆盖，汽车实际上是在沙漠上行驶，路旁没有标志，四周荒无人烟，举目皆是沙漠，仅这一瀕海的沙漠风情就使不少游人陶醉其间。旅游城北 115 千米处是举世闻名的十字角海豹滩，约十万头海豹聚集在那里，以海中的浮游动物为生，游人在此站在沙滩上观看，形态各异的海豹尽收眼底。

旅游城和十字湾中间是亨蒂斯湾的沙漠城市。由于该湾盛产各种鱼类，每逢节假日，钓鱼爱好者从数百公里外来到这里，悠游自在地坐在海岸垂钓，常常满载而归，垂钓者也就越来越多，从而刺激了滨海沙漠旅馆的快速发展，沙漠城市的规模随之不断扩大。

从沙漠城市继续南下，漫漫黄沙之中出现了一幢幢色彩鲜明、格调迥异的沙漠别墅。我们从一家家门前经过，好不容易发现一家屋内有人，走近一问，方知我们已经置身于"沙漠度假村"。由于当地缺乏饮用水，每户的房顶都竖立着一个大水缸，构成一幅别致的沙漠别墅图。

继续南下，我们便回到著名的旅游城市——斯瓦科普蒙德。1884 年，德国殖民者占领纳米比亚，由于这块殖民地上唯一的深水港口沃尔维斯港已被英国占据，德国殖民者只好另选出海通道。1892 年，他们开始在沃尔维斯港北 35 千米处建设新港口，使得这座建造于茫茫沙漠之中的滨海小城富有日耳曼民族风格：规模大体相同的别墅，样式基本一致的房屋，艳丽而大同小异的色调，华美而古板严肃的街景。时至今日，全市三万多居民中有 1/3 是德裔，这座风格独特的昔日港口成为今日的旅游城市，中高档饭店和出租车公司比比皆是，接待着远方而来的游客，特别是欧洲游人。

沃尔维斯港位于斯瓦科普蒙德南 35 千米，沿途是另一番沙漠风情。漫漫黄沙堆积成座座沙丘绵延起伏，未料却成为当地旅游公司的生财之道，沙地摩托车旅游项目应运而生，远道而来的游人争相驾驶宽轮胎摩托车穿越沙丘，亲自体味一番沙漠的荒野情趣。

过一把沙漠摩托车瘾，就来到南部非洲西海岸最大的天然海岛公园。在大西洋海水形成的咸水湖里，栖息着全世界 9/10 的燕鸥和南部非洲 3/4 的火烈鸟。目睹一群双翼如火的火烈鸟展翅腾空，游人无不如痴如醉，流连忘返。

结束沙漠沿海之行后，再乘越野车深入纳米布沙漠腹地，观赏奇异的月球风光和神奇的千岁兰，然后再去北部的艾陶沙国家公园和北部边境地区的卡普里维地带野生动物园……纳米比亚的天然美景和独特魅力令人陶醉。

纳米比亚的沙漠摩托车赛别具风情。

“一方水土养活一方人。”蓬勃兴起的旅游业为纳米比亚创造了数以万计的就业机会，纳米比亚接待的旅游人数从1992年的15万人上升到1997年的40万人，进入新世纪后突破50万人，从而使旅游收入占国内生产总值的7%以上，成为国民经济的一大亮点。

南非：茫茫世界在一国

南非旅游资源甲天下。美丽的自然风光、绚丽的动植物世界、多彩的民族文化、丰富的矿产资源吸引了来自五洲四海的游人，茫茫世界在一国，“旅游一国等于环游世界”就是游人对南非旅游的高度概括。

从林波波河到好望角，从德班到大西洋东岸，遍布全国、各具特色的旅游热点比比皆是，主要的旅游点可概括为一角一山一岛，一道一村一港，一窗二园三城。

我们现在就从开普敦出发，从南到北、从沿海到内地“环游世界”吧！开普敦是南非的“母亲城”，始建于1652年，得名于好望角，意为“海角之镇”。开普敦之所以闻名于世，是因为有一角一山一岛，即好望角、桌山和罗本岛。好望角是非洲大陆的西南端点，东西方的海上交通要道。由于地势险恶、巨浪滔天，葡萄牙航海家当年阴差阳错地发现它时，当初称其为“风暴角”。只因为当时的葡萄牙国王约翰二世认为海角既已发现，东西方水路开通指日可待，必将为殖民者带来好运，遂改名为“好望角”。好望角是南非历史的一个转折点，也是人类探险精神的一个真实写照。

开普敦是南非的“母亲城”，前拥大西洋，背枕桌山。桌山，顾名思义，顶端平整，平如桌面；海拔1087.1米，顶部常有白云笼罩，恰似桌布，桌山因此被称为“上帝的餐桌”，可谓大自然的一大杰作。

山不在高，有“奇”则名。世界上海拔过千米的山难计其数，唯南非开普敦的桌山拔海而起、顶平如桌而成为天下一大奇观。它是地壳运动的杰作，大自然的鬼斧神工。桌山之神奇，奇在它一边是大海，一边是平地，将大地与大海截然分开，成为开普敦的天然屏障与标签；奇在它垂直而上，直奔云霄，陡峭险绝而端庄沉稳，犹如一尊矩形巨石站立城头与海边；奇在它顶平方正，居高不险，山顶瞬息变化阴晴，艳阳与乌云相间；奇在它登高望远，居高临下，极目四望天际边，俯视四周皆一览无余。

桌山的“裂缝”是游人登山的蹊径。

游人到此，乘坐五分钟的缆车便可直达一马平川的山顶。山顶现已辟为自然保护区，除1400多种奇花异草外，还有麝香猫、鼬鼠和岩兔等小动物穿梭跳跃于岩石和灌木之中，有的还不时向游人“乞讨”。为方便游客，山顶有商店和饭店，还有厕所。为游客安全，四周在危险处设有护栏。这里的另一处景观是标明世界主要国家和城市的方位盘，吸引来自远方的游人寻找自己祖国的方位，告诉游客目前与祖国的距离。当您找到北京的位置时，标明桌山与北京之间的距离是“12946千米”。

细心人会留意到，这张大餐桌是由两个“拼”起来的，中间还留有一个小缝。不少徒步登山者就是从这个缝中上下的，沿途的羊肠小道“风景这边独好”。桌山两边分别有一座小山，因其形状酷似魔鬼和狮子，人们形象地称其为“魔鬼峰”和“狮子头”。魔鬼和狮子常年站立在“餐桌”两旁，为“上帝”看管桌上的美餐，眼看着美味佳肴而不敢动声色，可见魔鬼和猛兽也惧怕上帝三分。

站在桌山上北望，浩瀚的大西洋上有一座孤岛——罗本岛。为了争取南非黑人的解放事业，“铁窗硬汉”曼德拉曾在那里度过了长达18年的狱中生活，罗本岛也因此闻名天下，成为南非人民争取自由的象征；罗本岛也因此于1999年成为世界文化遗产。

从开普敦沿着二号国道东行，在从斯韦伦丹到伊丽莎白港的550千米的“花园大道”上，先是山峦起伏，继而海岸蜿蜒，两岸五彩缤纷、花团锦簇，伴随着风景连绵，森林、湖泊、溪谷、海滩交相辉映，天然好景，美不胜收。“花园大道”沿线，度假中心滨海而建，美丽城镇接二连三，乔治镇就是其中之一。这个三万多人的小镇有一半是白人，这是因为1811年开普殖民地向东扩张到此，并以当时英王的名字为其命名。由于开垦年代较早，此镇古风犹

在德班海滨冲浪很过瘾。

存，殖民时代留下来的蒸汽火车仍在行驶。乔治镇之北，就是闻名遐迩的鸵鸟城，南非 90%鸵鸟的出产地。

到达“花园大道”的东端伊丽莎白港，从此沿南非东海岸北上就可直抵名列非洲第一、世界第九的港口——德班。在短短 200 年间，德班从一个小城镇发展成为大都市，从主要进行象牙交易的港口发展成为有着 57 个泊位、14 个货物集散地、岸长 21 千米、水面面积 892 公顷的现代化良港，被誉为“非洲的门户”。作为美丽的港城，德班享有“南非的夏威夷”之称。这里的阳光、沙滩、海浪和旖旎的自然风光，吸引着络绎不绝的游人；印度洋独特的海浪和当地宜人的气候与海水温度，使这里成为世界冲浪者的乐园；祖鲁人、印度人和白人在这里和睦相处，亚非欧文化在这里交相辉映，形成多彩而别致的人文、自然景观。

从德班沿着海岸线继续北上约 35 千米，有一个祖鲁传统文化村。游人到此可以参观祖鲁原始部落的生活。走进祖鲁村，您可以身临其境地体验祖鲁人的生活：辨认不同年龄层次的女性的服饰，亲自参与祖鲁婚礼，目睹传统巫师为人们祈祷，品尝祖鲁人酿造的具有民族风味的土酒，欣赏那热情奔放、节奏明快的民族舞蹈……祖鲁人以耕作和畜牧业为生，种植玉米、高粱、葫芦和芋头，在大草原饲养牛群。强壮硕大的身躯、稍显宽圆的面部、较为深暗的肤色构成祖鲁人的外部特征；一手持矛、一手拿盾是其民族骁勇善战的真实写照；

而那热烈奔放、舒展自然、上身裸露的舞姿则无疑是其个性的尽情展示。

南非的地形好似一个扣着的瓷盘，沿海岸线是一条宽度 50 ~ 240 千米的狭长低地，中央是内陆高原草地，在高原与低地之间，耸立着一条与海沿线平行的裂谷。从高原向低地行驶，马普马兰加省省城——内尔斯普雷特一带的地势高度落差最大。从省城北行，断崖、绝壁、峡谷、岩洞构成一大自然奇观，沙比、雾观、长汤姆隘口、布莱德河大峡谷等著名风景区美不胜收。置身其中，目睹近在咫尺的悬崖峭壁和满山遍野的茂密森林，油然而生一种“振衣千仞上，濯足万里流”的广阔襟怀。顺着峡谷附近南下的林阴小道，来到一个位于陡坡边缘的眺望点——“上帝之窗”，秀丽风景尽收眼底，游人到此流连忘返。

世界上最大的著名动物保护区——克鲁格国家公园位于南非、莫桑比克和斯威士兰三国的交界处，其面积相当于以色列的国土，有五条河流从中穿过。这个国家公园内有 33 种两栖动物、50 多种鱼类、110 多种爬行动物、140 多种哺乳动物和 500 多种鸟类，其中包括大象、犀牛、野牛、豹子和狮子这“五大兽”生存其间，形成一个弱肉强食、各取所需的动物世界。进入克鲁格公园观赏动物，无疑是一次全新的人生经历。

与动物园南北遥相呼应的是位于桌山南麓的科斯滕什植物园，该植物园建于 1913 年，园内植物分门别类，标记清楚，其中有“南非国花园”和“铁树园”等同类植物比较集中的小园子。园内开花植物占南非 1.8 万种开花植物的一半，由于花卉的季节性强，园内的色彩与景观随季节变化，活脱脱一个千变万化的万花筒。

“一窗二园三城”里的三城是指钻石城金伯利、黄金城约翰内斯堡和旅游度假胜地太阳城。太阳城最早以赌博闻名，现成为集游乐、度假和赌博三位一体的旅游名城，于 1979 年 12 月建成后，每年吸引着来自世界各国的大量赌徒和游客，曾举办过数届南非小姐和世界小姐选美活动及多次百万富翁高尔夫球大赛。在非洲和世界性的最佳旅游地评选中，太阳城名列非洲第一。

太阳城由太阳集团创建，选址于一个死火山口，常年阳光灿烂，极少能见到阴雨天。这里也因此成为户外运动的首选之地，高尔夫球、山坡跳伞、人造海滩冲浪、观赏野生动物等，吸引着各类游人。正如太阳城有多种功能一样，南非具有丰富的旅游资源。有人形象地说，游南非一国等于遍览全球。

其实，除旅游景点外，南非丰富的旅游资源还体现在多彩的种族文化方面。世界上的三大人种——黑人、白人和黄种人生活在同一国度，亚非欧文明在南非交汇融合。在种族走向和解的新南非，多种族的人民、多元的民族文化构成了一个五彩缤纷的世界，南非前大主教图图把这种现象比喻为彩虹，把南非形象地称为“彩虹国度”。

对南非丰富多彩的旅游资源的认识，仁者见仁，智者见智。在南非的“母亲城”——开普敦生活多年的中国人，把开普敦的特点形象地称为“五个W”——气候（Weather）、风（Wind）、水（Water）、酒（Wine）和女人（Women）。亦即，开普敦的气候好、风大、水质优、葡萄酒味美和女人漂亮。凡去过开普敦的人，大都认为这“五个W”总结得比较经典。特别值得一提的是开普敦的大风，被称为"开普医生"（Cape doctor），据信这里的强东南风有利于人体健康，故名。

第二节　走进南非度假村

宜人的七月　甲天下的气候

当位于北半球的祖国正值夏日炎炎、热浪滚滚的酷暑之际，位于南半球的南非却处于暖日融融、凉风习习的冬天。冬无严寒是南非的气候特点之一，加之近年冬季的气温比往年高出3℃~5℃，暖冬气候，很是宜人。

南非港口城市——德班。

南非共和国位于非洲大陆最南端，三面环海，浩瀚的海洋对其气候起着调节作用。2954千米的漫长海岸线分别受到两个主要洋流的影响：一个是东边向南流的厄加勒斯暖流，一个是西面向北流的本格拉寒流。寒流给夏季送来凉爽的风，暖流则给冬季带来温和的气候，使得南非冬无严寒、夏无酷暑，常年的气温处于-5℃~32℃之间。

南非处于高压亚热带内，属热带草原气候。由于海拔较高，尽管三面环海，气候仍然干燥，年平均降雨量仅464毫米，而世界年平均降雨量是857毫米。通常认为，500毫米的降雨量是旱地农作物生长所必需的绝对最小值，而南非65%的地区年平均降雨量却达不到这个数字。

位于南半球的南非，它的四季与北半球正好相反。六、七、八三个月是南非的冬季，气温极少低于0℃，也罕有高于28℃的日子。暖冬常使毛衣、棉鞋派不上用场，商店里卖的仍是秋装。由于早晚温差大，不少女性中午还穿裙子，时髦女郎更是脚蹬高跟凉鞋、上穿露脐夏装。

南非的7月本是没有节日的，不过曼德拉的生日是7月18日，每年都有不同形式的庆祝活动，使得本已平静的7月热闹起来。

南非以其日照充足而闻名。122万多平方千米的土地上，常年阳光灿烂，平均日照时间约九小时。进入冬季后，经常是碧空万里，阳光温煦。驱车疾驶在高速公路上，前方朵朵白云漫游，两旁一片中国北方深秋的景色，您会感到似乎是直奔白云而去，只觉得江山如画，人在图画中。

在南非，天一亮，阳光就普照大地。7月份每天早上7时日出，晚上6时日落，日落日出之间便是黑夜。人们形容南非是黑色的人民、绿色的土地、黄色的资源，然而南非的冬天，绿色的土地却变成了黄色。放眼望去，农场、牧场是一片金黄色的田野。成熟的玉米已经垂下了棒子，等待人们去收获；绿草已经变干，有的已被收割机卷成一个大圈，就像一大卷黄色的电缆线距离不等地排放在田间；风水车的圆盘在微风中转动，像是测定风向和风力的气象标，周围是一片绿洲；点缀在田野里大小不等的树木，叶子已经发黄变干，唯有一人多高的仙人掌在精神抖擞地展示着青春活力。

冬季的落日是美丽的。南非海拔高，三面环海，在这里，太阳不是落山，而是在"山"上观日落。你看，太阳挂在西天，像是一个圆圆的红灯笼，它的体积似乎在渐渐变大，同时慢慢收回耀眼的光芒，它的光芒似乎变成涂向四周的晚霞。夕阳徐徐西下，渐渐变红变大，它的直径到最后大到有一米之长。当它快到海平面时，你感到它就要掉下去了，不禁为之捏一把汗；当它接触到海平面的那一刹那间，你觉得它似乎要滚动起来；渐渐地，它慢慢下沉，像是坐稳在那里，你的心不禁一松，眼看着它就变成了半圆，不一会儿就像一个害羞的小姑娘，看人一眼就躲藏起来。

太阳收起了余晖，黑夜随之侵入，笼罩四野。焚烧田间干草的滚滚浓烟直奔天空，夹杂在夜色中；一排排燃烧的地火，把黄色的土地又染成黑色。眼前的情景，令人想起唐代大诗人白居易的《赋得古原草送别》：“离离原上草，一岁一枯荣。野火烧不尽，春风吹又生。”……这一切预示着，孕育着生命力的春天即将来临。

多层次的度假村　超前的休闲观念

在南非全国各地，分布着别具一格、规模不同、风格相似的度假村。去度假村度假是南非人生活的一个重要组成部分，度假村是观察南非人生活的一面镜子。一个晴朗的周末，我入乡随俗地加入到南非人的度假行列，身临其境地感受了一番异国的度假风情。

从黄金城约翰内斯堡出发东行200余千米，来到一处依山傍水的僻静之地，一间普通的草皮房接待室告诉客人：“旅游度假村欢迎您!”

走进度假村，初来乍到的客人无不大开眼界，未曾想到这个地处偏远农村、颇具传统色彩的度假村竟如此考究和现代化。进一步调查研究后发现，不但住宿的各种档次完备，度假的各类设施完全，而且村子管理完善，村民度假完满。

谈起旅游度假，无外乎衣食住行玩。五个字中，玩是中心。青年人希冀玩得精彩开心，中年人期待玩得放松清闲，老年人图个清静舒坦，但都希望通过旅游度假变换周围环境，玩个轻松愉快，图个心情舒畅。玩是一种休闲，其中大有学问，不过，能否达到预期目的，除旅游度假的地点与活动项目安排外，衣食住行大有讲究，其中食宿最为重要。南非的度假村正是在这两个字上大做了一番文章，同时适当开发了一些活动项目，让暂居这里的临时村民个个满意，赢得八方游客。

南非的气候不像中国四季分明，常年温差不大，旅游度假不需多带衣服，完全可以轻装出发；家庭轿车较为普及，旅游度假多自己驾车，无须为“行”担忧；最为操心的就是“食”和“住”问题，而“住”尤其突出。为此，度假村备有各种档次的住房，可谓完备无缺。既有三四星级宾馆，又有家庭式独居套间，还有仅提供地皮的“摊位点”。不但三大类住房档次明确，而且每一档次中还分为不同类别。明码标价，各选所好。

星级宾馆的概念具有普遍性，人们一听了然。家庭式独居套间是指：在一个四周布满花草的独立小建筑中，设有两个卧室、一个客厅、一个厨房和一个卫生间，供一家人住宿。其特点是，以家庭为单位，不受外界和外人干扰；厨房炊具齐全，可自带粮食、蔬菜或到度假村的商店购买自炊。出门在外，在此同时解决了食宿两大问题，真正做到了“宾至如归”。就外形而言，这种家庭住房既有草皮圆顶房，也有原木组成的小木屋。在双亲的带领下，一对活泼可爱的小千金住进了小木屋，乐得姐妹俩手舞足蹈，拍手叫好。

如果说家庭住房让人感到“宾至如归”，那么“摊位点”就如同“家庭移位”，让人把“家”搬到了度假村。在一片平整宽广的草坪上，一辆辆小轿车和家庭度假车排放得整整齐齐，俨然组成了一条条街道，构成了一个完整的村庄。这是度假村为游人规划的临时“村落”：只提供一个大约 80 平方米的“摊位点”，每个摊位配备一个自来水龙头和一个电源接口，游人将自家的度假车放好位置，接通水电，“门前”搭起凉棚，放好桌椅，一个完整的“家”立现眼前。村子内设有多处公共厕所和浴室。

南非度假村是个小社会。

毫无疑问，这里的学问主要体现在度假车上。家庭度假车的外观很像一辆公共汽车，但没有动力，另需一辆车拉动。在一位热情的主人的邀请下，我走上度假车，车内就是一个家：厨房、床铺、厕所设计精巧，一应俱全。一家人夜间在车里睡，白天在车里炊，完全不必为吃住发愁。一个摊位一天收费仅相当于几十元人民币，因价格低廉，生意十分火爆。

“搬家”来度假的南非人似乎是不怕麻烦的。他们不但带来了桌椅板凳，被褥枕头，锅碗瓢勺，而且带来了电视卫星天线绑在树干上，带来了电用灭蚊器挂在自家门前。正值中午时分，一名中年男子正在家门口削土豆，他主动先打招呼，我们攀谈了起来。我不解地问，既然休假，为何不待在家中休息，节约开支，食宿方便，何必把“家”搬来，费时费力费钱，食宿也不如家中方便？回答十分简单：“放松。”看我仍面带诧异，他加重语气：“放松，彻底放松。”他做了如下补充，来这里就是为了换个环境，从家中的环境里走出来，不受家庭周围环境的影响，彻底地放松身心，调节生活，度好每一天。要不，来这里干什么？说完，他先环视周围的其他住户，再指指自己的头脑。亦即，我们都是正常人，没有神经病。

临时村庄的放松形式是多种多样、不拘一格的。走进另外一条巷道，我看到二三十个村民正围坐在一起谈天说地，神态轻松自然，欢声笑语不断，我便加入到他们中间。一问方知他们是来后才认识的，大家坐在一起聊聊，交流信息，乐在其中。距离这堆村民不远处，一对年轻夫妇正席地而坐，在“自家院内”悠然自得地对饮啤酒。他们没有度假车，开了一辆“城市高尔夫”，带了一个野营帐篷。两个青年人对我说，刚刚工作不久，购买度假车是以后的事，但不能等到那时再来旅游度假。年轻人外出方便，一个帐篷就相当于一个度假车。“在度假村，年轻父母可以带孩子到这里的儿童游乐园玩，中老年人可以去打高尔夫球、去湖边钓鱼，我们则可以去游泳、去登山，各有所爱吗！”这席话讲出这样一个道理：穷有穷的玩法，富有富的玩法，旅游度假是生活的组成部分，虽因年龄不同而项目有别，但不以贫富差距而因人而异；旅游度假图的是变换环境，放松自己，不是摆阔斗富，给别人瞧；旅游也是生活，既然来度假，就要过得放松舒展，留下美好回忆。

度假村的各项设备完全，这不但是指房间的内部设备，而且是指与食宿相关的配套设施。除水电供应、日用品商店外，度假村的旅游锻炼设施也相当完整，既可利用当地自然资源去湖边垂钓和登山望远，也能利用度假村的游泳池和运动场去健身锻炼。就这些内部设施的管理和村民享受的服务而言，从干净的地面、村道和球场，再到工作人员的和颜悦色与精神状态，人们便可感受到管理与服务的完善，从而进一步感到不虚此行，度假完满。

漫步度假村，目睹南非度假者享受到的完备的食宿档次、完全的各类设施，完善的管理服务、完满的旅游度假，我的脑海里突然浮现出国人讽喻旅游度假的一首打油诗：上车睡觉，下车撒尿，到景点拍照，回来一问全都不知道。仅此而言，从观光拍照、走马观花、匆忙赶场求景点数量式的旅游，发展到放松交流、慢条斯理、街谈巷议交朋友式的度假，前面尚有一段路程。如何实现从“四句话”到“四个完”的转变，恐怕首先在观念。

第三节　海底世界真奇妙

毛里求斯犹如一颗镶嵌在印度洋上的灿烂明珠，美丽多姿的岛国风情令人如痴如醉。岛国最丰富的资源就是大海和海滩，对久居内陆的人而言，那是一个多么令人向往的迷人世界。

海滩美如画　风情醉游人

岛国的海滩是美丽的。蓝天白云下，蔚蓝的大海茫茫一片，白色的沙滩

美丽的岛国风情。

各有所爱。

招摇过海。

“酷”爱阅读。

上，人们可以自由选择自己喜爱的活动项目，或赤脚漫步，或水边奔跑，或闲坐聊天，或享受日光浴……

海上的活动也丰富多彩，能自己划船，可乘热气球上天，也能够乘坐游艇环游全岛，遍览海岛风情。

海滩少不了滨海宾馆，宾馆附近多是游人集中之地，那里的沙滩最为热闹，当地小摊贩也前往赶场，出售旅游纪念品。宾馆的游泳池旁，似乎一天到晚都有人，除孩子们打闹起来显得有些嘈杂外，其他时间很是安静，仅能听到风声和海涛声。不喜欢日光浴的游人，选择在游泳池旁边的树阴下休闲，穿游泳衣躺在沙发上，旁边放一杯冰镇饮料，或果汁或啤酒，那惬意的神态让观者都感到心情放松。

有人说，一看到海滩就会想起美女，想起身穿三点式的漂亮女郎在海滩的迷人倩影。换言之，海滩总是少不了美女，而海滩也总是多美女。美女似乎与海滩有难解之缘，这大概是小伙子们爱去海滩的一大原因吧！

美女总是与众不同，美女有自己独特的休闲方式。她们一般是先到海边戏水，再到白沙滩上晒日光浴。美人躺在白沙滩上，身上涂满了防晒霜或是防晒油，戴着墨镜，手持一本书，似乎一直在阅读。那姿态和神情才叫酷呢！有人说，她们全天总是在看那一页书，如果您要较真，做个好事者去侦查一番，准不会错！美女在海滩看书是不求内容只求形式，不是为了自己看书，而是为了别人看自己，抢人眼球。这大概就是“洋小资”和“洋小私”们所要追求的理想效果吧！果真如此吗？仁者见仁，智者见智。

鱼儿窗前戏　海花水中开

海滩是美丽的，海底是奇妙的。

2005 年 1 月，我去毛里求斯采访小岛国可持续发展峰会。那时，震惊世界的印度洋海啸刚结束半个多月，人们对大海仍心存恐惧感，以前门庭若市的海底旅游项目自然变得门前冷落，票价也从每人 200 美元降至 40 美元。

三年前，我第一次去毛里求斯采访时，友人建议我乘潜水艇观看海底世界。尽管他不断推荐这一独特项目的种种迷人之处，但是 200 美元的票价让我望而却步。这一次，机会来了，因为我不相信印度洋的海啸会一个月来一次、发生得如此频繁。

我们先从一个小型码头乘船三四海里到达停放在海中的“蓝色旅行潜水艇”，再从船上迈到潜水艇上。海浪较大，尽管有工作人员的指挥和帮助，但是从船上跨到潜水艇上似乎还是不那么容易，船和艇都在不停地摆动，两者磨擦不时发出碰撞的声音。刚一站在潜水艇上，人似乎打起秋千来。这时，游客要从潜水艇的小圆口下去，由于海上阳光强烈，潜水艇里显得十分黑暗，似乎要下到一个万丈深井之中。

沿着梯子下去，眼前是另一个世界：潜水艇有十个座位，空间大小相当于一个十座位的小型公共车；每人头上有氧气装置，以便必要时使用；潜水艇载有足够的食品，以便出现意外需要长久滞留在海底时食用，据说可以供十人吃上三天……听到这里，游客们面面相觑，原来“下海”还真有点危险！

当头顶的潜水艇圆盖子盖好时，潜水艇内感到有些潮湿和闷热。不一会儿，潜水艇就直下海中，三五分钟就降到海底，在海底开始“游泳”，乘客眼前就是奇妙的海底世界：各种颜色的鱼儿在窗外不时掠过，就像站立在一个鱼缸前观赏“缸”中的鱼儿，鱼儿在游动，潜水艇在慢行。这些千姿百态的鱼儿有的全身布满彩色的条纹，好似五彩缤纷的斑马线；有的周身像是插着扇子，游动的时候飘飘摇摇；有的美丽得像一个花蝴蝶，摆动起来像天空中艳丽的风筝；有的眼睛圆溜溜的，鼓起气来像一个皮球……五光十色、千奇百怪的鱼儿在海底招摇过“窗”。

当潜水艇来到海底珊瑚旁边时，眼前的景色让人感叹：平静中的珊瑚像假山，成群结队的鱼儿在其中穿来穿去；运动中的珊瑚像绽放的花朵，在水中摇来摆去；有的珊瑚像树枝，有的珊瑚像鹿角……各种形态和颜色的珊瑚在水中摆弄风姿，尽显其能。

潜水艇在“游动”，眼前是“希望之星号”的船骸。该船30多年前在此沉没，其上已长满各种珊瑚，如今已成为鱼儿的乐园，各种鱼儿在其间不停穿梭，欢快游动。当年的水手们未曾想到，他们的沉船而今竟成为一个海底旅游项目。

40分钟的海底旅行很快就结束了，当游客从潜水艇里钻出来时，喜悦之情替代了当时的恐惧心理，毕竟这是一次不同寻常的经历，令人眼界为之一开。为纪念这次特殊之旅，旅游公司还给每人颁发一个“潜水证”，证明您在某年某月某时乘某潜水艇深入毛里求斯35米海底，置身于湛蓝色海洋之中观看海洋世界，并“发现”了“希望之星号”沉船。明眼人一看就知道，与其说是一个潜水海底的证书，不如说是一张海底旅游的广告。

双手可摸鱼　珊瑚硬如石

海啸刚过，在周围人的眼中，我们十个敢于“下海”的游人都成为英雄。我们尚未靠岸，就有人在等待，他们是另一个旅游公司在拉生意。原来，毛里求斯的海底观光分为两种，除乘坐潜水艇外，还有穿潜水服下海的，据说这种项目更加刺激，不是隔着窗子看鱼儿尽情地漂游，而是自己变为一条大鱼漂游，同时双手还能触摸到眼前水中的鱼儿。与上家旅游公司一样，这种海底观光的票价也从200美元降到40美元。

游人海上的程序大同小异。相同的是先乘船行驶几海里抵达预定地点，不同的是这次不是去潜水艇里面，而是从小船上到早已等候在那里的大船上，接着就是更换潜水服下海。

当我沿着船艄的梯子下水时，一名身强力壮的工作人员给我戴上一具沉重的铁头盔，我顿时在重压下深入水中，直到双脚站在海底平面上。与其他游人一样，我是在没有足够思想准备的情况下被人“压”到水里的，在海水浮力的作用下，一时颇感失去重心，在海底打起秋千来。这时，等候在海底的一名工作人员扶我一把，帮我找到平衡。这是一种简单而特殊的潜水装置，沉重的头盔压在双肩上，下端开放，上方有一个供氧的管线与海面相通，氧气的压力将海水始终控制在脖子周围，使头盔内形成无水状态。

我刚站稳，几条小红鱼就游到我面前，似乎在向我这位陌生的天外来客问好。我伸出一摸，它们很快离开，我仅摸到一条鱼的尾巴。

在导游的带领下，我们在海底散步，追踪着自由自在活跃在眼前的鱼儿。此时，导游拿出鱼饵一抛，四面八方五颜六色的鱼儿都来抢食吃，顾不上躲躲闪闪了，我伸手就可触摸到一条条光滑灵活的鱼儿。当光滑的鱼儿从手中溜走时，那情景让人既感到惋惜又觉得欣慰。在大自然面前，在特定的环境中，特别是面对一个个可爱的小生灵，人有时似乎有一种说不出来的感受。

当我们在海底“站稳脚跟”“找到自我”的时候，才意识到自己忘记了导游在船上告诉我们的海底语言——一种简单的手势。如果导游的大拇指和食指形成一个圆问我们，意为“OK（你们好吗）”？我们如果伸出大拇指说明“GOOD（挺好）”，如果食指向上意为“Need Help（需要帮助）”。当我们来到这个陌生世界十多分钟时，导游做出一个“OK”的手势，我们均用“GOOD”回应。这时，导游带领我们继续前进，前方就是珊瑚了。珊瑚的形态多种多样，有的还能活动，像人一样能伸手向前，据说那是珊瑚在“伸手吃食”，因为珊瑚生长需要营养，而20%的营养靠食外物，另外80%的营养靠自身，主要是吸收阳光和水分。导游走上前去，用手去抓伸出“手”的珊瑚，只见那珊瑚的“手”立即缩了回去，真让人感到有点不可思议。

我们向另外一个像假山的大珊瑚走去，导游示意大家用手触摸。当我们接触一个形似树叶在水中摆动的珊瑚时，怎么也不会想到，它硬似石头，与刚才软绵绵能活动的珊瑚相比，简直就是棉花与石头一样分明。

这次海底游引起我对珊瑚的兴趣。珊瑚由许多珊瑚虫的石灰质骨骼聚集而成，有软硬之分。珊瑚礁便是珊瑚堆积成的礁石。根据珊瑚礁形态与岸线的关系，珊瑚礁分为岸礁、堡礁和环礁。

珊瑚礁主要分布在地球南、北纬度30°之间的热带浅海环境中，全世界的总面积达1000万平方公里，以太平洋中部和西部、澳大利亚东北沿岸、印度洋西部及大西洋海区最多。我国海南省、台湾地区及雷州半岛等沿岸均有分布。珊瑚礁能为200多万种海洋生物提供食物和寄居场所，在防止海岸线侵蚀、陆地养料向海洋输送等方面发挥着重要作用。由于珊瑚礁还能为人类提供海产品，珊瑚礁的生存也就直接影响全世界上千万人口的生活，这当然包括观光旅游业在内。

国际自然及自然资源保护联盟2004年度发表的报告认为，频繁的人类活动和全球气候变化严重威胁着全世界58%以上珊瑚礁的生存。由是观之，环境保护也与海底珊瑚的生长关系密切。

第四节　熔岩滚滚访碧湖

火山爆发时的壮观场面我们从电视上看到过，爆发后的情景如何呢？就在刚果（金）尼拉贡戈火山爆发一个多月后，我访问了这座火山及其附近地区，增长了不少见识。

那是2002年3月初的一天清晨，我在中国驻卢旺达大使馆高岩的陪同下，从“千丘之国”卢旺达首都基加利出发，驱车直奔该国西北方向的基伍湖畔，从那里入境刚果（金），来到刚果（金）东部著名边境城市戈马。遗憾的是，与我同行的高岩因为是外交官身份不能随意前往第三国，只好在卢旺达边境城镇等候我。近在咫尺而不能一同前往观看，让我在敬佩中国外交人员严守纪律

熔岩路上潇洒走一回。

的同时，难免怀有几分内疚感。

尼拉贡戈火山是非洲最著名的火山之一，是一座层状火山，属于非洲中部维龙加火山群中的活火山，位于刚果（金）北基伍省省城戈马市以北 10 千米，南纬 1.52° 东经 29.25° 海拔 3469 米。据记载，该座火山在 1894 年 6 月 11 日首次爆发，此后曾于 1948 年、1972 年、1975 年、1977 年和 1986 年发生过猛烈喷发。其中，1977 年 1 月的那次爆发造成约 2000 人死亡。

尼拉贡戈火山的火山口位于顶峰，多次爆发已把这座火山变为平顶山。2002 年 1 月 17 日，尼拉贡戈火山再度爆发，近十万名戈马市民被迫逃离家园，进入卢旺达边境城镇吉塞尼。当时，中国政府向刚果民主共和国政府和卢旺达政府各提供 100 万元人民币的紧急物资援助，用于救助灾民。对于这一雪中送炭之举，刚卢两国人民始终深怀感激。

大自然是神奇的。尼拉贡戈火山这次爆发，火山口不在顶部，而是在山坡上；不是一个喷发口，而是三个裂口同时喷出岩浆。火山爆发时，山坡东南、南、西南的三个裂口燃起火焰，其势如三个灼热的天然炼钢炉，几乎同时向外喷发岩浆。熔岩从山坡上奔流而下，分三路滚滚朝南，势如破竹，直达基伍湖，似火球般的熔岩所到之处，大地炙热，房屋坍塌，汽车燃起火焰，树木冒起浓烟。在大自然的神力面前，人类束手无策，只好纷纷奔命，逃离家园。

我刚从基伍湖畔进入刚果（金），仅走了两三公里就看见了火山南下而来的熔岩，有的像烧焦的沥青粘在一起，发出黑色的光泽；有的似篮球大小的不规则的煤块，堆积成厚厚的一层；有的如淘气的孩子跑出大队伍，远远地站在一边……一个多月过去了，我好奇地拿起一块熔岩，觉得上面还有点发热。可

以熔岩为乐。

观赏火山爆发口。

不是吗？您瞧，前方就有几个孩子围在熔岩形成的马路中央，在一个小口上“烤火”，那神情就像冬季在蜂窝煤炉上取暖一般。

熔岩分东、南、西三路滚滚南下，我就行驶在东路上。当地人告诉我，这次火山爆发相当奇特：一是三个火山口均位于山坡，且几乎同时喷发，有人就此分析说，那是因为前几次喷发后留下的火山口就像一个厚重的大头盔盖在山顶，使山顶固若金汤，难以突破；二是三条熔岩路几乎是等距离同时南下，其间相隔好几百米，且三条熔岩路的宽度均在几十米以上，最宽处超过 100 米；三是熔岩以每小时 20 千米的速度前进，后浪推前浪滚滚向前，其表面基本平整，这就形成了三条自然道路，且三条熔岩路穿过戈马城后不约而同地汇合在一起，然后一起奔向基伍湖……

我在入境处临时租用了一辆破旧的小车，我们就从东路向北行驶。一路上目光所及，皆是熔岩过后留下的满目疮痍和神奇景观。有的房子被夷为平地，有的房屋距离熔岩仅两三米却安然无恙；有的汽车被烧焦后仅留下焦黄的铁皮外壳，孩子们却钻入钻出地玩耍；有的人看着数以万亿的熔岩块望洋兴叹，有的人却搬走一个个熔岩块开始建筑新房；向西望，中路熔岩从戈马机场堂而皇之地穿过，似乎成了新的机场跑道，原跑道几乎全被占领；西路熔岩当时正巧从一个加油站穿过，引起汽油燃烧，导致数名工作人员和顾客伤亡。

从基伍湖到尼拉贡戈火山约 15 千米，我们边走边看，来到一个转弯处，如果顺着东支熔岩路前进，就要拐一个大弯。老乡告诉我们，如果想观看火山口，从这里去山坡南面的爆发口较近，但不能开车，只能步行。正在这时，天下起小雨来，老乡们说雨不会下大。于是，我背起相机，跟着几个老乡向导就朝中路熔岩快步走去。谁知，雨点越来越大，走到山脚下时已是中雨了，我学着老乡的样子，从香蕉树上折下一个大蕉叶当雨伞。

雨越下越大，我们在雨中越跑越快，高一脚低一脚地踩着熔岩朝火山口方向跑，天上是雨点，脚下被淋湿的熔岩块还散发着热气，尚未到火山口，我已是满头大汗了。终于到了，火山口像一条裂开的地道，初看有十几米深，可站得很近也瞧不到底，里面还散发出一股股热气。当熔岩最初从这里喷出时，其力量如排山倒海一般，把火山口及其周围烧成焦炭色，好像用沥青浇灌过一样。

正当我们要离开时，雨停了，我急忙掏出相机。从火山口向南远望，熔岩形成的道路就像一条黑色的河流奔腾向前，势不可挡。熔岩在山脚下形成的黑色旋涡尽管早已凝固，但可以想象当时汹涌澎湃的气势是多么的激烈壮观！国际红十字会官员表示，火山破坏了戈马市许多建筑物和基础设施，该市的自来水公司当即停止运营，三个抽水站有两个遭到破坏，居民生活受到严重影响，滚滚的熔岩直接或间接造成100多人丧生。

当我们回到基伍湖畔时，看到熔岩深入到湖中几十米，把昔日碧蓝的湖水变成熔岩广场，湖边原有的建筑均被摧毁。当地人说，熔岩进入湖中时，湖水顿时沸腾了，热蒸汽冲天升起，碧蓝的湖水变成黑色的污水……啊，是清洁的湖水阻止了势不可挡的熔岩的前进，难道奔流而来的熔岩就是为了“访问”碧色的湖水、污染清洁的湖水吗？人类何时能够清楚地认识大自然，进入“自由王国”呢？

第五节　非物质文化旅游

惬意的小餐馆让人不时“回味”

近年来，我采访过不少非洲国家，光顾过的宾馆和餐馆大都如过眼烟云，唯有四个小餐馆给我留下深刻印象，大有挥之不去之感。

莫斯甘斯位于南非南部沿海，是用海底天然气生产石油的著名企业，闻名全球。2001年1月采访时，我住在这家企业附近城市莫斯湾的一家小宾馆。说这家宾馆小，一是仅有四五个房间，二是只有一名服务员，是一个家庭式的宾馆，家庭女主人五六十岁，是宾馆的主人兼服务员。刚一进门，她就热情欢迎我，还要帮我拿行李。得知我次日一大早就要离开，早晨6时就吃早饭，她

非洲乡村宾馆吃住一条龙。

只回答一句："准时吃饭。"

女主人在该城市另有住房，宾馆夜间由一名保安看守。第二天清晨5时左右，我在睡梦中听见大门响，是女主人来上班了。当我准时来到餐厅时，只见餐厅不大但非常干净，仅有一张大圆桌而上面的桌布洁白如雪，各种餐具齐全，整齐地摆放在各自的位置上。女主人先是热情地问我早晨好，问昨晚休息得如何，接着就向我介绍早餐的内容，领我到厨房观看冰箱里的各种冷饮和水果篮中的各种水果，再告诉说热饮料有牛奶、咖啡和红绿茶。饮料和水果皆由客人自己动手、各取所需，实乃"宾至如归"；早餐的其他内容如烤面包、煎鸡蛋之类全是女主人动手操作，并端到客人面前，可谓享受周到服务。再一看餐具，个个洗得一尘不染，明亮洁净，吃得可谓十分舒心、放心。由于来去匆匆，我只在这家宾馆住过一宿、吃过一顿早餐，但留下的印象长时间抹之不去。

2001年3月，在乌干达期间，采访完邪教"恢复上帝十诫运动"的总部时，天色已晚，距离首都坎帕拉尚有500多千米，当天回首都已不可能，于是决定次日前往采访山猩猩，下榻在一家山地小旅馆。由于我去哪里都是行程紧张、来去匆忙，早餐只好提前到6时。第二天清晨，我刚洗漱完，那名黑人青年就朝我跑过来叫我吃饭。走进餐厅一看，餐厅小得仅能放下两张长方形餐桌，桌子两旁各放着一个长条凳子，都是用当地木材制作的，上面的木纹清晰可见，如同那位服务员一样敦厚憨实。服务员先给我端上来一杯饮料，脸上没有笑容但态度毕恭毕敬，估计是不大会讲英语，他极少说话，每端上来一道菜就朝挂在墙上的小黑板上写的菜谱指一下，我一看，早餐便宜却挺丰盛，是固定的五道：冷饮、汤、面包、煎鸡蛋和水果。那汤不是一般的清汤或稀粥，而是一大碗较稠的肉汤，里面还有当地产的香蕉熬在一起，一大碗汤下肚也就八九不离十了。年轻的服务员每端来一道菜放在我面前，他自己就站在一旁看着我吃完，然后再端下一道。客人吃饭的每一个细小动作都会引起他的注意，并随时拿来你所需要的餐巾纸或是其他东西。他接着端上来的是五大片面包、除煎鸡蛋外还有一大盘包括香蕉、菠萝和苹果在内的水果。这些东西我都让他再端下去，他先是不解地看着我，我指了指自己的肚子，他会意后便微笑着向我表示感谢。这里缺水，我注意到所有餐具还比较干净。

和上次一样，我只在这家小宾馆住过一宿、吃过一顿早餐；与上次的白人女主人热情周到的服务一样，这次黑人小伙子熟练淳朴的服务在我脑海里打下了深深的烙印。

莫桑比克首都马普托的滨海小餐馆另是一番风情。温和的海风、干净的环境、美丽的景色、热情的服务，这些都会令人无不感到十分惬意舒适，留下一个美好的印象。

为踏寻郑和在非洲的足迹，我曾四次赴肯尼亚拉木群岛采访，其中三次下榻在拉木城的一家较大的宾馆，一次住在拉木城谢拉镇的一家小宾馆。这是一个家庭式宾馆，客人吃饭由自己预订：想吃什么，能吃多少，必须在前一天告诉主人。这主要由于当地蔬菜和水果贫乏而天气炎热不便存放时间过久，加之海产价格每天变化较大，为确保客人吃的东西新鲜又实惠，只能采取这一商定办法。那天我刚到，宾馆工作人员就告诉我，当天无餐，需要提前预订。在预订次日的饭菜时，主人说当地盛产龙虾，物美价廉。遗憾的是，当地人的烹饪水平实在难以恭维，像馒头大的龙虾肉，食在嘴里味同嚼蜡。于是，下顿只好改做海鲜汤。那汤还真够味的。

除烹饪水平外，这家宾馆的服务无可挑剔，细心周到，热情友好。就在我离开时，工作人员提前为我预订了木船，一直把我送到码头。就在小船徐徐开动之际，他还在岸边向我挥手致意，大声喊道：“欢迎再来！”

旅游非洲上公厕不用发愁

有人说厕所文明反映一个国家、一个社会的文明程度，这话似乎有些言过其实；但如果说厕所文明反映一个国家、一个社会的公共设施和公共卫生状况，这话倒是符合实际。在南非，无论是上街办事，还是外出旅游，人人都不必为上厕所难而发愁，因为南非全国各地的公共厕所数量多，标记明显，找起来容易；设施全且不收费，不必为身无分文或是忘带手纸而窘迫；厕所卫生状况好，免遭刺鼻异味的侵袭。

就像长途旅行的途中汽车少不了要加油一样，旅游者也免不了要去餐馆和上厕所，南非每个路途加油站都有公共厕所，而且标记十分惹眼，老远就能看见挂在墙上并排而立的“男女图像”。经常出现的情况是，车在加油之时人便去厕所方便。推门进入厕所，只见地面干干净净，说是一尘不染难免有夸张之嫌，但大多是瓷砖地面，经常有清洁工在打扫，有的还是正在进行打扫，地面上放着“地湿请小心”的提示牌。厕所内的设施可谓现代化，连便池都是白瓷的，大便池更是坐式抽水马桶，被隔成一个个单间，上厕所时可把门关上，避免了出现尴尬。厕所内全都备有手纸、洗手池和自动烘干机，档次高一点的，洗手池的开关是自动式的红外线控制，洗手池旁边备有香皂或洗手液，洗完手除可自动烘干外还备有较厚的大块擦手纸供选用。

上厕所时，人们都会发现除男女厕所两个门外，旁边还有一个厕所的门上画有一个轮椅图案，那便是残疾人专用厕所，全国几乎所有的公共厕所都由男、女、残疾人这三个厕所组成，尊重和照顾残疾人也体现在上厕所方面。另外，一些较高档次的厕所里还安装有广播，不时播放着各种音乐，上厕所时还能顺便听上几耳朵。

好望角的公厕与周围环境很协调。

这样卫生的公共厕所是不是要收费呢？回答是否定的。谁来管理呢？像公共厕所这类基础设施从修建到管理都是市政管理部门的分内事。以加油站为例，在修建加油站的计划报批时，市政管理部门就规定加油站内必须有公共厕所，没有公厕的加油站是不能通过审批的。厕所建成后，市政部门要去进行质量验收，要负责厕所的管理工作，定期检查卫生和设施情况。在厕所的管理方面，厕所处在谁家的地域范围内由谁负责，“各个自扫门前雪”，保持公厕的干净卫生和设施齐备。在这种能经常保持卫生的厕所里，上厕所者大都能比较自觉地维护厕所的卫生，即使上厕所时也不随地吐痰，更不用说到处乱拉乱撒了。这不但是在尊重清洁工人的劳动，更重要的是在尊重自己的人格，不要“把人丢到厕所里”。

在国人传统观念里，厕所总是与不卫生联系在一起，因而就形成了轻视厕所建设与管理的习惯，似乎厕所的多与少、厕所的卫生与否与大众的生活关系不大，假如不相信这一点，那就看看国内的加油站吧，无论是位于城市还是建在高速路旁，究竟有多少加油站附近有公厕？中国人真正重视的是吃喝、是饭店，饭店的卫生与管理总是常被提起。其实，新陈代谢是宇宙的一个基本规律，吃喝拉撒四者同等重要，既然重视吃与喝，就应该同样重视拉与撒。南非的公厕数量多、设施全、卫生好、管理严、免费上，其他非洲国家的公共厕所也可与南非相比。在这一点上，非洲似乎走到了我们的前面。

非物质文化旅游方兴未艾

国际旅游的重要性日益彰显，旅游业的效益愈加引人注目。参观中国国家

亲近大自然的祖鲁男女刚柔相济。

博物馆举办的非物质文化遗产保护成果展，浮想联翩，非洲国家在发展旅游业中的一些做法，让人油然想起旅游业的另类功劳：能够保护人类非物质文化遗产。

“我俩当然不像”。

近年来，伴随着中国经济的持续高速发展和人民生活质量的不断提高，旅游越来越受到国人的青睐，出国游更是具有难以抗拒的诱惑力。我国的旅游目的地国已经从东南亚延伸到世界各大洲，非洲大陆也不像过去那样遥远而神秘。古埃及文化、地中海南岸文明、埃塞俄比亚以及几内亚湾等古文化给世人留下了丰富的遗产，其中，非物质文化遗产在发展旅游业中得到了保护与传承。

创办民俗村，传承民族文化。祖鲁族占南非全国总人口的1/4，在其聚居的夸祖鲁—纳塔尔省，参观祖鲁民俗村是游客不可或缺的“必修课”。走进民俗村，游人不但可以直接了解祖鲁人的衣食住行——走进祖鲁圆顶茅草屋、品尝祖鲁人酿造的具有传统风味的酒和烧烤的鲜美牛肉，而且可以参与其中，亲自体验祖鲁人独特的婚俗。这些世代传承的非物质文化遗产在非洲旅游业中焕发了活力。

在祖鲁民俗村观赏歌舞表演时，祖鲁人多声部的无伴奏合唱与自然奔放、热情似火的舞姿无不给各国游人留下非洲文化历史悠久的深刻印象。正是这些规模不等的民俗村在展示祖鲁人生活习俗和民族特性的同时，保护着传统的祖鲁民间歌舞，丰富了世界歌舞的种类，让世人对这一与欧洲宫廷的轻歌曼舞形成强烈对比的民间艺术刮目相看。与祖鲁民俗村一样，位于肯尼亚马萨伊马拉野生动物园入口处的马塞民俗村和维多利亚大瀑布附近的津巴布韦民俗村也具有异曲同工之效，令无数游人流连忘返。

利用节假日，表演传统歌舞。与地点固定的各类民俗村不同，莫桑比克、赞比亚、纳米比亚和毛里求斯等国的土风舞大都在节假日演出。为吸引游人和丰富游客的夜生活，这些极具民族特色的歌舞通常是大型旅游酒店在周末的固定演出节目。尽管演出的规模较小，道具简单，但表演水平毫不逊色。在这一点上，毛里求斯的塞卡舞尤为突出。这些活跃在旅游业中的歌舞表演，对保护非物质文化遗产发挥着积极作用。

发展工艺品，重视民间艺术。非洲的旅游市场可谓琳琅满目，以各种特色工艺品见长。津巴布韦的石雕、坦桑尼亚的木雕以及其他非洲国家的首饰等工艺品，都是游人首选的对象。这些民间艺术品，是非洲人民勤劳和智慧的结晶。如南部非洲国家的黑人妇女喜爱佩戴用彩色小珠子串成的各种项链，这些项链的制作就特别需要耐心、细心和心灵手巧。可以想象，假如没有旅游品市场，这些民间工艺极有可能失传。

近年来，非洲旅游业在全球增长最快，收入达736亿美元。其中，非物质文化旅游功不可没。伴随着旅游业的发展，散落在广袤非洲大地上的非物质文化遗产被集中到各大旅游景点，充实了旅游市场，丰富了旅游文化生活。这些民俗村的创办和工艺品的制作与出售，一般不是有意识的政府行为，而是市场驱动的直接结果。保护人类的非物质文化遗产需要财力支持，而市场驱动下的这种似乎是无意识的保护，既不需要政府出资，又能在丰富旅游项目的同时创收，可谓一箭双雕。旅游是一种文化，作为文化本身的旅游业正发挥着继承文化、发展文化、保护文化遗产的功效。在发展旅游业中不自觉地起到了保护非物质文化遗产的作用，可谓是发展旅游业的意外收获和特殊功劳。

南非科萨族姑娘口含烟锅很自如。

非物质文化遗产来自民间，保护人类这份珍贵的遗产，同样需要民间的力量，不知我们能否在发展旅游业中找到令人满意的答案？

第十九章 资源王国

非洲素有“资源王国”之称，地下的矿藏储量丰富，地上的植物千姿百态，草原上、森林中和大河里的动物种类繁多。

我们对黄金并不陌生，陌生的是黄金如何开采？又是怎样冶炼？当你来到南非黄金城约翰内斯堡，一堆堆废旧金矿在阳光下闪出金光，诉说着这座城市昔日的辉煌。走进黄金城博物馆，下井体验当年的采矿经历，地面观看当年的生活情景和冶金过程，你在增长知识的同时，还能听到一连串的黄金故事。无论你相信与否，钻石的故事并不亚于黄金。当南非的钻石城闻名天下时，人们却忽略了还有一个钻石村；当你从钻石中心走一遍后，知道了钻石的定价和切割，丰富了有关钻石的知识……

非洲的植物资源非常丰富。美丽的紫楹花据说来自南美洲，为非洲的植物宝库增添了异域风采；3000 多岁的古老大树深藏非洲内陆，“养在深闺人未识”，极少有人能够亲眼目睹；海椰子生长在岛国，却被无知者说是“天外来客”……分明是植物，有人却说它是“绿色钻石”。人类的语言与植物的种类一样丰富多彩，一不小心就会辨认不清，张冠李戴。

第一节 黄金城里故事多

SHOSHOLOZA KULEZONTABA（一列火车从山上开来，翻山越岭奋勇前进）……在旧南非，就在这座黄金城的井下，当黑人矿工们用力推动满载矿石的小火车时，他们要高唱这首雄壮有力的歌曲鼓舞士气，以便一鼓作气将小火车推上陡坡，推出矿井。这首名为《向前进》的歌曲是南非黑人，乃至整个南部非洲地区人民推翻殖民统治、争取民族独立的嘹亮歌声和战斗口号。而今，当你来到黄金城博物馆参观时，黑人导游会情不自禁地唱起这首歌，他们是在用歌声向你讲述黄金城里的故事。

血泪滴滴黄金城

提起南非，人们脑海里立即会浮现出一幅美丽的彩虹——绿色的土地、黑色的人民、黄色的资源……这黄色资源就是指黄金，南非是世界上最大的黄金生产国和出口国，约翰内斯堡就是闻名全球的黄金城。

黄金和钻石好似一对孪生姐妹，深藏于南非这块富饶的土地，给彩虹国度带来财富和声誉。现在，我们就随着南非历史的进程，一起来探索黄金的秘密。

在金伯利发现钻石20年后的1886年，在今日约翰内斯堡的所在地，当时是一片荒野，澳大利亚淘金者哈里森意外地捡到一块金光闪闪的矿石。喜出望外的他迅速赶赴比勒陀利亚报告这一惊人发现，两位同姓官员——约翰内斯奉命前往视察，遂宣布金矿所在农场为公用地。是年底，政府将这片农场划分为986块进行拍卖，黄金狂潮随之汹涌澎湃，一座城市拔地而起。这座新城市便以两位官员的名字命名为约翰内斯堡。

哈里森："哈哈，我发现了黄金！"

今日之约翰内斯堡已发展成为南非的经济都市。新旧建筑鳞次栉比，市区街道车水马龙，非洲最高的卡尔顿大楼傲视四周，非洲最大的证券交易所紧张运作……一百多年前那种充满冒险与狂躁的场景荡然无存，唯有城外那堆积如山的矿渣在阳光下时泛黄光，向游人讲述着这里曾经有过的灿烂辉煌。

如果想亲身体会当年的黄金热，那就游历位于城南的黄金城博物馆吧！"黄金城"由原来的皇冠金矿场于1980年改建而成，给游人提供了一个目睹采金和冶金的场所。皇冠金矿场创建于1909年，在长达68年的开采过程中，提炼了1410吨黄金，

黄金当年是这样开采的。

曾是世界上最大和最深的黄金矿井。现向游人开放的第十四竖坑深1000米，当你参观时，在导游的带领下，乘坐当年的升降缆车来到位于地下226米的第五层，走进一望无际的坑道，映入眼帘的是金矿层——黄金与钻石不同，黄金矿脉产生于地壳变动时，含黄金之高温液态石英油被挤压到地壳裂缝中，冷却后成固态呈层状横向而非管状竖向分布。在这里，你可以了解当年的工作环境，目睹黑人矿工的采矿表演，完全置身于一个陌生的地下世界。岩石嶙峋的坑道、震耳欲聋的钻声、四处弥漫的飞尘、灯光暗淡的环境，你顿时会感叹：黄金的闪光是因为凝结着劳动者的血泪和汗水。

如果觉得这一认识有点触景生情、来得突然的话，再了解一番冶金过程吧！目前世界上的冶金方法大体分为两种：堆放过滤法和传统磨粉法。前者提炼效率不高，而后者则需要十几个工序，每道工序都凝结着巨量劳动。在黄金城博物馆里看到的金沙熔液倒进模子冷却成金砖的过程仅是最后一步而已，然而正是这黄澄澄的金块引起了人类的羡慕、贪婪、疯狂、抢夺和战争……

早在约翰内斯堡发现金矿前的1871年，南非的马普马兰加省就发现了小型金矿，英国淘金者趋之若鹜，引起荷兰占领者——布尔人（荷兰语中意为农民）的恐慌，以拒绝授予公民权来限制其久留；约翰内斯堡金矿脉的发现则引起更大规模的世界性淘金热，英荷之间争夺黄金的矛盾进一步加剧，加上双方积怨甚深，最终导致英布战争于1899年爆发。

这场英国人计划仅打两个月的战争出乎所料地持续了三年，最后英国以付出惨重代价取胜。据史载，战争期间，英国士兵阵亡2.2万人，受伤者难计其数，军费开支高达2.5亿英镑；布尔民兵阵亡4000人，伤者无数，另有两万名妇孺死于集中营。历史学家认为，这场黄金争夺战标志着“日不落帝国”走向夕阳，所以，它在世界史上占有重要地位。这一话题暂且不谈，仅就战后的采金业恢复而言，面临的首要问题就是矿工危机。为此，南非矿业协会想到在美国淘金的华工，瞄准中国廉价的劳动力市场，大批华工因此远渡重洋，来到这片陌生的淘金之乡。

据统计，南非华工的人数至1907年达到5.8万人。大批华工之所以来到南非，除招募者摇唇鼓舌、花言巧语哄骗外，另一因素是上错了去“金山”的船。就黄金潮而言，历史上出现过三次——先是美国的加州，被中国人称为“旧金山”；继而在澳大利亚的墨尔本和南非的约翰内斯堡，后两者被称作“新金山”。对旧中国的淘金者而言，朝廷腐败，民不聊生，能踏上远洋淘金的船自然算是幸运，哪管船只驶向何地，来后方知上错了船，却也无可奈何，反正到哪里都是淘金。廉价华工的到来引起了白人的反对，恐因此影响他们的工资收入。于是，当局立法限制华工的自由，包括三年合同期满后全部被遣送回国，至1910年遣返完毕。一批批华工就这样将自己的血汗洒在了南非的金矿里，其中不乏命归黄泉者。中国人是善良的，被洋鬼子剥削压迫了，还感谢压迫者的“仁”和“德”。黄金城博物馆的展厅至今还保留着华工感谢矿主的墨宝。那刚劲有力的中国书法蕴涵着不屈不挠的意志。想必他们当年大概是遇到一位好心的洋人。

黄金的发现和开采改写了南非历史，促进了南非的经济发展。“旧时王谢堂前燕，飞入寻常百姓家。”随着时代变迁，暴跌的金价使南非黄金业遭受沉重打击，人们纷纷发出“黄金时代”风光难再的感叹！

金价暴跌伤南非

1999年6月，英国宣布出售其黄金储备58%的消息后，英格兰银行接着抛售黄金，导致世界金价暴跌至20年来的最低点，每盎司256.2美元。金价

“比我手高的孩子要买门票。”

暴跌使世界头号产金国南非遭受重大损失，南非政府发表声明，指责英国食言，出售黄金前未向南非通告。

作为世界最大的黄金生产国和出口国，金价暴跌使南非的金矿面临关闭、矿工面临失业的窘境。7 月 6 日，百年老矿东兰德宣布一周内停产，5000 名矿工被辞退。7 日，六家矿井提出将裁减矿工 11700 人。南非全国矿工协会负责人表示，如果金价继续下滑，全国将有十多万名矿工因此而失去工作，造成包括失业者家庭成员在内的近百万人口无依无靠。1998 年，南非黄金出口占其产品出口总收入的 16.7%，金价暴跌对南非经济产生了副作用。

南非政府发表声明指出，英国曾做出承诺，出售黄金前先向南非进行通告，然而又食言出售其 25 吨黄金，对黄金生产国造成困境。“英国对此的迟钝反应是南非政府难以理解和不能接受的。”南非矿工在英国驻南非大使馆前进行了游行抗议活动。由政府、矿工和工会三家组成的黄金危机委员会派代表团赴欧洲和美国游说，要求欧洲国家和国际货币基金组织停止出售或取消出售黄金储备的决定。

南非政府同时正式宣布，撤销其年初做出的有条件支持国际货币基金组织出售其黄金储备的决定。南非总统姆贝基表示，国际货币基金组织出售黄金援助贫穷国家的决定是“用制造新问题的办法解决老问题”。

数千名南非金矿工人周末再次来到英国驻南非和瑞士大使馆门前，抗议欧洲国家出售黄金储备，表达他们对英国抛售黄金储备的愤怒之情。抗议者分别向这两个使馆递交了请愿书，要求英国政府停止出售黄金和瑞士政府取消出售黄金的计划。全国矿工协会和矿业总会的联名请愿书指出：“自 1997 年以来，金价下跌已造成南非 10.3 万矿工失业，目前又有 7 万名矿工面临失业。”“采金业在非洲国家的经济中占有十分重要的作用，出售黄金储备必将对这些非洲国家造成高失业率和进一步的贫困。”

在一个多世纪的世界采金史上，南非一直处于执牛耳的地位，产金量和出口量均居世界第一，采金业在其国民经济中发挥着重要作用。与此相应，金价暴跌对南非经济的打击则更为沉重，重创下的南非采金业面临严峻挑战。

南非的采金业始于1871年，当时在马普马兰加省发现了金矿，英国人趋之若鹜。而现代化、大规模的采金业则始于1886年，约翰内斯堡发现了世界上最大的金矿脉，掀起了人类自美国和澳大利亚之后的第三次“黄金潮”。由于南非黄金矿藏储量大，现已查明为近四万吨，占世界总储量的40%以上，采金业虽起步晚却发展快，年产量从1898年起就跃居世界首位。1910年达到234吨，占当时世界总产量的1/3；1956年是494吨，1970年突破1000吨，占当年世界总产量的72%。1964年至1972年是其“黄金时代”，年产量高达954.7吨，此后虽连续下降，但仍稳坐世界产金国的头把交椅。

矿业和农业、制造业是南非经济的三大支柱，其中矿业占主导地位，而采金业则是矿业的支柱。采金业在南非国民经济中的作用主要表现在三大方面。首先，它是南非经济的龙头行业，带动了国民经济各部门的全面发展。采金业的兴起和发展极大地促进了铁路和公路建设，使全国迅速形成了矿与矿、矿与港口之间纵横交错的公路网和铁路网；采金业与道路的发展扩大了对能源的需求，推动了煤炭业的发展；此三业的发展一方面需要机器、进而拉动了制造业的发展，另一方面需要大量劳动力，从而促进了农业和食品业的发展；采金业需要巨额资金投入，外国资本于是纷纷流入南非，又使南非经济与世界市场紧密联系在一起。其次，创造巨额外汇，抑制通货膨胀。20世纪80年代以来，尽管黄金出口额逐步下降，从1980年占南非总出口额的51%到1990年的30%，再下降至1998年的16.7%，但是黄金出口自始至终是南非外汇收入的首要来源，近年来仍占其矿业出口总值的近一半，而矿产品出口则占出口总收入的四成以上。大量黄金出口换回的巨额外汇促进了南非经济的快速发展。在抑制通货膨胀方面，黄金自然功不可没，使得南非自20世纪60年代以来，通货膨胀率一直保持在

黄金矿石粉碎机。

10%左右。再次，提供就业机会，吸收大量劳动力。南非约有 12%的劳动力从事矿业，其中采金业提供的就业人数最多。1986 年，全国金矿工人达到 52 万，近十多年来人数虽不断减少，截至 1999 年 6 月仍有近 30 万工人。

近十年来，南非采金业面临越来越严重的危机局面。黄金产量、产值和利润连年下降，亏损不断上升，除金矿老化、采金率下降、开采成本高涨的国内因素外，主要是国际市场金价暴跌造成的。就国内因素而言，南非正在开采的金矿大多是 20 世纪 40 年代和 60 年代陆续投产的，经过几十年的开采，矿砂的含金量下降，而开采成本却随着矿井深度的增加而上升。世界矿业巨头南非英美公司负责人说，该公司所属的西部深井矿区现已挖至地下约 4000 米，深度采矿面临资金和安全两大挑战——需要良好的安全设施，小地震经常发生；需要降温，岸石的温度高达 62℃；需要用水电——每采一吨矿石需用五吨循环水。

南非黄金的竞争力由于生产成本上升而相对下降。据黄金业服务公司测算，目前生产每盎司黄金的世界平均成本为 261 美元，南非为 273 美元，加拿大是 267 美元，澳大利亚是 261 美元，美国是 257 美元。南非的金矿公司认为，当金价从每盎司 290 美元向下跌落时，他们已把生产成本降至最低，现在再降低成本十分困难。在这种情况下，金价下滑无疑对南非采金业带来巨大冲击，使得 1990 年的 37 家金矿公司到 1999 年仅剩下十家，而百年老矿——东兰德公司在金价暴跌时首先宣布停产便成为意料之中的事。

南非全国矿业协会认为，金价低于 260 美元 / 盎司，超过 1/4 的矿工失业；价格如维持在这一水平，40%的矿井不盈利、危及 8 万矿工的工作。金价暴跌引发的矿工失业对南非社会和经济的影响是深远的，它比黄金外汇收入减少的影响不知要大多少倍，因为这些矿工是他们家中的顶梁柱，一人失业全家便失去依靠。51 岁的穆瓦纳在东兰德公司干了 25 年，全家六口人就靠他每月 160 美元的工资生活。现在他失业了，妻子将沿街乞讨，三个孩子正在上学，五岁的儿子身患残疾。穆瓦纳感到最伤心的是，孩子们有可能会沦为男盗女娼，而自己却无能为力。南非的金矿工人大多数是黑人，他们失业后的命运十分悲惨。

黄金缘何黯然失色

历史进入 1999 年 7 月，世界黄金价格接连暴跌，伦敦市场金价滑至每盎司 256 美元，短短一个多月里下挫 10%，创 20 年来金价最低纪录。与此同时，黄金股市紧密呼应，约翰内斯堡股票交易所内，世界最大的产金集团英美公司的股票大幅降落。昔日光彩四射的黄金何以会顿时黯然失色？金价惨跌会对产金国，乃至世界经济产生何种影响呢？

西方国家和国际货币基金组织计划大幅度削减其黄金储备是引起金价狂泻的直接导火索，而英国抛售黄金则给长期萎靡不振的黄金市场雪上加霜。20 世纪 90 年代末叶，荷兰、比利时和澳大利亚等国分别出售了数百吨黄金，使黄金市场黑云翻滚，价格从 1996 年 2 月每盎司 414.80 美元一路下滑，跌势不止。在卖得越早、价格越好的价值规律作用下，其他西方国家的央行纷纷步其后尘，且有过之而无不及。瑞士央行计划出售 1300 吨黄金，这等于其黄金储备的 50%；八国集团同意从 2000 年起变卖国际货币基金组织 10% 的黄金储备，即 311 吨黄金以援助债台高筑的穷国；1999 年 5 月，英国宣布近年内将其黄金储备从 715 吨降至 300 吨，这相当于销售其黄金储备的 58%。1999 年 7 月 6 日，英国抛售 25 吨黄金，把黄金价格“抛”到 20 年来的低谷。

西方各国为什么要接二连三地相互“比富”、掀起黄金抛售狂潮呢？黄金因其固有特性和稀有性历来被视为财富、地位、繁荣与幸福的象征，被各国争相储备以预防不测和抵御通货膨胀，成为“宝中之宝”。然而，如同世间万事万物一样，随着时过境迁，黄金终难越出盛极必衰的常规。第二次世界大战后，黄金曾一度拥有“官价”——布雷顿森林会议规定的每盎司 35 美元的固定价格。20 世纪 60 年代频发的美元危机强烈地冲击着黄金“官价”，美国于 1971 年被迫宣布停止外国央行用美元向美国兑换黄金，国际货币基金组织接着正式废除黄金“官价”。金本位制结束后，黄金价格由市场供求调节，金价如脱缰的野马一般狂奔，大幅上涨。1979 年的第二次石油危机曾使金价飙升至历史的最高峰——每盎司 855 美元。高昂的金价极大地刺激了生产和供给，然而，随着新兴金融工具的涌现，黄金的用武之地日益狭小，难以再现昔日辉煌。

黄金市场由“牛”变“熊”、金价巨变的具体因素有三：其一，世界经济进入低通胀时期，黄金的保值作用大为降低，作为防范高通胀、稳定货币的“避风港”作用日益减小；其二，全球证券市场方兴未艾，投资股票、债券的收益高于黄金，吸引力巨大；其三，进入计算机时代，黄金作为国际清算手段多有不便，且其运输和储藏费用较高。在这种新情况下，各国争先恐后抛售黄金也就不足为怪了。

“几家欢笑几家愁。”富国抛售黄金储备是金价的真正敌人，使产金国饱尝其苦、深受其害。作为世界最大的黄金生产国和出口国，南非首当其冲，损失难免。受此冲击，百年老金矿东兰德被迫宣布关门停业、5000名矿工因此失业，另有六家矿井裁减矿工12000名。对南非而言，金价已逼近，甚至跌破其成本价。如果金价继续下滑，南非其他金矿及其30万工人的命运可想而知。南非的失业率已高达30%，黄金出口又是南非外汇收入的重要来源，金价惨跌必将波及经济发展。

除南非外，非洲的其他产金国大多是国际货币基金组织救助的对象。世界黄金协会指出，抛售黄金储备造成金价暴跌给这些国家带来的损失将会超过给予他们的援助，暂不提他们何时才能得到这笔援款。

价值规律是不以人的意志为转移的。如果抛售黄金狂潮不止，金价下跌势在必然。这是否意味着黄金的“黄金时代”一去不返、金价永远回天乏力呢？如果世界爆发大规模战乱，美国经济出现高度通胀，加之亚洲各民族有崇尚黄金、偏爱黄金的传统，黄金仍会重现光彩，黄金变铜铁、真正“挥金如土”的日子似乎不会降临。

金块失窃竟成真

金子毕竟是金子，不是有一句名言吗：“是金子就闪闪发光。”世界金价在经历一段时间的低谷后，重新上扬，黄金恢复了昔日的光彩，黄金业迎来了再次辉煌。

黄金仍能引起人们垂涎三尺。参观过约翰内斯堡黄金城博物馆的游人大都会记得，黄金冶炼表演之后，当游客离开时，工作人员免不了让每人摸一下那块金砖，并笑言能用一只手拿动者，就可以把那块金砖拿走。人人都知道用一只手拿金砖的结果如何，但几乎每人都要试一番。尽管人人笑容可掬，但都免不了遗憾离开。人类的贪婪性由此窥见一斑。

可是，2002年6月的一天，那块金砖真的被人拿走了。不是游人的一只手，而是盗贼的一双手。所幸的是，由于金块重，窃贼将它搬到博物馆围墙下时，本想把它抛过墙后再拿走，未料力不从心，未能如愿。最后只好把金块扔在墙根下，自己翻墙逃离。

第二节　钻石村与钻石城

南非最珍贵的钻石之一、59 克拉完美无瑕的“斯泰梅茨”粉红色钻石，挂在超级模特海伦娜·克里斯泰森的脖颈上，在珠宝首饰展示会上露出芳容。美女佩戴美钻，尤其抢人眼球，赢得啧啧的赞美声。

粉红钻石，价值连城。钻石商估价说，这颗稀有钻石价值三亿美元之上。不过一些行家则表示，“斯泰梅茨”是无价之宝，你能说出“蒙娜丽莎”值多少钱吗？据传，这颗粉钻是从 100 克拉的宝石上切割而成的。世界钻石老大德比尔斯公司是其主人。至于它产于何处，德比尔斯一直守口如瓶，保持着钻石生产的秘密传统。这难免引起人们的猜测：有人说它产于安哥拉，有的讲来自刚果（金），另有一些人坚持它出自钻石城金伯利，不过，大多数人倾向于它的出处是位于南非行政首都比勒陀利亚附近的钻石村。

默默无闻“钻石村”

南非以盛产黄金和钻石闻名于世。不过，相对于钻石城金伯利的鼎鼎大名，钻石村卡利南可谓默默无闻，别说是初来乍到的外国游客，就是南非本国人也对卡利南钻石村颇感陌生，要不是卡利南村适时宣传自己，新闻界为之造势，南非人也难以拾起那段忘却的记忆。

在世界钻石史上，钻石村起码在五个方面值得大书特书并引以为荣：“卡利南钻石”是迄今为止世界上发现的最大钻石，“世纪钻石”是世界上切工最为精细、切割面最多的钻石，“黄金 50 年狂欢钻石”是世界上最大的切割钻石，发现这三颗世界名钻的“首相矿井”是世界上面积最大的钻石矿，该矿是全世界唯一出产蓝色钻石的矿井。

旷野上的“钻石村”路标。

钻石村位于南非行政首都比勒陀利亚东北方向约 50 公里处，与钻石城一北一南，遥相对应，约距 580 公里。在发现钻石前，这里是一片杂草丛生的荒野，是钻石改变了这里的一切。1903 年，创建刚

钻石村露天博物馆。

刚 15 年的德比尔斯公司兴师动众，浩浩荡荡的队伍挺进到此，那阵势似乎要与地球为敌，非要在地面上挖出个巨洞、挖出颗大钻不肯罢休。未料还真幸运，1905 年 1 月 25 日，矿井动工后不到半年，刚刚挖至 12 米，就发现了重达 3106 克拉的“卡利南钻石”。

钻石村的一切均与钻石结缘。今天参观钻石村，从行政首都出发有两条路线，一是先东后北，一是先北后东，无论走哪条路，路标上都有一颗闪闪发光的心形钻石为你指路，使游人一目了然。走进钻石村，似乎置身于钻石世界。邮局、宾馆、旅游信息处、纪念品商店的招牌上都“镶”有“卡里南钻石”，就连路两旁的垃圾箱四周都有“钻石闪光”。这里保存了 100 年前开采钻石时的街道，街道两旁的房屋虽说不上是古香古色，但看起来也显出年头，屋顶的铁皮已锈迹斑斑，惟有门前的青草和鲜花在阳光下生机勃勃。

由于“首相矿井”目前仍在开采中，参观钻石村便分为三个步骤。首先观看纪录片，了解钻石和钻石村的历史；接着在导游的带领下进入矿区参观，在机声隆隆中体验钻石是如何来之不易；最后目睹钻石的加工过程，顺便购买钻石或其他工艺品。

纪录片约半小时，主要讲述钻石的形成历史。钻石并不神秘，主要成分是碳，是数亿年前火山爆发时形成的。也就是说，唯有火山爆发才能形成钻石，但并不是所有爆发后的火山都能形成钻石，因为存在于地下 150 至 250 公里处，火山爆发时，巨大的压力和高达2000℃的高温将这些碳喷出地面，久而久之形成钻石。假如火山爆发是从地下50公里处发生的，那肯定不会形成钻石。这大概也属于地球构造和大自然的奥妙吧！

钻石村的导游都是钻石矿的退休工人，他们对矿井充满感情，对钻石的生产了如指掌，讲起矿井和钻石来也就难免滔滔不绝。看完纪录片，我们穿过当年的钻石街，来到矿区的入口处，“卡里南钻石”的模型早已站在门前等候游人。进入矿区可谓戒备森严，要通过两道关口，且一次仅能通过一人。

游人首先来到展览室，这里以图文并茂的方式，讲述钻石矿与世界名钻的故事。游人所在的“首相矿井”的井口面积32公顷，为世界钻石井之最。目前已挖至地下约700米，井底面积为20公顷。导游介绍说，从此再向下挖到地下1000米，井底面积将保持不变，成为一个“直筒子”。目前，该钻石矿是世界上唯一生产蓝色钻石的矿井，这种被称为“首相蓝”的钻石被美国一家公司“包圆儿”了，用于航天技术，使地下生产的钻石为人类探索太空的秘密而服务。

橱窗里最吸引人的是那几颗世界名钻，可惜它们只是复制品。被分割成九颗的“卡利南钻石”全部展示在这里，“卡利南一号”，即其中最大的一颗钻石，重530.02克拉，又被称为“非洲巨星”，是当时世界上最大的切割钻石；“卡利南二号”，又名“非洲次星”，重317.40克拉。“卡利南钻石”姊妹九个全部归英国皇室所有，“卡利南一号”镶嵌在国王的节杖上，她的大妹妹则成为国王皇冠上的“明珠”，使姊妹俩成为权位的象征。至于“卡利南钻石”为什么发现于南非却归根于英国，那是因为南非当时是英国的殖民地。

“世纪钻石”可谓名不虚传，就连其挂在墙上的照片也璀璨夺目。尽管它的重量只有273克拉，算不上著名，但它是世界上切割面最多的一颗，与一般仅切割成58个平面相比，它竟被切割成247个面，是世界著名的切割专家历时三年完成的杰作，其价值因之倍增，说是价值连城也不为过。它是十年前才出售的，具体价格和买主惟有奥本海默家族知晓，外人只是猜测，只知道它的保险额为两亿美元。

“黄金50年狂欢钻石”是1986年发现的，重545克拉，是当今世界上最大的切割钻石，它的主人是泰国国王。

首相矿井生产的钻石20%用于首饰，80%用于工业。橱窗里展示的用于工业的钻石主要是切割或钻孔工具，如牙医用的牙钻，切割用的圆形锯，就连切

“钻石村”的大矿井很壮观。

割钻石也借用医学上的“以毒攻毒”理论，唯有用钻石方可为之。归功于现代科技的突飞猛进，近年来切割钻石也使用激光。南非的钻石是世界上品质最好的钻石，一般工业用钻首选之。

步出展览室，进入生产区，首先映入眼帘的是安全生产须知。矿井作业环境艰苦，近年来为保护工人的身体健康，矿井周末也休息，为使游人不进入地下参观也能对矿井内部有所了解，地面建设了一个“井底世界”，最引人注目的莫过于那粗壮的通风管和几根排水管，排水管分为污水管和清水管，前者是为作业排出井底污水的，后者是为井下工人饮用而设置的。

眼前出现了一个巨型的高大铁塔，这是运送矿石的升降机，由四个罐笼组成，分为两组，同时一上一下。每个罐笼自重八吨，装载岩石 12.5 吨，运送罐笼的钢绳重六吨，每个罐笼总重量 26.5 吨，以 6 公里 / 小时的速度工作，每天开采 1.2 万吨矿石。铁塔南边 50 米处是巨大的矿井口，深不见底，不远处是堆积如山的矿石粉。人们把矿石从地下挖出来，经过粉碎等工序，再把矿石粉作为垃圾堆积起来。这一挖一堆，一洞一山，为的是钻石。钻石有何用途呢？一代钻石王哈里·奥说：“满足人类的虚荣心，特别是女性的虚荣心。”看来，虚荣心能促使人类做出许多不理智的事情来，狂挖钻石、在地球上打洞不知是否可列入其中。

游人最后来到钻石加工车间，隔着玻璃观看切割工在精心地切割钻石。这时，一名热情的小伙子便走过来，指着墙上写着英语和汉语说明的挂图，介绍构成钻石价格的四大因素：重量、净度、色泽和切工，并拿出一颗2克拉的钻石让游人传看，用饱眼福的方法撩拨人们的虚荣心，激发游人的购买欲，如果哪位心一动，站在身边的矿井商店的服务员会热情地接待你，还会让你选好中意的戒指，眼看着镶好，让你不虚此行。如果你还不放心，唯恐买了个假货，那就拿来一杯水，将钻石放进去，当被取出来时钻石仍是干的。钻石不沾水，假的则另当别论。这是鉴别钻石真假最简单不过的方法。

钻石闪闪金伯利

提起钻石，人们便会想到南非，想到南非的钻石之城金伯利。金伯利位于约翰内斯堡以南476公里，两者之间有一号国道相连。

位于南非中部的金伯利委实是座名不虚传的钻石城，这里的一切都与钻石结下了难解之缘。全城最高的建筑物是以南非钻石大王名字命名的“哈里·奥本海默大厦”——南非钻石的分拣与定价中心。由于拣选钻石须用自然光，该大厦背阳光而建、窗户倾斜并使用特殊的玻璃以防止反光。大厦旁边是以钻石大王之父欧·奥本海默的名字命名的花园，其中心的一座雕像喷泉——五名钻石矿工高举起一个过滤钻石的圆筛，象征着金伯利的五座钻石矿井，并以此纪念在钻石开采过程中牺牲的矿工们。金伯利大街上的路灯是南半球历史最悠久的街头电灯；南非第一所矿工学校于1896年在此创办，后迁址约翰内斯堡发展成为今日闻名遐迩的金山大学……而这里最值得一瞧的当数那现今地球上最大的露天人工洞——大矿井。井口周长1600米、面积17公顷，井深215米。在长达近半个世纪的采掘中，人们从中清除出土石方2250万吨，采得钻石2722公斤。

“我们在过滤钻石。”

钻石被人类首次开采发生在3000年前的印度，这也是钻石为什么用克拉作为计量单位的原因。古印度生长有一种

钻石城的铁塔前长着一棵“克拉树”。

特殊的树——角豆树，又名刺槐。这种树上结有一种豆子，这些藏在长角里的豆子变干后大小和重量相同，每粒正好 0.2 克——1 克拉，5 个为 1 克重，即 1 克拉等于 0.2 克。为计算方便，又将一克拉分为 100 分。克拉是度量衡单位中唯一用天然植物果实作标准的计量单位。

“物以稀为贵”，稀世之钻石作为大自然的珍品便成为财富和权力的象征。17 世纪中叶，一位法国宫廷工匠随骆驼商队赴印度旅行，归来时为法王路易带回一些钻石，遂使欧洲贵族形成将宝石作为雅致与华贵象征的风气。钻石恒久远，它于是也象征爱情的永恒不变与坚贞不渝，贵重的钻戒就演变为订婚的信物。

大矿井书写着南非的钻石史。历史发展到 18 世纪，巴西成为世界最大的钻石生产国，而 19 世纪中叶南非钻矿的发现标志着现代钻石工业的真正诞生。1866 年夏天，在金伯利附近河边的草地上玩耍时，15 岁的雅克布斯意外地捡到了一颗斑斓的卵石，后被鉴定为 21.25 克拉重的钻石，命名为“尤瑞卡”；三年后，另一颗重 83.5 克拉、取名“南非之星”的钻石又被发现。这一发现引起了当时英国殖民者的垂涎。

1871 年，在金伯利周围的农场里先后发现了数个钻石矿，最著名的是位于“科尔斯伯格小丘”、后来成为举世闻名的大矿井的金伯利钻矿。其后，在金伯利地区发现的16个钻矿均不同程度地被开采，现仍有四个处于开采之中。

大矿井向世人诉说着金伯利城的发展史。随着钻石矿的发现，世界各地的挖钻者蜂拥而来，昔日偏僻荒凉的农场变为热闹沸腾的工地，遂以大矿井为中心形成一座新城镇，人们称其为“新挖钻热”。1873年，当时的英国殖民大臣金伯利视察该地，这座新城镇改用其名字命名，留下一个特殊的痕迹和一段特殊的历史。

在露天钻矿博物馆，人们还能感受到当年钻石热的情景：打制挖掘工具的铁匠房，矿工常去的休息场所酒吧屋，摆设各种交通工具的车辆展，收购钻石的小型当铺，以及其他必不可少的各类机构，诸如银行、医院、警察局和照相馆等。

钻石博物馆里最吸引人的当属钻石展厅。人们在这里可以一饱眼福，一览当今世界上几颗驰名的美钻：迄今为止世界上发现的最大钻石——“卡利南”，原重3106克拉，已被切割成9颗主钻和95颗细小钻石；目前世界上最大一颗尚未切割的钻石——“616”，以其重量命名，堪称南非之最。

令人遗憾的是，这几颗钻石皆为复制品。不过，展示在橱窗里的“尤瑞卡”——在南非发现的第一颗钻石，确是货真价实。该钻被发现后曾几经曲折、几度易主。1966年，德比尔斯联合矿业有限公司从英国购回这颗被切割成10.73克拉的钻石，先展放在开普敦的国民议会，1983年起在该博物馆展出，从而使物归原地、物属原主。

谈及钻石，不能不提德比尔斯公司。在当年那股狂躁的挖钻热中，挖掘深度的不断增加便需要特殊的设备与工具。这时，从英国来南非与兄弟相聚的罗德斯暗下决心，回国筹资以购买设备。可是，当他重返南非后，英国商人巴纳图已成立了金伯利中心矿业公司，用有序挖掘替代了随心所欲的竞争。罗德斯是不会轻易罢休的。恰巧此时，农场主德比尔斯正为挖钻人践踏其庄稼而烦恼，罗德斯便顺水推舟购下了那块带矿藏的农场，成立了德比尔斯矿业公司，开始向巴纳图宣战。1888年，春风得意的罗德斯兼并了巴纳图的公司，成立了德比尔斯联合矿业有限公司，迈出了其独霸钻石天下的第一步。

百年沧桑，创业维艰。20世纪30年代世界经济萧条之际，一代钻石王——欧·奥本海默继任德比尔斯公司的主席，决定在伦敦成立中央统一销售组织，以控制全球钻石的销售价格。此后，随着“钻石恒久远，一颗永流传”这一著名广告词的传播，德比尔斯迅速享誉全球，钻石的勘探与采掘也走出南非，向南部非洲、其他大洲及海洋扩展，成为世界上最大的钻石开采和销售集团公司——生产全球一半的首饰钻石，销售的未切割钻石占全球市场的75%。1988年1月，德比尔斯脱离母公司英美集团公司，开始独立经营，其年销售额接近50亿美元。此后，德比尔斯与英美集团的关系又出现变化，目前两者互为对方的主要股东之一。

谈及钻石史和德比尔斯公司的创业史，该公司公共关系部主任鲁德特先生发出两点感慨。第一，钻石是美丽的，然而从矿石到钻石，其间要经过勘探、开采、分拣、切割、加工、销售等一系列艰辛的劳动，真可谓：钻石珍贵，来之不易；第二，在南非，钻石的发现与开采早于黄金，此后“淘金热”代替了“挖钻热”，约翰内斯堡迅速崛起，金伯利渐被世人冷落。这位曾著书立说研究金伯利史的专家反问道：“如果黄金的发现早于钻石，今日之金伯利会是什么样子呢？南非又会是什么样子呢？”

第三节 钻石中心话钻石

在黄金城约翰内斯堡市中心，坐落着两幢相邻的五六层高的楼房，其间用封闭式空中走廊相连。别小瞧了这两幢不起眼的普通建筑，它们是闻名遐迩的南非钻石和珠宝中心。2003年4月初的一天，我来到这里，目睹钻石切割的全过程，了解钻石交易的每个环节，旁听钻石老板们大“念”钻石经……

钻石大楼戒备森严 保安措施万无一失

黄金城约翰内斯堡是南非有名的犯罪之都，绝大多数人，包括南非本国人在内，望“城”兴叹，闻之却步。然而，独具慧眼的钻石和珠宝中心老板却反其道而行之，低价买下这两幢楼，以加强保安措施作为突破口，把确保交易安全作为关键环节，进而以较低的价格出租，形成强劲的竞争力。“栽好梧桐树，引来金凤凰”，这两幢楼随之吸引来大批从事钻石和珠宝的生意人，造就了今日钻石和珠宝中心的繁荣，与黄金城内的其他惨淡经营者形成鲜明对比。

这两幢楼一个名叫钻石中心，一个名为珠宝中心，这不过是称谓之别，其实两者经营的内容以钻石为主，大同小异。这当然也与钻石与珠宝本是一家，“你中有我、我中有你”而难舍难分不无关系，不是有人将钻石称为“宝石之王”吗？南非当地人更是不分钻石中心和珠宝中心，而是统称之为钻石大楼。

我首先进入中心停车场，车辆进入大门必须进行登记。钻石中心和珠宝中心各有一个出入口，我们来到钻石中心的楼门前，进中心大门首先要出示身份证或护照等重要证件，进行登记，并领取入门证，接着是对人和所带物品进行安检，任何人不得携带枪支和凶器入内。安检门通过后再过防盗门，防盗门和安检门一样，一次只能进一个人，而且必须通过工作人员划卡后才能通过。只有经过这两道严格的安全门，才能来到钻石中心的大厅。近年来在南非工作，经历过各种各样的安检，而钻石中心安检之严格与认真，堪与总统府相比。

百家厂商集于一楼　配套服务一应俱全

我乘电梯来到三层。钻石大楼内有数百家厂商，家家都装有严密的保安设施，全天门户紧关，实行“闭门”营业，顾客进门必须先按门铃，厂商从室内监视器里确认后才开门。从外表上看，大楼是一个完全封闭的系统，各家各户大门紧关，楼道内常是空无一人，但大楼内以钻石为中心，各项配套设施一应俱全，实行一条龙式的配套服务，从毛坯钻石批发、钻石切割、钻石鉴定、钻石销售到钻石邮寄，有些厂商还兼作零售生意，并为顾客镶嵌好首饰。此外，还设有专门为这套服务而服务的商店，如钻石切割器材销售店，钻石宣传画和专业书籍销售店，当然更少不了银行。

世界钻石业霸主——南非德比尔斯公司在这里设有两家钻石批发店，其中一家位于三层，名为钻石发展公司。该公司的负责人介绍说，德比尔斯控制着世界钻石总产量的80%，只出售毛坯钻石，或简称为原钻，不对钻石进行任何加工。钻石批发一般一两周进行一次，不是批发时间不开门，批发时间内也谢绝一般人入门。开门时，批发商将首饰钻石和工业钻石按不同重量分别包装，购买者按照自己所需的货物进行选择。他们多是钻石大楼内的厂商，以购买首饰钻为主，买少量的工业钻主要用于切割首饰钻。

南非的钻石厂商除从德比尔斯批发钻石外，还从黄金城以南数百公里的一

黄金城市中心的“逐鹿非洲”群雕诠释着非洲矿业竞争的激烈。

个钻石自由交易市场进货。自由市场交易的钻石主要是各家私人钻石矿挖出来的毛坯钻，价格相对便宜些，交易手段也比较灵活。不过，一旦看走了眼，切割后不但赚不了钱反要赔上本钱。这就需要购买者独具慧眼，否则还是德比尔斯比较保险。

我们平时所说的钻石，是指切割好的首饰钻，俗称“裸钻”。就经销钻石而言，钻石大楼内的厂商基本上分为两大类，一是切割并销售，一是只从事批发销售。

钻石珍贵来之不易　两类钻石截然分明

人们大都知道钻石珍贵无比，价值连城，不少人也知道“钻石恒久远，一颗永流传”的著名广告词。可真正知道钻石的三个“来之不易”——生成不易、开采不易和切割不易者，似乎寥寥无几。

钻石的化学成分十分简单，为单晶碳。然而，其生成需要上亿年，是火山爆发时喷溢出来的高温岩浆经过数亿年的变化形成的。伴随着火山爆发，熔岩带着钻石喷出地壳，冷却凝固后形成管状脉分布；随着时间的推移，一些钻石被冲离岩石，继而沿河流而下，或藏身于河床，或落脚于海底，形成冲击钻石。所谓钻石开采，就是将火山爆发后形成的岩石挖出来，其中就有璀璨夺目的钻石。挖掘 4 至 8 吨的矿石，才能找到 1 克拉的钻石，其中 80%是工业钻，首饰钻仅占 20%。

首饰钻与工业钻如何区分呢？经过两道防盗门，我们来到一家钻石工厂。随行的华人钻石“王老五”陈义彪与该厂的老板是朋友，便让老板各拿出来一颗观看。首饰原钻像水晶和冰糖，透亮发光；工业原钻则像食盐块一般，缺乏光泽。两者一比，截然分明。

钻石是最硬的宝石，硬度超过所有金属。因此，切割钻石不能用金属，即使是钢铁之类。俗话说，“解铃还需系铃人”，切割钻石还需要钻石，所谓“以毒攻毒”。不是用整块钻石，而是用钻石粉末来“以软克刚”，用来切割首饰钻的工业钻石粉末，色泽还不如食盐颗粒发亮，而是发灰。

钻石切割一日一颗　认真仔细自不待言

如何用钻石粉末切割钻石呢？我们来到一家以姓名“莱茨基”命名的钻石工厂。在钻石大楼里，切割钻石的工厂全是小规模的，工人从四五名到十多名不等。这家工厂雇有四名工人，老板是黑人。在种族隔离的旧南非，钻石经销商是清一色的白人，以犹太人为主。现在，印度人、中国人和黑人也加入到这一行业之中，莱茨基先生就是其中一员。

所谓切割钻石，除极少数是一般意义上的切割外，绝大多数钻石不需切割，而是刨圆和磨平。例如，闻名于世的卡里南钻石，重 3106 克拉，切割后的最大一颗钻石，镶嵌在英国国王的皇冠上。其切割程序是，先在钢锯齿上涂少许特制的油，然后将钻石粉粘贴在上面，再开始切割大颗钻石。对小钻石而言，重量不过几克拉或几十分，经不起锯齿切割，而是先抛光，再磨平。

在抛光机床前，莱茨基先生介绍道，先用机床将原钻从两头固定好，再开动机床，在运转过程中，手持夹有一颗工业钻的特制夹子对钻石进行抛光，将原钻磨成圆形，为下一步磨出平面作好准备。

磨平机床与抛光机床一样，也是台式，主要由钢桌、钢磨盘、马达和夹子组成。钢桌非常重，必须确保平稳，丝毫不得有误；钢磨盘是圆形，上面刻有一道道细纹，磨钻石前，先将钻石粉末均匀地撒在上面，然后开动马达转动，用夹子夹住钻石在上面将其磨成一个个小平面，抛磨靠的是钻石粉末。

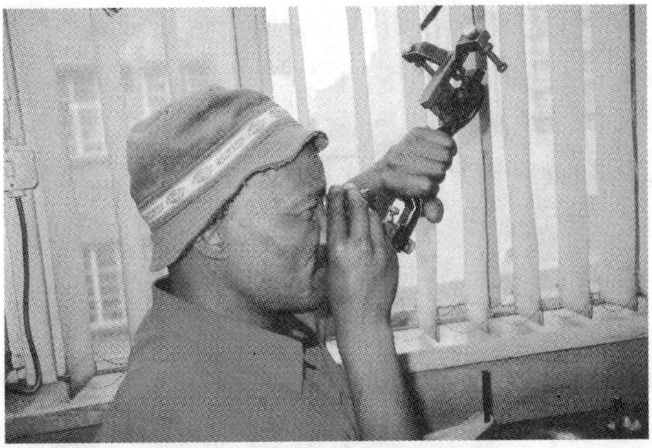

首饰钻石是这样切割的。

钻石夹子约一尺长，是专门为切割钻石而设计制造的。夹子上带有水平尺和角度计，每磨光一下都要用放大镜检查验证，丝毫不得马虎。钻石虽小，但标准的切割都要磨成 57 个面，无论从哪个角度观察，钻石都是闪闪发光，晶莹发亮。切割是决定钻石价格的四大因素之一，必须认真细心，因此切割一颗钻石，一般需要一个熟练工一整天的时间。

钻石虽小价值可观 工厂防盗各出奇招

钻石切割对钻石的损失不可小视。一般而言，一颗原钻经过切割后，仅能剩下 1/3 的重量，损失率高达 2/3。比如，一颗 1 克拉重的钻石，切割后只有 33 分了。然而，切割又是不可避免的事情。对钻石老板而言，他们心疼的当然不是切割中损失的钻石重量，而是切割中的被盗事件。老板从切割中赚钱，然而钻石一旦在切割过程中丢失，老板将失去昂贵的本钱，损失无疑是惨重的。这样，钻石工厂的防盗问题非常重要，而防盗的主要对象，不是别人，恰恰是钻石切割工人。

谈起钻石切割过程中的防盗问题，莱茨基先生神秘一笑，这笑容充满着自信，似乎在告诉我，他有自己的防盗高招。莱茨基曾是一名技术娴熟的钻石车工，给别人打过 15 年的工，五年前开始经销钻石，开设了这家工厂兼经销店，自己购买原钻切割后销售，还时不时为他人切割钻石赚取加工费。为了防止员工盗窃和调换钻石，他首先对钻石进行一番研究，用紫外线测定仪鉴定钻石的真假和色泽，用标尺夹子测量钻石的大小尺度，然后决定如何切割并自己先切第一刀。说着，他就取出一颗钻石，拿起一个夹子，向我演示。

钻石切割的要旨是追求最大的得石率，在原钻的基础上保持最大。因此，第一刀非常重要，是得石率的关键。莱茨基是内行，自己先磨好第一个平面，不但能保证最大的得石率，而且能进一步鉴定钻石的色泽。完成第一步后，才将钻石分发给员工们。这样，谁拿的那颗钻石，切割后能有多大，他心中有数。每天上班将钻石发给大家，下班时收回，有效地防止了盗窃、丢失和替换。

这当然是小工厂的做法，而且钻石大楼内的各家工厂各有其招，大工厂就不同了。开普敦有两家大型切割厂，上班时发给每个员工一颗钻石并严格进行登记，老板与员工对视而坐，监工不时巡回监督，每名员工的头顶还安装有一台监视器，受到监控室的密切监视。只要员工离开车床，包括吃饭和上洗手间在内，都必须先将钻石交回老板。下班时先交回钻石，并进行检验，措施相当严密。

钻石切割工人的工资大多实行计量工资制，一般是切割一克拉的原钻 300 兰特。当然，熟练工和低级工也有区别。莱茨基技术比较过硬，他为别人切割钻石时，收费标准是一克拉 350 兰特，因为他先开第一刀，保证最大得石率，严把质量关。而他给员工实行月工资制，每人每月 3500 兰特，从中赚取利润。

钻石定价世界统一　四大因素决定价格

在钻石大楼内，南非钻石协会和南非珠宝协会均设有办公室，切割好的钻石需要到这两个协会的任何一个进行鉴定，颁发钻石证书后方能上市。

众所周知，一颗钻石的价格是由切割、色泽、净度和重量这四大因素决定的。色泽和净度是天然生成的，人力无法改变，而切割得是否合理，对钻石的大小和重量起着决定性的作用。

钻石的色泽一般分为 11 个等级，从 D 到 N 依次降低，N 等级之后的钻石，肉眼就能看出带有明显的混浊黄色。钻石呈无色透明状，以纯白透明为最上品，淡蓝色的蓝白钻或带黄色的泛黄钻，均不如纯白钻石。色泽的等级越高，钻石的价格越贵。近年来，世界上发现了不少彩色钻石，简称彩钻，有粉红钻、黑钻、蓝钻、黄钻等，它们比普通的纯白色钻石更为稀有珍贵，可谓价值连城。钻石的净度分为五个等级：无瑕、极微瑕、微瑕、小瑕和有瑕。前三级中又各分为两等，后两级中各分为三等。其中的有瑕一级，肉眼可以看见瑕疵；无瑕一级，拿放大镜也观察不到瑕疵。

钻石以克拉为计量单位，每克拉又分为 100 分，如 0.6 克拉的钻石即为 60 分。两颗重量相同的钻石，会因切割、色泽和净度不同而价值相距巨大，甚至是数十倍。

钻石的价格是由纽约的一个人决定的，这个人每周发布一次“拉帕波特钻石报告”，即钻石价格。我们在德比尔斯钻石公司打开一部手提电脑，荧屏上立即显示出钻石的价格表，众多的表格分别以重量为单位，净度和色泽分别为横竖坐标，查找价格一目了然。

由于钻石实行世界统一价格，而对钻石的切割、色泽和净度的鉴定，世界上只有三家——南非钻石协会、南非珠宝协会和欧洲宝石协会具有鉴定资格，因此，一颗钻石的价格高低，在切割完成后也就基本决定了。也就是说，顾客对钻石的价格是“没商量”的，一颗钻石的贵贱，取决于经销商给顾客折扣的多少。

选购钻石，一般以裸钻为主，也就是切割好而尚未镶嵌的单颗钻石。至于是将钻石镶嵌在项链上、耳坠上，还是戒指上，则由顾客自己决定。镶嵌钻石也是一门专业技术，一般须经过镶、磨、洗、擦几道工序。

钻石首饰是美丽的，然而，钻石不但来之不易，其切割和镶嵌也要经过一道道专业工序。在钻石璀璨夺目的闪光中，也闪烁着劳动的汗珠。

世界名钻闻名天下　钻石史话惊心动魄

钻石最早产于印度，关于钻石的史话自然源于印度；钻石富有传奇色彩、带血带泪的掌故大多与印度有关。“光明之山”是钻石史中最悠久的名钻，远在1304年由印度的一位酋长所有，传说是神赐之物。当时印度人信奉的其中一个神是“牧牛神”，说是它住在一间布满钻石和红宝石的宫殿，如信徒敬献给它一颗珍贵的钻石，神便会赐给其在天国永生。

印度人将钻石神化，而在13世纪的欧洲，钻石则是皇室贵族的专利品，佩戴钻石是皇后公主们的特权。法皇查理十七世的情妇爱丽丝·苏慧是第一位打破这种传统的平民女子，她从皇帝那里获赠一颗钻石，并在公众场合佩戴，钻石从此进入民间。

15世纪是钻石与爱情结缘的里程碑。巴根地公爵查尔斯爱钻如命，喜好收藏，他女儿玛丽与奥地利大公爵订婚时获赠一枚钻戒，成为历史上第一枚订婚钻戒。

在16、17世纪，浪漫的法国人独领钻石新潮流。法皇弗兰西斯一世的项链镶有11颗大钻石，他的皇后嘉芙莲除喜爱钻石首饰外，还用钻石粉末掺入食物毒死政敌。欧洲历史上相传的篡位粉可能就是钻石粉末。钻石粉是否有毒仍未被考证，极有可能是古人故意编造谎言，以减少矿工将钻石吞入体内行窃。

路易十四执政期间，钻石在法国的流行达到顶峰。他的皇宫内摆满珠宝玉石，全身上下钻石闪闪。据说他以国家名义购买了109颗重十克拉以上的钻石、273颗重四至十克拉的钻石。最著名的要数从宝石巨商手中购回的44颗大钻石，其中包括一颗112克拉的法国蓝钻，人们普遍认为，著名的“希望钻石”就是从这颗上面切割下来的。至于“希望钻石”跌宕起伏的传奇史下面还要讲述。

路易十五世是个风流皇帝，情妇多得连自己也说不清楚，钻石成了他赠送情人的最佳礼物。法国大革命后，拿破仑和皇后约瑟芬穿着镶有钻石的服装加冕，促使钻石再度流行。

受法国影响，俄罗斯沙皇将钻石视为权力和财富的象征，彼得大帝1724年为皇后加冕时，皇后冠上镶有2500颗钻石。彼得三世1762年被害后，他的妻子伟大的嘉芙莲登上皇位，她的皇冠是瑞士艺术家设计的，其上镶嵌有5000颗钻石。

英国皇室与钻石也有一段难解之缘。亨利八世是钻石收藏家，1558年至1603年，用钻石原石镶成的八角结晶体戒指时髦一时，顿成风尚，同时又掀起用钻石在玻璃窗子上刻画情书的热潮，钻戒一度被称为画字戒指，甚至伊丽莎白一世本人也在一块玻璃上与沃尔特爵士咏诗谈心，倾诉衷肠。1838年维多利亚女王登基，当时皇室拥有2500颗钻石供她使用。12年后，她还幸运地获得世界上历史最悠久的名钻“光明之山”，据说是一家英国印度公司送给她的礼物。1907年，英王爱德华七世获得世界上最大的钻石“卡利南”，他将其切割成多枚，其中一枚镶在皇杖里面。

美国人对钻石的感觉比欧洲人来得迟钝多了，直到19世纪末期，美国才时兴钻石首饰，并将它作为爱的永恒信息。不过，美国人后来居上，据说钻石巨商布雷迪拥有两万颗钻石。百万富翁摩根1880年买入“鹰钻石”将其捐给美国自然历史博物馆。出版业巨子普利策在一次法国皇室珠宝拍卖会上买得一条镶有222颗钻石的项链送给他妻子。著名影星玛丽莲·梦露、伊丽莎白·泰勒等都与钻石有一段美丽的故事。而美国老百姓对钻石也是感情深厚。当世界名钻在纽约展出时，成千上万的观众在雨中排队等候参观，争相一睹美钻风采。

钻石在西方世界周游了一大圈后，于20世纪60年代又回到东方，开始在中国和日本流行。

钻石为什么会有如此大的魅力？这与人们将钻石人格化、赋予一种意象不无关系。当钻石最初被神化之时，人们敬奉它；当人们能够拥有钻石时，人们便给它附加上一种梦想。也就是说，当人们购买钻石时，其实是在购买一种钻石所象征的“符号”——浪漫的情感、真挚的爱情、纯洁的友谊、事业的成功、精神的不屈、人格的完美等等。难怪有人说，决定买钻石那一刻的冲动来自“心”而不是“脑袋”。不仅如此，选钻石形状也反映着购买者的性格。著名的钻石估价大师斯伯劳曾花费25年的时间，在美国访问了五万名钻石喜爱者，对钻石形状与个人性格之间关系进行了研究，结果表明：对圆形的兴趣浓厚者，性格忠诚可靠，平易近人，以家庭为中心，喜欢有安全感的人或物；选择心形者，性格多愁善感，富于幻想，女性味浓，对人十分信任，做事有时较戏剧化；椭圆形的爱好者多富有创造性，充满冒险精神，做事有条不紊，责任心比较强；对梨形情有独钟者，喜欢群体生活，处事变通灵活，喜好交际，善于改变自己而迎合他人的喜好；对枣核形忠贞不二者，性格外向，上进心强，勇于拼搏，乐于尝试，多富创造性；专选购四方形或长方形者，性格保守，待人诚实，做事规律，一板一眼，讲究效率。女士们不妨想想，自己属于哪一种类型呢?

谈及钻石的颜色，可谓五彩缤纷，从无色、白色、黑色到绿黄、灰蓝、天蓝，再到粉红、紫色、蓝色、红色等等，不一而足，价格也依次递增，到红色增值十倍以上。

在各种名钻之中，要数蓝色的“希望钻石”故事情节最富有传奇和充满神秘色彩，奇怪的是谁拥有它、谁便会招致不幸。这颗美丽迷人的椭圆形蓝钻是一个珠宝商兼冒险家塔弗尼亚从印度获得卖给法王路易十四的，他将出售钻石的钱给了他儿子，这个不争气的儿子却因挥霍无度而不能善终，最后在印度被野狗咬死。

如获至宝的路易十四将这颗钻石切割成69.03克拉，没过多久他便死于天花。路易十五继承了这份财富，将这颗钻石借给他的情妇杜白莉，后来杜白莉在法国大革命中被送上了断头台。传到路易十六时，他的皇后安东尼亚也被砍了头。1792年，这颗名钻被人从法国宝库中盗走而重新被切割成45.52克拉，亨利·霍普于1830年购得此钻，并以自己的姓为其命名，后来，他的侄孙继承了这颗美钻，只因染上赌博而破产，1900年被迫卖钻还债。此后的十多年中，名钻几度易主，最后被爱芙莲·麦金得手，她不久与百万富翁之子约翰·麦金结婚。爱芙莲视名钻如命，声言钻石令她神采飞扬，烦恼尽消。奇怪的是，此后一连串的不幸伴她同行，先是九岁的儿子死于车祸，丈夫因嗜酒又惹上官司，最后他们的婚姻以离婚告终，丈夫不久便因精神病死亡，她 25 岁的女儿也因染上毒瘾不能自拔而服过量安眠药离开人世。多重打击之下的爱芙莲精神崩溃，患上肺炎，一年后死去，终年 60 岁。

事情还没有结束，爱芙莲死后将珠宝分给儿孙们，只因负债累累，法庭强行将其所有珠宝变现还债，“希望钻石”估价 176920 美元，另一颗名钻“东方之星”被估价为 185000 美元，连同她的其他 72 件首饰一起出售。1949 年，哈利·温斯特买下了爱芙莲的所有珠宝，带着这颗“希望钻石”周游世界为慈善事业筹款。1958 年，温斯特用邮寄方式将这颗名钻送给了美国史密桑尼博物馆，至今仍放在那里的玻璃箱内供世人欣赏。

第四节　“天外来客”海椰子

除地下丰富的矿藏外，非洲地上生长的植物也是种类繁多，异彩纷呈，这里仅选取其中最具代表性的几种：芦荟、天然特效减肥药——P57 植物、猴子面包树和海椰子。

能减肥的“绿色钻石”

减肥、美容和美饰被誉为“世界性三大难题”，困扰着无数沐浴在现代化浪潮中的今人，美女俊男更不例外。世界各国的医生们，都在苦苦寻求解决这“三大顽症”的灵丹妙药。大概是上帝偏爱非洲大陆最南端的彩虹国度，大夫们寻求的处方和药材均在南非，不是埋在地下，就是长在地上；有的已被开发出来，有的正在研制之中。简言之，它们是一株植物和两颗“钻石”，更确切地说，是一颗钻石和两株植物。

钻石自不待言，就是大放光彩的首饰钻石。两株植物是芦荟和 P57 植物。芦荟美容，效果奇特。南非芦荟的种类繁多，有成百上千种。有的高大如树，有的矮小如花；有的枝叶细长，有的丰润挺拔。聪明的南非人也在芦荟上大做文章，芦荟天然系列产品的种类之多绝不亚于芦荟的种类。诸如保健系列、美容护肤系列、美发系列、沐浴系列、防晒系列、母婴系列、青年系列、运动系列、宠物系列等等。其中保健系列有饮料、茶、结晶粒、排毒丸等。美容护肤系列最为丰富，又按皮肤的种类分为若干小系列，每个系列中又有日霜和晚霜之别、护肤与护唇之分、护手同护脚之异……芦荟是耐旱植物，具有保湿功能，同时又具备多种药物功效，是天然的美容护肤植物。

除芦荟外，在南非西北省干旱的沙漠地带，生长着另一种奇特的植物——P57。这种植物已成为科研的对象，其名称 P57 是科研上的代称。这种植物一人来高，类似仙人掌，成丛状生长，一根根向上向外发展，每年顶端开花一次，花白色中略带粉色。这种植物能直接食用，而且吃一口一天不感到饥饿，是神奇的天然减肥药。生长在那里的布须人以狩猎为生，每次外出多日不回家，但他们不带食品而仅在腰中别一把小刀。他们认识这种植物，看见后用刀子从植物上切下一段嚼在嘴里，仅一小段就能饱几天。

可惜的是，这种纯天然食品数量有限。布须人祖祖辈辈只知食用，哪里知道保护和繁殖？南非科学家发现这种食品后，立即组织力量对其进行科研。目前，科研工作正在距离比勒陀利亚郊外的南非科学院进行之中。我曾走进这家科学院采访，得知他们已取得突破性进展，正在对这种植物进行人工栽培，已形成大面积种植，待对产品的有效成分进行科学提取后，新产品估计会在近年内投放国际市场。

就在两年前我采访时，有关负责人说，不少国家已有了这种产品的代理商，因为这种特效减肥药必将受到世人，特别是胖人的普遍青睐。这种植物仅在南非生长，世界上独一无二，待开发研制成功投放市场后，必将为生产者带来巨额利润，因之被称为“绿色钻石”。

3000 年的“大树”

猴面包树在非洲比较常见，树冠巨大，外观奇特，土生土长而又生命力顽强。

猴面包树最奇特的是没有“硬木”，主要由纤维状肉质组成，具有强壮的恢复活力。如果树皮被大象或是其他动物吃掉了，短时间内就能生长出新的来；即使粗壮大树的树心遭到火烧，大树依然生长。中空的树心也就成为人类或其他动物的“庇护所”。

顽强的生命力使猴面包树能够克服外来袭击而长命千岁。在南非北省偏远农村的丛林中，就有一棵 3000 年的猴面包树，人们普遍称其为“大树”。“大

人与“大树”合影显得不协调。

树”虽身居穷乡僻壤，但近年来名声大噪，不断有人前往观看。

我也是带着一颗好奇心与老同学常晋才同行而去的。那天，天气晴朗，我们从下榻城市出发，大约驱车三四百公里才目睹了“大树”的“芳容”。路途没有标识，我们只是凭借着传说而边行边问，免不了要多走一些弯路。最后，路越来越窄，从宽阔的土路变成了羊肠小道，而且前面出现了岔路口。环视周围，到处都能看到大大小小的猴面包树，有的大到让人误为其是“大树”。这时，不远处站着几个中学生，她们放学回家因路途遥远，正站在路旁休息，有时还能等来一辆顺车。看到我们朝她们开去，她们自然高兴。这三名学生成为我们的向导，因为“大树”离她们的村子不远。路况非常糟糕，车速受限，大概又开了半个多小时才来到“大树”下。

“大树”果然名不虚传。站在树下，你会感到自己变“小”了。我们刚到时，看到几个人爬到树上，在树枝上大步行走。树冠很大，大到距离树干近百米外才能目睹全貌，使得照相成为一大难题，因为“大树”周围是丛林，丛木杂生，必须走到丛林中去拍照，而丛林又难免挂住衣服，挡住镜头。

正值时节，树上生长着“面包”：黄色，坚硬，似梨状而比梨小，其肉质白色，含有酒石酸，可食用，烧粥或制成饮料皆可。其花白色，花味似腐烂的肉，吸引来蝙蝠和其他昆虫，其中蝙蝠是主要的花粉传递者。大象食其树皮，人类用树皮制作绳索和坐垫。

走近“大树”根一看，暴露在外的根部伸向四面八方，高出地面有几十厘米之高，有明显的石化特征。树心中空，人可以自由地出入，据说里面同时能容纳十多个人，俨然一个“小房子”。另外，经常在“树心”栖息的动物多达数十种。

“大树”也有自己的迷信传说。如果谁从树上摘下一朵花，他将被狮子吃掉；喝树皮的浸液，能让人强壮有力。

其实，猴面包树的翻译还存在误区。树上的果实主要不是让猴子吃了，而是让人吃了。再说，非洲的猴子也没有那么多，而这种树在南部非洲却是遍地生长。

神奇的海椰子

岛不在多，有“奇”则名。印度洋上的岛国——塞舌尔共和国由 115 座岛屿组成，是“百岛之国”。不过，最出名的要数普拉林岛，因为它是神奇的海椰子的故乡。

从第一大岛马黑起飞，经过 15 分钟的飞行，一架小型飞机飘然降落在反“6”字形的简易机场，唯一的空中小姐用甜润的嗓音广播：“欢迎你来到塞舌尔的第二大岛普拉林，海椰子的故乡。”

塞舌尔是世界上独一无二的海椰子的故乡。海椰子成为吸引各国游人的一个大招牌，该国人民莫不引以为荣。海椰子雌雄异株，果实活似人类的生殖器官，在植物界非常奇特。究竟奇特到什么程度，下面这组数字也许能说明问题。在植物界，海椰子生长的果实最大、最重、最漂亮，可重达 22.5 公斤；雄性海椰子树的果实象征着男性的生殖器官，雌性海椰子树的果实恰似女性性感的骨盆；海椰子的树龄能长达 300 多年，雌性树的萌芽期是两年，直到第二十五年才开始结果；当雌性树的果实长到 9 ~ 13 个月时，外壳的顶部开始发黄，这表明果实内部的肉汁可以食用了，否则，里面的新鲜肉汁将变坚硬；果实和树叶可以制作多种产品，如草帽、手包、坐垫、椰汁和椰子酒，雌性果实还被制作成旅游纪念品。

海椰子的原名叫双椰子。1519 年前后，法国人在距离塞舌尔很远的大海里发现了奇特的双椰子果实，误以为是大海里的特殊产品，便以海椰子为其命名。直到1743年，塞舌尔被“发现”，人类这才明白，海椰子原生长在陆地上，成熟后自然掉落，又被风吹水冲到汪洋大海里。由此可见，人类对植物、动物和地方的命名有时是多么的幼稚可笑！

到塞舌尔不去参观海椰子，就像到北京没有去登长城一样。2004年3月一个晴朗的下午，我只身走进位于塞舌尔第二大岛的海椰子林。那里椰树成林，满山遍谷，棵棵高直参天，椰林内到处是风吹的响声，好似椰树之间在对话一般。天色已近黄昏，椰林内没有游人，我一个人置身于山谷小道之中，抬头是蔽日的叶片，四周是直立的树干，地面是发黄的叶片，还不时有硕大的新叶从树上落下，与树枝相碰撞，不时发出响声。一种森林深处的恐惧感仿佛袭来，我不由得在一个岔路口驻足不前。

正当此时，发现不远处坐着一男一女两名当地人，他们是椰林的工作人员，热情地与我打招呼。攀谈中，他们没有介绍海椰子，那位中年妇女先指着旁边的一株一人高的植物说：“这棵黄尖叶小树来自中国。”说完她情不自禁地笑了，而且笑得前仰后合。原来她以为，中国人一定知道那棵来自中国的小树的药用功能，而我是第一次看到这种树，连树名都叫不

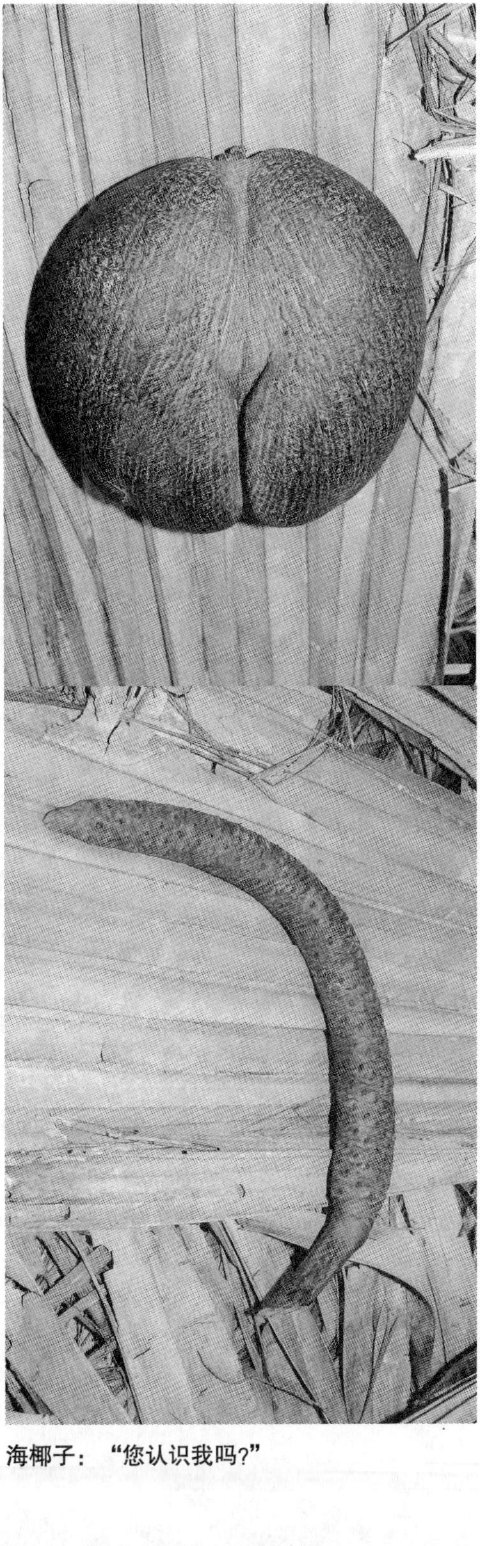

海椰子：“您认识我吗？”

“好重啊！”

上来，遑论什么用途。这时，那名男子道出原委：“这种树来自中国，树叶入药具有壮阳作用，而且十分明显。我们当地人都知道这种树，你看她笑成什么样子了。”

男子还在附近找到另外一种来自中国的树：“这两种树在椰林里比较普遍，我们只知道年代很久，至于具体是何时从中国来，我们没有研究。”也就是说，中国的物种增加了海椰林的生物多样性。我由此联想到郑和下西洋时，其船队不但从国外带回中国一些异域物种，同时将中国的一些植物远航到海外，而且还把世界各地的物种互相移植，促进了物种的交流，增进了人们对自然界物种的认识，进而使不断繁荣的物种造福人类。在这一点上，中外研究郑和的专家有目共睹，形成共识。海椰林里的这两种中国树，很有可能是郑和船队从中国带来的。

塞舌尔人以自己的国度拥有世界上独一无二的海椰子而感到自豪，围绕着海椰子也有一系列的传奇故事，其中最著名的要数下面这段。每当夜深人静之时，海椰林大风乍起，沙沙作响，并伴有树枝被折断的叭叭声。每当此时，雄性海椰子树就一步一步移动到雌海椰子树跟前，二者亲密起来……

这一故事充满神秘色彩，如果有人要问：有谁见过吗？答曰：如果谁真的深更半夜去海椰林偷看了那一幕，他就不可能活着出来。

第五节　紫楹花开动京城

“国色朝酣酒，天香夜染衣”，牡丹花“国色天香”的美名由此而来。牡丹花美丽富贵，洛阳牡丹中外驰名。“洛阳地脉最相宜，牡丹尤为天下奇。”“唯有牡丹真国色，花开时节动京城。”这就是诗圣杜甫笔下的牡丹花。

在南非的京城——行政首都比勒陀利亚有一种树——紫楹花树，每年春天开花，将整个城市装扮成一个花的世界。

南非的行政首都比勒陀利亚是国家的政治中心，一座美丽的花都。每年 9 月春天来临之际，比勒陀利亚的主要街道两旁，到处盛开着一种名叫紫楹花的花朵。它和梧桐树的花儿有几分相像，花色和花形相似，只是紫楹花香味浓郁，花朵小而稠密。据说，这种树在比勒陀利亚有七万余棵，是这个城市的标志与象征。

紫楹花树是一种高大的乔木，树干可高达二三十米，巨大的树冠遮挡着非洲高原强烈的阳光，给人们带来惬意的浓阴。漫步在比勒陀利亚的街道上，徜徉在紫楹花树下，欣赏着这座美丽的城市，人们很难感觉到这里是非洲高原，很难把周围的一切与非洲北部干热的撒哈拉大沙漠联系在一起。特别是到了每年 10 月，正值满城紫楹花竞相开放之时，淡淡的紫色花笑开枝头，一朵挨着一朵，一片接着一片，在一个多月的时间里，整个城市变成一片花的海洋。

南非人喜爱紫楹花，甚至认为紫楹花是吉祥的花朵。所以在南非，在比勒陀利亚，每当紫楹花开放，也就进入了一年当中最好的旅游季节。微风吹过，落英缤纷，相伴而行的情侣，相信紫楹花的芬芳和爱情甜蜜相得益彰，一任略带甜味的花瓣飘落在青春的发髻上。将要走上高考考场的少男少女，坐在花香浓郁的树下，静静温习着几年苦读的功课，心中暗自祈祷紫楹花能带来好运气。一旦有一片花瓣落在头上，他们就会高兴地叫起来，确信自己在即将来临的高考中定会金榜题名。

连快乐的蜜蜂也赶在花开季节飞到比勒陀利亚，嘤嘤嗡嗡，四处欢舞，给这个平素安定的城市营造出一种欢乐的气氛。更有趣的是，来此寻蜜的蜂群，不仅飞舞枝头，还不放过落在地上的花朵中残留的蜜汁。散步在比勒陀利亚，若不经意，随时都会惊飞脚下忙碌的蜜蜂。若再仔细察看，落在地上的花瓣，同时又引来了许多觅食的蚂蚁，它们把花瓣拖来拖去，远远望去，就像地上的花朵在跳舞。

清晨的比勒陀利亚，静谧美丽，空气清润，曙光初照，微风习习。一夜之间，紫楹花落满大街小巷，好似给大地铺上了一层紫地毯。身临其境，目睹此景，不由得令人想起清代女诗人陈长生那“软红无数欲成泥，庭草催春绿渐齐”的诗句。紫楹树花大叶小，花多叶少，棵棵枝繁花茂，似锦的繁花使人感到一派盎然的春意。紫楹花是美丽的，其美丽动听的名称也被当地一家广播电台作为台名，随着电波传遍四方。

据说，紫楹树原产于南美洲，由于南非的土壤与气候适合栽种，一百多年前由殖民者大规模移植于此。初始的两棵小树栉风沐雨，沧桑几度，目睹了南非的变迁。它的历史，或可从一个侧面映照出这个国家一个世纪的沧桑巨变，因为比勒陀利亚原来的玫瑰花十分有名，欧洲殖民者来到南非后，彻底改变了这里的一切，包括这里的花朵。

玫瑰花退位南非花魁，紫楹花遍布比勒陀利亚。一个以黑人为主要人种的国家，白人的统治竟存在了350多年！十几年前当世人提及南非，就会立即想到残酷的种族隔离制度。南非当时是20世纪90年代我们这个星球上实行违反人类道德的种族隔离制度的国家。这种深重的民族灾难阴影，在许多南非人的心目中是难以挥之而去的。一些老年人经常告诉他们的后人，在他们的眼里，紫楹花美丽可爱，芬芳袭人；而在他们的心中，对紫楹花却时有一种难以言表的苦衷。但愿这种心理情结会随着紫楹花一年一度的盛开，随着南非的种族和解与国家重建而逐渐消逝。

美丽的紫楹花。

第二十章　世界遗产

当你从开普敦乘船来到罗本岛，参观曼德拉当年服刑的监狱，你一定会有诸多感慨。曼德拉曾度过27年的铁窗生涯，其中2/3的时间——18年是在罗本岛。曼德拉改变了南非，他的不少思想就是在罗本岛形成的。

科学发现的偶然性中带有必然，“小脚”的发现亦不例外。南非的克拉克教授之所以能从别人误以为动物的小骨头块中慧眼识珠，发现了迄今为止世界上最完整的人类骨架，为考古学做出自己独特而重大的贡献，是因为他对早期人类有自己的独特见解，认为早期人类身材较低，骨骼较小。而那个误入洞穴的古人未曾想到，330万年后自己竟成为人类研究的对象，并因此名扬全球。

走进“石头城”，你会为古人高超的建筑艺术而叫绝。公元五六世纪建筑的这座城市是纯粹用石头块堆积而成的，其中没有黏合剂。这让人想起我国辽宁省桓仁县的五女山山城。中国北方的高句丽人在公元一世纪前后就用单一的石头块筑城，运用楔形石和梭形石结构，坚固牢靠。人类的智慧是相通的，人类对美的赞赏也是相同的。大津巴布韦和五女山山城同是世界遗产，高句丽石也与秦砖汉瓦齐名。

“驴城”拉木具有鲜明的阿拉伯建筑风格，狭窄的胡同虽与现代化的脚步不合拍，但驴子通过时颇显宽敞。此一时也，彼一时也，当现代人想逃离汽车尾气和噪音的干扰时，“驴城”就成为首选之地，不知这是否叫“返璞归真”？

金字塔的建筑之谜也一直困扰着现代人。来到夜色的金字塔前，你会发出许多感慨，也许会发出如此疑问：到底谁聪明：今人还是古人？世界遗产多带有历史的厚重感，常能给人以启迪。

第一节 长夜漫漫罗本岛

从神奇的桌山上北眺，浩瀚的大西洋上，一艘“巨轮”孤零零停泊其中，任凭四面狂风恶浪冲击，岿然屹立，永不沉没。那就是罗本岛——一座平淡无奇、凄凉萧瑟的孤岛。“山不在高，有仙则名。”只因为一位伟人在那里度过了长达 18 年的铁窗生涯，而当他走出监狱后又“释放”了所有南非人民，罗本岛从此与曼德拉的名字连在一起，随之名扬天下。

我站在开往罗本岛的游轮上，游轮乘风破浪前进，我的心情随波涛起伏。10 千米的航程 45 分钟就被抛到身后，一堵灰色的高墙赫然而立，冷冷地截住视线。它告诉人们，罗本岛不但是座天然的安全监狱，而且壁垒森严。

面积仅 5.2 平方公里的罗本岛全线礁石林立，四面风疾浪恶，莫里湾是其唯一港口。1806 年，英国人莫里踏上这座孤岛，在此建立了捕鲸站，开南非捕鲸业之先河，这个渔港也就以其名命名，以示纪念。罗本岛有“死亡岛”之称。1614 年，十名英国犯人被放逐到岛上，后来麻风病人也被流放到这里。由于其独特的地理位置，犯人和病人无人看管也插翅难逃，只能自生自灭。1960 年，南非当局在这里修建监狱，专门关押黑人政治犯，直到 1991 年最后一名政治犯才离开这里。如今，该岛已成为南非国家博物馆，成为南非人民争取自由的象征，成为向青年一代进行历史教育和爱国主义教育的生动课堂。

关押曼德拉的第三个监狱。

罗本岛监狱大门。

上岸后乘车朝右驶去，进入罗本岛唯一的大门。车辆驶入后继续前行，前方就是著名的罗本岛监狱。此时，我的脑海里浮现出曼德拉被第二次押送到这里时的情景：“那是一个寒冷的阴天，当我走出飞机时，刺骨的寒风透过单薄的狱服抽打着我们的身体，全副武装的警卫人员迎接我们。气氛紧张而肃静，不像我两年前来这里时那样嘈杂不宁。”曼德拉在其回忆录《漫漫自由路》中这样描写道。1962 年，曼德拉因积极从事反对种族隔离制度的正义斗争被捕入狱，送至罗本岛服刑。五年刑期尚未结束，当局又根据《镇压共产主义法》以叛国罪对其起诉。在著名的“里沃尼亚审判”中，曼德拉等八人被以颠覆国家罪判处终身监禁，再次送至罗本岛。

我们在一排灰色石板房前停下，拾级而上走入第一道森严的大铁门。走廊内光线暗淡，每隔一段必有一扇厚重的铁门，阴森凝重的气氛压抑得人难以喘气，似是步入地狱一般。在导游的带领下，我们来到走廊的顶端——关押重刑政治犯的 B 区。

迈过门槛，我眼前出现了曼德拉描写的场面：“这是一座狱中之狱，其新建筑是一层长方形石头堡垒，中间是一个长 100 米、宽 30 米的水泥地面院子，院子的三面都是牢房，第四面是一堵高 20 米的厚墙，墙上有一个窄道，警卫带着德国牧羊狗在上面巡逻。”不过，如今那面高墙上已没有警卫带狗巡逻了。

我们走进牢房，只见一条狭长的走廊两旁排列着30间“单人牢房”。在5号牢房门口，导游告诉大家，这就是曼德拉的牢房。导游指着木门上的一个铁牌子说，那上面原来标明犯人的编号和姓名，写着“曼德拉/466/64”，直到1982年曼德拉被移狱到波尔斯摩尔监狱后才被取走。它的含义是：曼德拉是1964年进入罗本岛监狱的第466名囚犯。人类进入21世纪后，从总统宝座上主动退位的曼德拉，专门选用46664作为抗击艾滋病的代号，“46664运动”遂成为全世界抗击艾滋病的标识，世界级的著名歌星主动提出为这一运动义演，让歌声把“46664运动”传遍全球。

每间牢房不足4.5平方米，牢房门是双层，里层是铁棍焊接的门，外层是厚木板门。白天只锁铁门，便于管理犯人。每间牢房的两头——靠走廊和面向院子的墙上各有一个小窗子，上面安装着铁棍。牢房不到两米宽而墙壁至少有半米厚，身高1.83米的曼德拉三步就可以从牢房的这头走到那头，当他躺下时，脚登着那头墙、头便顶着这头墙了。单人牢房是专门为像曼德拉这样的政治犯修建的，因时间仓促，犯人来时墙壁尚未干，加上毯子单薄，他们夜间只好和衣而睡……

就在这间狭小阴暗的牢房里，曼德拉度过了漫长的18个春秋——前半年的砸石子锻炼、中间13年的挖石灰劳动和后五年的相对自由，其间贯穿着三条主线——斗争、学习和锻炼身体。而这三者都是为了一个崇高的事业、在一个强大无比的精神力量支配下进行的。

曼德拉在罗本岛监狱的牢房。

曼德拉认为，监狱里的斗争是整个反对种族隔离斗争的一部分，为此他从进监狱的第一天起就为人权而斗争，尽管其艰难程度可想而知。在很长时间里，监狱不允许囚犯之间接触，他们就利用洗涮马桶的瞬间进行交谈，并通过地下渠道联络其他犯人，共同采取狱中斗争方式。同时，千方百计秘密与外界建立联系，鼓舞人民的斗争精神。

经过他们的斗争，狱方给每间牢房配备了桌子和凳子。他如饥似渴地学习，先是主修伦敦大学的法学课程，接着又攻读南非大学的法学学位，直到 1988 年才毕业。我在南非大学的图书馆里，专门查阅了曼德拉的学习档案，对他一丝不苟的学习态度肃然起敬。

在狱中，曼德拉还鼓励难友们学习，通过传递纸条解答他们的疑问，与他们讨论问题，共享得到的外界新闻。一座监狱被他改造成为遐迩闻名的“曼德拉大学”——不但学习书本知识、学习英语和艺术、取得大学学位，而且他们之间互相学习、传递信息、交流经验。曼德拉说：“我们成为自己的职员，有自己的教授、课程设计和学习方式，不同于学校的正规教育。”

在漫长的 18 年中，曼德拉坚持早年养成的锻炼习惯。他每天利用放风的半小时在院子里跑步；每星期一至星期四早晨，在牢房里原地跑步 45 分钟，并做 100 次俯卧撑、200 次起坐、50 次下蹲等健美运动，以锻炼自己的肌肉和毅力。曼德拉早年曾练习过拳击，他后来认为拳击运动不文明，并为此感到后悔。不过，早年的强身运动和多年坚持锻炼使他从中受益，现虽年过九十，仍身体健康、精神矍铄。

“自由之路无坦途”。为了南非黑人的解放事业，出生在酋长家庭的曼德拉从青年时代起就投身革命，并为此放弃了继承酋长地位。在那黑暗的年代，他领导人民开展反对种族主义政权的武装斗争，两次被捕入狱，走过了一条为自由而奋斗的漫长道路。然而，27 年的狱中生活丝毫没有削弱和摧垮这位“自由之子”的斗志和士气，反而使其更加坚韧、成熟和顽强；狭小阴暗的罗本岛单人牢房没有锁住“南非之魂”的民主信念和崇高追求，反而使其更加开阔、博大和超越。曼德拉说：“在那些漫长而孤独的岁月中，我对自己人民获得自由的渴望变成一种对所有人，白人和黑人，都获得自由的渴望……走出监狱，我的使命是解放压迫者和被压迫者，缺一不可。”这是多么崇高的追求，需要多么博大的胸怀！

1990 年 2 月 11 日，当曼德拉面带胜利者的幽默微笑从容步出监狱时，一位中国诗人用饱蘸激情的笔墨歌颂道：

踏遍一切坎坷

只为自由

　而饱经风霜

让憔悴的泪

去化为一汪
蓄满晶体而透明的泉
为所有沧海桑田
熠熠发光

第二节 “人类摇篮”在非洲

虽然南非有文字记载的历史不过几百年，但是早在几百万年以前，这里就生活着原始猿人。1924年，金山大学教授瑞蒙德·达特发现第一个南方古猿标本——汤恩小孩头骨后，即做出“非洲是人类摇篮”的推测。1947年从斯特克芳丹出土的第一个完整的南方成年古猿非洲女性头骨更进一步证实了这一推测，这个被称为“普里斯夫人”的头骨又被媒体誉为人类“第一夫人”。从1966年起，由世界著名人类学家托拜厄斯教授领导的斯特克芳丹古人类研究小组开始了大规模不间断的挖掘研究。700多件古化石相继出土，使南非在古人类学的研究上跃居世界领先地位，成为关注研究热点。而出土南方古猿化石最多的斯特克芳丹岩洞也与中国的北京周口店一样闻名于世。

与克拉克教授面对面

20世纪末考古学最惊人的发现之一是克拉克博士的“小脚”。以这个小脚命名的骨架是距今330万年一个几乎完整的猿人骨架，为科学家研究早期人类活动提供了最完整的对象和最可靠的依据。正由于此，这一发现在1998年年底向全世界公布后即引起轰动，克拉克博士当选为1998年南非新闻人物。

对于大多数中国人来说，斯特克芳丹仍然是一个陌生的名字。在“小脚”骨架发现五周年之际，我专程前往距离约翰内斯堡西北40公里处的斯特克芳丹，实地采访“小脚”的发现者克拉克博士。是日天高气爽，大都市郊外的原野上，给人一种空旷的原始美；置身于“人类摇篮”，又给人一种深沉的历史感。

我与克拉克教授是2002年采访托拜厄斯教授时认识的。陪同我采访的还有《南非华人报》记者曹大松和在金山大学进行人类学博士后研究的王谦夫妇。这次采访与其说是与克拉克教授谈论一个严肃的考古话题，不如说是在喝茶中轻松聊天，话题可谓海阔天空，从泡茶的水到洞中的湖，从“小脚”发现到外星人，从地球到宇宙，似是漫无边际。

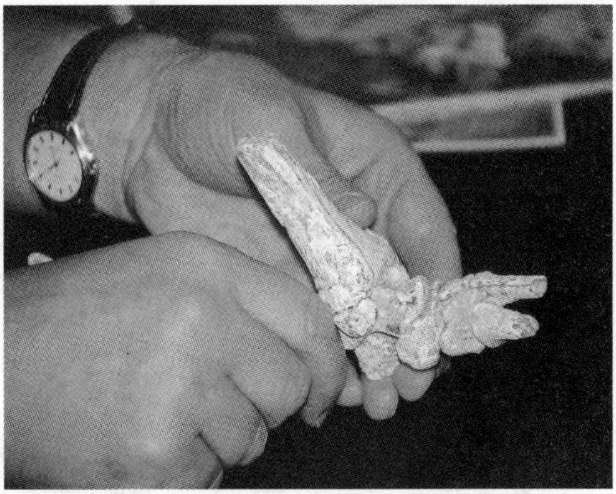
脚比手小。

“小脚”发现纯属偶然

问：听说这里的岩洞中有个湖，当地黑人把这个湖视为圣湖，还说湖水可以治病，我们现在喝的茶水是否来自地下，真有传说中的那么神奇吗？

答：我们现在喝的茶水就是从这个湖里抽上来的，黑人巫医也确实以为这水有神奇疗效，在他们看来，岩洞中出现这么一个湖带有神秘色彩。不过，这水挺好喝，是好水。

问：达特教授曾将斯特克芳丹描述为“世界古人类文物宝库”，斯特克芳丹又被称为“人类摇篮”，您对此有何评价？

答：除了斯特克芳丹外，肯尼亚、坦桑尼亚和埃塞俄比亚也有大量的古人类化石，而且东非发现了距今约600万年的猿人化石，但是相对而言，东非的化石分布比较散，而且发现的化石也不完整，斯特克芳丹的古人类化石比较集中，从150万年到330万年前的化石在这里都有发现。我们现在发现的是距今330万年前最完整的古猿人骨架，也许还能发现距今400万年前的化石。斯特克芳丹是世界上古人类化石分布最集中的地方。

当然，除非洲外，世界其他地方也发现了古人类化石，在中东地区，在中国，都发现有十万年以前的早期人类的化石，不过目前发现的最早人类化石还是在非洲，这并不意味着其他地区就没有更早的，只是现在还没有发现。我不想断然下结论说，哪个地方一定就是最早的，说不定哪一天在西非或者在亚洲还能发现更早的化石。

问：请谈谈“小脚”人类骨架的发现过程。

答：斯特克芳丹化石沉积层的开挖工作已经进行了多年，1994年9月6日，我在翻动一些动物化石时，在一堆肉食动物和灵长类动物化石中，非常

她一觉睡了 300 多万年。

惊异地发现了一件很像是原始人类脚踝部分的趾骨。我看了一下动物化石盒的标签，发现这盒化石是 1978 年出土的，已出土 16 年了，继续翻动时，又发现了一块舟骨、一块楔形骨，还有一块属于左脚上的跖骨。我发现它们可以连在一起，证明的确是左侧足骨。我发现这些骨头的关节与人类和猿人都有相似之处，说明这个猿人在树上和地面都有长时间的活动。我随即打电话给当时正在美国的研究小组组长托拜厄斯教授，托拜厄斯教授认为当初负责将化石标本分类的休斯之所以把它们放到猴子化石一类，可能是它们太小了。正由于此，我们就把这个编号为 STW573 的化石命名为“小脚”，此后发现的骨架也沿用这一名称。

1997 年 5 月 15 日，我去金山医学院提取一些属于 STW573 的原始人类化石，同时注意到一盒标着“D18 猕猴科类”的盒子，还发现了另外一个“D20 猕猴科类”的盒子。我本来就对这些来自斯尔贝贝格的猴子化石特别感兴趣，就把盒子里的化石取出来。让我感到喜出望外的是，刚打开第一个塑料袋，就一眼看到一段能与 STW573 的足骨拼接到一起的楔形白骨。接着又从同一盒子里找到了属于足部左侧的楔状骨，还有左部跖骨端头以及左部胫骨。几天后，我又从另外一个塑料袋中找到一段猿人胫骨，虽然它与 STW573 不能完全吻合，但我想可能是由于这一段属于中部且受到轻微损伤的缘故。这段胫骨的发现很重要，它是直接导致发现整个骨架的重要线索。

由于胫骨部分倾斜面的断裂看上去发生不久，我推断可能是由于60多年前采矿时所进行的爆破作业造成的。我决定再从斯特克芳丹20号堆积物中出土的两盒化石中寻找另一段胫骨。5月27日，我找到了一段末端完整无缺的胫骨，和STW573左侧足骨完全可以连在一起。此时，我突然意识到前几天发现的胫骨不是左侧而是右侧胫骨，且属于同一猿人！这无疑让我备感激动。

经过一番搜寻，我手头共有12片看似属于同一猿人的足部及小腿断骨。1997年6月11日，我在美国宣布了这一发现，并确信其他的骨架仍然留在斯特克芳丹的斯尔贝贝格堆积层中。

在托拜厄斯教授的支持下，我们决定在洞中寻找其他骨架。我把右侧胫骨的末端做了一个模型，在6月底交给考古挖掘小组的两位工人，他们是恩克瓦纳·莫勒非和斯蒂芬·莫丘米。我让他们拿着这个模型在整个斯尔贝贝格洞中寻找露出头的化石部分，看是否能在那里吻合。我交给他们的任务无异于“在干草堆里找针”，因为洞又大又深，黑暗潮湿，洞顶、洞底和洞壁到处都是斑驳陆离的角砾岩层。未料仅一天半时间，他们就在洞西端的二层斜面上找到了右侧胫骨的断面，模型与露出头的断面完全吻合。从发现的位置看，我觉得整个骨架都在这里，我们三个人立即开始用铁锤和凿子在这一斜面上开始挖掘。我用一个小铁锤和小凿子小心谨慎地一点点挖掘，先发现了左部小腿胫骨和右面的大腿骨。挖掘工作是持续而缓慢的，1998年5月5日，左腿部分完全裸露出来，右腿的大腿部分骨头也显露出来。但是此后好长时间，不管我们怎样小

与古人对话，相看两不厌。

心谨慎，用凿子一点一点地把大石块分离肢解，仍然一无所获。不过，根据腿骨的发现情况来推断，其他骨架肯定还在洞中，我们继续不停地挖掘，到1998年9月，我们已经挖了一大片地段，还是没有发现任何化石，我这时候才明白我们为什么找不到其他骨架了：这个斜坡层发生过断裂滑坡，存有其他骨架的层面被埋在了石灰层下面。我让莫丘米将坚硬厚实的石灰层凿开，一直挖到下面的沉积层，然后选定一小块区域让他小心翼翼地凿寻。次日，他一凿子下去就凿到了上胳膊部位的骨头。我发现就在这块肱骨的旁边，又有另外一块骨头——头盖骨相连的下颌骨，这些骨头在距离大腿骨62厘米的左上方，随后又清理出头盖骨左侧部分和一套完整的恒齿。1999年，我们挖出了这个南方古猿的完整上肢和手骨。开挖工作现在仍在进行中。我们终于发现了几乎完整的整体骨架，根据古地磁法测定，它的年代是330万年。

问：有人说这是世界上最古老的人类骨架化石，并由此认为非洲是人类的发源地，这种说法正确吗？

答：这是南非目前最古老的人类化石。在肯尼亚发现了最古老的人类化石——约600万年，乍得的化石也有580万年，亚洲最早的人类化石有200万年历史，欧洲发现的化石是170万年历史。但是这些地方的化石都只是人体的一小部分，比如牙齿、头盖骨等，斯特克芳丹的骨架是世界上迄今为止发现的最完整的古人类骨架。我强调是“迄今为止”，因为我们必须有开放式思维，随时准备接受其他可能性。

问：这个猿人的化石为什么会出现在洞里？

答：从现场挖掘到的化石情况分析，我们可以推断，这个猿人死后先是以木乃伊的形式存在。这个洞穴很深，不会有肉食动物生活其中，也就是说，他不是被野兽咬死的，很可能是在躲避袭击时失足掉进洞中；另一种可能是，洞口有树枝也有灌木，可能是从树上掉下来落到洞里，当然也不排除被推下去的可能性。我们还可以推测当时气候干燥，因此没有受到侵蚀。

问：现在能否知道这个猿人的性别？

答：在整个骨架出土之前，很难说对其进行性别分类，不过可以肯定地说，这是一具成人化石，大约在20～30岁之间。

问：这个化石的发现有什么重要意义？

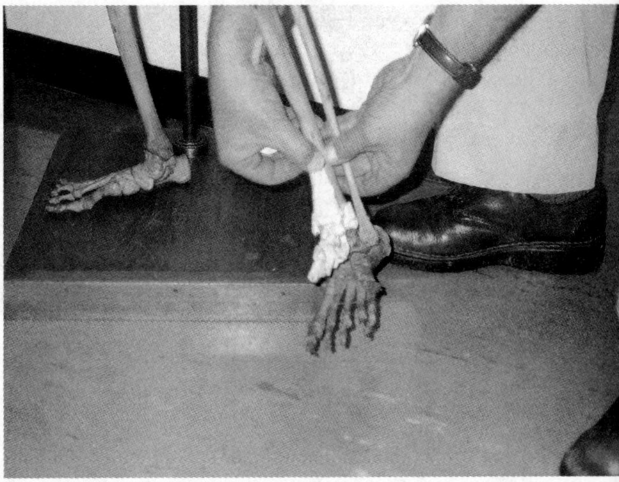
今人与古人，脚有大小之分。

答：这是迄今为止发现的最完整的古人类骨架，为研究古人类提供了完整的依据对象，在对早期人类的认识上意义非常重大，将会纠正过去由于缺乏研究对象而造成的错误认识。通过对这一具完整骨架的研究，我们可以真正了解我们祖先的生活方式，即使在目前尚未完整出土的情况下，我们从其手部和足部的结构可以得出当时的猿人既可以爬树，还可以直立行走，打破了传统的认识观念。另外，这让我们第一次真正有机会确定早期猿人大脑和身体的比例，还可以真正明白古代猿人的身材高度。从这具化石的骨骼结构上，我们能看到早在 330 万年前，人类就已经和猿猴有了很大差别。在对骨架进行更进一步的挖掘后，我们相信能够做出更深层次的结论。

克拉克博士对文化的理解

问：除地球外，您是否相信其他星球上也存在生物?

答：宇宙如此之大，仅行星就数以百万计，我们所生活的地球只是其中一个小星球，其他星球存在生物的可能性自然是存在的。

问：有人认为，人类是通过山地大猩猩进化而来的，您对此如何评价?

答：应该说，黑猩猩、山地大猩猩和猩猩都与人类有着密切关系，但不能说其中哪一种就是人类的直接祖先，它们只是在某一阶段与人类有共同的祖先。

问：您是否认为存在史前文化，也就是说，在人类出现之前，猿人或者其他动物是否也存在文化?

答：我认为文化是仅属于人类的独特现象，以语言和工具的制造为其特征。以石器制造为例，只有用两种石头打造出第三块石头工具时，才能说是创造了工具。鸟类可以搭巢，蚂蚁可以用泥土筑窝，猩猩可以拿树枝将够不着的东西拨拉到身前，这些都不能算是文化。我去过泰国，那里的大象可以排队吃白菜，甚至能用鼻子作画。你们也看过类似的表演，猴子可以骑自行车，鹦鹉可以学舌，但这些都不能说是文化。他们的动作是人类机械训练的结果，是“驯”而不是教育，教育是人类具有的活动，只有人类才能从事复杂的文化活动。

目睹完整骨架需要下洞

沿着一条曲曲弯弯的小径走进灌木丛中，克拉克博士不时停下来指着路边的铁丝网：在树木的掩映下隐隐约约露出的几个洞口分明是陷阱，活似一个庞然大物，张开贪婪的大嘴在等待着猎物。克拉克说，他发现的“小脚”猿人正是在这一自然环境中掉进洞里的，这也是洞里为什么有这么多猿人以及动物化石的原因。

低头穿过几十米的穴洞走廊，脚下又是一个数十米深的洞穴，这就是斯尔贝贝格洞。从陡峭而狭窄的木制悬梯上通过后，转弯处又是一个洞穴，四面的洞壁和脚下都是斑驳陆离的角砾岩，洞穴到处凹凸不平，连找下脚的地方都不容易。当初莫勒非和莫丘米两人就是在这个大洞穴里手拿化石模型到处寻找。亲临此地，才明白克拉克博士为什么会说寻找工作如同“大海捞针”。

在洞中一个角落的斜坡上等候我们的斯蒂芬打开了手中的探照灯，克拉克博士走到斜坡上，拿出四个“小脚”化石与右侧胫骨片段，与岩石上露出的化石对接到一起。两条腿骨虽然仍然“镶嵌”在岩石中，但其轮廓已经非常清晰，似乎随时都有可能用力挣脱羁绊站立起来。

就在同一斜坡上，距离腿骨不到一米处的另一层面上，在探照灯的聚光下，一个头骨清晰可见，十颗牙齿整齐排列。头骨和下颌骨中间因岩石存在其间而显得脑袋庞大，让人感到这个完整的头形在黑暗的洞穴中其面目有点狰狞。

藏在丛林中的洞口能“吃人”。

在头骨上方，整整一条手臂的化石完整地呈现在我们面前：手掌向上，手指紧握。多次面对这一场景的克拉克博士忍不住赞叹道：“真是太美了！”

克拉克教授：“发现了‘小脚’，我们很开心。”

克拉克博士说，其他骨架仍在岩石中，还需要很长时间才能完全挖掘出来。当问及还需多长时间时，克拉克笑言：“记者们都想采访我，当我挤出时间接受采访时，又总是问我什么时候才能把骨架挖出来。我是分身无术啊。”

参观旅游洞与圣湖

从入口处向洞中走下119级台阶后，一幅壮观的景象出现在我们面前：从洞顶垂下的钟乳石活似一头非洲大象，皱巴巴的皮肤，宽大的面部，俨然站立在门口迎接游人。洞穴大厅地面宽敞平整干净，有一个缓慢的斜坡，如果放上椅子，就像置身于剧院。导游说，这里曾举办过音乐会和盛大宴会。您能想象吗，在这样一个神秘而古老的洞穴中欣赏音乐，会是一种什么感觉？

从“洞穴大厅”再穿越两个“洞穴走廊”，眼前忽然一亮：在一道铁栏杆后面，有一片如镜平湖随着洞穴的走势弯弯曲曲看不到尽头。这就是黑人眼中的圣湖，传统巫医甚至用这里的湖水给人治病。湖水表面看上去十分平静，据说水深60多米。几年前，一名潜水员就在这里丢了性命，连尸体都不见踪影，这起事故更增添了圣湖的神秘性。

心系“北京人”

2001 年 12 月，位于约翰内斯堡市区的南非金山大学。

步入托拜厄斯教授的办公室，首先映入眼帘的是摆放在书柜里、茶几上和桌子中央的一具具人类遗骨模型，接着是墙上那一幅幅世界著名考古学家的照片。

年过米寿的托拜厄斯执教于南非金山大学，是南非科学院院士、英国皇家科学院院士和美国科学院外籍院士，还是联合国教科文组织任命的中国周口店北京猿人世界遗产科学保护委员会委员，他因对早期人类历史研究做出巨大贡献而享誉世界。他从 1966 年开始领导挖掘迄今为止世界上发现最早的人类遗址——南非的斯特克芳丹人类遗址。我们的话题单刀直入，从“周口店遗址”保护谈起。

托拜厄斯首先表示，周口店第一块猿人头盖骨的发现者裴文中教授和“北京人之父”——周口店三个人类头盖骨的发现者贾兰坡教授，以及其他考古学家对周口店遗址的挖掘和保护做出了重要贡献。“周口店遗址”享誉全球，在世界考古学上占有重要一席。对这样一个遗址采取足够的保护措施非常必要，否则将会遭到各种各样的破坏。“我要说的第一个可能发生的破坏，不是恶意的人为破坏，而是漠视和疏忽。为此，应该教育公众，特别是旅游参观者对这样一个具有重要科学价值的遗址予以高度重视。第二种破坏是一种潜在性的威胁，即在遗址附近从事农业开发和经济活动造成的侵蚀。这就是联合国世界文化遗产保护中心为什么要明文规定，所有的世界文化遗址必须在其周围有一个缓冲保护地带，以维持周围生态环境的平衡。”

作为世界著名古人类学专家，托拜厄斯教授对“周口店遗址了如指掌，‘周口店遗址’将面临的第三个挑战是，如何才能使其科学性不受威胁，例如，遗址不应该有太多太集中的参观者，他们应在导游的带领下参观。在南非的斯特克芳丹遗址的挖掘区，参观是在导游的陪同下，在规定的时间按照规定路线进行”。他还认为，在人类文化遗址保护方面，有三类人可以发挥重要作用，他们是保安、导游和科学家。此外，他表示还应该增设围墙或围栏，“把龙骨山中最重要的部分围起来”。

满头银发记载着托拜厄斯对科学事业孜孜不倦的追求，凝神静思体现着他对科学事业一丝不苟的态度。对我提出的每一个问题，他都是在认真思考后做出回答，甚至为找到精确的表达词汇而中断谈话片刻。谈到对“周口店遗址”保护的意见时，托拜厄斯表示不愿给人留下一种“喜欢批评”的印象，而更希望能为遗址的保护工作提出建设性的建议。他指出，围墙、保安、导游、科学家都需要大笔经费，“中国政府应该对此予以高度重视，拨出足够的经费，因为这是地球上最重要的古人类化石遗址之一，完全应该享受这样的待遇。当然，周口店也需要有头脑清醒的管理者”。

谈到大自然对遗址的破坏作用，托拜厄斯认为“不必多虑”，相反他认为威胁最大、危害最烈的莫过于“人祸”，保护遗址应从防止人祸着手。托拜厄斯若有所思地说：“对‘周口店遗址’来说，12 月非同寻常。1929 年 12 月 2 日，北京猿人第一个头盖骨的发现轰动了世界，可仅仅 12 年之后的 1941 年 12 月 8 日，这一珍贵文物在日本侵华战争中丢失，时至今日下落不明，这不能不说是世界考古学界和世界文化遗产保护工作中的一大遗憾。”

谈到他的中国之行及与中国同行之间的交流，托拜厄斯认为科学是通过交流来发挥作用的，而科学又是一种世界性的行为，“我和中国同行专家之间的友谊是我一生中最为珍视的友谊之一。如果我受到中方邀请，我和其他南非的同事——他们都是古人类学各个领域的专家将会非常愿意在人类文化遗址保护的合作方面提供帮助”。

来自中国科学院古脊椎动物与人类研究所的王谦博士曾在托拜厄斯指导下从事博士后研究。乐观开朗的托拜厄斯不无幽默地表示，希望在不久的将来，

触摸“人头”，乐此不疲。

"在自己的这把老骨头变成化石之前，能在我的实验室里迎来更多的中国年轻学者，继续推动我们之间的合作与友谊"。

第三节 "石头城"里故事多

在首都哈拉雷以南268公里，俨然矗立着一座"石头城"，津巴布韦人称之为"大津巴布韦"。在当地民族语言里，津巴布韦意为"石头城"，"大津巴布韦"自然是"大石头城"之意。这座"石头城"之所以闻名，不但因为它是津巴布韦国名的来历，而且因为它是津巴布韦民族文化的发祥地。

2000年1月17日清早，从哈拉雷出发时还是艳阳高照，途中逐渐乌云密布，至"石头城"时先是细雨绵绵，接着就是雨点如织了。刚才远处依稀显露轮廓的"石头城"，此时当置身城下却隐去了身影，这反倒让人体会了一番雨中登"石头城"的滋味，有幸领略一番"石头城"的雨色。

"石头城"遗址坐落在一片幽静开阔、景色秀丽的丘陵之中，由山顶围城、山谷围城和大围城三大部分组成，自成风格，浑然一体。密集的雨点有力地敲打着雨伞，沿着陡峭崎岖的古老石道拾级而上，眼前出现一条由两块巨石相间而形成的一人宽的狭长窄道。这条两丈多长的交通要道可谓"自古一条路"，大有"一夫当关、万夫莫开"之势。到达山顶时，一道用长方体花岗石砌成的高墙横在眼前，下面是仅能走进一人的小石门。通过石门就进入山顶围城。围城的城墙如堡垒一般。"石头城"的首位国王曾居住在这里，现在围城中间还

石头城。

大围城。

保留着那个小茅草屋。围城的西墙头上矗立着四个圆锥体实心角塔——烽火台，据说原来是七个，不知何时另外三个消失了。北墙下面有一个小石门，通过它便可到达高出地面百余米的瞭望台。登上瞭望台，可把整个大津巴布韦遗址的风光尽收眼底，可见当初设计者的别具匠心。

站立在瞭望台上，在雨色苍茫中环顾，目睹烽火台，令人油然而生一种登上长城时的雄伟壮观之感；目睹这围墙石块之间未用任何黏结物而砌缝严密，虽历经数世纪的风雨侵蚀仍然挺拔牢固，你会感叹津巴布韦人民高超的建筑艺术；目睹这片占地一万亩的石头建筑群如今只剩下断壁残垣，失去了昔日的风采雄姿，你会发出与登临玉门关与阳关遗址时一样的慨叹！

从瞭望台俯瞰，东墙脚下是隶属于山顶围城的建筑群，由大小不等的围城组成。早期国王的妻室和随从曾在里面居住，其中有一个奇特的石洞，具有扩音作用，朝它大声喊话，远处建筑群里的人们皆能听到。可以想象，国王的最高指示、国家法令都是从那里发布出去的。可见当时的人们已经知道运用声学原理了。

东南方向是由 42 个小围城组成的山谷围城。其中有两个围城值得一提，一是在那里发现了“津巴布韦鸟”——一种雕刻在一米高石柱顶端的 40 厘米高的鸽头鹰身石鸟。它是一种具有图腾崇拜色彩的神鸟，类似中国的“龙”，如今已成为津巴布韦国家的象征，飘扬在国旗上，印制在国徽上和硬币上。鸟用非洲特产的一种石头雕刻而成，鸟身如鹰，而头似鸽子，脖子高仰，翅膀紧贴身体，雄踞在一米高的石柱顶端。

“津巴布韦鸟”无疑是大津巴布韦遗址中发掘出来的最珍贵的文物，据说是当年用于装饰大围城顶部的。从遗址中共发掘出八只“鸟”，其中七只是完整的，一只仅存一半。它们的命运也十分坎坷，曾被外国掠夺者陆续据为己有，后几经周折又重回故里。

二是一个围城内发现了一系列古代文物，其中有阿拉伯的玻璃器皿和中国的青瓷和陶器。这些瓷器碎片是14世纪至15世纪的中国瓷器，其中两块是青瓷大花瓶的底部，底圈中央有用青釉绘制的“大明成化年制”六个字，说明中津两国人民那时已进行直接或间接的贸易，中国那时的商品已远达南部非洲。至于这些瓷器是否与郑和船队有直接的关系，尚需进一步考证。

大津巴布韦鸟曾远“飞”欧洲。

另外，在遗址旁还保留着古代的梯田、水渠、水井等灌溉设施，遗址地基上还找到了古代铸造钱币的泥模。

最东南方就是椭圆形的大围城了，四周由花岗石砌成，墙高十米，厚五米，围城周长255米。据史载，石头城一带公元五六世纪时就出现较大的居民点，至12世纪开始兴盛。大兴建筑，营造城堡，山顶围城是最早建筑的，而大围城建筑的时间最晚，也最为壮观，大约是在14世纪石头城的辉煌时期。当时的石头城约有1.5万居民，包括国王的150个妻子和近千个孩子，大围城就是专为王室建造的。

大围城的东北、南、北三面分别设有进出口，城中修建有一道90米长的半圆形内墙，与外墙之间形成一个狭窄的小道通向出口。在内墙的始端，一座高约20米、直径五六米的圆锥形石塔昂然挺立，气势雄壮。这座实心高塔如今已成为“大津巴布韦”的旅游宣传形象。其建筑特点与整个建筑群相一致，全由石块砌成，未用任何黏结物，由于高塔缺乏文字记录，其用途至今仍令人难以断定。目前主要有五种解释。一是从其形状类似粮仓来判断，认为它是五谷丰登和财富的象征；二是从大围城是国王和王室的住地来推测，认为它是王权社会的象征；三是从高塔附近发现的一处祭坛来观察，认为它是宗教的象征；四是从其形状来研究，认为它是男权社会的象征；五是从塔的高度和结构着眼，认为它是瞭望台。以上各种说法皆缺乏足够证据，考古学家如今已无法再考证出这座著名石塔的真正用途和真实意义了，只能留下这个千古之谜。这是因为，一百多年前，一批批狂热的西方淘金者来到这里，掘地1.5米企图从大围城中挖出稀世珍宝，大劫过后的大围城遭到极大破坏，几乎面目全非，失去了考古所需要的自然地貌和历史真相。

世人非但不明白高塔的真正用途和建筑原因，而且还弄不清楚整个大津巴布韦建筑群的真实意义和具体的建筑者。由于遗址没有留下任何文字记载，建筑上又没有发现任何文字，究竟是谁创造了这一人类文明尚存争议。西方人说是自己建造的，却讲不出建筑群的用途，拿不出具体的证据，不过是美好的假想而已。随着时间的推移，越来越多的人认为，“石头城”的建筑者是非洲当地人，而不是来自西方或阿拉伯世界的外来户。

“盛必有衰而生必有死，物之常理也。”15世纪末期，石头城逐渐衰败，此后这座宏伟的古城竟成为一片废墟。“石头城”是南部非洲最大的古代建筑群遗址，是非洲人民勤劳智慧的结晶和古老灿烂文化的象征，是殖民者掠夺非洲的历史见证人。1986年，“石头城”被联合国宣布为世界遗产，成为著名的旅游胜地。

第四节　沙洲“驴城”窄胡同

拉木城是肯尼亚拉木群岛行政区的中心。因城市建设在沙漠上，人们称之为“沙城”；由于毛驴是城市的主要交通工具和运输工具，人们习惯称其为“驴城”。拉木古城是东非历史最古老、保存最完好的斯瓦希里定居点，具有独特的建筑风格和风土人情，2001年12月被联合国教科文组织宣布为世界文化遗址。在导游的带领下，我走进了拉木城狭窄的胡同，领略这座“驴城”的独特风情。

拉木是一座几乎与外界隔绝的孤岛，世界文化遗址的桂冠使它一下子闻名遐迩，吸引着越来越多的各国游人。拉木古城是如何赢得这一桂冠的呢？联合国教科文组织认为，拉木古城具有三大特点：城市的结构和建筑图解着数百年来欧洲、阿拉伯和印度文化的综合影响，运用传统的斯瓦希里技术创造出一种独特的文化；东非沿海一带港口的盛衰和班图人、阿拉伯人、波斯人、印度人和欧洲人之间的相互影响，代表着东非沿海地区一个重要的文化和经济的历史发展时期，而拉木古城则是这一时期的缩影；拉木古城特殊重要的作用和对学者、教师的吸引力使其在该地区具有重要的宗教功能，并将继续成为该地区重要的伊斯兰和斯瓦希里文化的教育中心。

城市沙漠建，胡同一米宽，毛驴到处窜。这是绝大多数游人对拉木城的第一印象。拉木岛由珊瑚和沙漠堆积而成，拉木城建筑在沙漠上，沙漠无处不在。就是一米多宽的胡同里，也随处不乏细小的沙粒。刚走出城市，更是沙漠的世界，沙丘、沙道、沙漠广场、沙漠林区、天然沙滩足球场，就连当地的最高学府——拉木女子中学也是一所名副其实的沙漠学校。通往校园的道路是沙漠，校园到处是白沙，细小而洁白，别具特色。当地人自然习惯了沙漠上的生活，多数人赤脚行走在沙子上，悠游自在；男孩子更是乐此不疲，在沙漠上踢足球，活泼可爱。

说拉木城没有街道，未免有言过其实之嫌，因为拉木的“滨海大道”上可以通行汽车。直至今日，拉木岛上仅有两辆车：一辆是行政区专员的专车——越野车，一辆是县政府的拖拉机。遗憾的是，这两辆车只能在三米宽的“滨海大道”上通行，或是在城外的沙漠上自行其是，拉木古城因其道路过于狭窄而“谢绝”车辆入内。严格地说，拉木城里有胡同没有街道，就是胡同也吝啬到只有一米多宽。如果两个人在胡同里迎面走过，有时也免不了要侧身让道。

驴身兼二职：交通工具和运输工具。

表面覆盖着沙子，城市里胡同狭窄，拉木岛上的交通和运输任务便落在了毛驴的背上。毛驴在胡同里随处乱窜，范围不受限制，像人一样的自由。若是碰到不高兴的事儿，毛驴昂起头来，大叫几声，反倒让人觉得走进了乡间田园，远离了现代化。可是，当你抬头一看，拉木古老的建筑上又安装着电视卫星天线，不免自己会暗笑起来。

儿童乐问客，妇女掩面过，小伙子骑毛驴听歌。这在拉木城是司空见惯的现象。拉木是穆斯林的天下，绝大多数居民信奉伊斯兰教。尽管这里常年阳光充足，气温较高，男子，特别是年长者大多穿着白色长袍，妇女多是黑色长袍裹身。斯瓦希里语中把女子穿的这种黑色轻薄的长袍称为“布伊布伊”，意为“黑蜘蛛”。受宗教影响，女子一般不能在大庭广众之下抛头露面，特别是见到陌生人，因而，凡是在胡同里碰到游客，她们都急忙用黑头巾把面部遮挡起来，匆匆走过。孩子则不管这一套，无论男女，看到游客，高兴地用斯瓦希里语的“您好”打招呼。

与妇女儿童不同，小伙子多以骑毛驴为荣。如果谁骑一头健壮的毛驴从胡同穿过，伴随着节奏感强烈的驴蹄声，那神情犹如大都市的小伙子驾驶着“奔驰”、“宝马”等名牌轿车招摇过市一般。在拉木那条最繁华的胡同里，一个小伙子骑着毛驴迎面而来，他脖子上挂着收音机听歌，左手提着缰绳，举止洒脱。大概是胡同里来往的人太多，毛驴放慢了速度，开起了小差，只见小伙子双腿猛一夹毛驴圆鼓鼓的肚子，毛驴反应迟钝，仍在左顾右盼，这时，小伙子抬起右手，猛地朝毛驴的屁股上一拍，只听“啪”的一声，毛驴顿时加快了速度，胡同里的人闻声闪开了道。

毛驴不但是拉木岛上唯一的交通工具，而且是唯一的运输工具，承担着运载日用品和建筑材料的任务。拉木人普遍爱护毛驴，但受环境和条件的限制，毛驴一旦染病，只能用传统方式医治，非但治疗效果不佳，且让人感到有些残忍。例如，给毛驴放血，或用烧红的铁丝刺烫毛驴等。拉木岛的毛驴数量最多时达到 3000 头，受厄尔尼诺现象的影响，再加上医疗技术落后，目前的毛驴存栏数稳定在 2200 头左右。

值得一提的是，英国斯温德森医生 1985 年首次访问拉木，目睹毛驴所处的恶劣境况，她于 1987 年 7 月创办了一所“毛驴医院”，免费为生病的毛驴医治，每年治疗毛驴 5000 余次，大大改善了毛驴的生存条件。当我来到这所医院时，看到五六头毛驴正在等待接受医疗。医院经理阿卜达拉说，现在的毛驴比以前幸运多了，免费治疗使毛驴的健康状况普遍得到提高。

“请你猜猜我是谁?”

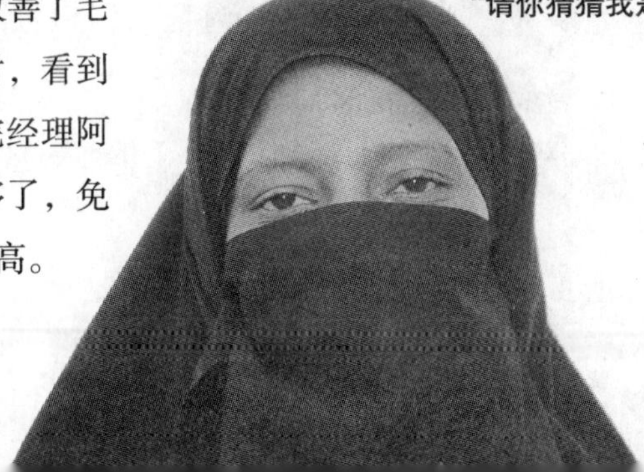

三层建筑有讲究，海上沙滩阳光足，经济收入靠旅游。这是拉木城的旅游特色。拉木人的生活与大海须臾不可分离，从事海运、打鱼和砍伐海岸的红木等。另外，拉木岛出产的杧果和椰子闻名肯尼亚，特别是椰子还带动了家庭副业的发展，比如，搓绳、编织和榨油等。这当然是传统的生活方式了。随着拉木成为世界文化遗址，旅游成为拉木的新兴产业，有力地促进了拉木的经济发展。

旅游者来到拉木，主要项目是参观古城窄胡同和博物馆，去海上兜风和沙滩晒太阳。拉木古城的建筑风格属于典型的斯瓦希里式，三层楼房鳞次栉比更显得胡同狭窄，形成古城的一大特色。为什么是三层建筑呢？这需要从拉木古城的历史谈起。拉木城的历史约有1000年之久，目前看到的古城始建于15世纪。16世纪初期，葡萄牙入侵拉木，未动一枪一炮就占领了拉木。当时，帕泰岛是拉木群岛地区的政治和商贸中心，拉木隶属于帕泰岛。葡萄牙人在该地区失去影响后，拉木想方设法避免卷入帕泰岛与蒙巴萨和马林迪之间的战争，直至17世纪末期基本稳定。接着，拉木城、帕泰村、法扎村和西游村之间爆发了自相残杀的战争，直至1813年拉木击败了帕泰村的猛烈进攻而宣告战争结束。同年，拉木寻求阿曼的保护，刚刚竣工的拉木城堡也由阿曼士兵守卫。

多亏躲藏在阿曼的保护伞下，否则拉木的前景大为不妙。随着势力的迅速扩张，阿曼统治了北起肯尼亚与索马里边境、南至基尔瓦的东非沿海地区，桑给巴尔是这一地区的统治中心，并成为繁忙的商贸港口，肮脏的奴隶贸易随之应运而生。

拉木是奴隶贸易的受益者。廉价的劳工促进了拉木的经济发展，商人从出口象牙、贝壳、红木和进口丝绸、瓷器和香料中获取高额利润。1907年，英国强迫桑给巴尔当局签订禁止奴隶贸易协定。随着奴隶贸易的终结，拉木的经济步入衰退期，从此一蹶不振，直至近年来旅游业为拉木经济注入新的活力。

浓郁的阿拉伯风情。

驴岛沙城名不虚传。

拉木古城的房屋是用珊瑚和红木建筑的三层楼，主要由楼房、庭院、阳台和木雕门组成。根据传统，一楼是奴隶的住房，二楼才是主人居住的地方，三楼是小阁楼。由此可见，拉木的建筑风格与奴隶贸易紧密相关。受此传统的影响，这一建筑风格一直延续至今。在导游的带领下，我走进一户正在建房的普通人家，里里外外一看，新建楼房与旧式建筑的结构完全一样。

要进一步认识一座城市，需要参观这座城市的博物馆。拉木不但有博物馆，而且数量不少，且各具代表性。拉木博物馆位于海边，建于 1892 年，是 19 世纪建筑风格的代表。该建筑最初是当地一个大家族的私宅，后来先后成为英国皇家东非公司代表和英国殖民当局首领的住所。肯尼亚独立后，它又成为拉木地区专员的官邸，直至 1971 年设立博物馆。这里主要展出该地区出土的文物，中国瓷器占相当一部分。

德国邮局博物馆位于拉木城最繁华的街道。初次看到时，我还有点不相信自己的眼睛。经过一番研究，方知肯尼亚沿海附近的韦图地区曾是德国的保护地。18 世纪后期，两名德国人来到拉木，与韦图的首领取得了联系。当时，韦图正受到来自拉木和桑给巴尔统治者的威胁，急于寻找一个新盟友。于是，韦图成为德国的保护地。韦图与德国之间的通信和商贸联络要通过拉木，这个邮局就是为此而设立的，直至1891年德国撤离韦图而关闭。1996年恢复原貌后重新开放，向游人讲述着那段特殊的历史。

去拉木城游览一番后，游客还要到海上和沙滩观光。不少游客喜欢乘坐帆船在海上兜风，更有个别人喜欢自己驾驶帆船远航茫茫大海，过足一把瘾。爱静不好动的游客大多选择去拉木对面的曼达海滩，戴上太阳镜，身上涂一层防晒霜，躺在白白的沙滩上，仰面朝天享受日光浴。还有人不忘记附庸风雅，手里拿着一本书，半天看不了几页，本来就是“醉翁之意不在酒”。

海上赛帆船，大道比骑驴，节日跺脚唱歌转圆圈。这是拉木城独特文化的具体展示。这次来拉木，巧遇肯尼亚全国旅游节，拉木是旅游城市，举办了地方特色浓郁的庆祝活动。既然是“驴城”，庆祝活动少不了毛驴参与。在“滨海大道”上，小伙子比赛骑毛驴，看谁最先到达终点。毛驴比赛一要毛驴健壮，跑得快；二要小伙子会骑，能驾驭毛驴。拉木的毛驴比赛就像非洲国家的足球赛一样吸引观众，鼓掌声、欢呼声不绝于耳，气氛非常活跃。另一项比赛是帆船。小帆船不能使用动力和人力，仅靠风力行驶，同时在同一起跑线上开始，看谁最早冲线。与骑毛驴比赛不同，帆船比赛需要更多的技巧，主要是如何最大限度地利用风力。这样，船帆悬挂的高度、张开的角度，以及船头方向

驴：“我闭上眼睛都知道人在看杧果。”

你见过这样大的龙虾吗？别流口水。

的调整显得格外重要。帆船比赛的获胜者往往是胸有成竹、沉着应战的老船长，而不是手忙脚乱、来回调整风帆和船头的初出茅庐者。

与海边和海上的这两项比赛相呼应，在拉木古城西边一片开阔的沙滩地上，一群男女老少正在围观传统的歌舞表演与武术比赛。七八名男子手持木棍作道具，小腿上裹着“响铃”——由椰子树叶编织成的拳头大的小笼子，里面装有当地的一种树籽，伴随着“咚咚”的鼓点，每走一步一跺脚，围成一个圆圈转。每走几步，他们还要停下来，口中念念有词，似是小声歌唱又像是自言自语，大概是为了与此起彼伏的鼓点相呼应。再一看那鼓，不但形状不一，而且打法也不同。有抱在怀里的，有放在地上的，有双脚夹着的，也有高举到头上去的；有用双木槌连击的，有用单木槌猛打的，也有直接用手掌轻拍的。据当地人介绍，以前凡是这类活动，还有一种象牙长笛相伴，声音优美嘹亮。遗憾的是，现在不知象牙长笛的下落了，连其他类笛子的声音也难以听到了。

歌舞表演中还有武术比赛。当然，拉木的武术属于非洲的传统棍打，多是一对一，手中各持一根木棍，两棍在空中相遇发出响声。这种传统击棍法其实称不上是武术，根本无法与中国功夫同日而语，简直就像是孩子游戏，你一打，他就退；你一追，他就跑。围观者看了多是一笑，倒是增添了节日的喜庆气氛。

骑驴、赛船、跳舞、击棍，这就是拉木的风情，外加古城窄胡同，男女黑白长袍，再去海上沙滩放松，游人来后常常乐此不疲。

第五节　夜色金字塔思缕

未曾想到，我来到早已心驰神往的金字塔前是在茫茫夜色之中。当晚，庆祝中埃建交50周年大型文艺演出在金字塔前举行，中埃两国总理出席并致辞。

巍峨的金字塔和雄伟的狮身人面像成为这场具有历史意义的庆典的真实布景。在背景灯光的映照下，夜色金字塔显得格外沉静而神秘。与舞台上吸引观众的精彩演出场面相比，夜色金字塔更具一种神奇的魅力，引人遐思，思绪飞扬。

金字塔是埃及在法老时代建筑的帝王坟墓，共 90 余座，其中最著名的就是眼前的这三座，位于开罗郊区吉萨高地。最大的“胡夫”金字塔建于公元前 2690 年前后，塔高 146.5 米，底宽 244 米，为等边三角形，占地面积 52900 平方米。整个金字塔用 230 万块巨石砌成，每块石头重约 2.5 吨。这座金字塔是 10 万奴隶用 20 年的时间建成的。

第二座金字塔是胡夫的儿子——哈佛拉国王的陵墓，其高度比前者低三米，建筑年代比前者约晚 40 年，建筑形式更为壮观。塔前建有庙宇等附属建筑和 20 多米高的狮身人面像——狮身加人头，借用狮子象征法老的威严，引申为“狮子的体力加上人类的智能，方能所向披靡，征服一切”。除狮子爪外，整座雕像由一块天然岩石雕成。第三座金字塔是胡夫的孙子门卡乌拉的陵墓，高度从 140 多米一下子降到 66 米，内部结构也较凌乱。金字塔建筑从此开始衰落。

在夜色中，依稀能看到金字塔附近的巨大坑穴，那里存放着木船——太阳船。在大金字塔的早期挖掘过程中，人们发现了这种由香柏木制成、在岩石坑穴中保存完好的船只。古埃及人深信，国王离开人世后可以乘坐太阳船与太阳神一道开始昼夜兼程的旅行。

古埃及人未曾料到，法老的陵墓竟成为一个世界奇迹和旷世之谜，引起人们探究埃及历史的兴趣。公元前 3200 年，美尼斯统一埃及，建立了第一个奴隶制国家，历经早王国、古王国、中王国、新王国和后王朝时期，30 个王朝。当时的国王称为法老。公元前 525 年，波斯人统治埃及。此后的 1000 多年间，埃及相继被希腊和罗马征服，其中罗马统治长达 600 余年，使埃及成为当时一个主要的基督教国家。公元 641 年阿拉伯人入侵，埃及逐渐阿拉伯化，成为伊斯兰教的一个重要中心。从 1517 年被土耳其征服成为奥斯曼帝国的一行省，到 1882 年成为英国的“保护国”，期间又被法国拿破仑入侵并统治过三年。1922 年，英国宣布埃及为独立国家。1952 年，以纳赛尔为首的“自由军官组织”推翻了法鲁克王朝，掌握了国家政权，结束了外国人统治埃及的历史。1953 年，埃及共和国宣布成立，1971 年改名为阿拉伯埃及共和国……尽管在数分钟内思绪穿越了五千年的时空，回顾埃及历史仍让人感到心情压抑。一部埃及历史是侵略与反侵略、占领与反占领的历史，金字塔见证了这一切，似乎听惯了金戈铁马，目睹了太多的刀光剑影。我顿时突发奇想，法老们把自己的陵墓全用巨石砌成，又建造得如此稳如泰山，难道是担心身后被侵略者掠夺而走吗？别笑我异想天开，在世界历史上，侵略者夺人之美、抢人国宝的强盗行径难道还为数不多吗？

金字塔似乎承载了过重的历史包袱，就连它的“大门”和它所在的城市都与战争有关。埃及首都开罗是世界上最古老的城市之一，早在修建金字塔前，古埃及的不少王朝就在开罗市郊建都。波斯、希腊、罗马帝国和阿拉伯人统治埃及时期，均在开罗兴建和扩建城镇。公元 969 年，法蒂玛王朝征服埃及后，在原有城镇以北修建新城，命名开罗，意即征服者、胜利者之城。米那宫饭店享有“通往金字塔的大门”的美誉，它经历了两次世界大战，见证了埃及苏伊士运河的开通和阿斯旺大坝的开启等历史事件。1943 年，著名的开罗会议在此举行；1979 年，埃及、以色列和平大会在“大门”召开……

胡夫、哈佛拉和门卡乌拉三座金字塔已有数千年的历史，仍让人感到神秘莫测。金字塔和狮身人面像斯芬克斯与天外飞仙般的巨大壁画和扑朔迷离的象形文字一起，成为古埃及文明的象征。就在来金字塔的途中，当大家谈及金字塔时，有人自豪地宣称自己破解了金字塔建筑之谜。当被追问时，不知是故作深沉，还是心中发虚，他说车上不是公开“秘密”的地点，而要选择合适的时

立此存照。

机宣布，让世人为之震惊。但愿他能揭开金字塔之谜，不过大家对此不以为然。金字塔是法老的陵墓，其建筑目的似乎一目了然，就像长城是为了防御外敌入侵而修筑的一样。然而，今人不明白，按照当时的科技发展水平，如此沉重的巨石是如何一块块被砌成如此完美的建筑，历经数千载而依然故我？陆续登场的侵略者在其脚下上演了一出出丑剧，但丝毫未能损坏它的一根毫毛！金字塔结构启示了后人，不但在建筑学上具有重要意义，就连消息写作也反其道而行之，借用“倒金字塔”这一形式，新闻因此追求到了最快的时效。

这大概就是建造金字塔之谜。金字塔不是为战争而修建的，却不幸经历了连绵不断的战乱。这让人想起长城，长城是防御工事，但长城未能阻止外敌入侵，中国曾沦为半殖民地。中埃两个文明古国不幸都遭到“文明人”的宰割。

时代在前进，文明古国在复兴，人类在期盼和平。长城与金字塔“手拉手”是这场晚会的主题。长城修筑者的传人与金字塔建造者的后代在这里同台演出，表达了中埃两国人民世代友好的良好愿望和人类追求和平的共同心声。金字塔今日听到了人类对和平的真诚呼唤和放声歌唱！

在夜色金字塔前，中埃两国艺术家的联袂演出赢得人们热烈的掌声。台下的掌声和台上的歌声一样，是对和平的礼赞！

啊，金字塔永恒！和平万岁！

第五篇　非洲纪行

让目击者说话。
健康的耳朵能听进逆耳之言。
隐瞒自己病情的人不可能得到诊治

——非洲谚语

非洲纪行

怎样认识南非呢？一言以蔽之，南非是非洲的“美国”，但南非又区别于美国。

南非是非洲的首富。南非是世界上最大的黄金生产国和出口国，南非的钻石闻名全球；德班是南部非洲最大的港口；南非的公路在非洲首屈一指；南非的布尔羊是世界最佳肉羊品种；南非的鲍鱼闻名全中国；南非的旅游资源十分丰富，享有“旅游一国等于遍览全球”的美誉。

南非是非洲的科技领头羊。人类首例心脏移植手术在南非成功进行；萨索尔公司是目前世界上唯一的煤制油企业；南非有南半球最大的望远镜，并正在向航天领域进军；南非大学是世界上最著名、开设课程最齐全的函授大学，在世界远程教育方面独树一帜；开普敦大学、金山大学等是世界著名高等学府；南非在人类学研究领域令世人刮目相看。南非将于2010年举行世界杯足球赛。

南非成功实现了从白人种族主义政权向多种族民主政权的过渡，为世界上通过和谈解决争端提供了先例和楷模。南非目前有三名诺贝尔和平奖和两名文学奖获得者。曼德拉在南非国内外享有崇高威望，受到世界各国人民的尊敬。南非演员莎莉丝·赛隆曾荣获奥斯卡最佳女主角。南非青年马克·沙特沃尔斯是世界上第三位太空人。南非儿童尼可西是世界上抗击艾滋病的小英雄。

南非是泛非议会的所在地，南非是非洲“争常”的三个国家之一，南非在非洲事务中发挥着日益重要的作用。

然而，南非又以其高犯罪率、艾滋病高感染率和高失业率闻名于世，其黑白分明的种族问题又不时引起世人关注。

水滨观桌山：桅杆欲与桌山试比高。

南非与其他非洲国家有相同与不同之处。他们都在发展经济，走向法治，重视教育和战胜病灾。各国国情不同，遇到的具体问题各异。津巴布韦的土改引人注目。东非的鲜花和咖啡出口创汇。卢旺达运用民间司法促进和解，乌干达铲除邪教维护稳定。非洲国家一致认识到教育的重要性，普遍重视发展教育事业。为进一步提高人民的生活水平，非洲国家不断与各种疾病作斗争，与自然灾害作斗争。

第二十一章　幽默南非

谈起南非，我想说想写的内容简直是太多了！南非社会、南非华侨华人、南非的犯罪问题，随便一个话题，谈起来就能写一本书。本章的题目就是我原计划写作的一本书名。

在南非工作期间，我见证了南非走向国家重建、民主法治与种族和解的历程，亲历了中南关系快速、全面、健康发展的重要事件，也亲身感受到南非华侨华人奋斗的成功与艰辛。在我“八年抗战”后离任之际，在南非数十个侨团联合为我举行的欢送会上，我把多年对南非侨界的观察和感受浓缩为三句话：南非的华侨华人是一个具有高度爱国主义热情的群体；近年来，南非侨团侨社发展迅猛，力量不断壮大；南非华侨华人在取得事业成功的同时，也付出了巨大的代价。

南非是幽默的。“大老李‘虎口脱险’”让你在惊奇中发出苦涩的笑声，进而引起人们对南非华侨华人命运的关注；南非的赌场是社会的一个窗口，打爆“老虎机”是赌徒的企盼，有人戏称“老虎机”的响声是世界上最悦耳的音乐；南非人的生活是潇洒的，潇洒得让美国人深感惊异；南非的歹徒也是“幽默”的，竟敢和警察开玩笑……

多次采访曼德拉，明知道没有发稿任务，我仍驱车前往，因为曼德拉每次都要讲幽默故事。现在，我就把听来的幽默再讲给你听。

第一节　曼德拉欲售“勋章”

众所周知，曼德拉不是以幽默著称于世的，然而其亲切自然、机智敏锐、

曼德拉："我笑着都能打赢你。"

深刻隽永的幽默无不使人在忍俊不禁的笑声中感受到一种洒脱的气度和一个博大的胸怀，又常常使人在开怀大笑中体会到深邃的哲理与深沉的情感。这些触景生情、脱口而出，又无不迸发出智慧火花的幽默给这位伟人增添了超凡的魅力和迷人的光环，把一个立体的曼德拉活脱脱地展示在世人面前。

曼德拉的幽默是其智慧的自然迸发，每临山重水复，必现柳暗花明，举重若轻，化险为夷，同时又给人一种奋发向上的力量。2001 年 3 月 21 日，曼德拉接受美国著名电视节目主持人温弗雷女士的采访，他在谈到自己的晚年时说："因为有了夫人格雷萨的爱与支持，我的晚年就像鲜花一样盛开。"这时，反应敏捷的女主持人问他现在是否还像盛开的鲜花一样，他若有其事地笑言："你必须知道，有一些事情不能告诉像你这样的年轻女性。"话音未落，笑声四起，曼德拉和主持人同时解围。

曼德拉青年时代酷爱拳击，曾想成为一名拳王。2001 年 4 月 23 日，他在官邸接见前一天败给哈森的世界拳王刘易斯。刘易斯因在第五个回合被对方击中下巴而败北，他知道曼德拉是个拳击爱好者，故意指着自己的下巴让曼德拉"打"，曼德拉也笑着做出拳击姿势。当记者问曼德拉：假如他年轻时与刘易斯在场上交锋能否取胜，曼德拉说："我可不想年轻轻地就去送死。"他接着鼓励刘易斯，胜败乃赛场常事，前世界拳王阿里和路易斯也曾败给对手，后来又战胜对方夺回“拳王”，只要训练有方，刘易斯也一定能如愿以偿。

曼德拉的幽默是其达观心态的自然表露，洋溢着乐观主义的色彩，体现出一种潇洒的人生观。2000 年 11 月 24 日，我接到曼德拉将在他位于约翰内斯堡的官邸发布重要新闻的通知，与每次不同的是，这次没有说明新闻发布会的内容，我于是连忙驱车赶往他家中，南非本国和外国各媒体的同行已捷足先登。十几分钟后，曼德拉的专车从门外驶入，他和两名私人医生与记者见面。两名医生先后说明在给马迪巴——曼德拉的族名，南非人民用此称谓表达对他的尊敬和爱戴——进行常规性体检时，发现他血液中的蛋白质过高，“这可能意味着某种感染，需要进一步进行相关化验，目前还不能确诊为患上膀胱癌。由于曼德拉的健康近来引起人们的关注，有必要对全国人民及时进行说明”。为了消除人们心中的疑虑，医生强调马迪巴的心脏、肝脏十分正常，他在罗本岛监狱服刑期间感染的肺结核已经痊愈。尽管如此，记者们还是提出了一连串忧虑马迪巴健康的问题。理解大家的这一心情，马迪巴开腔了：“医生告诉我一个鼓舞人心的消息是，我今天晚上不会死去。”在大家的笑声之后，他补充道，三周前自己患了重感冒，现在已恢复正常，身体总的感觉挺好，可以继续自己的既定日程，也会听取大夫的忠告。他这一幽默把大家心中的愁云一扫而光，让担心他身体健康的南非人民如释重负，体现了一片对全国人民的爱心和一种从容不迫的达观态度。

南非是一个高失业率的国度，全国各大城市的街头不时能看到双手在胸前抱着一个大硬纸板，上面写着没有工作、需要养家、请多捐助之类的字句。曼德拉每次乘总统专车从街头路过看到这一现象都免不了要悲天悯人。在南非 1999 年大选之前，当记者问他退休后做什么时，他说：“我那时是一位失业的老人，有朝一日也会站在街头乞讨，胸前的纸板上写着‘我是一位失业老人，有一个大家庭需要养活，请大家帮助一把’。”这一幽默不但反映了曼德拉平静如水、轻松超凡的心境，而且说明曼德拉关心社会现实，居总统之高位仍忧其民。

古人言“宰相肚里能撑船”。作为一位当代伟人，曼德拉博大宽广的胸怀备受世人敬仰。在囚禁长达 27 年后，面对黑人强烈要求把白人赶到海里去的呼声，他却冷静地号召黑人同胞把长矛扔到海里去，抛弃种族恩怨，化解种族矛盾，实现种族和解。就是在新南非成立后的今天，面对白人的种族主义行为，甚或是对自己进行恶意人身攻击，这位“肚里能载舰艇”的南非前总统再次表现出豁达包容的胸襟。2000 年，南非全国警察总署发生了这样一件严重的种族歧视事件：在总部大楼的一间办公室里，当工作人员开启电脑时，电脑屏幕上的曼德拉头像竟然逐渐变成了“大猩猩”，全国警察总监和公安部长闻之勃然大怒，南非人民也因之义愤填膺。消息传到曼德拉的耳朵里，他反而非常平静，对这件事并不“过分在意”，因为“我的尊严并不会因此而受到损害”，并表示警察总署出现了这类问题，看来需要整肃纪律了。几天后，在参加南非地方选举投票时，当投票站的工作人员例行公事地端详曼德拉身份证上的照片与其本人对照时，曼德拉慈祥地一笑：“你看我像大猩猩吗?”逗得在场的人笑得合不拢嘴。此后不久，在南非东部农村地区一所新建学校的竣工典礼上，曼德拉无不幽默地对孩子们说：“看到你们有这样的好学校，连‘大猩猩’都十分高兴。”话音刚落，数百名孩子笑得前仰后合，银铃般的笑声传遍校园，曼德拉也会心地笑了。巧借别人对自己的恶作剧，反用幽默活跃气氛。在这里，幽默成为曼德拉博大胸怀的自然写照，书写着一个坦荡而旷达的胸襟，体现着一种包容万事万物的海量。

曼德拉的幽默是其坚强个性的自然反映，昭示着一个伟大而不屈的人格，具有一种无坚不摧、所向披靡的力量，令人肃然起敬，万分仰慕。1998 年初，克林顿访问南非，推销美国的新非洲政策，其中包括在与曼德拉的会晤中，要求南非与美国眼中的所谓“无赖国家”断交，引起世界舆论的密切关注。曼德拉虽与克林顿私交甚密，但决不会以国家原则做交易。在与克林顿会谈后举行的记者招待会上，曼德拉当仁不让，直接走到话筒前，谈到与那些“无赖国家”断交时，他坚定地指出：“南非决不会忘记那些支持过我们反对种族隔离斗争的老朋友，让那些要求南非与老朋友断交的人跳河去吧!”曼德拉在严肃政治场合的这一“幽默”把克林顿也逗乐了，他的伟大人格令克林顿从内心佩服得五体投地。目睹这一电视实况转播的南非人民无不为自己拥有这样一位伟大的总统而备感欣慰与自豪。

1999 年 6 月 2 日，南非举行第二次全民大选，曼德拉在自己所属的黄金城约翰内斯堡豪顿选区投票。当他兴致勃勃地投票后，记者们问他投谁的票，他神秘地一笑：“这是一个秘密，你们要索取可得付费!”与每次的幽默不同，往常他讲幽默时总是一脸严肃，而这次笑容满面；与每次的幽默相同，这次他在讲幽默后立即言归正传，说出幽默的“谜底”：“我为南非投票!”一句为南非投票，摈弃了党派观念，说出了曼德拉希望南非富强、人民幸福的心声。在这里，幽默是曼德拉真诚愿望的自然抒发，饱蘸着赤热的情感，寄托着真切的愿望。

有人说幽默是一种灵性，一种睿智，一种喜剧精神，一种轻松和自信，显示出心灵的辉煌和智慧的丰富。又有谁能说曼德拉的幽默不是这样呢？连联合国秘书长安南都被曼德拉的幽默所征服，称他是世界级的幽默大师，而最令安南大为赞赏、拍手叫绝的是曼德拉在接受一家儿童杂志采访时所讲的“谈判幽默”：一只母鸡和一头肥猪在谈论全球问题时，共同对世界上至今还有许许多多的人正在被活活饿死深感悲伤，那只母鸡说：“就我们二者本身而言，就可以生产足够的鸡蛋和猪肉，提供给那些正在挨饥受饿的人。”那头猪却回答道：“这对你来说比较容易，你下蛋是为人类作贡献，而我却是为人类做出完全彻底的赞助了。”

如果说幽默是一种艺术，那么这种艺术的精髓就是自然。曼德拉是运用这种幽默艺术的大师，他的幽默毫无哗众取宠、故弄玄虚之嫌，无论是感情的自然流露，还是自信心的自然表述，无不是随机应变，嫁接自然，妙趣横生，使人在轻松自然之中领悟到哲理，体味出情感。当然，曼德拉不是为了幽默而幽默，不是为了聊博一笑，常常是最后道出幽默的真谛，增强幽默的实际效果，达到幽默的真实目的。聆听曼德拉讲幽默，那一连串的妙语连珠在 2000 年举行的南部非洲发展共同体（南共体）首脑会议上达到了出神入化的地步，再次征服了上千名与会者，遂成为一段佳话广为流传。2000 年 8 月初，南共体首脑会议在纳米比亚首都温得和克举行，由于会议讨论的议题比较棘手，加之安哥拉内战和刚果（金）战火还在燃烧，包括首脑们在内的所有与会者正襟危坐，开幕式的气氛显得过于沉闷。曼德拉作为南非前总统应邀出席开幕式，主要是来接受南共体授予他的“卡马勋章”，以表彰他在总统任期内为南非和南部非洲国家作出的杰出贡献。曼德拉在接受勋章时发表了演讲，他刚走到讲台前就说：“这个讲台是为总统们设立的，我这位退休老人今天上台讲话，抢了总统的镜头，我们的总统姆贝基一定很不高兴。”话音刚落，笑声充盈了会场。这时，主持人为他搬来一把椅子，请他坐下演讲，他在感谢过主持人后说：“我今年 82 岁，站着讲话不会双手颤抖得无法读讲稿，等到我百岁讲话时你再给我把椅子搬来。”会场里又是一阵笑声，曼德拉在笑声过后正式开始讲话。讲到一半时，他把讲稿的前后页顺序弄乱了，顿时来回翻看却一时找不到正确页码，他脱口而出：“我把讲稿的次序弄乱了，你们要原谅一位老人，不过，我知道在座的一位总统一次发言时把讲稿次序弄乱了，而他自己却不知道，照样往下念。”这时，整个会场哄堂大笑，笑声连片，“其实，讲稿不是我弄乱的，秘书是不应该犯这样一个错误的”。发言即将结束时，他说：“感谢你们把用一位博茨瓦纳老人名字命名的这个勋章（指卡马勋章，卡马是博茨瓦纳开国总统）授予我这位老人，我现在退休在家，没有收入，如果我哪一天没有钱花了，我就把这个勋章拿到大街上去卖，也许不会有人愿意购买，但我肯定在座的有一个人一定会出高价收购的，他就是我们的总统姆贝基。”这时，姆贝基情不自禁地笑出声来，连连拍手鼓掌，会场里掌声连成一片，满堂喝彩。这一看似信手拈来的幽默表达了曼德拉对其继任者姆贝基的鼓励、期待和信任，他暗示着姆贝基也一定会为南非和南部非洲地区的发展作出贡献，进而赢得这个勋章。最后，曼德拉用“我真诚地希望21世纪是‘非洲世纪’”结束演讲，表达出全体与会者和非洲人民的共同企盼。

幽默是一种综合艺术，是知识与才识的积淀，集中表现出幽默者的智慧、才思、胸怀、心态、情操、理想和人生观。幽默如其人。曼德拉的幽默集曼德拉的胸怀、气度、心态、人格、智慧、自信心和人生观于一体，是曼德拉本人的真实写照。他讲幽默，常常是自己不笑，在听完大家的笑声后再道出幽默的“谜底”，语言隽永，耐人寻味。

幽默是学不来的，如果硬去学，那非流入肤浅轻薄，甚或是油腔滑调的粗俗之列，无异于东施效颦，适得其反。如是观之，幽默的功夫在幽默之外，谁想学会幽默，谁就得先去学习读书与做人；谁想学会曼德拉式的幽默，谁就得先去认真学习曼德拉，去体味那伟大的人格魅力。

还是让我们以曼德拉自己最为得意的一个幽默总结吧：我曾多次到上帝那里去报到，每次都得到同样的回答。当我敲第一扇门时，里面告诉我：“请朝前走。”当我敲第二扇门时，得到的回

与美女在一起很甜蜜。

答是："请再朝前走。"我刚走到第三扇门前，尚未敲门就听到室内传出这样的声音："不要再敲门了，你来得太早啦，这里现在没有你的地方。回去吧！"

第二节　罪犯过足"总统瘾"

南非是世界著名的高犯罪率国家之一，经济都市约翰内斯堡更是世界闻名的四大犯罪城市之一。具体而言，作为南非立法首都的开普敦，从 1999 年 6 月初到 2000 年 9 月 8 日共发生了 20 起骇人听闻的爆炸案，造成数千人死伤。2000 年 9 月 7 日，调查审理这一系列爆炸案的正义法官竟在光天化日之下遭到恐怖分子枪杀。每当街头的红绿灯变换一次，南非就有一名妇女遭到歹徒强暴。南非的各大报纸每天出专版报道各地的犯罪情况而唯恐版面太小无法容纳，常常使恶性杀人这类血腥案件成为简讯。每晚电视《新闻联播》的头条消息不少让位于暴力事件，犯罪新闻几乎成为每晚电视新闻的"固定栏目"，喋血镜头接连出现。频频发生的杀人抢劫等在其他国家足以引起全国轰动的恶性案件在南非不过区区小事一桩，人们已经麻木不仁，生命在南非显得非常脆弱，大多数罪犯在不尊重自己生命的同时也把别人的生命视为儿戏，有时为一双皮鞋竟不惜开枪杀人，甚或无故杀人。无论是从错综复杂的社会历史背景，还是从贫富差别巨大的社会现实；无论是从法律对犯罪分子的宽松程度，还是从法院低下的办案效率；无论是从警察业已存在的腐败现象，还是从国民普遍低下的素质；无论是从罪犯在服刑期间的良好待遇，还是罪犯的犯罪动机……有人这样说，不管你从那个角度和层次来观察，南非都不愧为"犯罪的天堂"。

外国人成为犯罪牺牲品

在南非的犯罪潮中，无人能够幸免，本国的普通老百姓如此，各界的社会名流如此，外国人更是如此。2000 年 9 月 15 日晚，在行政首都比勒陀利亚的官邸门口，布隆迪驻南非大使马吉特和夫人在两名持枪歹徒的威胁下趴在地上，他的奔驰车被抢走。这是一周之内马吉特第二次遭到抢劫。9 月 8 日晚，在同一地点，几乎是同一时间，他在歹徒的枪口下被迫交出了自己的公文包。惊魂未定的他说："实在是太可怕了，简直是一场噩梦。"

2000 年 9 月 15 日凌晨 1 时许，就在布隆迪大使官邸附近的联合国人员驻

曼德拉博物馆里看什么，青年人的斗志和老年人的慈祥。

南非的官邸，五名罪犯切断了墙上的电网入室抢劫，一名正在南非访问的联合国开发计划署的女官员被歹徒强奸了两次。强奸前，歹徒还命令这位女官员把室内的东西搬到室外，帮助他们偷盗。案发后，南非安全部长和警察总督对此事十分震惊，联合国驻南非机构的工作人员则同时感到震惊和恐慌，认为他们所有人员的人身安全都受到极大威胁。五名罪犯已被捉拿归案。就在比勒陀利亚同一天夜间的另一起案件中，一位 89 岁的老妇人被入室抢劫的罪犯强奸。

南非人自然也是高犯罪率的牺牲品。1999 年 9 月 15 日上午，在光天化日之下，三名持枪歹徒闯入约翰内斯堡索韦托的一所中学，枪杀了校长，抢走了她的汽车和身上的首饰。而在开普敦，一位著名摄影记者被人用刀活活捅死。

统计数字显示，近年来南非的杀人案降低了，但受害人数仍居高难下。

候审罪犯持枪冲出法院

南非三名候审罪犯在光天化日之下持枪冲出约翰内斯堡法院企图逃离，在法院门外被赤手空拳的警民制服。这标志着南非的犯罪和罪犯更加猖狂。

1999 年 11 月 30 日，23 岁的斯科桑纳和 24 岁的尼耶贝因杀害一位中学校长而出庭受审，同时出庭受审的还有一名其他案件的嫌疑犯。在法庭宣布将这一杀人案推迟到 12 月 13 日审理后，三名罪犯随即被押回到法院的地下临时看管所。未料，斯科桑纳拿出手枪强令看守打开牢门，随后鸣枪开道，带领其他两名罪犯直冲法院大门。

法院的工作人员和民众惊闻枪声纷纷逃避，唯有一名翻译临危不惧，上前从后面拉住斯科桑纳，厮打中两人倒地，翻译头部受伤，罪犯再次逃离。当斯科桑纳逃出法院大门时，一名便衣警察冒着生命危险，奋不顾身地以橄榄球运动员的动作赤手空拳扑向罪犯，斯科桑纳随即被众人制服。

所幸，该事件没有造成人员死亡，但警方不清楚手枪是如何流入法院的。法院喋血事件是南非犯罪和罪犯更加猖狂的一个标志，这与罪犯在南非享有“特权”不无关系。比如，一名囚徒在狱中抱怨伙食不佳，“这让我饭后感到很不舒服”。

民间法庭处置奇案

1999 年刚刚进入下半年，南非奇案频发，民众对警察和司法系统失去信心，私设法庭残酷处治罪犯，引起社会各界关注。

7 月 8 日晚，28 岁的巴西女记者在抵达南非仅 14 小时后，在约翰内斯堡新中国城附近的草地上惨遭六名男子轮暴，身上财物被洗劫一空；7 月 4 日，开普敦一名警察开枪打死睡梦中的妻子与女儿，并在枪杀其女朋友后自杀身亡；同日在开普敦，一名加拿大游人在大白天遭洗劫；在约翰内斯堡，7 月 5 日上午两辆运钞车遭劫，下午一辆运货车被抢。至于入室抢劫、强奸妇女、杀人害命之事在南非更是司空见惯。

面对日益恶化的治安状况，南非民众怒不可遏、忍无可忍，用“民间法庭”的方式制止犯罪，加强自我保护。居住在约翰内斯堡东部黑人区的居民每人捐献 22 兰特，用 4000 兰特将一名被关押的杀人嫌疑犯保释后，先在“民间法庭”宣判其死刑，然后刀刺罪犯，并给其身上浇灌汽油，脖子上挂车胎，点火将其烧“天灯”。此前两个月，该地区的居民集资将一名强奸五岁幼童的嫌疑犯用同样的方法处死。类似的消息令在押的罪犯胆战心惊，不寒而栗，这些“执法”的居民却说：“政府警力不足，我们只好进行自我保护。”

同样的例子还有，西北省的四名警察对当地的团伙犯罪和法院判案极为不满，伙同当地居民强使一盗车集团的头领大喝汽油，然后将其活活烧死。

民众常用的办法是，如果现场抓获正在作案的犯罪分子，群起而攻之，用皮管、石块、棍棒等将其打死，以解心头之恨。

南非司法部表示，“民间执法行为”是对国家司法体系的极大蔑视和损害。南非大学犯罪学教授认为，此类事件反映了民众极度受挫的心理，他们认为警察做得远远不够，自己扮演执法者的角色。这类事件通常发生在居民比较团结的街区，结果是罪犯成了受害者，“执法者”却变成为罪犯。

窃贼偷到总统官邸

天下之大，无奇不有。2000 年 9 月，南非传出奇闻：一名窃贼乘姆贝基总统赴欧洲访问和去联合国参加千年首脑会议之机，窜入位于立法首都开普敦的总统官邸，一通大吃大喝大睡，整整逍遥了四天四夜之久，竟无一人发现，让其足足地过了一把“总统瘾”。更令人奇怪的是，当这名窃贼到法院出庭时，他竟以“哈格博士”自称，要求法官叫他“007”，令人啼笑皆非。

9 月 1 日，一个名叫乔达恩的黑人青年悄然闯入姆贝基总统位于开普敦的官邸。他一个人在官邸内折腾了整整四天四夜，饿了就打开冰箱吃面包，渴了就喝各种饮料。夜里他到总统的洗澡间洗澡，然后就睡在总统的席梦思床上，而且每晚轮换睡到不同的床。他还四处乱翻，找到了总统收藏多年的白兰地，于是开瓶痛饮，又足足过了一把酒瘾。4 日，当警察接到报案进入总统官邸时，发现床上的被褥乱七八糟，空酒瓶子横七竖八躺了一地。警察四处搜寻，折腾了半天才把他从阁楼里找出来。

9 月 12 日，乔达恩在开普敦一家法院出庭受审。他首先告诉奥尔曼法官：“我是哈格博士”，随后又说自己是“乔达恩 007”。

戒备森严的总统官邸竟有盗贼闯入，这令南非警方非常尴尬。南非公安部长对总统官邸遭到盗贼入侵一事十分关注，下令对总统位于行政首都和立法首都的两处官邸严加防范，并加强了副总统祖马官邸的保安措施。

其实，盗贼潜入总统官邸在南非并不是什么新鲜事。1998 年，曼德拉总统在开普敦的官邸就有小偷光顾过。小偷顺手牵羊，偷走了官邸内的电视机和电话。1999 年 7 月 2 日子夜，副总统祖马的夫人深夜遭到入屋蟊贼的侵犯，三名武装歹徒闯入副总统祖马位于夸祖鲁—纳塔尔省的住宅，正在熟睡中的副总统夫人在枪口威逼下交出钱财并遭到殴打。南非读者为此还在报纸上发表看法，认为“第二夫人”应该得到官方的保护。未料这一观点“一石激起千层浪”，引起国民议论纷纷。因为在南非，黑人男子可以“一夫多妻”，副总统祖马有三个夫人。那么，官方究竟保护哪一个呢？如果全部得到保护，费用势必加大，纳税人是否会同意？

总统官邸竟有蟊贼闯入，南非的社会治安状况由此可见一斑。在南非，还有这样一个真实的笑话：1999 年，有人打听到了国家公安部长在约翰内斯堡的住址，那条街道一夜之间成了寸金之地。大家争相购买或者租住那里的房屋，想方设法靠近公安部长，为的就是花钱买个安全和放心。谁知，没过多久，盗贼闻风而至，先是光顾了街道尽头远离公安部长住宅的一家；接着，小偷又偷了部长的近邻；最后，吃了豹子胆的小偷竟潜入部长家中，偷走电器和食品。与公安部长穆法马迪住在同一条街上的 30 户邻居在半年中竟有 10 户被盗。南非的《星报》在披露这一消息时，还特意在头版画了一个示意图，标明哪户人家被偷过，目的是要提醒读者，南非没有安全的地方，大家必须格外小心，多加防范，因为就连公安部长也保证不了自家和邻居的安全。

第三节　大老李“虎口脱险”

留学上演“追捕记”

近年来，随着中南两国友好关系的发展和双方交往的密切，不少中国学子充满着对生活的美好憧憬，不远万里来到“彩虹国度”的蓝天白云下，沐浴在丽日晴天里。他们中的一半打算先读语言后上大学，然而，许多初来乍到的语言生做梦也未曾想到，眼前的校园与想象中的学堂竟相去甚远，心中形成的落差何止十万八千里？不少人非但未能梦圆好望角，反而泪洒绿土地，浪费了钱财和精力，荒废了学业和青春，梦断好望角的他们望洋兴叹，追悔莫及。

上当受骗四处“追款”

南极星国际英语学校位于南非司法首都布隆方丹。从外表看，与其说是一所学校，不如说是一家中产阶级住宅。初来乍到的学生们一走进校门，就感觉到自己受骗了。其实，他们一踏上南非的土地，就被校长约翰·康恩把美金骗走了。

从2002年8月至2003年8月的一年时间内，共有120名学生从北京、山东、重庆、湖北等省市分期分批来到南极星学校。前几批学生到南非时刚走出机场，约翰就诡秘地告诉大家，南非的社会治安混乱，带美元现钞非常危险，他愿帮大家保管现金，并以高出银行牌价的汇率为学生兑换兰特，根据学生的需求随时发给使用。多数学生不假思索就将钱交给了约翰，连收条也没有要。未将钱交给约翰的学生去银行存钱时，则受到约翰的拦截与恐吓。

南非中国城的当地小商贩。

当学生们向约翰要自己的钱时，约翰先是一推六二五，后来干脆躲起来不露面。发现上当的他们在万般无奈的情况下，于2003年3月联合举行了第一次集体罢课。罢课提出的其他意见还有：教师素质低，教学质量差；学校租借的学生宿舍不安全，有抢匪多次入室作案；学校食堂伙食太差，天天吃的是米饭加菜汤……

罢课的结局可想而知。当他们联合起来要钱时，才发现约翰神秘失踪了。大家分头打听，后得知约翰在开普敦买了一家农场，他们便去了开普敦，在警察局查找用约翰姓名登记的农场，一无所获。接着又抱着一线希望，在西开普省逐个农场打问，也许是老天有眼，他们竟在一家农场找到了约翰，可得到的回答是："所有的钱都用于购买农场，没有钱给你们。""我急需周转资金，如果大家谁能从国内介绍来学生，他就给谁的学费打折，每招一个学生给500美元的折扣。"也就是说，让他们再骗自己的同胞，他们于心何忍？为了讨到钱，他们住在农场，睡在约翰的客厅，约翰既不理他们，也不给饭吃，迫使他们几天后无奈离开。

一天，约翰回到学校，学生们紧跟不放。一次，约翰发现学生们一直开车跟踪，便躲进一家酒吧，未料深夜12时以后出来时，大家还在门外等候。约翰急忙上车，驱车驶向荒野，接着以260公里的时速将尾随其后的车辆甩开。

几名人地两生的学生在黑暗中迷失了方向，直到凌晨才回到学校。还有一次，大家把约翰堵在学校，拨通中国大使馆教育处的电话，魏养根一秘在电话里严厉警告约翰“一定要归还学生的钱，否则大使馆将和约翰打官司……”大使馆还向约翰施加压力，让他给学生们补打了欠款条，约翰也答应分期向大家还钱。

两个月后，学校爆发了第二次大罢课。这次，由于校方拖欠工资，教员也罢工了。约翰早已债台高筑，花巨资购买农场本想借农场利润缓和危机，未料却背上包袱，雪上加霜。2003 年 6 月 20 日，发生了一件非常意外的事件，约翰在开普敦因车祸死亡。事后，其妻安妮答应继续办学，但经济危机进一步加剧，校方被迫变卖资产，教师开始陆续离职。

国内中介在南非被捕

学校破产关闭了，学生们走投无路，再次向中国大使馆求助。在大使馆的协调下，国内中介前来协助处理学校善后事宜。国内中介在北京某饭店开设了办公室，将业务扩展到各地的中介，在全国形成一张网络，导致大家上当受骗。来南非的两名北京中介为了保护既得利益，只帮助学生办理转校读书手续，对强烈的退款呼声充耳不闻，把大使馆的警告当作耳边风，态度蛮横至极。

2003 年 10 月 8 日，学生们去当地教育局投诉，教育局会同移民局和警察局检查了南极星英语学校。经查，南极星国际英语学校不但是一所没有在教育局注册、没有合格师资、没有足够办学条件的“三无学校”，而且该校学生的签证全是盗用布隆方丹学院的名义申请办理的，布隆方丹学院证实从未向南非驻华大使馆出具过入学许可，南极星学校涉嫌 120 人的签证诈骗，这可能成为南非历史上规模最大的签证诈骗事件。南非警方当即拘捕了两名来自北京的中介，并扣压了仍留在学校的 13 名学生的护照，因为他们当初的入境签证是以伪造文件取得的，属非法入境，必须限期离境。

在中国大使馆的鼎力相助下，南非警方同意为转学继续读书的学生换发学习签证，除回国的

1997 年 7 月 1 日，一对南非老侨在自家大院升起五星红旗庆祝香港回归祖国。

学生外，找到新学校的学生都拿到了合法签证；中介为学生们进行了退赔，每人获得几千美元。

谨防黑心中介摇唇鼓舌

“南极星事件”教训深刻，发人深省。连同此前发生的“戴慕灵骗局”一起，来南非自费留学随之成为人们关注的焦点，在国内引起极大反响，同时击碎了不少人想来南非的留学梦。那么，这些学生和家长是怎样走进中介设下的圈套呢?

中介的骗人把戏并不高明，一般不出这样几条：一、南非是英联邦国家，有一套完整的英国教育体系；二、南非是英语国家，能学到一口标准的英语；三、南非学费很低，同时学生可以打工；四、在南非英语学校毕业后，不需要高考就能直接进入大学深造，升学率百分之百；五、南非环境优美，社会治安良好。诸如此类的谎言，把南非描绘成留学“天堂”，迎合了一些学生和家长的心理。在这种情况下，为了加强“宣传”力度，中介还运用照片和录像资料向学生展示南非优美的校园和漂亮的教学大楼。其实，中介出示的照片和播放的录像，多是移花接木，张冠李戴，以骗取信任。例如，中介将南非自由省大学的操场和市区的一幢公寓说成是南极星英语学校的操场和教学大楼。

南非的真实情况如何呢？一、南非是英联邦成员国，但大学的教育质量相差非常悬殊，由于特殊的历史原因，这里的大学过去以黑白划线，白人大学在教学设施、学校管理和教育质量等方面，比黑人大学要强得多，而黑人大学的情况却是另外一番情景。二、南非是英语国家，但是，南非有 11 种官方语言，英语是其中之一，南非白人和黑人的英语也差别很大，白人的英语发音夹杂着浓重的南非荷兰语，黑人的英语里面充满了各自不同的土音，即使中国大学英语系的毕业生，对南非英语也需要一个适应过程。也就是说，无论从哪个角度讲，南非的英语算不上标准。三、南非的大学收费比西方国家低，但是，南非一些著名大学的门槛并不低，因专业不同，开普敦大学一年的学费是 5000 至 6000 美元，斯坦陵博什大学的学费 5000 美元，比勒陀利亚大学年收费在 1500 到 2500 美元之间。一些原来的黑人大学也收到 1500 美元。一般情况下，留学南非一年需要花费 4 万至 6 万元人民币。南非法律明文规定，学生打工属非法行为，一旦发现就会被抓起来或驱逐出境，此类事件不断发生。2003 年，就有十多名中国留学生因打黑工被遣返回国，其中一名来自西安的同学，在国内已读到大三，退学后来到南非却被遣返回国，前程断送在好望角。四、语言学校毕业后，升入名牌大学必须要有550分以上的托福成绩，免试之说纯系骗局。五、南非的确环境优美，但社会治安不好。2003年，在中国留学生中，手机被抢上百次，汽车被盗十多部，入门抢劫事件数十起。

中国非法留学中介之所以摇唇鼓舌胡编瞎话骗人，是巨额利润驱使的结果。南非留学中介的利润高得令人咋舌，以南极星英语学校为例，每个学生半年的学费加食宿费收6000美元，其中2000美元返回中介。除吃回扣外，中介还收取每人1万多元人民币的手续费。两项相加可达3万元。超额利润使这些中介头脑发胀，利令智昏。

怀揣一张“正确地图”

2004年，南非有中国留学生3187名，其中公派8名，其余全是自费。1999年，中国驻南非大使馆设立教育处，当时登记的留学生只有19人。2002年，南非的留学热开始，来势凶猛，发展迅速。3000多名留学生中，5%的层次高，攻读硕士和博士学位；50%的在正规大学读本科或专科，2003年毕业回国者27名；45%的读语言，层次低，多数是上当受骗而来的，出现问题也多。他们经过国内非法中介招收，在大学附设的语言学校或私立的语言学校学一年的英语，有些语言学校其实就是专门为中国学生开办的，临时搭起一个草台班子，一切都是将就应付，学校设施不全，教师临时雇佣，教材极不正规，其毕业证书更是无人承认。这些留学生的年龄跨度大，从15岁至45岁，低龄学生不能自理生活，有的是为了逃避国内的学习重压而来；高龄难以学习语言，基础太差，其初衷就“醉翁之意不在酒”，想出国打工挣钱。2003年，在曼德拉市学习的几十名中国语言生，80%的考试不及格，校方要求重读一年，他们坚决要求升学进入专业学习，还说学校歧视他们，把他们当“二等公民”。更加令人担忧的是，这些学生中出现了少数花花公子，开好车，进赌场，甚至发展到女生出卖自己的皮肉，男女外出行窃。

在采访中，中国驻南非大使刘贵今表示，这些情况已引起中国大使馆和南非方面的高度重视，两国政府正在规范自费留学市场，打击非法中介和非法学校，维护中国留学生的利益。中国教育部就南非自费留学已发出了留学预警，提醒学生和家长通过教育部网站了解正确信息，理智而不是盲目地选择来南非留学。两国政府正在积极推动两国教育合作协议的签订工作，促进两国学历的相互承认。

当时，中南两国之间还没有互相承认学历，在南非取得的毕业文凭要先在中国大使馆认证，回国后要到教育部留学服务中心进行最终认证。中国学历要经过南非的学历资格认证委员会，这种认证对中国学生不大公平，我国的好多学科，如哲学、政治经济学、体育等课程，南非各大学没有开设，因而不予承认；国内五年制的医学专业毕业生，南非认证为大学三年级学历，来南非后还需要补读大四课程，影响了这些学生的正常学习，成为一道关卡。另外，所有来南非的留学生需要国内的高中毕业证书和高中三年的成绩单，并需经过南非方面认证。

南非正在对高等教育进行改革，将36所大学合并为24所，将150所技术学院合并为50所。开普敦大学、金山大学、斯坦陵博什大学、比勒陀利亚大学、夸祖鲁—纳塔尔大学等都是世界名牌大学，排列在世界前200所大学之列。中国驻南非大使馆表示，希望国内今后有更多高层次的学生来南非留学，来南非没有必要读本科，最好选择攻读硕士、博士学位或博士后合作研究。同时提醒国内学生选择来南非公派留学，不要把眼睛仅盯着西方。

南非大学的一些学科优势很强，在世界上颇有名气，如采矿、冶金、医学、材料工程、生物工程、葡萄酒酿造等，值得我国学习。中国驻南非大使馆认为，更多的中国学生来南非留学是一件好事，除学习语言外，有利于了解南非，学习南非的一技之长，但来南非留学尚存在渠道不通畅、操作不规范等问题，家长和学生要慎重考虑，不要轻信中介不切实际的许诺，最好到教育部的网站上查找正确信息。

智勇双全斗歹徒

2005年4月，我就要离任回国。八年来，我在南非结交了许多朋友，除当地人外，与同胞们更是结下了深情厚谊。尽管侨团约定集体为我饯行，不少朋友还是再三坚持要自己单独来。对于这份情，我不好一再推托与拒绝，这其中就有大老李。

我与大老李认识是在他的“北方水饺”。他是东北人，来南非后在黄金城的新中国城开设了一家小饭店。当时，那条新唐人街饭店少，加之他的水饺好吃，生意特别红火，我刚到南非时也就少不了常去。大老李总是忙前忙后，见面时也就打个招呼。我与大老李进一步熟悉，是在他转让“北方水饺”、在那条街的转角开设“寄卖行”后，他那时比较悠闲，我们也有时间聊天。大老李拿陈年龙井作为“最好的茶叶”来招待我，一时在侨界传为笑谈。

大老李性情豪爽，与他聊天，很是痛快。4月中旬的那天中午，当我们在新中国城附近一家中餐馆里吃饭时，不时有华侨朋友过来唠嗑，南非的社会治安成为谈论的主要话题。

一位朋友刚落座，就垂头丧气地说自己家中几天前出了事。事情的大体经过是，家中一名成员开车回家被跟踪，歹徒跟到大院门口从保安的眼皮下蒙混过关，当家人开门时持枪歹徒先闯入，接着便在家中大打出手，翻箱倒柜，钱财损失不说，家人都免不了挂彩。其中最恶毒的是，罪犯将一个厚塑料袋套在人头上系好，使人呼吸困难，双眼“失明”，乘机拳脚相加，迫使家人拿出钱物。更令人气愤的是，歹徒在家中折腾了几个小时，走时竟大摇大摆，大门口还有人接应，顺利逃离。犯罪分子嚣张到如此程度，这在别的国家绝无仅有。

这时，一个朋友插言道：“上个月，几个歹徒在一个中国人家中整整折腾了一夜，喝啤酒，看电视，还不停地在手中玩枪，强迫家人打开所有的抽屉，还让中国人给他们做饭吃，最后把家中的东西‘搬了家’，扬长而去，幸好家人仅受了点轻伤。”当然，中国人选择住所时安全无疑是第一要务，大院都有专业保安，但案发如此频繁，不排除保安与罪犯狼狈为奸、里应外合的情形。

朋友们你一言我一语，似乎有说不完的事儿。大家说，近年来，南非的团伙犯罪率迅速增多，且组织严密，屡屡能够得手，对中国人威胁越来越大。前些年，犯罪分子多是单枪匹马独立作案，实施抢劫前不问三七二十一，先开枪打人，再开始抢钱财；近几年，罪犯多是有组织的团伙作案，先选择目标，然后开始行动，采用向受害者人身上浇开水、浇烫油的残酷手段，对受害人进行肉体折磨和心理摧残，迫使其

潇洒的女骑警。

交出钱财。同胞中不乏这种犯罪手段的受害者，然而南非又改变了人们的思维方式；如果谁不幸遭此厄运，只要性命未受到伤害，人们竟说“那还算不错”。

对于南非的社会治安，人们似乎只能接受而无力改变，只能防范而又防不胜防，只能互相提醒注意安全而又难免人人自危。曾有人戏言：在南非没有被偷过或被抢过你别高兴得太早，那是还没有轮到你哩。

另一个朋友讲，一家中资企业的十几名员工在租借的住处吃晚饭时，一帮持枪歹徒从没有及时关闭的侧门突然闯入，命令所有人趴在地上，然后逐个搜身和查房，连床都翻了个底朝天，他们知道中国人习惯把钱藏在床垫下，抢走了所有现金和值钱物品——手表、手机、手提电脑等。就在歹徒实施抢劫的过程中，每个人趴在地上不能说话和乱动，否则就有可能招来杀身之祸。其中一名女士，她母亲正好从国内前来看望她，不巧赶上这次惊险场面，母亲唯恐歹徒开枪，为保护女儿，急中生智压在女儿身上，压得女儿喘不过气还不敢说话与活动，只好强忍压力，幸好坚持到了歹徒逃离。女儿事后说，她差点被母亲压死了。这个真实故事让人听后哭笑不得。

听完大家的一席谈，沉默了半天的大老李开口了：“你们说的那些事儿还算事吗?”接着，大老李讲述了自己2001年4月初发生的那次惊心动魄的生死决斗。

那天下午5时许，就在新中国城东头的家中，我儿子刚出院门，大门刚锁上，我就听见他在门外大声用英语叫我开门：“OPEN THE DOOR.（开门）”我的第一个感觉是：这小子是不是和我开玩笑，可他以前从来没有这样过。直觉告诉我，意外发生了，我取出手枪就冲出屋门，听到儿子还在门外用英语喊我开门。当我打开大门时，儿子被两个歹徒用枪押着，他后面还有一个歹徒用枪对着他的头。看到这种情况，我急忙举手交枪。

三名罪犯用枪把我们父子俩押到院内的游泳池旁，命令我们爬在草坪上不许乱说乱动。接着，他们就分头行动，有人看守我们，有人进屋内翻箱倒柜大肆折腾。折腾了一阵，他们把屋内的东西分别搬到我们的两辆车里，从地上把我们父子“提起来”，让我们交出停放在院内的两辆车的钥匙。讲到这里，大老李做了一个两个歹徒右手拿枪，左手抓他们父子衣领的“提起来”动作。

三个歹徒做贼心虚，第一个首先跑出大门，上了他们的车；第二个上了我家的小轿车，打开了发动机；可是第三个上了我家的面包车，由于车钥匙有保险，半天发动不起来，就叫我上车帮忙。我当时还比较镇静，告诉他如何发动车时声东击西，没有让那王八蛋看明白手中的动作，让他停车后还是不会发动。

看到他们三人中的两个已开车提前走了，第三个家伙也狗急跳墙，我还没有下车就把车门一拉，开车出了我家的大院就上了路。怕我反抗，他右手开车，左手用枪顶着我的头，让我蹲在副驾驶位旁边。

南非是右驾驶，车辆靠左行。尽管罪犯用枪顶着大老李头，但是，就在生死关头，大老李始终没有失去理智，他一直在寻找机会，一刻也没有忘记细心观察。

就在第三辆车行驶到三号国道的十字路口时，遇到红灯停下。天色近黑，车辆纷纷开灯，我从后视镜里看到，前两个歹徒的车辆紧跟在自己乘坐的这辆车的后面。

绿灯亮了，三辆车左转弯上了三号国道北行，车速明显加快。我从后视镜里看到，后面的两辆车超过第三辆，开到前面去了。前几天为了方便吃西瓜，我在副驾驶位下放了一把刀，现在手就能摸到刀把，可是什么时候才能下手呢？路上车多速度快，两人一旦搏斗起来，车会突然停在路中心，也是十分危险的。

我正在琢磨时，歹徒打“左转灯”准备转弯，我知道前面是去亚历山大的岔路口。

亚历山大是南非第二大黑人城镇，犯罪之高闻名全国。前几年，一名西方国家的电视记者去该城镇采访，在光天化日之下的大街上，遭一帮抢匪洗劫，身上仅留下一条短裤。当他去公安局报案时，警察闻后大笑，并伸出右手大拇指向他表示祝贺：“能让你活着出来，你就够幸运的了。”

我心里明白，一旦进入亚历山大，基本上是有进无出了。说时迟，那时快，当车辆就要转弯时，我拿出刀子，向歹徒的后背狠狠刺去。谁料，由于用力过猛，本来就不坚硬锋利的刀子卷起了刀刃。尽管如此，毫无思想准备的歹徒被吓得惊慌失措，立即举起手说：“I GO，I GO.”（我走，我走。）随即打开车门，跳下车就跑。

车在转弯处来回摆动了几下就停住了，由于情况发生得太突然，时间又非常短暂，路上的其他车辆几乎没有注意到这辆车里发生的惊险场面。我本想追那狗日的，把他再带回新中国城报仇雪根，考虑到路上车辆来往太多，就开着自己的车回了家。

尽管大老李当年“虎口逃生”的故事早已传遍侨界，但是大老李“原人原说、原汁原味”讲自己那次生死经历，大家都是第一次聆听。听完他的故事，大家面面相觑，再看一眼满桌上的一盘盘美餐，谁也没有了胃口。

华侨何以遭劫难

2004 年 10 月 17 日，又有两名华侨倒在歹徒的枪口下，同胞的鲜血再次染红了好望角。仅 2004 年，就有 22 名无辜同胞在南非惨遭杀害。悲惨的消息一次次传来，南非华侨华人的悲伤之情可想而知，国内同胞在震惊之余，无不发出这样的疑问：南非华侨华人为何屡遭抢匪杀害？

众所周知，南非是举世闻名的高犯罪率的国度，被国外媒体形容为“犯罪者的天堂”。2004 年 9 月，一位南非资深法官在审判一名血债累累的杀人犯时，曾在法庭上感慨到：“犯罪已成为南非的全国运动，如果南非人将犯罪的热情用在体育运动项目上，一定会赢得更多的奥运会奖牌。”

那么，是什么促使某些南非人“热衷于”犯罪呢？第一，社会贫富悬殊巨大，失业率居高难下，非法之徒极易铤而走险。南非的贫富悬殊黑白分明，这是种族隔离制度种下的恶果。新南非虽采取有力措施缩小这一差距，但“冰冻三尺，非一日之寒”。短短十年难以矫正数百年的种族歧视造成的严重弊端。南非官方公布的失业率是 40%，事实上，失业人数大大超过这一数字。生活

“我在南非当警察。”

贫穷又无业游荡，加之未受到应有的良好教育而头脑相对简单，抢劫行窃便成为快速致富的捷径，法律就被抛到九霄云外。

第二，法律允许私人持枪造成枪支泛滥，非法武器为虎作伥。私人拥有枪支一方面可以使受害者开枪自卫反击，制止犯罪行为；另一方面又使武器深入千家万户，加之枪支管理多有漏洞，枪支偷窃现象严重，非法枪支为抢匪提供了作案方便，使无辜者的生命受到严重威胁。不仅如此，由于枪支散失民间，警察也成为犯罪的受害者。据统计，2003 年有 366 名警察在执行公务时被恶毒歹徒击毙，平均每天就有一名警察殉职。这一数字使打击犯罪的警察成为高危险的职业，加重了警察的心理负担。

第三，法律没有死刑对犯罪分子缺乏威慑力，杀人越货者有恃无恐。新南非的法律废除了死刑，杀人犯没有“杀人偿命”的概念，大不了在监狱里度过余生，而监狱条件又相对优越，甚至比流落街头的游荡生活还具“吸引力”。这样，烧杀抢劫也就缺乏约束的底线，一些非法之徒也就将犯罪当职业，把杀人当儿戏，作案心底坦然，害人多用其极。

第四，警方破案率低下使犯罪分子心存侥幸，保释制度为犯罪分子造成可乘之机。南非警察的破案率令人失望，以 2004 年的华人遇害案为例，仅有三四起案件的嫌犯落入法网，其余命案的犯罪分子仍逍遥法外。至于每天发生的难计其数的抢劫偷盗华人案件，更是鲜有告破的消息。这也与南非警力不足有关，南非打击和遏制犯罪最少需要 15 万警员，而 2004 年只有 12 万人，形成 3 万差额。另一方面，即使罪犯被抓获，法律又允许保释，致使不少罪犯在保释期间溜之大吉，逃过惩罚。

第五，罪恶的社会制度播种下病态的犯罪心理，心理失衡形成犯罪趋向。在过去的种族隔离制度下，广大黑人深受其害，对罪恶制度的任何反抗行为皆被视为“革命行动”，并为此付出了沉重的生命代价。虽然现在早已时过境迁，境况全然不同，但是过去长期形成的习惯行为和逆反心理，久而久之转化成为犯罪趋向，视非法为正义，将法律抛诸脑后，动辄大打出手，为非作歹。

南非前全国警察总监认为，犯罪趋向、贫富悬殊和高失业率是导致高犯罪率的三大主因。

在南非社会高犯罪率的大环境里，即使没有针对中国人的犯罪行为，华侨华人客观上遭受罪犯袭击的概率也非常之高。从主观上看，华侨华人作为生活在这一特定条件下的特定群体，其本身的一些特征也使犯罪分子常常产生歹心和恶念，使之不幸成为猖狂犯罪的牺牲品。这主要表现在这样几个方面：其一，聪明勤劳事业多有所成，目标明显极易遭到袭击。身处异国孤身奋斗，同胞们大多勤奋聪明，只争朝夕拼搏，努力发财致富，不少人事业有成。加之台湾同胞初来时经济基础好，在这里奋斗的时间又长，给当地人形成中国人大多富裕的印象。不少中国人住豪宅，开好车，出门西装革履，这是犯罪分子常将他们作为袭击目标的原因之一。

其二，现金交易引发罪犯歹心，屡屡得手加大袭击频率。中国人习惯于现金交易，出门常带现金，而不是经常使用信用卡和支票，事实上成为吸引歹徒下毒手的客观因素。这除使用习惯外，自然与存在语言障碍、去银行办事多有不便有关，但经常携带大笔现金出入极易引人注意，抢匪谋财害命因早有预谋自然作案成功率较高，屡屡得手又使得他们加大了袭击中国人的频率和力度，致使不少同胞遭受生命与财产的双重损失。

其三，赌场豪赌一掷千金，黑爪不时从四面伸来。南非赌场遍布全国，不少中国人经常光临，久而久之，赌瘾越来越大，赌资越押越多，以致给外人造成富裕无比、挥金如土的错觉，成为犯罪分子的注意目标。不少案件就是发生在同胞们驶离赌场之际，在路途遭到不期袭击。

其四，恶毒家佣里应外合，害群之马幕后策划。中国人因过于忙碌，大都雇佣黑人帮工，或在家中帮助料理家务，或在商店帮助看管生意，甚或是聘用黑人保安维护家中或商店的安全。这些人一旦与主人发生纠葛，便不乏为非作歹之徒，他们对主人的情况了如指掌，里应外合作案的情况时有发生。这种“引狼入室”案件，凶犯为了杀人灭口，一旦发生多是恶性重大案件。另一方面，中国人多了，害群之马也就应运而生，事实表明，一些案件与中国人幕后插手有关。

其五，客居他乡难以随俗，弱小群体易受伤害。作为生活在南非的弱势群体，华侨华人在南非主流社会的声音是微弱的，他们的不幸遭遇难以得到全社会的关注，尽管有不少好心的当地人为中国人伸张正义，

位于约翰内斯堡市中心老中国城的燕子酒家是南非第一家中餐馆。

但其努力毕竟有限。即使全体华侨华人团结起来，共同预防和打击犯罪，这种声势置于南非高犯罪率的社会之中，也是微乎其微的，很难一下子奏效。

南非的犯罪可谓无处不在，无时不在。生活在南非的华侨华人免不了人人自危，防不胜防。鉴于这一情形，中国政府十分关注南非华人华侨的这一处境，曾派遣外长特使赴南非，与当地政府商谈如何加大力度，保护华侨华人生命财产安全的问题。华人社区也开展自救自助活动，成立了警民互助中心，团结起来遏制针对华侨华人的犯罪行为，以打击犯罪分子的嚣张气焰。在目前情况下，同胞们更应紧密团结起来，反对和遏制犯罪行为；减少使用现金的频率，拒赌戒赌远离赌场；平等对待家佣，慎重结交朋友；加强自我防范措施，安全意识常备不懈。其中发生的几起入室抢劫案件，就是由于同胞们放松了警惕，没有及时关好自家的大门，又将看门的大狗关了起来，使歹徒能够顺利闯入。否则，也许能够躲过一劫。

第四节　谈虎色喜“老虎机”

南非有几十家赌场，可谓赌场遍全国。赌场给人带来过笑声，也制造过不少悲剧。

凯撒赌场是家新开业的赌场，刚开业两三个月那阵，生意就红火得让赌场老板合不拢嘴。门前车水马龙，数路纵队争先恐后、鱼贯而入，偌大的停车场顿显狭小，常常爆满。赌场内，1500 台老虎机唔唔作响，不时伴以清脆悦耳的铃声；50 张赌台前人人表情复杂、喜少忧多，不时发出惊喜或忧叹的大叫；整个赌场座无虚席、站无空地，人声与机声混杂、笑声与骂声交织。特别是一个南非赌徒“打”响老虎机的第一个“百万”后，赌场就紧接着还将有另外一个“百万”被打响，这犹如给如火的生意又浇了油，光顾的赌徒猛然剧增，好像不是掏钱去赌、而是去赌场捡黄金；似乎赌场是个魅力无边、变穷为富的“魔箱”，进去后摇身一变就能成为“百万富翁”。头脑清醒的人说，那些人发疯变傻了；而那些人之中，不乏去撞大运的中国人。

中国人为什么如此好赌？开眼开心开窍，乐此不疲。国内没有赌场，出国后见到赌场，开了眼界，于是手心发痒、蠢蠢欲动，想体验一下前所未有的感觉，这叫“开眼”；到国外后，远离亲朋好友，交流语言不通，生活乏味单调，

南非赌场好气派。

有必要去赌场调节一下，刺激一番，这叫“开心”；赌场不但能学到赌的知识，而且在这一特殊环境中能观察到各种人的表演，学到人生的知识，这叫“开窍”。此外，难免抱有侥幸心理，常常第一次去又手气不错，赢上成百上千，觉得赌场开心开眼还来钱，何乐不为？所谓“小赌养家糊口、大赌成家立业”，逐渐成瘾，赢了不走想多赢，输了不走想扳回，不输不赢又觉得不够刺激，于是一路赌将下去，越陷越深，直到输个精光才不得不罢手。

中国人好赌不是今人的创造，而是古人的发明，具有悠久之历史和浓厚之文化根基。麻将甚至被称为中国的“国粹”，不分何人，男女老幼，几乎人人能上桌参战；不论何时，天明天黑，时时可以进行战斗；不管何地，室内室外，处处都能摆开战场。所以有人认为，中国人好赌，因为血液里流着“龙的基因”。

说中国人好赌，未免有些太片面。在南非，白人、黑人、印度人和有色人当中，好赌之徒大有人在。一项调查显示，南非75%的工薪阶层进过赌场，有人更是赌场的常客。我们不妨也去赌场瞧瞧，长点见识。

进场必先扫“赌盲”

第一次走进赌场，那真叫人开眼。老虎机响、轮盘转、21点叫、百家乐喊……看到这一切，你只是好奇却不知如何去玩，因为各家有各家的“游戏规则”，要赌就要先扫盲。

入门既不难。老虎机的输赢概率是计算机设计好的，去玩的人只有去给里面投钱撞大运了。投的钱须是硬币，于是有人把老虎机译为“吃角子机”。将纸币先兑换成25分、50分、一兰特、二兰特、五兰特、十兰特的硬币不等。兑换硬币有两种方法，到服务台换或在机器上直接换。机器按硬币单位分区排列，只要把钱投进去，手一按，机器就转，这叫“有钱能买机器转”。当三个相同的数字或是图形转动后停留在一条线上时，表示你赢了钱，机器立即发出悦耳的响声，钱数也在机器上同时显示出来，小到几十分、一兰特，大到成千上万，甚至是上百万。有人就此戏称：“世界上最悦耳的音乐是老虎机唱歌。”不过千万不要忘记，老虎是吃人的，吃人是不眨眼的，十有八九是投进去的多而吐出来的少，“肉包子打狗有去无回”的事也是常常发生的。中国人把它译成“老虎机”可谓名副其实，名不虚传。

打老虎机是进入赌场的第一阶段，之后便进入“布兰加克”，中国人俗称其为21点，这是因为21点确实具有吸引力。21点如同国内的十点半，庄家发牌，一个赌台可供七门闲家同时玩。不过21点用五副或七副扑克牌，采用17点法，即庄家自己的牌到17点时再不能要牌了。庄家的底牌不先发，而只发一张面牌，直到七门闲家要妥了牌后庄家再发自己的牌，不到17点不能停止。21点是面对面的比大小，输了庄家收回你的赌注，赢了一比一地赔给你，赌注在规定的范围内随你任意下多少；当庄家的面牌是十，你意识到自己要输时可以“投降”，保住一半赌注；当庄家面牌是A时，你可以买“保险”，一旦当庄家是21点时，闲家不受损失。21点的特点是速度快、见效快，有时甚至让人眼花缭乱，还没有来得及反应过来时就输个精光。

老虎机“虚位以待”，手发痒了吧！

至于轮盘和百家乐，前者是36倍地赔，后者是一比一地赔，玩法也不尽相同，学起来也比较难些。但有一点是相同的，那就是赌输赢。

去赌场玩，先须学会各门赌博的基本知识。而真的赌起来时，那就“萝卜白菜，各有所爱”了，爱赌哪个赌哪个，“术业有专攻”嘛。

遵守赌场的“游戏规则”是一个人“德”的体现。至于何时下大注，何时下小注，何时该收手，那就要看一个人的“才气”和“胆识”了。是果断行事还是优柔寡断，赌场一见分明。可是，当赌徒输得不亦乐乎时，果断行事者也难免迟疑不敢下注了；当春风得意赢钱时，赌徒也来了“豹子胆”，下起大注来。看来，赌场可以改变人。

久赌必输是常规

在赌场小试运气就得手者，往往沾沾自喜，禁不住喜形于色，便看中了赌场这笔生意，打起了如意算盘：如果每天像今天一样赢一百，十天就是一千；如果每天能赢一千，十天就是一万。以此类推，谁说致富难?

一般而言，赌龄、赌资和赌瘾是成正比例关系的，即赌龄越长、赌资越多、赌瘾越大。一旦成瘾，人就成了“赌瘾”的奴隶，由它支配着去行事，不去赌场心发慌，小赌不解气，大赌豪赌才过瘾。于是就出现大起大落、大喜大悲的场面。“十赌九输、久赌必输、赌场无赢家”是先贤们留下的经验之谈，可是上了瘾的人是不信这一套的，他们想别人输是别人的事，“我是会赢的”。这种必胜的信念，准确地说是阿Q的精神胜利法支配着他们义无反顾地继续战斗。

其实，只要稍加留意，就会发现，赌场不是关门倒闭，而是越开越多、规模越来越大这一简单事实就明确无误地告诉世人：最大的赢家是“赌场”。就赌徒而言，赢了不走想赢更大的，输了不走想扳回损失的，最终的结果只有一个：输光。赌场正是抓住了人性的这一“弱点”和“丑恶面”才得以存在和发展的。

就赌场的“游戏规则”来看，貌似公平实则偏颇。我们看看21点，赌客先叫牌，那就存在50%先爆的可能性。这样庄家有两种机会赢你：一是你先爆，庄家按兵不动，不战自赢；二是比牌的大小，庄家牌比你大时赢你。所以说，21点的闲家赢的可能性仅占30%。

以此类推，赌场各种游戏的规则都是对赌场有利的。再以百家乐为例，你可以买“庄”，也可以买“闲”，赢的概率是一半对一半；可是当你买“庄”赢牌时，赌场要抽你的“税”。这税就是赢你的。

从赌场的经历来看，赌徒的性格是不健全的。有的人赢得起输不起，有的则输得起赢不起。不管怎样，反正赌徒赢了忘乎所以，得意忘形，常常导致输；输了不冷静、输红了眼的赌徒心里更是难以平静，恨不得一把将所有的赌注都押上。在这两种非正常情绪的支配下，赌场无疑是最大的赢家，因为赌场生意是以不变应万变。赌场工作人员的心态始终是平和的，因为不管谁输谁赢，经济利益与他们无关，他们工作人员拿的是工资。

赌场不相信“经验”

赢了总结经验，发扬成绩，以利再战；输了总结教训，寻找差距，力求夺回上次的损失。可是谁知，赢了主要靠的是运气而不是才气，胆识也只有在运气好时才能发挥作用，否则事与愿违；输了是一果多因造成的，暴露的缺点和漏洞是多方面的，注意了这个忘记了那个，难免捉襟见肘，下次还是必输无疑。

赌场总是有输有赢，赢靠的是运气、技巧、赌资、修养等多种因素，也是一果多因。至于赢主要靠的是那一条，见仁见智。好赌者见面常问，最近手气如何，这大概是认为，赢主要靠的是运气，所谓“逢赌三分运”。

除运气外，赌场的经验大概是总结不完的。有人提出诸多禁忌，禁急用忍，忍耐等待，忍于心意初动之时；禁惧树胆，不要惧怕，要树立必胜的信念，胆正方能心正，一身正气逼倒“庄家”和赌场、心理上不输才能赢赌场的钱；禁狠心平，赌场赌钱不赌气，心平气和地玩，不要下狠赌注，企图一次挽回以前的所有损失是不现实的；禁贪心轻，赢一点就走，保持赢的纪录，留下一个好心情。

针对“走火入魔”者，有人主张“见好就收”，赢了收手输了也收手，输了收手其实是见不好也要收手。说到底是一个“度”的问题，即适可而止。

以上经验之谈，归根结底是一个心理素质问题。有人不信这些，计算输赢的概率，玩 21 点时，连输三次牌觉得能赢一次了，于是下大注，结果还是接着一输再输，竟然有一连输十几次的纪录。“这真叫邪了，我就是不信这个邪。”可是接着还是“邪”下去，可谓不信不行，不服不行，赌场教导说：“你就是要信这个邪。”

道高一尺，魔高一丈。经验总结了千万条，最后还是一个输字。有人干脆买来五副扑克在家里苦练 21 点，结果还是找不到规律。忽有一天来了灵感，找到了一条规律，可到赌场一实践，不灵。偶尔灵验了一两次，赌场老板就眼红，立即改变“游戏规则”：先把五副扑克加至七副，再把人工洗牌变成机器洗牌。于是赌场的实践打破了一个个“常胜将军”的神话，昔日滔滔不绝讲授制胜经验者，今天的赌场实践十有八九已使“圣经”变成历史，洗刷了昨日胜利者脸上的笑容。

越陷越深的赌徒们老是在总结经验，可总是在总结经验中不断地失败。洗手不干吗，难道输了的钱就这样白白送给赌场？唯有再去赌才有赌回的希望，放弃了连这一点希望都没有了。看来还得再赌下去，赌资就是这样不断追加成山的。

经验告诉人们，人在赌中迷。所谓赌场经验，千条万条都是以“忍”为上的。我国台湾出版的一本名曰《赌经》的书，封底就是一个大“忍”字，书中不断告诫人们：“百战百胜，不如一忍。”到赌场要“忍”，要视情况下注，不要轻举妄动；玩时要“忍”，不要胡冲乱拼，以防失败惨重；在家里要“忍”，尽量不去赌场，因为赌场害死人。仔细琢磨，赌场的经验其实是在赌场外，即禁赌、不赌，所谓“不赌就是赢”。悬崖勒马，回头是岸是唯一正确的抉择，否则将留下永远的遗憾。不过，对赌徒而言，与赌场说声“再见”，难。就像美国著名作家马克·吐温的禁烟名言一样：“禁烟容易，我已经禁过一千次了。”

不赌就是赢。赌经千万条，最重要的一条：远离赌场。

第五节　潇洒人生“几条鱼”?!

黑人幽默引人思

下面这一幽默表达出南非黑人对白人长期以来实行的种族隔离制度的不满，充满了黑人式的风趣与智慧：

亲爱的白种人，有几件事你必须知道。当我出生时，我是黑色的；当我长大了，我是黑色的；当我在阳光下，我是黑色的；当我寒冷时，我是黑色的；当我害怕时，我是黑色的；当我生病了，我是黑色的；当我死了，我仍是黑色的。你是白人，当你出生时，你是粉色的；当你长大了，变成白色的；当你在阳光下，你是红色的；当你寒冷时，你是青色的；当你害怕时，你是黄色的；当你生病时，你是绿色的；当你死亡时，你是灰色的。而你，却叫我“有色人种”？

狗邻居和女主人

在约翰内斯堡杉腾区晨光坡花园公寓，发生了这样一个故事：

一天清晨，我正在草坪上全神贯注地打太极拳，未料一条黑狗从远处狂吠着直冲而来。我正要闪开，它一下子就扑向我；我急忙后退一步，它紧跟前进一步。莫非这南非的狗也有“种族歧视”，我真想狠狠猛踢一脚，教训教训这狗东西，让它别认错了人，可又想“打狗还须看主人”。这时，不远处，一位高个子女人拿着拴狗绳正向树丛里躲。是不是故意放纵，想让狗咬我一口，我顿生敌意。

大概是从树叶的缝隙中看到我就要开始反攻了，她叫着狗的名字快步走过来。谁料，狗仗人势，这条狗变本加厉地狂吠着暴跳起来。高个子女人急忙一边伸手去抓狗，一边用手来保护我……她终于把拴狗绳套在狗脖子上，微笑着向我道歉和告别。

常言道，“不打不成交”，而我与这位高个子女人却是她的狗“不咬不成交”。此后，我们几乎天天此时此地见面，互道一声“早安”，不过她每次都牵着狗，与我保持一定距离，而那条狗每次都“狗视眈眈”。不知是没有咬我一口，狗心不死、耿耿于怀，还是这洋狗和洋人一样，对太极拳充满好奇，它竟然每次都瞪大狗眼，看得出神入迷。当主人把它强行拉走时，不知是对主人心怀不满，还是对我余恨未消，它都要低吼一声，以发泄私愤。

突然有一天，这条狗态度友善地“拉”着主人朝我走来，先是嗅一嗅我的鞋子，接着添一添我的裤脚，然后抬起狗头打量起我来。尽管它狗眼看人低，但是人怎能和狗一般见识，不可能踢它一脚让它滚开。再说，狗怎能看懂这融入深奥哲理的太极拳。不过，女主人对狗的这番表现很是满意，于是弯下腰蔼然“吻”了一下狗嘴。我当时真担心那狗反“吻”一口，咬伤主人的嘴。这并非杞人忧“狗”，因为狗急了还跳墙呢，再通人性却毕竟不是人，且不言人有时还拒绝接吻而用牙咬人呢？可就是这不寻常的一个“吻”，引起了我对这女人和狗的“兴趣”。

久而久之，我渐渐地注意到，这条狗被主人“保养”得狗模狗样的，黑色的毛总是梳理得整整齐齐，浑身上下总是清理得干干净净，它也总是和主人出双入对，形影不离。即使主人开车外出，它也要“坐”在主人旁边的座位上，时而东张西望，时而注视主人，活似一个备受宠爱的孩子。狗通人性，真是一条不寻常的狗啊！假如我当初贸然踢一脚这条狗的话，后果会如何呢？

就在我观察这女人和狗的同时，她们流露出破译“太极拳”之意。她们每天散步到这块草地时，都要停留一会儿，注视着我的每一个动作，好像对每招每式都怀有浓厚兴趣。终于有一天，这女人开了言：“中国有多少人练习太极拳，太极拳对人有什么好处，这太极拳和空手道有什么区别……”当她说话时，那条黑狗温顺地站在她身边，瞪大眼睛看着我，还摇头摆尾一番，脖子上挂的铃铛随之发出悦耳的响声。真可谓：狗与主人“心有灵犀一点通”。

这狗不是一条寻常的狗，一番话说明狗主人不是等闲之人。果然，她是一位作家，曾写过四本书：两本是关于特技飞行的，因为她曾经对此充满兴趣；一本是关于飞机的发明人美国莱特兄弟的传记；一本是英国一位吉他手的传记，因为她爱好音乐，特别是弹吉他，加上他俩是好朋友。她现在受雇于一家公司，写一些广告词之类的东西，不再著书立说了。

少女爱家犬。

这位看上去五十开外的女作家性格外向、聪明健谈，除了自己的家庭基本上属于“禁区”外，她愿意谈自己的过去和兴趣，特别是她的那条狗。一年半前，她从宠物协会用 160 兰特买来这条狗，当时，这条狗才半岁。此后，她便与这条狗生活在一起，相依为命。她很喜欢这条狗，因为“狗通人性，忠诚可靠，所求甚少，只求喂饱。不像猫那样，嫌贫爱富，见异思迁”。这就是她对狗的见解，“许多人养狗是为了看家，而狗对我来说却是爱、爱、爱，我把它看作是家庭的一员”。她停顿了一会儿，若有所思，继而充满感情地说：“它是我的孩子。”

随着日复一日地渐渐熟悉起来，我得知八年前，她孤身一人从英国来到南非，但她至今仍感到客居这里，没有和当地人融为一体。她丈夫是一位美国演员，至于今在何方，她也说不上来，只“恨薄情一去，音书无个”。她说，她的家就是“她和她的狗”。她给这条心爱的狗起了个很好听的名字——“露西”，她的名字叫“安妮特”。

消费观黑白分明

谈起中国人与南非人消费观念的差异，如果用一句话来概括，那就是：“黑人今天花明天的钱，白人今天花今天的钱，中国人今天花昨天的钱。”这一通俗而简单的概括道明了其中蕴涵的文化和传统差别。

黑人的消费观可谓名副其实的“超前”，寅吃卯粮是其主要特点。南非工薪阶层一般是按月发工资，这样每月底则成为黑人消费的高峰。由于不少黑人“今日有酒今日醉”，常常造成下半个月囊中羞涩的窘境，从而影响工作。为此，有的老板则对黑人实行周薪制，黑人自己也喜欢这样做，因为这样最多几天没有钱花。没有钱花怎么办？凑合。一袋面包，不需任何副食就可以过几天。至于当家庭佣人的黑工，主人一般是按周发工资，尽量避免他们手中拮据的难堪局面。

黑人消费的随意性十分大，大多数人“跟着感觉走”。逛商店看到自己喜欢的东西，只要口袋里钱够，毫不犹豫就买了。至于明天没有钱花，那是明天的事，今日何必要为明天愁？不少摊贩抓住黑人这一特点，周末，特别是月末就成为难得的好机会。

与黑人随意性的消费恰恰相反，白人是严格地按计划消费，或者说是按预算消费。在商场里经常能看到这样的情景，白人家庭主妇大多手里都拿着“采购单”，按计划一一购买。面包多少钱、牛奶多少钱、蔬菜多少钱、水果多少钱，都是心中有数、采购单上有价钱的。

白人家庭的经济消费一般分为三大类：住与行、衣食用、度假和旅游。住和行具体到购房和买车，大都是分期付款。一个月的工资发下来，这一笔款是不能马虎，也马虎不得的。吃穿用的钱一般也是固定的，只不过在家庭成员之间，这个月与那个月有差别而已。度假旅游费不可或缺，复活节干什么，圣诞节去哪里，新年伊始就安排好了，于是便开始准备费用。家庭“财政预算”定下来之后，主妇便严格执行，一点也不马虎。

白人工薪阶层按其收入多寡分配这三大笔开销，钱多的买的房子大一些、车也好一点，钱少的房子自然小一点、车的档次低一些。但有一点是共同的，这三笔开支是缺一不可的。不能为了买好房子或高档轿车而少吃或吃差一点，更不能占用了旅游度假的费用。按计划消费本身就包含了“专款专用”之意在内，“挖东墙补西墙”式的挪用和挤占“专款”的消费行为是不可思议的。

南非社会的保险业比较健全，加上白人的传统观念，他们是今天花今天的钱，不为子孙计，也不用为自己的老年着想。我认识一对白人青年，他们正在谈恋爱，但经济已是“统一开支”。小伙子月工资2000兰特，他的女朋友每月3000兰特，他们每月只花两人工资的一半，剩下的一半存到银行以备结婚和将来买房用，因为孩子成家立业的费用父母是不管的。他们现在每月严格按计划消费，严禁一切计划外开支。如果那个月超前消费了，手中暂时缺钱花，宁愿借钱也不动用银行的存款。他们两人都吸烟，按计划每周每人只许买一盒香烟，吸完了就只好等到下周，因此他们常常把一支烟分两次抽完。

这对青年人按计划消费、精打细算，但毫不斤斤计较。南非年轻朋友之间的聚餐，一般是每人各带一份东西，大家在一起各人吃各人的食品或是交换着品尝。中国人对此不大习惯，有一次我们约他们聚餐，讲明不要他们带吃的东西，他们还是自己带了一份来。有一天，小伙子下班后误了回家的班车，总经理让他把公司的车开回去，第二天上班时，他给老总说因为他前一天回家用了公司的车，特为车加了20兰特的汽油，还拿出发票给老总看。在他们看来，该自己支出的钱，就要自己掏腰包。

南非的白人和黑人由于各自的历史文化传统和生活习惯差异太大，反映在消费观上也是黑白分明。黑人的消费观实在不敢效仿，但我们中国人似乎应该从黑人身上学习一些潇洒，再从白人的消费观中学习一些计划性，生活得轻松洒脱一些。

潇洒人生“几条鱼”

与中国人相比较，南非人的消费观显得前卫多了。中国人习惯于存钱、生活过于节俭，因而往往比南非人有钱，不过这只是问题的一个方面；另一方面，有钱的中国人却没有无钱的南非人活得轻松自在。仅这一点而言，潇洒人生不能以金钱作为评判的标准。

一般而言，在拥有同样多的钱的情况下，中国人比南非人活得累一些。究其原因，还是个观念问题。如果深究，里面还有个对银行和保险公司的利用程度问题。南非公路上，宝马、奔驰一类的名车接连风驰电掣而过，然而开车人不一定都很有钱，绝大多数人都是分期付款购车，一个月固定交一笔钱，或是这个月钱多了多交，下个月钱少了少交，反正都不是一笔交清的。充分利用银行贷款，提前消费是南非人消费的一个特点。

如果按照中国人的观念，要想购一辆小车特别是高级轿车，至少也是三五年以后的事了，因为首先要为这一大笔消费攒钱，钱攒足了再花，这叫计划先行，有备无患。南非人却不这样想，先分期付款把车开回来使用着再说，至于钱，一个月一个月挣来了再付给银行。我曾问一位南非朋友，为什么不把钱攒够一次性付款买车，他对我的这一问题表示十分惊诧，睁大眼睛反问我“为什么要那样做？因为小车是生活必需品，没有车我不能工作，不能去挣钱。再说购车可以通过银行分期付款，为什么要等到把钱存足时再买”。他对中国人的传统做法表示难以理解。

大到购车买房，小到买家具和家用电器，南非人大都是分期付款。他们的家庭开支计划性表现在每个月所有的分期付款加起来共有多少钱，领到工资，除了日常零用费和一年一度的度假费，几乎全交了分期付款费，存折上是没有多少钱的。买一辆车，分期付款可长达 5 年，至于买房，分期付款的期限可长达 20 年。可以说，大多数人的一生是在分期付款中度过的，他们生活得却十分轻松。不管富有还是贫穷，工薪阶层每年一次外出度假是“必修课”，钱多钱少只表现在轿车和住房的档次上。

再则，分期付款买来的东西一般都上了保险，小车当然更不例外。一旦行驶途中出了车祸，如果大车祸把车毁坏得不能开了，保险公司会赔一辆新的来；小车祸把车剐蹭了，开到车行修理，保险公司会付修理费。本来分期付款置家产就够省心的了，给大小物品上保险就更省事省时。加上购物付费一律使用“信用卡”，不怕钱丢失，更不必担心贼惦记，生活当然也就多一分快乐、少一分烦恼了。

无钱生活仍潇洒还表现在南非人不为子孙谋。父母不用为儿女的将来而攒钱，儿女更不用为父母的将来存款。生活就是现在，就是自己，别人不能代替自己生活，也无法代替自己生活。既然如此，又何必劳驾上辈人为下辈人操心呢！这样，每代人、每个人都活得没有过多的负担，活得轻松自然。

从一定的意义上讲，南非人比世界首富美国人都活得潇洒。下面这个故事就很能说明问题。一次，一名美国人到南非的一个海边小镇度假，看到一个黑人渔夫每天上午划一只小船出海，不一会儿就打鱼归来。美国人问渔夫，为什么不多抓一些鱼呢？渔夫答："这些鱼就够养活一家人了。"美国人不解地追问渔夫每天如何生活，渔夫说每天睡到自然醒，出海抓几条鱼，回来后跟孩子玩玩，再跟老婆睡个午觉，黄昏时到酒吧和哥们儿喝酒讲笑话，高兴时还跳舞唱歌，活得充实快乐。美国人听后不以为然，对渔夫说，你应该每天多捕捞一些鱼，到时就可以买条大船，自然能多捕鱼；再买更多的船，建立捕捞船队；不要把鱼卖给鱼贩子，而是直接卖给加工厂，或者干脆自己开设加工厂，实行产供销一条龙。这样你就"大发"了，那时就可以离开这个小镇搬到大都市，扩展自己的企业，自然会财源滚滚。

渔夫问，这需要多长时间，回答说大约20年。然后呢？你可以继续发展，不断扩充，宣布公司上市，成为亿万富翁。美国人说得眉飞色舞，渔夫偏又穷问不舍，一直问到美国人说："那时你就退休了，搬到海边小镇，每天睡到自然醒……"渔夫最后满意地说："为何要等到20年后，我现在不就是这样生活吗？"

是的，人生想要潇洒，有这么"几条鱼"就行了！

海滨好清静。

第二十二章 发展经济

在赢得国家独立和民族解放后，非洲国家普遍懂得大力发展民族经济、提高人民生活水平的重要性和必要性。

1999 年 8 月，我驱车沿着马普托发展走廊采访，一路上看到的是火热的建设工地和热情的劳动者；在莫桑比克首都马普托，到处是热火朝天的建设场面，就连海滨的鱼市也热闹非凡……2003 年 7 月故地重游，昔日脏、乱、差的首都面貌大为改观，滨海一带被战火烧毁的大楼已改建成饭店和宾馆……莫桑比克进入经济发展的新阶段。

莫桑比克首都马普托街头：毒蛇怕美女。

纳米比亚独立后的经济发展更是阔步向前。2000 年 8 月在该国采访时，我看到沿海一带的旅游业吸引了五湖四海的游人，成为新的经济增长点；渔业和矿业的管理与开发措施不断完善，发展速度进一步加快……人民感受到了经济发展带来的好处，生活水平不断提高。

2000 年 1 月和 2003 年 8 月，我两次赴津巴布韦采访土改问题。该国的土改尽管受到多方关注，遇到不少困难，但是“阵痛”已经结束，分到土地的人民感到自己“当家做了主人”。津巴布韦的土地问题在非洲具有普遍意义。

发展经济，各国有各国的特点。肯尼亚的鲜花、埃塞俄比亚的咖啡、南非的布尔羊和重视交通的超前意识和具体做法，这些都无不给人以启示。

第一节　马普托发展走廊

跨国走廊促发展

从南非行政首都比勒陀利亚沿四号国道东行，首先进入的城市就是威特班克。马普托发展走廊便是从这里开始，自西向东，横贯南非马普马兰加省，经过省城内尔斯普雷特，越过两国边境，直抵莫桑比克首都马普托。

马普托发展走廊以扩建、修筑威特班克至马普托之间全长440公里的高速公路为开端，从加强基础设施建设入手，吸引国内外投资者，进而带动走廊两旁各100公里地区的工农业和旅游业的发展，密切南非与莫桑比克两国的经济联系，为最终实现南部非洲地区经济一体化奠定基础。

马普托港是距离南非经济都市约翰内斯堡和行政首都比勒陀利亚最近的港口。在南非白人种族隔离政权和莫桑比克葡萄牙殖民主义政权统治期间，马普托发展走廊曾是联系两国经济往来的有力纽带，为促进两国的经济发展，特别是南非的进出口贸易立下了汗马功劳。当时南非40%的货物从马普托港出口。1975年，独立后的莫桑比克爆发了长期内战，公路被炸毁，交通受阻隔，马普托发展走廊从此瘫痪。

1994年，废除种族隔离政权的新南非和结束长期内战的莫桑比克分别举行了首次全国大选，进入和平建设的新时期，马普托发展走廊重建计划被提上了议事日程，于1998年正式破土动工。马普托发展走廊的建设分两步走：第一步，扩建南非境内390公里长的高速公路、使目前的公路等级提高一个档次，同时修建莫桑比克境内50公里的高速公路，使走廊畅通运行；第二步，

一条公路连两国。

以走廊为动脉，带动走廊两旁地区经济的全面发展，特别是贫困地区的脱贫致富。马普托发展走廊已吸引了各方投资，其中绝大多数资金来自私有企业。根据发展走廊的投资政策，公路建成后，投资者享有30年的所有权，此后将所有权转交两国政府。

南非交通部负责实施马普托发展走廊工程项目的官员表示，马普托发展走廊的出发点是，政府着力于提供良好的基础设施，为投资者创造有利的外部环境，吸引和鼓励私有企业投资和扩大贸易往来，创造更多的就业机会。1999年，仅发展走廊的建设就创造了1.3万个就业机会。

正在建设之中的这条走廊展示出远大的发展前景。南非马普马兰加省省长表示，发展走廊穿越该省，必将促进其钢铁工业、化学工业、农产品加工和旅游业等六大产业的快速发展，特别是发展走廊从举世闻名的克鲁格国家公园门前经过，旅游业的前景更加广阔。1999年，归功于走廊的建设，该省的经济发展速度是全国平均水平的两倍。“马普托发展走廊是一条带来机会、充满活力的通向未来之路。”

沿着发展走廊进入莫桑比克国境，眼前是热火朝天的道路建设场面。随着马普托发展走廊的建设，莫桑比克已开始实施两项巨大工程：一是疏浚港湾，加强基础设施建设，将马普托港的货物吞吐量提高一倍；二是合资建设大型铝厂“莫泽尔”。

“莫泽尔”位于马普托北17公里的发展走廊上，工程起始时间几乎与发展走廊同步，堪称莫桑比克经济建设中的大手笔。当我进入建筑区时，映入眼帘的是干净整洁的工地，井井有条的管理。管理人员介绍说，这家大型铝厂是由葡萄牙、英国、南非和莫桑比克四国合资建设的，从修建到投产均采用现代化的管理方法。“在工程建设期间，我们雇用临时员工3600人，建成后将创造900个就业机会。总工程吸引投资13亿美元，设计年产量24.5万吨初级铝产品，它将使莫桑比克的年外汇收入增加一倍。”

展望马普托发展走廊的前景，莫桑比克政府官员流露出难以抑制的兴奋之情：“它无疑将对莫桑比克的经济发展产生深远影响。”

海滨夜色鱼市闹

常言道：“靠山吃山，靠水吃水。”在市场经济空前活跃的今天，莫桑比

海滨有鱼才热闹。

克首都马普托的一方水土养活着市郊的渔民，他们靠海谋生，早出晚归，新鲜的海产品既丰富了市民的菜篮子，又鼓起了渔民的钱袋子。

每当夜幕降临之时，面带喜色满载而归的渔民就摇橹靠岸，将一天的劳动果实展示在岸边；一辆辆轿车徐徐驶来，停靠在滨海马路旁。免去街头小摊贩的层层盘剥，对渔民和买主而言，价格皆易接受，几句讨价还价，交易随即达成。这种零散式的自由买卖遍布海岸，随处可见。此外，还有比较集中的海鲜夜市，天天开放。

一天傍晚，我按图索骥找到马普托市最大的海鲜夜市。位于海滨附近一个胡同口内的这家露天市场，总共不过五六十家摊贩，倒是人声鼎沸，热闹非凡。人还未到，一股海鲜味扑鼻而来。在昏暗的电灯光下，摊主看见买主到来，手拿海产品不停地左右摇摆，热情招揽着每桩生意。由于他们讲当地民族语言或是葡萄牙语，看到我这个老外，一个大眼睛的小伙子主动上前毛遂自荐当翻译。他显然与各家摊主十分熟悉，并对各种海鲜的价格了如指掌，特别是用莫桑比克货币梅蒂卡尔换算成美元或南非币兰特的速度之快让人佩服。

在一家家摊位前，我询问各种海产品的价格，小伙子不停地翻译着。每公斤鱿鱼 25 元人民币，红鱼 25 元，石板鱼 30 元，红斑鱼 25 元，三 S 虾 75 元，龙虾 18 元，九节虾 60 元，海贝 11 元……当我举起照相机时，摊主们个个挥手表示拒绝拍照，小伙子说服他们不要反对。别看他年龄小，在这一方之地还颇具权威。据小伙子自我介绍，由于家境贫寒，16岁的他5年前从农村来到马普托独闯天下。为了谋生，他自学了英语和葡萄牙语，加上本族语言，便来到这个自由市场当起翻译来，靠小费收入生活。因为能用语言为摊主介绍生意，各家摊主都想与他拉好关系。他把我带到自由市场设立的公平秤前，介绍公平秤可以预防顾客上当受骗；如果想在这里现买现吃，市场后面还备有烧烤设施。

莫桑比克的海岸线长达2600公里，渔业资源丰富，盛产对虾和贝类海产品，马普托的海产品因之价格便宜。与海鲜夜市一样，马普托白天的自由市场商品种类单一，可称之为服装市场。这类服装是地道的“地摊货”，质低价廉，出售时也无固定摊位，市场毫无秩序可言。这类服装和与之相对应的市场比较适合老百姓的消费口味，反映了莫桑比克的社会现实。

长期内战破坏了国家的商业系统，正式商店极其缺乏，自由市场大行其道，首都街头各种摊位随处可见。偌大的首都马普托，只有一家超级市场，还是南非一家大型连锁店的分店，生意红火的程度可想而知。进去一看，商品价格特别是蔬菜和水果价格贵得让人咋舌。每500克土豆2元人民币、胡萝卜8元、苹果8元，圆白菜8元一棵，塑料椅子100元一把。唯有可乐、力士香皂等极少数商品是世界统一价格。

马普托到处在建设，滨海而建的中高档公寓排排相连，然而价格之高让普通老百姓只能“望楼兴叹”。房价可从星级宾馆的价格窥斑见豹，同样星级的宾馆，同样大小的房间，价格比中国高出1.5倍。

衣食住与老百姓的关系最为密切，莫桑比克人民还最关心自己的人身安全问题。截至2000年初，莫桑比克境内仍布有约200万颗地雷，按照既定的排雷速度，完全排除这些地雷需要160年时间。在马普托大街上，随时可以见到遭受地雷之害、拄着拐杖艰难行走的老百姓。由于战争破坏，全国的医疗

莫桑比克海滨：草坪代替沙漠。

卫生机构仅覆盖全国人口的30%，无处就医是一大难题。

近年来，莫桑比克把主要精力和财力放在基础设施建设上，从而为国家以后发展奠定良好的基础。

经济步入新阶段

正如莫桑比克的道路凹凸不平一样，遭受长期内战之苦的国民经济一片凋敝。尽快医治战争创伤、发展国民经济，提高人民的生活水平是全国上下的共识。

莫桑比克是传统的农业国，全国85%的人口从事农业，然而长期内战使人民不能安居乐业，国民经济濒临崩溃，自然灾害和世界经济的严重影响又给濒临崩溃的经济雪上加霜。从1975年独立到1994年开始和平建设，出口收入减少了2/3，国家税收体制瓦解，国民预算依靠外援，铁路公路交通基本瘫痪，前景广阔的旅游业全面萎缩，社会基础设施几乎全被破坏。人均国民收入不足90美元，莫桑比克被联合国宣布为世界上最不发达的国家之一。

1994年大选后，新政府以稳定和解、国家重建和经济复兴为中心，以市场经济为导向，调整经济结构，恢复基础设施，大力发展农业，改善投资环境，同时不断加快私有化步伐。1999年底，全国已有900多家大中型企业被私有化，涉及保险、航空、港口、铁路、电信、水电、石油等方面，几乎囊括了国民经济的各大领域。

公路修复是战后重建的重要一环。在首都马普托附近，举目皆是以筑路和建房为主的建筑场面。据统计，仅1994年至1996年，全国筑路耗资6亿多美元。除正在建设中的马普托发展走廊外，全国还计划开辟两条发展走廊——从津巴布韦首都哈拉雷到莫桑比克第二大港口贝拉市和从马拉维首都利隆圭到莫桑比克第三大港口城市纳卡拉，这三条发展走廊均以道路建设为出发点，带动地区经济发展，进而带动莫桑比克全国的经济发展。除发展走廊外，各省也加快了道路重建步伐，位于中北部的赞比西亚省，全省的公路干线已基本恢复，沥青路与土路之比约为2∶8，一些路段正处于重建之中。

莫桑比克蕴藏着巨大的农业发展潜力。土地肥沃，利于农作物生长，而目前开发利用的可耕地面积还占不到总数的20%。腰果、棉花、糖、剑麻是传统的出口产品，其中腰果闻名世界，产量占世界总产量的40%。为了进一步发展农业生产，政府正在努力恢复水利设施，一边打井，一边修筑渠道。

除农业发展潜力巨大外，莫桑比克的矿藏、水力、电力、天然气资源十分丰富。煤、钛和钽的蕴藏量很大，其中钽的蕴藏量居世界之首。位于赞比西河上的卡奥巴萨水电站装机容量约 210 万千瓦，名列非洲第一、世界第七大水电站，目前正处于恢复建设之中。正在建设中的项目还有，美国投资 20 亿美元在马普托附近修建的天然气厂和南非投资 8 亿美元在贝拉修建的钢铁厂。

在接受我采访时，莫桑比克国家投资促进中心负责人强调："我们国家的发展离不开国际社会的援助和参与。不但上面提到的几个大型工程是以外资为主的合资企业，而且国家预算的 50%需要依靠外援来弥补。"近年来，国际社会通过无偿援助、信用贷款和减免债务等途径向莫桑比克提供了近百亿美元的经济援助。不过，有些经援项目要求援助国的公司承建，有些是援助设备。"受文化技术水平限制，有些高技术无法使用。"莫桑比克的文盲率高达 65%，为了提高国民的文化素质，学校的数量已恢复到战前水平。

尽管在发展的道路上还存在高达 50%的失业率、难民和伤残人安置等问题，但是莫桑比克近年来的国民经济得到了较快的恢复和发展。经济平均以 10%左右的速度增长，是世界上少有的经济高速发展的国家之一；通货膨胀率从 1996 年 50%降到 1998 年的 4%左右；国内生产总值和外汇收入以较大幅度稳步提高；人均国民收入增加了一倍，莫桑比克的经济发展步入一个新阶段。

第二节　钻石渔业促发展

港口渔业旺

长达 106 年的殖民统治给纳米比亚人民带来了深重灾难、留下了畸形的经济格局。最突出的有两大问题，一是单一的经济结构，二是巨大的贫富悬殊。国家经济长期以采矿业为主体，矿产品主要供出口，人民日常生活消费品因不能生产而不得不依靠进口，形成生产的都是生活中不需要的、生活中需要的又是不能生产的状况。另一方面，尽管 1990 年独立时全国人均国民收入已超过 1000 美元，但是大多数黑人年收入在 200 美元以下，黑人的失业率接近 50%。独立后，政府在继续发展采矿业的同时，大力扶植和推进畜牧业和海洋渔业，使之成为国民经济的三大支柱，使纳米比亚成为世界十大产鱼国之一。

当汽车在沙漠柏油公路上疾驰好一阵子后，两排笔直苍翠的椰子树将我们迎进纳米比亚的唯一深水港——沃尔维斯港，条条街道车水马龙，码头的升降机此起彼伏，大小不等的集装箱分类排放，一派热火朝天的繁忙景象。纳米比亚有长达1600公里的海岸线，北上的本格拉寒流和南下的安哥拉洋流恰巧在纳米比亚海域交汇，外加南和东南信风的作用，海洋生物多，食饵丰富，鱼群活跃又无污染，从而使沃尔维斯湾成为世界著名的渔场。

纳米比亚渔业资源丰富，鱼类达400种之多，目前已被利用的有20多种，主要商业品种按价值排列分别是：鳕鱼、沙丁鱼、竹荚鱼、龙虾和深水蟹等。全国共有大小渔业企业300多家，年捕鱼量约80万吨，销往南非、欧美和亚洲市场。其中沃尔维斯港是最主要的渔港和鱼类加工中心，可泊2000吨级渔船，有一个两万吨的鱼品冷库，捕捞企业30多家，鱼粉鱼油加工厂、沙丁鱼罐头厂、现代化冰鲜白鱼加工厂20余家，以及渔船维修、渔网具生产和包装运输等服务性企业50家。为提高港口目前年200万吨的吞吐量，使其更好地发挥西南非洲地区最大的贸易和渔港的作用，纳米比亚政府决定对沃尔维斯港进行加深改造。

沃尔维斯港还是全国最大的交通枢纽。除机场外，这里的铁路内通首都和

纳米比亚海滨城市——斯瓦科沃普具有德国遗风。

沙漠别墅是一道风景。

全国各矿区，外通南非共和国；公路更是四通八达，除与首都和全国各地形成网络外，还直通邻国安哥拉、津巴布韦、赞比亚、博茨瓦纳和南非。

可谁知道，沃尔维斯港曾有一段苦涩历史。1487 年，葡萄牙航海家迪亚士在前往东方的途中曾在沃尔维斯港停留，此后，这座平静的港湾就成为殖民主义者掠夺的重要目标，成为殖民主义者进入纳米比亚的桥头堡。1878 年，英国殖民者首先占领沃尔维斯；1915 年，南非白人种族主义政权武装侵入。直到 1978 年，联合国安理会通过第 432 号决议，明确沃尔维斯港的归属问题，后又经过漫长而曲折的谈判，沃尔维斯港终于在 1994 年 3 月 1 日回归纳米比亚。

纳米比亚的渔业生产已有近 80 年的历史。独立前，包括沃尔维斯港在内的纳米比亚渔业捕捞权把持在外国人手中，政策松懈，监管不力，各国船队随意滥捕，严重破坏了渔业资源，鱼产量急剧下降。至 20 世纪 90 年代初期，主要鱼种几近枯竭。独立后，纳米比亚于 1991 年成立了渔业和海洋资源部，制定实施了一系列打击非法捕捞、恢复和保护资源、大力发展渔业的政策和法律，保证了渔业资源迅速恢复，渔业生产稳步回升，渔业成为国民经济的一个支柱产业，产值占到国内生产总值的 10%左右。

在港口城市沃尔维斯的中心，一座精致雅观的新建筑引起我的注意，那是沃尔维斯港渔政所。走近一看，大门口的墙上有两行醒目的大字："努乔马总统出席 1999 年 11 月 20 日的竣工典礼，渔政所由中国建筑工程总公司承建。"据渔政所官员透露，纳中两国正在积极探索渔业合作的可行性，相信中国公司很快将参与纳米比亚的渔业生产。他们强调指出，中国人民是纳米比亚人民的真正朋友，真心实意地帮助纳米比亚人民发展国民经济。

钻石在闪光

奥兰治河是纳米比亚与南非的天然国界线，从下游向北是遐迩闻名的纳米布沙漠，在当地黑人的语言中，"纳米布"意为"大平原"，特指大西洋沿岸那浩瀚的沙海，漫漫黄沙，一望无垠。可别小瞧了这黄澄澄的沙漠，它真比黄金还值钱，在它下面埋藏着大量闪闪发光的钻石……

1908 年 4 月，在纳米比亚西南部沿海的吕德里茨湾附近，一名铁路工人捡到几块钻石矿石，经鉴定证实后立即引起轰动，随即掀起一股"挖钻热"。由于这一地区钻石资源相当丰富，人们运用十分简单的工具就能从表层挖出钻石，当时的德国殖民当局立即宣布这一区域为"禁区"，圈划起来，接着又通过法令，授权一家德国公司负责该地区的钻石勘探和生产。次年 2 月，为了管理殖民地的钻石事务和负责所产钻石的销售，德国政府在柏林专门成立了钻石局。从发现钻石后的短短六年时间里，仅这一地区就生产了 460 多万克拉的钻石，按当时的价格计算，产值高达 700 万英镑。

纳米比亚的钻石生产与国家和民族的命运息息相关。1915 年，南非白人政权替代德国统治西南非洲，允许当时的九家德国公司投入生产，恢复了一度停滞的钻石业。1920 年，为了统一钻石生产的分散状况，南非当局与德国达成协议，成立西南非洲钻石联合有限公司，受控于南非德比尔斯公司。1944 年，矿业巨头南非英美公司作为工程和咨询机构加盟该公司，加速了纳米比亚的钻石生产。

1990 年纳米比亚独立后，政府实施保护矿业资源、刺激矿业发展的政策，组建矿业和能源部，统一管理和协调全国的矿业资源和生产，其中包括钻石资源和生产；通过制定《矿业勘探和开采法》与《外国投资法》等法规，鼓励私人和外国投资者积极参与矿业开发，扶植中小型矿业生产企业，并通过谈判将德比尔斯公司改组为"纳米比亚—德比尔斯钻石有限公司"，纳政府与德比尔斯公司各持一半股份，从而结束了德比尔斯公司一统天下的垄断局面。

多年的地质勘探表明，钻石不仅仅被埋藏在吕德里茨湾附近，而是以它为中心向四周的沙漠和海洋辐射，方圆数百公里都分布着丰富的矿藏。具体而言，从奥兰治河入海口以北至沃尔维斯湾约五百公里内，分布着一条3~200公里的狭长钻石带。这一钻石带以吕德里茨湾为界，南部为一号钻石区，北部是二号钻石区，二号区基本处于纳米布沙漠之中，目前尚未开始采挖。伴随着科学的迅速发展，海洋勘探技术的不断提高，在纳米比亚的附近海域发现了钻石，出现了海洋矿区，目前纳米比亚的钻石生产主要集中在一号区的陆地和附近海域，以及奥兰治河北岸一带。

位于奥兰治河入海口的奥兰治蒙德是纳米比亚的钻石生产中心，也是纳米比亚—德比尔斯钻石有限公司的大本营。该公司是纳米比亚最大的钻石生产企业，拥有职工6000多名，产量占全国钻石产量的90%以上。另外，英国资本的纳米比亚矿业公司，以及俄罗斯最大的钻石公司也都加入到纳米比亚的钻石开采行列之中。

随着近百年不停地开采，纳米比亚陆地钻石的等级在不断下降，近年来海洋钻石开采发展迅速，海洋钻石的比重逐年加大，占到全国钻石总产量的1/3左右。德比尔斯海洋钻石公司和南非资本的海洋钻石开采控股有限公司在海洋矿区竞争激烈。

纳米比亚的矿产资源十分丰富，位居非洲第四，素有“战略金属储备库”之称。主要的矿藏有钻石、铀、铜、铅、锌、金等。采矿业是纳米比亚的传统支柱产业，90%的矿产品出口，近年来一直占国内生产总值的20%左右，其中钻石在采矿业中的地位举足轻重，年产140万克拉左右，产量居世界前五名之列，价值占国内生产总值的10%和商品出口总值的30%。由此可见，钻石生产在纳米比亚经济中占据非同一般的地位，为纳米比亚经济发展立下了汗马功劳。

针对纳米比亚国内出现的钻石资源即将枯竭的说法，矿业和能源部官员认为，一方面纳米比亚陆地钻石生产呈现由高等级低产出向低等级高产出发展的趋势；一方面海洋钻石生产方兴未艾，前景广阔，仅海底钻石资源的开发足以使纳米比亚的钻石产量在长时期内名列世界前五名之中。

第三节　关注土改“攻坚战”

2002年3月17日，在哈拉雷宣誓就职的津巴布韦总统穆加贝表示，政府将加快土改的步伐，加大土改的力度，改善人民的生活。

21响礼炮声和飞行的军用直升机向穆加贝表示祝贺。穆加贝在宣誓时表示，他充满着民族自豪感，在六年的任期内，“遵守诺言，遵守法律，永远忠诚于自己的国家”。他表示，自己在这次总统选举中获胜是民主的胜利，是对前宗主国“英帝国主义的一个沉重打击”。

穆加贝强调，新政府将继续正在进行的土地改革，加快土地改革的步伐，以战胜当时干旱对农业生产造成的危害，努力发展国民经济，提高全体人民的生活水平。

土改“攻坚战”的困惑

2002年8月16日，津巴布韦的土地改革进入“攻坚”阶段：至22日，警方在全国范围内逮捕了199名拒绝交出农场的白人农场主，逮捕行动还在进行中，政府重申土改政策不会逆转，国家政令不可违抗。然而，这一疾风暴雨

津巴布韦独立纪念碑飞架公路。

长发如飘。

式的土改政策，在实施“没收剥夺者土地”的强硬措施的过程中，在历史步入新时代的大背景下，渐渐显露出始料未及的隐患，出现了一些令人困惑的难题。

津巴布韦为什么要逮捕违抗政令的白人农场主呢？2002年5月，津政府颁布土地征收令，重申所有白人农场主每人只能保留一个农场，凡超过一个农场者必须在三个月内交出多余的土地，即前45天结束耕作，后45天撤离农场，否则将受到法律制裁。至8月8日最后期限到来时，不到40%的白人农场主自愿放弃了多余的农场，承认“穆加贝赢了，一切至此结束了”；不过仍有超过60%继续滞留农场，他们认为政府的这一法令违背了宪法，自己是津巴布韦公民，私人财产应该受到保护。再则，一些农场主表示离开农场后既无藏身之地，又断绝了收入，何去何从呢？不如坚守下来，求诸法律保护，渴望政府转变立场。

8月15日，津法院开始传令违抗命令的白人农场主；16日开始逮捕行动。按照有关法律规定，违法者将受到两年监禁并处以罚款。至22日，遭到监禁者中部分人得到保释，仍有人在拘留中，另有不少人闻风逃离农场躲避逮捕。津警方表示，在未接到停止命令前，逮捕行动将继续进行。

津巴布韦土地问题是国家独立时遗留下来的一个极为敏感和非常复杂的难题，一直困扰着国家的经济发展与社会稳定。1980年4月独立后，4500个白人农场主占据着全国75%的沃土良田，而700万黑人仅占有25%。前宗主国英国在制定有关津巴布韦独立的法律中规定，这一现状需要维持20年，不能轻易改变。其间为了推动土改进程，实现“耕者有其田”的目标，津巴布韦政府与英国曾达成协议，英国等西方国家提供援助资金，津政府运用赎买政策从白人农场主手中购回土地，用以分配给无地农民和退伍军人，在不危害白人既得利益的前提下，改变殖民时期土地分配不公的现状，实现均土地均贫富的国家发展目标。这一土改计划由于涉及多方，一直进展缓慢。1999年，英国等西方出资国以津土改缺乏透明度、官员腐败为由停止援助，致使和风细雨式的土改走入死胡同，遂引起津巴布韦退伍老战士和无地农民的反感情绪，他们在等待无望之际于2000年初开始抢占白人农场，双方矛盾不时激化，难免耽误农时，影响正常农业生产。

为了加快土改进程，津巴布韦于2000年6月开始启动“快车道”土改计划，规定白人农场主只能拥有一个农场，其余的没收后用于重新分配，安置无地农民和退伍军人。8月初开始的“攻坚战”就是贯彻执行这一“快车道”计划的强硬措施，不过，这一铁腕行动在实施过程中，令人困惑的难题不时闪现，面临的挑战不可轻视。

就其国内而言，土改出现了四大问题。其一，政府与白人农场主利益相对，农场统计数字混乱不一。如同任何改革一样，土改是社会利益的重新调整与分配，重新获得利益者与失去既得利益者之间常常剑拔弩张，处事态度往往迥然各异。津巴布韦的白人多是英国后裔，现已成为津巴布韦公民，一般都是拥有万顷良田的农场主，拥有十个以上农场者不乏其人。政府土改的基本原则是，白人农场主只能保留一个农场，其余予以征收。按照这一标准，政府向1600名白人农场主发出土地征收令，要求他们按期撤离农场；白人农场主协会却声称，收到这一征收令的农场主竟有2900名之多。也就是说，仅有一个农场的白人农场主也接到了土地征收令，他们拒绝撤离是合情合理合法的，否则将无处藏身，无法谋生。由于两个数字差距悬殊，双方又各执一端，引起矛盾便不可避免。政府坚持让白人农场主撤离，交出多余土地，否则作为违法处理；农场主认为政府的行为违法，表示要上诉最高法院，维护自己的权益，并要求政府赔偿因此而造成的经济损失。

其二，政府与法庭态度暧昧，传递出含混的信息。8月8日最后期限过后，许多农场主仍然滞留，政府尚未采取行动，这样，穆加贝总统12日在“英雄日”发表演讲自然而然地备受关注。可是，在谈到土改问题时，穆加贝一方面强调政府的土改政策不会逆转，最后期限的时间不会改变，“那些与政府公然对抗者请收拾行李走人”；一方面又表示那些愿意与政府合作的白人农场主可以“作为良民”留下来继续耕作，“没有一个农场主愿意无地离开”，政府不会让他们无地可耕。讲话发表后，津巴布韦商业农场主协会主席哈斯勒克指出：“事情现在变得模棱两可，我们只能等待观望了。既然他说允许一些农场主留下来耕作，这是否意味着政府的土改政策有所改变?”

在百余名白人农场主遭到逮捕后，全国各地的法庭执法不一。有的地方法庭批准保释要求时，命令白人农场主限期撤离，并以此作为保释条件；有的却在释放时告诉他们回家听候通知；有的干脆拒绝他们的保释要求。政府与法庭的模糊态度，实难令人捉摸清楚。2002 年 8 月 20 日，在南非参加联合国可持续发展世界首脑会议法官论坛的津巴布韦大法官奇德亚西库表示："由于农场主拒绝撤离，形势立即紧张起来。我们在尽力做好工作，我们尚未取得预期的成功，不过我们将会继续努力。"

其三，土改处于胶着状态，农业生产受到影响。在政府与白人农场主僵持的情况下，直接受影响的当属正常的农业生产秩序。据报道，在国家东南地区，19 名农场主撤离农场后，成熟的咖啡得不到及时收获与加工，价值 2000 万美元的 2380 吨咖啡白白地被浪费掉；就全国范围而言，这种损失则难以估计。该国的《商业先驱报》称，土改"攻坚战"造成的经济损失高达 6 亿美元。如果按政府规定的所有农场主完全撤离，全国将有 30 多万名农场工人失业。

面对这一胶着状态，政府无疑非常着急，本来要求农场主如期撤离就是为了给新分配到土地的黑人留下备耕的时间，然而白人农场主违抗政令的官司一时难以审判结案，久拖则可能导致土地撂荒。为此，政府 20 日发出号召，敦促新分配到土地的黑人尽快到位，不失时机地开始在新农场的耕作。否则，雨季日益逼近，耽误农时意味着来年的农业歉收。世界粮食组织曾表示，穆加贝驱逐白人农场主的行动将会加剧津巴布韦未来的粮食短缺。

其四，反对党与西方遥相呼应，社会稳定令人担忧。就在政府与白人农场主对峙之时，津巴布韦最大的反对党民主改革运动 19 日发表声明，呼吁南非和利比亚对自己的国家实施经济制裁，迫使政府改变其土改政策。该党在伦敦的支持者表示，利比亚和南非分别向津巴布韦提供 70%的石油和 60%的电力，这两国的制裁将会促进津国内局势转变。

在国内遇到各种压力的同时，津巴布韦政府也面临着来自国外的不同挑战。就国外对津土改的态度来说，西方国家众口一词进行猛烈抨击，而非洲邻国则态度各异反应不一。近年来，津巴布韦急风暴雨式的土改政策受到国际社会的极大关注，遭到以英美为首的西方国家的普遍谴责。始而出现与前宗主国英国关系交恶，英国停止有关援助，穆加贝与布莱尔之间时有对骂；继而是欧盟指责津政府在 2002 年初的总统选举缺乏公正，对其实施了停止军事、经济援助，禁止高官访问欧盟国家的制裁；转而是英联邦以津总统选举舞弊为由，中止了其成员国资格一年；终而是美国加入制裁行列，一方面禁止高官来美访问；一方面呼吁国内推翻穆加贝，邻国孤立穆加贝。津巴布韦政府对有关攻击均进行了揭露与回击。

就在津巴布韦驱逐白人农场主时，莫桑比克、博茨瓦纳、赞比亚和乌干达等国纷纷表示，欢迎被驱逐的白人农场主到自己的国家定居，帮助他们发展农业生产。白人农场主一有资金，二有技术是受欢迎的主要原因。2000 年，当津巴布韦老战士侵占白人农场主事件发生后，就有个别白人农场主到莫桑比克北部定居下来，开发那里的土地。莫桑比克宪法规定，所有土地皆属国有，不许买卖，但可以出租，租用期可延续到长达 50 年之久。该国农业和农村发展部副部长卡里霍 2002 年 8 月 15 日表示，已有 20 名津巴布韦白人农场主定居该国中部，官方正在审理更多的同类申请。他指出，莫桑比克蕴藏着发展农业的巨大潜力，拥有约 3600 万公顷的可耕地，而目前仅有 400 万得到开发使用。他强调，他们对待津巴布韦白人农场主的申请非常慎重，以便土地得到合理利用，预防引起社会冲突。

这一次，几个邻国顾不上考虑津巴布韦政府的面子，均对津巴布韦白人农场主表示热情欢迎。不过，鉴于津巴布韦的情况，白人农场主仍心有余悸，难下决断。

在津巴布韦的其他邻国表示欢迎之时，南非政府却保持沉默。近年来，南非政府一直对北邻国津巴布韦实行积极接触的沉默政策，尽管这一政策受到国内反对党的强烈批评。在两名南非籍的白人农场主因在津巴布韦拥有农场在津遭到逮捕后，南非政府仍是通过外交途径进行接触，使这两名农场主获得保释。2002 年 8 月 22 日，南非外交部就津巴布韦局势发表声明，认为土地问题

站立在林波波河大桥上。

处于津经济与政治的中心位置，希望土改能够在法治的轨道上、在宪法的范围内得到解决，而解决的方案只能由津巴布韦人民自己提出；同时敦促执政党与最大的反对党进行对话，并对津巴布韦存在的粮食短缺表示关注。同日，姆贝基总统表示，他将与英联邦轮值主席——澳大利亚总理霍华德讨论津巴布韦问题。

纳米比亚总统努乔马公开支持津巴布韦正在进行的土地改革。2002 年 8 月 18 日，在一个群众性集会上发表演说时，努乔马呼吁全体国民支持津巴布韦“战胜帝国主义”，“我们不能允许帝国主义再次占领我们的大陆，我们一定要保卫自己。”“今天这个问题出现在津巴布韦，明天就会出现在纳米比亚或是另外一个非洲国家，我们一定要团结起来支持津巴布韦。”他愤怒地指出：“津巴布韦今天正在发生的是英帝国主义企图卷土重来，这是一个严重的问题。”

南部非洲发展共同体轮值主席、马拉维总统穆卢齐也指出，土地问题事关人民的尊严与政治权利，南共体成员国理解津巴布韦人民在土地问题上的态度。他还表示，津土改的成败将对南部非洲其他国家的土改提供借鉴。

当地分析家认为，津巴布韦将会加大执法力度，加快土改步伐，迫使白人农场主就范，并逐渐将土地分配给无地或少地的黑人和解放战争时期的老战士。不过，黑人普遍面临资金短缺和技术不足两大难题，政府一时又无法快速给他们进行全面技术培训，提供农业生产所需的基础设施和基本投资，且不言如何将广大黑人获得土地的高度热情快速变为从事农业生产的积极性，进而形成新的生产力。由此看来，津巴布韦的土改要产生实效尚需时日。从长远观察，津巴布韦的土改要达到平均田地、缩小差别、促进生产和稳定社会的预期效果，同时得到国际社会的普遍支持与赞同，需要寻找到新的利益平衡点，以及实施这一平衡点的新突破口。希望这一颇受争议的土地改革能够和平进行下去，以便为存在同一问题的非洲邻国提供成功经验。

白人农场烟味浓

津巴布韦是世界著名的烟草生产国，年产烟草 20 万吨以上，烟草出口收入占津出口总收入的 40%。2000 年 1 月 19 日下午，我来到首都哈拉雷以东 100 公里的卡罗莱娜农场，采访了年轻的白人农场主贝克·哈弗克罗夫特。

我眼前是一望无际的烟田，绿油油的烟苗足有一米多高。从烟苗的株距和行距可以清楚地看出，农场科学种烟，烟苗茁壮成长，长势喜人。贝克站在田头手摸着一株烟苗说，他共种植四种“防治感冒烟草”，分为9月和11月两季种植，年种植面积200公顷。为了保证烟草质量和产量，他采用一年种植三年休耕的方法，在自己的四个农场轮耕而不扩大种植面积。

科学种烟是一门学问。烟草的生长期是3.5个月，每株烟苗22片叶子，收获季节每周从烟苗的最下面摘下两片变黄的叶子，共计11个周全部收获完毕。收获时，烟农手持16个格子的长方形铁丝夹子，每个格子夹三片烟叶，每个夹子48片。采集来的烟叶分别送到农场的烘干房，每间房1800夹烟，然后开始加温烘干，烘干后每间房里的烟草是800公斤。贝克如数家珍地介绍道，烘干需要一周时间，前三天温度保持在32℃，使烟叶由绿变黄；后四天将温度升高到70℃，再使烟叶由黄变干；第八天给每间烘干房加水200公斤，使烟叶潮湿而不掉碎片。他指着烘干房内的通风管道说，烘干期间每两小时加一次煤，24小时循环空气。

种植烟草属于劳动密集型生产，贝克的农场雇用了440名工人。当我们来到烟草打捆车间时，一股浓烈的烟味扑鼻而入，数十名工人正在紧张地工作着，他们先将从烘干房运来的烟叶从铁夹中取下来，然后整齐地放入打捆机下面，再把烟草用木板从两面打成捆，每捆60公斤。贝克接着把我们领到烟草储藏室，只见成捆烟草整齐地堆放着。他走到两种不同颜色的烟捆子前介绍说，柠檬色的是9月份种植的，生长期间少雨，需要经常灌溉，投入大，产量高；这种烟尼古丁的含量低，烟味轻淡，主要出口中国和亚洲国家。橘黄色的是11月份种植的，生长期正值雨季，一般不需要灌溉，产量低但价值高，这种烟尼古丁含量高，吸起来味浓，主要出口欧美，“万宝路”用的就是这种烟草。

我问贝克：“怎么现在不出售而将烟草储备起来？”他先让我摸了一下微带潮湿的烟叶，这样回答道：“烟叶现在仍带微量水分，不能装袋，否则将会发霉变质。三个月后，等到烟叶彻底变干再装袋出售。”年初，国际烟草商赴另一个烟草生产大国——巴西购烟，5月份将云集哈拉雷收购。到时，农场主将按照国家的定量配额按时出售。

1999年平均每公斤烟草两美元，贝克因其烟草质优卖了个好价钱，每公斤 2.2 美元。在办公室，精明的贝克用计算器计算着 2000 年的收入：9 月份种植的烟草一公顷平均产量 4.3 吨，出售收入 9000 美元，除去人工费、水电费、化肥农药费、煤和油费、家用机械修理费、银行贷款利息和烟草税，总共 7000 美元，纯利润 2000 美元；11 月份种植的烟草一公顷平均产量 3 吨，出售收入 7500 美元，除去各项支出 5000 美元，纯利润 2500 美元。他对每项支出的钱数胸有成竹，对提出的每个细小问题对答如流。算着算着，脸上露出了笑容："烟草的年总产值 160 万美元，纯利润 60 万美元。"

当年 35 岁的贝克是 8 年前开始经营农场的。此前，他曾当过农场经理并对烟草生产感起了兴趣，先后进入烟草学院深造和赴美国学习种植经验。1992 年，他从银行贷款 60 万美元购买农场，开始种烟生涯。此后，他把每年的赢利全部用于扩大再生产，至 1999 年已购买了四家农场，总面积达 3510 公顷，其中可耕地面积占 1/2。

津巴布韦积极鼓励农场主种植烟草，政府特批 200 公顷土地免费让贝克种玉米，以使其保证种植烟草的面积。谈起农场面积不断扩大和种植优质烟草对国家的贡献，贝克不以为然地说，津巴布韦 1999 年种植烟草 8 万公顷、产量达到 21 万吨、为国家创汇 3.57 亿美元。与之相比，自己种植面积和产量不过区区小数而已。

经济上翻身才能真正当家做主人。

黑人当家做主人

2003 年 7 月 25 日下午，在津巴布韦执政党——民盟机关报《先驱报》的安排下，我随《人民日报》代表团来到津巴布韦首都哈拉雷市近郊，参观访问了两个黑人农场。

穿过茂密的丛林，车行一个多小时，我们来到了斯拉姆农场。路旁，53 岁的黑人农场主雷米科斯·马坦吉卡在他的农场商店里热情地欢迎我们。他说，津巴布韦人民对中国和中国人民有着深厚的感情。在津巴布韦独立战争时期，他十分爱读毛泽东主席的著作，至今还在学习。见到来自万里之外的中国朋友，他感觉就像见到了亲兄弟。他兴致勃勃地领我们参观了他的农场。

雷米科斯·马坦吉卡说，2000年，津巴布韦政府将白人农场收归国有后，将土地分给了黑人。他领头办了一个大农场，有450公顷的土地，种了小麦、白玉米、橘子，养了鸡、牛、羊。

虽然此时是津巴布韦的冬末，但像中国的春季和秋季。橘树上挂着熟果，西红柿、土豆正在收获，青山绿坡下，小麦长到了齐膝深，丰收在望。我们不禁陶醉在这片美景里，马坦吉卡更是不停地开怀大笑："以前，我们没有一寸土地。现在，我们不仅有了土地，并且还有了自己的大农场!"

黑人开始管理自己的农场时，既缺资金，又缺技术，他们不知如何下手。马坦吉卡说，政府先免费发给黑人农场主化肥、种子，到收获后再结算还款。在一片玉米地里，我们看到玉米秸秆已经干枯许久，但玉米还没收割。马坦吉卡说，虽然雇了250多人，但还是忙得不可开交。在政府的支持下，他开始使用先进的技术设备。

他指着麦田里一台巨大的自动灌溉机介绍说，灌溉机长350米，由电脑控制水量和浇灌时间，可灌溉40公顷的土地。这台机器价值2.4万美元，由政府购买后提供给他使用。他和政府签订了十年分期还款协定。一笔大开支，分摊在十年中支付，马坦吉卡感觉轻松多了。

马坦吉卡给我们算了一笔账：除去种子、化肥、水电费、雇工费、运输费，每公顷土地可有180万津巴布韦元的收入。用不了几年，他的日子就非常好过了。

但他显然并不满足于此。他告诉我们，等他有钱时，就办一所农业培训学校，专门提高周围黑人农场主和农民们的农业技术素质。在与我们告别前，他再三表示："中国农业历史悠久，技术先进，水稻种得非常好，我特别希望能到中国参观访问，学习怎样把庄稼种得更好。"

随后，我们又访问了另一家叫做斯雷梅西的农场。与斯拉姆农场不一样的是，这里的农场主不是一个人，而是由29个黑人农场主组成，每家拥有6公顷土地。据几位农场主介绍，原来他们也都是没有土地的人，进入农场后，在政府的支持下，他们相互帮助，共抗风险，收获了第一茬庄稼，盖起了新房。

当时面临的问题是，因为西方的经济制裁，国内燃料奇缺，各种农业机械难以启动，加上资金不足，使本来可以大量进行的开荒工程停滞不前。

7月27日中午，津巴布韦总统办公室负责新闻与宣传事务国务部长乔纳森·莫约在会见《人民日报》代表团时说，黑人农场主的出现是津巴布韦土地改革以后的事。三年前，1%的英国白人后裔占据着全国70%的良田。99%的黑人居住在贫瘠荒芜的土地上。土改初期，白人占据着1600万公顷优质土地，经过土改，津巴布韦政府将1200万公顷的优质土地分配给了黑人。至2003年7月，在整个津巴布韦，像马坦吉卡这样的黑人农场主有5.4万个，类似斯雷梅西农场那样的小农场主有30万个。

莫约强调说，津巴布韦是一个农业国家，土地的所有权与经营权构成了国家的经济基础。在获得政治独立以后，津巴布韦政府将通过土改实现经济独立。为了让黑人农场主尽快成长，津巴布韦政府竭力给农户提供更多的资金和技术。2002年，他们为农户提供了120亿津巴布韦元，用以支持黑人农户种植玉米、小麦、高粱，完善农业基础设施。2003年，黑人农场主向政府提出了2920亿津巴布韦元的资金需求，津巴布韦政府不可能完全满足。但政府将通过自身努力，并通过加强与国内企业的合作和国际合作，向黑人农户提供比上一年更多的资金帮助。

莫约告诉我们，由于西方的制裁和干旱，津巴布韦的土改正面临着多方面的困难和挑战。但他深信，经过十年的努力，津巴布韦人民一定能够战胜困

东非茶园绿油油。

难，渡过土改中的阵痛期，实现经济上的彻底独立。

第四节　埃塞咖啡布尔羊

高原咖啡味道好

2000年底赴埃塞采访半个月，由于先后去了埃厄前线和索马里难民营，日程非常紧张，顾不上品尝埃塞的咖啡。临别前，新华社驻埃塞首席记者赵毅用坚定的口气说："新烽，埃塞是咖啡的故乡，今天送你去机场前，我们先到首都最著名的一家咖啡店喝咖啡、吃面包，以此为你饯行，你定会难忘。"

正值上午11时差一刻，刚好过了当地人喝咖啡的时间，那家咖啡店里没有几个人，但浓郁的咖啡香味把我们迎进门。为能品尝到地道的咖啡香，我们各自点了一杯现煮的咖啡，不加牛奶和白糖，纯正而地道。

借此机会，赵毅给我念起了埃塞的"咖啡经"。

人类喝咖啡始于埃塞，"咖啡"一词源于埃塞的地名"卡法"；咖啡的发现要归功于一名牧羊少年和一名僧侣，是他们发现了咖啡提神醒脑的作用，使之广为流传。

世界上最早发现和食用咖啡的是埃塞人。埃塞农业发端可以追溯到2000多年前，那时候，埃塞人就在国家西南部名叫卡法（KAFFA）和布诺（BUNO）的两处原始森林地区种植咖啡了。这种咖啡正是当今世界各地咖啡的鼻祖——阿拉比卡咖啡（COFFEE ARABICA）。

埃塞有约80个民族，共计200多种方言。在国语阿姆哈拉语，以及奥罗莫语和提格雷语等埃塞主要方言中，咖啡被叫作"布纳"（BUNNA）和"布恩"（BUN）。对此，埃塞语言学家认为，这些相似的发音并非巧合，而是证明咖啡最早产于卡法或布诺。现在人们广泛使用的咖啡一词是1700年才被收入英语词典中的。此后，法国、西班牙、意大利、芬兰、荷兰、希腊、俄罗斯和中国的语言中，都有一个与"咖啡"这一发音大同小异的词汇。

关于咖啡的发现过程，埃塞有一段传奇故事：那是在人类还不知道咖啡为何物的年代，埃塞一个牧羊少年偶然发现，他的羊群在嚼食过丛林中一种类似葡萄大小的鲜红果子后，特别喜欢蹦蹦跳跳。出于好奇，他也试着嚼了几粒这种“红果”，结果令他兴奋不已。目睹那名少年手舞足蹈的欢乐神态，一名僧侣在品尝“红果”之余，还采摘了一些带到寺院里，并对其进行烤制和蒸馏等加工，做成饮料招待众僧人，结果大家祈祷一夜后仍毫无倦意，精神抖擞。从此，咖啡可以提神醒脑这一经验之道在社会一传十、十传百地流传开了。

咖啡种植技术从埃塞传遍全球，后又重返埃塞故里传遍非洲大陆。埃塞人不但首先发现和种植咖啡，而且首先把咖啡作为商品出售和出口。16 世纪，咖啡作为时尚饮料风靡欧洲。

传说在公元 6 世纪，埃塞人也有说是波斯人，把咖啡种植技术首先传到现在的也门。有专家考证后认为，也门是世界咖啡生产的第二故乡。据史书记载，1690 年咖啡种植技术从也门传到印度尼西亚，1700 年传到印度，1706 年传到荷兰，又过了不到十年传到拉丁美洲的哥伦比亚和巴西。1877 年，咖啡这一非洲大陆的土产又重返故里，且很快传遍非洲大陆。

咖啡所具有的神奇作用使人们对它的需求迅速扩大。到 16 世纪，咖啡已成为埃塞东南部哈拉尔和达瓦罗地区的一种常见商品。此时大批奥罗莫人从埃塞西南部向北方迁徙过程中也把故乡的咖啡树移栽到自己新的生活区域。据记载，17 世纪初，咖啡树开始在北方塔纳湖附近的阿扎佐生根、开花、结果。到 19 世纪初，咖啡种植已遍及埃塞中部绍阿、北部的贡德尔，以及东部哈拉尔盖等广大地区。如今，在埃塞西南地区可以看到生长 100 多年的咖啡树。

最早把咖啡作为商品出售和出口的皆是埃塞人。当 16 世纪埃塞人在全国扩大咖啡种植的时候，咖啡作为一种时尚饮品也在风靡欧洲大陆。1554 年，欧洲最早的咖啡馆在伊斯坦布尔率先落成。接下来，从 1645 年到 1683 年间，咖啡馆像雨后春笋般在威尼斯、伦敦、马赛、海牙、阿姆斯特丹、巴黎、汉堡和维也纳等欧洲名城开张营业。19 世纪初，埃塞人开始经马萨瓦港向伦敦、马赛，以及纽约出口咖啡。那时，埃塞把出口的咖啡按产地分为哈拉尔咖啡和阿比西尼亚咖啡。因为后者属野生咖啡，品质超俗，所以特别受欧美进口商青睐。

埃塞具有咖啡生长所需的得天独厚的天然条件。埃塞咖啡因生长环境不同分为四类：森林区咖啡和半森林区咖啡，庭院咖啡，种植园咖啡，其中森林区咖啡为上品。

肯尼亚咖啡园。

种咖啡讲究合适的海拔高度，丰沛的雨水，理想的气温和肥沃的土地。经过多年摸索，埃塞人建立的咖啡种植园最低在海拔550米，最高在2750米。埃塞南部和西部咖啡种植区为火山灰土质，土壤中含有丰富的矿物质成分，而东部咖啡产区为中生纪时代形成的炭化钙土壤。这些地方土壤肥沃，松软，易于耕作。据测量，其沃土厚度至少有1.5米。不过埃塞东南西三个地区种植的阿拉比卡咖啡一般在海拔1300米到1800米之间。因为这种优质咖啡最适宜在高原森林制造的凉爽环境下生长，理想气温为15℃到25℃之间。埃塞广大咖啡种植区的年降水量一般为1500到2500毫升。通常情况下，一年有两次比较集中的降雨过程。人称小雨季和大雨季。这种天然雨水分配使农民能够在一年里连续收获新鲜的咖啡豆。

埃塞咖啡因生长环境不同被分为四类：森林区咖啡和半森林区咖啡，庭院咖啡和种植园咖啡。森林区咖啡主要分布在南部和西南部地区，是阿拉比卡咖啡的原产地。这种咖啡树在森林覆盖下，靠天然繁殖生长，不仅具有很强的生命力，而且果实高产并带有特殊芳香，属于咖啡中的上品，其产量也只占埃塞咖啡总产量的1%。半森林区咖啡与森林区咖啡生长在相同地区，区别在于属半人工种植。庭院咖啡则是指由人工育苗并栽种于农民自家房前屋后或间作套种的咖啡。这种种植方式在埃塞南部和东部地区比较流行。庭院咖啡树的栽种密度一般掌握在每公顷1000株到1800株。它占埃塞咖啡总产量的35%，而且呈上升趋势。至于种植园咖啡则是指从育苗、栽种开始，中间经过施肥、除草和剪枝等完全由人工管理的咖啡。事实上埃塞很多咖啡种植园规模并不大，一般平均只有半公顷。这种咖啡占埃塞咖啡产量的15%。

在埃塞，咖啡是饮料，也是食品，还有药用功能。埃塞人习惯喝咖啡，除独饮外，与朋友相聚或举办节庆活动，咖啡必不可少。埃塞人不但每天有固定的喝咖啡时间，而且还创造了富有民族特色的“咖啡道”。

埃塞咖啡历史悠久，但究竟从什么年代开始，咖啡成为当地人普遍接受的饮料并没有可靠翔实的记载。不过有一点是肯定的：到17世纪末，埃塞喝咖啡的群体主要是穆斯林，那时普遍信仰耶稣的埃塞人还对咖啡持抵制态度。据史料记载，当时埃塞的基督教会还一度规定基督徒严禁喝咖啡。尽管有这些规定，咖啡在埃塞国内外的销售活动从未受到过禁止。

在埃塞，咖啡不仅用作饮料，而且还被做成食物。早在18世纪中叶，在南部盖迪奥和博莱纳咖啡种植区的居民发明了一种叫做“布纳克拉”（BUNAKELA）的食物，其做法是：把咖啡豆磨碎后拌以黄油或羊油，再搓成台球大小的圆球。像喝咖啡一样，吃布纳克拉同样能够提神，而且携带和食用方便，猎人和出远门者常要备些布纳克拉，用以解困去乏。另外，一些地方在孩子过生日或男女青年举行订婚仪式时，布纳克拉还被视为吉祥食品第一个被端上餐桌。

埃塞个别地区的居民们还习惯将野生咖啡树的叶子采来，与胡椒、生姜和在一起煮沸制成一种名叫“查莫”（CHAMO）的饮料。据称这种饮料不但能提神，而且还能治疗体虚之类疾病。

埃塞人喜欢喝咖啡，也特别喜欢用咖啡招待客人。在亚的斯亚贝巴街道上最常见到的是咖啡馆。可以说，咖啡馆是当地普通老百姓最常去的社交场所之一。如果遇到知己或因为谈话投机，朋友们可以捧杯咖啡聊上大半天。也许是为了迎合许多人对咖啡的爱好和为了提高工作人员的劳动效率，不少国家机关和私人公司特别安排上午10时和下午4时为喝咖啡时间。据朋友介绍，埃塞人习惯喝现煮的咖啡。为了便于上班族随时喝到咖啡，送咖啡的行当便应运而生，在亚的斯大街上常常可以看到托着盘子为政府机关和私人办公室送咖啡的小伙子在行人和车辆中穿行。至于在特殊场合，如婚丧嫁娶生孩子，甚至家里添了新的牲畜等，咖啡更是人们相聚时餐桌上不可缺少的饮品。

像中国、日本等亚洲国家拥有茶道艺术一样，埃塞人民也创造了富有民族特色的“咖啡道”。赵毅眉飞色舞地说：“我曾多次应邀做客埃塞人家，亲眼目睹和体会了埃塞人用咖啡待客时所表现出的盛情。”大致的做法是这样：首先，家人用清水将金黄色的咖啡豆洗净，放在铁板上在室外将其烘烤至深褐色后，随即将烟气腾腾的咖啡豆端至客人面前展示，同时用手扇几下，使烟雾得以散发。此时室内会充满浓烈咖啡味道。接下来，家人便到室外将刚刚炒好的咖啡豆放在一个木臼中像舂米一样将其捣成粉末。埃塞人讲究用一种小嘴大肚的陶器煮咖啡，根据来客数量在陶器中放入适量的水，待水烧开后加入舂好的咖啡粉，经过两三分钟沸煮，这壶咖啡便算煮好了。

需要说明的是，主人在上咖啡前，还要在咖啡桌前点放一个小火炉，将一小撮香料粉撒在炭火上。香料粉在化成灰烬前散发出一种特有的芳香，伴随着咖啡香味弥漫客厅。倒咖啡同样有讲究：事先主人要在客人面前铺上一块一米见方的花布，上面再放一张小木桌，根据客人数量，桌上摆放若干个咖啡碗。在可能的情况下，一般由家中的女主人为客人斟上第一道咖啡，以示对客人的尊重。

埃塞人喝咖啡有讲究，除习惯用小杯外，还分为加糖、不加糖、加糖又加奶、既加糖加奶又加亚当树叶四种喝法。据当地老人讲，在1934年意大利入侵埃塞前，埃塞人因为没有糖，喝咖啡曾靠放盐来提味。在埃塞食糖能够基本自给的今天，当地一些老者仍喜欢在咖啡里加些盐以求特殊味道。

咖啡是埃塞的经济支柱，为国家创造了大量的就业岗位和外汇收入。为确保“高地咖啡”的质量和竞争力，埃塞对咖啡的生产和质检要求严格，形成了一整套的管理方法。

咖啡是大自然送给人类的一份厚礼。对于埃塞人来说，咖啡除了振奋精神的用途外，更大的魅力在于它给国家创造了极大财富。埃塞是非洲第三大咖啡出口国。多少年来，咖啡出口始终占埃塞外汇总收入的60%左右。据业内人士介绍，埃塞咖啡出口量虽然不是太大，在国际市场只享有2.5%的份额，但作为“高地咖啡”，拥有色香味俱佳等特点，一些发达国家制造高级咖啡时都要加入一定量的埃塞咖啡，用以提高本国咖啡的品质。另外，由于咖啡生产属于劳动密集型产业，所以这一产业还为埃塞人提供了广大的就业机会。官方估计，在埃塞7000万人口中，约有1600万人直接或间接从事与咖啡生产和销售有关的劳动。

埃塞政府一向把鼓励生产、加工和出售咖啡作为发展农村地区经济的重要手段。为了提高咖啡产量，政府有关部门经过多年努力已建立了一整套包括研究、培育和推广咖啡优良品种的机构。为确保本国咖啡的良好信誉，埃塞早在1952年就开始对咖啡质量等级进行科学、系统的分类。根据规定，每个咖啡产区都建立了咖啡质检中心，咖啡在上市拍卖前必须接受全面的质量检查。凡水分含量超过11.5%或杂质含量超过8%的咖啡均不得送往区级交易市场。在国家级收购网点，检查人员除对送检的咖啡豆进行各种数据分析外，还当场将咖啡豆研磨制成饮料，经现场品尝达标后方能验收。

咖啡作为全球农产品贸易中最重要的商品之一，眼下每年成交额不下140亿美元。包括埃塞在内的80多个国家种植咖啡。在50多个出口咖啡的发展中国家，有25个在非洲，其中17个国家出口的咖啡各占其外汇收入的25%。看到这些数字，我们真想从心里说一句：埃塞前辈们，谢谢你们为人类寻找到咖啡这样美好的自然财富！

布尔羊故乡行

时令正在更替，昨夜的一场小雨给满山遍野染上了绿色，为恬静的田园生活涂上了几分美丽的色彩。当我们驱车千余公里从南非黄金城约翰内斯堡来到东开普省东萨马赛特地区时，晚霞绯红，半人多高的灌木丛林绵延起伏，一望无际，同行的陕西省宝鸡市市长王宏手指窗外，兴奋地对我说："这就是布尔羊生长所需要的典型的天然环境，这就是我神交已久的布尔羊的故乡。"

布尔羊，发源于我们脚下的这片土地，以南非荷兰移民的后裔"布尔人"（农民）而命名，集繁殖率高、日增重大、产肉率高、适应性强和肉质细嫩等优点于一身，是目前世界公认的肉用山羊父系终端品种——最佳肉羊品种，其肉占目前世界红肉消费总量的60%。布尔羊被中国农民形象地喻为"前胸丰满、后臀圆滑、头部红润、肌肤雪白、温柔听话、多情多子"的良种山羊。《简明牛津南非英语词典》解释说："一种本地的强壮山羊，极适应于干旱贫瘠地区。"

当我们次日上午如约来到帕尔德丰腾农场时，农场主斯蒂法斯·马兰夫妇在家门口笑脸相迎，对远道而来的中国朋友格外热情。在马兰先生的带领下，我们首先参观羊圈。羊群按不同的类型隔离饲养，每个羊舍由露天和屋内两大部分组成。在第一个羊圈内，一群羊羔正在后腿站起、前腿登高踩着一捆捆干草争相吃着，马兰先生介绍说，布尔羊主要啃食灌木和树枝，同时需要补充一些其他食物。这就是布尔羊吃食的典型姿势，其高度可达1.5米。

接着是种羊舍，公母分圈。马兰唤来羊倌儿，先放出母羊，一只只肥硕膘情，温顺丰满，马兰蹲下用手抚摸着一只羊的头介绍着："布尔羊又称红头羊，身体白色，两性都长角，公母的最大区别是，公羊下巴带胡须。""布尔羊繁殖能力极强，母羊在交配期的怀孕率能高达95%以上，两年生产三次；母羊还是好母亲，不但乳汁丰富，而且能在牧群中辨认出自己的后代，即使是三胞胎。"

羊倌儿刚打开圈门，公种羊不像母羊慢步走出，一拥而上闯出圈门，只只骁勇剽悍，疯狂放荡，刹那间从我们三人之间冲了过去，直跑得老远。马兰目睹羊群，自豪地微笑着；王宏眼观种羊，轻轻点头，"好羊，好羊"。他们不约而同地说，公种羊将布尔羊的显著特征推到了"极致"。马兰还补充道，布尔羊交配的季节性不明显，交配期间一只公羊可以满足50只母羊。

在怀孕母羊的圈里，看着一只只"孕妇"卧地难起，马兰说，布尔羊生产率高，产后需要特殊护理，特别是双胞胎和三胞胎，有时小羊羔体弱幼小不能吸吮母乳，更加需要小心。"幼小是暂时现象，在8至10个月内，羔羊的体重能达到32公斤至36公斤，成羊的重量则高达82公斤至114公斤。"

马兰翘首向另一座山谷远望，说是有一群羊正在山上放牧，请我们过去看看。我们乘坐中型卡车飞奔而去，蓝天白云下，一群可爱的布尔羊正在吃草。马兰问王宏："市长是一位布尔羊专家，中国的布尔羊养殖情况如何？"王宏说："宝鸡市1998年从国外引进布尔羊120只，其中包括18只南非1997年冠军羊的后裔；我们先后投资100万美元建成布尔羊良种场，目前总存栏一万多只，其中纯种羊3000只，囊括南非、新西兰、德国和澳大利亚四国的布尔羊品系；纯种繁育主要靠胚胎移植，我市在中国首家引进了一套法国的细管冻精自动化生产设备，年生产细管冻精100万只，并建成300平方米的全国最大的胚胎

"我的名字很特别——'人'加'羊'。"

移植大厅，是中国种羊最多、规模最大、育种品系最全的良种繁育中心。我市的布尔羊产业开发主要是推广当地山羊与布尔羊杂交改良，提高当地山羊的产肉性能和经济效益，鼓励农民养殖，带动农民致富。目前已形成市、县、乡、村四级繁育网络，中心、示范场、协会、大村、大户和农户的杂交改良点，最直接地为农户养殖布尔羊服务，成为农民脱贫致富的增收点……”话音刚落，马兰感叹说：“未曾想到，布尔羊养殖业成为中国农民集体脱贫致富的产业!”

环视客厅墙上悬挂的一幅幅照片，马兰这样介绍布尔羊史与自己的家史：70年前，动物育种专家在这一带积极进行同质山羊的全面改良，分步对羊的体型、肉质、生长强度和生育能力等进行试验，经过长时间的艰苦努力获得成功，“南非的布尔羊协会于1959年7月4日在此成立，家父1965年任协会理事，1978年任副会长，从1986年到2001年连任会长15年，前后共36年，由此可见我们父子的布尔羊情结”。马兰指着一只羊的照片自豪地说：“这只名叫‘弗莱克’的种羊是我们家的骄傲，1997年被评为南非冠军羊，售价三万兰特，创历史最高纪录；同年，那张照片上的三只种羊平均售价12833兰特，是最高的集体平均价格。”

马兰这样回答王宏的提问：“自上世纪50年代接管家庭农场后，父亲发现布尔羊有诸多优点，便购买了一只公羊和十只母羊，很快就发展到150只。他于是挑选优质羊进行交配，实行优生优育，获得重大突破。”为扩大南非的优质种羊群，实行科学繁殖育种，马兰父子接着对布尔羊实施人工胚胎移植，并快速走出国门，推广成功经验。在澳大利亚，老马兰发现该国西部的一种山

“人类要是光看我就好了!”

羊与布尔羊的特征非常相似，便大胆进行两者之间的杂交育种，获得意外惊喜：布尔羊不但外形更趋完美，特别是后腿更加肥硕，而且肉质更趋细嫩、产肉率提高了40%。“这是家父对布尔羊发展的最大贡献，他于是名扬世界养羊业，经常应邀赴美国、新西兰和澳大利亚等国授课或当评羊裁判，在国内更是布尔羊业的领头人，赢得广泛赞誉。”

在和谐的气氛中，他们二位相互询问了对方布尔羊的市场行情，全国布尔羊产业的发展现状，并就两国布尔羊专家的交流、布尔羊及其胚胎的交换等具体问题进行了探讨。

在遥远的非洲大陆南端，在广阔的南非农场，我们与农场主夫妇一边喝茶一边聊天，室外艳阳下，被中国人称为“三叶花”的艳丽花朵迎风摇动，两只家猫依偎在棕榈树的阴影中，不远处的羊圈里发出“咩”的叫声，与眼前“喵”的猫叫声遥相呼应，鸟儿不时在空中自由自在地往返掠过，不由使人发出多么悠闲难得的“农家乐”的慨叹！

第五节　交通先行惠八方

协力筑起致富路

凡到过南非的人，大都会称赞其良好的基础设施。那么，南非的一些“老少边穷”地区基础设施状况，特别是道路建设的情况如何呢？我在东开普省落后的农村地区采访时，一位名叫姆邦迪的黑人中年妇女讲述了一个感人至深的筑路故事。

“我家住在离县城不远的西泰贝村，我们脚下的这条通往西泰贝村的砾石公路连接着二号国道，它虽然只有13公里长，却是我们唯一的交通要道。

从我记事时起，这里就有一条泥土羊肠小道，弯弯曲曲从村头一直延伸到十多公里以外的大道。

两年前的一天，喜从天降，政府决定修筑这条路，并且动员我们妇女积极参与。于是，从各村挑选了108名妇女和42名男劳力组成筹备指导委员会，负责与工程管理小组的联络和筑路准备工作等事宜。没过几天，来了几位国家公路局的专家，开始给我们进行工程技术培训。

1998年10月15日举行了隆重的开工典礼，曼德拉总统致辞指出，新政府正在致力于改变过去种族隔离制度造成的社会不平等现象，重建这条路就是国家‘重建与发展计划’的一个小的组成部分，政府希望它能够给这一贫困地区的农民带来新希望。

工程开始了，我们分八个小组施工，挖地基、运石块、砌路基……大家的劳动积极性很高，妇女们更是冲锋在前，建筑工地人欢马叫、热火朝天。政府为了加快工程进度还特意吸收了当地的几个小型建筑队。

我们眼前的这条路半年多时间就竣工了，它造福于沿途一万多人，孩子上学、大人去商店、病人上医院比过去方便多了，我们与外界的联系也更多、更及时了，获得外界的信息也比过去快了。日常生活更是方便了不知多少倍，比如，现在面包送到各家门口卖，而过去我们村必须家家先跑远路买回面粉和配料，然后自己再在家中制作……

我们妇女过去无事可做，整天坐在家里，现在不同了，大家学会了工程技术，建房子、修水库，一些环保和防治水土流失项目都用上了所学的本领，不少女能手还被企业看中，成为女建筑工人。”

听罢“一条路的故事”，我走进南非国家公路局的大楼。据主管贫困地区公路建设的官员介绍，新南非诞生前，在南非 48.7%的农村地区，由于受到道路交通的客观条件限制，人们不得不步行；在全国 25%的农村地区，人们平均要在弯曲不平的道路上步行 45 分钟才能到达最近的商店，西泰贝村公路是 39 个道路扶贫工程项目之一。

现代与传统？

“我的驾驶水平如何?”

条条公路通四方

西方有句谚语“条条大道通罗马”，中国有句古语“处处有路到长安”。这当然含有比喻之意，不过今日的南非，“条条公路通四方”却是无可争辩的事实。凡是到过南非的人无不为其世界一流的公路网留下深刻印象。

当你步出约翰内斯堡国际机场，映入眼帘的是一座宏伟壮观的现代化立交桥。它是进入南非的重要门户，汇集了三条高速公路、跨越一条铁道线、共有156条可供选择的进出口线路，连接着机场内外各个不同方向，各路车辆穿行其间畅通无阻，可谓一桥飞架、四通八达，足以使初来乍到的远方宾客眼花缭乱。

如果说这座立交桥以其匝道之多——仅次于美国洛杉矶的34个匝道——名列世界第二的话，那么当你从印度洋乘远洋海轮来到港口城市德班时，迎接你的是一座气势宏大的四层立交桥，五颜六色的车辆往来其上，层次分明，川流不息，构成德班的一大景观。如果从德班出发南下，再沿着“花园大道”驱车前往开普敦，你要经过六座不拘一格的桥梁群，其中一座大跨径拱桥曾保持世界同类桥梁纪录13年，给这条美丽的风景线增添了独特魅力……世界上已有的各种类型的桥梁分布在非洲大陆南端这片美丽富饶的平原山川上，令来访的中国公路界专家们赞叹不已。

这几座名桥只不过是南非一流的公路网络的有机组成部分。南非的公路分为国道、省道和城市道路三大类，恰似人体中的大动脉，纵横交错、四通八达，将全国主要城镇有机连接起来，把厂矿、牧区、农场和旅游景点联成一体。仅以国道而论，一号国道纵贯南北，把立法、司法和行政三个首都穿为一线；4号、8号和15号三条平行国道分别横贯北疆、中部和南国，与1号国道形成十字交叉；3号国道把内地与沿海连接，一头是约翰内斯堡，另一端是德班；与海岸线平行的2号和7号国道把港口城镇、重要旅游景点连成一线；11号国道斜行穿过北部，将农场牧区相连；12号国道曲线跨越南北，把全国几大矿区沟通……南非全国的公路总长52.5万公里，每万人平均高等级公路18.3公里，名列世界前茅，位于发展中国家之首。

百年大计，质量第一。对南非的公路而言，一流的数量建立在一流的质量之上。南非舍得花大本钱、一次投资到位保证公路建设质量。20世纪70年代，公路建设资金占国民预算的30%，这一比例是其他国家望尘莫及的。前些年修建的马普托发展走廊——跨国高速公路，将花费巨资约15亿兰特。南非的公路由于投资到位，虽历经数十载的日夜使用，质量如同当初。其质量除表现在路基、路面和桥梁外，还体现在与公路相配套的排水系统、照明系统、植被面积和绿化程度等辅助工程方面。这些配套工程也是保证公路质量不可缺少的组成部分。

一流的质量来源于一流的规划和管理。南非十分重视公路规划工作，曾动员社会各界力量、并与国际驰名的咨询公司一道，花费2000万兰特制订交通设施中长期发展规划。这些规划是在充分调查研究的基础上、考虑到陆海空交通运输相互发展的匹配关系后产生的。至于公路的设计与施工，也是在博采北美、欧洲众多国家之长的基础上，制定了22个标准规范和与之配套的实施手册，做到每个环节有法可依、有章可循、有弊必罚、违规必究。

有路就能通四方。

南非为什么会如此重视公路交通呢？一流的、现代化的公路得益于一流的、现代化的意识。公路属于基础设施建设，发展经济、公路先行是人们的共识。“公路创造财富、而不是财富创造公路”已成为发展公路的一个主导思想。安全、畅通、优质、高速的公路交通网络利国利民，其效益是难以用金钱来衡量的。公路交通灵活机动，不受时间地点限制，不但便于人民的日常生活，而且有利于生产、工作和学习。就生产而言，畅通无阻的公路把产供销连成一线，使原材料能够及时供应而不误生产，产品能随时运送到销售地点而不误出售；销售及时进而以销促产，形成良性循环。

再则，发展旅游事业当然离不开公路。优质一流的公路网络不但能促进旅游事业的快速发展，为国家创造更多的就业机会和外汇收入，而且为国家树立了良好的国际形象，进而又以优质的基础设施吸引更多的外国投资。

正是由于重视公路建设，在过去30年中，南非全国公路的客运和货运量年增长率超过3%。如今，南非公路的客运和货运量占全国客货总运量的89%，在国家重建和发展中发挥着越来越重要的作用。特别值得一提的是，高质、畅通的公路网络拉动了南非汽车工业的发展，世界上各大名牌汽车生产公司在南非皆设有合资生产厂家，汽车年进入市场达到35万辆。

在采访中，南非交通部官员介绍说，为了使公路在国家建设中发挥出更大的效益，交通部对公路行政管理机构进行了重大改革。全国的公路网络由两个国家控股的代理机构实施从计划、融资、建设、维护和国际合作的全方位管理。在具体的改革措施方面，一是省道改国道，扩大国道覆盖面。将6130公里的国道增加到两万公里，实行全国一盘棋管理，以加大管理力度。二是扩大收费公路数量，从920公里增加到2000公里，为维护现有公路筹集足够的资金，不过收费低廉，绝大部分公路段仅收几兰特。这位官员充满信心地表示，通过改革和发展，南非的公路将更加展示出迷人的风采和魅力。

信息网管好公路网

初来乍到的外国游人无不为南非良好的道路设施竖起大拇指，可很少有人知道，在这四通八达的公路网背后，一个先进的信息管理网在默默地注视着道路的变化情况，及时将最新信息采集、存储和传送到终端，使国家公路局对全国道路的状况了如指掌，以保证道路通畅。

南非于 1935 年开始建设全国公路网，迄今已形成纵横交错、布局合理、优质畅通的全国公路网。早在 1974 年，南非开始对全国公路网实行计算机管理，是世界上最早对公路实行现代化管理的国家之一。目前，南非的信息管理和综合软件的水平以及图像和信息的采集、存储与传送的速度与技术，并不逊色于西方发达国家，而且成本低廉。

公路和城市道路总体信息管理系统是这个信息网的“中枢神经”系统，下设的子系统有路面和桥梁信息管理系统、智能交通信息管理系统、基础设施信息管理系统、重载车辆信息管理系统、特殊车辆信息管理系统、跨国货运信息管理系统和公路网与主干道及基础设施资产信息管理系统等。这些子系统分兵把口、各司其职，将各自的最新信息通过电子邮件及时发送到终端。

以基础设施信息管理系统和重载车辆信息管理系统为例，路标、路灯、护栏、加油站等与道路有关的设施属于基础设施之列，通过信息网可以了解和查找全国道路的这些基础设施的使用状况，以便及时维修和更新，保证道路畅通无阻。重载车辆超载运输对道路的损害是不可低估的。科学研究表明，一辆法定标准载重的车超载一倍对道路的损害相当标准载重的 18 倍。重载车辆信息管理系统的自动称重系统，可以称出路面上正在行驶的、时速不低于十公里的任何一辆超载车的超载重量，并自动报告到信息网上，准确率在 95% 以上。进而通过信息网对超载车辆进行卸载分流和罚款的处理。这一管理网实施十多年来发挥了重大作用，南非超载车辆的数量目前已下降到 5% 以下。

南非现有 31 个桥梁检查小分队皆配备有最先进的数字式照相机采集全国所有桥梁信息，现场照相后立即通过电子邮件直接发送到中央数据控制库，准确快速、成本与效益极佳。与此同时，桥梁信息管理系统总办公室用因特网直接发布各种指令，并与全国东西南北的四个分部实现信息共享。打开计算机，全国公路的基本情况和道路、桥梁状况分门别类、一目了然。

另一方面，路面管理系统和预算财政分析管理系统则对公路和桥梁状况进行预测。坐在计算机前，根据反馈回来的信息，便可以拍板决定道路和桥梁维修的次序、所需经费的分配、维修所需的时间，以及维修期间用哪条道路替代交通等。而何时何地需要修建何条公路和桥梁必须从实际出发、依靠科学化决策。

公路信息管理网是南非在实践中自主开发研制的，简便、明了、省时。它不但运用数码相机、电子邮件等先进技术采集和发送信息，而且应用全球定位系统和地理信息系统使这一信息网更加精确和实用。与此同时，它还应用道路材料和结构性能测试大型超长车辆，收集有关信息，确定公路的寿命。由于这一公路信息系统具有世界先进水平，目前已被数个国家和地区采用，其中包括我国的台湾省。

南非科学院公路与交通技术研究所专司公路技术与信息的研究，为政府出谋划策和提供服务。为了使全国公路局及时、准确地了解全国公路的最新和全面状况，科学地支配和使用有限的公路建设和维护资金，大力提高公路的综合利用率，充分发挥道路的整体经济与社会效益，研究所通过多年悉心努力，推出了这一信息管理系统并在实践中不断完善。近年来，南非政府高瞻远瞩地一次性投入巨资，全面更新这一系统，使全国公路管理迈入世界先进水平。我在采访中得知，南非政府有关部门对现有公路的技术更新，改变了传统的“零敲碎打式”的老办法，对新建公路则采取与信息管理同步到位的方法。随后，政府立即对全国公路进行一次全面普查，彻底摸清家底，进而决定今后每四年普查一次，以掌握全面、准确的信息。

应用信息网对公路实施管理同时提高了工作效率。现在，在公路信息网上可查到1935年至今有关公路建设的所有资料，从会议记录到建设规划一应俱

各行其道。

全。全国公路局与政府企事业单位和各大跨国公司之间可以进行文件和信息传送，实现了低成本、高效率的无纸化办公。

南非科学家认为，公路建设对南非经济和社会的发展起到了积极的推动作用。假如没有优质的道路设施和先进的公路管理信息网，南非的经济发展无疑会受到相应的制约。

“四位一体”的加油站

记者站附近有一加油站，小巧玲珑、色彩鲜明、服务热情，我便成了那里的常客。一天上午，打开车库大门，突然发现右后车胎明显漏气，立即驱车去加油站。黑人小伙子远远地看见我，就招手示意停放在其身旁的加油位置，车尚未停稳便询问加哪种汽油、量为多少，我回答不是加油而是打气，并指了指右后车胎，他取来打气泵就充气，充足时伸出右手大拇指，还问我是否需要擦车窗玻璃、检查水箱和机油。在我付过小费告别时，他问起车胎漏气的原因，并提出让我慢慢地前后开动汽车，他几乎是趴在地上仔细察看每个车胎，态度可谓一丝不苟。一番认真之后仍未找出疑点，小伙子又提议我去车行检查，还祝我驾车安全。他的主动热情犹如冬天里的一缕春风，让人顿觉温暖。

和这家加油站一样，南非全国各地的其他加油站统一提供加油、打气、擦洗车窗玻璃和检查水箱与机油的“四位一体”全面服务。加油站的油分无铅汽油、含铅汽油和机油三大类，清一色的自动加油机。每个加油站都设有十几个，乃至二三十个这类加油机，绝大多数情况下都能做到客人随到随加油，无须排队等待。一般而言，加油站的工作人员一边注意着正在加油的自动加油机，一边为顾客擦洗汽车的前后窗玻璃。按照行业惯例，加油和擦洗前后车窗玻璃可以不付小费，属正常业务范围内的服务。如果再给车打气，或是检查水箱和机油，一般需付小费若干。此外，部分加油站还提供洗车和吸尘服务，我曾多次去离记者站不远处的一家加油站，该加油站以提供免费洗车招揽生意，如果客人一次加油超过 100 兰特，持加油发票便可享受一次免费自动洗车，并设有小型吸尘器方便客人，每使用一次收两兰特。在南非，如果使用自动洗车设施清洗一次车辆，价格在 15 至 35 兰特之间，该加油站因提供免费洗车服务，常常门庭若市。

如果说这个“四位一体”是就加油站本身而言的话，那么加油站、商店、餐馆和厕所“四位一体”则是就一体化服务而论的，全国各地无一例外。目前，南非全国的加油站基本上由四五家大型企业操纵着，各自实行连锁经营，然而，不管该行业之间的竞争是多么的激烈，这种竞争始终是有序地进行着的，“无规则游戏”在这里没有市场。也就是说，不管哪个加油站，也不管它属于哪家企业，其外观、规模、结构，乃至设施、管理与服务，皆标准统一，大同小异。从外观看，每个加油站都显得小巧玲珑、醒目明快，给人一种清新舒适的感觉；因加油站多建在大路两旁，其后都有一个商店，以出售各种饮料、方便食品和当日报纸为主；商店多是与餐馆相邻或相近，过往客人可以饮茶喝咖啡，也可以选择多种快餐。而不管驾车人是身处繁华闹市，还是置身于荒郊野外，厕所总是与加油站形影不离，无须让你在百忙中和旅途上为“方便”而抓耳挠腮。南非全国的加油站 24 小时营业，外观漂亮，成为一个鲜明“路标”。

说到加油站的标准统一，并不是一味地排斥个性，而是灵活多变，在“大同”中求“小异”，给人耳目一新之感。在商业都市约翰内斯堡与行政首都比勒陀利亚之间的高速公路上，有一家别具一格的加油站，公路两旁是同一家企业的两个加油站，一个别致的天桥飞架东西，将两者紧紧连在一起，天桥上是一家餐馆，人们在其中用餐时，可以远望黄金城连绵起伏的美景，可以近观脚下过往川流不息的车辆，让人赏心悦目，紧张的神经为之一弛。这一独出心裁的建筑设计，受到过往行人的交口称赞。

南非的加油站之所以能做到两个“四位一体”，是因为其源于一个基本观念——顾客第一，一切为顾客服务，一切替顾客着想。这不仅表现在热情、周到的服务这一“软件”上，更体现在设计、建筑一步到位这一“硬件”上。“单打一”的加油站，政府是不会批准的，而必须是“四位一体”，简洁、明快、方便、实用是其宗旨；铺张豪华的加油站，政府无疑会亮起红灯，因为在加油站建设上比阔气、图气派，无异于浪费资源和钱财。全国各地的加油站，从设计到建筑，从外观到布局，必须“一步到位”，而不是小脚女人走路，迈不开步子，老是跟在别人后边；必须“管理到位”，不是只图数量，只铺摊子，不顾质量，不讲管理。这一在加油站设立方面的“超前思维”，耐人寻味，不知我们能否采取一个“拿来主义”？

应急灯变成致谢灯

2003年圣诞节期间，与一位访华归来的南非同行聊天，对方一见面就赞扬中国经济的快速发展，特别提到办事效率高，约会守时间，他还幽默地说："中国人干什么事都快，就是开起车来慢。"对于他这一戏言，我反唇相讥："南非人干什么事都慢，就是开车快。"对方听后笑着竖起大拇指表示赞同，不过，我紧接着就补充说："开车快的南非人遵守交规，文明礼貌，值得学习。"看他有些诧然，我便讲述了自己在南非耳闻目睹的几件小事，特别提到"应急灯变成致谢灯"给我留下的难以抹去的记忆。

南非的公路四通八达，质量一流，加之交通标志鲜明，好车川流不息，一般情况下，驾车人一上路就来精神，能快尽管快，犹如风驰电掣，大有争分夺秒、与时间赛跑之紧迫感。初来乍到之时，自己车技不佳，道路不熟，目睹飞奔不息的车辆，一上路就神经紧张，特别是从后视镜里看到后面快速追赶上来的一辆辆大车小车，恐惧感油然而生，赶快靠边让路而唯恐躲避不及。令人感到意外的是，他们快速超车后都不约而同地闪几下应急灯，这反倒使我疑窦顿生，难道是以此抗议我让道太晚，影响了他们的车速？事后才知道，这闪亮的应急灯不是抗议而是致谢，感谢我为他们及时让路。对于他们的致谢，我心里一热，充满感激，因为它驱除了我这位初学者的恐惧感，使我能够心平手稳地照常驾驶。对此，我不能无动于衷，那如何回谢呢？即时闪一两下大灯，表示心领神会，"不用感谢"。

应急灯变成致谢灯，而大灯又变成回谢灯还不能代表南非人礼貌行车的"文明灯光语言"。再以"大灯"为例，当交通路口的红灯变为绿灯，而前面的人没有反应迟迟不动时，后面的人不是鸣笛抗议，而是闪几下"大灯"善意地做出提示，这里，"大灯"又变成了"提示灯"。"提示灯"大大减少了城市的噪音污染，舒缓了现代生活给人们带来的某种焦急浮躁，无疑有利于人们的身心健康。当然，这提示灯的用途还不限于此，在高速路上行驶时，当对面驶来的车辆向你闪"大灯"时，他们是在提示你，前面的道路出现了某种障碍或是你的车辆出现了异常现象，让你减速行进或是进行自我检查，以保证交通安全。这种障碍可能是前面发生了车祸，或许是前方正在修路，拟或是道路受到暴雨的破坏，等等。

在南非，城市繁忙的十字路口皆设有红绿灯自不待言，而城市的一些街巷出口和农村比较偏僻的十字路口是没有交通灯的，而是在道路左边各竖起一个“停”字的标牌，在路面上各画一道“白线”，以此代替红绿灯的作用，确保过往车辆安全通行。每当行驶到这种十字或丁字的交叉路口时，车辆都不约而同地停在白线内，然后左顾右盼看看其他几个方向是否有车辆停留等待，如有，则严格按照先来后到的前后次序，先到者先过，依次通行，这种“一停二看三等四通过”的交规已成为约定俗成，在设有交通灯的路口，当红绿灯暂时出现问题时，大家就借用和遵守这一规则。近年来，我未看到在这种交叉路口抢先加塞或是无视他人横冲直撞者。在南非驾车者的眼中，那道“白线”是一条地道的“君子线”，即使无车时大家都习惯地“停”下来，在确保无车时再通行；而四面都来车时，大家就按照“君子协定”依此类推。

开车少不了出现问题，外加车速普遍较高，车祸也就在所难免。由于大家文明礼让，别说是驾车人彼此之间出现鸡毛蒜皮之类的小摩擦，就是发生车祸这类严重的交通事故，彼此都能理解，相互均能宽容。一次，我驱车去比勒陀利亚采访，途中突然听到前面不远处传来一声巨响，两辆小车前后严重追尾，车灯相撞迸飞的碎片撒落一地，幸好人未出事，他们都很快从车里下来，面对面走过去。按照多年在国内的经验，我想一场轻则唇枪舌剑、重则拳打脚踢的战斗一触即发，转眼就会出现。然而，眼前的一切却使我“大失所望”，两人先是彼此握手，不知说了些什么，其中一人开始打手机，然后双方共同视察祸情；几分钟后，警车沿着黄线外的备用道不是呼啸而至，而是闪烁着顶灯而来，警察紧张地做了笔录，拖车将两辆事故车迅速拖离现场，最多一刻钟后，道路重新开通，好似一切并未发生。出车祸后双方仍能以礼相待，和平相处；交警又能以最快的速度处理车祸，保持道路及时畅通；行驶中的其他车辆全部停了下来，无人占领备用道抢先通行，道路上各司其职，秩序井然。此事给我留下的印象，丝毫不亚于“应急灯变成致谢灯”，使我对南非的驾车人好感倍增。

近年来，类似的一件件小事陆续在我身边发生，置身于驾车讲究礼貌的“彩虹国度”，受南非人的耳濡目染，我也学会了此间的“灯光语言”：每遇他人为我让道，我便入乡随俗地按下“应急灯”；看到别人超车后闪亮的“致谢灯”，我就习惯性地闪几下“大灯”；每当行驶到无红绿灯的交叉路口时，我下意识自觉地执行“君子协定”。每当此时，我都在想，假如远在万里之遥的祖国各大城市，驾车人都能像南非人这样文明礼让，我们的城市道路交通就不至于那样拥挤不堪，我们的街道就听不到此起彼伏、接连不断的刺耳喇叭声。其实，做到这一点并非难事，只要人人多一点耐心与宽容，多想一想“人人为我，我为人人”这句言简意赅的名言。然而，做到这一点也并非易事，它需要驾车人素质的普遍提高，需要全社会呼唤和倡导集体主义，需要相互宽容、彼此礼让的社会风尚的形成。

圣诞节前夕，南非交通部再次强调“平安抵达”活动的重大意义，号召广大驾车人文明行车，安全度假，交通部长还亲自深入道路，检查违章，宣传安全知识。同时，新闻媒体也为礼貌驾驶和交通安全造势，《星报》发表了题为《旅游愉快，旅行安全》的评论，提醒人们重视交通安全，遵守交通规则，勿忘交通文明。政府和新闻媒体的宣传与倡导，周围驾车人以身作则的模范带头作用，这些，无疑是对易违章行驶者不停地敲响警钟，这种潜移默化作用能够使全社会逐渐形成相互尊重，彼此理解，文明驾车，礼貌安全的良好风气。

第二十三章　加强法治

法治是国家稳定与发展的基础和前提，非洲国家深明此理。

南非在废除种族隔离制度后，不但运用法律反对歧视，促进平等，制裁作恶者，使把黑人当活靶驯犬的六名白人警察受到严惩，而且运用法律管理治理矿业，重罚违规操作者，努力减少矿难发生次数和人员伤亡数量，实现矿井安全生产。南非的矿业管理和超前开发之路具有借鉴意义。

监狱是管理和教育囚徒的场所，女犯人又是社会的一个特殊群体，容易引起人们的关注。走进南非女子监狱，犯人把监狱变为“课堂”学习电脑，让人喜忧参半；开普敦的“断桥”又无不引起人们的思考，该桥长期存在究竟是谁之过？法律与道德之间何时能找到令人满意的平衡点？

卢旺达大屠杀震惊世界，启用民间司法审判大屠杀罪犯受到广泛关注。非洲民间具有很多优秀传统，民间司法这一传统形式正在帮助卢旺达走向和平与和解，显示出新的活力与生命力。

邪教害人。2000 年 3 月 17 日，乌干达邪教组织“恢复上帝十戒运动”在该国卡农古镇制造的 530 多名信徒集体自焚的惨案震惊了全世界。乌干达政府快刀斩乱麻，邪教头目纷纷落网，邪教总部杂草丛生。

第一节　从严治矿美名扬

携手严防　违规重罚

淘金挖钻并非易事，矿业管理是一门学问。经过一番探索，南非摸索出整套经验可资借鉴。

在2005年2月举行的非洲矿业投资大会上，矿井安全引起与会者的关注，矿业大国南非在安全生产方面的经验受到大家好评。南非的矿井安全生产现状如何呢？在安全生产方面有哪些具体做法呢？带着这些问题，我采访了南非矿产和能源部官员。

南非是世界最大的矿产资源生产国之一，以煤炭生产为例，南非是世界第六大无烟煤开采国和第四大蒸汽煤出口国，2003年的煤炭产量占全球总产量的5.8%。

矿业是南非经济的三大支柱之一，在国民经济中占有举足轻重的地位，约占国内生产总值的10%。全国有500多家矿产企业，其产量由大型企业占主导地位。以煤矿为例，12家矿山的产量占全国煤炭生产总量的73%。2003年，全国矿工总人数434608名，其中金矿工人约占1/2，足见南非是世界最大的黄金和白金资源国、生产国和出口国。

谈到南非矿井的安全问题时，矿产部主管矿井安全的官员认为，尽管采取了一系列安全措施，他们对目前全国年0.6‰的矿工死亡率并不满意，还在尽最大努力减少和杜绝伤亡事故的发生，“因为安全高于生产本身和企业利润”。他表示，矿井安全生产不但涉及企业，特别是上市企业的声誉和影响，而且牵挂着千家万户，受到全社会的密切关注，政府、企业和矿工必须高度重视，安全意识一定要常备不懈，万万不可玩忽职守，掉以轻心。由于矿工死伤率是衡量矿井安全的客观标尺，首先就要采取切实措施，减少事故，避免伤亡，特别

井下作业需要休息。

是重大伤亡事件。

为保证矿业生产的安全，南非颁布了一系列法律和条例，其中最重要的是1996年开始实施的《矿工健康和安全法》。该法明确规定政府和企业的责任与义务，对矿井安全生产做出具体规定和要求。这部法律是在总结经验、吸取教训的基础上形成的，并在贯彻执行过程中不断予以充实和完善，从目前来看是比较切合实际，且操作性强，自实施以来，南非的矿业年千人死亡率从1995年的1.02降到2001年的0.78，年千人受伤率同期内从14.76降低至12.33。

这位官员表示，矿产和能源部下设矿工健康和安全督察局，专司矿井安全之职，保护矿工的身体健康和人身安全。该局雇佣了200名专职督察员在全国范围内进行安全生产巡回检查和财务审计，对矿井安全每月检查一次，财务审计每年进行一次。“发现安全隐患立即进行纠正，具体措施包括罚款、停产、限期改正等；对督察员提出的安全问题，企业必须在尽可能短的时间内做出答复并彻底解决，确保矿工安全生产。”一般而言，大型矿山企业的规划考虑详细，基础设施较好，操作比较规范，小型企业在这方面做得较差，安全检查则需要更加严格，特别是对一些非法企业必须坚决打击，及时予以取缔，决不姑息养奸，遗留后患。

除必要的法律和条例外，国家矿产和能源部还制定有最佳安全指导原则，对企业的安全生产提出更高要求，帮助企业更加规范地进行安全生产。这些指导性原则是专业咨询公司在周密调查研究的基础上制定的，具有较强的科学性、实用性和参考价值。

在政府督察员定期检查矿井安全的同时，企业对安全生产也非常重视，上岗前的安全培训、经常性的安全教育和安全检查必不可少，安全教育决不走过场，安检员的严谨程度丝毫不亚于政府督察员。企业一律不允许矿工带火柴和香烟下井，一旦发现就严厉处罚。在不少矿井，特别是煤矿，如果发现哪个矿工带火柴下井作业，哪怕只是一根火柴，立即对其炒鱿鱼。

南非矿业商会和全国矿工协会是矿山企业和矿工自己的组织，自然十分关心矿井安全生产和矿工的人身安全。这两个组织把安全生产作为维护矿工合法权益主要内容之一，严肃认真对待安全问题，协助政府和企业开展安全生产检查，动员矿工开展安全自查和互查，发现安全隐患随时消除或上报，将安全隐患消除在萌芽状态。

除有法可依、执法必严、齐抓共管安全生产外，政府对企业严格实行违法必究，重惩严罚。矿产部的官员强调，凡一次造成六人及以上的死亡事故都属于重大矿难，“凡造成人员伤亡的事故，政府首先对有关企业课以20万兰特的经济处罚，重大事故的罚金则更高；矿产部与司法部立即组成联合调查组，查明事故原因，对企业领导和直接责任者进行经济处罚，触犯法律者移交司法部门处理，决不心慈手软，决不以行政处罚代替法律制裁”。事故原因查明后，政府和企业“亡羊补牢”，对有关安全条例进行补充修改。在处理矿难过程中，商会和矿协除参与矿难调查组外，还要求企业对死伤人员进行合理的经济赔偿，维护成员的合法权益。

针对一些人提出的煤矿的伤亡率高于金属矿的疑问，这位官员指出，这一问题源于煤矿的地质结构比金属矿松软、瓦丝器数量较多、易发生露水透水和塌方等情况，但这仅是问题的一个方面，事实上，南非金矿是事故多发区，占全国矿业死亡人数的65%和受伤人数的64%，“这一方面是因为南非的金矿工人占到全国矿工总人数的一半，一方面是由于南非有世界上开采最深的金矿井，深度远远超过南非的其他矿井”。

南非矿井的伤亡数字似乎更能说明这一问题。1994年，南非全国矿井的死亡总人数为482名，其中金矿和铜矿398名、煤矿54名、钻石等其他矿30名；1998年的这组数字分别是366，306、42和18；2003年的数字依次是264，209、22和33。需要说明的是，矿井伤亡人数是井下与地面的总和，以2002年为例，288名全国矿井死者中，54名是地面死亡；该年度全国煤矿的死亡人数是19名，其中10名是地面死亡者。

1994年度全国矿井共发生事故8036起，受伤总人数是7934名，其中煤矿为

钻石矿地面高塔。

240 名；1998 年的这组数字分别是 6151，6059 和 255；2000 年的数字是 4851，4728 和 213。

这几组数字表明，南非的矿山事故、伤亡人数在逐年减少；煤矿的伤亡人员在各类矿井中是比较低的。有关专家认为，南非煤矿事故率低、伤亡人数少，除其他因素外，还应归功于良好的基础设施和安全防范措施。比如，煤矿井底运输人员和材料的车辆，时速限制在 90 公里以下，井下交通设施的情况由此可见一斑。为减少粉尘和防爆防尘，矿井主要坑道都喷洒了白云石粉。另外，矿井的通气条件良好，这利于矿工的身体健康和降低井底温度，减少瓦丝爆炸的概率。

“绿色矿业”蕴藏潜力

金矿城博物馆是南非的著名旅游景点之一。当来自四面八方的游客乘坐小火车环绕博物馆一周感受当年矿区的情景时，当他们深入矿井体验当年矿工的艰苦生活时，当他们观看黄金的冶炼过程和触摸那块不知让多少人垂涎过的金砖时，特别是当少男少女们在游乐园兴高采烈地开心游玩时，他们哪里知道，这个闻名遐迩的博物馆是废矿利用的产物，也正是这把“变废为宝”的成功“钥匙”打开了南非有识之士的思路，进而提出了矿业资源开发超前发展战略，以实现矿业资源开发可持续发展，走绿色矿业之路。未开采矿产前就提出如何关闭矿井，恢复开采前的旧貌和景观是这一超前思维的主要内容之一。

众所周知，南非是世界上矿产资源和生产大国，各种矿井遍布全国，开采技术首屈一指。这批大型矿业基地和矿山企业的建立和发展，在加速国家工业化和城市化进程、带动相关产业迅猛发展的同时，也对生态环境产生了难以估量的负面影响，特别是一些煤矿，出现了“煤挖完了、地塌陷了、水土流失了、环境污染了”的严重后遗症。矿产企业不算“环境账”，不考虑自然资源和生态的承载力，不惜以牺牲环境和资源为代价，自己赢利了，却逃避了应承担的“环境责任”，将生态破坏、水土流失和环境污染的沉重包袱扔给了政府，抛向了社会。事实上，这种“先开发、后治理”的经济发展模式，治理起来所花费的人力物力财力，往往大于企业的生产总值，常常是“功不抵过”。如何吸取这一惨重教训，走出一条资源开发与环境保护协调发展的“绿色矿业”之路呢?

三年前，在一次“矿山关闭研讨会”上，一些来自咨询机构和研究单位的学者精英提出了矿山开采超前发展战略。这一战略基于这样一个基本理念：矿产资源并非取之不尽，随着不断开采，矿产资源正在日益减少，最终导致资源枯竭，矿山关闭；矿山的关闭与开采是一个密不可分的系统工程，开采企业理应承担矿山关闭的“环境责任”；关闭的方式有主动和被动之分，无论哪种方式，都需要一笔可观的资金作为后盾，因而要建立“关闭基金”；在实施这一系统工程中，政府不能“缺位”，必须对企业进行宏观管理，对关闭后的矿山进行监测。

矿业开发超前发展战略的指导原则是，在矿山环境扰动量小于区域环境容量的前提下，实现矿产资源开发最优化和生态环境影响最小化。在这一原则指导下，开采矿山前先对周围环境进行评估，提交环境评估报告。评估的范围包括，区域环境承载力和矿山环境扰动量，由此建立相应的环境评估指标体系和技术标准，确保采矿小扰动、无毒害、少污染和无矛盾；环境治理、生态修复和景观复原，乃至废矿利用、深度开发和发展其他产业，由此建立矿山“关闭基金”和“再度开发资金”，确保废矿按期关闭或重新利用，重现矿山开采前的生态环境、人文景观或再度辉煌，实现矿产资源开发的可持续发展。

评估报告主要抓住这样三大环节：开采前，对区域水源和废水排放进行预测，企业不能与附近居民争抢水源，以确保居民用水；控制空气污染和噪音，不能害人和扰民；保护矿区的稀有草种、花种和树种不受侵害；保护好矿区的文化遗址；矿产开发要与周围的社会、经济发展相协调。开采中，对矿区环境的危害性进行评估和监测，对有关政策进行适时调整；逐年从企业利润中提留“关闭基金”和“再度开发资金”，从资金上保障生态环境的重建和修复，以及废矿利用和开发。开采后，关闭矿山要解决的主要难题是污水处理、环境再造、再次开发和社会问题。

面对矿城资源枯竭、矿山面临关闭的严峻挑战，南非采取了全方位的应对措施。其一，就矿找矿，在矿山周围加强勘探新矿源，以延长矿山寿命。如安瓦金矿在周围发现了一个超大金矿层，使该矿寿命延长50年以上；卡利南钻石矿原计划开采至2010年，而深井钻探技术使该矿延长开采30年。其二，废矿利用，采冶过程中产生许多废矿石和尾矿，随着选矿和冶炼技术的提高，对尾矿进行回收利用。其三，发展农林牧业，废旧矿山留下的大片土地可以用来开发森林、农场和养殖场。如西劳班煤矿在关闭后开发成经济林，效益显著。其四，发展旅游，如金矿城博物馆，将废弃的旧矿变为教育基地、展览馆和娱乐中心；卡利南钻石矿则是边开采边开放，集开发与旅游为一体。其五，如期实施关闭计划，主要问题是废水处理和环境修复。以煤矿为例，填竖井，防塌陷，排除危险隐患；覆盖废矿堆和尾矿坝，防止煤矿再燃、减少水渗透和种草美化；有效处理废水，消除高硫、强酸、钠和重金属危害物，减少对农业生产的不利影响。

南非环保专家告诉我，关闭矿山需要的资金大、时间长。一般而言，关闭一个矿山需要上千万甚至上亿元人民币，花费至少十年的时间，因为关闭后还要监测，有一个安全期。而真正的难题是资金问题，“羊毛出在羊身上”，在开采过程中逐年提留企业利润，建立“关闭基金”和“再度开发资金”，在关闭时再逐年发放，确保按质按时关闭矿山的做法是南非的一个成功经验，对中国具有借鉴意义。也正是从这点出发，中国应实现矿业集团化经营和管理，“家家点火、村村冒烟”式的小矿山应该叫停。

第二节 “彩虹国度”驱阴云

感受种族隔离

在黄金城博物馆的对面，坐落着一处特殊的建筑——种族隔离博物馆。2004年新南非十周年庆典前夕，我来到黄金城的西南角，走进这座不同寻常的博物馆，感受旧南非的黑天暗地，体会种族隔离的苦滋涩味，分享新南非的喜悦幸福，思考着自由平等的真实意义。

这是一座非常特殊的博物馆，其独一无二源于种族隔离制度的绝无仅有。这种特殊性让你未进门就能强烈地感受到：博物馆设有两个入口——白人和非白人，非白人专指南非本土黑人，白人包括欧洲人、有色人和亚洲人。在种族隔离制度的南非，种族主义政权把人按肤色分为三个等级——白人、有色人和亚洲人、黑人。黑白两种入场券便将参观者划分为两类人，从不同的门走进去。这就是种族隔离制度最基本的含义，这就是赤裸裸的“白人优越论”的最明白的表现。

一进门让人感觉像是来到监狱，两侧排满放大了的身份证，乍一看无甚区别，仔细一瞧才能分辨出，白人的身份证上印有“南非公民”，而非白人的上面却没有，且标明是“本土人”，注明其“民族”。在种族主义者眼中，“黑人就不是人”，这一观点明确地反映在身份证上，是对黑人人格的极大侮辱。

参观博物馆是一次沿着南非历史发展线索的旅行。穿过入口通道来到露天，沿着慢坡而上，“白人”和“非白人”汇合，开始这一特殊旅程：南非是人类的摇篮，黄金城附近发现的“普莱斯女士”头骨距今 280 万 ~ 260 万年；南非最早的本土居民是科伊桑人，两千多年前就生活在这片土地上；从 19 世纪中期西方殖民者从好望角登陆，南非人民就开始了反对殖民统治的斗争，而斗争的真正开端是 1886 年黄金的发现。此前，约翰内斯堡一带是白人农场，散布着一些黑人住房。黄金发现后，淘金者蜂拥而来。次年，就从国内外吸引来了 3000 多名淘金者，以白人为主；九年后，约堡成为非洲最大的城市，人口十余万之众，产金量占到世界的 27%。参观者从图片中可以清楚地感受到这一切。

在 18 幅淘金者的大型图片中有一位中国人，名叫冯永南，1926 年 8 月 29 日生于约堡。1900 年前后，其祖父母从上海远道而来淘金，生育有 13 个儿女。由于南非法律不允许中国人开采金矿，其父在黄金城内开设了一家杂货店，与一名科萨族黑人女子结婚，后人多是专业人才，生长在南非。

慢坡的顶端可以远瞧黄金城，近观黄金城博物馆，目睹散发淡黄色的金矿渣堆，认识开采黄金的高大铁塔。然而，身后用铁丝网成的博物馆高墙，无不让人感到如同置身于监狱一般。从这里沿台阶而下，步入种族隔离的主展厅，就像走进人间地狱，昏暗的灯光、沉闷的音响、隔离的区域，营造出一种特别压抑的气氛，让人如临其境，感同身受。展览图文并茂，音画并举，实物与画面并重，影视播放与文字说明动静结合，丰富多彩的展品让人目不暇接、压得人喘不过气，逼得人不断思考，从而产生一种强烈的感染力，引起参观者的心灵震撼。

南非历史有三个重大的转折点：1911 年南非联邦的成立，1948 年种族隔离制度的开始，1994 年新南非的诞生。展览依次分为三大部分：1911 年至 1948 年，种族隔离制度前期；1948 年至 1994 年，种族隔离制度时期；1994 年至现在，新南非时期。第一部分和第三部分是序曲和尾声，第二部分是主体和重点。

南非联邦的成立是英国和荷兰两大白人集团在共同剥削和压迫广大黑人方面，相互达成的利益结合点。联邦宪法规定，白人是南非的主人，统治国家，享有至高无上的权力；这种权力以肤色而论，与生俱来，不分国籍与来历。为

南非总统府。

此，颁布了1913年的土地法和1923年的城市居住法，剥夺了广大黑人的土地，并将黑人赶出城市，圈定在贫瘠偏远的穷乡僻壤，从地域上将黑白分开。这就是种族隔离的开端，与之相伴是的黑人的反抗与斗争，1912年南非非洲人国民大会（非国大）成立，1921年南非共产党诞生……

由于分离政策的失败，城市贫民窟的出现，工人阶级的武装和部落权力的减弱，白人普遍感到四面楚歌，担心受到黑人围困，这助长了白人民族主义的抬头，再加上穷白人问题的产生，直接导致了具有强烈民族主义色彩的国民党的上台。国民党极力推行种族隔离政策，并将这一政策法律化、制度化。迎面的墙壁上贴满了密密麻麻的法律名称，涉及种族隔离的方方面面，制定者可谓绞尽脑汁。这150部法律构成种族隔离制度的基础，将广大黑人从区域上彻底分离，打入社会最底层。这些五花八门的法律规定，仅白人享有选举权，全国的学校、医院、公园、沙滩、电影院、体育馆等分为黑白两类，白人的场所黑人不得入内，否则按违法处治。就连火车车厢、公园里的凳子也分类，标明“白人专用”者黑人不得进入或入座。政府的财政预算更是按种族分配数额。

在种族隔离制度下，广大黑人的生活暗无天日。“在种族隔离制度下人民的生活”的展区，两张大幅图片吸引了参观者的目光：一张是两名黑人没有随身携带通行证，违犯了通行证法而被戴了手铐；一张是黑人学校的学生没有桌凳，小学生们趴在地上写字。

哪里有压迫，哪里就有反抗。非国大、泛非大、南非共等革命政党领导人民与反动政权进行不懈斗争，广大黑人的抗争运动一刻也没有停止过，发生了震惊世界的沙佩维尔血案和索韦托学生运动，这里展出的当年的警车和枪支，播放的革命运动的实况录像，把人们带回到那个激情四溢的年代，向反动统治发出了最强烈的怒吼！

除武力镇压黑人的反抗外，种族主义政权还运用反动法律和残酷折磨等手段，迫害和枪杀革命者。在挂满象征执行死刑的绞绳环的展室，墙壁上依次排列着1962年至1989年被处死的政治犯的名单，共130名。旁边是“黑人觉醒运动”的发起者比科的照片和介绍，他不是被处死的，是被活活折磨死的。1966年，19岁的比科进入纳塔尔大学医学院学习，毕业后没有从医救死扶伤，而是发起黑人觉醒运动，1977年8月被捕，关押在伊丽莎白港，裸体戴手铐脚镣，不许离开牢房半步，不许洗澡和运动。9月7日遭受严刑拷打，昼夜躺在尿湿的毯子上，接着，身负重伤、仅穿裤衩的他被捆在越野车上，押送到1200公里之外的比勒陀利亚。9月12日死在狱中。读完他的简介文字，参观者无不心情沉重。

在常人眼中，种族隔离制度是十分荒唐的，可笑在它将人仅按肤色分类，而更为荒谬绝伦的是，其政府在承认人的肤色差异“与生俱来”的同时，又可以随意“改变”人的肤色。下面是1986年3月2日《星报》的一则报道：

“议会消息：官方去年改变了1000多人的肤色。政府的一支笔将他们从这个人群划归到另一个人群，进行重新分类。”

“重新分类的细节被认为是变色蜥蜴的舞蹈。”

推动种族和解。

消息接着报道了内政部去年公布的改变肤色的18项具体内容，其中包括，702名有色人变为白人，19名白人变为有色人，一名印度人变为白人，三名中国人变为白人，249名黑人成为有色人，两名黑人成为亚洲人，一名中国人成为有色人，三名黑人成为马来人，等等。最后一项是：没有黑人变为白人，也没有白人成为黑人。

1987年至1990年是南非历史的重要阶段，特别是德克勒克1989年上台后，宣布解除党禁和释放曼德拉，政府与非国大随之进行谈判，促成了新南非的诞生。展览以“新宪法”和“真相与和解委员会”两个展室作为尾声，前者用新宪法组成柱子的形状，喻义新宪法是新南非的基石；后者意在强调该委员会为种族和解奠定了良好基础。

经过五个多小时的参观走出博物馆，回首门前那七根顶天立地的“柱石”：自由、尊重、责任、多彩、和解、平等、民主，我明白它们是新南非这座美丽大厦的基石和柱子，正是由于柱石的坚定、稳固、牢靠，新南非十年才取得了举世瞩目的伟大成就。也许，更加发人深省的是，镌刻在博物馆入口处墙壁上的曼德拉那句关于“自由”的名言：“自由不只是失去自己的锁链，而且要尊重他人的自由，提高他人的自由质量。”

南非议会通过反歧视法

2000 年 1 月 26 日，南非国民议会以 298 票对 40 票的绝对优势通过反歧视法。这是南非历史上首次通过的反对歧视的专项法律，是对旧南非立法性的种族歧视的彻底否定。种族隔离时期的执政党——新国民党投票赞成这一法案，表示“我们有必要否定过去的不公正做法”。

新通过的《促进平等和防止不公正歧视法》规定，任何以种族、性别、婚姻状况、肤色、信仰、语言、出身、年龄和残疾等为理由的歧视皆为非法。其适用范围包括保健、保险、教育、公共场所等。该法还禁止利用言论对人进行伤害和攻击。

南非司法部长马杜纳向议会介绍这项法律时指出，南非历史上立法性的不公正歧视给当今社会留下了难以抹去的痕迹，“该法律的通过是南非立法史上的一个里程碑，正是从这个意义上讲，其重要性仅次于宪法”，其目的是运用法律这一武器加速南非社会转型。

2000 年 9 月 1 日，姆贝基总统签署了这部法律。该法律付诸实施标志着南非运用法律武器打击种族歧视犯罪，南非各法院设立的反歧视法庭专门受理此类案件。

南非通过反种族歧视行动方案

2000 年 9 月 2 日闭幕的南非首届全国反种族歧视大会通过“反种族歧视行动方案”，这标志着南非将运用法律、教育、新闻媒体、专项运动等综合手段及社会团体的力量，共同反对种族歧视。

“反种族歧视行动方案”在指出种族歧视的严重危害性、重申南非各种族人民不论肤色同是南非公民的基础上，号召全体南非人民团结一致，加入到反对种族歧视的行列之中，为建设无种族歧视的新南非努力奋斗。

方案提出在各类学校，特别是中小学开展反种族歧视教育，运用各种族的语言开展教学，从而掀起全国范围内的反种族歧视运动，让下一代从小认识种族歧视的危害性，让全国各种族人民认识种族歧视是南非人民的共同敌人。方案重申新闻媒体和文化、艺术单位在反对种族歧视方面负有不可推卸的责任。方案呼吁各社会团体配合政府开展反种族歧视运动。

会议建议政府将 2001 年至 2010 年宣布为"南非反种族歧视十年运动"，同时将每年的 12 月 16 日规定为"全国种族和解日"，每年的这一天开展反种族歧视活动。

会议呼吁种族隔离制度的既得利益者——白人及其企业主动向种族隔离制度的受害者——广大贫困黑人进行经济赔偿，从而使贫穷黑人能够接受教育和医疗，提高生活水平。

白人警察把黑人当活靶驯犬

2000 年 11 月 8 日，继国家电视台 7 日晚的报道之后，南非各大报纸以头版整版或大半版的篇幅，图文并茂地报道了白人警察以黑人当活靶训练警犬的野蛮残忍行径。这一非常罕见、令人发指的种族歧视事件像一颗威力无穷的超级炸弹，立即在全国引起巨大震惊和强烈义愤，包括白人在内的各界人士纷纷慷慨激词，严厉谴责这一失去人性的暴行。六名参与这一案件的警察已被逮捕。

11 月 7 日晚 8 时，南非国家电视台在《新闻联播》的头条和 9 时 30 分的《特别报道》节目中，报道了豪登省约翰内斯堡市东兰德警犬训练组的六名白人警察以莫桑比克的三名被怀疑为非法的黑人移民为"活靶"，训练警犬的残酷事件。播音员和节目主持人在报道这一新闻之前，首先提醒未成年人、感情脆弱者与心脏病患者不要观看，以免镜头过于残暴他们无法接受。接着，一幕幕不忍卒睹的镜头出现了……

1998 年 1 月 3 日上午，在黄金城约翰内斯堡东兰德地区的荒野上，两辆警车戛然停留在尘土飞扬的小道上，四名身着警服的白人警察从车上拉下四条阿尔萨斯狼狗，其中一名对同事说："欢迎你们参加驯犬。"此后，他们先让狗嗅了嗅车上的三名黑人男青年，然后让其中的一名黑人走到离车不远的荒草地中，一名警察牵着一条狂犬猛然扑叫而去抓住黑人的裤脚，黑人本能地后退，大叫“饶了我，老板”；警察放长狗绳喊着“抓住丫的”，狗再次狂扑过去，黑人用手拦狗，警察命令黑人放手，并不管青红皂白挥手就是一巴掌，左右开弓将黑人打倒在地，狗仗人势的警犬压在黑人身上四处乱咬，将其衣服撕破，咬伤其身上多处。

正在这时，另一个警察牵着一条新犬上阵，示意它像刚才那条犬一样“战斗”，当黑人青年用手拦挡狗时，警察用脚踩在他身上不许其乱动，并大声喊道“咬这个卡菲尔（南非白人对黑人的蔑称）”，让狗肆意横行。有时，警察还笑着抱起狗示意它从上到下咬黑人身上。

就在黑人抱头求救的惨叫声中，警犬用嘴将黑人小伙在地上拖行，过了一会儿，另一条警犬又扑上来，两条恶狗将其向两个方向撕去，黑人已被咬得四分五裂的衣服被狗脱掉，遍体鳞伤。

接着是对另两名黑人的轮番如法炮制。最后，警察还要拿三名黑人继续开心，命令其站成一排，一个警察问他们：“你们是不是卡菲尔？说你们是卡菲尔。”接着便朝其中一名黑人的头上猛击一拳，将他击倒在地，并恶狠狠地踩上几脚，还问他知道不知道世界摔跤协会。这时，在一旁观看的其他五名警察大笑，其中一人朝黑人扔石子。大约一个小时的训练结束时，一名警察从腰间拔出手枪命令三名黑人上车，他们与狗同坐在一辆车的后车厢。

恶犬伤人的后果是可想而知的。据电视新闻报道，其中一名受害者已死亡。该电视节目结束时，电视台特意公布了心理咨询电话，以便那些因观看该节目而引起身心不适者接受治疗。由此可见这一事件对观众和社会造成的巨大冲击力。

发生在 1998 年的这一暴行被驯犬组拍摄下来作为“观摩教材”。2000 年 10 月，当几名参与暴行的白人警察与朋友在一起“娱乐”观看时被发现，有关“录像”才得以公之于众。

就在电视台播出这个节目前，国家公安部长特什韦提和警察总监塞莱比等观看了录像。特什韦提在观看时曾将头转向一旁不忍面对电视屏幕，表示“极为震惊”与“难以置信”，“尽管事件发生在 1998 年，但是我仍难以相信在我们进入民主的新南非四年之后，竟发生这种赤裸裸的种族歧视事件和如此残酷的野蛮行径”。他当即拍板逮捕那六名参与该事件的警察，对其进行隔离审查，从速以法严惩参与者。

塞莱比命令成立高级专案组，在全国范围内调查此类案件，防止其他警察局出现类似事件，“这些参与者还在警察系统工作，他们极有可能继续这类暴行”。他指出，全国绝大多数警察是忠于职守的，这一小撮败类是例外现象。

这一事件在南非引起轩然大波，各界人士通过各种渠道强烈谴责六名白人警察的兽行。反对党民主党领袖里昂用最严厉的措词谴责这一暴行，呼吁严惩参与者，“这一事件令人毛骨悚然，它使人回想起种族隔离制度的鼎盛时期”。

南非举国上下怒斥暴行

白人警察把黑人当活靶驯犬的暴行极大地触动了南非社会最敏感的神经——种族歧视问题，它像激起千层浪的“一石”引起了举国上下最强烈的震惊和愤怒，人们用最激烈的言词谴责白人警察毫无人性的种族歧视暴行，纷纷要求严惩警察内部的败类。莫桑比克和津巴布韦政府也强烈谴责这一暴行，要求南非严惩施暴警察。

当国家电视台播放这一恐怖新闻时，正值泛非议会大会在南非立法首都开普敦开幕之际。面对与会的200余名非洲各国议会的代表和非洲统一组织的代表，南非国民议会议长金瓦拉博士强烈谴斥南非白人警察对非法“移民的种族歧视和野蛮施暴”，代表南非向非洲大陆的各国人民“深深致歉”。

南非政府就此事发表声明认为，这一种族主义的暴行不但彻底践踏人权，而且严重损坏了南非警察的形象。11月10日，姆贝基总统表示自己怎么也难以相信此类暴行竟能发生，认为该事件是南非社会堕落的一个证据。同日，参与暴行的六名警察在行政首都比勒陀利亚出庭受审时，愤怒的群众在法庭内外激情抗议，国家司法部长马杜纳亲自出面，反对这六名警察的保释申请。

南非教会委员会、南非工会大会等组织认为，此类事件出现在警察内部“令人难以置信和难以接受”，“这一事件，同其他类似的尚未披露的事件一起，对我们国家的种族和解毫无益处”。

南非各新闻媒体披露警察暴行后，热线电话从四面八方涌入，昼夜不停，义愤填膺的不同肤色的群众表达他们对警察暴行的愤慨之情。11月9日，南非最具影响的《星报》用第二版整版的篇幅刊登读者来信。一位名叫赞米特的

新南非内阁成员组成，反映了种族和解。

白人读者在信中指出："白人之中出现了这几个害群之马，我为自己是白人而感到耻辱，谨代表白人向所有黑人兄弟姐妹深致道歉。"该报著名白人专栏作家普里兹以"我愤怒、我恶心、我羞愧"为题发表文章，痛斥警察暴行。

同日，该报在头版发表评论指出："任何稍具正义感的人都难以掩饰心中的极端愤怒和彻底反感，我们的警察放狗凌辱手无寸铁的年轻人，而他们本应是公民权益的捍卫者。""这是一起极端的种族歧视事件，几名白人警察没有把那三名黑人当人看，而是当做鼠辈一样对待，全世界的人民都看清楚了。这种野蛮残忍的事件居然能发生在这个民主社会，每个南非警察、我们的政府和每个公民都应感到羞愧。"

南非豪登省警察局局长就警察暴行发生在自己的管辖区内，向南非全国人民道歉，并对此事件严重损害警察的形象深感"痛心"。南非独立投诉委员会主任访问了施暴的警察局，表示坚决支持对六名施暴者的法律起诉，并积极参与对该警察局其他警官的调查，扩大调查范围，彻底查处类似野蛮事件。该委员会还在报纸上公布了自己的电话号码，号召读者揭发类似的严重违反人权的犯罪行为和种族歧视行径。

10 日，三名黑人受害者的两名被设法找到，他俩是莫桑比克的尼蒂曼内兄弟。据他们讲，他俩当时是在寻找工作时被抓住的，警察说每人交 300 兰特便可放人，“可我们没有那么多钱，就被拉到驯犬现场”。

投诉委员会强调，他们将密切关注警察暴行，因为警察放警犬咬人的事时有发生。就在这一电视新闻播发前一周，北方省的15名黑人在城市垃圾堆里“淘金”时遭到警犬袭击，身上多处受伤；10月22日，夸祖鲁－纳塔尔省的3名黑人被以盗窃罪拘留，警察把他们带到指定地点，用利器将其大腿划破，让警犬嗅身上的血，接着就开始施暴。

南非公安部长特什韦提表示将采取严厉措施，打击带有种族歧视性质的野蛮暴行，清除警察系统的极少数败类，并表示加强对警犬的管理，以后警犬仅用于银行盗窃和恐怖爆炸案件的侦破工作。

几个月后，六名参与该事件的警察受到法律的严厉制裁。

第三节　女子监狱引人深思

走进南非女子监狱

南非的高犯罪率举世瞩目，监狱常为人满为患而备感头疼，以致每隔一段时间就会出现狱中罪犯爆满“盛况空前”，而不得不提前开释的新闻。在谈及南非犯罪问题时，犯人生活舒服、不怕坐牢服刑之类的话题也时有耳闻。为弄清南非监狱的“庐山真面目”，2002年5月的一天，我走访了位于行政首都比勒陀利亚的一座女子监狱。

这座戒备森严的监狱与繁华闹市仅一路之隔，行政首都监狱管理局也设在监狱的大院内。在豪登省狱政厅官员罗比拉德、行政首都监狱管理局局长和女子监狱长的陪同下，我们一起来到监狱紧锁着的铁门口。走进第一道门关，是监狱探访接待处，探访者在这里等待他们要看望的犯人，犯人被带到一个小小的房间里，隔着玻璃和外面的亲朋好友通过话筒交谈。

在通过两道登记和关口后，我们走进了监狱区，首先看到的是一个百十平方米的露天小院，这是犯人的“放风”之地，正挤满一群年轻的犯人，其中不少人未穿囚服。监狱长告诉我们，当天有宗教代表来给她们做咨询服务，未穿囚服者是因为还没有被判刑。

监狱长从人群中分出一条道来，我们便在囚犯的“夹道欢迎”下告别“放风区”进入另一走廊，走廊的顶端又有一道铁门，这里便是关押犯人的囚牢了，一位英姿飒爽的女狱警为我们打开了牢房门。在进入牢房区前，大门旁边有一间小卖部，出售日用品和香烟，问及价格，部分商品比外面的商场还便宜，管理人员解释说，监狱商店以方便犯人为宗旨，营业利润率不能超过12%。

女狱警在思考。

女子监狱的囚牢分为四类：一是大集体宿舍，上下两层，床与床之间紧挨着，屋内能容纳40余人。二是只能放一张或两张上下床的小牢房，里面关押着2名至4名犯人，这些犯人多因表现良好而荣获特殊待遇。三是母婴牢房，这里虽然也是集体宿舍，不过要宽敞一些，房间的三面是大床，中间有一块供孩子们玩耍的活动场所，过道靠墙是一排儿童床。四是青少年关押处，因这类犯人特殊而单独管理。一般而言，未判刑者与判刑者分开关押。

大集体牢房几乎由清一色的黑人囚徒组成，多因偷盗而锒铛入狱。大概是因为人数较多而相互壮胆，或许是由于天长日久而习以为常，她们似乎相处得友好和睦，对陌生人的来访并不感到稀奇意外，给人一种久经沙场的“大将风度”。提出给她们拍照时，不但没有出现其他牢房那种婉言拒绝的情形，反而自告奋勇，争先恐后，唯恐自己错失上“镜头”的良机。

在青少年牢房，我看到一个面目清秀，看上去还有点腼腆的女孩，看样子只有十七八岁，问起她因何种罪行入狱却是让人大吃一惊，她犯的是“持枪抢劫罪”！看出我惊讶的表情，管理局长解释说，女子暴力犯罪并不普遍，女犯多因偷盗、欺诈而入狱，她们多是文盲，入狱前没有工作，或是家庭佣人。我们又和其他几位女囚闲聊了几句，她们的目光显得有些呆滞，有些女犯还听不懂英语，问到她们对监狱生活的感受，她们大都低头不语。

小牢房位于二楼，每间牢房很小，摆放两张架子床就显得十分拥挤，里边靠墙处是洗手池和马桶。在其中一个小囚牢，我们看到一个中年白人妇女正在画画，原来是她的孩子快过生日了，她在为孩子制作生日贺卡。尽管身陷囹圄，铁锁高墙也锁不住母亲对儿女的一片爱心，关不住那一份“慈母情”，如果不是沦为囚徒而身不由己，作为母亲的她定会和自己的孩子一起共享天伦之乐，想必她此时的心情是错综复杂的。白人女子多因经济问题而锒铛入狱。圣诞节刚过，走廊里的张贴画上还让人感觉到一派节日气氛，目睹走廊的那台电

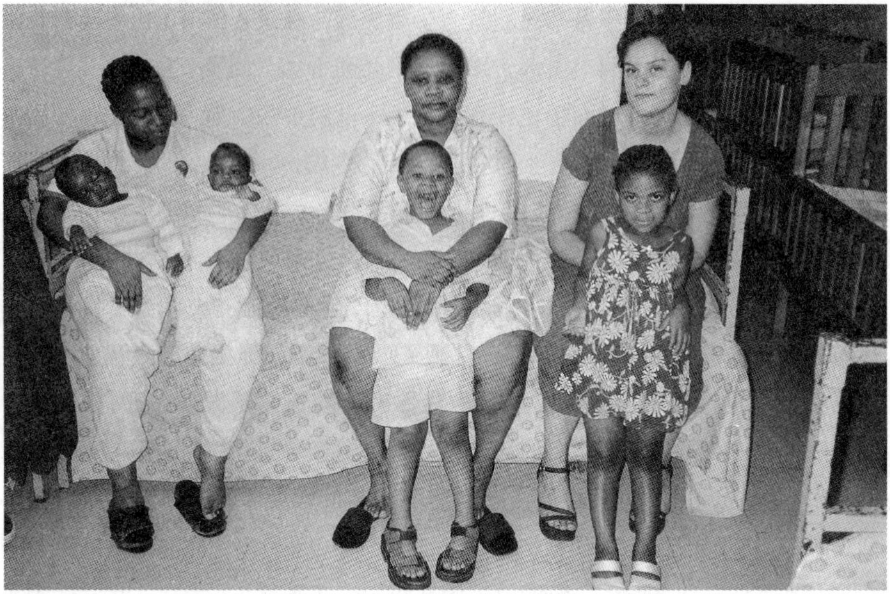

陪母亲坐牢。

视便联想到有关犯人待遇良好的传闻，问及此事，监狱管理局局长这样作答："让那些犯人看电视取决于她们的表现，且不是任何时候都可以自由观看，监狱并不提供这项特殊服务，观看电视只不过是一种奖励而已。犯人可以自带收音机，但收听的原则是不能影响他人。与常人相比，她们享受的这点待遇实在是少得可怜。"

从二楼下来，我们参观了母婴关押室，这是为了照顾那些在判刑时孩子还年幼的妇女或是身怀六甲者。母婴关押室的房间条件无论从空间还是通风卫生方面都比其他牢房要好一些，监狱尽可能创造条件提供给那些无辜的孩子，如专人负责看管小孩，带孩子到外面晒太阳和在草坪玩耍，给孩子提供玩具等。在这里，我们还见到一位并没有带孩子的白人妇女。监狱长说，她已经怀孕，孩子也将在监狱里出生。那个即将问世的可怜孩子如果在两岁后仍找不到其他亲人监护照顾的话，就要在监狱里长到五岁，在孩子五周岁时，狱政部门便与社会上的慈善团体或宗教机构联系，为孩子寻找出路。

我们在这里看到六七个活泼可爱的孩子，见到陌生人来访显得十分高兴，照相时更是开心异常，看着他们天真烂漫的笑脸，再瞧瞧她们的母亲，一种说不出的滋味涌上我的心头。

我们随后参观了监狱餐厅，犯人的一日三餐都在这里，监狱长告诉我们，监狱会考虑到营养搭配，定量供应，当然不会让犯人随心所欲，想吃什么就吃什么，并非外面所传说的那样，犯人过着美好的生活。监狱管理局局长补充说：“犯人都要参加劳动，监狱里设有几个工作车间，监狱农场还种植蔬菜，犯人可以通过劳动挣一点零花钱，但在报酬上绝对没有讨价还价的余地。女子监狱里的犯人则做一些缝纫和针线活。犯人即使衣食无忧，其行动却受到严格限制，隐私权也受到一定限制，没有自由，更没有和家人朋友团聚的欢乐，监狱毕竟是改造犯人、惩罚犯人的场所。”

对于那些从来没有工作、没有受过教育和培训的犯人而言，监狱也许是他们最好的“课堂”，最能受益的地方。在监狱的电脑培训室，我们看到两名女犯正在电脑前打字。入狱前，她们别说学习电脑，连电脑是何物也不曾认识，但现在已能较熟练地操作了。随行的狱政厅官员罗比拉德说：“很多犯人在监狱里学会了不少技能，但我们觉得这并不是值得提倡的事情，有关教育应该在狱外完成，这种现象实际上反映了一种社会问题，具有某种讽刺意味。很多人由于贫穷而无钱上学，缺乏教育使他们难以找到工作，也缺乏法制观念，成为他们犯罪的原因之一，而进入监狱后，政府才提供免费教育，但他们已构成对社会的危害。现在只有寄希望于这些人出狱后能够将其所学造福社会了。”

监狱办公室位于三楼，为便于管理，地板是特制的钢丝网，即使在走廊也可以通过脚下的钢丝网观察到下层楼犯人的活动情况。为监视犯人的一举一动，使她们更好地接受改造，狱政部门真可谓煞费苦心。

走出监狱壁垒森严的高墙和沉重厚实的铁门，通过一片绿色草坪，我们来到监狱管理局大楼，听取了关于南非狱政管理情况的介绍。南非的治安管理由狱政部、公安部、司法部、社会发展部共同实施，监狱管理则隶属于狱政部。南非全国有监狱 224 座，其中男子监狱 115 座，女子监狱 8 座，青少年看守所

犯人学电脑就是接受改造。

给孩子寄张生日贺卡。

12 个，另外 89 座则是男女犯人混合型。近年来，南非的监狱管理也进行改革，主要是试行监狱管理的私有化。

根据其犯罪行为和犯罪类型，犯人被分为轻刑、中刑和重刑犯人三大类，然后分别送往不同监狱。在改造过程中又根据其表现重新分类。另外，监狱还将犯人按年龄和判刑情况分为待刑犯、轻刑犯、重刑犯和青少年犯，轻重刑犯人以两年为分界线，21 岁以下者为青少年犯。

就豪登省狱政厅而言，共管辖 12 座监狱，在押犯五万多名，由八千多名工作人员管理。比勒陀利亚管理局下属五个监狱——女子监狱、地方监狱、中心监狱、重刑监狱和阿特威勒监狱，监狱管理人员 1566 人，关押罪犯 8170 人。

官员们表示，监狱面临的最大挑战是容量不足，人满为患。南非全国 224 座监狱的设计容量为 99834 人，而 1999 年 12 月 31 日的调查结果显示，实际关押罪犯 162638 人，饱和率高达 163%。豪登省因管辖行政首都比勒陀利亚和经济都市约翰内斯堡，是犯罪率较为集中的省份，这一情形更为严重，以比勒陀利亚监狱管理局提供的统计数字为例，五座监狱的实际饱和量达到 173%。我采访的女子监狱的情形更为突出，设计关押 89 人的监狱里实际关押着 231 人。

监狱面临的第二大挑战是犯人越狱逃跑事件，虽然逃出的犯人从数量和比例来看并不十分严重，但给社会造成的影响非常恶劣。如比勒陀利亚五所监狱 2000 年越狱人数 19 人，2001 年降为 9 人。

我们的话题转到犯人出狱后是否还会“二进宫”，罗比拉德说，“二进宫”现象还是存在的，一般来说以相隔两年最常见。改造犯人不仅仅是监狱的职责，而且需要全社会的努力，如果犯人在出狱后仍然没有工作或者经常受到歧视，他们还会选择犯罪。但也出现一些可喜现象，一些出狱犯人组织起来自救并在学校和社区做宣传，以亲身经历告诫青少年不要犯罪。一个区域性的“出狱者协会”组织就是这样做的，他们帮助那些刑满出狱者找工作，为其中的生活困难者提供必要帮助。

来自狱政部的消息说，2001 年南非全国有 1235 名犯人死在狱中，其中 66 人属于非正常死亡，包括攻击、自杀和被警察开枪击毙等；此外的 1169 名犯人死于疾病，其中 1015 人死于慢性病，154 人被传染病夺去了性命。犯人非正常死亡人数最高的两个省份是豪登省和东开普省，人数分别为 18 人和 24 人。

观望开普敦的“断桥”

南非的“母亲城”开普敦是一座著名的旅游城市。城内有一道独特的人造景观——“断桥”。由于“身”居闹市，尤其是因为与周围的建筑物反差极为强烈，“断桥”犹如鹤立鸡群一般抢人眼球，即使匆匆一过的游客毫不留意，“断桥”总是不失时机地映入眼帘，且能赢得极高的“回头率”，吸引住人们疑问的目光。

其实，“断桥”并非开普敦城区的立交桥突然断裂而形成，实乃人为因素造成。与其说是“断桥”，不如说是一座尚未竣工的半拉子桥梁，而且一“断”就是二三十年，至今还赫然立于“母亲城”的街头，成为地地道道的“胡子工程”。

“断桥”的始作俑者是南非一位颇具名望的桥梁设计工程师，而其不幸成为“胡子工程”则要归功于一户开普敦的特殊居民。事情是这样的：由于那位工程师一时疏忽，将开普敦闹市区的一座立交桥的一个关键桥墩设计在了一家民宅上。当蜿蜒的大桥从两端飞架而来、仅差百十米就要合龙之际，桥墩竟然没有着落。这可急煞了有关部门，那户居民则窃喜天上掉馅饼而稳坐钓鱼船。当有关部门登门商谈搬迁事宜时，户主张开的血盆大口吓得来人哑口无言，大桥合龙之事随之无声无息。此后虽曾出现过几次那户居民同意搬家的消息，最

“母亲城”的“旅游景观”。

终不过昙花一现。那户居民因之成为南非全国，乃至全世界闻名的“钉子户”。

南非的新宪法明文规定，私有财产神圣不可侵犯，民宅属于不可侵犯的财产之列，受到国家大法的保护。遇到上述特殊情况，解决的方法唯有当事各方共同协商，户主怀揣“尚方宝剑”，胸有成竹，不达目的不搬迁，谁又能奈他何?

对游客而言，打破沙锅，弄清了“断桥”的原委，事情到此似乎应该为止了。谁知原未列入旅游项目的这道抢眼的风景线，却引起多数中国游人的极大兴趣，免不了要各抒己见，发点感慨，甚至因对“断桥”持不同看法而将游客顷刻间分化成泾渭分明的两派，引起彼此之间展开针锋相对的激烈争论。偏袒那名户主的游人感慨道：“瞧瞧，这才是真正的法治国家，私有财产神圣不可侵犯。人家不同意搬迁，受法律保护。法律的尊严不容侵犯，法律面前人人平等。再说也不是人家的过错，谁让工程师设计错误呢!”另一派反唇相讥道：“这个钉子户早该被拔掉了。就你一家人住在那里，漫天要价不同意搬迁，为一己私利这么多年影响了多少人通行！且不说还给国家造成了负面影响。法治也不能太绝对化了。”

为了弄清楚南非人对“断桥”的态度，我曾做了一回好事者，有意询问当地人的意见。虽说南非人对这一问题的回答黑白分明，但白人的态度又无不耐人寻味。黑人普遍认为，房东早该搬走了。当然，这名房东是个白人。而多数白人则摇头作答，是不知道遇到此类事该如何办好，还是对房东的做法无可奈何?

谁为种族隔离制度的受害者“埋单”?

旧南非以臭名昭著的种族隔离制度享誉全球，新南非以成功实现政权和平交替赢得世界交口称赞。如何结束过去、弥合种族创伤、放下沉重的历史包袱，怎样开创未来、实现种族和解、轻装上阵共同搞建设，真相与和解委员会肩负着这一承前启后的当代使命和历史重任。真相委员会有三大任务：调查和报告过去侵害人权的罪行，弄清历史真相；对过去粗暴侵犯人权的作恶者，在他们承认所有事实的前提下实行特赦；为人权受到粗暴践踏的个人提出赔偿建议，为侵犯人权的受害者进行昭雪。时至今日，前两项任务业已完成，最后一项尚在进行之中。

真相委员会郑重建议

为种族隔离制度的受害者进行经济赔偿，涉及面宽广，影响力深远，牵连人数众多，各方意见相左。这种赔偿绝不是简单的经济纠纷，必须勾起痛苦的历史记忆，进而触摸目前南非社会的敏感神经，加之受害者又将一些企业告到美国的法庭，使得索赔官司在彩虹国度闹得沸沸扬扬，赔偿问题成为南非社会的一大焦点。

这场官司的源头可以追溯到南非臭名昭著的种族隔离制度，是它制造了人间地狱，成百上千万的黑人被剥夺了基本人权，生活得如同牛马一般，根本谈不上人的尊严。为实现国家的长治久安，1993 年通过的《临时宪法》和 1996 年颁布的《南非宪法》在序言中强调，南非各种族人民要“承认过去的非正义”，“愈合创伤……在民主价值、社会正义和基本人权基础上创建一个社会”。为此，新南非根据 1995 年通过的《民族团结促进法》，成立了“真相与和解委员会”。

关于向受害者个人进行经济赔偿问题，真相委员会在其向总统提交的《最后报告》中有明确建议。《最后报告》共七卷，分两次完成，前五卷于 1998 年由真相委员会主席图图提交给曼德拉总统，后两卷《附录》于 2003 年 3 月由图图提交给姆贝基总统。

在《最后报告》中，真相委员会提出这样的赔偿建议：这是一个特殊的为受害者个人进行经济赔偿的方案，拟计划每位严重的受害人将得到一笔资金，赔偿期限为六年。“个人赔偿资金”是承认其人权受到粗暴侵犯的一种经济赔偿，同时将为受害者获得服务和过上普通生活提供信息与建议。这笔资金将能满足每位受害者的基本生活需求，包括医疗、教育和住房需求。如果受害人已经死亡，其申请赔偿的亲属将获得这笔资金。建议指出，赔偿金额因申请人的宏观经济环境不同而有所区别，城市与农村的赔偿数额不一，在为时六年的赔偿期内，每人每年获得的赔偿总额在 1.7 万至 2.3 万兰特之间。就每人得到的全部赔偿金额而言，南非全国六年的总计将为 29 亿兰特。

委员会同时建议，政府应是这笔赔偿资金的主要负担者，企业也应为此作出积极贡献。因为企业，特别是大型企业对国家经济起着中心作用，而正是国家经济使种族隔离制度得以苟延残喘。委员会的报告指出，在听证会上，绝大多数企业否认自己过去间接或直接地侵犯了人权，拒绝承认自己参与了国家安全，特别是对支撑种族隔离制度负有责任。因此，关于企业是否因为剥削了工人而应该自愿为受害者进行赔偿问题，报告含糊其辞，没有明确规定；而对大型企业是否有义务与责任为受害者进行赔偿，报告也模棱两可。

时至 2003 年 6 月，为赔偿而设立的企业基金仅收到 8 亿兰特的捐款，“相对于需要对广大受害者进行赔偿的大笔资金，这点钱数显得微不足道”。另一方面，1.7 万受害者仅收到总额为 5000 万兰特的过渡性赔偿金。

为加大赔偿力度和加快赔偿步伐，真相委员会在第二次提交的《最后报告》（附录）中，使用强硬态度，重申企业的义务与责任，强调采用自愿方式设立的企业赔偿基金仅收到 8 亿兰特的可怜数量，“在这种令人失望的状况下，委员会认为极有必要重申过去提出的建议，企业应该贡献大笔资金，以赔偿和补偿受害人”。为此，委员会提议，对企业征收财富税、对联合公司和私人公司一次性征税，要求所有在约翰内斯堡证券交易所挂牌上市的企业、一次性捐赠其市场资本总额的 1%，以及对联合大企业从提出建议之日开始征收增收税，等等。委员会措辞激烈地表示，企业必须、而不是自愿，为受害者进行赔偿。应该说，这些课税办法，能够征集到所需赔偿的大笔资金。

关于种族隔离制度受害者的人数，《附录》强调指出，委员会确认的 19050 名受害者，每人都理所当然地应该获得经济赔偿，而他们仅是受害者中的一小部分。从广义上讲，每个黑人都是旧制度的受害者，而每个白人都是旧制度的受益者。

根据委员会这一“劫富济贫”的建议，大型联合公司，如英美公司及其德比尔斯公司等；跨国银行，如瑞士等国的银行等；半国有集团，如南非钢铁公司等，均难辞其咎。一些在种族隔离制度期间攫取巨额利润的私人企业也难逃其责。他们理应纷纷各自大掏腰包，完成赔偿任务。

政府和企业低调回应

真相委员会认为，德比尔斯公司、瑞士的银行等跨国企业，不但从种族隔离制度中受益，而且为支撑和延续这一制度发挥了作用。当然，瑞士的银行不是唯一维持种族隔离制度的银行，在 20 世纪七八十年代为比勒陀利亚政府提供金融支持的名单中，英国、德国、法国和北美洲的一些银行亦占有一席之地。

谈到政府对受害者进行赔偿的责任时，委员会表示，政府能够在财政预算中拨出巨资购买武器，却拿不出足够的赔偿资金，实在难以令人信服。

2003 年 3 月 21 日，向姆贝基递交《最后报告》（附录）时，真相与和解委员会主席、南非前大主教图图显然有些激动。他认为，赔偿速度太慢，赔偿过程太长，受害者等待得太久了。“南非作为一个国家，有法律和道义上的责任向受害者赔偿。”“我们希望这次递交报告能够清除赔偿道路上的一切障碍。”“我们祈祷，委员会提出的 29 亿兰特的赔偿金额是值得花费的，其实是很便宜的，受害者对国家稳定的贡献是无法用金钱来衡量的。”他继续说，每月给受害者 100~200 兰特的补偿是一种象征，可以在一定程度上缩小贫富差距。

那么，政府和企业的态度如何呢？在 1999 年真相委员会的听证会上，英美公司等大型企业对征收财富税暴跳如雷，这不仅因为要大掏腰包，更重要的是出钱就意味着曾剥削过受害者，而企业对此一口否认。至于为赔偿基金贡献一些钱，他们问题不大，这一则出于道义，二来出于自愿，三是没有具体数额规定。

与企业相比较，政府对真相委员会的建议反应比较积极，但姆贝基总统否决了使用向企业课税的办法来筹集赔偿资金，号召企业向赔偿基金自愿捐款。2003 年 4 月 15 日向国民议会作报告时，姆贝基表示，真相委员会的建议尚未发现有利于政府之处，政府与企业之间就消除贫困、扶持黑人中小型企业、就业平等和社会责任等正在进行建设性的谈判与合作，赔偿资金可以通过其他途径来解决。

姆贝基指出，关于向受害人赔偿问题，政府已经提到议事日程上了，并将加快落实有关医疗、教育和住房项目的步伐。也就是说，政府将赔偿置于发展国民建设、改善穷人生活这一宏观经济背景下来通盘考虑与安排，也不是仅仅局限于为受害者本人与家庭的具体经济赔偿。谈到真相委员会确认的 2.2 万名受害者个人与家庭的赔偿问题，姆贝基指出，其中的 1.9 万名已经得到一些紧急赔偿，政府将尽快落实赔偿事宜，具体办法是：向每位受害者一次性赔偿 3 万兰特，2.2 万人共计 6.6 亿兰特；政府已经成立了总统基金，有关赔偿将在 2003 年的财政年度内解决；希望企业为总统基金捐资，以使赔偿工作得以顺利进展。

金融市场是国家政策的一个晴雨表，其对总统的讲话首先做出积极反应。约翰内斯堡证券交易所股市上涨，兰特与美元的比率强劲回升。不过，针对总统提出的赔偿方案和数额，受害者做出泾渭分明的反应。6.6 亿兰特加上已经赔偿的 0.5 亿兰特，总计 7.1 亿，与真相委员会提出的 29 亿相去甚远，仅相当于 1/4；就赔偿方法而论，一次性赔偿与为期 6 年的赔偿作用与意义也不同。一部分受害者认为，这 10 年等于白等待了，3 万兰特，区区小数，微不足道；另一部分表示，政府的折中方案是比较合理的，可以接受，值得欢庆。

年过花甲的马武索女士观看了总统当日讲话的电视实况转播。20 世纪 90 年代的一次动乱中，她被子弹击中，位于黄金城东郊的住房也被付之一炬。“感谢总统，我对这一赔偿表示满意，政府给我分配了住房，并为我们供电。”对于坦迪·舍齐而言，3 万兰特太少了，太令她失望了。15 年前，作为一名反种族隔离制度的小斗士，她被怀疑在黄金城中心布置了炸弹，因之先是在自己索韦托的家中遭到反动警察一顿极其恶毒的狠打，她母亲不堪忍受那残酷的一幕，祈求警察将女儿枪毙，然后让她看一眼尸体就行了；被带到警察局后，她在遭电击时咬掉了自己的舌头，接着又遭到 4 名白人警察轮奸。后来，按照当时反动的国内安全法，她受到监禁一年。对于总统的赔偿方案，她感到“头痛和失望”，觉得与真相委员会的提议相差太大，“难怪有人说，赔偿方法对白人作恶者友善，对黑人受害者远离”。

政府反对“对簿公堂”

在对受害者的经济赔偿进展缓慢之际，过去几年中，等待无望的受害者和未被真相委员会确定为赔偿对象的受害人，通过律师把种族隔离时期的联合大企业和外国银行推上了美国法庭的被告席，以期运用法律武器为自己讨回公道，追回赔偿，找回尊严。

目前，主要有三大索赔官司：昔日金矿和钻石矿工人起诉英美公司及其德比尔斯公司剥削工人，其生产环境恶劣；南非新千年庆典组织诉讼美欧等国的化学武器公司和汽车公司，向旧南非政府出售对人体有害的化学武器；种族隔离制度索赔专门调查委员会代表种族隔离制度的广大受害者，集体控告过去的企业和银行。这三起官司均由一名美国律师在美国纽约法庭提出控告。

人们不禁要问，南非的广大受害者为什么要把原告推上美国的法庭？这里有两大原因：一是 1789 年美国通过的《外侨侵权行为法》，允许外国公民起诉美国跨国企业侵犯人权的案件；二是美国律师费根曾因代表广大受害者诉讼当年纳粹德国的公司及有关银行，赢得了那桩 62.5 亿美元的官司，南非受害者也想借其名望为自己赢得赔偿费。

由于另外两起官司的原告数量较多，目前唯有控告英美公司及其德比尔斯公司的官司更加引人注目。在这宗官司中，费根以真相委员会《最后报告》中提出的“这两家公司的利润是建立在制度上的侵犯人权的基础之上”为基本依据，代表成千上万名受害者认为这两家公司剥削工人、从制度保证下的廉价工资中获取巨额利润，以此提出介于 31 亿至 61 亿美元的巨大索赔金额。费根明显地看准了年营业额高达 200 多亿美元、年纯利润超过 17 亿美元的英美公司这块“超级肥肉”。为了打赢这场官司，费根先声夺人，在南非成立了专案组，招兵买马为之造势。他还强调这两家公司“强迫工人在非人环境下劳动，造成极大的人员伤亡”。“如果这两家公司愿意坐在桌子前，拿出我们提出的数额，这宗官司便可以商量。”

这宗官司在美国立案后，这两家公司的股票曾受到冲击，股票指数曾因此下滑 2.8%~3.3%。然而，英美公司对费根不屑一顾，认为“美国律师和美国法庭无法解决有关南非前途的这宗重要官司”，强调他们昔日为推翻种族隔离制度、今日为国家重建与种族和解做出了贡献，主张赔偿问题应该通过南非的民主程序予以解决。

对于这宗官司，南非政府反应如何呢？姆贝基总统在反对向企业课税用来赔偿受害者的同时，强烈反对美国律师把这宗涉及南非前途的官司推上美国法庭，“将关乎我们国家前途的重大事件推上对我国利益不负责任、不遵守我国宪法和不利于我国种族和解的外国法庭，我们对此根本无法接受”。南非报纸就此认为，姆贝基总统相信不懂得和解重要性与别国具体事务的美国法律和司法制度，不应该干涉南非的和解与重建进程。南非贸工部长欧文一针见血地指出，政府不允许南非的官司打到美国或是别国的法庭上。

南非各大政党认为，姆贝基的讲话自始至终贯穿着和解、团结而不是复仇、分裂的精神，“值得自豪的是，尽管没有忘记过去，我们是一个宽容的社会”。南非企业界一致称赞讲话带来了“好消息”。英美公司认为“这体现了民主的深度和宽宏的精神”。南非商会主席指出，“这体现了姆贝基总统实事求是的领导作风，其讲话建立在企业参与一系列社区项目、共同创建美好未来这一基础之上。我们欢迎其否决对企业课税和自愿为赔偿基金捐赠的方案，他对美国律师关于赔偿官司的批评说明，像我国这样的发展中国家能够解决好自己的问题，而无须那样的机会主义者”。

对于总统的讲话，费根及其在南非的专案组表示不会半途而废，坚持要把官司打到底。对于受害者来说，这无疑是好事情，如果费根打赢官司，受害者将获得双重赔偿。不过，不少人持这样的看法，费根是看中了世界矿业霸主——英美公司和国际钻石老大——德比尔斯公司的肥大腰包了，他想因此得到一笔不菲的律师费。

在向总统递交《最后报告》之际，图图敦促南非企业志愿创建一个“马歇尔计划”，以援助种族隔离制度的受害者，进而避免在美国代价高昂、耗时费力的“对簿公堂”。对此，英美公司等企业做出积极回应，该公司执行董事斯派塞表示，愿意就赔偿问题与有关各方公开进行协商，以期在法庭外而不是在法庭内、在南非而不是在美国、坦诚平等而不是剑拔弩张地解决为受害者的经济赔偿事件。与此同时，南非大主教恩杜根尼强调，赔偿问题可以通过对话而不是法律得到解决，“是我们自己坐下来心平气和地，而不是让美国法庭强行地来解决”。为此，他呼吁企业与受害者组织或其代表进行对话，这将是弥合伤痛、消除隔阂的最好办法，必将有助于国家的重建与发展。

当地分析家认为，就赔偿问题，南非政府否决了真相委员会的建议，反对将本国的索赔官司打到美国的法庭，这无疑为通过对话协商而不是“对簿公堂”解决争端奠定了良好基础，为企业、受害者、真相委员会和政府四方协商解决赔偿问题提供了良好条件。人们有理由相信，这场官司将会在法庭外得到圆满解决，从而取得“四方共赢”的满意效果，进而推动与促进南非的种族和解与国家重建的伟大历史进程。

第四节　民间司法显神力

2004 年 4 月 7 日，“千丘之国”卢旺达迎来一个特殊日子——大屠杀十周年纪念日。十年来，为了治愈历史创伤、弥合部族裂痕、防止悲剧重演，卢旺达政府采取一系列方针政策，致力于胡图族和图西族之间的和解与国家重建，实现了国家的稳定和发展。其中，依法维护民族团结和启用民间传统司法立下了汗马功劳。

修改法律，杜绝部族主义，维护民族团结。为了从国家根本大法上保证全民团结，卢旺达修改了宪法，将反对部族主义、分裂主义写入宪法，并明文规定不能成立任何宗教党派。这就从根源上铲除了部族主义滋生的土壤。同时，法律规定取消身份证上的“部族”一项，防止引起部族隔阂，进而缓和部族矛盾。

2001 年，国民议会通过新国歌、国旗和国徽法案，新国歌、国旗和国徽的启用表明政府和人民开创新时代、团结向前看的希望和决心。新国旗由蓝、黄、绿三色组成，右上方是光芒四射的太阳。蓝色象征着和平与安宁，太阳及其光芒寓意团结、透明度和扫除愚昧，黄色代表全国人民齐心协力发展经济，绿色表示繁荣和希望。旧国旗上的红色因易于让人联想到鲜血和大屠杀而被废弃。新国徽上用卢旺达文书写着“团结、劳动、爱国”的格言。新国歌《美丽的卢旺达》歌颂祖国美丽和人民团结，号召人民缅怀英烈、热爱祖国、不断前进。

发展经济，缩小贫富差别，巩固民族团结。卢旺达属于世界最不发达国家之列，大屠杀造成的空前浩劫和巨大灾难，无疑使国家经济雪上加霜。大批劳动力丧失，国民经济濒临崩溃，国家财政几近枯竭。新政府成立后，采取发行新币、贬值卢郎、改革税收制度、推行私有化等一系列恢复经济的措施，至 1999 年，宏观经济状况良好，国民经济基本恢复到 1990 年战前的水平。同时，国家在争取外援、吸引外资和减免债务方面取得重大进展，又通过优先发展减贫项目，使贫富差别进一步缩小。近年来，经济增长率达到 6%。国家重建和经济发展取得的成效，进一步巩固了民族团结，稳定了国家政局。

启用民间传统司法，加快民族团结进程。1999 年 8 月，卢旺达司法部长穆奇奥宣布：为加速审判大屠杀关押的 12.5 万罪犯，国家准备尽快启用“民间传统司法”。大屠杀的实质是部族清洗，其特点是全国范围内大规模的犯罪，参与者众，受害者多，损失巨大，付出的代价非常惨重。导致大屠杀发生的原因是多方面的，不法分子不受惩罚的传统是其中之一。为了修补四分五裂的社会，在弄清历史真相的基础上实现部族和解，根除过去犯罪分子不受惩罚的文化传统非常必要与迫切。为此，必须逮捕、起诉、审判一切悲剧的制造者，惩办真正的罪人，走司法公正之路。

由于参与大屠杀的犯罪分子人数众多，现代司法制度难以在短时间内对所有罪犯进行审判，民间传统司法就是解决这一挑战的产物。其特点是：既要求惩办罪犯，更要求重视和解谅解，实现部族和睦相处；以广大民众为基础，要求人人参与，在光天化日之下，同犯罪分子进行面对面的温和斗争；在弄清历史真相的基础上，通过数目庞大的审判员加速审判程序，使受害人得到应有的物质和精神赔偿，使犯罪分子得到应受的惩罚，有罪服罪，无罪释放。这一传统做法被形象地称为“大树下的民主与审判”，其宗旨是“公正、和解”。

民间传统司法是卢旺达独有的司法试验，在完成试行阶段后开始正式实施。民间司法将在短短几年内，完成所有参与大屠杀的犯罪分子的审判工作，而如果运用正常的司法程序，将需要近200年的时间。由此可见，民间司法是解决审判大屠杀罪犯的切实可行的做法，必将加速卢旺达的民族和解与国家重建进程。

第五节　邪教害人遭铲除

2000年3月17日，乌干达邪教组织“恢复上帝十戒运动”在该国卡农古镇制造了530多名信徒集体自焚事件。这一惨案震惊了全世界。在这一惨案发生一周年之际，我专程前往乌干达，深入卡农古镇自焚事件现场，并采访了乌干达内政部和国家警察总署的官员及负责调查这一事件的警官。

自焚是为了“与圣母会面”

2001年2月23日清晨6时30分，我驱车从乌干达首都坎帕拉出发直奔国家西南边陲城镇卡农古。坎帕拉距离卡农古600多公里。越野车在柏油马路上飞驰，我首先在首都西南60多公里处跨越赤道线，接着迎来公路两旁一望无际的香蕉林，随后在距离首都450公里处的西南重镇卡巴莱右转行驶在土路上，很快又进入山区，盘山路曲折蜿蜒，路况愈来愈差，车辆来回颠簸，车速减慢行驶。

当我刚刚进入卡农古地界时，天空突然乌云密集，顿时雨点纷纷落下，雨声拍打着路旁的香蕉林，发出悲凄的响声。在我这位中国记者远道而来采访卡农古邪教组织制造的自焚事件之际，这雨声仿佛是在控诉邪教残害生命的滔天罪行，又似乎是在哭悼数百名邪教受害者的无辜亡灵。

穆塞韦尼总统对邪教不手软。

经过六个多小时的长途跋涉，我于下午1时许抵达群山环抱之中的卡农古镇。在镇派出所所长德马的带领下，我来到距离卡农古镇约两公里处的一个山头上——“恢复上帝十戒运动”的总部、邪教徒自焚案的现场。几幢破落的房屋前后杂草丛生，四周凄凉寂静。德马介绍说：“自去年焚烧事件发生后，政府立即取缔了这一残害无辜生命的邪教组织，查封了邪教组织的总部。近一年来，除个别受害者的家属前来悼念外，外人一般不再涉足此地。”他指着靠近山坡的一簇荒草说：“这些草丛的下面埋葬着那些受害者。”

德马神情严肃地追忆了当时的情形：“去年3月17日10时15分，一声巨响伴随着冲天的火光，数百名邪教徒顷刻间葬身火海，大火把他们烧得面目全非，尸体都无法辨认。”我曾在国家警察总署看到过那场自焚案的现场录像：一具具被烧焦的死尸横七竖八地挤压在一起，坍塌的铁皮屋顶斜压在死尸上面；四周墙壁上的窗户被火烧毁，在大火中倒塌的教堂中间的隔墙压在被火烧成黑色的死尸上；四周的大人小孩手捂鼻孔透过墙壁的缺口围观着，惊恐之状溢于言表……

据乌干达国家警察总署公关部主任阿斯苏曼介绍，自焚前的那天夜晚，信徒们在总部新盖的教堂里彻夜祈祷，第二天早晨高唱圣歌，列队从新教堂步入旧教堂，期待着与当日在那里“显灵的圣母玛利亚会面”。进入教堂后，他们相互往身上泼洒汽油，点燃自焚。为防止信徒在自焚时逃出教堂，旧教堂的门窗在自焚前进行过加固，并在信徒们进入后全部钉死。另据当地居民举报，主要邪教头目穆韦林德在自焚惨案发生的当天清晨乘坐汽车偷偷逃离现场。

当问及共有多少邪教徒遇害时，阿斯苏曼说，除自焚事件中遇害的邪教徒外，在邪教头目之一卡塔瑞巴波的几处房屋前后共挖掘出210具尸体；在邪教总部和分部所在地挖掘出234具尸体。根据法医确认，除自焚者外，其余在全国各地挖掘出的444具尸体都是被毒死、用绳勒死或用刀砍死的，而且就发生在自焚案之前的两三个星期内。

教主经常接听“上帝的旨意”

“恢复上帝十戒运动”的一号教主约瑟夫·基布韦特雷 1932 年生于卡农古之东的恩通加莫区，1984 年 4 月 25 日，他自称得到“上帝”的旨意，即成立“恢复十戒运动”，并开始在全国宣传教义，招募信徒。此举遭到当地天主教的极力反对，在走投无路之际，基布韦特雷结识了居住在卡农古的一个名叫穆韦林德的女子，两人臭味相投，于是将邪教总部移至卡农古。

穆韦林德 1948 年生于卡农古附近，1989 年 6 月 14 日，穆韦林德宣称自己在卡农古附近的一个山洞里接到上帝的信息——“恢复十戒和寻求忏悔”，并宣扬“这是自己第二次得到上帝的音信，第一次获得这种信息的时间是 1981 年 3 月 10 日”。

穆韦林德究竟是何许人也？她的一名叫鲁卡亚吉利的同村同龄人说，穆韦林德 20 多岁时，因与恋人发生矛盾便一把火点燃了恋人的住宅，把对方的家财烧个精光。她的前夫马兹马说，贪婪是穆韦林德的本性，“她人生的唯一动力就是获取金钱”。1987 年，穆韦林德在卡农古镇开了一家咖啡店，咖啡店的邻居们说，穆韦林德不失时机地出卖自己的肉体赚钱。在此期间，她与基布韦特雷勾搭在一起。此后，两人一起专事邪教组织的创办工作，狼狈为奸，一唱一和。

他们宣称得到“上帝的音信”：大祸将要降临人类，“世界末日”难以避免，唯有“恢复十戒”，忏悔罪过，才能远离灾难，拯救人类。穆韦林德还把自己美化成虔诚的上帝信徒，常常在信徒面前发挥“示范”作用。她在众人面前假装经常“斋戒”以求上帝宠爱，平日一副面带忧虑的样子，每天花好几个小时祈祷，夜晚故意睡在草垫上而不用床和被褥。她在与人谈话时经常“走神”，据称是去接听“上帝的旨意”。

由于前些年乌干达的艾滋病患病率和感染率高达 40%，不少人感到绝望。在这种情况下，他们振振有词地说，只要加入了“恢复上帝十戒运动”，相信圣母玛利亚的神奇力量，任何病痛无须吃药打针而通过祈祷便会痊愈。这蒙蔽了不少人。

看到有人上钩之后，基布韦特雷便与穆韦林德等人共同编写蛊惑人心的教义和教规。教义和教规指出，凡加入“恢复上帝十戒运动”的人，必须穿统一的绿色服装，到“组织”过集体生活，执行统一的作息时间，不得与外界进行联系；凡加入组织的人必须出售其财产并把收入全部交给教主。

在邪教总部，信徒们每周禁食两天

为了给邪教组织寻找一个地盘，穆韦林德带领信徒袭击了一名她的拒绝加入邪教组织的亲戚，并霸占了亲戚家的香蕉林，将其发展成为邪教的总部所在地。

他们在香蕉林中的山头上先后建了 18 幢房屋。总部入口处是一幢在当地属于高档建筑的邪教总部接待室。据德马介绍："信徒亲属来访时，一律不许进入总部内部，只能在这个接待室与家人交谈，谈完话必须离开。"接待室南面是一个新教堂，信徒们自焚的前一夜就是在那座新教堂度过的。教堂东面是邪教头目的住所，也是这个总部里最高级的建筑。住所的东面是仓库和诊所，尽管邪教头目告诫信徒们染病后祈祷圣母玛利亚便能痊愈，但这个诊所还是必要的，因为邪教头目得病后需要治疗，以示自己超人一等，与众不同。旧教堂在南面，自焚事件发生后变成一片废墟，旧教堂的东面是茅草屋顶、泥土墙壁的两个教徒集体宿舍。除以上建筑外，还有发电房、木工房、教室等其他建筑。在两棵树之间还悬挂着一口破钟，以向信徒们发布作息命令。

个别伺机逃出邪教虎口的原信徒说，在总部，信徒们每天凌晨三时就必须起床，开始长达两个多小时的祈祷；每周禁食两天，其余五天仅能吃半饱；白天长时间地干体力活，晚上睡在草垫上，孩子与大人同吃同住同睡；男女分开居住，夫妻也不例外；平时一律不许讲话，彼此之间的交流只能运用手势和表情替代，因为他们只能向上帝祷告，不能相互之间用语言沟通。

通过这种与外界完全隔离、强制性的集体生活，邪教教主达到了控制信徒身心自由的目的，从而使信徒们失去理智和思想，任其随意摆布。43 岁的卡萨比不忍心看到自己的四个孩子饿得拔草吃，而在四年前逃离邪教总部。她说："穆韦林德总是说，从今天开始，我们三天吃一顿饭，连续干一星期的活"，"她总是能够从圣母玛利亚那里接到各种各样的信息，然后转告我们，我们的任务是完全听从，严禁提出疑问"。

乌干达警方提供的材料表明，"恢复上帝十戒运动"在全国各地均设有分部，全部实行与卡农古总部大同小异的管理模式。

我的采访对象——从政府官员到专家教授，从警方官员到普通民众，他们无一例外地认为，邪教主残酷杀害信徒、制造自焚事件是在蛊惑人心、敛财骗钱的劣迹败露之后的凶相毕露。基布韦特雷和穆韦林德先是将“世界末日”定在2000年新千年到来之际，可当全世界迎来新千年之后，地球照转，一切照常，欺世谎言不攻自破。露出狐狸尾巴的教主不得不编造新的弥天大谎，将“世界末日”又推迟一年至2000年年底。邪教主们自然清楚，在新的“世界末日”到来之前，他们必须提前采取措施，于是他们编造了“圣母玛利亚将于3月17日晨降临尘世，把信徒带入天国，使他们走向圆满”的谎言。就这样，震惊世界的惨案发生了。

信徒的丈夫：“好好一个家被折腾得不像样”

在采访卡农古“恢复上帝十戒运动”的巢穴时，我提出采访几名在大火中自焚的受害者家属，德马说：“卡农古镇的居民大多清楚邪教主要头目穆韦林德的本性，知道她不会干什么好事，因而拒绝她的种种诱惑而不加入邪教组织。误入其中的大多是其他地区的信徒。”他建议我采访负责自焚案现场清理和调查工作的警官卡马尼瓦。

卡马尼瓦在工作中访问过几个受害者的家属。他告诉我一个典型的案例：一名15岁的男孩在自焚事件发生的那天清早，由于祈祷了整个通宵，肚子饿得实在受不了，便偷偷溜出来找东西吃。当他返回时看到了教堂里的熊熊大火，他母亲被大火烧死了。卡马尼瓦警官还转述了那个男孩父亲的话：“两年多前，她把家产卖光了，拿着钱带着孩子跑到卡农古，说是要加入教会，消灾避难，还能升入天堂。我坚决反对他们离家去加入什么组织，特别是把孩子也一起带去，可是怎么也拦不住，孩子后来偷跑了回来，可又被她领回去了。好好的一个家被她折腾得不像样，哪里管我怎样度日，现在闹了个家破人亡。”警官接着说，受害者家属对受害者的态度基本上是痛恨加痛苦，他们痛恨邪教对亲人的残杀，痛恨自己亲属走火入魔的疯狂，痛恨自己亲属泯灭人间亲情、破坏家庭的一意孤行，但同时也为失去亲人感到痛苦。

邪教徒企图重聚卡农古总部

集体自焚事件发生后，警方发出了悬赏捉拿邪教头目的通缉令。乌干达内政部常务秘书巴钦加纳在接受采访时表示，邪教的歪理邪说显而易见：邪教要求人们不工作、不劳动，天天祈祷，祈祷哪能创造社会财富？这样下去必然导致社会停滞和混乱，同时滋生懒惰恶劣的坏习惯；邪教要求信徒有病不治，只要祈祷就能痊愈，别的不讲，只要染上疟疾，不打针吃药，必死无疑。他重申“邪教是社会的毒瘤，坚持反对、制止、取缔和打击邪教是乌干达政府的严正立场。”

为了从社会根源上铲除邪教滋生的土壤，乌干达政府制定、实施了一整套宣传教育方案，运用多种形式向全国人民宣传法律基础知识和政府打击邪教的立场，教育人民认识邪教对社会和家庭的危害性，从而自觉地反对和拒绝邪教。警察总署社会事务部主任尼戈比充满信心地对我说：“如果邪教再次出现在卡农古或其他地区，肯定不会成功，因为我们的宣传教育提高了群众的觉悟，人们已认识到邪教的极大危害性，认清了邪教的反动本质。如果发现一点邪教的蛛丝马迹，群众会及时察觉，迅速报告警察。”事实也确实如此，自焚案发生后不久，个别邪教头目企图重聚卡农古，群众发现后立即报警。

邪教总部的教室空荡荡。

第二十四章　重视教育

“拯救孩子就是拯救国家和民族”——这是我在津巴布韦教育部采访时，在办公室墙上看到的一句名言。

教育关乎国家与民族的未来。儿童是祖国的花朵，走进南非幼儿园，体验小花朵一天的生活，我们从中可以得到许多启示。园丁们说，现在的孩子坐着看电视用眼睛过多、动手动脑室外活动太少，幼儿园教育就是要纠正这种偏差。至于孩子们自己的基本生活，早晨到校后，自己将书包放到指定位置；上午十时的早茶时间，孩子们从自己的书包中取出带来的东西吃，俨然一个小大人，老师是看着不管的；幼儿园的厕所也别具一格，小便池和便桶皆为小字号，适合孩子的身高，让他们自我照顾。

津巴布韦不是一个富裕的国家，但是投资教育舍得花钱。黑人天生就有音乐天赋，南非中小学还是重视音乐教育，教学办法有“弦外之音”。南非大学——这所没有围墙的大课堂遍及五洲四海，深入各个角落，圆了成千上万人

校园处处是课堂。

的大学梦，在罗本岛监狱服刑的曼德拉也是其中之一。在培养人才方面，南非大学功不可没，功德无量。

与诺贝尔文学奖获得者纳丁·戈迪默面对面，您定会有收获。阅读库切的作品，虽然作家沉默寡言，读者都能走进其内心世界。

第一节　身临其境观幼教

雨后放晴的一天，蔚蓝的天空清新如洗，迎着初升的朝阳，和一个个活泼可爱的小朋友一样，莉莎在妈妈的带领下，来到约翰内斯堡杉腾幼儿园上学。

杉腾幼儿园是所私立幼儿园，招收六个星期至六岁的幼儿，按年龄分为三个区六个年级。一岁以内的婴儿属于初级区，为方便照顾，每班人数不超过六人，由两位老师看管；一岁至三岁的三个年级为中级区，因年龄较小，约 20 人的班级有两位老师；四岁至六岁的两个年级是高级区，每班约 20 人。为了年龄相仿的孩子能玩在一起，中级区的教室和室外玩要场地与高级区的是隔开的。

当年五岁半的莉莎是幼儿园的毕业班，将于次年初上小学。由于妈妈要去上班，她一般早晨 7 时半就来到幼儿园，是早到者。这时索里亚老师也刚到，向老师问好、和妈妈再见后，莉莎便开始当天的新生活。

7 时 30 分到 8 时，一个个小同学相继而来，他们把自己的小书包放到规定的小格子里，然后到户外先玩一刻钟。8 时一刻到 10 时差一刻是上课时间，老师当天给莉莎的毕业班讲交通规则：简单路标和交通灯的含义、如何安全过马路等。索里亚老师坐在小凳子上一边讲一边指着图标给他们看，小同学坐在地毯上一个个睁大眼睛聚精会神地听着和看着。老师然后让他们复述大意，特别强调小孩子一定要在大人的带领下过马路。听讲完课之后，小朋友一个个围坐在小桌子旁，拿着糨糊、剪刀、红绿黄三色纸开始制作交通灯……

10 时差一刻到 10 时是 15 分钟的早茶时间。老师让大家先收拾和整理东西，接着是洗手，然后他们从自己的书包里掏出带来的小面包、三明治等吃起来。幼儿园不让大家带甜食，但备有饮料，不过很多家长还是给自己的孩子带了饮料。吃完后是 45 分钟的课外活动，他们三五成群跑出教室，在室外游乐场跳跳蹦蹦、嬉笑玩闹，活泼得如鱼儿在水里一般。在高级区，五六十名孩子玩得很开心，莉莎与大家一起玩小单杠、有的走木桥、溜楼梯、跳沙坑，还有

与孩子同乐。

的小男孩在击沙袋、打篮球。在中级区，有的荡秋千、有的跳沙坑、还有人在戏盆中的水，更多的则在四处走动。

课外活动后是第二节课——半个小时。上课时，孩子们继续制作交通灯，索里亚老师对他们的作品进行检查和纠正。索里亚对我说，有的孩子做得很认真，也做得很好。她指着墙上贴的两排轮船说道："这是他们上周的作品。"这些出自稚嫩小手中的轮船还真像那么回事，每个作品下面写有姓名。"最近让孩子们学交通工具，从飞机、轮船到火车、汽车。配合学习，每天下午20分钟的讲故事课也讲一些关于交通和旅游的故事。"她拿着一本小人书让我看，是关于一个人乘飞机外出旅游的故事，从出发、等待、乘机到机上活动等旅游全过程。

教室的门、窗、凳子和桌子上都贴有相应的英文单词，墙上写着1至10的数字。当我问索里亚老师时，她说现在只教1到10这几个简单数字，主要是为毕业班的孩子上小学做学前准备；现在不教他们单词，写出来是让他们看见后有点感性认识而已。

下第二节课后是半小时的课外活动，12时开始吃中午饭，由幼儿园统一提供，饭后是讲故事课。下课后是5分钟上厕所时间，厕所里的马桶和小便池也是小字号，专供孩子们使用。接着是45分钟的午休时间，一直到下午两点。莉莎的妈妈下午两点半来接回孩子，部分全日制的孩子，父母5点半来接他们。

幼儿园园长帕特女士介绍说，幼儿园分区教学是为了按不同年龄来施教。中级区的三个年级主要是教给他们最基本的生活能力——说话和走路。在语言训练方面，教他们怎样说话，包括最基本的生活用语，如谢谢、再见等；让他们能够简单对话，讲述自己和家中成员；向他们提出一些十分简单的问题，讲一点非常简单的故事。在走路方面，让他们先走好走稳，接着快走和跑步，然后教怎样玩皮球等。随着年龄的增大，再教他们拿笔写字的正确姿势、怎样用剪刀、贴东西等。

高级班主要教孩子怎样动手和思维，开发和培养兴趣，同时让他们接触社会。思维训练包括记忆和思考训练：先给孩子一些笔，然后拿去后再问刚才是几支笔；提一些简单问题，例如，假如你有 100 元钱，你会如何花费，从甲地到乙地有几条路线，等等。动手能力是让孩子亲自动手做东西，如捏泥人、做轮船、画图画，让他们做一些建设性的劳动，培养孩子的自信心和成就感。在开发和培养孩子的兴趣方面，幼儿园开设了音乐、舞蹈、演讲、运动和计算机等课程，比如学骑小自行车，让他们认识自己身体的运动状态。同时，幼儿园还实行走出去和请进来的方法，让孩子多方面接触社会。请消防队来给他们演示如何灭火，拿来收录机让他们学着怎样听录音；把孩子带到医院戴上口罩、穿上白褂、拿起助听器学当小医生，到农场去认识农作物和牛羊等牲口……这一切都是在轻松愉快中度过的，没有压力、没有灌输，让孩子们自己在做在想，而不是应该学什么、做什么。

帕特认为，现在的孩子看电视太多，思维、动手和接触实际太少，幼儿园要让孩子多思多想多动手多接触社会。“我们幼儿园的老师全都非常热爱孩

从小学交规。

子，像爱自己的孩子一样爱他们。我们记着每个孩子的生日，大家在这里给他们过生日。六一国际儿童节就要到了，这是所有孩子的节日，我们更要好好为他们庆祝一番。”

第二节 校园喜闻书声琅

“弦外之音”听音乐

南非的中小学皆开设艺术课，所不同的是小学的艺术课属于必修，到了中学则变为选修课。

艺术课的课目包括音乐、美术和舞蹈等，开设这些课程的共同目的是发现兴趣，陶冶性情，培养情操，活跃学校生活，丰富学生经历。为达到这一目的，学校的艺术课教学重在启发开导、因势利导、创造机会、积极参与。而在不同的艺术课程之中，音乐课备受欢迎。

南非黑人能歌善舞，乐感极好，不论何时何地，只要音乐一响，大人小孩同时闻声起舞，无须指挥便能节奏一致。黑人的音乐天赋是遗传带来的，喜爱音乐也便成为其天性，因而黑人的无乐队小合唱水平令人称赞。一位侨居南非的上海退休指挥家曾对我感叹道，他一辈子教人歌唱，好不容易才能练个三声部；到南非才知道，任何一个黑人，一开口就是三声部。至于南非白人，他们爱好音乐是因为具有推崇音乐的传统，把音乐作为衡量一个人素质与教养的标志。一次与一位白人朋友聊天，谈到某位朋友会弹钢琴，他不假思索地说：“他是一位好人。”我忙问道：“未曾见面，何以见得?”对方答之非常简单：“因为他会乐器。”

受喜爱音乐的天性和推崇音乐的传统影响，南非的中小学比较重视学生的音乐教育，家长也期望孩子能懂音乐、会乐器。不管是公立学校还是私立学校，一般都开设音乐课，各学校还配备有各种乐器，供学生吹拉弹唱，各显其能；学校还成立了乐队，让有音乐天赋的学生尽情发挥。特别是行政首都比勒陀利亚和经济都市约翰内斯堡各中学具有良好的音乐氛围，各学校的乐队表演总是吸引相当多的观众，赢得热烈的掌声。

谈到音乐教学，一位南非中学音乐教师认为，一个人的生活中不能没有音乐，音乐能促进学生在德智体各方面全面发展。他举例说，一个爱好音乐的学

芭蕾舞是这样练习的。

生，他的情操就会在学习和欣赏音乐中得到熏陶，他的精神状态会是积极向上的，这种健康兴趣的培养会使他远离低级的趣味，一般不会染上吸毒、犯罪等恶习。学习音乐需要集中精力、专心一致，这有利于学习其他功课时聚精会神；学习音乐需要记忆音符，有利于提高学生的记忆力，有助于语言和数学等课程的学习；欣赏音乐则能提高学生的理解力。学习乐器时既动手又动脑，对智力和体力都是有很大益处的。

这位教师介绍说，南非的中小学一般每学年都要举办一两次音乐会。给每个学生提供表演机会、重在参与是举办学校音乐会的主要目的。因而这种学校音乐会一般以年级为单位，让每个学生都有机会表演，会拉小提琴的拉、会弹钢琴的弹、会吹管乐的吹，会唱的唱、会跳的跳。总之，人人都要上台表演一番，这不仅能丰富与活跃学生的生活，对培养孩子的自信心也是有帮助的。

尽管南非的中小学和家长十分重视学生的音乐课学习，但是无论学校还是家长，都不会强迫或命令孩子去学习哪一种乐器。“兴趣是最好的老师”，削足适履、赶着鸭子上架的蠢事，教师和家长都会不约而同地拒绝。相反，启发式教学、积极引导学生的兴趣，让孩子自己决定是学还是不学。

一般而言，对音乐感兴趣的学生就选修音乐课，绝大多数学习音乐的学生也只是了解和掌握音乐的基本知识，至于学乐器的学生仅占一小部分。学校对爱好音乐的学生一般不特别地厚爱，这主要表现在乐器的学习方面。这些孩子一般是请家教单兵教练，家长也乐于花这笔钱让孩子学习。为了让更多贫困地区的黑人孩子能够上学，南非政府压缩了公立学校的教育经费，学校的音乐教师和乐器不断减少，音乐教学受到不小的冲击。但是，这对学生学乐器基本没有产生任何影响。

在学习音乐和乐器方面，不是勉为其难而是顺其自然——南非中小学老师和家长的这一正确而简单的做法，对“望子成龙、望女成凤”的中国家长而言，无疑可资借鉴。无数古今中外的成功事例说明，家长培养孩子要根据孩子的兴趣和特点，而不是源于家长的个人意志。我国西晋文学家左思，其父先想将他培养成书法家，虽有名师教导，左思终因兴趣索然学而无成；其父又想将他造就成音乐家，可他经过长时间学琴竟弹不好曲子。在失败面前，其父总结经验，根据左思性格内向、记忆力强、酷爱文学的特点，让他学诗赋，左思终成一代文学家。爱迪生因学习成绩太差被学校开除，然而独具慧眼的母亲发现和着力培养孩子具有创造力的特点，被校方认为不堪造就的爱迪生出人意料地成为世界发明大王。

图书馆是学习的好地方。

发现兴趣，因人施教，这是南非中小学音乐教学发出的“弦外之音”。

南非高考有一套

南非的大学入学考试实行会考制，考生的会考成绩是最后一学年最后一学期的考试成绩，同时参考最后两学年内每学期的考试成绩。也就是说，是中学阶段最后一次考试成绩与平时学习成绩的综合，而不是“高考制”，一次考试决胜负。

南非的教育体制承袭的是英国模式，普通教育实行12年制，小学7年，中学5年。中学的5年分为两个阶段：第一阶段两年，类似国内的初中；第二阶段3年，好似国内的高中。2005年17岁的艾丽丝是12年级学生，也就是国内的高中毕业班，将于当年底参加会考。她认为，自己要想考取一所名牌大学，并且是自己喜欢的专业，在会考前必须做好三件事：选好必修课程、平时努力学习、选好报考志愿。

中学第一阶段毕业时，也就是初中毕业那个学年，艾丽丝面临两件大事：一是参加一次重要考试，学校以50分平均考试成绩为线，将学生分为重点班和普通班，两种不同类型的班次实行不同的教材。艾丽丝的成绩很好，被分配到重点班学习；二是她要选择自己高中阶段将学习的课程，以便上高中时学校按照自己所选的课程学习，这将关系到她将来大学要报考哪个专业，进而通过会考实现自己的理想。

至于高中阶段选择学习什么课程，完全是学生个人的事情，由艾丽丝本人的兴趣、将来想从事的职业来决定。不过，学校会帮助她做出选择，以使她将来毕业后能发挥出自己最大的潜能，为国家和人类作出最大贡献。当然，这种帮助不是根据老师与同学之间的关系亲疏而定，也不是由老师个人的好恶而左右，它已形成一种模式。这种模式由一系列的问题组成，主要测试学生个人的兴趣、能力和将来所从事职业的价值。学生回答完这些问题后自己就找到了答案——知道自己将来适合干什么工作。

在这种测试模式中，包括艾丽丝在内的每个学生，将来可从事的职业分为四大类：科学、金融、工程、艺术和社会。经过回答一系列问题后，艾丽丝得知她最感兴趣的三个职业依次是工程、金融和科学。

下一步就是通过回答——我有兴趣干什么具体工作、干某一项具体工作对我来讲最重要的价值是什么、我有能力做好哪一项工作——这三个问题，每个问题可以有几个答案，进一步决定自己将来要从事的具体职业。通过回答这些问题，艾丽丝认为自己将来适合做财会、管理和贸易这三项工作。这一结果与纯粹以兴趣来选择将来的职业是有区别的。

艾丽丝现在可以根据将来要从事的具体职业来选择高中所要学习的课程。南非将中学课程分为六大类：语言、数学、自然科学、人文科学、艺术和社会、其他。为了促进学生全面发展，参加会考的六门课程至少要包括四大类，也就是六门考试科目必须从四大类中选择，而且两门专业要求的必考科目不能从同类课程中选择。

对每位考生而言，在六门会考规定的科目中，必考科目是两门外语——英语和第二语言。第二语言从南非除英语外的十种官方语言中选择。如果是移民南非的外国学生，移民时间没有超过5年，可以选择自己的母语作为第二语言。其余四门参加会考的课程，两门是专业要求的必考课程，两门是自由选择课程。也就是说，对每个学生来说，必考科目是四门，自由选择科目是两门。

艾丽丝将来想做财会工作，她的必考科目除英语和南非荷兰语外，还必须选择数学和财会这两门专业要求的必考课程。此外，为了做好财会工作，她自由选择了计算机和贸易两门课。

艾丽丝明白，选择课程只是良好开端的第一步，要实现自己的理想，关键是要努力学习。上高中后，她学习比以前更刻苦了，高一、高二的成绩在同年级都名列前茅，为上大学打下了好基础。

她告诉我，5月中旬，南非的一些大学会来他们学校做“广告”。她初步决定报考开普敦大学、比勒陀利亚大学和金山大学这三所一流大学。决定后，学校将把她自高二以来的考试成绩寄到所报考的大学，以便大学进行录取工作。大学在会考前就进行录取？这只是初录，如果会考成绩过了该大学的录取线，才是最后录取。所以会考成绩十分重要。

南非的中学会考实行全国统一命题。由于各学校有重点班与普通班之分，且使用不同的教材，这样就形成两套不同的全国统一试题。两套试题阅卷时皆实行百分制，而当计算总分时，重点班与普通班实行不同的计分标准：重点班的考生，给第二语言的得分乘以3，其他五门功课的考试成绩分别乘以4，六门科目的积之和便是和分数；普通班的考生，将六门科目的百分制得分皆分别乘以 3，其积之和为总分数。总分 950 分就达到了录取线。也就是说，每门课考试得 40 分就能达到录取线。

当然，南非统一的录取线因大学和专业的不同而有所差别，有的专业还要对考生进行面试，包括口试和笔试。艾丽丝说，法学专业要求学生具备良好的口才，必须进行面试，有的还没有会考就先进行面试。

当我介绍了中国中学生的学习情况后，艾丽丝说，南非的会考试题比较简单，不过南非重视学生的全面发展，采用启发式教学，注重学生思维能力和动手能力的培养，并给学生自由选择课程的自由。她提醒说，会考中的两门自选科目，学生也可以选择缝衣、做饭或制作小模型等动手课程，不过要严格按照老师规定的步骤去做。另外，考生也可以在六门考试科目外再多选一两门课程参加会考，大学录取时，总分按得分最高的六门课程计算。看来，少一些填鸭式的苦口婆心的谆谆说教，多一些启发式的思维引导和能力培养，大概是我国教育改革的应有之义。

校园喜闻书声琅

2000 年是津巴布韦独立 20 周年。谈起独立以来取得的最大成就，津巴布韦人民以重视基础教育、培养建设人才引以为荣。津巴布韦是非洲普及教育最好、文盲率最低的国家之一。

一个晴朗的下午，我走进维多利亚瀑布附近的一所农村中学，热情的副校长伯赫先生接受了采访。该校是由教会和企业合资创办的社区学校，属于津巴布韦除公立和私立外的第三类中小学。为了贯彻国家“人人有学上”的普及教育方针，让更多的适龄学童走进课堂，该校充分利用现有 50 名师资力量和校舍设备，实行半日制，使在校生增加一倍，达到 1400 名。伯赫先生说，社区学校的学费位于公立学校与私立学校之间，该校每学期学费是 238 津元（当时 36 津元约合 1 美元），一学年分为三学期；为了让更多的贫困孩子有机会学习，农村学校的学费又低于城市。当我们来到一个教室拍照时，学生正在上英语课。伯赫说，中学开设的课程有数学、科学、历史、地理、经贸、时政和民族语言等。

津巴布韦实行七年小学义务教育，学生六岁入学，三至六岁的学前教育根据各地实际情况决定是否开设。中学一般实行四年制，极少数学校试行六年制，六年制学校的毕业生不需参加高考可直接进入大学。2000 年 1 月 19 日上午，我走进津巴布韦最著名的中学——爱德华王子男校。正值下课时间，一个个着装整齐的少年背着书包精神抖擞地走在宽大美丽的校园，如果不是置身校园，你会误认为他们是年轻的士兵。该校创办于 1898 年，已有百年历史，1925 年，当时的英国威尔士王子爱德华访问该校时易为现名，使这所位于首都的著名中学至今留下殖民主义的烙印。津巴布韦独立后，爱德华王子男校成为国家公立中学，实行六年学制，有学生 1500 名，与附近的伊丽莎白女王女校并驾齐驱，继续以其高质量的教学、高水平的设施和严明的校风校纪闻名全国，学生以能走进该校的课堂而倍感自豪。

“拯救孩子就是拯救国家和民族”——这是国家教育、体育和文化部研究与政策发展司马蒂司长办公室墙上的一句名言。采访时，我首先向马蒂司长和

津巴布韦的中学生像士兵。

他的四名同事提出中小学实行半日制的问题。他们说，半日制主要在人口稠密的地区实行，目的是在现有条件下让更多的孩子能够上学。接着，他们用数字说明国家独立 20 年来教育事业快速发展的喜人情况：1980 年独立时，小学的入学人数是 123 万，2000 年达到 246 万，整整翻了一番，入学率从当年的不足 10%发展到现在的超过 90%；中学从独立时的 7 万人猛增到现在的近 80 万，超过了 10 倍。马蒂司长表示，许多津巴布韦人说，国家独立以来取得的

最大成就是教育事业一日千里、突飞猛进。

独立以来，津巴布韦政府非常重视教育事业，特别是基础教育事业。为此，国家特设主管基础教育的教育、体育和文化部，与高教部分设。国家财政预算明显向教育事业倾斜，在扩大学校数量和基础设施的同时，着力提高教师的社会地位和工资待遇，并注意对教师进行培训，以提高教师的素质和教学质量。国家在努力创办更多学校的基础上，积极鼓励私人和社区办学，私立学校和社区学校教师的工资由国家统一发放。马蒂指出："这是因为，国家认为任何人或组织创办学校都是为了给国家建设培养人才，是公益事业为国家作贡献，不是某人和某组织的行为。"

采访中，马蒂和他的同事强调这样一个思想：教育的意义在于开发人力资源、培养建设人才、提高国民素质；教育对个人发展、国家建设和全民族科学文化水平的提高至关重要；面对国内来自各方面的挑战和世界迅速发展的严峻挑战，用知识武装全体国民是政府唯一正确的选择。

在津巴布韦采访期间，无论是在城市还是在农村，每到上下学时间，随处能看到穿着整齐校服的中小学生在大街上和道路上步行。每当此时，我都想起在国内耳熟能详的"再穷也不能穷教育"的名言。津巴布韦是发展中国家，国家财力有限，然而全国上下已形成全力发展教育的共识，教育经费历年位居国家预算之首，1999 年高达 18.88%。民族振兴，重在树人，津巴布韦这一高瞻远瞩之举令人油然颔首赞许。

第三节　大学校园无围墙

一字长蛇阵的建筑群坐落在山冈上，现代化的高速公路飞泻脚下……当你从约翰内斯堡沿 28 号省道北行，在进入行政首都比勒陀利亚之前，这组气势恢弘的大楼格外引人注目。这就是闻名遐迩的南非大学——南非历史最悠久的高等学府、世界上开设课程最齐全的函授大学。

2000 年新学年开始之日，我慕名来到这所没有"围墙"的大学。报到大厅内，不同肤色和年龄的学生排成十几条长龙等待着注册，接待采访的校长秘书似乎觉察出我诧异的目光，忙解释说前来报到的是学校附近的学生，绝大多数学生则通过信函或电子信箱。该学年注册的学生达到 12 万人，遍布世界五大洲的数十个国家，其中南非学生占到95%。

从建校之日起，南非大学已经为世界各国培养了数以百万计的毕业生，其中包括博士和硕士。他们以母校为荣，可是真正来到学校上课者却寥寥无几，函授教育的特点使这些因诸多因素限制不能亲自走进大学课堂的学子圆了大学梦。“希望在于教育”，“学习面前人人平等”——南非大学以其光辉业绩实现了办学宗旨，为社会培养了大批专业人才。这些人才的培养凝聚了那些虽未曾见面却兢兢业业的教师们的辛勤汗水，从教育体制到教学方法，从教材编写到远程辅导，从教学设施到建筑特征……一切为学生着想，一切为教学服务。

我们来到大学图书馆，热情的馆长在介绍图书馆之前先讲述了一番校史。南非大学史可追溯至1873年成立的好望角大学，1916年正式易为现名，并在比勒陀利亚设立总部，原好望角大学成为其分校之一。根据南非当时的教育制度，校外学生可参加正规大学的毕业会考，成绩合格者获得学位。1945年随着校外参加毕业应试人数的迅猛增加，沃尔特教授建议设立“校外学习系”，以特殊教学法惠及更多校外学子。次年，学校接受其建议开函授教育之先河，至1951年彻底改革为函授大学。“开放大学”随之迅速发展，从1954年的年入学人数5000名增加到1972年的2.9万名，又从1982年的5.6万名飙升至1989年的10万名以上，随后保持稳步上升势头。如今，南非大学已跻身于世界十大大学之列，教育质量与学校规模享誉全球。

大学图书馆是为配合函授教学于1946年创办的，现有图书1500万册、资料30万册和杂志7000万种，年流通量73万册，是目前非洲最大的图书馆。为满足信息时代学生的需求，图书馆新近开设了音像和电子两个学习中心。借阅图书和音像资料皆可通过南非大学的网址先查找后函寄借阅。

在图书馆的校史馆，我看到墙上悬挂的大幅照片，他们是母校引以为荣的部分毕业生，其中包括南非前总统曼德拉和津巴布韦现总统穆加贝。曼德拉就是在罗本岛服刑期间陆续修完法学专业的全部课程，于1988年获得法学学士学位的。建校伊始，学校就为每位学生建立学习档案。在学生档案室，我查阅了曼德拉的学习档案，各门功课的作业和考试成绩一应俱全，身陷囹圄而坚持学习，其毅力和精神令人肃然起敬。

函授教育有其特殊性。为确保教学效果和教育质量，南非大学六个学院的60个系的各个专业均使用自己教师编写的教材和辅导资料；21个研究中心和研究所一方面从事提高函授教育水平的研究，一方面从事专业学术研究，以确保学校的学术地位。在大学印刷厂，我看到一排排散发着印油味的各种讲义、课本和辅导教材等，每年在这里印刷的各种资料竟有 5.5 亿页……

南非大学最高大的楼是教师办公室，这些身居"斗室"而辛勤耕耘的园丁们真可谓桃李遍天下。在近远东语言文学系，我见到教授中文课程的罗家瑞和柳耀昆博士。南非大学于 1992 年开设中文课，是南非最早开设中文课的大学，当时有学生 80 名，85%左右是在职学习，来自世界各国而以南非和南部非洲国家为主，其中包括在中国工作的两名外国人；年龄从 17 岁到 86 岁，平均年龄为 31 岁。无论是学生的结构成分，还是学校的教学方法，中文课比较全面地反映了南非大学的特点。

汉语是世界公认的最难学习和掌握的语言之一，学生与这两位老师之间是通过信函、邮寄录音带、电子信箱、电话、面授以及在南非的五个辅导中心听卫星电视讲课等方式密切联系的。学生自学课本，同时参阅辅导教材，按照要求按时完成作业并邮寄给老师；老师批改作业时不但标明错题而且批语指出因何而错；听录音时先把错误记下来然后再录下自己正确的发音，并告诉学生如何才能正确发音……"函授教育的老师比正规学校的老师辛苦多了"是他们的共同感慨！与其他课程一样，中文课考试也是通过南非大学在世界各国设立的

南非大学位于行政首都比勒陀利亚。

450个考点进行的。

南非大学为什么能突飞猛进取得如此大的成就呢？现代化的观念是成功之关键。我们生活在一个科学技术突飞猛进、知识更新步伐加快的知识化社会，“知识就是力量”是哲人的先见之明，“活到老学到老”是时代的一大特征。古人言：“少而好学，如日出之阳；壮而好学，如日中之光；老而好学，如炳烛之明。”联合国早就预言，21世纪是学习的世纪。面对知识经济的挑战，各国纷纷制定教育发展战略，促使教育大众化，为更多的人创造学习深造机会。终身学习而不是毕其功于一役地完成学习任务是时代特征，南非大学高瞻远瞩、顺应了这一时代发展的潮流。

函授大学没有“围墙”，四面八方、五湖四海皆为课堂。正因为此，南非大学实行“学习面前人人平等”的招生原则，不分国籍职业、不问种族肤色，只要热爱学习，男女老少皆可注册，学生来源极为广泛。不能走进正规大学者，虽各有其因，然高昂的学费把不少人拒之门外；与之相反，学费低廉便成为南非大学一大竞争力。一般而言，在南非大学读完学士学位的费用仅相当于就读正规大学一年的开支，这还不讲85%的学生是在职深造，工作学习两不误。一言以蔽之，函授教育生源广泛、学费低廉，且能在职学习的特点是南非大学成功的基石。

要认真读书。

如果说函授教育的这些特点使普通大学望尘莫及的话，那么远程教育的管理却难以与面对面教授相提并论。复杂多样的学生成分、散兵游勇式的各自为战、互不相见的交流困难不能不为管理带来难题。然而，南非大学取长补短发挥优势，终使灵活严格的管理变为走向成功的阶梯。严格要求才能实现志在一流，学生必须按时完成作业，教师必须忠诚教育事业。在这个大前提下，管理方法应该灵活多样：在职学习时间紧张，学生选择科目可量力而行，攻读学位时间可长可短；学生享有高度自主权，或就地参加短训班，或根据需要只修一门或几门课程；在世界各国建立了450个考试中心，方便学生就近考试，便于学校进行管理……函授大学顾名思义是通过信函教学，为弥补其不足，学校在南非建立了五个辅导中心，定期组织面授；而近年来音像，乃至电子等现代化手段在教学中的运用，大大缩短了师生之间的距离，也助南非大学成功一臂之力。

作为一所世界闻名的大学，步入新世纪的南非大学也面临科技和经费两大挑战。代校长梅尔克表示，现代化通信手段在为函授教育提供方便的同时，也使南非大学面临多种挑战：一是为了弥补远程教育之不足学校必须装备现代化教学设施；二是现代化通信手段为人们学习和掌握知识提供了多种途径，正在与函授大学争夺生源，学校必须保持低学费的竞争力；三是函授大学比普通大学需要更多的教职员工，南非大学的3500名教职员的工资竟占学校经费的75%以上，这就使学校的经费成为一大问题。尽管如此，“我们将以高质量的教学和服务迎接新挑战”。

第四节　潇洒写作戈迪默

2002年1月8日，南非一个艳阳天。下午3时半，我如约准时来到黄金城一个绿树映衬下的静谧住宅区，按响了弗雷尔街七号的门铃。一位身材瘦小的老妇人从室内走了出来，按动手中的大门遥控器。当我在院内从车中下来时，一条黄狗猛然逃窜而来，随着女人的叫声，那条狗顿时由敌视变为友善，热情地伸出舌头舔我的裤脚。在她的带领下，我穿过两旁摆放着各式各样陶罐的走廊，来到书柜林立的会客厅，于是，我们面对面地坐下，开始了长达100分钟的交谈。我眼前这位精明干练、目光炯炯的女人就是南非著名作家、1991年诺贝尔文学奖得主纳丁·戈迪默。

最新长篇涉足移民问题

问：感谢您接受采访。作为一名读者，我阅读过您的《不是为了出版》、《家藏的枪》和《南非百年短篇小说集》中您的作品。如果向中国读者介绍您的作品，您本人最希望介绍哪些？

答：你刚才提到的《不是为了出版》已经是一本旧书了，是1965年出版的。《跳跃及其他短篇小说》和《士兵的拥抱》是两本比较新的短篇小说集。《家藏的枪》是1998年出版的，这部长篇小说已被签署了中文翻译合同。翻译一部小说，很大程度上取决于作品的吸引程度，我认为像《家藏的枪》这样的小说也许能够翻译好。这部小说是关于暴力的，在这个世界上有太多的暴力。我不知道中国的情形如何，但在世界很多地方，暴力实在是太多了。

我最新出版的长篇小说是《邂逅》(*PICK UP*)。在南非英语里，PICK UP指一种轻型货车，不过它还有另外一层意思，就是你在酒馆或其他地方碰到的人，这是个俚语，我相信汉语也有相应的词汇。这个人或许只是与你萍水相逢，再无踪影，或许会成为你一生中非常重要的人。

我这本书讲述的是一个南非白人女孩和一名阿拉伯穆斯林青年之间的故事。一天，这个女孩子开车到约翰内斯堡希伯鲁区时，车突然坏了。希伯鲁区是一个乱七八糟什么都有的地方，车坏在这里她自然很担心，她的朋友说前面拐弯处有个修车铺，而街道上其他所有人都冲着她大声抗议叫嚷，因她的车坏在了路中央。她于是到了街角处，有两个人正在那里聊天，他们指了指一个爬在一辆汽车下面只露出两只脚的修理工说，那个人会帮助她。她走上前去，修理工从车下爬了出来，这就是他们第一次见面的情形。这个修理工是个非法移民、青年穆斯林，来自沙特阿拉伯这样的国家。通常情况下，他不会有什么麻烦，因为他看上去和南非开普敦的马来人、印度人差不多。

品味人生，笑对生活。

之后，两人的关系越来越密切。我在写作过程中就问自己：到底是谁选择了对方？对他来说，她来自富有的家庭，有稳定的生活，也许他可以通过她的关系获得在南非合法居留的身份；而对她而言，她有一些小资产阶级情调，想寻求一种不同的价值观，或者想体验某种冒险生活，也许是他选择了她，也许是她选择了他。故事的发展情节是，虽然她通过律师企图把他在南非的身份合法化，但是没有成功，移民局认定他是在通过假结婚来骗取身份，于是他被驱逐出境，而她则毅然决定随他远走异乡。故事的场景转换到了沙特阿拉伯的一个小村落，让读者看到了那里人们的生活情况。那么，这部小说的主题是什么呢？开始，我写这部小说时，觉得自己是在写两个人之间的故事，两个来自不同文化背景的人，产生爱情不是一件容易的事，它意味着责任，这个故事就是在讲这个问题。但写着写着，我突然意识到，我实际上是在写一个普遍存在的现象，就是移民问题。你知道，在约翰内斯堡，就有很多所谓非法居留者，有的甚至来自遥远的韩国，更不用说那些来自非洲其他国家的了。他们就在我们的周围，但这并不是说，只有南非才存在所谓非法移民问题，世界上到处都有。在这个世界上，很多人都在移民，就在我写作这本书的过程中，就有很多人为了移民不惜藏在闷罐船舱或者不通气的货车后部，甚至在飞机的货舱中，有人甚至窒息而死，这种悲惨的事情总在发生。现在，就在阿富汗，每天都有人试图逃往其他国家，他们掏钱找人把自己装进箱子偷运出去，也许就这样死在路途中。这就是我在这本书里要表现的事情，我们这个世界到底怎么啦？找一处家园怎么这样难？你在自己的国家到处流浪，找不到工作，无法谋生，这样那样的压力迫使你背井离乡，而你又在世界上到处流浪，可仍然是那样的艰难，似乎没有一处地方能让你安身。这就是我想探究的东西。

（戈迪默在《邂逅》中提出的问题是：什么才算“我们的国家”？按照出生地和地理界限所划定的区域，难道就非得成为限定人们的地方吗？我们为什么一定要遵从这种安排？这样的安排合理吗？——作者注）

六岁就想写自己的故事

问：您在 1991 年获得了诺贝尔文学奖，中国读者大都认为您的作品以反种族歧视为主题，不知这一理解是否准确？

答：事实上，我在写作时从来就没有刻意反对什么。我从九岁起就开始写作，那时写作是因为对人生好奇，想自我解释生活和人性是怎么回事，这个指导思想一直贯穿了我的写作生涯。不过，我自己出生并生长在一个充满种族歧视的时代，这是我熟悉的生活，我一直在写我熟知的东西。那些小说被人们称为反种族歧视小说，不过是因为其真实地反映了当时种族隔离时期的生活，反映了种族歧视的基本情况，也就自然反映出它是如何的残酷黑暗。毋庸讳言，我的确是一名反种族歧视的活动分子，但不是一个鼓动家，我从来都没有利用作家身份专门著书立说来宣传或鼓动什么。

问：您是怎样走上写作道路的？

答：这一点很难解释。还是个小女孩的时候，我曾经梦想当个芭蕾舞演员——现在也能看出我个子小也不胖，从体型上看倒是挺合适——但未能如愿。我天生喜欢读书，六岁时就读了不少书。在阅读的过程中，我产生了一个想法，就是要写自己的故事，要写熟悉的东西。那时候南非像是在世界的另一个尽头，受英国的影响很大，我读的儿童读物都是描述英国儿童的事情，而这些书中描述的事情不是我所能看到的，离我们很遥远，感到不真实。我当时住在离这里不远的一个金矿小镇，于是就写自己的所见所闻。十二三岁的时候，我对自己周围的一切开始怀疑：我到教会学校去上学，学校里都是白人；周末去看电影，电影院都是白人；到跳舞练习班去学习，那里也都是白人；而见到的黑人除了佣人和清洁工外，就是矿工。

南非总统姆贝基（右）与南非大主教、诺贝尔和平奖得主图图。

我最早的小说描写的就是金矿的生活。我还是个小孩子的时候，我所接受的教育就是让我们害怕黑人，说这些黑人是从非洲其他地方来的，他们都像怪物，他们都很可怕。而我在稍微长大一点的时候，就开始产生怀疑。后来我第一次坐火车到约翰内斯堡，到大学听课，这个课程并不提供文凭，我从来也没有拿过大学文凭。那是二战刚结束的1946年，我在那里碰到一些年轻人，他们有的想当作家，有的想写新闻，还有一些想搞音乐，这些人中间有一些是黑人，这也是我第一次和黑人平等地交朋友，自然对我的生活影响很大。此后，我又和非国大产生了密切联系。我一直都在从事写作，我的故事大概如此。

问：您说自己一直从事写作，是否写作就是您终生的唯一职业，没有从事过其他工作？

答：我以写作谋生。我那时非常穷，后来结了婚，有了孩子，生活也常常很拮据。我当时的丈夫是个医生，不过那次婚姻并没有持续多久，两年后就离了。离婚后的那段日子很难过，我下决心以写作为生。在度过一段艰难时光后，我取得了成功，我的一些书相继出版，才真正能够以写作谋生，做我自己最喜欢做的事。我觉得在这个世界上，最好的事情就是从事自己最喜爱的职业。不过，许多人为了混口饭吃而不得不去工厂或者商店谋生。我希望你也是在从事着自己喜爱的职业，这是非常幸运的。

后来我又再婚，丈夫是20世纪30年代从纳粹德国逃到南非的，二战时他参加了南非自愿军，被派到摩洛哥，后来又被调到英国军队中当了上尉，转战到埃及，他可以说是经历了二战的全过程。我是后来认识他的，并在1954年与他结婚。他出身于德国的一个艺术之家，自己在文学和哲学方面都有很深的造诣，还拿到了哲学博士学位，不过在南非没有派上用场。我们婚后各自发展，又有了一个儿子。我一共有两个孩子，女儿嫁给一个法国人，现在住在意大利；儿子在美国娶妻生子，住在纽约，是做新闻纪录片工作的。我一共有五个孙子、外孙，他们没有一个能讲好英语，我说的是我认为好的英语。那两个在法国的外孙只会讲一点英语，但讲得不好。

平常心对待获奖

问：我们知道您很早就开始写作，而且是著名作家，但直到1991年南非的民主曙光初现之时，您才获得诺贝尔文学奖。您觉得这和南非政治形势有什么关联吗？

答：没有任何关系。很多人并不理解诺贝尔文学奖是怎么回事，你不可能仅凭哪一本书就能获奖，而要看你主要的创作成就，这就是为什么诺贝尔文学奖的得主都是些上岁数的人，我获奖时都快68岁了。

问：能否谈谈当时的情况和感受吗？

答：一位作家在真正获得诺贝尔奖前的至少五六年甚至七八年里，都会一直被排在候选人之列。每年结果揭晓之前，总有记者打电话问我："你已经排上名了，将获诺贝尔奖，你有什么感想？"我总是告诉他们："如果我得了奖，我会告诉你的，再见！"然后我就挂断电话。这种情况持续了一年又一年，我知道迟早有一天会获奖。在我获奖的前一年，也就是1990年，墨西哥诗人帕斯荣获诺贝尔文学奖，他是我的朋友，我为他感到高兴，因为他比我的年龄要大得多。当时的情况很明朗，诺贝尔奖的得主不是他就是我。但我替他高兴完了也就再没去想什么，那几年我已经习惯了当诺贝尔文学奖候选人。

第二年文学奖揭晓时，我正在纽约联系出版新书，住在儿子的公寓楼，我丈夫也在那里。那天我起得很早，想打个电话又害怕吵醒家人，便悄悄去厨房。我正走进厨房要拿起电话时，电话铃响了，是瑞典的一位记者通知我，说我刚刚获得当年的诺贝尔文学奖，因为我了解这位记者，知道他不是在开玩笑。

那时的南非总统是德克勒克，你们能想象出我回南非后他竟然没有一个字的祝贺吗？世界任何一个国家的总统都会为自己国家出了诺贝尔奖得主而高兴，且不言我还是诺贝尔文学奖26年来获奖的第一位女作家，也是非洲第二位诺贝尔文学奖得主，而我们国家的总统却没有一句祝贺的话，就是因为我反对种族隔离制度，又是非国大成员。

问：您是什么时候加入非国大的？

答：非国大从1961年起就成为地下组织，因而那时候实际上无法"加入"，我那时虽然也是非国大成员，但并没有书面证明。种族隔离制度被废除后，非国大刚被宣布合法化，我就自豪地正式签名加入。

问：您认为获得诺贝尔文学奖对您的文学创作有什么影响？

答：没有任何影响。我除了获得诺贝尔奖外，还获得过其他一些奖项。但不管获什么奖项，它们对你要创作的下一部作品不会有任何帮助。每创作一部新作品，你都需要找到恰当的方式来表达你要阐述的事物，如果我考虑到别人会说，戈迪默拿到诺贝尔奖了，这回写的书肯定很好，那我就干脆别想再写什么东西了。我从来没有刻意去迎合读者。

问：1988年您被提名为奥兰治文学奖的候选人，但被您断然拒绝，不知何故？

答：因为那是专门为妇女作家而设的奖项。我反对一切人为分类的所谓奖项，文学奖还能分出什么花样来吗？难道非要分男性奖、女性奖、红发人奖、金发人奖、一夫一妻者文学奖、同性恋人文学奖吗？这些和文学本身又有什么关系呢？这种类型的奖我自然不会接受。我还真不知道是不是专门有为男作家而设的什么文学奖项，我认为男女应该完全平等。

问：1976年，世界上的700名作家被请求画自画像，听说您画了两只猫，真实情况是这样吗？

答：原因很简单，我不会作画，也画不了自己，我那时养了两只小猫，很喜欢它们，所以干脆就画了猫。现在那两只猫没有了，我养了那条狗，那条你刚才见过的黄狗。

问：您的业余爱好是什么？

答：读书、看电影、散步。我和丈夫以前经常出外野营，在那里散步。我有个朋友也喜欢散步，我们偶尔也一块出去走走。

问：您是联合国开发署委任的形象大使，能否谈谈这方面的工作？

答：这是一种荣誉头衔，我已经当了三年了，现在还有这个称号。我想他们之所以选中我，是想发挥我的一些优势。他们在任命形象大使时，总会选择一些在某一方面比较突出、有名望之人。诺贝尔奖得主或是著名演员就是他们的选择对象。我自己实际上有些局限性，我不能像其他形象大使那样到全球各地去演讲，因为我丈夫病得很重，大部分时间我要陪着他。当然我也去参加一些活动，比如说到美国纽约的联合国总部，到索马里，到爱尔兰，还有其他一些地方。但别的形象大使去过的地方更多，像美国黑人演员丹尼·格洛弗，他去过的地方就比我要多得多，他能讲非洲本土语言，我们曾一起赴德班参加宣传活动，活动的主题是教育儿童防范艾滋病。

其实，我们参加的活动都与发展有关，作家可以发挥其特长。当联合国想对某一项目的某一方面进行调查时，他们需要一份书面报告，但一般的书面报告都干巴巴的，行文也带有一种学究味或者官僚色彩，这些文件经过新闻媒体的取舍后，刊登出来后可能只剩下两三行字了。但是如果要让作家来写，我们就会用自己的方式来表达，那么很可能就是全文照登，事实也正是如此。我撰写的报告就在《纽约时报》和英国的主要杂志全文刊登，并被其他国家的报章杂志转载，引起世人的注意。我想这就是为什么选择我来当形象大使的原因。

问：您刚才提到您的丈夫患病，他现在身体如何？

答：他在2001年10月已经去世了。

问：对不起。

希望中国同行能讲一口漂亮英语

问：您访问过中国吗？

答：没有。只是20世纪70年代初期路过香港，在那里作短暂停留，那时香港尚未回归中国。

问：您对香港的印象如何？

答：我的天哪！时间太久了，已是20多年前的事了，我在那里只待了两天，记得最清楚的是河里有很多船只，那个情景颇让我感到惊奇。对了，还有清早在酒店起床后凭窗俯视，我看到那里一些比酒店位置低矮的住宅区里，屋顶和阳台上站满了锻炼的人，似乎所有住在那里的人都到屋顶做早操。我觉得非常有趣。

深邃的目光。

问：您早晨也锻炼吗？

答：是的，我早晨也锻炼，但不会爬到楼顶去。

问：什么锻炼项目？

答：作家一般都坐着工作，尤其是那些用电脑写作的作家，更容易患职业病。虽然我不用电脑，但经常一坐几个小时容易得颈椎病。因此有人送我一本保健书，介绍一些锻炼方法，我就照着去做。

问：您刚才说自己不用电脑写作，不知何故？我反倒认为电脑写作十分方便。

答：如果是写信，用电脑是不错的；或者写非小说类的文章，比如你们记者写报道，用电脑也方便，你打上去一行字，然后你可以根据需要加个短语或者去掉一个短语，将句子修饰得漂漂亮亮。而作为一个小说家，同样一个意思，我也许需要两种不同的表达方法，我在定稿时也许会采用其中一种。我用打字机把两种表达方式全打上去，或者手写出来，就是不想让它们消失掉，以便作最后的抉择。但如果是用电脑，就得把它们都打印出来，这样太麻烦了。有意思的是，一些年轻作家也不用电脑。去年我在法国开会，一名记者就“是否用电脑写作”这个问题询问了 30 多位作家，令人惊讶的是，用电脑写作的只有四五个人，其他作家，不管是老作家，还是初出茅庐的年轻作家，都因为我刚才提到的原因而不用电脑。这倒不是排斥新技术，而是出于写作习惯。

问：您阅读过中国的文学作品吗？

答：没有。文学的翻译沟通是我经常关注的问题之一。我们现在都在讲全球化，而事实上，在经济、金融、贸易等领域，也的确发生了许多变化，全球化趋势迅猛，差距正在缩小。如果看一看文化方面，则这种全球化现在的代表可以说是美国文化中最低档次的那一部分。不管你到任何地方，打开电视，到处都是美国那种粗俗浅薄的闹剧，这种闹剧居然还被翻译成各种语言，差不多充斥了整个世界，从匈牙利、赞比亚到日本，到处都一样。另一方面，谈到书籍和文学作品的交流时，翻译工作实在是做得太差太少，尤其是对非西方文化的介绍和翻译更是如此，对中国文学作品的翻译和介绍就更是少得可怜。那个写了《灵山》的作者叫什么来着？对不起，我叫不上来他的名字。

问：您是指 2000 年诺贝尔文学奖获得者高行健吧。

答：对，就是他。在他获奖之前，我从未听说过他的名字。但是后来有人告诉我，他是个杰出的诗人。可他获奖已经一年多了，我还没有看到他的任何诗篇被翻译成英语。

假设你在中国写了一本非常好的书，一举成名，有人将你的作品翻译成英语，然后出版发行，可是在西方世界还没有人听说过你，读者对你并不了解，你的书在书店里可能还是卖不动。看来介绍文学作品需各方共同努力，至少需要出版商、文学评论家、媒体等来合力推进文学的交流。出版商还要做好共同承担费用的准备。我曾多次出席由出版界和文学界共同参与的国际会议，我常对出版界的人说，你们分别来自美国、法国、西班牙、瑞典等国家，难道你们就不能共同组织翻译一些好的作品？最终你们也会是受益者。不过说了也是白说。

现在再回到你提的问题上，关于中国文学作品，向西方介绍得实在是太少，我对中国文学根本不了解。我不知道为什么日本的作品在西方介绍得比较早、比较多，而中国的文学作品却很少被翻译介绍。

问：你知道中国有哪些著名作家吗？

答：不知道，一个也不知道。

问：迄今为止，还没有一位中国作家问津诺贝尔文学奖，2000年获奖的是个法籍华人，而中国却不乏优秀作家，甚至是非常优秀的作家，您如何看待此事？是不是和您刚才提到的文学翻译问题有关呢？

答：当然关系密切。西方对中国文学作品的翻译太少了，诺贝尔文学奖在评选之前，候选人须从世界各地被提名，然后再从中筛选。这首先需要推荐者有机会了解中国作家的作品。以那本《灵山》为例，看来翻译得很差，我看过那本书，老实讲，觉得不怎么样。读过中文版的朋友告诉我，英文版翻译得太差了。我也在想，这位作家也是位诗人，他不可能写得那么拙劣。

问：如果您有机会与中国作家见面，是否乐意与他们交流？

答：我和我的同行都会非常愿意的，不过我希望与能够讲英语的中国作家交流，否则交流起来将非常困难。和这些同行之间的交流如果完全通过翻译，我看是行不通的，翻译不太容易真正理解作家的意图。

和日本的大江健三郎交流起来也比较困难。他理解英语没有任何问题，可是你很难听懂他在说什么，主要是由于他的发音，他自己还意识不到这点。他在诺贝尔百年盛典讲演时，我们都紧盯着他的嘴唇，猜测他可能说些什么，真是太难了。

对新南非还需要进一步观察

问：我在今天的《索韦托人报》上看到您的照片，报纸上的消息是有关您与水利和森林事务部长等签署的那个犹太人宣言。

答：我恐怕会因此惹上麻烦了。水利和森林部长罗尼·卡斯里尔斯曾是非国大的军事负责人，也是南非共产党员。非国大和南非共产党是政治盟友，我对南非共产党在种族隔离时期的杰出贡献一直深怀敬意。

卡斯里尔斯对中东地区以色列和巴勒斯坦的局势表示出深切的担忧，他觉得南非有八万犹太人，但对中东问题没有持一种公正的态度，尤其是不该支持以色列动用坦克占领巴勒斯坦的部分地区。因此他和其他人起草了一个声明，希望支持他观点的南非犹太人签字。

声明的主要内容是：我们完全承认巴勒斯坦是一个独立的主权国家，以色列必须从巴勒斯坦撤出，退回到1967年划定的界限内；我们强烈谴责以色列的暴行等。他向我讲述了这些内容，我也看了这个声明，我对他说，声明的基本内容没错，但是你在这里面对来自另外一方的暴力只字未提，那些自杀式的炸弹也是暴力。你怎么能区别对待暴力？你不能说巴勒斯坦死了上百人，以色列才死了二十几人，暴力就是暴力，凶杀就是凶杀，死亡就是死亡，你不能以死亡数量的多少来决定哪方面是正义的。我提出反对意见，另外还指出，他的声明中只提到巴勒斯坦的主权问题，但我们都知道那里的危机不仅仅是在以色列和巴勒斯坦之间，周围的阿拉伯国家也表示过，要将以色列人赶到海里去，由他们来占领那块土地。我说我不能签字，除非你加上一些条款，亮明观点，承认以色列和巴勒斯坦分别对1967年所划分的国土拥有绝对的独立主权，这些主权和区域安全应该得到西方强国、有关组织和领袖以及阿拉伯国家的承认和保证。如果阿拉伯国家不能承诺保证，你根本就别想做什么，不会有任何意义，任何文件都只能是一纸空文。

卡斯里尔斯采纳了我的建议，其他签字人又提出另外一些改动意见，我签了字。我当时就预感会因此而惹麻烦的，天知道我又会被封为一个反对什么什么的犹太人，事实上，我并没有特意要呐喊反对什么。不管怎么说，我还是签了名。

问：您能否谈谈南非文学界的现状，有哪些优秀作家？目前的小说创作具有哪些特点？

答：南非有一些非常优秀的作家，如：安德鲁·布里克（Anderw Rick），科泽（J.A.Coezer），南非印裔作家阿米·丹戈（Ahmee Dangor），杰出的诗人蒙戈内·沃莱·塞罗特（Mongane Wallay Serote），埃斯基·姆费莱莱（Eskia Mphahlele Mphahlele）等，姆费莱莱是个非常杰出的作家，也是我最早的朋友之一。克里斯·范·威克（Chris Van Wyk）写得也很好，扎基斯·姆达（Zakeas Mda）也是个非常不错的小说家和剧作家。

说起目前的小说创作，我还在等待，在观察。你们记者有发稿时间，文章必须在明天、下星期或下个月的某一时间发表，但创作小说或者诗歌不存在这个问题，在反映一些社会变革时，我们对这些变化需要用更长的时间来思索。

新南非诞生迄今为止仅仅七年半时间，对我们来说时间不算长，还需要进一步观察。

新南非之前是种族隔离时代，种族隔离正式化是 1948 年，但是实际上种族隔离早就存在了，已经有几百年了，只是到了 1948 年才正式化、法律化。南非的黑白种族隔离实际上从 17 世纪就开始了，无论是荷兰人、法国人还是英国人，他们都是种族隔离的推行者。所以，讲到种族隔离，你不能从 1948 年开始算起，因为种族隔离一直存在。现在社会突然发生了巨变，黑人不再需要怀揣通行证，他们也可以自由地到处寻找工作，而在过去，这是不可能的，过去黑人要从纳塔尔或者川斯凯来这里找工作的话，事先必须得到批准，而且还要说明你什么时候去，去什么地方，如果批准你去约翰内斯堡，你就不能去比勒陀利亚。社会巨变还带来一种“令人震惊的自由”。黑人过去是不能到白人居住区居住的，不光是黑人，印度人等有色人都只能居住在自己被划定的区域内，现在这些都被全部废除了，人们可以自由地选择自己的居住地。我从一些黑人朋友中看到一些比较有意思的现象：他们先是从索韦托等黑人居住区搬了出来，住到市区的希伯鲁区的楼房，可是很快就发现他们并不喜欢市区，然后他们又开始想方设法到别处寻找花园住房。他们现在确实感到自由了，想到什么地方都可以，但是从过去居住的地方搬出来后，他们又发现过去的贫民窟中有许多值得他们怀念的东西，比如说，如果要出门的话，邻居会照顾你的老人和孩子，虽然彼此之间有些磕磕碰碰，但是大家总体上互相关心，互相帮助。现在搬到楼房里了，连隔壁住的是谁都不知道，楼下的人就更不认识了，于是会产生一种孤独感。我一直在观察这种新现象，以便从中发现一些新东西，这需要时间，需要等待。

南非作家中有人已经开始反映这种现实了，像我最后提到的扎基斯·姆达和南非印裔作家阿米·丹戈，他们分别出版了一部描写新南非生活的新著。还有一些现象也是值得写的，你会注意到现在有一些黑人在公司已经成为白人的老板，这种事情在以前是无法想象的。我家附近有一个邮局，过去邮局的官员和职员基本上都是白人，因为邮局是一个收入稳定的地方，多少年来都是如此。可是有一天，我在这家邮局突然发现，邮局柜台上有英国后裔，有典型的金发蓝眼的荷兰裔白人小姐，有印裔小姐，而后面坐着的邮局局长是个黑人。

他们现在都在一起工作，共同面向公众服务，有共同的经济利益，这里面就产生了一种无形的纽带把他们拴在了一起，这个景象确实是让我深感惊奇，感慨万千。

问：去年4月份，您的一本小说《人在七月》被南非豪登省教育厅从中学生读物名单上排除，被称为是一本带有浓厚种族歧视色彩的书，国家教育部长阿斯马尔获悉后立刻出面干涉，豪登省教育厅收回成命。大家知道您一直反对种族歧视，您如何看待此事?

答：那个消息在报上刊登以后，当时正在爱尔兰访问的教育部长立即从都柏林给我打电话，说他不同意豪登省教育厅教材读物选择委员会的决定，并说他将对此事予以调查。他随后严厉批评了他们的这种做法。当时被禁的不光是我的那本书，你无法想象的是，莎士比亚的《哈姆雷特》也在被禁之列。令人遗憾的是，这件事被炒得沸沸扬扬，在世界上不少地方都被大肆渲染了一番，造成不少误解。我觉得是某种心理因素在作怪，迎合了西方很多人那种幸灾乐祸的想法。因为消息传出后，就有人讲："看看，戈迪默一直站在黑人一边，现在呢，她的书被黑人给禁止了!"教育部长阿斯马尔下决心要查个水落石出，想知道到底是哪些人做出了禁书的决定，结果发现选择委员会的委员是清一色的白人！做这个决定的无一例外地都是白人教师。另外，这个消息的报道还引起了其他误解，以为那个决定是南非政府做出来的，实际上，我们有九个省，豪登省只是其中之一。

一个很有意思的现象是，现在我们国家政府部门以及军队里，都有不少原来属于种族隔离政权的官员，他们现在非常害怕犯错误。以我的这本书被禁读为例，就是他们害怕提起过

作者与作家合影。

去，害怕人们谈论过去的黑白关系，不想让人联系到往事，当然也不愿意让学生知道那些事情。莎士比亚的《哈姆雷特》也在禁读之列，是因为他们认为对年轻学生来说，哈姆雷特思考得太多，想问题想得太复杂。

戈迪默（1923—）是南非现代舞台上的一位杰出作家，撰写了13部长篇小说、200多篇短篇小说、200多篇散文。在种族隔离最黑暗的时期，以反种族隔离为己任的她，尽管其著作曾在南非国内被禁，本人也遭受迫害，但她拒绝流亡国外而毅然留在国内，与非国大的地下组织成员并肩战斗。就在白人政府疯狂搜捕非国大成员时，几位黑人运动领袖就躲藏着在她家中，并在其掩护下安全转移。对戈迪默而言，最自豪和最骄傲的并不是摘取诺贝尔文学奖的桂冠，而是1986年出庭作证，使22名非国大党员免除死刑。难怪曼德拉在1990年刚出狱后，最想见到的几个人中就有她。戈迪默是曼德拉心目中的英雄，而国际社会则把她称为“南非的良心”。

戈迪默的学历不高，小时候上过天主教会学校，但不久就回家自学，青年时代到金山大学进修过一年，也没有拿到任何文凭，而现在她却是哈佛、耶鲁、剑桥等15所世界名牌大学的荣誉博士。

戈迪默曾经生活拮据，但她并不看重金钱，获诺贝尔奖后，将奖金的一部分捐给南非作家协会，在日常生活中她也乐于助人，特别是那些需要帮助的作家同行。

采访完这位著名作家，她平易近人、正确对待名利和认真创作的态度给我留下了深刻印象；她活跃的思维、清晰的思路、深邃的思想，在她的谈话中不时给人以深层次的启迪。作为一位南非作家，她在不停地思考着自己身边的变化，自己国家的变化，以及整个世界的变化；她在密切关注着世界的局势，积极置身于改变贫穷与疾病的斗争，时刻准备着下一步的新创作。这一切，对一位老作家而言，无疑是难能可贵的。这种“不知老之将至”的积极的人生观，值得我们每一个人学习。

第五节　多思寡言出库切

沉默寡言的秉性特征，远离名利的处世哲学，锐利观察的独特视角，深入探究的学者风范，独特曲折的家庭经历，离群索居的个人习性，当这一切置于黑白矛盾尖锐、新旧矛盾交织的南非社会这个大背景之下，自然成就了库切的创作，撞击出一位文学巨匠。

2003 年 10 月 2 日，瑞典文学院宣布，南非作家库切荣获本年度诺贝尔文学奖，这是继 12 年前女作家纳丁·戈迪默折桂后，南非文学家再度获此殊荣。消息传出，南非举国兴奋，姆贝基总统高兴地说："库切获此殊荣不仅是南非人民、而且是非洲大陆人民的荣耀，我代表全体南非人民向他致敬！"诺贝尔和平奖获得者、南非前总统曼德拉表示："我们向库切致以最热烈的祝贺！我们想告诉他，他使我们所有人同感骄傲。他或许已移居国外，但我们仍视其为自己人。"

与南非举国沸腾的情景相反，此时"隐居"在美国的获奖者本人却极度平静，仅发表了一纸简短书面声明，表示自己"意外惊喜"，"将继续自己的事情：完成正在创作中的小说和正在翻译中的荷兰诗集"。他曾两度拒领英国最具影响的国际文学奖——布克奖，并以"远离媒体"作为一把人生标尺，外界甚至猜测这位"怪才"这次是否会拒领诺贝尔奖。库切以成功描述新旧南非的黑白矛盾而广受赞誉，近年来，人们一直在试图揭开这位"隐士"的"神秘面纱"，探究这位教授作家成功的"秘密武器"。

多思寡言成就创作

约翰·马克斯韦尔·库切，1940 年 2 月 9 日生于南非。身为农场主的父亲

桌山上鸟瞰开普敦。

曾供职政府，只因与种族主义当局政见分歧而离职，举家迁往省城。由于从小生长在英语环境中，1960 年，20 岁的库切获得开普敦大学英语学士学位，次年又获得数学学士学位，1963 年荣获英语硕士学位。接着，他赴伦敦成为一名电脑程序员，两年后离英国赴美国求学，1969 年荣获得克萨斯大学语言学博士学位。

他是一位以教师为职业的业余作家。获取博士学位后，他回母校开普敦大学执教英语，先是讲师，后成为教授，前后二十余载。其间，他曾担任美国纽约州立大学教授，哈佛大学客座教授。2002 年，库切辞去开普敦大学英语系主任一职，移居澳大利亚，成为阿得雷德大学的英语教授，而一年中又有一学期在美国芝加哥大学教授柏拉图哲学和美国诗人惠特曼。

在执教生涯中，勤奋的库切撰写了一系列学术著作。主要包括：1988 出版的《白人写作：南非的书信文化》，1996 年问世的论文集《侵犯：论审查制度》，1997 年的论文集《什么是写实主义》，2001 年出版的书评集《陌生国度》。另有南非金山大学英语系主任、库切研究专家阿特韦尔教授 1992 年编辑出版的库切论文和访谈集《特别强调》。

善于思考的库切，始终未放下手中的笔，其人生成就主要表现在副业——文学创作上。作为一名博士作家，观其外表，库切给人一副沉默寡言的腼腆书生印象，然而其笔锋冷峻犀利，入木三分，这在其十几部小说中各有独到之处。值得一提的是，在这次荣获诺贝尔文学奖之前，他曾数次获得国际文学奖项。

处女作《昏暗之地》问世于 1974 年，三年后出版小说《在国家中心》，1980 年发表成名作《恭候野蛮人》；1983 年的《迈克的生活与时代》同时荣获英国布克文学奖和法国费米娜文学奖；1986 年，取材于《鲁宾逊漂流记》而创作的小说《福》，次年获耶路撒冷文学奖；1990 年，小说《坚强时代》与读者见面；1994 年，小说《彼得堡大师》获爱尔兰时报国际文学奖；1997 年，出版传记第一部《童年》；1999 年出版的小说《屈辱》，再次摘取布克奖，使库切成为唯一两次荣获该奖的作家；2002 年，传记第二部《青年》问世；不久前，库切出版新作《伊丽莎白·考斯特罗：八个教训》。

如果说他的勤奋多思表现在学术著作和文学作品中，那么他的孤僻寡言则表现在为人处世方面，这似乎与他的教师职业不相协调，与现代信息社会格格不入，使他成为一名当代离群索居的“隐士”，然而，这外表与内心的强烈反差，在他身上达到了高度自然的和谐统一，形成了一个固若金汤的稳定整体。他生性孤僻内向，小时学跳舞时，尽管他也和别人一样学华尔兹，学恰恰舞，但内心有一种天然的抵触情绪，心灵深处一直认为：人本来是不需要跳舞的。一位作家朋友这样描述库切：“他几乎像一个修道士那样自律和勤奋，不喝酒、不抽烟、不吃荤。他骑自行车进行长途运动以保持健康，每天早晨至少伏案写作一个小时，即使周末也不例外。”一名与库切同事十多年的朋友说，十多年里只见库切笑过一次。库切也参加过几次晚宴，但席间只字未讲。而当外界为他移居澳大利亚的动机猜测得沸沸扬扬时，他的回答却如此简单：“我喜欢这里的气候，还有缓慢的节奏。”

库切行事低调，不喜曝光，在冷若冰霜的外表下，他的内心世界非常丰富，大脑思维高度活跃，总是在不停地尝试新思想，这种活跃与尝试外化为他脚下飞转的自行车轮子。库切是一个自行车迷，在开普敦期间，诗人弗格森经常陪他凌晨4时开始锻炼，该城每年一度的自行车赛里也少不了他的身影。自行车赛的档案资料里这样记载：库切自1983年开始参赛至2001年，共参赛15次；除第一次外，他每次都在四小时内骑完100公里的赛程。这对一个像他这样年龄的人来说，是相当满意的成绩。

沉默啊沉默，库切没有在沉默中销声匿迹，而是在沉默中实现了飞跃和升腾。

作品反映南非社会

文如其人，文见其人。阅读库切的小说，实际是在作者的带领下，读者走进他所处的社会与时代，进入他的大小家庭与周围环境、研读他的外部特征与内心世界。简言之，其作品的主题源于自己，反映社会。

库切是一位正义的作家，作品充满反帝国主义、殖民主义和反种族主义的情感。童年的三件事给他的人生烙下了深刻印记：父母不幸的婚姻，白人世界中独讲英语的孤独孩子和天主教学校里的新教教徒。易言之，他的童年是在这样一个环境中成长的，是没有多少欢乐可言的。他对母亲的勤奋和自我牺牲表示同情，对父亲的嗜酒成性深恶痛绝，对他们的不幸婚姻充满矛盾心理，而父母分居的两张床给他留下了永久的记忆。走出这样的家庭环境，操着一口流利的英语，外面的世界如何呢？他被南非荷兰人的后裔——阿非利康人包围着，他们说的是阿非利康语，而在他的心目中，那些白人严酷苛刻、反犹太人和种族歧视。开普敦一带，除了白人还有黑人和有色人。1948 年至 1951 年，他是在西开普省的一家农场度过的，“那里的有色人似乎需要什么就乞讨什么”。同时，他又是一名生活在天主教学校里的新教教徒，这一切，使他从小就产生一种孤独感和艰难感。在《童年》里，他描述了自己与其他白人疏远的种种感受，12 岁时就萌生了生活在“社会边缘”的想法。在接受阿特韦尔教授的访谈时，他描述了自己不加渲染的写作风格和简朴节约的生活方式，以及这种风格和方式对与他共处的人造成的困难，他说这是一种“陌生感”。

生活在这样一种独特的家庭和社会环境中，他似乎对所有“正常”的事物产生了敌意，他的童年是在“咬牙切齿和忍受着爱”的笼子里度过的，而他就是这个笼子里来回徘徊、不知所措的一只狒狒。“他的心老了，是黑色而坚硬的，一副铁石心肠。这就是他不值得一顾的秘密。”阿特韦尔认为，无声无息地受苦受难是贯穿库切全部作品的一条红线，作家本人擅长洞察受苦者的心灵深处，描述受难者的心理状态。动物无言地受苦在其作品《动物的生命》中表现得淋漓尽致。

童年深刻地影响了库切的人生，他曾于 20 世纪 60 年代尝试移民，由于环

是桌子就能铺桌布。

境因素制约而又返回。他曾在不同场合多次表示，自己不愿成为知识分子的公众角色，不愿直接参与政治。这一思想明白无误地反映在新作《八个教训》中。

在首部小说《昏暗之地》中，作者重点描述了两个场景：越战时期的美国国务院和数百年前第一个征服南部非洲的西方探险家的故事。这两个故事似乎风马牛不相及，但都反映出同一主题：无论置身何处，侵略者的恐惧和妄想是一样的。

首获布克奖的《迈克的生活与时代》的故事发生在开普敦，作者围绕园丁迈克而展开：南非内战时期，单纯善良的黑人迈克试图将病危中的母亲送回她年轻时生活过的农场，但母亲不幸在回农场的途中去世，迈克于是带着母亲的骨灰继续前行，他终于回到已成废墟的故园，并一个人生活在农场。可是不久，他被关进集中营，从此过着躲躲藏藏的生活。小说告诉人们，在种族主义统治下，迈克无法追求自己期望的生活方式，只能接受命运的摆布与捉弄。

库切对阿特韦尔讲，小说《福》是对孤独无助者“微不足道与滑稽可笑的保卫和防御”，他感到自己可能要被世界上苦难的事实所淹没，这种苦难不只限于人类的苦难。在耶路撒冷文学奖授奖仪式上发表演讲时，库切对颁奖本身的自相矛盾提出质疑：“自己从一片没有自由的土地而来，却领取一个为了自由的奖项。”他进而对殖民主义和种族主义扭曲人性、加深苦难、阻碍社会前进的罪恶进行了有力抨击。

《坚强时代》以南非1986年至1989年实行的紧急状态为背景，作者实际上是在为那些站在“难以防守的历史阵地”上的人们而大声呐喊。在开普敦，一位身患绝症的古典文学女教授正濒临死亡，这位老教授终生反对种族隔离制度，此刻，就在她要告别人世的时候，目睹了一系列血腥恐怖的杀人事件，先是附近的黑人居住区被付之一炬，后是自己佣人的孩子在她家中遭枪杀。最后，一名无家可归的酒鬼竟成为她唯一能够诉说内心愤怒与绝望之情的伙伴。

1990年，库切在接受美联社记者采访时表示，南非刚刚过去的40年，是一个“人民被迫面对真正巨大的道德债务”的地方，“我们的历史是这样的，突然间，普通民众要面临他们通常不必正视的一系列重大决定”，无论是受害者、自由斗士，还是被动的抵制者和郁闷的旁观者，都必须面对种族隔离时期严重的非正义和巨大的恐怖。

有人说库切是自由斗士和自由的捍卫者，他却不以为然，表示“我不是一个社团的先驱者或是其他人士，我是一名暗示自由，并为正在失去枷锁的人们描绘图画的人”。谈起创作，他表示每写一部小说，他都居住到书中人物的生命中，而且一住就是多年。

评论界认为，库切是现代派文学先驱、奥地利小说家卡夫卡的继承者。南非开普敦大学英语系主任沃森认为：“就库切的写作风格而言，无论从哪个角度讲，也无论他是写南非还是其他地方，他都是卡夫卡的伟大追随者。与同时代的大多数作家不同的是，库切试图使一些难以解释的生存方式问题成为人们关注的焦点。”他是一位后现代主义作家，他的大部分作品饱含着文学的影射力，总是在现实与幻想之间徘徊。不过，库切与卡夫卡的不同之处在于，卡夫卡常运用变形和荒诞的隐喻，而库切的隐喻却极似真实，不管是局部还是整体运用。

无论是在南非国内，还是在国外，库切的作品都引起争议。也就是说，他是一位有争议的作家，但这丝毫不影响他所取得的文学成就。正如瑞典文学院指出的：“他是一位将继续受到争议和分析的作家，我们认为其作品应归入文学遗产。”

评论界和新闻媒体还将库切与戈迪默进行比较，认为两人的作品皆具有反帝国主义、反殖民主义和反种族主义的立场，而戈迪默更明显一些；两人都使小说的传统在南非的特定环境下得到了发扬光大，而且达到了相当高的层次；库切带有较为明显的后现代主义色彩，而戈迪默的现实主义比社会现实更为复杂，因为她的现实是对人们意识的纪录，因而是通过人物来反映历史的。

《屈辱》掀起轩然大波

《屈辱》自发表那一天起，就在南非引起这样的纷争——黑人批评，白人默认。就在这次获奖后，还引起南非执政党与反对党打起口水战来。

这部小说发表于新南非诞生五周年之际的1999年。52岁的大学语言教授戴维·卢里有一段并不光彩的经历，寻觅应召女郎，勾引女大学生，劣行暴露后拒绝公开悔改，因之遭校方解聘，名誉扫地的“屈辱”。无奈无聊中，便想在女儿露西偏远的农场找到一丝安慰，他于是来到农场，担当起工人和动物保护者的角色，进而认为农场生活单纯清静，打算写一写拜伦的最后岁月。小说中最令人痛苦和难忘的一章是这样的：卢里父女在农场遭到袭击，女儿竟被三名黑人轮奸，而身为父亲的他，一名在想象中的“庇护所”里的“庇护人”却无能为力，这是多么大的“屈辱”啊！更让他感到“屈辱”和费解的是，因暴受孕的露西为了保住农场，竟然愿意下嫁给曾是自己的长工，甚至可能涉嫌施暴自己的黑人邻居，成为对方的妻子之一，因为根据非洲传统风俗，黑人可以一夫多妻，而露西的那个黑人邻居已有两个妻子了。露西甚至进一步提出放弃自己的地产，由一个地主沦为一名佃农。父女二人的对话似乎一语道破了南非新社会制度下的“白人恐惧”：“多么屈辱啊，那么高的期望，却落到这步田地！”易言之，在新南非，白人只能“屈辱”地生活着。

露西被强暴后，为何不是移居国外重新开始生活，而是选择继续留在南非呢？她的这一痛苦抉择基于这样一种信念：发生在自己身上的那一幕恐怖的煎熬是一种异乎寻常的赔偿形式，这笔债务是她作为一名白人不得不偿还的，因为她与数十年的压迫黑人的种族隔离制度之间有着一种被动的同谋关系，她要直面过去的这种罪恶，重新寻找新的生活契机，建立新的生活模式，燃烧起新的生活希望，而她执意保留腹中的胎儿和放弃自己仅有的地产的决定，似又诡秘地象征着这种新的契机与希冀，从而获得赎罪与新生。

《屈辱》封面。

这部小说中的许多问题正是南非社会现状的真实写照，土改引起的土地所有权变更，居高不下的犯罪率，众多的黑人强奸犯，公民缺乏警力保护，新旧社会观念的撞击与融合，国家的重建与种族的和解，以及社会变革时期经历的磨难与阵痛，等等。当殖民主义和种族主义在南非造成难以抹去的历史痕迹后，《屈辱》中表现的舍得抛弃，创造新生，以及白人心灵中隐隐的赎罪感，似乎为社会重组重建提供了一种方式。

评论者认为，这部小说通过书中人物的遭遇，以隐喻的手法展示了新南非的政治、经济和社会问题，凸显了人们社会价值观的变异与扭曲，进而深刻揭示了南非白人心灵深处最大的恐惧感。

执政党——南非非洲人国民大会（非国大）抨击这部小说是“种族主义之作”。2000年，即小说发表的次年，这部小说曾在南非国民议会引起唇枪舌剑；在人权委员会举行的“传媒中的种族主义问题”的听证会上，非国大认为，《屈辱》代表了白人对黑人执政的观点——建议所有白人移居国外：“这部小说建议白人同胞最好移民走人，因为后种族隔离制度时代的南非是‘他们的地盘’，结果将是白人失去地位、武器、财产、权利和尊严。白人女子将不得不与野蛮的黑人男子同床共枕。”

最大的反对党民主联盟表示，库切获诺贝尔奖后，非国大对此做出的快速反应和表示的极大热情无不让人感到诧异。对于非国大一百八十度的大转弯，民主联盟认为“在向库切获奖道贺之前，非国大应先向库切本人及其小说《屈辱》道歉”。非国大则反唇相讥，坚持对《屈辱》的批评立场，但对库切获奖表示热烈祝贺，“如同我们认可前总统德克勒克的诺贝尔和平奖，并不认可和宽恕他的种族主义政权一样，我们认可库切的诺贝尔文学奖，但不宽恕他的《屈辱》，因而不会向他道歉”。非国大进一步反问道：“事实上，谁应该真正向种族主义政权造成的巨大伤害而道歉？谁应该明确地向这一切进行道歉呢？”

读者如何看待《屈辱》呢？该书在南非国内销售了10万部，读者的反响黑白分明，白人认为《屈辱》揭示了新南非的社会问题，是一部“闪光”之

您去过吗？南半球最大的购物中心在开普敦。

作；黑人指出《屈辱》表现了新南非冷酷的一面，伤害了他们的感情。英国《经济学家》杂志认为，作品暗含着“非洲人统治南非是走向地狱”这一观点。

不过，诺贝尔文学奖评委会不持此种看法。瑞典文学院认为：“在《屈辱》中，库切向人们展示了南非白人种族隔离政权崩溃后的新社会环境下，一位声名狼藉的大学教师为保护自己和女儿的名誉而进行的抗争。这部小说涉及作家所有作品的主题：有可能回避历史吗?”

历史是库切作品的中心。正如评论家所言，政治与历史的力量就像龌龊的气候一样影响着个人的生活，给人们带来的破坏性更加残酷而客观。10月4日，南非《公民报》就库切获奖发表评论指出：“《屈辱》未能给新南非提供任何慰藉，实际上是在为新南非勾画了一幅凄凉的景象。”“《屈辱》主要描写人的精神生活，而不是为了贬低政府。”“也许，库切移居澳大利亚的举动比他的任何一部作品都更加明确无误地告诉了我们这一点。”评论用这样一句发人深省的话作结：“我们这些留在南非的人未能获得任何奖项，库切折桂将激励我们把国家建设得更好。”

就在库切获奖前几天，南非《星期日时报》还载文对其进行抨击，作者认为库切是“假充内行的骗子”。对此，金山大学的一名女讲师弗罗蒂兹继而在10月6日的《星报》上争辩道，诺贝尔文学奖认定了库切，南非人为什么倾向于怀疑自己同胞的成功？这种对他人成功的愤恨是一种“耻辱”。她就此进而对南非人的国民性进行了深入剖析，首先引用一位有识之士的这段话：“我经常反问自己，为什么当美丽和奇妙的事情来到黑人世界时，黑人同胞们总是一马当先，将其扯下和撕碎。”她接着强调，“事实上，这一习性也许是南非第一个真正的国民性——不分种族、地位和性别。想一想，一个全民兴高采烈、团结一致挑剔抱怨其他同胞成功的南非，会是一幅何种景象”。呜呼，不是成人之美、夸人之美，而是妒人之美、毁人之美，这一习性与偏爱折射出一个国家的国民性。一部作品能够引起人们对国民性的深层思考，库切毕竟不凡。

名利面前漠然置之

“隐士”似乎与远离名利是一对孪生子，古今中外，莫不如此。与崇尚“大事张扬”和“自我表现”的现代风气相反，库切处事低调，厌恶张扬，始终与新闻媒体保持距离，即使获得诺贝尔文学奖，登上当代文学之巅，依然本色如旧，本性未变。命运似乎在不停地作弄人，库切越是不愿张扬自己，人们越是想进一步了解他，媒体也越是想追赶着宣传他，国内的“追星族们”更是希望他能够尽快回到自己的祖国，创作出更多的关于南非的作品。

与隐居在国外的库切仅发表一纸简短声明表示“惊喜”外，南非国内对他获奖好评如潮，赞不绝口，国人无不引以为豪，他的老朋友和老同事们更是心花怒放，备感骄傲。

库切的母校——南非开普敦大学高度称赞该校这位荣誉教授，认为获奖“确立了库切20世纪最优秀的作家之一的地位”；该校副校长恩德贝拉表示：“我们为他长期以来对南非文学的贡献而感到骄傲。”

作为库切在开普敦大学英语系的老朋友和老同事，沃森教授得知这一消息“非常高兴”，认为库切“在文学界表现突出，是最好的英语文体家之一”，“早该获此殊荣”，这次获奖真正是“受之无愧，实至名归”。

库切研究专家阿特韦尔教授高兴地说：“这是南非文学重要的一天，库切是一位不平凡的作家，其作品既复杂又特别。”

非国大发言人指出，戈迪默与库切获奖“是对南非和非洲大陆青年作家的巨大鼓励，我们同时希望出版商和读者能够认识到非洲大陆巨大的文学潜能”。南非最大的反对党民主联盟认为，获奖是“一个巨大的荣耀，特别是对南非文学，使我们大家同感高兴与自豪”。

库切移居国外了，但到底是暂居还是长住，似乎南非的库切迷们和开普敦的市民们最为关心。因为如果库切真的永久离开南非，这是否意味着他再也不会创作出以开普敦为背景的、让人们精神得到净化的作品了？他们无法与库切取得联系，便打开阿得雷德大学的网站，寻找到一句激动人心的话：“库切是一位荣誉访问研究员。”这分明是说他暂住澳大利亚。该校又说：“库切确实移居阿得雷德，我们认为这是永久性的。”库切迷们似又失望了，恐怕唯有库切才能回答这一何去何从的问题。

库切迷们关心库切的去留问题并非多管闲事，替他人担忧，他们的关心是有道理的。以《屈辱》为例，已故开普敦大学英语系主任吉勒姆曾是库切的顶头上司，库切曾因不满吉勒姆做出的个别人事任命而与其发生争执。后来，吉勒姆因其他失误必须在系务会上作检查，他认为那是对自己的污辱，一气之下于1986年12月辞职。吉勒姆便是《屈辱》中卢里的部分原型。在小说的末尾，卢里怀着怜悯之心杀死了自己的爱犬。事实上，尽管库切孤僻的个性似乎注定了其婚姻失败，但婚姻失败必定不是一件大好事，在与结发妻子朱珀分道扬镳后，库切为了发泄心中久积的怨恨之气，亲手杀死家中的宠物，引起朋友和家人的愤怒。他与朱珀育有一儿一女，1989 年 4 月，又一次家庭悲剧降临库切，23 岁的爱子尼古拉斯在黄金城约翰内斯堡希伯鲁一个公寓楼的阳台上掉下身亡。这一事件曾引起满城风雨，有人说是自杀，有人讲是意外。库切将失去爱子的巨大悲痛，积压和爆发在写作中，这便有了数年后的《彼得堡大师》。

根据评选章程，诺贝尔文学奖的评判标准，不是以某人的某部作品进行“一锤定音”式的取舍，而是以其全部创作过程，即某人发表的所有作品作为评选对象，在通盘考虑的基础上再最后定“乾坤”。库切当然也不例外，他之所以独占鳌头，是因为瑞典文学院认为，其小说构思纤美精巧，人物对话寓意深刻，心理刻画透彻入理，睿智分析精辟入微。其作品主要以南非种族隔离制度为背景，描写这一制度前后人们的生活，“描述了外来者——白人对南非社会令人吃惊的卷入过程，精确地刻画了众多假面具下的人性本质”，“同时，他又是一名怀疑论者，无情地鞭挞了西方文明的残酷理性主义和虚伪的道德规范”；“库切认为，向下盘旋的旅程是笔下人物获得救赎的必经之路，他的主人公常被向下沉沦的冲动淹没，但矛盾的是在剥夺所有的外在尊严后，反而获得力量”。

获奖评语继续指出：“库切小说的根本主题是同南非种族隔离制度与生俱来的价值观与行为观，他认为种族隔离制度有可能出现在任何地方”；其作品具有十分丰富的多样性，没有两个作品遵循同样的模式而让人感到雷同，“库切的作品多元且维持一定水准的高品位，将今年的这顶‘桂冠’戴在他头上，是一个轻松的选择”。

第二十五章　战胜病灾

2006年2月，高致病性H5N1型禽流感疫情终于越过非洲大陆的防线，尼日利亚的数家养鸡场出现了这一病毒。与此同时，安哥拉罗安达省暴发霍乱，至8月18日，全国累计病例已达到5.27万个，共有2167人死亡。这是安哥拉自1975年独立以来发生的最为严重的一次霍乱，疫情持续时间长，蔓延地区广，患者和死亡人数多。

霍乱是一种急性肠道传染病，多由不干净的食物和饮用水而引起。2006年8月31日，尼日利亚发现首例霍乱，疫情迅速蔓延，两天内致使1500人感染、80多人死亡。

生活需要歌舞。

2006年7月底，埃塞俄比亚暴发洪灾，至8月25日已造成639人死亡，3.5万人流离失所。暴雨持续，洪灾加重，当地灾民还面临着传染病的威胁，出现了多例疟疾和急性脱水症腹泻患者。

非洲正面临着多种传染病与自然灾害的威胁。洪涝和干旱是主要的自然灾害，艾滋病是主要的传染病。疾病和灾难是人类共同的敌人，在战胜病灾的过程中，非洲需要国际社会伸出援助之手。

第一节　控制禽流感蔓延

蚊子传染多种疾病

在非洲，一旦被蚊子叮咬，切不可掉以轻心，如出现病症，一定要及时治疗，千万不可延误。

自2005年12月起，法属留尼旺岛流行一种叫“基孔肯雅”的传染病，当地10%的居民被感染。由于病毒传播速度之快惊人，引起岛上居民巨大恐慌。

基孔肯雅病是由基孔肯雅病毒引起的一种急性传染病。据报道，该病毒源于非洲，第一次于1952年在坦桑尼亚暴发。“基孔肯雅”是斯瓦希里语，意为“弯曲”，由患者出现关节炎症状、最终导致弯腰曲背而得名。除关节和肌肉疼痛外，发病者有时还发烧，恶心呕吐，可能并发脑膜炎而丧命。

2005年3月，科摩罗群岛发现该病毒，接着在法属留尼旺岛也发现。留尼旺岛的基孔肯雅病患者的症状主要表现为发病突然，关节剧烈疼痛，发烧39℃以上、肌肉疼痛，有时恶心、呕吐，并发脑膜炎等。除几例老年患者因身体衰弱而死亡外，成人感染者几乎没有死亡。

医学专家指出，基孔肯雅病本身不会致命，但它能破坏人体的免疫系统，让人死于其他致命疾病。这种怪病发病周期一般三天到十天，恢复期却很长，容易引起并发症。专家说，基孔肯雅病毒的动物宿主有绿猴、狒狒、黑猩猩、牛、马、猪、兔等，基孔肯雅病的途径是蚊虫叮咬。

这是一种经蚊子传染的疾病传播。法国有关专家指出，此病目前没有特效药物可以治疗，灭蚊为最重要的防范措施。留尼旺岛已经开展大规模的灭蚊行动，法国则加强了对来自该岛的旅客和货物的检疫工作。

在非洲，蚊子传染的疾病至少有四五种，其症状表现形式多样。除基孔肯雅病毒外，还传染疟疾和虫卵病等，蚊子叮咬是否传染艾滋病，目前尚无定论。

虫卵病是蚊子叮咬人后，把一种特殊的病卵传染给人，也就是在人体内下卵寄生，属一种寄生虫病。这种卵子在人体内快速蔓延和生长，短短几天就长成一种小虫，一条条小虫先在蚊子叮咬的伤口周围活动，然后向全身扩散。如不及时治疗，最终将危及生命。不过，这在非洲属于常见病，大可不必惊慌失措，吃几片药，很快就好。

疟疾是一种急性传染病，也是蚊子传染的一种常见病，症状是发冷发热，热后大量出汗，头痛，口渴，全身无力。有的地区叫冷热病或打摆子。

2003年4月30日，世界卫生组织和联合国儿童基金会表示，由于大多数非洲儿童缺乏抗疟疾的药物，正在肆虐的疟疾每天夺去3000名儿童的生命。“疟疾每30秒夺取一名非洲儿童的生命，仍是孕妇和新生婴儿生命的最大威胁之一。”世界卫生组织的目标是，到2010年使这一数字减少1/2。

还有一种疟疾叫脑型疟疾，简称脑疟，或曰轻度神经病，是由蚊子传播的一种特殊病，病毒直接入侵人的神经系统，损害神经系统的某个或某些功能，致使神经系统紊乱。患者先是发低烧不退，接着就出现某种神经病，表现症状不一。这种病需要及时治疗，控制病毒蔓延和病情加重。一般情况下，这种病能够治好。

禽流感进入非洲

2006年2月9日和10日，高致病性H5N1型禽流感疫情终于越过非洲大陆的防线：尼日利亚的数家养鸡场相继发现了这一致命疫情。人们担心的事情不期而至，引起普遍关注。

世人之所以关注非洲的高致病性H5N1型禽流感疫情，一是因为这一疫情首次在非洲大陆出现，说明禽流感的传播范围进一步延伸与扩大；二是由于人们不明白禽流感进入非洲的具体途径，不知道如何有效地防控其传播的速度和范围；三是非洲目前仍是世界上最贫困的大陆，缺乏足够的财力防控禽流感疫情传播，而非洲农民与家禽的接触又相对密切，为防控禽流感疫情蔓延增加了难度。

禽流感进入非洲，形势十分严峻。非洲国家紧急出台对策，头等要务是防控其进一步扩散。目前，世界上防控禽流感疫情的主要方法是捕杀和隔离。据非洲联盟2006年1月预测，一旦禽流感在非洲蔓延，将会导致1.65亿只家禽，即全非洲15%的家禽死于禽流感或因禽流感被捕杀，全部经济损失将高达5亿美元。

如果禽流感在非洲蔓延的后果仅仅限于经济损失的话，国际救援尚能减轻其对非洲经济雪上加霜的压力与影响。更令人忧虑的是，由于非洲大陆的医疗诊断和疾病监控能力较差，如果疫情失控，后果无疑将严重于亚洲和欧洲，“除对禽类带来毁灭性的打击外，还将严重威胁到非洲数百万人的生计，并把更多的人推到病毒面前”。联合国粮农组织的一位官员发出这样的深忧慨叹，并将尼日利亚的禽流感疫情上升到“国际危机”的高度。

上纲上线到“国际危机”并非耸人听闻，亦非杞人忧天。就在禽流感传入非洲之前，就有科学家担心如果高致病性H5N1型禽流感疫情侵入非洲并流行，极易产生适应性和致病性的新变种，进而在非洲大陆酿造成一场严重的公共卫生危机。这是因为，撒哈拉以南非洲是艾滋病的重灾区，高致病性禽流感一旦蔓延，首当其冲的是艾滋病患者，这不但使疫情的传播加速，而且使病毒产生变异的可能性加大。

绿色世界。

古人言："明者防祸于未萌，智者图患于将来。"其实，科学家们曾经预言，高致病性 H5N1 型禽流感疫情有可能会传入非洲。他们预测，候鸟在迁徙途中通过污染水源及其与家禽接触来传播 H5N1 型高致病性禽流感病毒，并对此进行研究。在这一研究的全球性调查中，鸟类聚居地——东非大裂谷是监测的一个重点地区，针尾鸭、红头潜鸭等野鸭和火烈鸟等水禽是监测的主要对象。与此同时，联合国粮农组织曾在 2005 年底发出警告：随着冬季来临，从欧洲和亚洲飞往南方过冬的候鸟极有可能把禽流感病毒传播到非洲大陆。也许是"英雄所见略同"，联合国环境规划署正在筹建一个全球性的禽流感预警系统。遗憾的是，科学研究正在进行之中，禽流感预警系统尚未建立，科学家们的预言却不幸被言中了。

果真是候鸟将禽流感病毒传入非洲，防控禽流感疫情将更加任重道远。面对数以万计从天而降的候鸟，人类自感束手无策，只能望"天"兴叹！天行有常，自然规律不以人的意志为转移。候鸟一年两次大规模迁徙，如果携带和扩散疫情，势必形成恶性循环，危及人类的健康与生存。禽流感疫情正在考验着人类的智慧，"于其未然而预防之，故无后忧"。保护环境、爱护地球已不再是一个停留在口头上的说教，而是要刻不容缓地变成实际行动了。对一个国家而言，不能再为了一己私利，继续污染人类共同的生存空间。尽快在《京都议定书》上签字，落实《京都议定书》的条款不仅仅是义务和责任，而且关乎自己和别人的健康与生存。

禽流感疫情在蔓延，非洲在等待着人类的回答。

第二节 抗击艾滋病肆虐

艾滋病让他发疯

博茨瓦纳一飞行员因不堪忍受艾滋病的痛苦折磨，2000年10月11日早6时30分驾驶一架客机撞毁停放在机场的另两架同型飞机，造成三架飞机毁坏自己身亡的严重事件。

当日早晨6时，博茨瓦纳航空公司35岁的机长法茨韦私自驾驶一架小型飞机起飞，飞机一边在首都哈博罗内机场上空盘旋，他一边通过无线电与地面塔台取得联系，提出要与总统通话，威胁要驾飞机撞总统官邸。由于总统正在南非出席会议，他与副总统通了话，副总统全力说服他安全降落。

接着，法茨韦又告诉控制台，他准备撞击机场大厦。得到的答复是，上班的人已陆续到达办公室，请三思后行，安全降落。6时30分，法茨韦驾机以飞行速度直冲停放在机场的另两架客机，三架飞机顿时起火燃烧，法茨韦本人也当即死亡。由于博茨瓦纳民航局仅有四架同型飞机，三架撞毁后致使机场关闭一天。

法茨韦是一位有着十几年飞行经验的飞行员，不久前因患艾滋病被停飞。他在病痛和停飞的折磨下，失去理智而选择了自杀道路。

艾滋病目前正在威胁着非洲，国际劳工组织的一份调查报告表明，南部非洲国家的艾滋病死亡者中，年龄在20岁至49岁之间者高达80%，其中南非、博茨瓦纳约1/4的成人是艾滋病患者或病毒感染者。艾滋病正在严重威胁着南部非洲的劳动力大军，必将造成这些国家人口结构失调，进而影响国家经济发展。如果不采取有效措施积极防治，撒哈拉以南非洲国家将面临劳动力短缺现象。

非洲迎战艾滋病

2001年世界艾滋病日前夕，南非夸祖鲁—纳塔尔省的一名农村少年艾滋病患者，致函请求姆贝基总统访问自己的家乡，体察艾滋病逞凶肆虐的惨状。信中说，由于艾滋病泛滥，不少父老乡亲正在死亡线上苦苦挣扎。

在南非，在非洲，这名少年之所言并非个别现象，实乃艾滋病肆意猖獗的一般情景。联合国在世界艾滋病日公布的一组数字无不使人大惊失色：2001年非洲有340万人感染了艾滋病，使非洲艾滋病感染者和患病者的总人数达到2810万人，占世界同类人口的70%；2001年前11个月，非洲有230万人死于艾滋病，使非洲的人均寿命从62岁降至47岁；在撒哈拉以南非洲的16个国家中，15岁至49岁年龄段的艾滋病病毒感染者占总人口的10%以上；南部非洲是艾滋病的重灾区，尤以博茨瓦纳为甚，其成人的病毒感染率超过全国总人口的35%；博茨瓦纳、马拉维、莫桑比克和斯威士兰等国家的人均寿命已降至40岁以下；在位于南非的世界上最大的医院——哈尼医院，24岁至44岁的病人中有70%死于艾滋病，每月有40～50名儿童被艾滋病夺去年幼的生命。

艾滋病蔓延已给非洲大陆的人民生活、社会稳定和经济发展带来了不可估量的巨大影响，成为非洲发展的最大威胁。为遏制艾滋病泛滥，2000年年底举行的非洲发展论坛以迎战艾滋病为主题，号召各国学习乌干达的经验，成立全国艾滋病委员会，全面向艾滋病宣战。

乌干达的艾滋病防治工作给非洲带来了希望，非洲各国正在学习乌干达与艾滋病作斗争的成功经验。尽管造成非洲艾滋病泛滥的三大主要因素——贫困化加剧、缺医少药和人们对艾滋病知之甚少或保持沉默，但是，由于各国的大力宣传，最后一个因素正在不断减小，预防艾滋病的工作正在走进千家万户，深入千村万寨。非洲一位著名诗人以非洲一个农村一位父亲的长子死于艾滋病为背景，创作的一首题为《鸟儿在鸣》的长诗，正是反映了这一主题。其中写道：

鸟儿在鸣，
告诉整个非洲，
在新千年消灭艾滋病，
这美丽的叫声，
翻越千山万水，
响彻在非洲的黎明。

尼科西：艾滋病小斗士

2001年2月4日是尼科西·约翰逊的12岁生日。对一个花朵般的少年儿童而言，迎来自己的12岁生日与其他年岁的生日并无天壤之别与特殊意义，然而尼科西将其作为终生的最大愿望，因为他已经处于弥留之际，正在与死神作最后阶段的激烈搏斗，随时有可能离开人间。

尼科西以顽强的毅力和惊人的意志同与生俱来的艾滋病坚持斗争了整整12个岁月，使其成为世界上患艾滋病时间最长的人，成为南非最年轻的艾滋病活动家，成为与艾滋病作斗争的英雄和人们心目中的偶像。由此产生的尼科西现象对世人进一步认识艾滋病的危害，进而携起手来与艾滋病作斗争起到了唤醒、偶像和感召作用，而产生这一现象的根源又无不发人深思。

1989年2月4日，尼科西降生在南非一个普通黑人家庭。由于母亲患有可怕的不治之症艾滋病，尼科西毫无选择地继承了这一遗传，艾滋病随之与他结下了难解之缘。两岁那年，正当天真烂漫之时，他被确诊为艾滋病患者。就在这一年，其母的病情加重，不得不放弃美发师的工作，也因之无力养活尼科西。正在此时，一位好心的白人女子盖尔·约翰逊收养了他，使这个弱病儿童得以继续生存。不过，医生当时认为尼科西最多能再活九个月。

尼科西告诉非洲：要与艾滋病作斗争。

尼科西从此进入了一个新家庭。善良的养母对他十分关心，像呵护一朵弱小带病的鲜花一样哺育他；聪明的尼科西善解母意，好思喜静的性格很是招人喜爱。就这样，似箭的光阴转眼间过去了六载，尼科西到了入学的年龄。

身患艾滋病的尼科西是否应该和其他适龄儿童一样，背起小书包步入课堂，养母盖尔的回答丝毫不带一点犹豫。然而，她未曾想到，仅仅为了孩子能够上学，竟不知付出了多少艰辛。始而是学校拒绝，继而是学生反对，转而是学生家长群起而攻之，终而由于政府官员和新闻媒体的积极干预，引起全社会的强烈关注，在强大的舆论支持下，盖尔掀起的反对歧视艾滋病孩子的运动胜利了，尼科西得以如愿以偿，成为南非第一名艾滋病患者学生。就在这一年，尼科西和他养母盖尔的名字响遍南非举国上下；就在这一年，八岁的尼科西已成为世界上艾滋病患者寿命最长的人；也就在这一年，尼科西的生母因病情发作撒手人寰。

尼科西聪明好学，很快赢得大家的尊重与理解。与小朋友们打成一片的他不但不再受到冷遇和歧视，而且成为同学们关心和帮助的对象。在校期间，尼科西用自己的亲身经历告诉同学们艾滋病的危害性和尊重艾滋病患者的必要性，并走出学校到各种场合宣传艾滋病预防的重要性和遏制艾滋病蔓延的紧迫性。2000 年 7 月，世界艾滋病大会在德班举行，尼科西在大会开幕式上的讲话提高了全世界，特别是南非全国对艾滋病的认识水平，改变了南非人民普遍对艾滋病的轻视态度，因而一时成为舆论关注的热点。

2001 年 1 月初南非新学年开学之日，同学们发现尼科西没有来，过了两天，他的座位还是空着，得知尼科西病危再也不能坐在教室和他们读书时，想起他背着书包的可爱情景，小朋友们更加想念他，一个个不禁潸然泪下。就在新年到来之际，尼科西在洗澡时因病情突发而晕倒在地，虽经医院全力抢救，但可恶的病魔已经侵入他的大脑，使他进入半昏迷状态而难以清醒过来，不得不使用鼻孔插管进食。1 月 5 日，医术高明的大夫们无奈地双手一摊，表示回天乏术，束手无策了。据医生判断，尼科西的生命多则延续六星期，少则六小时。

在养母的请求下，尼科西回到家中，因为母亲认为家中是儿子度过生命最后时刻的最好地方。从此，慰问的电话、传真、电子邮件接连不断，来访的政府官员、文艺和体育界名流络绎不绝，尼科西再次成为人们关注的焦点。

尼科西躺在床上，瘦小的身躯几乎被湮没其中。病魔在蚕食他弱小的身躯，他安静地躺在那里，养母和养姐、祖母和祖婶日夜守候在身旁。20 岁的养姐尼斯说：“他像一个婴儿，静静地躺在那里，有时睁开眼睛看看，听到声音时也会集中精力。”尼科西自从病情恶化的一个多月来，开始的两周每天仅有半个小时是清醒的，其余时间全在半昏迷的睡眠之中，不会讲话，也不能认清家人，养姐有时给他低声朗读，有时给他放轻音乐。晚上，养母为他点燃蜡烛。看着尼科西，养母回忆起他俩谈论死亡话题时的情景：“当说起死亡的话题时，他担心起我来，问我是否会因为失去他而停止与艾滋病的斗争。我告诉他，他是我的伙伴，如果他不得不离去之后，我会继续我俩开始的这项工作。”

1 月 8 日，南非第一夫人扎内莉来到尼科西的床前，特意看望这位小英雄并安慰他的家人。尼科西的祖母，这位目睹自己的女儿被艾滋病夺取生命的老人，在代表全家感谢第一夫人光临的同时表示，希望尼科西能够结束这一难熬的痛苦：“他已经受尽了折磨，看到孩子死去比看到大人死亡更加令人心裂肠断，痛苦似煎。”

次日，姆贝基总统的发言人马哈特表示，总统非常关心尼科西的身体状况，把他看作是成千上万艾滋病患者及其与艾滋病作斗争的楷模。

1 月 10 日，南非前总统曼德拉表示非常担忧尼科西的身体恶化状况，称赞尼科西是与死神作斗争的“偶像”：“像尼科西这样的孩子应该享受到充满欢乐、笑声和幸福的生活，然而可怕的艾滋病在用难言的痛苦和伤疤代替了这种欢乐、笑声和幸福。”同日，南非共产党总书记恩齐曼迪来到家中看望尼科西，并在留言牌上写道：“我们需要全力以赴关心和爱护艾滋病患者，目前，我们应该像对待无家可归者一样对待他们。”他强调，尼科西的状况呼吁全国人民紧急行动起来，与艾滋病展开坚决的斗争。为了把这场斗争深入进行下去，南非共已成立了一个专门委员会。

1 月 11 日，国家卫生部长看望尼科西时说：“我们爱你，并关注着你的健康。”在与尼科西养母的交谈中，卫生部长表示需要在全国大力进行艾滋病教育，使人民正确认识和对待之。

1 月 12 日，在黄金城的一座教堂内，千余人眼含泪水为尼科西祈祷，祝他恢复健康，安定祥和。人们唱着“我们做了些什么”的歌词，黄金城大主教伦克认为，南非正在进行着一场新形式的斗争：“25 年前，当学生开始反对

大家一定熟悉这位老人，这个数字曾是他的代称，现在是一场全球运动的代号。

种族歧视的斗争时，这首歌第一次从索韦托唱遍全国。我们今天唱这首歌的意义表明，一场不同形式的斗争仍在继续，这就是抗击艾滋病的斗争。”

这就是尼科西现象之所以能够产生的原因。时至今日，南非的艾滋病已经发展到非常严重的程度，与艾滋病作斗争已无可置疑地摆在全国人民的面前。1999 年，全国有 25 万人被艾滋病夺去了生命，每月有 7000 名新生婴儿因艾滋病死亡。在 1994 年至 1997 年的三年间，仅因父母患艾滋病双亡而造成的孤儿人数增加了 400%，最严重的是夸祖鲁—纳塔尔省，2000 年全省因艾滋病造成的孤儿人数约 19.7 万至 27.8 万，占全国儿童总数的 5.8% ~ 8.8%。当 2015 年艾滋病肆虐到高峰之时，南非全国将有 360 万至 480 万名因艾滋病导致的孤儿，占全国总人口的 9% ~ 12%。再来看看南部非洲，人口仅占世界总人口的 5%，而艾滋病患者却占世界艾滋病患者人数的 90%和世界因艾滋病产生的孤儿人数的 70%。仅 2000 年艾滋病患者就增加了 100 万。这一连串的数字难道还不令人瞠目结舌、触目惊心吗?

如果探究尼科西现象产生的根源，那就是其养母盖尔那深沉博大的爱心，是她用伟大的母爱融化了人世间的歧视与偏见，培育了正义与情意。当她收养尼科西时，南非还处于黑暗的种族隔离年代，且不说尼科西是一名年幼的艾滋病患者，仅以他是一名黑人儿童而言，盖尔的这一善举就需要莫大的胆识与勇气，她冲破的世俗偏见又何止是世人对待艾滋病那冰冷似铁般的冷漠与歧视态度？在收养尼科西前，盖尔创办过一个公共关系事务所，并对新闻颇感兴趣，还是一位热心公益事业的预备役警察。正是一片伟大高尚的母爱之心促使她收养了尼科西，而为了让更多的像尼科西一样的孩子得到社会的关怀与爱护，她又创办了一个艾滋病患者的孤儿院——“尼科西救助所”，东奔西忙为其募捐，忙得不亦乐乎而深感生活充实。就在2000年底，她又收养了一名黑人弃婴。她说：“我喜欢给自己寻找诸如此类的种种麻烦，唯有以后再考虑其后果。尼科西改变了我的生活，我深感心力交瘁，但我从来没有时间想这些。我有一个身患绝症的重病孩子，他需要我的关心和支持直到生命最后一刻。我从未想到他能给我和世人留下如此难以置信的深刻印象，并正在改变人们对艾滋病的态度，所有这一切对我灵魂深处的冲击太大了。”

一名熟知尼科西母子的艾滋病社会活动家拉克卢凯在看望尼科西后动情地写道：“我深感荣幸地祝福，他是我的孩子、朋友和兄弟。他的真诚和纯洁清楚地表现在他的眼睛里。我们正在战斗，我感到幸运的是他站在我一边。我爱你，尼科西。你是我的英雄。”

预防艾滋病警钟长鸣。

大概是感知到伟大的母爱和莫大的社会关怀，发病三周后的1月17日，一直处于半昏迷状态、躺在床上与死神做拔河决赛的尼科西惊人地苏醒过来了，他睁开眼睛，环视周围，注视着身边的人，“他不会说话，却用手抚摸我的双颊”。他的养母惊喜地说，“我问他现在想不想喝果汁，自从病发后他不会笑，这时我看到他轻轻一笑，我便给他用奶嘴喂，他张开了口”。这一奇迹虽然仅仅出现了15分钟，但是好似一现的昙花，给人留下了一个美丽的印象。尼科西的医生、护士和理疗大夫一致认为，是“巨大的内在力量”延续着尼科西不息的生命。

尼科西终于奇迹般地迎来了自己的12岁生日，

这是一个多么漫长的等待啊！家人、“尼科西救助所”的孤儿为他在家中举办了生日庆典，母校的小朋友们也在学校欢庆他的生日，遗憾的是他只能躺在床上，不能与小朋友们相聚，生日庆典的气氛也未免过于沉重。与此同时，慰问信从全国各地不断涌来，人们用不同的方式表示自己对这位“偶像”的关怀与敬意。南非人民似乎在异口同声地深情道出：尼科西，生日快乐！

2001 年 6 月 9 日，南非各界数千人出席了尼科西的葬礼。赞比亚前总统、非洲积极倡导遏制艾滋病蔓延的急先锋卡翁达专程从国外赶来出席葬礼，以表示对这位艾滋病小斗士的敬意。

南非艾滋病活动者、总统府代表及群众代表在葬礼上发言，称赞尼科西与艾滋病顽强搏斗的精神，颂扬他为南非人民与艾滋病作斗争树立了榜样，以及为艾滋病患者打破了沉默、为呼吁政府遏制艾滋病蔓延开了先河。

第三节　全力迎战埃博拉

1999 年 1 月，在刚果（金）东北地区发现了马尔堡病毒，造成近 100 人死亡。这种病毒与埃博拉病毒十分相似，临床症状表现为突然发烧、出血、肌肉痛和头痛。

马尔堡病又名青猴病，是一种由马尔堡病毒引起的致命疾病。该病于 1967 年在德国马尔堡城发现，该城的实验人员因接触青猴而患此病致死。马尔堡病与埃博拉病同属不治之症。

埃博拉病曾于 1995 年在刚果（金）流行，夺去了 350 人的生命。2000 年，埃博拉病又在乌干达肆虐，夺去 50 多条人命，死亡人数超过发病总人数 149 名的 1/3。

2000 年 9 月底，乌干达古卢市的一家医院接收了一名埃博拉出血热患者，由于未能及时得到确诊，该医院的一名医生和两名护士因受感染数日内丧生。患者的血样因此被送往南非接受检查，被确认为埃博拉病或埃博拉出血热。10 月 14 日，乌干达正式宣布在该国北部最大的城市——古卢地区暴发这种不治之症。

埃博拉病是由这种致命病毒引起的传染性极强的出血热疾病，死亡率高达 90%。人一旦染上这种病毒，潜伏期仅十天左右，接着出现头痛发烧、结膜充血等症状，继而吐血便血，直至七窍出血，命归黄泉。一位传染病专家这样形容这种病症：“好像眼看着病人就在你面前溶化。”在乌干达执行埃博拉病控制使命的美国传染病专家海曼这样描述道：“到处都是鲜血，被褥上、地板上、墙壁上；吐血、便血，病房里全是埃博拉病患者……”

埃博拉出血热是人类迄今无法征服的致命杀手，目前仍是世界医学界面对的一道无法解读的“哥德巴赫猜想”。1976 年，这种病毒首次在刚果（金）北部的埃博拉河附近被发现，并被以这条河流的名字命名；1979 年，在苏丹南部又暴发了埃博拉出血热。这次在乌干达发病前，非洲热带地区曾有 1100 人受到感染，其中 793 人丧生。据悉，这是埃博拉病病毒首次在人口稠密的乌干达古卢地区暴发，是由该国反政府武装从苏丹南部，或是从刚果（金）返回的该国军队把病毒带回国内导致的。

人类无法医治埃博拉病不等于对其束手无策，全力控制其流行渠道和传染范围就能达到最终制止，直到消灭这种病毒的目的。埃博拉病病毒主要是通过黏液、唾液、血液，以及人体的其他分泌物接触传染的，堵住这类传染渠道，对患者进行隔离和对患者住地和用具进行消毒便成为控制病毒流行的主要手段。

自宣布古卢地区暴发埃博拉病后，乌干达政府立即组织医学专家赴该地区控制病毒流行，拨专款 20 万美元迎战埃博拉肆虐，乌干达红十字会也投入到防治之中。世界卫生组织、“无国界医生”、美国疾病控制与防治中心等组织的传染病专家也于 10 月中旬奔赴古卢地区，加入到控制病毒流行的队伍之内。与此同时，世界卫生组织呼吁向乌干达政府提供 84.8 万美元的援助，世界粮食组织的工作人员正在古卢地区的医院向病毒感染者发送食品。

世界卫生组织赴乌干达医疗队队长、传染病专家罗迪尔博士指出，数个控制医疗小组已经成立，每个小组均有国际、国内和地区专家参与，他们首先把患者送到医院进行隔离和治疗，了解感染渠道，进行医学教育，运用先进的实验室观察患者病情变化，并对患者的住所和用具进行消毒。他表示，医疗队在对该地区进行逐家检查时还不断发现新的病例。

古卢市位于乌干达首都坎帕拉以北 362 公里，该地区至今保持着传统葬礼的习俗，其中包括对死者沐浴、然后大家再在一个公用盆中洗手以示团结。对第一个埃博拉病死亡者进行的这种传统葬礼，直接导致不少送葬者成为埃博拉病病毒的感染者。自 10 月 14 日起，政府禁止了这种传统葬礼。

为了控制病毒流行，政府决定关闭病毒传染区内的学校，禁止传染区的人口流动，以防止扩大传染。传染区确定为以古卢市为中心 32 公里的半径范围内。一家地区广播电台在控制病毒方面立下了汗马功劳。病毒流行期间，这家电台每隔 15 分钟广播一遍埃博拉病病毒的危害、预防知识和有关信息，告诉人们用肥皂洗手，与病人分餐，清洗患者的被褥，迅速埋葬死者，并请卫生专家回答大家提出的有关问题。电台负责人表示，从埃博拉病病毒暴发的第一天起，他们就把报道防治知识作为首要任务，让大家快速了解这种病毒的危害性。

世界卫生组织医学专家指出："最后一名被发现的患者需要隔离一个月，接着再对其监视六个星期，最终宣布埃博拉病消失需要三个月时间。"经过各方面的全力迎战，肆虐一时的埃博拉病病毒终于被人类降服，世界卫生组织于 2001 年 3 月底宣布乌干达完全战胜了埃博拉病病毒。

第四节　内外协力战旱魃

进入 2003 年 9 月，南部非洲地区国家不同程度地出现旱情。至圣诞节前夕，炎炎赤日烧焦了万顷良田，南部非洲人民遭受历史上罕见的严重旱灾的侵袭。南非、纳米比亚、博茨瓦纳、津巴布韦、莫桑比克和斯威士兰等国出现了农作物严重歉收、粮食供应告急的严峻形势。干旱还直接影响到这些国家的畜牧业生产。

作为"国中之国"的莱索托，因其高居山上，四面被南非环绕，更是难以阻挡干旱的严重肆虐，农业面临颗粒难收的局面。

就在三年前的 2000 年，东非的埃塞俄比亚因遭受严重干旱导致全国 800

"我们在劳动，不是在表演。"

多万人面临饥荒的报道不时见诸报端，成为国际热点新闻。值得庆幸的是，埃塞人当年受灾的程度与其1984年遭遇罕见大旱、80万人死于饥饿的惨剧相比，还有相当大的差距。

2000年，埃塞的干旱重灾区基本局限于东南部的索马里州、东北部的阿法尔州以及北部提格雷州的沃洛地区。由于持续干旱，广大农田绝收，大批牛羊等牲畜因为缺少牧草和水而死亡。在索马里州东部和南部缺水甚至重于缺粮。在距索马里州首府季季加不足百公里的地区，虽然地方政府以及设立在那里的联合国难民署、非政府组织天天组织车队送水，但由于人多水少，平均下来每人每天还分不到一升水。

随着埃塞政府不断向国际社会发出求援呼吁，以联合国为代表的国际社会纷纷向埃塞灾民伸出援助之手。据不完全统计，到2000年4月初，国际社会向埃塞政府承诺的食品救济量达45万吨。4月中旬，在联合国世界粮食计划署宣布索马里州戈德镇为埃塞干旱最严重地区之后，法国、英国、西班亚、以色列，以及国际红十字会等很快向戈德等地区空运了数百吨救援食品、医药、帐篷和毛毯等生活必需品。荷兰也宣布向埃塞提供500万美元捐款，用于救助受灾群众，并宣布向国际红十字会救援机构提供140万美元额外基金，专门用于帮助埃塞戈德等重灾区饥民。

据埃塞灾难防范与准备委员会运输部负责人塔德塞说，埃塞政府已从各地抽调了2400辆可承载35吨重量的载重卡车，专门负责运送救济物品。由联合国方面提供的400辆重型卡车同时投入使用。

事实上，在国际社会大批救援物资运抵之前，埃塞政府早在当年初就开始

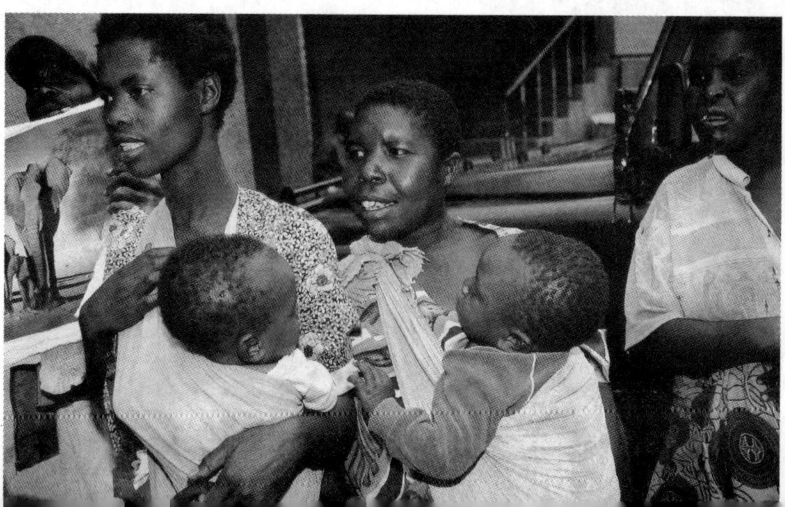

旱灾危及儿童健康。

着手各项救灾准备工作，其中最重要的一项工作是从国家特别预算中拿出 2.11 亿比尔（约合 2600 万美元）从国内市场购买 10.1 万吨粮食，然后分发给各地灾民。

值得一提的是，西方发达国家一方面向埃塞受灾民众提供援助，但另一方面西方媒体又屡屡报道说，埃塞各地出现饥荒是由于各级政府官僚主义造成的。某些西方媒体甚至宣称，埃塞缺粮是因为它同厄立特里亚打仗造成的。对此，埃塞政府总理梅莱斯指出，埃塞出现粮食危机的主要原因是国内大部分地区连续三年遭受干旱，绝非是同厄立特里亚长期交战的结果。梅莱斯披露说，某些西方国家和国际组织原先向埃塞政府借用的 30556 吨粮食未能按其承诺在 1999 年 9 月如期偿还，这在一定程度上影响了埃塞政府向灾区调运粮食的计划。

虽然干旱给埃塞造成了严重的粮食危机，但埃塞领导人对于在国际援助下战胜自然灾害，帮助受灾群众渡过难关充满信心。梅莱斯在答记者问时说："我不相信埃塞会出现饥荒，理由有两个，一是我们不允许饥荒发生；二是所有迹象表明旨在避免这一灾难发生的食品正在到来。"

埃塞政府和广大有识之士认为，仅靠国际援助解决干旱和饥荒问题非但不现实而且难以持久，要提高抵御自然灾害的能力，实现粮食国家自给必须从根本上扭转靠天吃饭的旧观念。

埃塞因为地势高和雨量丰沛被誉为"东非水塔"，但自己是一个屡遭干旱的国家。造成这种奇特现象的根本原因在于，埃塞国内大部分地区缺少必要的蓄水灌溉设施。每逢雨季到来，不仅不能蓄水，而且由于广大地区植被遭到破坏，反而促使水土流失更加严重。很多地区到了旱季别说种庄稼、养牲畜，就是人们喝水和做饭都成为严重问题。在埃塞全国 6200 万人口中，能够吃上干净水者只占 26%。

痛定思痛。总统内加索认为，埃塞人民除有效利用水利资源摆脱干旱的恶性循环外，别无其他选择。为了使国家缺水状况得到根本扭转，早在 1995 年颁布实施五年发展规划时，以梅莱斯总理为首的埃塞联邦政府就把兴修水利工程与促进农业发展，解决粮食自给的目标作为政府着重努力的方向。由于这一规划的实施，尽管在过去几年里埃塞一直受到干旱等自然灾害的困扰，但其粮食产量五年来一直呈上升趋势。即使在干旱相当严重的 1999／2000 财政年度，埃塞粮食总产量也仍然达到 850 万吨。同时，埃塞政府还通过兴修灌溉堤坝等水利设施帮助当地农民提高粮食生产，实现旱涝保收的目标。

可以预见，通过埃塞政府和人民长期艰苦的努力，在埃塞经济发展中，干旱总有一天会成为这个国家的历史。

第五节　抗洪救灾谱新篇

莫桑比克度过洪灾

2000年2月至3月，持续暴雨和热带飓风无情地轮番袭击莫桑比克、南非、津巴布韦和博茨瓦纳等国，给这些南部非洲国家造成大批人员伤亡和巨额经济损失。其中受灾最严重的是莫桑比克，首都马普托一带和国家中南部汪洋一片，成千上万的群众被洪水围困在树上和房顶已经数日，望眼欲穿地等待着救助……位于国家中部的第二大港口城市贝拉，接连而至的强台风又使该城水电通信中断、陷入瘫痪……莫桑比克正在遭受着前所未有的暴风雨轮番袭击。

莫桑比克已沦为泽国，随之而来的飓风袭击又使其雪上加霜。老天似乎对莫桑比克显得有些不公平。好不容易结束了长达16年的内战、刚刚步入健康的发展轨道，又连续遭受历史上罕见的暴雨和台风袭击。这无疑使莫桑比克本来就脆弱的经济遭受严重挫折和打击，如载重负的莫桑比克政府近日连续呼吁国际社会为灾区紧急提供援助，燃眉之急是解救被洪水围困数日的大批群众。

由于受位于南非与博茨瓦纳边界地区延伸至莫桑比克海岸的低热带气压影响，从2月5日起，南、莫、津、博等国连续大面积降暴雨，造成半个世纪以来未曾有过的洪灾。加之莫桑比克相对地势低下，林波波河等河流水位不断上涨、河床增宽，一些小河泛滥，国家中南部受灾程度极为严重，首都马普托一带更是汪洋一片。

这次洪灾来势凶猛、降雨量大、持续时间长、受灾面积广。无情的洪水淹没了大批农田，冲走了庄稼，摧毁了住房，仅莫桑比克的受灾人数高达百万，近千人被洪水夺去了生命。肆虐的洪水不但毁坏了国家中南部的道路和桥梁、使国内大部分地区供水供电、交通通信受阻，而且中断了莫桑比克与邻国南非和斯威士兰的陆路交通。

洪灾发生后，莫桑比克政府专门成立了“全国救灾委员会”，领导人民抗洪救灾，恢复生产，然而持续不断的暴雨使灾情有增无减，并导致疟疾、霍乱、麻疹和脑膜炎等疫情发生。正在此时，强台风又在一周内接连登陆，袭击了国家中部省份。这对已经遭受洪水灾害的莫桑比克人民来说，无疑又是当头一棒。

面对越来越严重的暴风雨灾难，莫桑比克政府紧急呼吁国际社会伸出救援之手，使这个世界上最不发达的国家之一尽快摆脱目前的困境。该国外交和合作部部长西芒对驻莫的外交使节说，莫国内当时有 30 多万灾民急需提供食品、饮用水、药品和帐篷等援助物资，政府需要 6350 万美元的外援来重建和修复被洪水和台风破坏的各种基础设施。同时，联合国也向国际社会发出援助莫桑比克的紧急呼吁，希望能够尽快得到 1300 万美元的人道主义救援。

面对越来越严重的灾情，南非政府表示愿意接受莫桑比克和津巴布韦的灾民。南非国防军飞越边境，及时加入到救援行列之中，抢救了数千名被洪水包围的群众。莫桑比克还接受到其他国际援助，联合国卫生组织和粮食组织，国际红十字组织的人员目前也在莫桑比克展开积极的工作。一位联合国官员惋惜地说："这是一场真正的灾难。近年来，莫桑比克是世界上经济发展最快的国家之一，这场灾难对这个国家的发展真是当头一棒，损失惨重。"莫桑比克红十字会的一位官员悲观地认为，这场天灾使他们国家的经济发展水平一下子回

林波波河是国界线。

到八年前内战结束之时。一位莫桑比克官员表示："要恢复到未遭受洪灾的程度，至少需要两年半的建设时间。"

在国际社会的救援下，莫桑比克度过了这场罕见天灾。

罕见洪灾引人深思

一场场半个世纪不遇的暴雨似瓢泼般接连倾降南部非洲，一条条暴涨四溢的河流如猛兽般向莫桑比克昼夜狂奔，一次次罕见的热带飓风像秋风扫落叶般陆续登陆席卷印度洋沿岸……2000 年 2 月至 4 月，莫桑比克、南非、津巴布韦和博茨瓦纳等国连续遭到暴雨和飓风轮番袭击，其中莫桑比克灾情最为严重，万顷良田变成汪洋，洪水泛滥几成泽国，千余百姓葬身洪水，百万灾民流离失所，房塌桥毁交通中断，经济损失极为惨重。灾后静思，人们发出这样的疑问：这场灾难究竟是"天灾"，还是"人祸"？

众所周知，自然界是一个不断循环往复的大体系，按照其固有的客观规律运行。山川河流相间分布，风雨雷电交替出现，旱涝晴阴自然调节。然而，人类改造大自然的某些"壮举"破坏了自然界的生态平衡和运行规律，使自然界失去了调节和控制功能，造成了一系列不该发生的灾害。

在莫桑比克境内的 15 条河流中，九条是国际性河流，位于其下游的莫桑比克的旱涝灾害与位于河流上游的津巴布韦、南非和博茨瓦纳三个邻国的植被面积和水土保持情况关系密切，犹如唇齿相依。调查结果显示，南非约 50% 的草地和沼泽地近年来遭到破坏。以马普马兰加省为例，桑德河上游 80% 的沼泽地被改造，绝大部分草地放牧过度。北方省莱塔巴河上游的情况更加糟糕，草地变秃，土壤硬化，洪水滚滚而过，冲带走表层沃土汇入林波波河。难怪南非有人说，莫桑比克的洪灾是南非"制造"和"输出"的。随着滔滔不绝的洪水东流入海，南非正在源源不断地"出口"表土层，每年以三亿吨计，是世界平均水平的四倍，付出的代价可想而知，且不说水土流失还要波及莫桑比克港湾一带的渔业生产。

城市化是影响洪灾的另一只幕后黑手，加大了洪灾的危害程度。南非豪登省处于不少河流的上游，恰巧又是全国工商业中心和城市聚集地，幢幢楼房平地起，条条道路柏油铺，昔日的草地树木被铲被挖，雨水无处藏身，只好在大地表面奔跑，直到汇入河流……乱砍滥伐、过度放牧、湿地改造，再加上城市化，破坏了生态平衡，降低了土壤的蓄水能力，从而减少了净水资源，提高了洪灾的发生频率，使自然界失去固有的良性循环。

这次暴雨是停留在南、博、津三国边界地区延伸至莫桑比克海岸的低热带气压形成的，使得这次洪灾来势凶猛、降雨量大、持续时间长、受灾面积广。正当暴雨和洪水肆虐之际，热带飓风又从印度洋不期登陆，莫桑比克再次遭受袭击。这“祸不单行”诠释了人类共同面对的环境恶化问题。

水从“头上”来。

空气污染等人为因素造成全球气候变暖，进而导致“温室效应”；全球普遍升温又波及海洋，致使大海水温上升，海洋气候异常；“厄尔尼诺”和“拉尼娜”现象接连粉墨登场，上演了一幕幕旱涝灾害。这就是莫桑比克这次洪灾比 1948 年的那次危害更烈的原因。

无视科学预测、水库管理松散、主观武断建坝也是造成这次洪灾的重要因素。早在这次洪灾暴发半年前，南非祖鲁兰大学研究员朱利就预测说，位于林波波河上游的南非北方省，当年的降雨量比往年高出 75%。他为此建议上游的大坝开闸泄洪，有备无患，确保中下游安全。遗憾的是，他的这一科学预测无人置理。除林波波河外，赞比西河的情况也是如此，上游的几个水库常年蓄水以防干旱，且分属几个国家缺乏统一管理，大雨猛降之时才纷纷泄洪分流，中下游哪能招架得住？更为严重的是，莫桑比克的前宗主国葡萄牙在赞比西河上修筑大坝时缺乏科学论证，大坝上的两个泄洪口关键时候不能同时开启。当雨季到来时，人们心急如焚，泄洪闸只能开启一个。

令人鼓舞的是，这次洪灾之后，南部非洲国家痛定思痛，共同表达了今后要携手合作、共同防御灾害发生的良好意愿。然而，这次洪灾给人的惨痛教训是多方面的，首先应该记取的是：尊重自然规律，保护生态平衡；尊重科学预测，强化水利设施管理。

潇洒“顶”一回。

第六编　非洲复兴

打靶前必须先瞄准目标。
不管黑夜多么漫长,黎明定会来临。
借来的琴弹不出好曲子。

——非洲谚语

非洲复兴

时代在发展，非洲在前进。世纪之交，非洲迎来了新时代。

千年之交，非洲成功实现了从非统到非盟的过渡，这是非洲历史上具有划时代的重大事件。非洲国家联合自强，发奋向上，努力“为非洲问题寻找非洲答案”，“让非洲人民解决非洲问题”。非洲联盟诞生后，“非洲发展新伙伴计划”（“非洲计划”）适时出台，非洲国家启动互查机制，非洲安理会和泛非议会成立，非洲国家携起手来治理战乱，非洲大陆出现了新气象。

非洲联盟与“非洲计划”之间是何种关系？有人提出如此疑问。2002 年 11 月 1 日，加拿大首相克雷蒂安致函非盟轮值主席姆贝基总统，提出用“非洲计划”取代非洲联盟，并对非洲互查机制表示怀疑。姆贝基在回函中指出，从信中可以看出，阁下对非洲国家和人民正在努力实现和平、民主、发展和繁荣的目标存在一些误解。

姆贝基表示，为避免不必要的争论和误解，有必要向阁下解释非洲正在进行的这种努力。在实施“非洲计划”的“行动纲领”中，“我们表述了非洲与八国集团合作的必要性”。非洲的发展离不开世界，非洲需要发达国家的支持，实施“非洲计划”需要发达国家的帮助，八国集团也表示了这种意愿。“同世界上所有的其他人一样，作为非洲人，我们有能力决定什么是我们最好的利益，我们会尽自己所能实现这种利益，实事求是地解决自己面对的各种问题。”

姆贝基指出：“全面地理解，我们大陆的良政建设关系到非洲人民的根本利益。谈到良政建设的承诺，我们将尽全力消除一切不利于实现这一目标的任何不良倾向。”“我们必须实现良政这一目标，这是非洲互查机制的核心内容。”

姆贝基说："非洲联盟是团结非洲人民最重要的组织，'非洲计划'是非盟的社会经济发展计划。因此，'非洲计划'不是一个脱离非盟或独立于非盟的组织。'非洲计划'，包括其非洲互查机制在内，是经过非盟批准的。"当然这并不意味着，"非洲计划"互查机制变成为非洲联盟互查机制，互查机制不能代替非盟的法律机构，那样将会忽视非盟做出的决议和泛非议会通过的法律。非洲互查机制更不能像有人提出的那样，可以替代"非洲计划"。

姆贝基运用比喻形象地说："非洲联盟是母亲，'非洲计划'是她的婴儿。"众所周知，婴儿的成长离不开母亲的关怀。

我们像全世界所有的母亲一样，衷心祝福"非洲计划"这个"婴儿"健康成长！造福非洲人民！

赞比亚首都卢萨卡大街的自由雕塑——挣脱锁链。

第二十六章　国王皇帝

国王，在古代指某些国家的统治者，在现代是某些君主制国家的元首；皇帝是最高封建统治者的称号。不过在非洲，对国王和皇帝的理解，我们似乎不能与中国这一传统概念对号入座。

埃塞俄比亚皇帝塞拉西是1975年遇刺身亡的，从此埃塞结束了一个时代。我们能否说，埃塞在1975年以前是封建社会呢？对于这一问题，我们不必深究，普通老百姓感兴趣的是：塞拉西是怎样遇刺的？他与中国结下了怎样的缘分？

非洲国家的国王区别很大。斯威士兰是世界上少数几个仍实行绝对君权制的国家之一，是南部非洲唯一实行绝对党禁的国家；国王姆斯瓦蒂三世是国家至高无上的君主，是非洲的最后君主。斯威士兰每年的芦苇节实际上演变成为国王个人的“选妃节”，数万名少女接受国王的“检阅”，一旦被国王看中，就成为王妃，不管年龄大小和个人的意愿。这个国家王后的数量已超过十名，国王每年照选不误，乐此不疲。

莱索托宪法规定，国王为国家元首和立宪君主；内阁为执行机构，首相是政府首脑。同是国王，莱齐耶三世的权力与姆斯瓦蒂三世不可同日而语。

祖鲁王亲善·兹韦利蒂尼的情形与前两者又大相径庭。祖鲁人占南非全国总人口1/6，祖鲁王是祖鲁族的君主。南非宪法规定，祖鲁王享有副总理一级的待遇。保留祖鲁王的地位，是新南非为了国家稳定做出的战略抉择，折射出南非社会传统与现代之间的矛盾。

第一节　斯威士兰国王：最后君主

斯威士兰国王姆斯瓦蒂三世利用手中至高无上的权力，断然结束其兄与两位酋长之间的一宗土地纠纷官司：驱逐两位酋长及其管辖的200名平民百姓，将土地判决给他哥哥马古加·德拉米尼亲王。至此，这一曾打到国家最高法院而纠缠不休、难以结案的官司，由于法律赋予国王可以随时决断与酋长相关的任何事务的权力，画下了一个句号。出乎国王所料的是，他在画这个句号的同时也画下了一个大问号和一个感叹号。

如山倒的王命是不可抗拒的。一令之下，军队和警察倾巢出动，奔赴国家东部，用武力把两位酋长和200名平民一齐逐出家门，赶到本属于他们的土地之外。两位酋长恐被连累再受到惩罚，一口气跑到邻国南非寻求政治避难；200名臣民则被安置在临时搭起的帐篷中，不但拥挤不堪，而且孩子与父母隔离，更别说背着书包上学读书了。更有甚者，警察还把他们画地为牢，严加看管，不得越雷池一步，使之与外界隔绝，唯恐他们步酋长的后尘越境逃跑。不但记者不能入内采访，而且国家电台和报纸也要守口如瓶，不许披露内情。与此同时，亲王本人却因糖尿病恶化正在医院接受治疗。

这是2000年10月13日发生的事情。消息传出，举国震惊。斯威士兰人权组织首先强烈谴责这一驱逐平民、践踏人权的粗暴行为，认为这是对200名平民实行“国内流放”政策。斯威士兰全国工会也组织起来，号召国民“反对国内压迫”。

10月19日，首都姆巴巴内和全国最大的工业城市曼齐尼的工人、教师、

斯威士兰皇族的服饰传统而华丽。

学生及其家长纷纷走上街头，抗议国王无端驱逐臣民的行为。20日，在斯威士兰教师协会的组织和鼓动下，全国的中小学教师开始罢教，并号召关闭全国的学校，拒绝接收警察和部队官员的孩子入学，直到两位酋长从南非返回国内。教师们强调指出，两位被驱逐的酋长是现任国王的父亲索布扎二世任命的，这两位酋长手中至今还保存有老国王的委任状。然而，1998年通过的一部法令赋予国王最终裁决一切与酋长有关的事务的权力，终于发生了这起不该发生的事件。

反应最强烈的是斯威士兰唯一的高等学府——位于曼齐尼的斯威士兰大学的学生。他们组织了两次大规模的抗议活动，第一次步行三四十公里到首都姆巴巴内，在王宫门前示威；第二次也是步行到首都，聚集在首相府门前发泄愤怒之情。正当他们积极策划第三次更大规模的示威活动时，学校当局于23日突然宣布关闭大学，命令所有学生在当天上午必须全部从校园内撤离，军队和防暴警察开到校园执行撤离命令。一名大学生说："我们原决定今天下午再次到王宫示威，是和平抗议。"在20日的抗议活动中，18名学生在与警察发生冲突时受伤，其中一人伤势严重。

迄今为止，斯威士兰是撒哈拉以南非洲唯一实行绝对君权制的国家，国王为权力至高无上的国家元首。尽管国家宪法规定人人平等地享有自由、私有财

南非斯威士兰族少女能歌善舞。

产不可侵犯等权利，但那不过是形同虚设、掩人耳目的动听词语罢了。在这个非洲内陆国家，不但任何形式的游行示威属于违法行为，而且一切政党被禁止活动。国家议会名义上由参众两院组成，而2/3的参议院议员由国王亲定，两院的职能仅限于辩论政府提案并向国王提供咨询。拿这次两名酋长和200名臣民被驱逐事件来说，国家议会被禁止讨论这一议题。

斯威士兰的酋长和臣民被国王赶出家门，邻国南非深感震惊。南非工会大会总书记瓦维明确表示，支持斯威士兰全国工会反对国内压迫的正义行为，号召南非工人帮助斯威士兰人民摆脱困境，呼吁全国会员团结一致，对斯威士兰实行三天边境禁运，以呼应斯威士兰人民反对国王剥夺平民土地的斗争。与此同时，斯威士兰民主促进运动和斯威士兰团结网呼吁南非政府“中止与斯威士兰的一切联系，关闭斯威士兰驻南非大使馆，全面孤立斯威士兰的独裁统治”。

姆斯瓦蒂三世的霸道行为激起国内外民众的愤慨，他本人恐怕始料未及。

第二节　莱索托国王：只娶一个

2000年2月18日，世界上最大的“国中之国”莱索托迎来了自己的特殊节日——37岁的莱索托国王齐莱耶三世与平民出身的23岁的南非姑娘卡拉玻·莫聪宁在莱索托首都马塞卢国家体育场举行盛大婚礼，结婚庆典持续三天，举国欢庆，身着民族服装的莱索托人民喜气洋洋地走上首都街头为国王和王后贺喜。

国王结婚　举国欢庆

崭新的红地毯通向圣坛，圣坛上簇拥着洁白的百合花，圣坛四边不时闪现出道道金光……国家体育场中心的巨型白色帐篷布置得像一座大教堂，18日上午，国王的结婚典礼在这里举行。婚礼由莱索托大主教莫拉莱菲主持，南非前总统曼德拉，赞比亚前总统卡翁达，尼泊尔、卢森堡和斯威士兰三国的国王，博茨瓦纳、莫桑比克和马拉维三国的总统和6000多名贵宾出席。

37岁的国王喜结连理，这可是莱索托王国215万各族人民的盼望已久的大喜事。首都马塞卢从一周前就开始打扫卫生，首都人民从一大早就身着节日盛节走上街头，等待着国王和王后的到来。首都附近的人民更是从黎明就起程奔向首都，争相一睹国王和王后的风采。体育场外，一队身披毛毯的民族骑士雄姿英发跨在马上，等待着护送国王和王后，当国王和王后乘车慢慢通过首都街头时，成千上万名群众高声欢呼，激动得手舞足蹈。目睹王后的迷人风姿，一名妇女激动地说：“还是我们国王有眼力。”

王后的一袭婚礼服格外引人注目。白色水晶镶边拖地婚纱 6.5 米长，由南非著名设计师设计、历时三个月制作完成；她的王后冠——镶嵌着珠宝、具有民族传统的帽子，是在奥地利定做的，戴在王后头上似乎有些过重，因为她转头向群众致意时显得有些困难。

相爱三年　终成眷属

齐莱耶三世生于 1963 年 7 月 17 日，是已故国王莫舒舒二世的长子。按照惯例，国王的妻子应从王室选定，但对齐莱耶而言，王室没有合适的人选，所以自登基以来，莱索托的国民一直呼吁国王尽快选定意中人，以便王室后继有人，而呼声最高的是国王的母亲。

迫于国民和母亲的压力，齐莱耶三世在 1996 年出席南部非洲发展共同体首脑会议期间，有意透露自己仍是单身，敦促他成亲的外界压力越来越大，希望“红娘”尽快牵线搭桥。此后，有人介绍当时在莱索托大学读医学专业的卡拉玻与国王相识，卡拉玻被邀进王宫约见，两人一见钟情。温文尔雅、秀气美丽的卡拉玻打动了国王的心，国王接着不断打电话给她，双方经过三年多的爱情长跑，终于决定将爱情的扁舟驶向婚姻的殿堂。来自异国的“灰姑娘”一夜之间“跳龙门”成为王后，南非和莱索托两国人民共同为她祝福。南非总统特派内政部长布特莱奇出席国王的婚礼。

莱索托国王呼吁现代化。

结婚前一周，卡拉玻来到南非黄金城约翰内斯堡，接受朋友为她举办的“告别单身舞会”。谈及她未来的夫婿，她认为他是一个充满温情、谦虚进取的人。

南非女外嫁他国，与国王结为秦晋之好，必将成为南莱两国友好交流的桥梁，有利于两国关系的进一步发展。

莱索托老国王成为“石头画”。

千年婚礼　易风移俗

婚礼的第三天在王室的故乡、国王的出生地举行。五万名故乡人民屠宰了45头牛和100头羊为国王贺喜，国王的母亲在老家欢迎王后加入王室。

众所周知，国王母亲现在的最大心愿是尽快得到一个“小国王”，将来继承王位。然而，国王对此不以为然。他在结婚前曾表示，他是一个彻底的“一夫一妻主义者”，不管以后出现什么情况，他都“只娶一个妻子”。这对国王的母亲而言，无疑又新添了一块心病。

根据不少非洲民族的传统习俗，别说是国王，就是平民百姓也能一夫多妻。可是，这位在英国接受过高等教育的年轻国王，一个虔诚的天主教徒却反其道而行之，宣称自己严格执行“一夫一妻制”，“从来不会为了生一个儿子以继承王位而再娶第二个妻子”，因为“那样做从道德上是错误的”。当有人劝告国王说，斯威士兰的国王当时已娶了七个妻子，正准备迎娶第八位时，国王认为古老的民族传统应该与21世纪的现代文明相协调，他应该在这方面树立一个榜样。

按照当地习俗，新郎向新娘求婚时应带上订婚礼物，结婚时要送给34头牛作为嫁妆，而莱索托国王这次却破例送给新娘40头牛，以表示对爱情的忠诚和对她家人的真诚谢意。婚礼结束后，国王携新娘飞赴罗马度蜜月，接受罗马天主教皇的个人祝福。

第三节　祖鲁王：千里嫁女

常言道“皇帝的女儿不愁嫁”。如果再问一句“皇帝如何嫁女儿”，特别是与中国万里之遥的非洲国王如何嫁公主，人们恐怕一时难免面面相觑。2002年12月7日，在南非东部农村，我目睹了“祖鲁王嫁女儿”的盛况。

这是一次特殊的婚礼，不仅由于是国王出嫁千金，也不只因为是公主嫁给了曼德拉的曾侄孙，且不言这位新郎还是个酋长，更重要的是这一特殊的联姻意味着南非两大黑人民族祖鲁族与科萨族的友好与和善，这一隆重壮观的婚礼更是灿烂多姿的南非黑人民族文化和风俗的交融与展示。

皇家婚礼持续四日，惊动了全国，上至前总统、现总统和副总统、内阁部长，下到当地政要、酋长、长老和黎民百姓。婚礼按照现代西方式、当地民间式和南非民族式等不同方式分别举行，第四天是民族式，是婚礼的高峰日也是最后一天，方圆近千公里的5000余名群众聚集到新郎的家乡，观看这一盛况空前的盛典。

婚礼在新郎的家乡、南非最贫困的东开普省农村伊马铁嫩吉纳村举行。由于伊马村距离东开普省最大的城市乌姆塔塔三十余公里，包括驻南非使团在内的各界来宾的突然到来，使乌姆塔塔市的宾馆一时爆满，应接不暇。祖鲁王室成员也下榻在此间最高档的宾馆假日酒店。当日11时许，在宾馆门前，我偶遇一位王子，向他提出了国王有多少孩子这一问题。这位23岁名叫布托的王子，中等身材，回答问题前先是抓耳挠腮，足见这一问题相当棘手。祖鲁王有五个妻子国人皆知，到底有多少孩子恐怕连他自己也说不清道不白。此前报道的一个比较可信的数字是，祖鲁王有32个孩子，可是现在，这位王子告诉记者父王有39个儿子15个女儿，加在一起54个。问他这一数字是否准确，他只是摇头一笑。不过，他能说清楚自己的家庭，即他母亲生的孩子，“我母亲马西是二皇后，共有八个孩子，五男三女，年龄从13岁的小弟弟到33岁的大姐姐，今天出嫁的是他25岁的二姐姐南迪，她是祖鲁王出嫁的第一个公主”。

我们与王子一起驱车来到婚礼现场，蓝天白云下，三个巨型的大帐篷格外引人注目，在两三公里外的二号国道上就能看见。这三个大帐篷形成一个等边三角形，分别是婚礼的三大组成部分……送亲迎亲和晚宴的

祖鲁男子好威武。

举办地点。婚礼于中午 12 时拉开序曲，我们抵达时，新房已被里三层外三层的人群包围得水泄不通。新房不是一间房，也不是一套房，而是一幢地道的崭新现代建筑，从里到外，一切全新，一切皆现代化。在新房外，我碰见两个打扮得花枝招展的小姑娘，一问方知是两位小公主。她俩兴高采烈地说："感谢上帝给我姐姐做出的安排，这一婚姻将两个传统不同的家庭结合在一起，非常有意义。"

作为娘家人的祖鲁族距离新郎的家乡千里之遥，数百名强壮骠勇的祖鲁男子和袒胸露背的祖鲁少女把家乡壮观的送亲场面搬到这里。你看，祖鲁王到来之时，为迎接父王驾到，公主们正在父王的轿车旁打扮自己。名叫亲善·兹韦利蒂尼的祖鲁王下车后就和大家一起加入送亲的行列，既作为送亲人，又是婚礼的见证人，祖鲁勇士们在身为内政部长的皇叔布特莱齐的领唱下，高唱颂扬祖鲁王的赞歌徐徐前进。在行至第一个帐篷前，一辆汽车抵达，几名壮士从中抬下公主的嫁妆走在队伍前面，按照当地风俗，嫁妆包括被褥与日用品；作为国王的女儿，其嫁妆非同一般，那红木箱子的质地也是有说道的。

祖鲁人能歌善舞的天赋在这一喜庆之日表现得可谓淋漓尽致。你瞧，先是勇士和少女集体表演，集阳刚与阴柔于一体；接着出场的是皇家舞蹈队，两排妙龄少女踏着曲子依次出场，后面是新娘和她的亲姐妹们，她们每人一手握矛一手持盾，阴柔中透出阳刚，展示出游牧民族与天、地、人奋斗的鲜明特色。不同之处在于，按照民族风俗习惯，未婚少女袒露双乳，已婚女子则不然，作

祖鲁王女儿的嫁妆。

祖鲁少女以裸露为美。

祖鲁王（左）出席女儿的婚礼。

祖鲁王女儿婆家的牛圈。

为新娘的南迪今天是半遮半露式的“犹抱琵琶半遮面”，佩戴白色网状面罩，胸前用豹皮围巾遮盖着，幸福之中带着几分羞涩。

作为婆家人的曼德拉来了，他身着民族服饰——长达膝盖的白色短束身外衣，先是坐在帐篷下，笑容满面地从容观看祖鲁舞蹈，后与他的曾侄孙新郎恩富多坐在人群中一起观看祖鲁歌舞。筹办婚礼的长老拉加告诉我：“这是曼德拉40多年来第一次与家乡人民这样长时间在一起，他将出席整个婚礼，仅露天活动就长达五个小时。曼德拉今天身着传统服饰出席婚礼，充分显示了他对民族风俗的尊重和对新娘新郎的祝福之意。”

按照民族风俗，新娘须向婆家的长老请安，曼德拉当仁不让。只见新娘从两个姐妹伴娘的中间舞蹈出来，稳着步儿，探着腰儿，低着头儿，跳到曼德拉对面，向他鞠躬敬礼，接着便跳步后退，当她刚退了几步，只见新郎跳起来直奔而去，用自己的矛去打新娘的盾，人群中爆发出欢快的笑声，新郎是在运用这一特殊的方式向新娘致意。目睹这一情节，送亲队伍即兴表演开始了，忽而是勇士高歌，忽而是少女舞蹈，你方唱罢我登台，各尽其乐展风姿，送亲仪式就此戛然而止。

曼德拉手拉夫人真开心。

按照传统婚俗，该是新娘乘坐牛车在家人的护送下走在新郎的迎亲队伍中。时代不同了，如今的祖鲁公主不是坐牛车而是乘轿车，她的父王、四位皇后妈妈和一位姨妈，以及姐妹们分别乘车跟着她前往第二个帐篷——300米开外的迎亲仪式地点。根据祖鲁风俗，女儿出嫁之日亲生母亲不能为其送行，南迪的皇后妈妈当日也就留在千里之外的农古马皇宫默默为女儿祝福，由南迪的姨妈代表她为女儿送行。这位姨妈告诉我：“我今天非常高兴，南迪也是我的闺女。”

迎亲仪式开始了，包括曼德拉夫妇在内的婆家人在烈日下席地而坐，团团围定在牛圈旁边，而将对面帐篷下的阴凉处让给了远道而来的、包括国王和王后们在内的娘家人。这时，新娘走到大家中间，在婆家人科萨族长老的指导下，开始

曼德拉出席露天婚礼。

“入门”前的受训。只见几名长老用语言加手势进行指导，南迪频频点头。约十分钟后，南迪右手持一根利矛走到牛圈门口，猛地向下用力插矛，将矛直扎在牛圈门口的正中央。她的精彩表演赢得一阵热烈掌声。这一动作非同小可，表示着新娘今天已正式成为“婆家主人”，宰杀自己牛圈中的肥牛以款待四方宾客。接着，在不远处的草地上，众乡亲正在为晚宴烧煮牛肉。对作为游牧民族的南非黑人而言，牛是财富的象征，如同黄金、钻石与美元，男方送给女方的彩礼是以牛的数量多少来表示轻重厚薄的。按照传统习惯，男方的彩礼应为13头牛，公主则另当别论，这次，新郎家为国王送去了120头牛和两匹马，超出平常数近十倍之多。

作为酋长的男方主人在当地屈指可数，喜庆之日为宾客宰牛烹肉理所当然；作为国王的女方主人更是威震一方，当然也要表示一番，不能轻易示弱。你看，祖鲁王的送牛队伍过来了，这群牛是作为女儿的嫁妆送来的，以显示国王的富有与慷慨。对于国王的一番美意，男方立即出动欢迎与致谢舞队，一群少女翩翩起舞，青春活力尽现眼前。次后的场面是，曼德拉代表婆家人走上前去与对面笑迎而来的祖鲁王亲切握手，互致问候，并向祖鲁王赠送了两头白色公牛。

曼德拉与祖鲁王今天的握手，跨越了历史的长河，表示着南非两大黑人民族之间友好关系的升华，而那两头公牛彩礼更是勾起人们的历史回忆。一百多年前，作为坦布族的曼德拉的祖先们，在与祖鲁王国的缔造者沙卡王的一场血战中，由于不敌祖鲁勇士们的猛烈攻击，弃甲曳兵南逃至今日的东开普省界内，向科萨族寻求避难，随之融入科萨族，随乡入俗地讲起科族语。而当时的沙卡王，他的牧群与战牛以白色公牛为主。曼德拉今天送给祖鲁王的两头公牛，应与当年沙卡王的牧群与战牛同属一个种系，可视为沙卡王牧群的子孙后代。历史变迁，沧海桑田。时至今日，南非执政党非国大由科萨族占主导地位，而因卡塔自由党则由800万祖鲁族组成，祖鲁族是今日南非当之无愧的第一大民族，人口约占全国总人口的1/4。这两大民族之间的关系遂成为今天南非黑人之间关系的缩影。

迎亲仪式的最后，婆家的老妇人将新娘接回新房，关起门来进行传统的妇道教育。与此同时，宾客们纷纷沿着红地毯步入晚宴帐篷。宴会开始前，新娘新郎在主席台上入座，双方的伴娘伴郎也在主席台各就其位。各位贵宾在主席台前的主桌入席，仅是祖鲁王后就占了半桌，她们的装饰大体一致。欢乐、逗趣的科萨族舞蹈拉开晚宴的序曲，音乐一停，贵宾致辞开始，莱索托国王齐莱耶三世今天以双重身份出席婚礼，他既是男女双方邀请的贵宾，又是南非科萨

“我们俩都穿的是民族服装。”

“入门”教育。

新娘，加油！

新娘新郎“对打”：矛与棍的战斗。

“对打”之后，对视无语。

婚礼剪辑

婚礼剪辑

逗趣。

婚宴。

族的女婿，送来了富有民族特色的礼品。中国驻德班总领事于泽民也以外交官和祖鲁王贵宾的双重身份出席婚礼，在晚宴前向新娘赠送了包括海信 DVD 在内的中国礼品。

曼德拉在致辞时语重心长地说：“在未向一对新人表示祝福之前，我要提醒你们，世界上不存在没有矛盾的婚姻，不要一遇到矛盾就认为世界末日到了。我坚信你们能够战胜婚姻道路上的一切艰难险阻，白头偕老，百年和好。祝你们幸福!”作为祖鲁族的副总统祖马表示，结婚是人生的一件大事，你们来自大河两岸，传统不同，风俗各异，组成一个家庭标志着两个民族、两个地区的结合。你们要听取长辈的忠告，走好今后的人生道路，共享美满婚姻的幸福，“幸福的婚姻在各方面都是令人愉悦的”。

值得一提的是，新郎家向各位贵宾赠送的礼品也颇具民族特色：由护肤霜、洗发液等组成的四组一套的日用品，在注重实用性的同时讲究成双成对；而这套礼品还是南非黑人企业的名牌产品，品牌名为“像我一样黑”。

采访完婚礼，我已是十分劳累，也感慨颇多。为了现场拍照，在烈日下晒了五个小时，直烤得皮肤发红发黑，感慨之余吟诗一首，聊以逗趣儿：

国王嫁女儿，记者脱层皮。
要问为哪般，须从头说起：
东开普农村，露天办婚礼；
场面颇宏大，惊动千余里；
烈日似火烧，直烤绿土地；

持续五小时，无处可躲避；
罕见热天气，烤焦黑兄弟；
众多宾客们，浑身火烫皮；
皮鞋烧脚面，口渴更别提；
当日婚宴上，黑脸红胳臂；
尚未过三日，自然蜕层皮；
暴晒骄阳下，说来也不奇；
可怜这层皮，不知脱为谁？

第四节 乌干达国王："永远活着"

公元1000年，地处乌干达南部的布干达地区就建立了王国。19世纪中叶，布干达王国成为东非地区最强盛的国家。此后，由于英德殖民主义者入侵，造成连年战火，布干达王国迅速衰落，乌干达成为英国的"保护国"。

布干达王宫位于首都坎帕拉市中心的蒙戈山头，占地三平方英亩。1884年，布干达王室迁移至此，现建筑是由当时的国王穆万加二世于1924年修建的。1962年乌干达独立时，保留布干达等四个王国，成立乌干达联邦。次年

祖鲁王（左）头上的"鸡毛"能当令箭。

修改宪法，国王穆特萨二世出任总统，于1966年被驱逐出境。次年，封建王国制被废除。1971年阿明发动政变并当上总统，王宫成为独裁者阿明的军营。1986年穆塞韦尼上台后，为缓和部族矛盾，促进部族团结，遂恢复了王国制。不过，国王仅是一种文化、传统象征，没有实际政治权力。国王的经费主要靠财政拨款和捐赠。该王宫于1997年正式归还现任国王穆泰比二世。王宫有62个房间，建筑风格别具一格。大门上方端坐着两头雄狮雕像，是布干达王国权力和威望的象征。2001年2月我在乌干达采访时，王宫正处修缮之中，在保安的特许下，我步入空荡荡的王宫，什么也没有看着。

王宫所在地视野极佳，可俯瞰坎帕拉全貌。保安指向前方告诉我，与王宫遥遥相对的是布干达王国议会，眼前这条笔直的道路可通达，中间十字路口处设有转盘，过往车辆必须绕行，唯国王专车能够直行，以示尊敬。议会、王宫和不远处的卡苏比王陵共同构成乌干达的一道历史文化风景线。来这里参观，必须去卡苏比王陵。

卡苏比王陵位于坎帕拉近郊的卡苏比山上。与其他乌干达王陵的相异之处在于，这座王陵曾是布干达王国穆特萨一世的古王宫，穆特萨一世和他的继位者——三个子孙均埋葬在此；与世界其他国家的王陵不同是的，乌干达的王陵中常年四季有“王妃”为死去的国王昼夜守陵。2月25日下午，怀着一种访古寻幽的好奇心理，顶着东非高照的艳阳，在中国驻乌干达大使馆于学勇的陪同下，我参观了这座四位国王的合葬陵——卡苏比王陵。

好气派的王宫！

王宫里的图腾崇拜。

王陵的门房属于当地的茅草堂，古朴入俗，国王的卫兵当年就站在门房里昼夜守卫着。穿过门房首先来到一个小院，国王的卫兵们、打鼓手和音乐师过去就住在院内的小房子里，其中左手边的一个小房子内还放着一面皇家大鼓。再往里走就是开阔的皇家大院，四周靠墙处是国王“三宫六院七十二妃”的“宫室”，正对面是一座巨大的圆锥形芦苇草堂建筑，那便是王陵，过去的王宫。王宫大门和宫院大门遥遥相对，中间是一条笔直的通道，这种传统建筑据说是为了让国王的“灵魂”能够自由出入，因为乌干达人认为国王的“灵魂”只能走直线。

按照传统，王宫的大门必须朝东，但穆特萨一世的王宫尚属例外，原因是他继位时，布干达王国正与西部的布约罗王国发生战争，王宫面西是为了便于卫兵观察西部的敌情，随时预防敌人从西面来犯。另外，乌干达王宫的选址有三个条件：必须能居住和养活王宫的所有家眷，门前的大道通往全国各地以便国王出外视察，靠近维多利亚湖以备外敌入侵或国内发生叛乱时快速逃往湖中的岛上。

走到王宫门口，便入乡随俗地脱鞋，赤脚进入王国以示对国王的敬意。导游穆苏凯指着门前的水泥地面说，这座王宫建于 1882 年，1938 年欧洲人重新修复时使用了水泥。跨过门槛，仿佛置身于半个倒扣的巨型橘子皮里面，屋顶由棕榈树叶编织的一个个同心圆圈组成，一个个笔直的柱子从地面紧紧地顶在圆圈的连接处，支撑着这座典型的非洲古代传统建筑。再一细看，柱子全用当地的一种树皮布包裹着。如同屋顶的每个同心圆圈一样，每根柱子都代表着王国的一个家族。由于建筑用的棕榈叶经过严格挑选和特殊处理，这种茅草建筑防水遮阳，能保持室内常年凉爽宜人；草味清香，具驱虫避邪之效。根据当地传统习俗，建筑这种住房期间，建筑师们必须远离女色，妇女更是不能接近建筑物一步，否则室内将会常年漏雨。除建筑师们受约束外，国王还要在总建筑师将屋顶全部整理好后，手拿剪刀剪断一丛草，好像现代的竣工“剪彩”仪式一样，然后再把剪刀交给总建筑师。

乌干达国王的“灵魂”只能走直线。

王宫内分为两大部分，中间用芦苇组成的墙隔开。后半部分是四位国王的陵墓，属于禁区，游人不得入内；前半部分再分为前后两部分，中间用平躺在地面上的木棍分隔，木棍前面的部分是供世界各国的王室成员参观访问时专用的，木棍后面的部分是一般游客可以到达的地方。正对面的芦苇墙上，从左到右依次悬挂着穆特萨一世、姆万加、达乌迪·齐瓦和穆特萨二世的画像，画像前面放置着他们各自喜爱的武器，如长短不同的各种矛、形状不同的各种盾、制式不同的各种枪等。

王宫内还放置着其他与国王有关的器物。大门入口的左边是一头豹子的标本，这头豹子是穆特萨一世的宠物，据说颇有灵性，他就像一条被驯服了的狗一样整天围着国王转，泯灭了吃人的本性。可是当国王驾崩后，这头豹子终于难以改变其身上的“斑点”，暴露出狰狞的面目，于是逢人就吃，以至于吃人成癖。它被打死后做成标本再次回到王宫里，守卫在国王的亡灵前。豹子旁边是一组大小不同的各式鼓，鼓的前面放着两把西式坐椅，这两把椅子连同旁边桌子上放的台灯是1887年英国传教士不远千山万水带来、以英国女王的名义送给国王的礼物，据说是奥地利生产的。在陈放的玻璃柜内有一副名为“奥姆韦索”的非洲象棋：在一整块厚木板上挖有32个小圆坑，共四排每排八个，两人对弈时每人各持32个黑色圆，这种子是当地的一种树的果实，这种棋是穆特萨一世最喜爱的游戏。应我的请求，参观结束时，导游与另一个棋手在王宫前院的一个树阴下，一边下棋一边为我讲解游戏规则。

我们席地坐在王宫地上铺的草垫上，这种草垫就像家中铺的地毯一样，老导游穆苏凯开始讲解布干达王国那一幕幕惊心动魄的历史故事。布干达王国19世纪中叶曾是东非最强盛的国家，殖民主义者的入侵，被沦为英国“保护国”的屈辱以及乌干达人民反对外来统治、1962年赢得民族独立的英勇悲壮，王宫也随之发生了翻天覆地的变化：1967年封建王国被废除，1986年穆塞韦尼上台后又恢复王国制，但此时已今非昔比，国王仅是一种文化与传统的象征，没有实际政治权力。

从布干达王国的第一位国王到穆特萨二世总共有35位国王，最后的四位国王全埋葬在卡苏比陵墓。就在导游讲解的时候，王陵内的妇女一直坐在一旁听着，她们是葬在这里的四位国王的“王妃”。导游称，按照传统，国王驾崩后必须有一位王妃昼夜为其守灵，由于国王妻妾成群，一般为每个国王挑选六名王妃守灵，她们每人每年在王宫值班两个月，每月一轮换，每个国王都如此，这里一年共有24个“王妃”轮流守灵，守灵期间寸步不离王宫，连饭都是别人送来吃，而王宫里的大小事务全由王后的妹妹全权负责。

在王陵的右边坐着三个王妃，她们不时相互低语，左边的一个竟睡在地上进入了梦乡。我提出想与她们唠嗑，导游转告了我的意思，左边那一位刚从梦中归来而不知发生了什么，那满不在乎的神情把大家逗笑了。我问她们：“是否愿意终日待在这里?”她们不知是听不明白还是不愿回答，或是不乐意做这样的王妃，回答我的竟是摇头不语。我接着问她们的生活来源问题，还是不语，导游回答她们每人在附近分得一片地，自耕自种，自食其力，别无其他特殊待遇。

我提出给她们照相，导游说这需要与她们商量，不过首先要向王陵捐款。这时我发现，就在前面的地上放着一个碗，里面有一些小钱。可是捐款归捐款，“王妃们”拒绝拍照。没有王妃的王陵照片还有什么意思呢!

怀着几分好奇，我于是将自己的问题一股脑抛给导游：

“王妃死后谁来接替?”我问。

“从王妃的家族中再选择一名年轻女性，一般情况下是她的妹妹。”他胸有成竹地回答。

“选择新王妃有何条件，如果新选的王妃结了婚怎么办?”

“一旦被选为王妃就终生不能嫁人，如果已经结了婚就必须离婚。”

“这种习俗一直沿袭下去，会不会有一天出现挑选不出王妃的现象?”

“不会，她们都来自大家族，家族里总会有年轻妇女。”

“她们乐意做这样的王妃吗?”

“以前的王妃比现在还多，她们的家族将此视为一种荣耀。不过，一些王妃后来放弃了这种特权。”

“为什么要这样不停地选王妃呢?”

“在我们的心目中，我们的国王不会死去，永远活着，他们需要王妃陪伴。”

走出王陵，我的脑海如波涛奔涌，翻卷不停。历史已经进入 21 世纪，竟还存在这种活人为死人昼夜守灵，以致守活寡的特殊历史现象。尊重传统习俗与尊重妇女权益怎样才能在这里找到一个令人满意的“平衡点”呢?

第五节 埃塞俄比亚皇帝：后悔出兵

未来始于今天，今天从过去而来。国王代表着传统，皇帝是过去的象征。埃塞俄比亚皇帝塞拉西毕竟是旧时代的人物，他眼睛“近视”，在别人的诱导下，决定让自己的臣民参加“联合国军”出征朝鲜战场。在朝鲜战争的上甘岭战役中，英勇善战的中国人民志愿军击退了“联合国军”的疯狂进攻，猛烈的枪炮声也惊醒了万里之遥的埃塞俄比亚皇帝塞拉西。

埃塞参战意在“一箭双雕”

远在东非的埃塞为何要加盟“联合国军”参战朝鲜战争呢?这需要回顾一段埃塞历史。埃塞有 3000 年的文明史。公元前后建立阿克苏姆王朝，10 世纪末被扎格王朝取代，13 世纪阿比西尼亚王国兴起，19 世纪分裂为若干公国。1889 年，绍阿国王孟尼利克二世称帝，统一全国，建都亚的斯亚贝巴，奠定现代埃塞的疆域。

埃塞遭到意大利两次入侵占领：第一次是 1890 年，意大利侵略者强迫埃塞接受“保护”，六年后孟尼利克二世在国家北部的阿杜瓦大败意军，迫使意大利承认埃塞独立。第二次是 1936 年意大利占领埃塞全境，塞拉西皇帝流亡英国，盟军于 1941 年击败意大利，塞拉西于同年 5 月 5 日归国复位。出于感恩戴德，塞拉西从此在政治上对美英一边倒。

二战结束后，美国将触角伸向埃塞俄比亚，以其作为干涉非洲事务的桥头堡。美埃签订了十多个军事和经济协定，美国还在埃塞建立军事基地，给埃塞提供高额军援，出资 1.5 亿美元武装埃塞军队，并派出军事顾问小组训练埃塞军队。在美国的装备下，埃塞军队的规模和实力大增，在非洲屈指可数。随着埃塞军事实力的增强，塞拉西的野心迅速膨胀，于是步美国后尘，以其在国际事务中发挥自己的作用。受到美国蛊惑出兵朝鲜也就成为顺理成章之事。

损失惨重及时改变“方向”

朝鲜战争爆发后，在苏联代表缺席的情况下，美国操纵联合国安理会通过非法决议——派遣“联合国军”支援韩国与朝鲜作战。

塞拉西皇帝获悉消息后，立即决定参加“联合国军”。埃塞军方听信美国的教唆和鼓动，误认为即使有中国支持，朝鲜也不堪“联合国军”的坦克和大炮一击，战争会进展顺利，将是一次“胜利大进军”。埃塞国内也有舆论认为：“埃塞俄比亚军事实力有多强，回来后就知道了！”很快，塞拉西就宣布派遣一个步兵营远赴东方。

埃塞俄比亚与美、英、土耳其等国家的军队组建为“联合国军”。1950 年 7 月，美国总统杜鲁门任命麦克阿瑟担任“联合国军”总司令。由于路途遥远等原因，埃塞俄比亚步兵营一年后——1951 年 7 月才抵达朝鲜，此后一年多一直未能参加战斗。

1952 年，中国人民志愿军和“联合国军”在朝鲜战场上进入胶着状态。

埃塞独立纪念碑。

为打破僵局，美军发起上甘岭战役，决定让埃塞俄比亚步兵营和韩军一个团参战。1952 年 10 月 31 日，“联合国军”向上甘岭发起攻击。拂晓时分，韩军和埃塞俄比亚步兵营开始进攻中国人民志愿军的阵地。

在“联合国军”飞机大炮的狂轰滥炸数小时后，“联合国军”本想轻取阵地，功成凯旋，未料却遭到中国人民志愿军的迎头痛击。毫无心理准备和实战经验的埃塞俄比亚步兵营顿时被打得晕头转向。在整整七个小时的恶战中，埃塞俄比亚步兵营共伤亡 657 人，占全营人数的一半以上。星夜赶来督战的美军将领见此惨状只好下令停止进攻，收兵回营。

上甘岭成了“伤心岭”，埃塞俄比亚步兵营“胜利大进军”的美梦宣告破灭。阔别家乡三年后，埃塞俄比亚步兵营的残部伤心地回到祖国。

塞拉西访华受到热情款待

上甘岭不但成为埃塞俄比亚步兵营的“伤心岭”，而且成为塞拉西皇帝在政治上的“分水岭”。塞拉西从此决定对华友好。

塞拉西毕竟是皇帝。在惨重的教训面前，他痛定思痛，认为自己出兵朝鲜的决定大错特错，缺乏对形势的认真分析和对中国的正确了解。他对自己一时头脑发热出兵朝鲜的决定懊悔不已，开始与中国建立友好关系，并于 1971 年

埃塞北部古城阿克苏姆机场广场的塞拉西皇帝雕塑。

实现了多年的愿望——来华访问。

1971 年 10 月 6 日，埃塞俄比亚海尔·塞拉西皇帝前来对中国进行国事访问。塞拉西在首都机场受到周恩来总理的热情欢迎，贵宾车队进入市区受到首都数十万群众夹道欢迎。当晚，董必武副主席、周恩来总理举行盛大宴会欢迎皇帝陛下及其随行人员。10 月 7 日下午 3 时 30 分，周总理在钓鱼台国宾馆 18 号楼同塞拉西举行会谈，两国签署了一系列经贸合作协定。当晚，周总理还陪同塞拉西出席文艺晚会，观看现代京剧《红灯记》。

10 月 8 日下午 6 时，毛泽东主席在人民大会堂会见了海尔·塞拉西皇帝，双方进行了友好谈话。晚上，在非洲国家驻华外交使团为塞拉西皇帝访华举行的招待会上，周总理说，我们亚非各国人民应当在万隆会议的旗帜下，实现不同社会制度的国家和平共处的五项原则，互相友好，互相团结，互相支援。

埃塞俄比亚贵宾还在周总理陪同下，到上海、广州进行参观访问。

在华受到热情款待后，塞拉西却有些昏昏然，回国后心中一直在嘀咕："汉与吾孰大?"毛主席闻知后一笑了之，派人转告塞拉西一句话："万一有难，中国是你永远的朋友。"不知三年后，当门格斯图逼宫时，塞拉西是否体会到了这句话的含义?

一代皇帝惨死臣民之手

据史书记载，塞拉西皇帝是所罗门大帝的后代，当时从埃塞俄比亚去以色列访问的示巴女王和所罗门有了云雨之情，带着塞拉西的祖先回到埃塞俄比亚，从此世代为君，还传下来一枚戒指作为信物。

塞西拉生于 1892 年，早年曾任省长、总督；1916 年为摄政王和皇储；1930 年加冕为皇帝。

塞拉西即位后不久，带着斑马和狮子周游欧洲，欧洲的发达程度令他羡慕不已，立志要引导千年古国走向现代化。未料其雄心勃勃的改革计划被墨索里尼发动的侵略战争所打断。在抵抗意大利侵略者的战斗中，塞拉西始终英勇顽强，不屈不挠，流亡国外后将身边的王子一个接一个派回国内领导游击战争，王子们个个英勇善战，为国尽忠，皇帝的威望空前提高。

塞拉西是一位开明君主。他创建了埃塞首屈一指、闻名全非洲的大学——

亚的斯亚贝巴大学。1950 年 12 月 11 日，塞拉西率领内阁大臣们出席了亚的斯亚贝巴大学的开课仪式。1960 年，他把自己在首都两座皇宫中的一座，即现在的亚的斯亚贝巴大学主校园无偿捐赠给大学，使大学的办学条件和规模得到空前提高。

晚年的塞拉西狂妄自大，致使国家经济发展滞后，贫富差距日趋严重。在社会主义思想广泛传播的新形势下，一些进步学生和军官开始不满“封建腐朽”的皇帝统治，军官门格斯图于 1974 年 9 月发动政变，皇帝被抓。

1975 年，门格斯图为消除后患，决定处死塞拉西。他认为塞拉西皇帝刀枪不入，命令部下用枕头闷死皇帝，并从塞拉西手上夺下那枚戒指，作为自己统治的法理依据。

门格斯图将皇帝的尸体埋在办公桌下。塞拉西在统治 45 年后，最终落得如此下场，埃塞也从此结束了君主制度。

亚的斯亚贝巴大学校门。

第二十七章　退休总统

我最早应该采访的前总统是尼雷尔。1998年刚赴任不久，我接到国内让我赴坦桑尼亚采访尼雷尔的通知，以配合纪念周总理诞辰100周年的宣传报道，因为周总理曾多次会见来华访问的尼雷尔总统。经中国驻坦桑尼亚大使馆联系，当时正在老家的尼雷尔得知这一采访意图后，转告我不必前往采访，因为时间过去几十年了，他很难回想起当年与周总理会见和会谈的详细情节。

1999年6月，尼雷尔前来出席南非总统姆贝基的就职仪式。在采访报道总统就职仪式后，我与坦桑尼亚驻南非大使馆联系采访尼雷尔，未料他当时已在回国途中，又一次失去了采访机会。同年10月，尼雷尔逝世，原计划写作的专访变成了报道他逝世的消息。随后，我专门写了一篇随笔，表达对这位中国人民的老朋友、非洲人民敬爱的导师的崇高敬意。

我采访次数最多的是南非前总统曼德拉，接受我专访次数最多的是赞比亚前总统是卡翁达。

每次采访非洲国家的前总统，我都是毕恭毕敬，一板一眼。未料，他们却平易近人，谈笑风生。2001年5月，我采访博茨瓦纳前总统马西雷；两个月后，我们在赞比亚首都卢萨卡的非统组织首脑会议上重逢时，他用从身后拍我肩膀的方式微笑着与我打招呼，让我惊喜异常。

第一节　尼雷尔：精神永存

1999年10月，坦桑尼亚首都达累斯萨拉姆。

对坦桑尼亚，乃至全体非洲人民而言，1999年10月22日是一个具有特殊意义的日子。是日，坦桑尼亚开国总统尼雷尔的葬礼在首都隆重举行，来自60多个国家的数百名外国政要和成千上万名坦桑尼亚各界群众在国家体育场向尼雷尔作最后诀别。低垂半降的国旗、低回悲哀的乐曲、悲声大恸的人群、高度颂扬的致辞……这庄重肃穆的国葬仪式表达着世人对尼雷尔的崇高敬意和深切缅怀。这催人泪下的场景引起我对尼雷尔生平的追怀及对葬礼的深思。

葬礼是生者对死者的一种追悼形式，其规格的高低、规模的大小和参加葬礼者的表情体现着世人对死者的一种评价。人生一世，谁人没有亲朋好友，哪个没有街坊四邻，一旦突然离开人间，周围的人难免要举行不同的形式追忆一番，表达自己对死者的怀念之情，而这种感情的表达常与对死者的评价联系在一起。凡夫俗子尚且如此，何况社会各界名流？作为坦桑尼亚的开国总统，尼雷尔为国家独立与发展，为民族团结与进步倾尽心血、作出了巨大贡献，赢得了人民的崇敬与爱戴，被尊称为“国父”和“导师”。对于他的逝世，人民自然非常悲痛，选择国葬这一最高形式的礼仪为他送行，借以表达自己的情感与思念。这就是人民对尼雷尔的“评价”，这种评价不仅表现在国葬这一礼仪的形式上，表达在致辞者的称颂声里，更体现在人们感情的真挚和自然流露之中。

葬礼在表示世人对死者追念的同时，昭示着一种社会价值取向，表达着人们对真、善、美的追求。“人总有一死，或重于泰山，或轻于鸿毛。”毛主席在张思德同志的追悼会上指出，一个为人民利益而死的人，他的死是比泰山还要重的。坦桑尼亚独立后，尼雷尔一方面致力于本国的发展与稳定，努力实现人人平等和共同富裕的社会；一方面致力于非洲的独立与自由，积极支持非洲人民推翻殖民统治和白人种族主义政权。作为非洲国家独立后首位主动退位的总统，尼雷尔继续为国家发展和地区和平奔劳。就在病情恶化前不久，他还召集布隆迪国内冲突双方举行会谈，以期尽快结束兄弟“同室操戈”，使国家走上和平发展道路。自由、平等、和平、幸福是人类追求的共同目标。正是因为尼雷尔为坦桑尼亚人民和非洲人民的自由、平等、和平、幸福而奋斗了终生，

慈祥的坦桑尼亚国父——尼雷尔可亲、可敬。

不仅本国人民，而且60多个国家的政要参加了他的葬礼；南非、乌干达和肯尼亚等国同时为他下半旗致哀。正如南非总统姆贝基所指出的，尼雷尔的逝世“不但是坦桑尼亚，而且是非洲大陆的重大损失”。“我们非洲悼念尼雷尔的最好办法就是为非洲大陆的和平与稳定、为全体非洲人民创造美好生活而努力奋斗。”

中坦两国国旗高高飘扬。

对于死者而言，其葬礼是隆重还是简单，甚至世人如何对其进行哀悼与评说，他是一概不得而知的。从这个意义上讲，葬礼固然是人们对死者的一种悼念和情感的一种表达形式，但其实质是对生者的一种告诫和激励。世人在评说死者的是非功过之时，尽管因人因事有时难免失之偏颇，但是总的看法是趋于一致的，其功过得失世人是看得清楚的。学习其长处，避免其短处，以死者之长补自己之短，有利于自己的进步。至于死者留下的更宝贵的值得学习的东西和精神财富，理应激励世人不断进取。南非前总统曼德拉表示，人民不会忘记尼雷尔为非洲大陆的解放和南非的自由所作出的贡献，“他为正义事业和非洲人民利益而奋斗的精神鼓舞了非洲的一代领导人”。

“有的人死了，他还活着；有的人活着，他已经死了。”这充满哲理的诗句是对人生的高度总结。像尼雷尔这样把自己的一生贡献给国家、民族和人民的人，将永远活在人民心中。这大概是他的葬礼蕴涵的深远意义。

尼雷尔1922年生于坦桑尼亚一个酋长家庭，1961年至1985年担任国家独立后的首任总统。

他因患白血病于10月14日在伦敦逝世，享年77岁。

第二节　卡翁达：难忘中国

作为非洲老一代政治家，卡翁达在赞比亚争取民族解放的斗争中发挥了重要作用，为南部非洲民族解放运动作出过巨大贡献。作为中国人民的老朋友，卡翁达为发展中赞、中非友谊倾注过许多心血，中国人民对此深表由衷的敬意和感谢。他曾多次访华，最近一次是2003年9月。在接受我的三次专访时，卡翁达总是不忘感谢中国对非洲国家给予的无私支持和帮助，强调中国是非洲人民全天候的朋友，称赞中国经济建设取得的巨大成就，相信非中友好合作关系将进一步发展和加强。

初访卡翁达

2000 年 8 月，纳米比亚首都温得和克。

卧室的门徐徐开启，卡翁达缓步走出来，我忙从客厅的沙发上站起来，迎上前去与他握手。他紧握着我的手，热情而友好地说："很高兴在温得和克见到你，我对中国和中国人民充满深情。"我在感谢他接受我不期而遇的采访的同时，匆忙打量着眼前的这位老人——1.78 米的个头，身材魁伟，深蓝色西服剪裁合体，一副粗腿眼镜挂在胸前，头发花白，脸色黑里透红，笑容和蔼慈祥，一双炯炯有神的大眼睛此时正对着我。刹那间，我脑海里有关他的"传记"一下子变活了，浮想联翩……

——76 年前，卡翁达生于赞比亚北方省钦萨利县，从小勤奋好学，酷爱音乐，九岁时学弹竖琴，曾担任小学教师和中学校长……

——1946 年参与创建北罗得西亚"非洲人国民大会"，反对西方殖民统治，1953 年至 1958 年任该党总书记，1958 年退出该党后重建"赞比亚非洲人国民大会"，任主席，该党次年被取缔后曾被流放……

——1960 年担任"联合民族独立党"总裁，1964 年赞比亚独立后，40 岁的卡翁达担任总统，直至 1991 年，历时 27 年。1992 年，他辞去"民独党"总裁职务，1995 年重返政坛，再次当选为该党总裁。1997 年 12 月以支持未遂军事政变的罪名被警方拘捕，次年 6 月获释，2000 年初宣布退出政党政治……

——作为赞比亚独立后的首任总统，卡翁达把人道主义作为立国的指导思想，积极推行社会主义政策；同时与坦桑尼亚已故总统尼雷尔共同高举反种族主义旗帜，发起组织"前线国家"，积极投身于非洲大陆的民族解放运动，赢得了全世界的赞扬与尊重。在职期间，曾四次访华，同毛泽东主席和周恩来总理等中国老一辈领导人进行过会晤，为发展赞中友好关系作出了贡献……

此时，这位前总统就站立在我面前，他是应邀出席在纳米比亚举行的南部非洲发展共同体首脑会议的。就在会议开幕的 8 月 6 日的上午，在下榻的卡拉哈里宾馆的房间，他接受我的专访。

落座后，我们的话题自然从这次会议谈起。卡翁达首先谈到他此行的两个主要目的：号召非洲人民共同向艾滋病宣战，宣传即将成立的“卡翁达非洲儿童基金会”。他指出：“非洲正在面临着一个严峻的挑战——艾滋病的肆虐横行。如果对此掉以轻心，非洲五十多年来的奋斗成果有可能付诸东流。”卡翁达认为，四百多年来，非洲经历了四次最深重的灾难：奴隶贸易，两次世界大战，殖民主义统治，种族隔离和种族歧视政策。现在，非洲正面临着艾滋病的日益严峻挑战，艾滋病已经夺取和正在夺取数百万的生命。

在历数了艾滋病对全人类、对非洲大陆、对南部非洲地区各国、特别是对赞比亚落后农村地区造成的灾难后，卡翁达用自己的亲身经历和体会，以一位父亲的身份，控诉了艾滋病对自己和对家人造成的巨大痛苦和难以愈合的精神创伤。1984 年，卡翁达的儿子身患艾滋病。他说：“那时我是国家总统，许多人从医疗、精神和服务等多方面帮助我。尽管得到诸多帮助，由于那时对艾滋病知之甚少，我仍感到束手无策。两年后，艾滋病夺去了我儿子的生命……多年来，这一阴影一直留在我心中，它给我们留下的惨重教训就是——我们必须齐心协力，共同向艾滋病宣战！”

卡翁达接着动情地说，每当目睹赞比亚和非洲国家的儿童食不果腹、衣不遮体的情景，每当听到艾滋病给患者造成的灾难及其夺取患者生命的消息，他都在想自己能为这些儿童做些什么事情，能为控制艾滋病蔓延做点什么工作。于是，在经过一番周密考虑之后，决定 2001 年初正式成立“卡翁达非洲儿童基金会”，利用自己的影响和声望，争取友好人士、知名企业、各国政府和国际组织的援助，“用以帮助非洲贫困的孩子，使他们重返课堂，接受教育，健康成长，同时资助艾滋病研究工作，控制病魔迅速蔓延”。卡翁达表示，这将是他创建的第二个基金会，1988 年成立的“卡翁达和平与民主基金会”至今运转正常。现在正积极筹备成立非洲儿童基金会，这次会议一结束，他就直接奔赴约翰内斯堡、纽约和伦敦等地进行宣传和筹款工作。他补充道，自己退出政治就是为了集中精力办好基金会，把有生之年贡献给儿童发展和艾滋病控制事业。

年逾古稀的卡翁达精神矍铄，身体健康，乐观健谈。我们的话题自然转到他的健身之道上来。“我每天坚持在室内原地跑步，有时周末出去打打高尔夫球和乒乓球。”说到这里，他莞尔一笑说，“我是个地道的素食主义者，不吃肉、不吃鱼，也不吃鸡蛋，不抽烟、不喝酒、也不饮茶”。他喜爱音乐，高兴了自己也弹弹三弦竖琴……

谈到赞中友谊，卡翁达深情地回忆起自己对中国的五次访问。他第一次访华是 1967 年。“我那次与毛主席和周总理举行了会谈，使我非常感动的是，毛主席答应了我和尼雷尔提出的请中国援建坦赞铁路的要求。”他接着加重语气地指出：“坦赞铁路是非洲和中国友谊的一座不朽的丰碑，伟大的中国人民是非洲人民最可靠的真诚朋友。”

卡翁达用非洲式的热烈握手方式与我道别，用汉语说“谢谢”、“再见”。他还补充道，自己最后一次访华是 1995 年到北京参加一个国际会议，亲眼目睹中国在经济建设和社会发展方面取得的辉煌成就，由衷地感到高兴。祝中国人民在建设自己国家的事业中继续取得伟大的成就，“我期待着能够再次早日访华”。

重访卡翁达

2001 年 7 月，赞比亚首都卢萨卡。

汽车在卢萨卡浓阴蔽日的林阴道上穿行，街道两旁苍翠欲滴的大草坪和鲜花怒放的小花坛在窗外不时掠过，穆森达——卡翁达的摄影师一边娴熟地把握着方向盘，一边滔滔不绝地向我介绍着周围的一切，他特意强调“老人”（身边工作人员对卡翁达的尊称）得知我这次来卢萨卡十分高兴。

我这次是专程前来采访非统组织首脑会议的，就在大会开幕的 7 月 9 日晚，我拨通了穆森达的电话，表示了想再次采访卡翁达的愿望。2000 年 8 月初在温得和克采访南共体首脑会议期间，我曾采访过特邀与会的赞比亚前总统卡翁达。放下电话十多分钟后，穆森达回话说，老人欢迎我次日上午 10 时到他家中采访，并嘱咐自己开车前来接我。

汽车驶入塞巴尔路 21 号，宽敞的大院里五彩缤纷的鲜花在阳光下争奇斗艳，从穆森达口中得知，老人是十年前从总统府搬到这里居住的。说话间，只见老人站在小院的门口，他是刚刚送走前来拜会的瑞典驻赞比亚大使，看见小车进门便等待我的到来。

在卡翁达老人的家中重逢，我们都感到非常高兴，老人的友好热情更是溢于言表。当我们握手时，他微笑着慈祥地看着我，并用左手亲切地拍着我的肩膀表示欢迎；当我们进室后，他让家人先在茶几上摆一盆鲜花，后给我端来一杯清茶，还不无幽默地说是“中国茶招待中国朋友”。这次来，我除给老人带来了刊登上次访问记的报纸外，还特意为老人准备了两份具有鲜明中国特色小

卡翁达艾滋孤儿学校。

礼物——一尊“兵马俑”和一个结绳艺术品。

我们在沙发中落座后，老人首先打开报纸，右手将悬挂在胸前的眼镜扶上鼻梁，看着报头用汉语清晰地读出“《人民日报》”；当看到报纸上自己的照片时，便问起有关报道的题目与内容。听完我的介绍，他表示：“《人民日报》是一份具有重大影响的报纸，感谢你们对我的基金会的大力支持。”老人是指这篇报道对“卡翁达非洲儿童基金会”的宣传。接着，他拿起“兵马俑”端详了好一会儿，又提起“结绳艺术”玩味其寓意，我向老人解释道：中文的结绳蕴含着力量、和谐、情感等多种含义，将这一带有“福”字的结绳艺术送给他，真诚地祝愿他“幸福长寿”。这时，他站了起来，将结绳挂到客厅墙的正中央，“我十分珍视这两件来自伟大中国的礼品”。

我的采访话题从“卡翁达非洲儿童基金会”切入，老人说，这一基金会是为了应对艾滋病在非洲大陆迅速蔓延的严峻挑战而创办的，“艾滋病已经和正在夺取数百万人民的生命，然而，非洲大陆对这一问题的严重性和防治的紧迫性认识不足。要改变这一现状，尽最大努力遏制艾滋病蔓延，需要做一系列工作，首先要从思想上重视起来，从多方面、不同角度认识这一问题”。

老人说：“从传统的角度看，在赞比亚的村庄，在非洲大陆的农村，父母一旦去世后，孩子由叔父母或伯父母继养，可是艾滋病不同，它往往同时夺取父母、伯父母或叔父母的生命，从而使整个家庭失去支柱，家中的孩子只能留给年迈体弱的祖父母养活。也就是说，艾滋病使整个家庭在蒙受灾难的同时，又给全社会带来极大的危害，如何将这些艾滋孤儿培养成人是目前面临的一个最大挑战。”老人强调指出，目前，赞比亚共有70万艾滋孤儿，非洲大陆的数字更是令人瞠目结舌——2000多万。

问题还不仅仅限于此，“从发展的角度看，一方面艾滋孤儿的数量在迅速增加，一方面他们的祖父母将不久于人世，这就使这一问题的严重性日益突出，这无疑需要社会各界伸出温暖的双手，诸如，修建孤儿院等，帮助这些孤儿在集体中健康成长”。说到这里，老人透露，他的基金会在卢萨卡开设了五家艾滋孤儿小学，每所学校20多名学生，他们上午来上学，下午回家与祖父母生活在一起。“学校分散是为了方便孩子们就近上学。”次日上午，当我走进一所孤儿学校时，正值课间休息，孩子们围坐在鲜花盛开的校园里，沐浴在温暖的阳光下，热情地向我这位远方来客挥手致意。在他们干干净净的教室内，我看到一个个小书包在墙角排放得整整齐齐，书本和文具在课桌上摆放得井井有条。

老人兴奋地向我介绍了下一步创办孤儿院的设想。“目前进入孤儿学校的孩子们，他们尚有祖父母健在。另有一些可怜的孩子，他们家中的大人全被艾滋病夺去了生命，孤儿院主要收养这些孩子，除让他们接受正常的学校教育外，还要教给他们一些基本的生活常识，使他们能够尽快学会生活自理能力。对这些孩子而言，孤儿院就是他们的家，我们正在与国内外有关厂家联系，希望他们能够向孤儿院提供便宜的饮料、食品和药物。一旦具备这些基本条件，我们将开办孤儿院。”说到这里，老人稍停顿了一下，“像你这样的中国朋友，通过《人民日报》告诉世界，我们目前正在做什么、怎样做，以及我们的目标与任务，在舆论上给予我们莫大帮助，我向你们的报纸表示衷心感谢”。

从防治艾滋病蔓延的角度看，老人胸有成竹，这充分体现在他一再强调的“预防胜于治疗”这一基本原则上。在老人的倡导下，基金会在赞比亚的北、东、南部边境地区建立了三个艾滋广播站，面向赞比亚及其七个邻国人民宣传预防艾滋病的基本知识，呼吁人们打破对艾滋病沉默，公开讨论艾滋病问题，帮助人们，特别是下一代正确认识艾滋病，进而认真对待生活，珍惜自己的生命，避免愚昧和无谓牺牲。老人强调：“我是世界上最早公开自己的儿子死于艾滋病这一事实的国家领导人。只有敢于面对这一严峻现实，才能想方设法解决这一问题。”

老人说，“预防胜于治疗”并不等于可以免去医疗，他已在自己的家乡建立了一家诊疗所，并计划在卢萨卡再创办一家带有20个床位的医院。这时，我提出这次想去访问他家乡钦萨利，老人摆摆手表示，他老家离卢萨卡800余公里，路程太远。再则老家的房屋年久失修，已不是原来的样子，加之我日程紧张，劝我不要去了。他把穆森达叫到身边说：“如有时间，你们可参观一下纪念馆。”在卢萨卡奇莱杰街一个普通的大院，赞比亚国旗迎风招展，院内仅有两座不大的建筑，室内陈列着卡翁达的一些文物和赞比亚过去发行的印有卡翁达头像的各种货币。1960 年 11 月至 1962 年 12 月，卡翁达曾居住在这里，现改为卡翁达纪念馆。

问及老人的身体，他言身体尚好，只是活动太多，出访频繁，感觉很累。他告诉我，当年他已经访问了美国、日本、泰国、尼日利亚、肯尼亚、坦桑尼亚等国家，计划将访问南非和意大利，他的这些活动安排都是围绕着基金会的工作。“原计划今天中午参观一所艾滋孤儿小学，只因感到头疼而临时取消。”他说，次日他将赴南非，商谈在约翰内斯堡创办一家艾滋孤儿学校的事情。老人补充说，基金会目前尚未开始接受募捐，近期制订出具体行动计划后，再开始接受各方捐助。

老人告诉我，大家都劝他注意好好休息，“可我感到自己肩上的担子很重”。他回忆道，2000 年，当时的南部非洲发展共同体轮值主席、莫桑比克总统希萨诺特邀自己参加南共体首脑会议，希萨诺深情地说：“您过去领导我们反对殖民主义和帝国主义，您现在又领导我们与艾滋病作斗争，我们应该也一定会大力支持您。”对此，老人当时回答道：“我接受这样的领导，让我们携起手来，一起战斗，共同战胜艾滋病迅速蔓延。”老人对我说：“所以，我要埋头苦干，认认真真地做一些事情。”真可谓老骥深知夕阳短，不待扬鞭自奋蹄。

啊，坐在我眼前的这位头发花白的老人，为了迎战艾滋病魔的肆虐，为了非洲儿童的健康成长，不顾 77 岁的高龄，常年奔波于世界各地。这种精神怎能不感人至深？又怎不令人肃然起敬！

采访结束时，老人拉着我的手，我们一起走到室外拍照。他的两个儿子和工作人员看到老人如此高兴地与我合影，都会心地笑了。

临别时，老人看着站立在茶几上的那尊“兵马俑”，表示了再次访华的愿望，并一再坚持要把我送到门外，我怀着一种依依不舍的心情与老人握别。

三访卡翁达

2003 年 7 月，莫桑比克首都马普托。

7 月的海滨城市马普托犹如金秋的北京，阳光温煦，和风送爽，鲜花绿树

卡翁达这样看镜头。

装点着都城，气候景色两相宜人。2003 年 7 月 11 日上午，在莫桑比克中央警卫局保安的带领下，我来到滨海的一个花园度假村，采访特邀前来出席第二届非洲联盟峰会的中国人民的老朋友、赞比亚前总统卡翁达。

我如约提前十分钟抵达，他身边的工作人员说，“老人”正在忙着写信，客厅里还有几位等候的异国客人。十时整，卡翁达推开客厅门，微笑着与我打招呼，我急忙起身迎上前去与他握手：“老人，您好！再次见到您非常高兴。”“年轻人，你好！能在这里再次见面我同样高兴。”话音刚落，他眼珠子一转看着我，“这应该是我们的第三次见面了”。“是，第一次是三年前在温得和克，第二次是两年前在您家中，遗憾的是去年非洲联盟成立时，我在德班没有联系上您。”他笑言：“这么说那时你也在德班了。”

我发自内心地说，同样高兴的是，他年近八十，依然身体健康，精神矍铄。老人笑着举起三个指头：“三个月前，我过了 79 岁生日。”

尚未落座，卡翁达首先对中国政府和人民全力以赴快速战胜“非典”疫情表示衷心祝贺，并强调“这是团结的力量”。提起“团结”二字，我们的话题自然转到非洲联盟的诞生和非统组织的创立，谈到非洲目前面临的共同挑战。

卡翁达是非洲健在领导人中，唯一见证非洲统一组织成立和非洲联盟诞生的老人。此时此地，回忆起 40 年前非统组织在亚的斯亚贝巴成立的情景，他仍抑制不住内心的激动：“推翻帝国主义、殖民主义和种族主义的统治和压迫，赢得非洲大陆的解放与自由这一伟大的历史使命将我们紧紧地团结在一起。我高兴地看到，我们团结一致，取得了胜利，实现了国家独立和民族解放，迎来了非洲大陆的新时代。”在长达 60 多年的政治生涯中，卡翁达为争取赞比亚和整个非洲国家的独立、为废除南非的种族隔离制度、为促进赞比亚和非洲的经济发展与社会进步、提高非洲人民的健康水平，作出了卓越贡献，受到普遍爱戴。为表彰他的历史功绩，2003 年 1 月和 3 月，赞比亚和南非分别授予他国家最高荣誉勋章——赞比亚之鹰伟大统帅勋章和南非外国人最高荣誉勋章。

在赞比亚政府举行的隆重授勋仪式上，姆瓦纳瓦萨总统在高度评价卡翁达在长达 60 多年的政治生涯中为争取赞比亚和整个南部非洲国家的独立以及为促进赞比亚的经济发展和社会进步所作出的卓越贡献。应邀出席授勋仪式的津巴布韦总统穆加贝说，包括津巴布韦在内的整个南部非洲都感谢卡翁达和他领导的赞比亚人民，他们全力支持南部非洲各国赢得了独立和自由。在数千人的欢呼声中，卡翁达表示，要把有限的生命全部贡献给赞比亚和整个南部非洲防治艾滋病和拯救艾滋孤儿的崇高事业。

谈到非洲联盟，卡翁达表示："非洲联盟的诞生在非洲发展史上具有划时代的意义，我赞赏非洲现任领导人做出的这一重要决定。在战胜帝国主义、殖民主义和种族主义之后，我们面临的共同挑战是有效制止战乱与冲突、尽快消除贫困和疾病、大力发展经济以改善人民生活。""目睹非洲联盟的成立，我同样感到欢欣鼓舞。""非洲发展新伙伴计划是非洲通向富强的必由之路，是非洲迈向未来的正确步骤，团结就有力量，只要我们团结起来，就一定会快速发展，我们需要快速发展，改变贫穷落后面貌。"

近年来，卡翁达一直站在非洲人民战胜艾滋病斗争的前线，默默无闻地做着大量具体工作。他鼓励人民打破对艾滋病的禁忌与沉默，不要远离和歧视艾滋病患者，向艾滋病而不是向病患者宣战；他一再宣传"预防胜于治疗"、重视"治未病"的预防为主的方针，与宗教势力和传统习惯进行斗争，提倡男女使用避孕套；他创办了艾滋孤儿学校，招收学生百余名；他创办的旨在战胜艾滋病的非洲儿童基金会经过几年的积极筹备，现在开始接受各界捐赠。老人告诉我："今年 5 月 27 日，布什总统宣布拨款 150 亿美元用于战胜艾滋病时，我就在现场，他在讲话中两次提到我的基金会。"

卡翁达不顾年迈，继续为非洲人民的福祉而奋斗的精神再次赢得人民的崇敬与爱戴。非洲联盟轮值主席、莫桑比克总统希萨诺称赞卡翁达过去领导非洲人民战胜帝国主义和殖民主义，今天继续带领非洲人民战胜艾滋病肆虐，"我们对您再次致以崇高敬意"！

谈到中非友谊，卡翁达情不自禁地说："非洲有句谚语：'爱人如爱己。'

中国是我们的老朋友和好朋友，虽与我们远隔千山万水，我们始终将中国当做自己的近邻和好邻。现在有些富国和大国欺凌穷国和小国，对非洲的支持仅停留在口头上。中国平等对待我们，昔日支持我们战胜帝国主义和殖民主义，今天支持我们建设国家和发展经济，说话算数，真诚可信，‘患难见真情’啊!”卡翁达再次称颂坦赞铁路是非中友谊的丰碑，回忆起四次访华、三次与毛主席会见的激动情景：“毛主席是一代伟人和伟大的思想家，他不但拯救了亿万中国人民，而且热爱全人类，坦赞铁路就是爱人类的最好体现。在他做出援建坦赞铁路的决定后，周恩来总理与我们谈论具体事项，周是毛伟大的朋友和信任的战友，才华出众，待人热诚。他们二位给我留下了极为深刻印象。”

临别前，“老人”特意在采访本上为我签名留念。他用力握住我的手，表示他期待着再次访华，并让我转告他对本报读者和中国人民的良好祝愿。

第三节　马西雷：“我是农民”

2001 年 5 月，博茨瓦纳首都哈博罗内。

我尚未在临时找来当做采访用的办公室坐稳，马西雷就走了进来。他个头不高，精神矍铄，黑里透红的脸庞带着慈祥的微笑，炯炯有神的目光充满着友好的热情，这股热情在他那粗壮有力的握手中再次令人难以忘怀。

还未等我对他在百忙中接受采访表示感谢，他便用汉语说出“你好”、“谢谢”，笑言加上“再见”是他掌握的全部汉语词汇。作为博茨瓦纳前总统，马西雷曾多次访华，是中国人民的一位老朋友，这次采访我特意为他带来一尊“兵马俑”作为礼品。遗憾的是，他虽访华多次，皆因日程紧张，未能赴兵马俑博物馆参观。这时，他认真地端详着“兵马俑”，听取了我这位“兵马俑”的故乡人对“兵马俑”的介绍。

我的采访话题单刀直入，从刚果（金）和平谈起。作为联合国与非洲统一组织指派的刚果（金）全国对话调解人，马西雷和他领导的推动刚果（金）全国对话办公室正在忙于刚果（金）和平，“我和办公室的同事们曾多次访问刚果（金），与该国各省不同阶层的人士广泛接触，为全国对话顺利进行铺平了道路。过几天我们还将访问金沙萨，进一步商谈关于举行全国对话预备会议等问题”。

马西雷介绍说，他的办公室人员包括博茨瓦纳前外长莫格韦和瑞典前驻南

开心的“老农民”。

非大使海内巴克等外交家，大家共同努力，积极工作，克服了刚果（金）存在的交通和安全等不利因素，工作取得了预期效果。

刚果（金）全国对话的代表由四方面组成：刚果（金）政府、两支反政府武装、各大反对党和非政府组织，其中前两者在《卢萨卡和平协议》上签了字。据马西雷介绍，非政府组织包括宗教团体、传统部落领导、妇女协会、青年协会、工会、人权协会、科技团体等十大组织，他们均选派代表出席，代表人数已经确定。“我们坚持认为，全国对话及其预备会议，一定要确保各方人士均能与会，确保全国各地的代表均能畅所欲言，各抒己见，充分表达自己的观点，从而使各行其是的各方相聚一堂，从国家和民族的利益出发，共商和平大计，决定国家前途。”马西雷表示，“为此，我们决定将原定于7月16日在哈博罗内举行的刚果（金）全国对话预备会议推迟至8月20日”。

马西雷认为，刚果（金）当时已实现了暂时的和平，为举行全国对话提供了先决条件，但真正的和平唯有在全国对话达成一致后方能实现。通过对刚果（金）的几次访问，他们清楚地认识到刚果（金）人民厌恶战争，需要和平，并具有民主精神，他们“需要我们帮助他们实现和平，这是刚果（金）实现和平的基础，使我们对刚果（金）最终实现和平充满信心”。

调解刚果（金）和平是马西雷退休后做的第二件事，第一件事是他刚退休时，应非统组织邀请负责调查卢旺达大屠杀事件，寻找大屠杀发生的原因，以防止此类悲剧在非洲大陆重演。马西雷说，经过两年深入细致的工作，他领导的七人调查小组向非统组织提交了一份长篇报告，报告认为政治、种族、部族等矛盾是导致大屠杀发生的主要缘由，许多国家均存在类似矛盾，重要的是不同民族之间需要和平共处才能共同受益。他由此进而认为，影响非洲大陆发展的主要问题是部族矛盾。

当问及他的退休生活时，我的话音刚落马西雷便爽朗大笑："我尚未退休，还在工作。"他的话引起在座者共同大笑，这笑声一下子激活了我脑海中储存的关于眼前这位慈祥老人的简历：1923 年，凯图米莱·马西雷降生于博茨瓦纳南部区卡尼耶村；1948 年，时值从南非当时著名的泰格·克鲁夫学校获得教育学专业文凭的次年，25 岁的马西雷开始其教育全民的使命，在家乡创办了博茨瓦纳著名的卡尼耶中学；1958 年，他开始经营私人农场；两年后步入新闻界，先后当记者和《非洲回声报》编辑；1962 年开始其从政生涯，与前总统卡马一起创建博茨瓦纳民主党——博茨瓦纳自 1966 年独立以来的执政党，任党的总书记和机关报主编，后曾任国家副总统兼财政与发展计划部部长；1980 年卡马总统逝世后继位，1998 年 3 月退休；1991 年被英国女王授予"圣迈克尔和圣乔治"最高勋位。在他执政期间，博茨瓦纳政局稳定，经济发展迅速，人民生活不断提高……

笑声过后，马西雷眯着双眼微笑着看着我，我赶快收起脑海中正在展开的那一幕幕记忆，而他似乎猜出了我的心思，又似乎是言归正传地回答我的提问："我是一位农民，现在还有一个农场，经常去农场养鸵鸟、种蔬菜、割杂草，这占据了我大部分的业余时间，特别是周末的休息时间。"他暂停了一会儿接着说，"这样来回跑跑干干活，保证了我的身体健康，我也就不需要专门锻炼身体了。"原来，强身之术人皆有之，而留恋农活便是马西雷的健身之道。

博茨瓦纳的国父——卡马。

马西雷是继坦桑尼亚已故总统尼雷尔之后，非洲大陆第二位主动让位退休的总统，他也因之赢得国内外的普遍赞誉。当话题转到主动退休时，马西雷充满自信地认为，他适时退休是"正确的时间做出的正确决定"，并对自己的接班人"深感满意"，对国家的发展现状表示"高兴"，对国家的前途表示"乐观"。了解情况者明白，马西雷的话并非客套而实有所指。2001 年 4 月，在南非开普敦接受"自由市场基金会勋章"时，马西雷透露自己退休前做的一件最重要的事情是，与全国人民一道制定了国家至2016年的长期发展计划。这一计划的中心思想是通过教育和开发人力资源，保证国家的下一代成为有知识、有文化的一代新人，为国家建设提供充足的高素质的人力资源，从而将自己的祖国建设成为一个崇尚教育与信息的国家、繁荣富裕生产力强的国家、具有同情心关心他人充满正义的国家、人民安居乐业的国家、开放民主的国家、具有道德韧性和责任感的国家，以及团结自豪的国家。他说，自己的国家正在沿着正确的发展道路前进。现任国家领导人已经采取和必将采取正确的方针政策，战胜目前存在的诸如艾滋病蔓延等前进道路上遇到的重大困难。

马西雷是中国人民的老朋友。“我第一次访华是在70年代，此后曾数次访华，任总统期间就访华两次，最后一次是2000年10月赴北京参加中非论坛。”他若有所思地说，“回想起来，访华的时间前后相隔约30年了”。访问多次并相隔久远，中国和中国人民给他留下了三大突出印象：“中国人民非常勤劳，令人十分敬佩；中国是文明和热爱和平的国度，从不干涉别国内政；我幸运地看到，中国的经济发展迅猛，国家面貌发生了翻天覆地的变化。”他同时深感欣慰的是“我们两国的关系非常友好”。

采访结束时，他指着桌上站立的那尊“兵马俑”告诉我，下次访华，“我一定去你家乡参观‘兵马俑’博物馆，目睹这一世界奇迹”。

第四节　曼德拉：退而不休

2000年1月，南非经济都市约翰内斯堡。

退休后的曼德拉比当总统时还忙。新年前夕，他奔赴美国继续斡旋中东和平；新年之际，他回到罗本岛出席新千年庆典，点燃永不熄灭的“希望与自由”之火；新年刚过，他又从美国飞奔坦桑尼亚，着手调解布隆迪冲突，并将于1月19日向联合国安理会汇报布隆迪问题。自1999年6月退休以来，曼德拉为世界和平奔走，为贫穷儿童操劳，忙得不亦乐乎。

2000年1月16日，曼德拉正式开始他的新角色——布隆迪和谈调解人，与布隆迪冲突各方举行一天会谈。之后，他计划分别与冲突各方商谈，找出矛盾的具体症结。布隆迪内战六年已造成20万人丧生，坦桑尼亚前总统尼雷尔曾致力于实现布隆迪和平，但和平曙光一直未能真正降临，特别是尼雷尔病逝后，内战又重新燃起。曼德拉“受命于危难之际”，走马上任，志在竭尽全力完成使命。

众所周知，曼德拉以博大胸怀、坚韧毅力和远见卓识缔造了新南非，而他成功调解国际争端是从洛克比事件开始的。由于他的崇高国际声望，请求他调解冲突的邀请接二连三。1999年10月，他访问了中东地区，提出了最终实现中东和平的新建议。舆论认为，曼德拉站在公正、客观的立场上，从现实出发，新建议具有可行性和操作性。为了推动新建议实施，他接着又访问美国，与克林顿进行商讨。他曾表示，他是一位老人，克林顿、布莱尔和希拉克这些年轻人要为推动中东和平作出贡献。

为了在有生之年为世界和平多做工作，“曼德拉和平、和解与正义基金会”正在计划成立之中。曼德拉准备组织一班人马，先派专家赴冲突地区调查情况，然后根据事实研究方案，对症下药，以便快速见效。尽管曼德拉愿意发挥余热调解冲突，他还是推崇首先通过联合国和非统组织等机构斡旋和平。

南非人民热爱他们的前总统，衷心希望他健康长寿。退休前夕，曼德拉曾表示，退休后回到农村老家，悠然散步，含饴弄孙，欣赏音乐，安度晚年。南非人民对此十分高兴，认为曼德拉多年来过于劳累，应该休息休息了。许多人还惋惜地说，他们以后再也看不到前总统了。报纸专门为此发表评论安抚人

曼德拉：“南非不会忘记老朋友。”

卡斯特罗：“我们是老朋友。”

心，指出曼德拉是“退休而不是再见”。然而，退休三个多月后，曼德拉才第一次回到阔别近50年的东开普省库努村，2000多名家乡男女老少终于盼回了“马迪巴”，激动得手舞足蹈。曼德拉对乡亲们说：“临终前我想知道，活着的人这样评论我：‘埋在这里的人为国为民竭尽了全力’。”他还向家乡父老谈到“曼德拉儿童基金会”。

曼德拉非常喜欢孩子，同时也赢得了孩子们的敬爱。1999年初，一个名叫米歇尔的12岁白人女孩写信给曼德拉，说她因患白血症将不久离开这个美好的世界，死前的唯一愿望就是想去总统府拜见曼德拉爷爷。曼德拉立即回信说，米歇尔病重体弱，他将尽快去看望她。当曼德拉来到米歇尔家中时，小女孩乐开了花。曼德拉与她一起坐在沙发上，微笑着与她聊天。当曼德拉伸手要与她握手时，米歇尔高兴得双臂张开抱住曼德拉的脖子，曼德拉亲切地把她抱在怀里，老小二人笑出了声。这一电视新闻感动得不少人热泪盈眶。

退休后，曼德拉心里总是牵挂着孩子，利用他的威望和影响，一如既往地为贫穷地区修建学校而奔走相告。他动员国内外企业家和有识之士，向南非贫困地区的孩子奉献一片爱心，为他们修建一所学校，或是为学校提供现代化教学设备。他不止一次地领着企业家考察农村的学校，与他们商谈建校方案和所需资金。他说，我这位老人唯一的愿望是想面带微笑离开人间，“每当看到一所新学校建成，我都情不自禁地露出笑容”。

五年来，“曼德拉儿童基金会”已筹集了两千万美元的基金，其中430多万已用于孩子。在谈到创办基金会的初衷时，曼德拉回忆道，一个寒冷的晚上，开普敦街头的孩子们跑到他的轿车前，一个问他：“您为什么非常喜欢我们？”他反问道：“你怎么知道我喜爱你们？”回答是：“您把从国外得到的钱分给了我们。”这指的是曼德拉1993年荣获诺贝尔和平奖后，把奖金捐献给了慈善机构。曼德拉充满深情地说："那一夜，我辗转反侧，难以成寐。怎样才能让这些可爱的穷孩子走进学堂而不是流落街头呢?"于是，"曼德拉儿童基金会"这一"希望工程"诞生了。

一次，曼德拉不无幽默地说，假如他死后基金会停止了，基金会的管理人员应该倍加小心，因为"我的幽灵将会跟踪他们"。1999 年 7 月 18 日生日之际，曼德拉收到全国各地寄来的两万多张生日贺卡。其中不少是孩子们寄来的，一个小女孩在生日卡上写道："您是全南非孩子最好的爷爷。"

曼德拉退休了，他留给民众的不仅仅是那自信慈祥的微笑、轻松快乐的舞姿，轻便合体的花衬衫，他的故事还在继续……

第五节　努乔马：三任总统

2004 年 12 月，纳米比亚首都温得和克。

纳米比亚独立以来的第四次全国大选结果表明，执政党西南非洲人民组织再次赢得大选，该党候选人希菲凯普涅·波汉巴当选为总统，75 岁的努乔马在执政 15 年后退位，留任西南非洲人民组织主席一职。

1999 年，执政党利用其在议会超过 2/3 议席的特权修改宪法，将总统的任期从不得超过两任延长至三任，从法律上为努乔马第三次连任创造条件。努乔马在 1999 年蝉联总统后表示将在五年后退位。

1929 年 5 月 12 日，萨姆·努乔马降生于纳米比亚北部奥万博兰地区的一个农业工人家庭。由于奥万博兰地区干旱少雨，土地贫瘠，当地居民除外出做工外，主要以放牧为主。处于南非殖民统治下的纳米比亚，民生凋敝自不待言，幼年的努乔马便懂得家中生活的艰辛，成为大人放牛的小帮手。艰苦的生活磨难、无垠的宽广草原造就了努乔马艰苦奋斗的精神和豪爽奔放的性格。

九岁时，努乔马走进了家乡一所教会小学，开始其求学生涯。由于帮家人放牛而常常耽误功课，学习时断时续，努乔马的小学一共读了 11 年。20 岁时，努乔马来到首都温得和克就读于圣巴那巴斯教会中学。五年后，先是成为铁路局的一名清洁工，继而又成为温得和克市的一名公务员，转而又成为一名商店职员。就在这一时期，努乔马开始参加政治运动。

努乔马聪明好学，对政治更感兴趣。这一兴趣首先表现在大量阅读政治类书籍和报章杂志，了解国际政治形势和非洲解放运动的历程，并深受泛非主义思想的影响。1958年，他与托伊奥等人一起创建西南非洲人民组织的前身——奥万博兰人民组织。

努乔马风度依旧。

1958年12月，温得和克市政厅强令拆除市郊区的黑人居住区，逼迫黑人搬迁到远离市郊、交通不便、设施不全的卡杜杜拉。对这一无视黑人利益、扩展白人区域的种族歧视政策，黑人居民无不义愤填膺，在努乔马的领导下走上街头抗议示威，受到南非当局的残酷镇压，最终造成13人死亡、54人受伤的“卡杜杜拉事件”，努乔马等人被南非当局逮捕。

1960年3月获释后，努乔马流亡到坦桑尼亚，同年底被选为西南非洲人民组织的主席，在国外领导纳米比亚的民族解放运动。“卡杜杜拉事件”用人民的鲜血告诉努乔马，与种族主义政权讲仁慈和人道是徒劳的，面对屠刀惟有拿起武器。于是，努乔马一方面在坦桑尼亚和赞比亚设立营地，对国内逃亡出来的青年进行军事培训；一方面选派一批干部到苏联等国接受军事训练，受训后纷纷回国加入游击队。1966年8月26日，西南非洲人民组织在卡普里维尔打响了武装斗争的第一枪，在纳米比亚北部开始了游击战争。游击队后改称纳米比亚解放军，努乔马兼任总司令。

武装斗争开创了纳米比亚解放运动的新局面。1968年，联合国大会根据西南非洲人民的意愿，将西南非洲更名为纳米比亚；1978年，联合国安理会通过决议，终止南非对纳米比亚的委任统治，支持纳米比亚实现独立。1989年努乔马结束流亡生涯回国参加竞选，次年当选为纳首任总统，并于1994年和1999年两次蝉联总统。

纳米比亚独立后，努乔马强调，西南非洲人民组织已完成了第一阶段的奋斗目标——实现国家独立和民族解放；第二阶段的奋斗目标是恢复和发展经济，解决人民关心的失业、住房、教育、医疗和土地等问题。1991年底，该组织举行独立后的第一次全国大会，决定从民族解放组织转变为群众性政党，实现“维护人民利益、为人民服务”的使命。

在过去的15年中，努乔马政府奉行民族团结与和解政策，在努力提高黑人社会地位、改善黑人生活状况的同时，注意保护白人的合法权益，使纳米比亚首先成功地实现了种族和解，避免了黑白两大种族之间的暴力冲突，保持了国家的和平、稳定与发展。人民生活水平取得了有目共睹的提高，各大城市郊外的新建黑人住宅代替了原有的铁皮棚，偏远北部的农民生活胜似以前的任何时候。经济方面，除矿业、畜牧业和渔业这三大经济支柱产业得到快速发展外，旅游业也得到了长足发展。

2006年5月底，努乔马再次访华，胡锦涛主席会见了他。努乔马在会见中说，纳米比亚人民永远不会忘记中国人民在纳米比亚争取民族解放和各项建设事业中所给予的无私支持和慷慨援助。中国是一个伟大的国家，中国人民在中国共产党领导下，在各项建设事业中取得了巨大成就。纳米比亚党和政府高度重视纳中友好合作关系，愿继续加强两国和两国人民之间业已存在的传统友谊。纳方坚决反对任何形式的“台独”分裂活动，坚定支持中国人民的统一大业。

努乔马高度评价中国对非洲联合自强、稳定和发展事业的支持。他表示，中非合作论坛定将进一步促进非洲与中国在各个领域的友好交流，推动南南合作取得新进展。

纳米比亚首都——温得和克。

第二十八章　大陆外交

在世界历史上，非洲遭受过奴隶贩卖、殖民入侵和殖民统治的剥削与压迫、掠夺和奴役，英国、法国、葡萄牙、比利时、意大利、德国和荷兰等西方列强曾参与瓜分非洲的丑恶勾当，在非洲干尽坏事和丑事，其罪恶罄竹难书。非洲国家赢得国家独立和民族解放后，前宗主国对非洲有一种难以割舍的“怀旧感”，“非洲情结”千丝万缕，“走出非洲”步履蹒跚，就像影片《走出非洲》的主人公一样，临终前还念念不忘自己在肯尼亚曾经拥有的农场。无论是英联邦组织还是法非首脑会议，甚或是葡萄牙语国家共同体，均试图在保持和加强与非洲大陆的联系，显示其在非洲的存在与影响力。

冷战时期，两个超级大国争霸世界，非洲也成为它们争夺的势力范围。两位美国总统克林顿和布什于1998年和2003年先后访问非洲，说明美国仍重视对非关系。2006年，日本首相和俄罗斯总统相继出访非洲。对于诸如此类的访问，非洲国家领导人和人民心中有数，所谓小泉访问非洲的目的之一是“遏制中国在非洲的影响”，实在让人笑掉了牙。

无论如何，非洲已不是过去的非洲。非洲大陆正在走向一体化，正在团结起来用“一个声音说话”。非洲国家在“争常”问题上出现的分歧，说明它们是为了更好地代表非洲的民意、表达非洲的呼声。

第一节　非洲“争常”比肤色

非洲国家曾多次聚会，讨论非洲在未来的联合国改革中安理会常任理事国的席位问题。非洲国家一致认为，非洲的联合国成员国占到成员国总数的近

1/3，理应在改革后的联合国安理会中占有相当席位，以便今后在全球事务中扮演重要角色；非洲应获得安理会两个常任理事国和五个非永久性常任理事国的席位，使非洲在未来参与国际事务中发挥更大的作用。

非洲国家之间对安理会常任理事国的角逐也是十分激烈的。自北向南，非洲大陆的三个大国——埃及、尼日利亚和南非均已提出要谋求常任理事国席位。为使非洲大陆“用一个声音说话”，在尼日利亚首都阿布加举行的非洲联盟峰会上，首脑们曾就此事进行讨论，但究竟由谁来代表非洲成为新的安理会常任理事国，意见严重分歧，尚未达成一致。与会的联合国秘书长安南坚持不介入的中立态度，首脑们为不伤和气，便将“球”踢给外长们，委派15国外长提出建议。

南非、尼日利亚、安哥拉、阿尔及利亚和博茨瓦纳等15国的外长曾举行专门会议，讨论非洲“争常”问题。与会外长们表示，非洲新谋求的两个联合国安理会常任理事国席位应该拥有否决权，应该将非洲目前的安理会非永久性的席位从三个增加到五个。

非洲国家的安理会常任理事国之争主要表现在埃及、尼日利亚和南非这三个国家之间。它们三国的态度如何呢？2004年，当时的非洲联盟轮值国尼日利亚响亮地表示，自己最有资格，因为埃及和南非不够“黑”，不足以代表非洲。在非盟首脑会议上，尼日利亚总统奥巴桑乔就鲜明地提出自己的这一观点：埃

非洲人有肤色之别，总统也不例外。

及是阿拉伯国家，南非不是真正意义上的非洲，唯有尼日利亚才是“黑”非洲。该国和平解决冲突研究中心主任更是直言不讳地说，埃及是阿拉伯世界的一部分，发达的南非受到白人的影响，人口大国尼日利亚才是真正的“黑”非洲，最有资格代表竞争这一席位，联合国也应优先考虑尼日利亚的请求。他还表示，多年来，尼日利亚致力于解决地区冲突，在非洲事务中发挥着自己的作用。

近年来，南非也在积极推动联合国的改革，在非洲事务中发挥着重要作用。为避免兄弟阋墙，打口水战，南非继续坚持非洲应有两个常任理事国席位的立场。15 国外长会议反映了南非的这一主张。

埃及则对谁能进入常任理事国三缄其口，未曾公开表态。

国际问题研究专家认为，“争常”的非洲三国各有所长，问题的关键是非洲国家不要被常任理事国的“光环”所迷惑，不要受到外界的影响，而应更多地看到成为常任理事国后自己要承担的责任，这一责任不仅仅是扮演联合国维和任务的角色。

第二节　英联邦被炒鱿鱼

2003 年 12 月，英联邦首脑会议做出继续中止津巴布韦的英联邦成员国资格的决定，津政府随即发表声明，宣布正式退出英联邦。

声明说，津巴布韦决定退出英联邦，该决定立即生效。津巴布韦总统穆加贝强调，英联邦首脑会议继续中止津巴布韦的英联邦成员国资格的决定是“不可接受的”，津巴布韦绝不以牺牲主权来换取英联邦成员国资格。

自 1980 年国家独立以来，穆加贝一直执掌着津巴布韦政权。在该国 2002 年 3 月举行的大选中，他战胜反对党“争取民主变革运动”候选人蝉联总统。英、澳等西方国家指责穆加贝迫害反对党候选人，选举缺乏公正、自由和透明，并以此为由对津巴布韦进行经济等方面的制裁，其中包括暂停津巴布韦的英联邦成员国资格一年。2003 年 3 月期满时，英联邦“三驾马车”中的南非和尼日利亚同意恢复津的英联邦成员国资格，但受到“另一驾马车”的澳大利亚的坚决反对，致使其未能重返英联邦。

在本届英联邦首脑会议上，是否恢复津巴布韦英联邦成员国资格又被提上议事日程，并成为本届会议的主要议题。英、加、澳等西方国家坚持继续中止，声称津的人权、民主和法治状况有待改善；大部分非洲国家要求尽快恢复，认为孤立不利于津巴布韦改变现状。会议 12 月 7 日就继续中止津巴布韦的英联邦成员国资格问题达成一致，同时表示如果津巴布韦政府愿与反对派和解，改善人权和民主状况，英联邦的大门仍为其敞开。为解决津巴布韦的成员国资格问题，会议还专门成立了一个由澳大利亚、加拿大、印度、牙买加、莫桑比克和南非六国组成的特别工作组。

不少非洲国家认为，英国要求津巴布韦实行民主改革不过是醉翁之意，其真实用意是要保护白人农场主的既得利益。穆加贝指责以英国为首的西方国家惩罚他，是为了对津巴布韦的土改发泄不满情绪，因为他把白人的土地分给了无地的黑人。他认为英联邦对他的制裁是“不公平”的，是对津巴布韦内政和主权的干涉，因而土改一定要进行到底，绝不会半途而废。正由于此，他拒绝了英联邦曾试图向津巴布韦派遣特别小组，以对该国的事务指手画脚，进而横挑鼻子竖挑眼。

早在本届英联邦首脑会议开幕前，围绕着是否邀请穆加贝与会，英联邦内部就进行着激烈争斗。以英国为首，澳、加和新西兰紧随其后的西方阵营坚持继续中止津巴布韦的成员国资格，以此促使穆加贝进行改革，进而贯彻英联邦的价值观；以南非和尼日利亚为首的非洲大多数国家强调尽快恢复津巴布韦的成员国资格，认为孤立不利于问题的解决。于是在英联邦内部出现了黑白分明的观点。在西方国家的压力下，奥巴桑乔在最后时刻做出不邀请穆加贝出席会议的艰难决定，否则以英国女王和布莱尔为首的白人首脑将罢会，势必导致英联邦内部更大的分裂。

在这种情况下，穆加贝攻击盎格鲁—撒克逊联盟干涉津巴布韦内政，企图

维多利亚大瀑布机场。

津巴布韦大饭店用音乐迎接宾客。

阻挠该国的土改进程，并表示津巴布韦将退出英联邦。他回击澳大利亚和新西兰说："你们不要忘记自己的祖先是从英国发落而去的罪犯，你们现在有什么资格来对他人说三道四。"他表示，英联邦被种族主义者"劫持"了，以致干涉津巴布韦内政。"英联邦纯粹是一个俱乐部，然而演变为一个'野生动物农场'，一些成员比另一些高贵，布莱尔怎么能声称规范和指导他人行为并说大家都一律平等呢？"

退出英联邦对津巴布韦的影响不大。一则英联邦本身是一个松散式的俱乐部，多务虚而少务实；二则西方因津巴布韦进行土改而对其正在实施经济制裁，这种制裁也加剧了津巴布韦的经济危机。为此，穆加贝强调，津巴布韦将采取有力措施，重振国民经济，捍卫土改成果，改善人民生活。

英联邦资料：自英帝国演变而来，由英国及其前殖民地和附属国组成，其中的一个例外是前葡萄牙殖民地莫桑比克，由于其对英联邦的支持和对津巴布韦与南非白人政权的反对，于 1995 年加入。英联邦现有成员 53 个，绝大多数是发展中国家，总人口 16 亿人，约占世界的 25%。

1926 年，"帝国议会"内部关系委员会提议，英国和已由殖民地成为自治领的加拿大、澳大利亚、新西兰和南非是"自由结合的英联邦成员"，"地位平等，在内政与外交的任何方面互不隶属，惟依靠对英王的效忠精神统一在一起”。五年后，威斯敏斯特法案对此从法律上予以确认，英联邦至此正式形成。

1947 年，印度和巴基斯坦相继独立并加入英联邦。两年后，作为共和国的印度选出了自己的国家元首，从此英联邦成员国从需要对英王效忠的原则演变为“接受英王为独立成员国自由联合体的象征”。即英王是英联邦的元首，但英国不再是英联邦的主宰，使英联邦成为一个松散的、相互进行政治经济磋商与合作的组织。英国与各成员国互派高级专员，代表大使级外交关系。每年三月的第二个星期一是英联邦日。

英联邦成员国基本分为两类：由本国人担任国家元首和由英国女王伊丽莎白二世担任国家元首，其职能由女王任命的总督行使。前者约占 2/3，后者有 16 个国家。

英联邦的组织机构是：英联邦政府首脑会议，会议不通过决议，发表的总原则对成员国无约束力；亚太地区英联邦政府首脑会议，讨论共同关心的地区性问题；英联邦部长会议，教育部长、卫生部长、司法部长和电信部长等分类会议每年分别举行一次；英联邦秘书处，负责组织成员国之间的协商、交流与合作等事宜，秘书长每五年改选一次；英联邦基金及其他组织，基金由成员国政府提供，用于推动英联邦内部专业及其他非政府间的密切合作。

英联邦的价值观是 1971 年在新加坡首脑会议上形成的，1991 年在哈拉雷首脑会议上得到巩固。其主要内容为：民主、良政、法治、尊重人权、男女平等、经济与社会的可持续发展，并强调民主与发展是一枚硬币的两个方面，发展有赖于民主。

第三节　“粉色总统”访非洲

黑非洲迎来粉色总统

2000 年 3 月 22 日到 4 月 1 日，备受绯闻困扰的“粉色总统”克林顿长出一口气。他对非洲七国进行了正式访问，随同克林顿访问的有第一夫人希拉里、美国议员、内阁成员、商界负责人等 1000 余名，所到之处受到热烈欢迎。这是自卡特之后近 20 年来，美国现任总统对非洲的首次访问，也是有史以来美国总统第一次踏上南部非洲的土地，因而受到世界舆论的普遍关注。

用贸易替代援助

克林顿表示，此次非洲之行就是要建立美国与非洲之间新型的伙伴关系，改变美国的非洲政策，即从过去的援助到未来的合作发展。无论是与维多利亚湖畔六个非洲国家的首脑举行会议，还是在南非议会发表演讲，他都一再强调美国对非洲的这一新政策。

克林顿表示要与非洲人民一起，“解决非洲一直没有解决的问题，实现非洲大陆繁荣的愿望”，在具体方式上，克林顿强调要用贸易来替代援助。

在与非洲六国首脑举行会议时，克林顿强调，要加快实施美非贸易法，让更多的非洲商品进入美国市场。

克林顿出访前，美国国务院主管非洲事务的助理国务卿莱斯女士曾表示，促进民主和尊重人权一直是“我们对非洲政策的基础”。美国的立场是，美非贸易法案旨在发展美非贸易，加快美国对非洲的投资步伐，但是，只有政治民主化、经济自由化的非洲国家才能成为其合作伙伴。

在这次非洲之行的第一站加纳，克林顿发表演讲时就指出：“我们要与非洲一起共同培育民主，民主终必昌盛。”他还以马丁·路德·金和非裔美国人为例，鼓励非洲青年为争取民主和人权而斗争。

在南非，克林顿对自由贸易还附加上另外一个条件，即要求南非与美国的敌人——古巴、利比亚和伊朗等国家不要继续保持友好关系。对此，曼德拉总

克林顿携妻带女访南非。

统在接受记者采访时明确警告说："我们是不能接受的，我们反对任何国家对我们的自由贸易附加条件。"

美国以"老子天下第一"自居，到处盛气凌人的态度和强加自己的意志于人的做法，给克林顿的这次来访蒙上了阴影。1997年，美国副总统戈尔访问南非时，随行的美国警卫人员拿着鸡毛当令箭，呼来唤去，耀武扬威，让南非人耿耿于怀。这次克林顿来访，开普敦市长明确表示，绝不给美国警卫放肆的机会，一切保卫工作均由南非方面全权负责。

既掏腰包又认错

克林顿这次不辞辛苦奔波于非洲，主要是推行美国以贸易替代援助的新非洲政策。当然，克林顿也不能不掏腰包。3月24日，在乌干达参观一所小学时，环顾四周只能见到破旧的教学设备和脏乱差的环境，克林顿宣布提供1.2亿美元的援助，帮助乌干达培训教师，装备电脑。在这所小学演讲时，克林顿承认，美国从奴隶贸易中牟利、冷战时期在非洲制造冲突和冷战结束后对非洲的忽视是错误的。他说，早在建国前，美国就从奴隶贸易中获利，"我们错了"。克林顿承认，美国在非洲几乎没有做什么好事。冷战时期与苏联争霸，美国主要从自身利益出发支持过一些国家，导致大量武器运入非洲，引起冲突发生，有的冲突至今还未得到解决。这次来非洲就是"听取你们的意见并向你

克林顿和布什访问博茨瓦纳时下榻在乔贝公园的这家宾馆。

们学习”，以便用新眼光观察非洲，共同创造美好的未来。

抵达南非前，在卢旺达首都基加利机场的短暂停留中，克林顿会见了1994年大屠杀的六名幸存者。这六名幸存者向克林顿讲述了亲人被杀的悲惨经过，一名在大屠杀中被砍去右手的男子说，他是藏在死人堆里才躲过了这一劫；一位妇女讲，她家的房子被烧，父母及七个兄妹被砍死，她因为藏起来才幸免于难……

“屠杀开始后，我们行动太慢，国际社会对未能制止那次大屠杀负有责任。”克林顿似乎也被那场惨剧打动了，他说：“我们应该共同努力，消除这一地区和非洲大陆的种族屠杀。”克林顿宣布，向卢旺达“种族屠杀幸存者基金会”捐资200万美元，并许诺出资3000万美元帮助卢旺达、布隆迪和刚果（民）完善司法体系。

到达南非的第一天上午，克林顿与夫人访问了开普敦附近的一家建筑工地。克林顿一手拿砖，一手提瓦刀，在工地砌砖建墙。他说，他曾干过一个夏季的瓦工活，并提出为该住房工程捐资1500万美元。

在接受一家美国电视台的采访时，克林顿说，事实表明，长期以来，美国政府与旧南非政府的关系是密切的，曾与旧政府合作，支持过种族隔离制度。不过，美国通过制裁旧南非，为结束种族隔离制度做了不少努力，这也是事实。

听曼德拉“上课”

克林顿对曼德拉十分尊敬和佩服，每当两人一起上下台阶时，克林顿都主动搀扶曼德拉；在记者招待会上和访问罗本岛时，他多次称赞曼德拉身陷囹圄27载，心系南非人民，斗志弥坚，是20世纪的真正英雄，是青年学习的楷模。曼德拉则表示，南非和美国的关系“牢固而友好”，并授予克林顿“好望勋章”，这是南非授予外国人的最高荣誉。具有讽刺意味的是，克林顿的眼中钉卡扎菲也是这种勋章的获得者。

曼德拉在原则问题上态度鲜明，毫不含糊。美国把古巴、利比亚和伊朗三个国家视为自己的敌人。而曼德拉说，他曾与敌人进行过谈判，并建议克林顿“通过和敌人谈判，以解决国际争端”。曼德拉当众给克林顿“上了一课”，弄得克林顿多少有些尴尬。在回答记者的提问时，克林顿说：“美国过去的非洲政策受冷战思维的影响，不过，现在已经改变了。”

在谈到美国非洲贸易法案时，曼德拉表示，南非不能接受这个法案，因为南非和美国经济实力悬殊，不可能在同一水平上竞争。

毋庸讳言，非洲是世界上最贫穷落后的大陆，撒哈拉以南非洲一半人口每天的生活费不足一美元。非洲对“世界首富”国家的总统来访寄予厚望不足为奇。然而，克林顿“用贸易替代援助”的新非洲政策无疑使它们大失所望。乌干达首都的一名学生认为，在克林顿访问过后，非洲依然故我，这种看法有一定的普遍性。

伊拉克战争殃及非洲

中国古语云：“城门失火，殃及池鱼。”如果伊拉克战争是“失火的城门”，那非洲大陆便成为“城池中的鱼”。从战争尚未爆发到战争进行之中，再到战争结束之后，这种受无辜连累的程度与日俱增，一时还难以终止。

战争爆发前，美英两国企图通过联合国授权，将这场非法战争合法化，使之变为“披着羊皮的狼”，给战争插上正义的旗帜。于是乎，联合国安理会中的三个非洲成员国便受到折磨，一时成为热锅上的蚂蚁，是坚持既定原则反对战争，还是违心地把票投向战争？这种迫使他们在“石头与硬地”之间抉择的做法，被形容为一场无法进行的“跳舞”：舞者向前迈一步，他父亲死了；向后退一步，他母亲亡了；站在原地不动，他自己完了。最后还是美国一意孤行才使他们长叹了一口气。

在南非，政府的反战立场遭到反对党质疑，认为反战必将“引火烧身，影响与美国的贸易，使南非经济受损”，遂在议会引起唇枪舌剑。殊不知，战争才是影响和破坏世界经济与非洲经济的罪魁祸首，在世界经济普遍遭到影响的前提下，作为弱势群体的非洲大陆更是难以独善其身。别的姑且搁起，仅以非洲经济发展的“火车头”南非为例：战争爆发后，约翰内斯堡股票交易持续低迷，下滑不止，由此可对消费者和投资者的信心窥斑见豹。与此同时，南非钢材市场遭受强烈打击，建筑钢材需求下降，市场前景暗淡，预计下滑 20%；由于飞往美国和中东地区的乘客人数空前减少，南非航空公司不得不从 2003 年 4 月 1 日起砍掉超过 1/4 的班机；战争导致的汽油、柴油和煤油价格上涨，将造成国际支付失衡、打击制造业和零售业、危害消费者、加剧失业和贫困。而受此影响的绝非南非一国。

广而言之，战争将严重制约“非洲发展新伙伴计划”的贯彻实施。在一个时期内，这场战争和伊拉克的战后重建将是国际社会关注的热点和大笔资金的具体投向，这无疑大大减弱了国际社会对非洲的关注，特别是影响西方兑现援助“非洲计划”的资金落实，延缓非洲的发展步伐。

除外交与经济两方面的影响外，政治影响不可小觑。美国曾要求南非等62个国家关闭伊拉克大使馆、驱逐其外交官，遭到南非义正辞严的拒绝，而问题并非就此了结。4月7日在比勒陀利亚举行的“非洲选举、民主、良政会议”上，非洲联盟轮值主席、南非总统姆贝基发出如此警告：美英越过联合国对伊动武，在世界上开了这样一个先例——它们将从此开始欺辱弱小国家，使非洲成为继伊拉克之后，世界霸权的受害者。就世界大范围而言，南非一再表明，伊拉克问题必须在联合国框架内政治解决，如果美英孤意对伊动武，此例一开，后患无穷。姆贝基指出：“除大规模杀伤性武器外，他们说自己拿起武器推翻伊拉克的专制政权，使那个国家变得民主。”这种“手持枪炮”输入民主的霸道行径，对非洲保卫自己的民主提出了严峻“挑战”。他进一步强调：“伊拉克人民今天的处境足以发出这样的警示：有朝一日，我们可能遭到别人袭击，手持枪炮者将民主强加于我们。”姆贝基进而提出这样的疑问：为什么北半球，如英国，与我们对民主教科书的规则理解得如此不一致？

伊拉克战争不只对非洲大陆，其对世界、对人类产生的负面影响和消极作用，绝非在短时间内能够减弱与消失。国际政治秩序将因之经受严峻考验，全球化的步伐将因之受阻而蹒跚，多极化的趋向将因之备受质疑。正如南非一位战地记者从巴格达发回的报道中指出的那样：美英战胜与否，这都必将是一场

漫步街头。

人类的灾难!

布什访非　一石三鸟

2003 年 7 月 7 日，美国总统布什开始了为期六天的非洲五国之行。这是继五年前克林顿首次访问非洲后，美国总统第二次踏上非洲的土地。布什为何要在此时从西非到南非，再到东非，对非洲大陆进行闪电式的访问呢?

白宫披露，布什这次访问塞内加尔、南非、博茨瓦纳、乌干达和尼日利亚五国。布什此时访非，不难看出，弥合裂缝、携手反恐是其第一要务。众所周知，伊拉克战争爆发前夕，作为第三世界国家和不结盟运动成员国，非洲国家普遍高举反战旗帜，反对美英单方面对伊动武，反战浪潮从开罗到开普敦，一浪高过一浪。尽.管美英一意孤行发动了战争，但是道义与正义自在人间，发动战争本身及其战争结果，无法也不可能使道义的天平发生倾斜。现在，伊拉克战争业已结束，曾因忙于备战将原定于 2003 年 1 月的非洲之行宣布推迟的布什，要按原计划完成战前的既定日程。修补因战争而引发的裂缝，也就成为其非洲之行的第一要务。南非总统发言人指出，由于南非的反战立场，毫无疑问，两国总统的会谈将着眼于缓和因此而紧张的双边关系。

“9·11”事件后，反恐一跃成为美国的当务之急。然而，阿富汗战争后，拉登下落不明；伊拉克战争后，伊国内动荡不宁。这无疑成为战胜者美国的难言之隐与心腹之患。时至今日，新闻报道中恐怖分子的踪迹可谓遍布全球，仅就非洲大陆而论，始而出现在东非，继而又现身于西非，转而却在中非抓住了

自由市场。

基地组织的重要分子。弄得美国摸不清实情，四面出击又收效甚微。但有一点十分清楚也非常重要，这就是反恐必须与非洲国家合作进行，匹马单枪将更加捉襟见肘。弥合关系与携手反恐，对布什犹如一个硬币的两面，须臾不可分离。南非国际评论家认为，如果没有“9·11”，大概也不会有布什的此次非洲之旅。

口念扶贫、心系石油是布什此行的主要目的。作为世界首富的美国总统，前来造访全球最贫穷的大陆，只字不提扶贫是不符合逻辑的。八国集团首脑会晤之际，美国宣布出巨资帮助非洲控制艾滋病肆意蔓延；布什出访非洲前夕，在华盛顿举行的美国企业理事会邀请非洲六国首脑与会，专门商讨非洲发展问题。不过，美国企业理事会主席首先强调非洲“既有能源又有市场”，其次才表示从道义上和伦理上，美国不能让世界上15%～20%的人口处于贫穷状态。如果说这对美国重视非洲的缘由讲述得还不够清楚的话，南非《商业日报》则一针见血：布什的非洲之行，表面上是“加强外交关系、支持非洲发展新伙伴计划，其实是一次石油之旅”。当然，这不是《商业日报》“慧眼识珠”，而是来源于美国一家智囊公司提供的研究报告。这份由智囊公司顾问和斯坦福大学政治学教授联合撰写的题为《桶底》的报告指出，非洲已快速成为美国石油的一个主要供给者，美国目前从撒哈拉以南非洲进口的石油占其石油进口的17%；今后十几年，这一数字将跃居到25%，而非洲石油国将获得2000亿美元的收入；外国公司将蜂拥而至非洲西海岸的几内亚湾，石油生产将成为非洲历史上最大的投资业，达到500亿美元。由此可见，“石油之旅”，名副其实，巧舌利嘴，难以辩驳。正如南非的国际问题专家指出的那样，布什此次非洲之行，一为石油，二为安全。

宣扬民主、推行政策是布什此行的必谈话题。五年前，推行美国新近通过的《非洲增长与机会法案》是克林顿非洲之旅的一大必修课。该法案将“美非贸易”和“对非援助”与人权、民主、自由紧密联系在一起，运用经济手段推行美国价值观，以此作为美国征服世界的前奏曲。布什此行免不了萧规曹随。谈及布什的非洲之行，美国驻南非大使馆发言人认为，布什最近向国会提议延长《非洲增长与机会法案》，使其超过当初预定的2008年期限；布什此行还会宣传旨在将援助与民主、良政挂钩的《千年挑战利益项目》，加大非洲援助力度，促使非洲穷国有效管理好自己的国家；布什总统在国家安全战略中表示，消除贫困、制止动乱也是国际反恐斗争的重要方面。不言而喻，在美国人的“词典”里，经济援助与人权、自由、民主、反恐是互为因果的，晓之以民主、惠之以利益是前后贯通、相互一致的。

“9·11”事件后，美国将价值观与安全观纳入通盘考虑轨道，这在对非洲政策中表现得尤为突出。克林顿五年前访问非洲后仅六个月，美国驻肯尼亚和坦桑尼亚大使馆几乎同时遭到恐怖袭击。如果将“9·11”与大使馆遭袭联系起来观察，布什政府对贫穷弱小国家产生了新认识。美国的2002年国家安全战略指出，弱小国家对美国国家利益的危害性丝毫不亚于强大国家；贫穷不是恐怖与谋杀的根源，但贫穷、腐败、不良管理易于使弱小国家与恐怖分子发生联系。美国高官认为，非洲不幸成为全球恐怖主义的目标。如是观之，扩展对非贸易、扩大对非援助是为了减弱恐怖主义生长的温床；把民主输出于人、将自由强加于人是为了缩小恐怖主义的庇护所。

分析人士认为，布什此次选择访问南非，一是因为南非反对核扩散和恐怖主义，这符合美国的安全观；二是因为南非实行的是市场经济和民主制度，这符合美国的价值观。美国白宫新闻秘书指出，布什此行是为了一个“自由、繁荣与和平的非洲”。“自由”位于繁荣与和平之首，传播自由是美国对外政策的崇高目标；和平与繁荣也不利于恐怖主义滋生与藏身。至于支持与援助“非洲计划”，美国政府寄希望于企业，美国企业界认为非洲需要“耐心”。这里的“耐心”耐人寻味。

走向非洲、称霸世界是布什此行的根本目标。冷战结束后，美国面临称霸世界、实现“一超”之梦的历史机遇。非洲地大国多，地上地下资源丰富，国际地位正在上升，尽管目前相对贫穷落后，但是在美国的反恐斗争中，非洲大陆不能成为真空地，而且其作用不可小觑；在美国称霸世界的版图上，非洲更是不可或缺，理应包括在其中。无论是从阶段性的反恐斗争来看，还是从长远性的称霸世界而言，美国都离不开非洲的支持与配合。从克林顿到布什，均因看中非洲的作用与影响，才开始非洲之行的。

总而言之，布什的非洲之行，经济上为石油，政治上为民主，战术上为反恐，战略上为称霸。战术服从于战略，经济与政治相互配合。万变不离其宗的是美国的国家利益与全球战略。

布什访非　当地毁誉参半

美国总统布什结束了闪电式的非洲之旅。对此，非洲国家的政府、民众和媒体如何看待呢？非洲国家的反应可谓错综复杂：从行动上看，抗议与欢迎交织一体；就心情而言，失望与意外兼而有之。简言之，政府热情欢迎，民众游行抗议，首脑表示失望，媒体感到意外。

这首先须从布什访问的动机谈起。非洲舆论和民众普遍认为，美国总统此时的非洲之行，动机是多方面的，而不仅仅限于政治或经济，而且包括文化和意识形态在内。布什此行，既为反恐，又为石油，援助中夹杂着民主的成分，言谈中必有自由的含义。万变不离其宗的是美国的国家利益和全球战略。

我们来看看被访国家媒体的观点。尼日利亚报纸认为，在美国保守派眼中，“非洲曾是不可救药的完全伤残者和毫无希望的贫穷大陆，是‘9·11’事件改变了这一观念”。南非《星报》评论家一针见血地指出：“没有‘9·11’事件，就没有布什的这次非洲之行。”乌干达《新视觉报》和南非的《索韦托人报》不约而同地提醒非洲国家领导人，布什的“援助与友谊”不是“利他主义”，更不是“良心发现”，而是“美国现在认为非洲对其全球战略利益关系重大”。

非洲媒体指出，从布什访问的国家来观察，其此行的目的也不言而喻。南非是非洲的经济强国和自由楷模，博茨瓦纳被美国推崇为自由榜样，乌干达因成功抗击艾滋病备受称赞，尼日利亚富产石油，塞内加尔是法国前殖民地，美国意欲争夺势力范围。而反恐是布什此行的主要议题，从非洲西部、南部、东部再到西部，布什都要赢得非洲领导人对美国反恐的支持，不但呼吁恐怖主义尽快离开非洲，而且提出援助东非国家1亿美元用于打击恐怖主义。至于抗击艾滋病，布什早先已宣布援助150亿美元。援助换支持，这无不昭示着布什访问的鲜明目的。

布什政府一意孤行发动伊拉克战争，遭到非洲国家的普遍反对。布什的非洲之行尚未起程，南非的反战者联盟就掀起了全国范围的游行抗议活动，前总统曼德拉更是拒绝与布什会面以表明自己的反战态度。布什这次每到一地，反战游行的队伍就出现在那里。7月9日，当姆贝基与布什在总统府会谈时，门前就是抗议人群。在乌干达，在尼日利亚，迎接布什的均是不绝于耳的抗议声。显而易见，将自己凌驾于联合国之上的美国总统是不受非洲人民欢迎的。南非政府表示，只要游行抗议是合法与和平的，就没有理由进行限制或取缔；南非媒体认为，布什作为贵宾来访对发展两国关系十分重要，政府理应热情欢迎，但是，“我们不能因为经济和友谊而隐瞒自己的观点，我们应当理直气壮地表达我们的立场”。

布什此次来访正值第二届非洲联盟峰会在马普托举行之际，南非总统是在与布什举行会晤后急匆匆赶往邻国的。博茨瓦纳总统因接待布什尚未与会，而与会的乌干达和尼日利亚两国总统均因要会晤布什而提前打道回府。对此，非洲首脑无不表示遗憾与失望，认为如果真的尊重非洲的话，布什不应绕着道儿走，而应出席非盟峰会，与非洲首脑们见面，或者干脆不应该选择在这一时机前来造访。

在塞内加尔，布什参观了戈雷岛的奴隶博物馆，称奴隶制度是“历史上严重的罪行之一”，对非洲奴隶表示敬意，可他并没有为奴隶制度道歉。谈及利比里亚，布什言必称让其总统离境和下台，承诺愿与非洲国家合作解决目前的冲突，但尚未宣布对恢复局势和实现和平采取何种措施。至于向利比里亚派遣维和部队，要等联合国授权，此时想起了联合国，这不能不使非洲领导人和民众感到失望与意外。

令人意外的还有津巴布韦问题，美国国务卿鲍威尔曾撰文批评南非对津巴布韦实行“秘密接触”的外交政策，提出让穆加贝下台，美国将出资援助津巴布韦重建经济。不过，布什在与姆贝基会晤后表示，姆贝基是“调解津巴布韦问题的合适人选，他为此付出了艰辛，美国支持他的这一努力”，并对南非“秘密接触”的外交政策表示理解。此间分析人士认为，“这为双方消除因伊拉克战争而引起的严重分歧铺平了道路，为美国在反恐问题上赢得南非的支持奠定了基础”。

“9·11”事件后，随着非洲国际地位的上升和美国反恐战略的需求，美国将目光转向非洲，布什总统筹划和完成了这次非洲之行。此行将对非洲产生何种影响呢？非洲人民将以平常心拭目以待。

第四节　希拉克想教“法语”

1998年6月25日至30日，法国总统希拉克对南部非洲四国进行了为期六天的访问。这是希拉克首访纳米比亚、南非、莫桑比克和安哥拉四国，更是法国总统对除南非外的其他三个南部非洲国家的首次访问。此次访问标志着法国对非洲政策的新变化，表明法国力图扩大在非洲大陆的全面影响，强化其在非洲的地位。

希拉克的此次南部非洲之行具有以下显著特点：首先，法国不会在非洲撤退和收缩。访问前夕，无论是接受记者采访，还是亲自为南非报纸撰文，希拉克都明确表示了这一点。他强调，法国和非洲有密切的联系，法国在非洲有重大利益。自当选总统三年以来，他已对非洲进行了十次访问，每月与非洲国家首脑都有电话联系。不仅如此，法国还是对非洲提供援助最多的国家，并一直呼吁国际社会援助非洲、西方国家和世界银行取消或削减非洲贫困国家的债务，促进非洲的发展。

其次，法国要在非洲拓宽与发展。由于历史的原因，法国以前主要与西部非洲国家发展关系，对南部非洲重视不够。希拉克此次却说：“我们要拓宽领域，发展同非洲其他国家的友好关系。”为了不引起非洲法语国家的误会，他强调，法国的新非洲政策是对老朋友“忠诚”和向新朋友“开放”；老朋友是“兄弟”，新朋友是“伙伴”。

为了拓宽在非洲大陆的发展领域，法国十分重视与南非的双边关系。希拉克称赞曼德拉和南非在非洲发展中所起的重要作用，认为南非是非洲政治、经

位于内罗毕郊区的凯伦庄园——《走出非洲》一书的作者凯伦在非洲的家。

济和文化的火车头，法国与南非合作解绝非洲问题，携手“促进非洲的繁荣与复兴”非常重要，而法国无意与南非在非洲竞争和对抗。他还表示，法国支持南非在非洲维和以及在国际事务中发挥更大作用。

再次，重视经济合作，强调参与发展。希拉克表明，他此次来就是要加强法国同南部非洲的政治、经济关系，随同访问的 50 名法国企业家就是为开展经贸合作而来。在访问的第一站纳米比亚，两国签署了相互促进和保护投资协议和三个经贸合作协议，同时签订了法国向纳米比亚捐赠 60 万美元用于基础医疗设施的协议。在莫桑比克，两国签订了教育、能源和交通等合作协议。希拉克同时强调，法国最近取消了莫桑比克价值约 4 亿美元的债务。

南非是希拉克此次访问的重点。法国是南非第五大投资国，这次访问期间，两国签订了两亿多兰特的经贸合作协议和法国向南非发展银行提供 1.25 亿兰特的贷款协议。两国还签署了有关公安、体育、海运等方面的合作协议。希拉克鼓励法国企业来南非投资，同时表示希望南非与欧盟之间尽快签署贸易协定。这表明，希拉克推行“贸易”与“援助”并举的方针。

最后，弱化“非洲宪兵”角色，宣传民主和自由。近年来，法国压缩了在非洲大陆的驻军规模。希拉克这次还表示，法国不会干涉非洲国家的内政。但是，他还是念念不忘民主自由，称赞纳米比亚是非洲民主的先锋，强调法国要帮助非洲国家完善法制和国家管理。

从约翰内斯堡国际机场“走出非洲”。

众所周知，法国是非洲的最大贸易伙伴，非洲是法国产品的主要市场和原料供应地。维持这一特殊关系的主要原因是法国对非洲的大量援助和非洲法郎区。可是，随着国际形势的变化和法国国力的削弱，靠财政援助和货币联盟来维系这一关系已使法国捉襟见肘、力不从心。为此，法国近年来多次调整非洲政策，竭力在维护原有地盘的同时，向非法语国家进行扩展。

不难看出，法国“不是撤离非洲，而是适应非洲存在的新现实”，加强与整个非洲大陆的合作与联系，这一对非政策的调整与美国对非洲的快速“闯入”密切相关。1998 年 3 月，克林顿对非洲进行了首次访问，旨在推行其“贸易替代援助”的新非洲政策，加强与非洲的经济关系。面对美国的进攻，法国当然不能心甘情愿地坐视不管，让美国在非洲唱“独角戏”。增强非洲政策的开放性，加强法非经贸合作，争取全体非洲国家，特别是南非的支持，以期在非洲发挥更大的作用，以更有力的地位同美国在此地进行竞争，便是希拉克此次非洲行的主要目的。

对于法国的这一举动，非洲国家也心知肚明。姆贝基一针见血地指出：希拉克想让我们说“法语”？“南非能够听法国的，但法国能够听南非的吗？非洲大陆受外国控制的时代已经一去不复返了，非洲是非洲人的大陆，不是美国的、也不是法国的。”

不过加强非洲与法国的合作对双方均有利。2003 年 2 月 20 日，第二十二届法非首脑会议在巴黎举行，52 个非洲国家代表团和法国就伊拉克问题、科特迪瓦局势以及非洲和法国共建新型伙伴等问题进行了讨论并达成广泛共识。这次首脑会议标志着法非关系步入一个新阶段，显示了法国借助非洲力量遏制美国单边主义的战略走向。

这次会议有 43 个非洲国家的元首或政府首脑出席，规格之高、国家之多居历次法非首脑会议之首，反映了非洲国家与法国建立新型伙伴关系的强烈愿望。希拉克强调，法国把非洲置于外交战略的优先地位，将在对话和团结互助的基础上发展新型法非伙伴关系。他承诺将在未来五年内把法国官方发展援助增加 50%，达到国民生产总值的 0.5%，在 2010 年增至 0.7%，达到联合国提出的发达国家发展援助标准，并保证法国发展援助资金的一多半流向非洲国家。

非洲不少地区，特别是法语国家在经济和文化上与法国一直保持着密切联系。不少非洲国家也认为与某些发达国家相比，法国更注意倾听它们的观点，与法国更容易达成共识。

第五节 值得欢迎的一步

八国集团免债之举值得欢迎

2005年6月举行的八国集团财长会议决定，全部免除18个最穷国家总额400亿美元的债务。这一有史以来全球规模最大的免债计划受到国际社会的普遍欢迎，被认为是帮助穷国走出困境、发展经济的积极举措。

此次获得免债的国家中有14个在非洲，世界上“最大的贫困大陆”成为发达国家善举的主要受益者。众所周知，非洲国家近年来加大了发展步伐，推动成立了非洲联盟，提出了“非洲发展新伙伴计划”。然而，沉重的债务负担和资金的严重不足依旧束缚着非洲的发展步伐。非洲同发达国家之间的贫富差距在不断拉大，正面临被进一步边缘化的危险。在非洲当时的八亿人口中，目前仍有三亿人每天生活费不足一美元，几乎同样数量的居民没有清洁的饮用水；许多国家亟待上马的建设项目，因资金短缺而被迫搁浅。在此背景下，八国集团免债计划显然具有重要的现实意义，为非洲国家的发展提供

日理万机的姆贝基与奥巴桑乔抓紧时间交谈。

了外部支持。

非洲的发展关乎全世界的和平与稳定。也正是基于这一考虑，发达国家常常把“援助非洲”定为峰会的一个议题。但是，议论归议论，减免债务、提供经援的承诺经常是口惠而实不至。世界银行的统计资料表明，十多年来，西方发达国家对非洲的援助不是增加而是减少了。1990 年非洲从西方接受的经济援助是人均 32 美元，1998 年却减少到人均 19 美元。与此同时，西方援助资金在各非洲国家之间的分配严重不均。1990 年至 2000 年，南非、尼日利亚、安哥拉和莱索托四个国家所获得的经援，占了对非援助总额的 70%。

西方国家一向习惯于把经济援助和减免债务同政治挂钩。此次八国集团在宣布免债计划时也强调，18 个受益国均符合国际金融机构和八国集团在建设透明政府和遏制腐败方面提出的条件。由英国推动的减免债务计划涉及 38 个国家，总计 550 亿美元，其余债务的减免则要“视相关国家惩处腐败的情况而定”。不可否认，一些非洲国家在民主、良政建设方面尚有不少工作要做。然而，援助穷国本是发达国家不可推卸的责任，在“胡萝卜”上绑个“政治砝码”，实不可取。善举，就应该体现人道主义精神，而不应该成为强推西方价值理念的手段。

事实上，新千年到来之际，即 2000 年元旦，在接受美国广播电视网记者采访时，姆贝基就强烈批评西方忽视非洲经济和政治问题，敦促西方和国际社会关注非洲发展，特别是采取切实措施减少非洲债务。他强调，西方国家对解决这些问题做得“远远不够，现在需要做出明确决定来解决这些问题而不是依然态度暧昧”。截至 1998 年底，非洲的债务仍高达 315 亿美元，巨额债务被普遍认为是非洲经济发展的主要障碍。姆贝基强调：“必须尽快寻求解决非洲债务问题的方法与措施。”“穷国和富国彼此相连、无法分离，如果忽视世界上数十亿穷人的脱贫致富问题，发达国家的经济持续增长和发展也就失去了保证。”姆贝基认为，债务问题与艾滋病蔓延紧密相关，贫穷加剧了艾滋病的传播速度。

总的来说，八国集团这次免除穷国债务的计划值得欢迎，人们期待着发达国家将更多纸面上的承诺，尽快变为可以给受援国带来实惠的行动。

日本首相访非过于实用主义

2006 年 4 月底，日本首相小泉纯一郎前往非洲，访问埃塞俄比亚、加纳两国以及非盟总部。这是继森喜朗 2001 年 1 月访问非洲三国之后，日本首相对非洲进行的第二次访问。小泉此访是日本“实用主义”外交的具体体现：经济上着眼能源，政治上意在“争常”，外交上牵制中国。

日本是世界能源消费大国之一，几乎所有能源都依靠进口。而非洲是世界八大产油区之一，目前原油日产800万桶，已探明的石油储量仅次于中东和南美。此外，日本还需要储量丰富、品质优良的非洲稀有金属。日本稀有金属的消费量占全球消费总量的20%。其中，铬的43%、锰的70%、钒的52%、钴的91%都是从非洲进口。这些稀有金属被广泛应用于汽车、机械、电子、电气、航空航天等领域，对日本经济的重要性不言而喻。

近年来，日本不甘心仅当经济大国，而是费尽心机，欲做“政治大国”，争当联合国安理会常任理事国就是最突出的表现。非洲有53个国家，占联合国成员的28%。在联合国表决投票时，非洲的作用和影响力举足轻重。特别是2002年非洲联盟成立后，非洲国家注重协调立场，强调在国际舞台上“用一个声音说话”，进一步强化了非洲的国际发言权。小泉这次造访设在埃塞俄比亚首都亚的斯亚贝巴的非盟总部，就是想在结束首相任期前，力争改善日本在非洲国家中的形象，为“入常”做铺垫。

对于此次非洲之行，小泉声称“并非为了眼前利益”。换言之，是为了长远利益。至于非眼前利益是什么小泉没明说。而日本《产经新闻》4月初发表的文章却直言不讳地指出，小泉此行“最主要的目的是为了牵制不断加快在非洲发展的中国外交，削弱中国在非洲的影响力”。该报认为，2005年四国联盟的“争常”活动遭到重创，充分暴露了日本对非洲外交的缺陷和无奈。遗憾的是，日本同时将其归因于中国外交在非洲的不断发展，因此要“牵制中国”。日本媒体援引自民党内部人士的话说：“日本长期以来对非洲的经济援助均化为泡影，败在了中国的攻势之下。”

其实，日本把自己对非洲外交的失败归结为中国对非洲外交的成功，大有“不说自己麻绳短，但嫌他人古井深”之味。在强调非洲大陆的重要性时，日本总是念念不忘自己可能从中获取的各种利益，其浓厚的实用主义色彩在一定程度上伤及非洲人的自尊心。因此，日本真正应做的是，认真地反省和审视自己的对非洲政策。

第二十九章　非洲触角

非洲大陆不是一个孤立的大陆，非洲的岛国不是一座座孤岛，非洲与世界的联系日益紧密。

恐怖分子攻击美国是从非洲开始实施的——1998 年 8 月，美国驻肯尼亚和坦桑尼亚大使馆被炸；恐怖分子报复以色列也是从非洲开始动手的——2002 年 11 月，肯尼亚港口城市蒙巴萨附近的一家宾馆遭到袭击。非洲因此成为恐怖袭击的受害者，因为死伤人员中非洲人最多。

就在美国实施报复行动打击塔利班，甚至发动伊拉克战争之际，非洲国家的领导和人民极力反战，非洲的有识之士在思考和平的深层含义——人类与大自然、与动植物和平相处。这是一个多么崇高的境界和宽广的胸怀！从播种绿色到手提“绿袋”再到“树比房高”，从大陆和岛国，非洲正在重视环保。

非洲面临着诸多挑战。“铁娘子”之子从英国来到南非，卷入一宗国际官司，而这宗官司也与非洲有关。2004 年底，印度洋发生海啸，非洲东海岸受到余波危害，非洲的几个岛国被海啸惊醒。非洲面临着来自各方面的多种挑战，内部和外部，包括大自然在内。非洲正在走向世界，世界把触角伸向非洲，连岛国也包括在内。

第一节　美国大使馆被炸

使馆被炸，怒不可遏，百名美国特工奔赴非洲。

1998 年 8 月 7 日，一个黑色的星期五。上午 10 时 40 分左右，美国驻肯尼亚和坦桑尼亚大使馆相继发生强烈爆炸事件，造成约 250 人死亡，约 5000

人受伤。死者中有美国使馆人员 12 名，美驻肯使馆总领事巴特利和他 20 岁的儿子双双被炸死在寓所内。

爆炸现场　惨不忍睹

几位受伤的人讲述了美驻肯尼亚使馆爆炸的经过。一辆卡车开到使馆大门口，由于没有使馆的外交牌照，门卫不准进入。卡车马上转弯驶向专门用来装卸货物的后门。可后门保安也不让驶入。此时，车上突然跳下几人，向门卫开枪，还可能向汽车扔了一颗手榴弹。随后，一声巨响，汽车内的巨型炸弹爆炸，美国使馆隔壁的综合商业大楼的配楼被夷为瓦砾，无情地倒压在大街上正在行驶中的公共汽车和行人身上，楼内正在上课的一所文秘学院的 100 多名学生被活活埋在下面；近 30 层高的综合商业大楼的玻璃被震碎，许多受伤者血流满面，却被困在楼上不能下来；楼前空地上被炸出一个几十平方米的巨大弹坑，周围的汽车和商店刹那间变成火海；方圆 1000 米的建筑物不同程度地受到损害，四处乱飞的玻璃碎片和瓦砾击伤了街道上的过往行人，数百名鲜血淋淋的受伤者哀叫求救……

一位目击者说，美国驻肯大使馆的玻璃被震碎，有的墙壁被炸塌，锅状的卫星天线被炸翻，美国国旗的旗杆被炸断，撕裂的国旗横卧在铁栅栏上。如果那辆卡车从正门开进去的话，那美国使馆的损失就更惨重了。

肯尼亚的爆炸声之后仅十几分钟，在邻国坦桑尼亚首都达累斯萨拉姆，又一起惨案发生了。炸弹装在使馆的运水车上，汽车在使馆门口爆炸，在当地雇用的司机和助手以及五个门卫全被炸死。司机 40 多岁，已受雇九年。那天，他到属于美国使馆的一口水井去拉水。使馆人员猜测，可能是有人偷偷地把炸弹挂在运水车的什么地方。但这起爆炸比肯尼亚的要轻一些，使馆的美国人全都安然无恙，楼顶上的监视装置也未遭到破坏，估计可以从中获得一些线索。但附近民房的屋顶被炸飞，街道上的汽车遭焚烧，正好驶过使馆的两辆小汽车内的乘客不幸遇难，一街之隔的法国大使馆的一名警卫也挂了彩。

爆炸事件发生后，两个首都立即展开紧张而有序的救援工作。军警、公安、救护人员、红十字会工作人员、学生以及为数不少的志愿者迅速赶到现场，运送伤员到医院，从废墟中寻找受害者。数架直升机一面在空中监控和指挥，一面运送危重伤员。医疗部门呼吁社会各界献血，以挽救受害者的生命。

爆炸现场没有出现哄抢财物现象。

数百名抢救人员夜以继日地在爆炸现场寻找受害者。8月8日，内罗毕爆炸发生36小时后，抢救人员从瓦砾堆中搜寻到一名肯尼亚男子，但还没有来得及挖出，一息尚存的他仅呼唤了一声“救救我，我不行了”，便闭上眼睛离开了人间……最令人撕肝裂胆的一幕发生在内罗毕医院，一排排悲痛的人群从一具具血迹斑斑的尸体旁走过，辨认自己的亲朋好友……

1998年8月16日，肯尼亚全国沉浸在悲痛气氛之中，人们含泪为8月7日爆炸案的200多名死难者举行葬礼。一位在内罗毕公墓参加葬礼的妇女哭泣着说：“我只有把眼泪哭干才能停止哭泣。”在特制的电视录像中，美国总统克林顿说：“我们共同感到悲痛。”他再次表示，美国将不惜一切，缉拿凶手。

美国发誓要捉拿凶手

在两个使馆爆炸之前，美国情报部门曾获得了有关情报，但没有当回事。“因为这种情报每时每刻都像雪片般地飞来，你不能每次都喊叫‘狼来了’。”可这次真的“狼来了”。

消息传到华盛顿，总统国家安全事务助理伯杰立即把克林顿从睡梦中叫醒，通报情况。国务卿奥尔布赖特的专机刚刚在意大利着陆，就立刻掉头飞回华盛顿。在国家安全委员会召开的紧急会议上，除商讨救援方案外，还决定派遣一个由联邦调查局、中央情报局和五角大楼专家组成的联合调查组，协助肯尼亚和坦桑尼亚政府进行调查；国务院立刻成立了一个危机处理小组，并命令美驻世界各国的使领馆进入高度戒备状态。当天，克林顿总统发表讲话，强烈谴责这起惨无人道的暴行，并发誓要采取一切手段把肇事者绳之以法，不论将

位于内罗毕市中心的美国大使馆被炸事件纪念公园。

付出多大代价或花费多少时间。为了及早破案，奥尔布赖特国务卿宣布，如有人能提供出最终抓住肇事者的线索，美国将悬赏200万美元。

美国联邦调查局人员也到达内罗毕和达累斯萨拉姆。“我们的主要任务是在事件现场确定到底用的是哪种爆炸物，以及用什么工具运送爆炸物。”调查局发言人指出，“查明炸药的类别和所使用的车辆后，我们就像找到指纹那样，知道凶手是谁了”。

伊斯兰圣战组织声称对爆炸负责

爆炸事件发生的当天，肯尼亚警方在内罗毕逮捕了一个讲阿拉伯语的男子，怀疑他与此案有关。8日，一个鲜为人知的“伊斯兰圣战解放军”组织的一名男子向埃及国家通讯社打电话，声称爆炸事件是他们干的，“一起由一名麦加人执行，另一起由一名埃及人实施”。这名男子有埃及口音，他拒绝透露详情。

伦敦出版的《生活报》报道，有人7日晚以同一组织的名义向报社打匿名电话，声称这两起爆炸案是他们按时按地发动的。此前，圣战组织曾公开声称，要对美国进行报复，因为美国协助阿尔巴尼亚将三名伊斯兰教徒引渡到了埃及。

圣战组织于20世纪70年代初出现在埃及，已被埃及政府禁止活动。该组织的信念是使用暴力除掉他们心目中所谓的腐败政府及其领袖。圣战组织领袖扎瓦赫里曾宣称，由于美国有意贬低伊斯兰国家，他们在没有选择余地的情况下，有必要向美国和以色列发动圣战。

美国研究恐怖主义的专家认为，从爆炸事件的组织和协调水平之高来看，不是业余者所为，也不是这两个国家的当地组织能干得了的，作案者是个老手，“这就把矛头指向了中东地区，那里老手有的是”。

姆贝基调解中东和平。

神秘的拉登宣布：要攻击所有美国人

在美国联邦调查局的电脑里，被列入恐怖分子名单的有20万人，恐怖组织3000个。奥萨马·本·拉登是这两起爆炸案的重点怀疑对象之一。1998年5月，美国广播公司曾深入阿富汗山区，对此人进行了采访。拉登扬言，他将对所有美国人进行攻击，不分男女军民。他还在因特网上向美国宣战："美国一天天地推迟从阿拉伯半岛撤离的时间，他们将从穆斯林国家得到一口新棺材。"

拉登出生于沙特阿拉伯一个百万富翁家庭，在家中52个兄弟姐妹中排行第十七。自家族参与麦加和麦地那清真寺的重建工作后，年轻的拉登开始信奉伊斯兰教。1980年，拉登离开沙特阿拉伯加入了美国支持的阿富汗吉哈德反苏联运动，并通过美国中央情报局向阿富汗捐资30亿美元。之后，拉登在当地被视为英雄并成为阿拉伯组织的领导人。

由于公开反对沙特阿拉伯政府，并支持极端组织的暴力活动，拉登被驱逐出沙特，先是流亡到苏丹，后投靠了阿富汗塔利班。据说，拉登拥有三亿美元的财富，在几个国家设有账户。这笔钱大部分用来建立他的全球性恐怖组织网络，并在苏丹等地培训恐怖分子。拉登的人马装备精良，甚至配有地对空导弹。

美国一直认为，拉登是发生在沙特阿拉伯的两起爆炸案的主谋，这两次分别发生在1995年和1996年的爆炸案曾造成20多名美国人死亡。此外，拉登还多次扬言将对克林顿总统和其他美国名人进行暗杀。美国前中央情报局反恐怖主义专家贝德林顿肯定地说："我认为，拉登也是这次使馆爆炸事件的主嫌犯。"美国正密切关注着拉登的下一步计划。

美国驻肯尼亚和坦桑尼亚大使馆发生爆炸后三年零一个月，"9·11"事件不幸发生了。从某种意义上讲，这一事件不但震惊了世界，而且改变了世界。

第二节　恐怖再袭肯尼亚

2002年11月28日，肯尼亚港口城市蒙巴萨的几声巨响再次震惊了世界。这一自杀性爆炸事件顷刻间将以色列人开设的旅馆化为火海，16人命归黄泉，80余人身受伤。与此同时，两枚导弹与一架以色列客机在蒙巴萨上空擦肩而过，机上261人躲过此劫，幸免于难。停留在肯尼亚的以色列游客受惊吓之余纷纷返回，肯尼亚总统莫伊也视察了爆炸现场，对自己的国家连遭恐怖袭击深表不安。

1998年8月7日，位于首都内罗毕市中心的美国驻肯尼亚大使馆遭到汽车炸弹袭击，酿成231人死亡的惨剧，由爆炸现场改建的纪念公园仍在时刻告诫人们毋忘历史教训，切勿重演悲剧。而今，爆炸声又从这个国家的东部海滨响起，这叫人如何接受?

这次爆炸事件发生后，一个自称为“巴勒斯坦军”的团体声称对袭击事件负责，声言攻击时间刻意选择在“巴勒斯坦被分割55周年纪念日”之际，目的是谴责联合国1947年11月29日通过的旨在让犹太人欺压阿拉伯人的一项决议。该决议将巴勒斯坦一分为二，由阿拉伯人与犹太人平分秋色。

在肯尼亚先后发生的这两起自杀性爆炸案，第一次是针对美国，这次是冲着以色列而来，且是天上地上双管齐下，同时并举，其势头丝毫不亚于第一回。这里提出两个疑问：一是恐怖袭击为何两度选择了肯尼亚，二是美国和以色列何以成为袭击目标。长期以来，美国妄图称霸世界，唯我独尊，我行我素，在世界积怨甚多，在遭到一系列小型的恐怖袭击之后，“9·11”事件便成为总的爆发点。在有关中东重大问题的关键时候，美国明显偏袒以色列，而以色列则唯美国马首是瞻，狐假虎威，仗势欺人，在阿拉伯世界不得人心，最终导致其成为继美国之后，恐怖袭击的首选目标。

东非沿海国家肯尼亚两次成为恐怖袭击的地点自有其特殊的缘由。肯尼亚是英国的前殖民地，冷战年代又是非洲大陆的一个焦点。由于其东北邻索马里，北与埃塞俄比亚交界，南与坦桑尼亚接壤，这一连接“非洲之角”与非洲

肯尼亚首都内罗毕高楼鳞次栉比。

南部地区的特殊位置与多种文化在海滨一带交流、融合与冲突的特定环境，又增加了在世界格局中的重要性。作为一个多民族多宗教的国度，全国3000万人口以基督教为主，穆斯林占总人口的23%。自1963年独立后，肯尼亚与以色列保持着特殊的密切关系，这可以通过两个事件窥斑见豹。1973年中东战争以军占领西奈半岛后，30多个非洲国家不约而同地站在埃及一边，纷纷与以色列断交，而肯尼亚却没有这样做。1976年，肯尼亚曾为以色列提供后勤支持，协助其突击队拯救被巴勒斯坦激进分子劫持到乌干达的客机，那架飞机满载着以色列人。

正是由于这种特殊的国家关系，以色列人大多选择到肯尼亚旅游度假，美丽的天然动物园和迷人的海滨风情深受游人的青睐。精明的以色列商人于是看准了良机，在肯尼亚第二大城市蒙巴萨开设旅馆，以接待众多来自祖国的游客。这次袭击事件就是正当一家以色列人的旅馆用非洲传统歌舞迎接客人时发生的。至于第一次袭击事件选择在首都内罗毕，主要是恐怖组织借以造成更大的声势与影响。

第一次恐怖袭击事件发生后，美国因担心类似悲剧再次在同一国度同一地区重演，随即协助肯尼亚政府训练治安人员，密切注视高危受袭目标，美国军舰也不时在东非沿海巡弋，经常停泊在蒙巴萨港，密切注视着这一被认为是“基地”组织活动频繁的地带。然而，这次袭击竟在美军的眼皮底下发生，且使用了导弹打击以色列客机，这是包括美国和以色列在内都始料未及的。

在肯尼亚警方拘捕的12名嫌疑犯中，有6名巴勒斯坦人、4名索马里人、1名西班牙人和1名美国人。从袭击事件精确的策划、发生的地点、使用的武器到参与的人员等情况来观察，美国的反恐战略与目标值得反思与审慎，国际反恐斗争任重而道远。

第三节　和平的深层含义

“绿袋”走俏南非

进入5月份，随着时令更替，细心的人们发现，在大家纷纷加衣保暖的同时，南非几家大型连锁超市和零售商场的购物塑料袋也改头换面，“加厚御寒”了。这是南非政府为保护环境、善待家园而推出的“绿色购物袋”。自2003年初以来，“绿袋”始而风靡南非各大城市，继而走俏全国农村，转而又远销中国市场，受到国内外消费者的青睐。

塑料购物袋从商场免费赠送到顾客花钱购买，原以为会受到顾客抵触而滞销，未料却成为抢手货，竟一时脱销。人们不禁要问：“绿袋”何以能有如此大的魅力？

据估计，南非各主要超级市场和零售商场每年花费两亿兰特生产或购买塑料购物袋。以连锁超市绍普里特为例，该集团每年花费6000万兰特生产八亿个塑料袋。这些数量庞大的塑料袋随顾客购物而免费赠送，接着又被随手到处乱扔。高速公路旁、树枝篱笆上、海滩草坪里，“白色污染”随处可见，被人们戏称为“南非的新国花”。如何彻底清除这一污染、保护好美丽的家园？政府经过四年的调研和辩论，决定运用法律形式，强行禁止老式的薄型塑料袋，推出新型的加厚塑料袋——环保购物袋，简称“绿袋”。

“绿袋”与老式购物袋的主要区别在于，由薄变厚，由无偿变为有价，让人们心疼自己的钱，多次使用购物袋，从而达到减少污染、保护环境的目的。老式袋15微米厚，新型袋增厚一倍至30微米。自“绿袋”投入使用之日起，法律禁止使用厚度在30微米以下的购物袋。当初，国家环境部长预计，“绿袋”将使国内的塑料袋使用量降低50%，因为爱尔兰实施的类似规定使该国的塑料袋使用量下降了近80%。人们普遍认为，这一规定成功与否很大程度上取决于消费者是否会反复使用购物袋，“加厚”和“花钱”为多次使用提供了前提，大多数人不会像从前一样，免费一次性使用塑料袋了。实践证明，大家在使用塑料袋时不再像以前那样“奢侈”了，多数人购物时再次带来反复使用。“绿袋”走俏几年来，全国塑料袋的使用量比原来下降了60%，达到了厚度增加、数量减少的初衷，南非的“白色污染”明显减少。

使用“绿袋”的新规定还要求，必须使用环保印刷墨水和减少袋面的图案印刷，从而使购物塑料袋便于回收利用，以节约资源，减少塑料袋的流失，将“白色污染”降低到最低点。同时，全国商场出售的各式各样的垃圾袋也必须在厚度上达标。

如果仅是增加厚度和让人掏腰包，“绿袋”也难以在短时间内形成风靡之势。南非的“绿袋”之所以走俏全国，还因为其规格多样，美观大方。全国的购物袋以其容量分为四类：8升、12升、24升和提带式。尽管各类购物袋的规格统一，但各家商场都费尽心思在设计上大做文章，使得各类购物袋设计精美，让人眼睛一亮。既印有保护环境的简短宣传语，又标有各自超市的广告招牌。顾客反复使用，成为大街小巷的一道风景线和各大商场的活动广告牌。

统一降价，经济实用，再为“绿袋”走俏加上“一把火”。“绿袋”投入使用两个多月时，顾客们普遍反映环保袋好是好，就是价格太高让人接受不了。当初商家虽承诺降低食品价格，以弥补顾客的“绿袋”支出，可让人难以直接感受得到。为此，商家统一大幅度降价，24升的每个从46分降到17分，12升的从31分降至12分。皮恩佩连锁超市独自推出的非织物聚丙烯“绿袋”虽保持原来5兰特的单价不变，但承诺将其中的一兰特捐赠给国家环保工程。商家闻过则改，体现了顾客第一的经营理念。“绿袋”被普遍接受和多次使用，正在改变着不健康的消费习惯和环保观念。

“绿袋”风靡南非给人的启示是多方面的。它至少告诉我们，运用法律和经济手段保护环境，其效果比苦口婆心地宣传教育要来得更直接、更快速，也更易于被接受，更能产生集体效用，进而形成良性循环。如果各国的相关决策部门在环保方面多用点心思，多花点精力，何愁人类的家园不会更加美丽？

树比房高满目春

飞机快落地了，窗外仍是大海，初来乍到的乘客们面面相觑。正当我心中打鼓时，飞机平稳着陆。我朝外一瞧，机场跑道离大海真是近在咫尺，不过二三十米远。再看左边，候机室不是高楼大厦而是一排平房，还没有大树高。在从机场去宾馆的途中，尽管经过首都的主要街道，但沿途道路干净，满眼春色。在第一时间里，塞舌尔向宾客展示了其“第一现象”：人离海近，树比房高，人们生活在大自然中。

塞舌尔位于印度洋上，由115座大小不同的岛屿组成，是名副其实的“百岛之国”。美丽的沙滩和沙滩上如织的游人构成塞舌尔的“第二现象”。我下榻在一家滨海旅馆，白色沙滩上一天到晚游人不断。早晚人们在沙滩上散步，中午躺在沙滩上日光浴，到大海里去戏水和冲浪，就连商贩们也不放过良机，在沙滩上摆出各种工艺品。周末更是热闹，当地居民也加入到游客中间，整个沙滩就像一条望不到头的生活长廊，随着海湾通向远方。沙粒洁净，白得发光，光脚踩在上面温暖柔滑，很是惬意。沙滩上没有杂物，根本无须为划破赤脚而担忧。蓝色大海掀起的波浪，不时掠过白沙滩，亲吻着人们的脚面。人行走在大自然中。

在首都维多利亚港的大街上，垃圾桶是一个“鸟”形，鸟嘴常开，投放垃圾如同喂鸟一般。一个个不起眼的垃圾桶，就这样融入到周围干净整洁的大环境中，善待家园、保护环境的用心可见一斑。塞舌尔的“第三现象”如果仅此而已，也不会给人留下什么深刻印象。在参观海椰林时，我从小小的门票上发现了一点特殊。门票印制得算不上精致，可下方的四句话不可忽视：尊重这个自然美景的宁静，不要损坏或移动任何植物，勿打扰鸟类和小动物，请使用垃圾箱。运用“尊重”和“勿打扰”之类的文明字眼，将环境和动植物与人类相提并论，突出的是人与动植物、与环境要和谐相处，接近而不破坏。

怎样透过现象看本质呢？我走进位于国家植物园内的塞舌尔环境部。将政府部委设置在国家植物园内，这在世界上也许是独一无二的，体现了与环境融为一体的精神。在这里，我从两本白皮书——1990 年至 2000 年和 2000 年至 2010 年的国家环境管理计划中找到了答案。前者提出将国家发展模式向可持续发展转型，为此强调政府行为和全民参与；后者提出塞舌尔要走在世界可持续发展的前列，为此制定了 12 项指导原则。其中第一项是贯彻落实宪法提出的“人人生活和享受在净洁、健康与生态平衡的环境中”的权利；第二项和第

塞舌尔海滩沙白如雪。

三项是履行《21世纪议程》和自己应担负的国际和地区性的环保责任。白皮书明白无误地将环保上升到贯彻国家根本大法和落实到自己的国际责任的高度。

在与旅馆管理人员和出租车司机的闲谈中，我感受到了岛国民众的环保意识。他们说，塞舌尔的地理位置得天独厚，特别是有幸成为世界上唯一的海椰子的故乡。另外，全国除了山脉就是海洋，土地非常贫乏，机场和岛屿周围的平地都是因地制宜，围海造田形成的。这告诉塞舌尔人，自然环境是一种宝贵的资源，要学会珍惜和爱护。爱护就要见诸具体行动，例如，政府制定了一项政策，房子不能比树高。这给人一种满目皆春、融入自然的良好感觉。不管是首都大街上的建筑，还是依山傍海而建的宾馆；不论是政府机关所在地，还是全国各大岛屿上的民居，无一例外，使绿树遮盖下的房子成为塞舌尔的一大景观。国家还教育国民从我做起，从小事做起，爱我家园，保护环境。

在我下榻的滨海旅馆，旅馆经理还以优质环境能够吸引更多游人为例，说明环境保护也是一种经济竞争力。这种环境当然包括国家的大环境和旅馆的小环境在内。旅游业是塞舌尔的一个支柱产业，风景秀美、气候宜人的塞舌尔，不但使本国居民呼吸着洁净的空气、享受着优质的环境，而且吸引着越来越多的世界游人，被誉为“旅游者的天堂”。近年来，塞舌尔人的生活质量不断提高，妇女平均寿命达到76岁，男子为68岁。越来越多的游人为国家带来了可观的外汇收入，环保带来了经济利益，形成了一个良性循环，促进了国家的全面、协调、可持续发展。由此观之，环境观理应成为科学发展观的题中之意。倡导科学的环境观，应该成为全球的一种时尚，成为人类的一种文化。

人类共同拥有一个地球。然而，全球变暖、臭氧层空洞、土壤退化、饮用水匮乏，地球在人类活动的影响下，处于生态和环境崩溃的边缘。为遏制环境进一步恶化，善待人类的共同家园，2002年举行的联合国世界可持续发展峰会提出要建立“绿色世纪”。如何才能实现这一目标呢？不知能否从“塞舌尔现象”中得到启示。

和平新理念

2004年12月，诺贝尔和平奖破天荒地授予肯尼亚的环保主义者马塔伊博士，奖励她发动“绿带运动”，动员广大贫穷妇女姐妹在非洲大陆种植了3000万棵树苗，表彰其在可持续发展与和平方面作出的这一历史性贡献。获此消息，人们疑窦顿生：人类和平与自然环境之间有何关联？

和平与自然环境、和平与环境资源，两者似乎风马牛不相及。不过仔细考究，发现两者密切相连，密不可分。“和平”不但是指人与人之间不要对抗和战斗，而且包含着人类与大自然，人类与动植物和平共处的和谐之美。诺贝尔和平奖内涵与外延的丰富与扩展，体现出人类对自然环境的关爱与重视，强调人类与动植物的和睦为邻与彼此相依，进而实现人类的可持续发展。

世界各国的科学家们正在担忧，健康植物正在遭受着外来物种的侵袭和污染，面临被不断同化与异化的危险，其物种的纯洁性和生命力受到严峻挑战。与此同时，世界各地的动物因其生存环境日益受到破坏，生存空间正在不断缩小，为适应这一新形势，动物正在进行着“当代进化”：体积越来越小，寿命越来越短，种类越来越少。人类对自然环境的污染行为，对大自然的征服活动，正在改变着动植物的生存环境，威胁着动植物的前途命运。

坦桑尼亚北部的曼亚纳湖是著名的火烈鸟栖息地和聚居区。火烈鸟飞翔形成的大自然奇观，令世界各地的游人心驰神往，令无数观赏者如痴如醉。2004年6月，曼亚纳湖的火烈鸟成群成批地死亡，且死因不明。人们普遍认为，人类向曼亚纳湖排放的大量生活垃圾，以及农药残留物和重金属污染，改变了湖泊的生态环境，从而导致某些致命毒素出现，引发火烈鸟集体“英勇就义”。

伴随着珍奇动物的相继“销声”与稀有物种的不断“匿迹”，人类也在品尝着“战天斗地”运动带来的苦果。频率越来越高的台风登陆，不时发出“老天爷”的暴怒；乱砍滥伐形成的恶性循环，不受欢迎的沙尘暴不期光临；“东边日出西边雨”，人类比过去更多地见证了赤日炎炎似火烧与洪水滔滔如席卷两者同时并存的自然现象。“天行有常”，人类对大自然的“有意”改造，得到了大自然的无情回报。实践告诉人们，尊重自然环境就是尊重人类自己，就是尊重客观规律！只有尊重大自然，才能与大自然和平相处。中国古人言：“礼之用，和为贵。”人类对大自然也应以礼相待，以和为贵。

战争是人类之间矛盾不可调和的产物，而引发战争的不少矛盾就是围绕自然资源而展开的。古今中外，不同的民族和利益集团为了争夺自然资源而大打出手的事例屡见不鲜，不同的国家和国家集团为了霸占自然资源而发动战争的事例俯拾皆是。古代不少人为“水”而战，当今更有人为“油”而争。冲着自然资源而动辄兵戎相见，自然和环境资源因人类的破坏而日益贫乏和短缺，人类接着又为了掠夺和抢占有限的自然和环境资源而发动战争。此恶性循环一旦形成，后果难以设想。由是观之，保护和改善自然和环境资源，能够“防患于未然”，有效地减少和防止冲突的发生，对人类和平具有难以估量的贡献。从这个意义上讲，马塔伊她们播种的不只是绿色，而且是“和平”！

“和平”是“战争”的反义词，而这种战争不仅是指人类本身之间的敌对与格斗，而且是指人类与自然界之间的征服与报复。随着时代的发展与进步，对“战争与和平”这对矛盾的重新认识反映出人类思维方式的变革与改进。诺贝尔和平奖审时度势，吸纳中国哲学思想，将“和”的理念融入其中，表达出尊重大自然、关注人类未来的远见卓识。同居于一个地球，包括各种鸟类在内的所有野生动植物皆是人类的朋友。“和平”不但是指人与人之间不要对抗和战斗，而且包含着人类与自然，人类与动植物和平共处的和谐之美。人类能够与大自然和动植物和平共处于同一片蓝天之下，体现出人类的觉悟与智慧、宽容和博爱。这也许是火烈鸟集体“英勇就义”换来的人类对大自然的重视与关心。如果火烈鸟真的能够有知，读懂诺贝尔和平奖评委会的这番用意与苦心，它们一定会振翅高飞，欢庆“和平”。

第四节 撒切尔官司缠身

铁娘子之子被“蝎子”蜇了一下，在自己家中“坐牢”。

2004年8月25日上午7时，南非立法首都开普敦，警察按响了马克·撒切尔的门铃，在对其家中进行彻底搜查后将其逮捕。九个小时后，马克以200万兰特保释，处于警方的严密监控之下。因涉嫌参与赤道几内亚的一起军事政变，他将被以违犯《外国军事援助法》的罪名遭到起诉。至此，这名四处惹是生非的英国前首相玛格丽特·撒切尔的儿子，终于将其置身于一宗国际官司之中。

国际媒体哗然 各国反应不一

马克被捕的消息不胫而走，各国媒体争相报道。这除其卷入非洲国家的军事政变外，主要因为他是英国前首相撒切尔的儿子。这一跨国官司至少涉及南非、英国和赤道几内亚三国。

马克本人对被捕事件三缄其口，其律师表示："撒切尔先生此前就与官方保持合作，他愿意继续这种合作。"在一份声明中，马克指出："我对所有的起诉都是清白的，我将与官方通力合作，以解决这一问题。"

凑巧的是，马克被捕之时正值英国外交大臣斯特劳访问南非。对此，南非警方认为完全是"偶合"而已，强调是在掌握了大量事实后才做出逮捕决定的。

斯特劳拒绝就马克被捕事件发表任何评论，只是表示英国反对非洲大陆发生的任何形式的军事政变。英国驻南非大使馆强调，斯特劳来访是讨论两国关系的，"马克事件不会影响这次访问。任何一个英国公民在国外被捕，我们将向其提供正常的领事帮助"。

南非外长祖马指出，法律面前人人平等，任何一个在南非境内居住的人，都应遵守本国法律。她表示，政府将调查马克的真实身份，到底是南非公民还是长期居住者。在回答最大的反对党民主联盟关于是否引渡马克的提问时，祖马指出："尚未接到任何关于引渡的请求，我无法说我们将会拒绝——这一问题尚未提出。""根据我国关于雇佣军的法律，南非完全有能力公正审理此类案件。"祖马重申了南非政府反对死刑的立场。如果马克被引渡到赤道几内亚，他将面临死刑判决。

南非"母亲城"——开普敦依山傍海。

涉嫌参与政变　早已东窗事发

2004年3月7日，一架波音飞机在从南非飞往赤道几内亚途经哈拉雷时，因涉嫌为在赤道几内亚发动政变而购买枪支弹药被津巴布韦警方截获，机上70名嫌犯在津巴布韦受审。与此同时，另外18名参与同一起政变的本国和外国嫌犯也在赤道几内亚接受审判。据称，马克与为这起军事政变提供资金的一家名为“洛格”的联合企业有关，该企业为政变出资300万美元。

这起政变所需的资金几乎全由“洛格”提供，而政变的密谋者、正在津巴布韦接受审判的曼恩是该企业的一个股东。马克在该公司投资了27.5万美元。马克的律师说，马克因涉嫌为政变购买一架直升机而被捕。另据正在赤道几内亚接受审判的政变嫌犯杜托伊特透露，2003年7月，他曾通过曼恩介绍，与马克谈论过为苏丹的一家矿产企业购买军用直升机之事。

马克为何要参与推翻赤道几内亚政府的军事政变呢？其目的是扶持一个新政权，以更易于得到赚钱的石油和钻石的开采特许证。

2004年7月，英国媒体披露马克涉嫌卷入赤道几内亚的军事政变。在接受法国报纸采访时，赤道几内亚总统奥比昂指责马克同谋推翻该国政府。据悉，马克被捕时正密谋离开南非。

从小惹是生非　最终落入法网

1953年8月15日，马克和其双胞胎妹妹卡罗尔降临人世。此时，身为石油商的父亲正在伦敦观看比赛。虽是同胎生，两人的性格却迥然不同。卡罗尔直爽活泼，乐于助人；马克内向寡言，不爱交际。在校时，马克功课常不及格；毕业后，他曾尝试过多种职业，去南非做股票交易，到中国香港打短工，回英国销售珠宝。1977年，他成为赛车手并成立了赛车公司，公司未赢利，自己却成为英国媒体的取笑对象。

1982年，马克参加巴黎至达卡尔长途车赛，未料在撒哈拉大沙漠中迷失，迫使其母在公众场合痛哭，这是“铁娘子”任首相期间仅有的一次。其父火速奔赴阿尔及尔寻找他，好不容易找到他时，他却用唱流行歌曲的方式与父亲打招呼，气得老爷子差点背过气去。马克不但拒绝与其父握手，还拒绝感谢寻找他的阿尔及尔寻救队，使得其父窘迫一时，半天无语。

马克26岁时，其母入住唐宁街。撒切尔夫人曾夸奖自己的儿子说：“马克能把冰雪卖给爱斯基摩人，将沙子出售给阿拉伯人。”当马克问其母的新闻秘书自己如何帮助母亲赢得1987年的大选时，得到的回答是：“离开这个国家。”

20世纪80年代中期，马克与一名美国百万富姐邂逅并结为伉俪，从此定居美国。1995年，生意失败后为躲避麻烦，举家迁往南非，花200万英镑在开普敦购买了一幢豪宅。对马克而言，不安分的他总是与麻烦同行，不断地惹是生非终于将自己置身于法网之中。

第五节　小岛国面临挑战

2005年1月13~15日，联合国小岛屿发展中国家可持续发展峰会在毛里求斯首都路易港举行，联合国秘书长安南呼吁尽快建立全球灾害预警系统，减少大自然危害人类。

这次峰会是在海啸18天前穷凶极恶地袭击了本地区后举行的，具有特殊的重要性和现实意义。联合国秘书长安南在开幕式上指出，他刚刚访问了海啸的一些重灾区，目睹了自然灾害给人类造成的浩劫。“苦难之重、破坏之烈、规模之大、速度之快，无不令人震惊。大自然顷刻间改变生命和地球面貌的威力，使我们人类深感无奈。”

大海总是与船只形影不离。

安南强调，这场悲剧再次告诫我们，必须做好预防和预警工作，不但要为印度洋和南亚建立区域预警系统，而且要“放眼全球，建立全球灾害预警系统，范围不仅包括海啸，还要包括风暴潮和龙卷风等在内的其他一切威胁。”

制作船模型发展旅游。

小岛国易受自然灾害侵袭有目共睹，自然灾害是小岛国实现可持续发展的一大“拦路虎”。

大型自然灾害固然可怕，但是这种来势凶猛、破坏力大的“急症”毕竟罕见，倒是一些司空见惯的人为因素形成的“慢性病”危害性更大。全球气候变暖引起海平面上升，直接威胁小岛国的生存和发展，是小岛国担忧的头等大事。据科学家称，由于温室气体排放引起全球气候变暖，南极冰川正在加速融化并流向海洋。假如照此下去，全球海平面将在数十年内上升一米以上，而马尔代夫的平均海拔只有 1.2 米。该国的旅游广告词“趁我们还在这里，赶快来看看吧”，让人顿生悲伤之情，不知拒绝在《京都议定书》签字的那些国家，特别是个别大国，对此作何感想！

当然，海平面上升对小岛国的影响不仅仅是威胁岛国的生存空间，全世界都将品尝由此酿成的苦果，诸如土地面积减少、荒漠化加速、海洋生态恶化等。

小岛屿发展中国家是全球实现可持续发展的重要一环。绝对贫困、全球变暖、极端气候事件频发，损害着小岛屿国家的社会与生态系统。海啸灾难再次敲响了警钟。特别不符合逻辑的是，国际社会对小岛屿发展中国家的官方发展援助竟在不断下降，从 1994 年的 23 亿美元下降到 2002 年的 17 亿美元；技术转让和能力建设国际合作也进展缓慢。

除天灾人祸外，小岛国虽千差万别，但统一存在固有的特殊性。这些固定的制约因素主要表现在，资源贫乏引起生态系统退化，废物处理加重海洋污染和经济规模小易于被边缘化。小岛国的淡水、土地和森林等其他资源有限，为了发展又过度开发和使用这些资源，造成生态系统退化。不仅如此，由于大肆捕捞，就是被认为“取之不尽、用之不竭”的海洋资源也受到严重威胁。往来于大海的船只向海洋排放运载水和投放垃圾。破船、沉船对大海污染，以及小岛国海滨的垃圾管理漏洞，这些都在日复一日地恶化着岛国的生存环境。

小岛国身处海洋包围之中，与外界在地理位置上形成隔绝，加之其经济规模小，远离世界大市场，又面对能源成本提高、世界经济竞争激烈，无不面临被进一步边缘化的挑战，进而名副其实地成为“孤岛国”，与世界发展的距离不断拉大。

除面临固有的特殊性严重制约外，小岛国的可持续发展同时难以摆脱外界因素的影响。反恐带来的全球旅游业衰退，小岛国首当其冲，因为旅游是许多岛国的支柱产业之一；艾滋病迅速蔓延给小岛国造成严重损害，就受感染的成人比例而言，拉丁美洲加勒比地区仅次于非洲撒哈拉以南地区；十年来，发达国家对小岛国的发展援助减少了50%，而同期内的贸易保护主义又在加剧，一增一减进一步制约了小岛国的前进步伐。

面对天灾人祸、内外交困的严峻挑战，小岛国提出了自身的应战策略。他们在呼吁尽快建立灾害预警系统、采取措施限制全球气候变暖和发达国家实现援助承诺与开发市场的同时，提出了三大应战措施：首先，团结起来，“用一个声音说话”，保护自己的利益。其次，努力练好内功，加强自身的全面建设，特别是重视市政建设，同时在技术进步、能源建设和人力资源开发方面下大工夫，以增强应变能力。再次，采取切实可行的措施，进一步贯彻执行小岛国可持续发展《行动纲领》，进而克服自己的脆弱性。

这次会议通过的《毛里求斯宣言》和《战略文件》强调，《行动纲领》是小岛国实现可持续发展的指南和蓝图，是小岛国持续发展应担负的责任和义务，贯彻这一纲领十分重要和非常紧迫。这表明，小岛国正在走向一条联合自强、注重实效的可持续发展道路，相信它们将受到世界的关注，成为国际大家庭中的一员，而不是变成一座座“孤岛”。

毛里求斯的银行大楼之高是非洲岛国之最。

第三十章　非洲联盟

从“非洲复兴”的提出到非洲联盟的正式成立，世纪之交的非洲令非洲人民欢欣鼓舞，令世界人民刮目相看。

还是在担任南非副总统期间，姆贝基就积极倡导“非洲复兴”，提出了“为非洲问题寻找非洲答案”的真知灼见。就任总统后，作为非洲首富国家的元首，姆贝基当仁不让，以积极主动的态度迎接非洲大陆面临的各种挑战。

姆贝基与非洲其他国家的领导人共商“非洲复兴”大计，是“非洲发展新伙伴计划”的主要提出者之一；他出任非盟首任主席，在非盟成立与建设过程中发挥了重要作用；他成功调解刚果（金）战乱和苏丹冲突，为非洲大陆的和平作出了重要贡献。非洲联盟在南非宣告成立，南非是泛非议会的所在地；南非曾给予邻国极大的帮助，帮助莫桑比克抗洪救灾，帮助津巴布韦渡过经济难关；南非是非洲“争常”的三个国家之一，在非洲事务中发挥着日益重要的作用。

对于姆贝基和南非积极参与非洲事务的态度，南非反对党颇有微词，曾在国民议会当面向姆贝基提出质问。对此，姆贝基正面回答道，这并非他本人意愿，更不是他想出风头，“1999 年来南非出席总统就职仪式时，坦桑尼亚前总统尼雷尔语重心长地对我说，南非应该在非洲事务中发挥更大、更重要的作用，这是非洲的人心所向，你们千万不要推卸责任”。此后，反对党在这一问题上三缄其口，保持沉默。

第一节　大陆拥抱新世纪

姆贝基新千年献辞

同胞们：

再过几个小时我们将进入公元2000年，值此，我们与世界同庆这即将来临的新世纪与新千年的开端。

我们向您表示新年问候和最良好的祝愿，衷心祝愿您在新的一年事业成功并赋予新年一种不同凡响的意义。

对于我们国家和整个非洲大陆而言，正在朝我们走来的世纪必定是一个充满希望的新世纪。

这必将是一个我国各族人民和全体非洲兄弟民族人民不断进步的新世纪。

这必将是一个我们在实现主要目标——为全体人民创造美好生活方面取得长足进步的新世纪。

在即将告别过去一个世纪和千年之际，我们值得自豪和骄傲的是：在过去的一个世纪，包括南非在内的非洲大陆人民彻底消灭了殖民统治和种族隔离制度。除西撒哈拉遗留问题外，我们全体非洲人民成为掌握自己命运的主人。

与此同时，我们还应该清醒地意识到，革命成功并未真正给我们人民的生活带来根本性变化。作为非洲人，我们目睹了过多的军事政变、内战和国家间冲突，太多的人惨遭杀戮、死于非命，太多的人被砍被炸、终身致残，太多的人流离失所、沦为难民。

纳米比亚军乐队队员异口同音。

南非行政首都比勒陀利亚。

我们看到千百万人民越来越贫穷，并成为包括艾滋病在内的各种疾病的受害者。

我们必须同腐败现象作斗争。由于腐败，一小撮人损公肥私，从而使劳苦大众本已贫穷的生活雪上加霜。

我们看到非洲大陆正在被边缘化，似乎我们的大陆注定要在经济、发展、科技应用、教育、培训和知识、文化和艺术诸方面被抛在世界潮流的后面。

在跨入新世纪和新千年的时刻，作为非洲人，我们要说：够了，我们已经受够了！

我们必须尽己所能，在我们自己的国家强化民主、培养人民尊重人权的思想意识。

我们自己必须进一步鼓励民族和解，尊重各民族的文化、语言和宗教信仰，在全体人民中间培养我们过去常说的爱国主义。

我们必须竭力消灭历史遗留下来的种族主义、性别歧视，以及歧视残疾人的陋习。

我们要继续保障人民群众的生命和财产安全，严厉打击和惩处各种犯罪分子、毒品贩子、强暴和虐待妇女儿童的罪犯，以及用暴力手段威胁民众安全的恐怖主义分子。

我们要向一直困扰着我们千百万人民的贫穷宣战。

这将意味着我们必须确保经济增长和现代化水平提高，提高全民素质，继续为财富公平分配和南非成为世界经济不可分割的一部分而努力奋斗。

我们还要与南非邻国的人民和全体非洲人民一道，努力追求进步、共享社会繁荣，从而实现“非洲复兴”的崇高目标。

为此，我们要以 2000 年为契机，实现我们的既定目标。

我们还要利用新世纪到来这一契机，建设全非洲民主、和平与发展的伙伴关系，通过我们自己的努力，使 21 世纪成为“非洲世纪”。

无论过去饱受了多少苦难，我们今日必须展望未来。

我谨代表南非政府，并以我个人的名义，祝大家新年快乐、万事如意！并通过你们把我们的问候转达到全非洲和全世界。

我再次向所有驾车者呼吁，注意交通安全，减少违章事故。让我们以实际行动响应“平安到达”的倡议。

谢谢!

把握千年之“春”

人们常用“千载难逢”来形容机会难得，新千年来临是谓“千载一逢”，世人为能生逢这“千岁一时”而备感兴奋、雀跃欢呼，世界各国因之不约而同地举办了轰轰烈烈、喜气洋洋的盛大庆典。然而，庆典之余静思，2000 年与每一年并无天壤之别，其区别仅在于 2000 年是新千年的开端。“好的开端是成功之半”，如何起好步、开好头，在新千年曙光照耀下实现理想，取得进步，对一个人、一个民族、一个国家，乃至整个世界显得尤为重要。

新千年带来新希望，新希望孕育着新机遇。点燃新希望、抓住新机遇、部署新战略应是新千年的应有之义。回首上个千年、上个世纪，世界的变化何止地覆天翻！人类取得的经济、科技、政治、文化、艺术成果为我们今后快速发展奠定了良好基础，我们有理由相信世界的明天、人类的未来会更加美好。然而，美好的明天不可能随着斗转星移自然而然从天而降，唯有通过自己勤劳的双手方能描绘出来。

就非洲大陆而言，在过去的一个世纪里，非洲人民彻底消灭了殖民统治和种族隔离制度，成为能够掌握自己命运的主人。在迈向新纪元之际，“我们应

欢呼非洲新时代。

该清醒地意识到，革命的成功并未给我们人民的生活带来根本性变化”。南非总统姆贝基在新年献辞中发出这一振聋发聩之言，号召非洲各国人民抓住新机遇，部署新战略，用勤劳智慧的双手创造美好明天。

新千年带来新机遇，新机遇孕育着新挑战。焕然新面貌、迎接新挑战、拥抱新世纪是新千年应有的精神状态。新千年在带给我们新希望与新机遇的同时，又使人类面临严峻的生存挑战。全球环境恶化、贫困人口增加、艾滋病毒肆虐、武装冲突频发……这是人类如今面临的共同问题。据最近统计，全世界的贫困人口比十年前增加了一亿人；在全世界 193 个国家中，1999 年卷入武装冲突的国家竟有 65 个，这一数字几乎是冷战时期的两倍。在非洲大陆，安哥拉内战已打了 20 多年，刚果（金）冲突导致多国卷入，种族冲突时有发生……就在新年之际，科特迪瓦还发生了军事政变；截至新千年到来之际，非洲至少有 1100 万人死于艾滋病，2200 万人感染了艾滋病病毒。

时代的发展使人类更加彼此相连、休戚相关，人类的发展需要世界各国同舟共济、通力合作。姆贝基“非洲复兴”的主张就是从整个非洲大陆出发、号召非洲人民以 2000 年为契机，勇敢地面对新时代的挑战，建设全非洲民主、和平与发展的伙伴关系，携手向腐败、贫困和疾病宣战，实现远大目标。世界银行行长沃尔芬森这样展望新世纪：“鉴于如今国家之间的相互依存性，我们显然需要在设计有效和持久的对策方面建立全球规则和全球行为。”如是观之，统一部署战略、共同迎接挑战是人类应做出的理智选择。

幸福祥和的生活是人类共同的追求，灿烂美好的明天是人类共同的祈盼。在全球欢呼新千年到来之际，我们高兴地看到，世界各国在欢庆千禧年到来这一点上是多么地不约而同而又惊人相似。各国皆举行了声势浩大的庆典，庆典突出了各自特色，参加庆典的人群无不兴高采烈、对明天满怀希望与信心。千载一逢，理应欢乐。新千年庆典这一令人振奋的“集体行动”昭示我们：人类绽开笑脸共同迎接新千年，世界各国张开双臂希望抓住这一新机遇发展自己，面对共同的问题人类将会齐心协力、携手解决。

在欢呼新千年到来之际，人类不但面临着共同的问题，世界各国还面临着各自不同的问题。在新年献辞中，各国元首对新千年和新世纪满怀希望，提出了自己国家新的奋斗目标。如何齐心协力战胜困难，实现既定目标，理应处理好新千年与每一年的关系。“一年之计在于春”，我们今日处于新世纪与新千年之“春”，满怀新希望又肩负着历史重任，重要的是把握时机、脚踏实地、鼓足干劲、发展自己，而不能只顾狂欢而坐失良机。

第二节　非洲迎来新时代

非洲联盟正式成立了。南非一位资深非洲问题专家形象地将她比喻为非洲人自己为迎接21世纪挑战和实现非洲复兴而精心设计的一辆“新型大陆列车”。2002年7月9日，随着一声划破长空的汽笛，这辆满载着非洲人民厚望与期待的列车，在万众欢呼声和祝愿声中，从非洲东南部港口城市德班徐徐驶出，从而开始了非洲历史的新纪元和非洲人民的新长征。

非统组织功不可没

这辆新型列车的原型是非洲统一组织，非盟的诞生给历时39年的非统组织画上了一个历史性的句号。

从“非统”到“非盟”，非洲人民走过了一条不同寻常的发展道路。美丽的非洲大地曾经长期遭受殖民主义和种族主义的铁蹄蹂躏，正如非盟首任主席、南非总统姆贝基在非统组织最后一届首脑会议开幕式上指出的那样，帝国主义和殖民主义曾经妄图在非洲大陆建立从开普到开罗的永久性统治。1963年5月，非

为“非洲复兴”鼓与呼！

非洲联盟在南非正式成立。

洲 31 个独立国家决定成立“非洲统一组织”，领导非洲人民实现民族解放事业。此后，非统组织在维护非洲国家的主权与领土完整、根除殖民主义和种族主义统治的斗争中发挥了巨大作用。姆贝基表示，列强们打错了如意算盘，与它们的企图相反，“国家独立与民族解放的惊涛骇浪从开罗一直汹涌奔腾到开普，非洲重新回到了非洲人民手中”。毫无疑问，非统组织为此作出了不可磨灭的“巨大贡献”。

联合国秘书长安南和非统组织最后一任主席、赞比亚总统姆瓦纳瓦萨以及与会的非洲国家首脑对非统组织给予了充分肯定和高度评价，并强调“正是非统组织为非盟的成立奠定了坚实基础”。

非洲联盟任重道远

非盟秘书长强调：“非盟当然不是欧盟，尽管我们借鉴了其经验。”换句话讲，这是非洲人自己的组织，是非洲人自己第一次设计的发展战略，不是步他人后尘的产物。

在成立庆典上，热情奔放的祖鲁民族舞蹈，多姿多彩的民族服饰表演，雄浑有力的非盟主题歌曲，激情涌动的各界与会群众……非洲人民用自己的“声音”告诉世界：非洲迎来了新时代。南非国家电视台在报道非盟成立庆典时指出：“从这一天起，非洲人民开始用自己的双腿站起来，开始用自己谱写的乐曲‘跳舞’，非洲大陆开始迈向一体化。”

随着冷战的结束和世界形势的变化，非洲面临着被“边缘化”的危险。如何团结一致应对全球化和新世纪的挑战，怎样通过联合自强推进一体化进程进而实现“非洲复兴”是摆在广大非洲国家面前的共同任务。2001 年 3 月非统特别首脑会议宣布成立非盟，同年 7 月非统首脑会议决定正式向非盟过渡。如今，经过一年的过渡期，正式成立非盟的时机已经成熟。

姆贝基指出，非盟的任务首先是实现非洲国家和非洲人民之间的团结、稳定与通力合作，必须建立有效机制加快非洲大陆的政治、经济和社会一体化进程，加速非洲文化的集体行动以及非洲与世界其他地区的联系；其次是发展非洲国家之间各个层次的新型伙伴关系，动员各个国家社会各界的力量，共同实现非洲大陆的繁荣富强。利比亚领导人卡扎菲表示，非洲是自由的非洲，非洲是非洲人的非洲，非洲要团结一致携手共进，迎接面临的共同挑战。

作为继欧盟之后世界上第二个重要的国家间联盟，非盟是一个集政治、经济、军事等为一体的全洲性政治实体，设有首脑会议、外长执行理事会、常设代表委员会和非盟委员会等主要机构，并将成立泛非议会、安理会、理事会、非洲法院、非洲中央银行等，其宗旨是实现非洲的民主与稳定，消除贫穷落后，促进共同发展。

与欧盟相比，非盟面临着更大更多的挑战。南非副外长帕哈德认为，对非盟面临的挑战要实事求是，对非盟的前途要充满乐观。这代表了非洲民众的看

非洲联盟万岁！“非洲计划”万岁。

非洲联盟成立庆典掠影。

号不出声不费力。

“我这是传统服饰。”

非洲在我“心”中。

时刻不忘防守。

法。非盟目前面临着消除冲突、促进贸易和实现民主等几大挑战。就其内部机制而言，非洲安理会在如何对非盟成员国进行干预时又不触犯其主权，尤其在划分军事干预界限等问题上存在疑点。

面对诸多挑战，非盟实现其宗旨任重而道远。

“非洲计划”重在实施

“非洲发展新伙伴计划”是非洲国家共同提出的促进社会协调发展、实现经济全面振兴的行动纲领。该计划与非盟相辅相成，紧密联系在一起。如果说非盟是实现非洲复兴的“新型大陆列车”，那么“非洲计划”就是这辆列车的“车轮”。列车滚滚向前，离不开轮子的转动。

“非洲计划”是非洲国家领导人为迎接新世纪和全球化挑战而提出的推动非洲发展的战略方案。20 世纪 90 年代末期，姆贝基提出“非洲复兴”的口号，得到了许多非洲国家的响应；随后，姆贝基、尼日利亚总统奥巴桑乔、阿尔及利亚总统布特弗利卡和塞内加尔总统瓦德等共同提出了“非洲复兴千年伙伴计划”，最后定名为“非洲发展新伙伴计划”。“非洲计划”包括经济、政治、社会、文化和科技等内容，并提出了比较具体的奋斗目标。应该说，计划是周密详细的，目标是切实可行的，描绘的蓝图是宏伟远大的。当然，实现目标需要付出艰辛努力。

非盟秘书长认为，非盟与其前身非统组织的最大区别在于，作为经济与政治联盟，非盟注重广大群众的积极参与，而不是像以前那样多是领导人关起门来坐而论道。“非盟强调各个国家的介入和广大人民群众的参与，没有群众的行动，缺乏实干的精神，非盟将会成为一个空洞的口号，‘非洲计划’也只能停留在纸面上。”

非盟首任主席姆贝基在非盟首脑会议闭幕式上，号召全体非洲人民积极行动起来，齐心协力，鼓足干劲，一步一步地把计划付诸实施，将蓝图变为现实，实现“非洲复兴”，迎接“非洲世纪”。

“非洲团结与联合，努力使之实现，让我们庆祝这一天，因为我们正在向前。所有的国家，昂首团结在一起，手持联合的钥匙通向非洲世纪……非洲，这是你的时代，你的世纪，你的权利，非洲人民站起来，紧紧团结在一起。”这首非盟主题歌传遍了整个非洲大地。

世界在祝福非洲：非洲列车，旅途平安！

第三节　总统向记者“收费”

2002年7月8日，非盟第一届首脑会议在南非德班举行，在会议前夕的迎客仪式上，数百名摄影记者争相抢占最佳位置，以抓拍到姆贝基与非统轮值主席和非统秘书长三人迎接与会首脑们的镜头。每当他们三人与刚到的首脑合影时，姆贝基总是提醒他们再面向左边，以照顾站立在左前方的记者们。在迎接首脑们的间歇中，姆贝基与左前方的记者们开玩笑说：“你们应该给我付费啊！”记者们笑着说出不同的钱数，逗得姆贝基笑声不止。

一个玩笑稍纵即逝，而这轻松一笑却体现了姆贝基兼顾各方、顾全大局的宏观视野，讲究实际、追求实效的务实精神和把握时机、灵活机智的演说技巧。作为非盟首任主席和非洲经济强国的总统，他的这些个人品质，无不体现在非洲大陆发生的一系列大事上，从津巴布韦大选到非盟正式成立，再从刚卢和平协议的签署到可持续发展世界首脑会议主要文件的达成。

对2002年3月津巴布韦总统大选的公正性，西方国家普遍持异议，要求

姆贝基：“我们再面向左边。”

取消津巴布韦英联邦成员国资格的呼声不绝于耳，而包括非统组织在内的广大非洲国家的态度与之针锋相对，这无疑给英联邦“三驾马车”之一的姆贝基出了个难题。就在讨论津巴布韦问题的“三驾马车”会议上，姆贝基运用其识大体、顾大局的宏观视觉，成功地说服各位与会者，使英联邦最后做出中止津巴布韦成员国资格一年的决定，避免了两者之间的截然对立。

非洲联盟的成立具有划时代的重大意义，个别非洲国家领导人对此期待值过高，提出一些不合实际的做法，诸如短时间内统一非洲货币、组成非洲统一军队和过早实现经济社会发展目标等。为了让个别元首的头脑降温而又不挫伤其积极性，姆贝基强调“非洲发展新伙伴计划”既要目标明确，又要脚踏实地。作为非盟第一任主席，他在会议闭幕式上着重强调“非洲计划”，重在实施；“非洲复兴”，始于足下。

作为“非洲复兴”的倡导者，姆贝基认为“非洲计划”是通向“非洲复兴”的第一步，而要使“非洲计划”一步步得到落实，首先应该为计划的实施创造有利条件，当务之急是尽快结束被称为“非洲第一次世界大战”的刚果（金）战火，为非洲大陆的发展创造一个和平稳定的环境。为此，他在非盟会议期间就与刚果（金）和卢旺达两国的总统商讨扑灭战火之计，提出会议一结束就在南非举行和谈，由祖马副总统主持。其务实求稳的精神在非盟首脑会议和刚卢两国和平协议的签署这两个问题上再次得到成功验证。

如果说姆贝基的个人魅力无不体现在处理非洲事务上的话，那么，在2002年9月举行的联合国可持续发展世界首脑会议期间，作为大会主席的姆贝基则展示了其为维护第三世界国家的利益、与发达国家据理力争的游说才能。他一方面不失时机地利用美国总统罢会成为众矢之的的机会与欧盟成员国较为积极的态度，为第三世界国家争取更多利益；另一方面又提醒第三世界国家要面对现实，特别在是与发达国家之间有关经济利益的问题上，想法要切合实际，从而促使会议的主要文件“执行计划”如期通过。

在一定的意义上，作为总统的姆贝基，其轻松与严肃、务实与进取、原则与灵活，直接或间接地影响着事件的发展与结果；如果把日常生活中的他同其参与处理的事件连接起来观察，一个立体的姆贝基就站立在世人面前。

众所周知，姆贝基是一个注重实干的总统，深谙“实干兴邦、空谈误国”的道理。他曾严厉批评“会议热”，批评不切合实际的空谈。

安南每年都出席非统和非盟峰会。

新千年到来前夕，在南部非洲国家对话会议上，南非总统姆贝基的致辞可谓出人意料、语惊四座。他避而不谈此次会议的主题，转而严厉批评非洲的“会议热”，敦促非洲国家领导人要做“实干家”而不当“空谈家”。其痛砭时弊、一针见血的坦诚之言赢得与会者的热烈掌声，此间舆论高度称赞姆贝基“此言实也”。

在津巴布韦旅游胜地维多利亚瀑布镇举行的这次会议，主要讨论加强合作伙伴关系、加速地区经济发展问题。与会的各国首脑、政界、工会和工商界人士纷纷各抒己见，大谈如何共同促进地区经济发展。姆贝基在致辞时尖锐地指出，此类会议举行过不止一次，上次在纳米比亚会议上大家已明白需要怎么去做，“问题是知道干什么并不意味着计划之中的事情已经完成”，“从空谈到空谈的会议”理应休矣，“会议热”应该降温。

一个时期以来，南部非洲出现了一股重开会而轻贯彻的“会议热”。仅以刚果（金）停火会议为例，自该国 1998 年 8 月底爆发冲突以来，各种形式、不同范围的停火会议接连召开，几乎每次会议都呼吁交战双方尽快和谈并提出实现停火的步骤，却因会后缺乏具体实施而流于形式，结果是一边不断呼吁停火，一边照样拿起武器战斗，而其最终停火还是在南非和赞比亚等国逐步解决具体问题后才得以实现的。由此可见，姆贝基对“会议热”的抨击实乃有感而发、恰逢其时、击中要害。

作为一位注重实干的学者型总统，姆贝基强调贯彻执行会议决议的重要性，严厉批评“会议热”造成的资源和时间双重浪费。“各国政府面临的一个严峻挑战是能力问题，我们一方面要追赶巨变中的世界，一方面要解决我们国家那些根深蒂固的问题，这就使得把时间作为生产要素来考虑显得非常必要和重要。”姆贝基强调，领导人应该重视会议的成效而不是开会的次数。一个成功的会议闭幕时，与会者应该达到这样一个共识：回去后准备干什么；下次开会向大家汇报什么成绩。“如果只是不断开会而不贯彻执行会议决议，无疑造成人力、物力、财力和时间的无谓浪费。”

“会议热”除造成资源和时间上的浪费外，更要害的是助长一种崇尚空谈的坏风气，培养一批只说不干的“开会迷”。1922 年，目睹苏联当时存在的“会议热”，著名诗人马雅可夫曾这样辛辣地讽刺道：“每天，当黑夜刚刚化为黎明，我就看见……职员们就分头去开会。……我看到：坐着的都是半截人，活见鬼！那半截在哪儿呢？……他们一下子要出席两个会，一天要赶二十个会，不得已，才把身子劈开，齐腰以上留在这里，那半截，在那里。”

当年“会议热”的形成有其特定的历史背景和主客观因素，苏联社会主义政权成立不久，百废待兴，千头万绪，处于这一特定历史时期，各种会议林立在所难免。问题是不能本末倒置，只“开”不干，坐失良机，浪费时间与资源。在客观上会议多的情况下，如果再打着开会的幌子去游山玩水、避暑乘凉，各种巧立名目的会议何时才能开完？

在进入新世纪之际，非洲在走向和平、稳定与发展，孕育着生机与复兴。与此同时，“会议热”悄然兴起，姆贝基的一席逆耳卓见，适时贴切，无疑是

出席非盟峰会的卡扎菲检阅记者。

一服治疗“会议热”的清凉剂，必将有利于各国将更多的时间、精力和资源用在大干实干上。正如南非《星报》评论指出的那样，非洲要提高地位、要加速发展，首先必须减少不必要的会议，采取措施贯彻执行会议决议，注重会议的成效；领导人应该是“实干家”而不是“空谈家”。

第四节　泛非议会在南非

2004年9月16日，首届泛非议会在泛非议会总部——南非约翰内斯堡隆重开幕，来自53个非洲联盟成员国的265位议员出席。这是非洲历史上第一次各国人民的代表聚集一堂，共同商讨非洲大陆的和平与发展大计，是非洲大陆迈向一体化的又一个重要里程碑。

首届议会在具有浓郁传统特色的非洲歌舞声中开幕。泛非议会首任议长蒙盖拉在致辞中，首先回顾了非统组织和非盟的成立经过，认为泛非议会诞生于全球化浪潮日益高涨的今天，是非洲人民团结一致迎接新时代挑战和走向一体化的正确抉择。她表示，泛非议会的议员组成具有广泛的代表性，他们将代表各自的国家，反映非洲大陆人民的共同意愿，为非洲的经济发展、和平稳定、民主自由、脱贫致富出谋献策，贡献力量。她坚信，泛非议会将不负非洲人民的重托，出色地完成自己的历史使命。

在主旨演讲中，南非总统姆贝基首先代表南非政府和人民欢迎泛非议会的全体议员“回家”。他强调，非洲人民争取民主平等、独立自由的斗争目的，就是要掌握自己的命运，为大陆全体人民创造美好未来，泛非议会的开幕将帮助大陆人民更好地掌握自己的命运，尽快摆脱贫穷和不发达状态，更好地实现和平、民主、自由与发展。

姆贝基表示，今天翻开了非洲历史的崭新一页。泛非议会不但为非洲各国人民之间的交流提供了一个平台，而且为非洲大陆与外部世界的交往提供了一个窗口。他表示相信，非洲人民将团结一致，努力贯彻执行“非洲发展新伙伴计划”，实现“非洲复兴”，迎接“非洲时代”的来临。

2004年3月18日，旨在协调非洲发展步伐、促进非洲团结统一的泛非议会在非盟总部——埃塞俄比亚首都亚的斯亚贝巴宣告正式成立。坦桑尼亚社会活动家蒙盖拉女士当选为首任议长。

首任议长的蒙盖拉表示：“泛非议会反映非洲民意”

9月是南非的孟春季节。沐浴在和风丽日之中，目睹四周秀美的春色，泛非议会首任议长蒙盖拉高兴地说：“十年前，南非人民赢得了民主和自由，今天迎来了全体非洲人民的代表，成为泛非议会的东道主，这不但是南非人民的自豪，而且是全体非洲人民的光荣。”正值首届泛非议会举行之际，蒙盖拉议长充满自信与兴奋。

我们的话题自然而然地从南非成为泛非议会东道国展开。蒙盖拉介绍说，南非、利比亚和埃及三国向非洲联盟提出申请，希望泛非议会的总部设立在自己的国家。就在2003年的非盟首脑会议举行前夕，后两个国家相继退出竞争，首脑会议遂决定南非是泛非议会的东道国。根据东道国协议，南非必须为泛非议会提供会址、议员和议会工作人员的办公室、基础通信设施、地方交通、议长的官邸和议会开会期间的保安，等等。

南非政府首先为泛非议会选定了临时地址——黄金城北郊米德兰地区的加拉格庄园。该庄园以澳大利亚出生的面包师兼慈善家哈罗德·加拉格命名，加拉格先将其捐赠给约堡的一个儿童中心，后又被出售给一个开发商并修建了一个会议中心，于1993年开始试用。1994年，南非首次不分种族的全民大选结果就是在此揭晓的。泛非议会总部的选址基本原则，一是不考虑开普敦，以免与南非议会位于同一城市；二是考虑到交通问题，在豪登省内选择，地点要与约堡国际机场较近。蒙盖拉表示：“泛非议会将在这一临时总部工作五年，期间，南非将在豪登省建造一个永久性的新议会大厦。新大厦的设计图案将在非洲大陆进行征集，力求反映出非洲特色。”作为东道国，南非将为泛非议会花费约6100万兰特，而泛非议会的总经费将由非盟统一划拨。蒙盖拉指出，南非对泛非议会的贡献不能用物质和经济来计算，事关改变非洲大陆的前途与命运，新南非的影响与作用不言而喻。

“我对非洲前途充满信心。”

在简要回顾了非统组织和非洲联盟的成立经过后，蒙盖拉指出，在建设一个团结、强大的非洲的共同目标指引下，根据《非洲联盟宪章》，非洲领导人一致同意成立泛非议会，以促进大陆的团结与统一，加强非洲国家及其人民之间的合作和凝聚力。泛非议会是继非盟正式成立和“非洲计划”批准实施之后，非洲在经济、社会全面发展和一体化道路上的第三个里程碑。“泛非议会诞生于全球化浪潮日益高涨的今天，是非洲人民团结一致迎接新时代挑战和走向一体化的正确抉择。泛非议会的议员组成具有广泛的代表性，非盟 53 个成员国各 5 位议员，共计 265 位。各国的议员必须首先是本国议会的议员，其中必须包括反对党议员和至少一名妇女议员。他们将代表各自的国家，反映非洲大陆人民的共同意愿，为非洲的经济发展、和平稳定、民主自由、脱贫致富出谋献策，贡献力量。”蒙盖拉感慨道：“非洲大陆各国人民的代表聚集一堂，共商大陆和平与发展大计，史无前例呵！团结就有力量，非洲人民团结起来推翻了殖民统治，也必将共同战胜前进道路上遇到的各种困难。”

谈及泛非议会面临的挑战时，蒙盖拉认为：“最大的挑战是如何更好地反映非洲人民的意愿和需求，怎样更充分地表达非洲人民的希望和呼声。这是我目前考虑最多的问题。”她坚信，泛非议会将不负非洲人民的重托，当好非洲大陆人民的代言人，出色地完成自己肩负的历史使命。

据介绍，泛非议会的工作分两个阶段进行：前五年，即从 2004 年到 2009 年是准备阶段，泛非议会只发挥咨询和顾问作用，对涉及大陆人权、民主、良政、法律的作用等问题进行自由辩论并通过决议，但没有法律权力；第二阶段，即 2009 年后，发挥立法功能，促进非洲大陆的团结与一体化，法律通过须获得 2/3 的议员选票。“这主要因为泛非议会是个新生事物，需要一个学习、准备和适应过程。”蒙盖拉表示，泛非议会的所有讨论都将向公众公开，大家可以旁听议会的任何一次辩论。

泛非议会的立法将对成员国发挥权力作用，非洲联盟也成立了安全理事会，这是否与互不干涉内政的原则相抵触？蒙盖拉指出，两者之间并不矛盾，互不干涉内政的原则依然存在，立法是为了促进非洲和平、发展与一体化进程，非盟安理会只是帮助实现大陆的和平与稳定。她以布隆迪和平进程为例：“我们大家帮助布隆迪结束战乱，举行大选，但并没有为其任命总统，更没有强加于我们的任何意志。两者的区别应该是显而易见的。”

谈到泛非议会使用的语言问题，蒙盖拉说，非洲有上千种语言，本土的和外来的，特别是殖民主义带来的语言。“但是，语言是交流的工具，在选择泛非议会的语言时，应以便于交流为原则，而不应过多地考虑是否含有殖民色彩。我们应该尊重历史，面对现实。”目前，泛非议会使用阿拉伯语、英语、法语、葡萄牙语和斯瓦希里语等五种语言。

作为泛非议会首任议长，蒙盖拉指出，泛非议会的开幕翻开了非洲历史的崭新一页。泛非议会不但为非洲各国人民之间的对话与交流提供了一个平台，而且为非洲大陆与外部世界的交往与合作提供了一个桥梁。她表示，中国是世界上具有重要影响的国家之一，泛非议会将会加强与中国的交流与合作，促进非洲人民与中国人民之间的了解与友谊。

生于 1945 年的蒙盖拉是中国人民的老朋友，曾是 1995 年北京世界妇女大会的主要组织者之一。作为坦桑尼亚的一名中学教师，她毕业于达累斯萨拉姆大学教育系，曾任政府妇女部长，五次担任内阁职务。活泼的蒙盖拉对我笑言，自己有健谈的职业习惯，不过议长的职责是让议员们各抒己见，“只有在记者面前，我才有高谈阔论的机会”。

作为一名社会活动家，蒙盖拉不但在国内，而且在国际上享受一定声誉。1991 年底，她成为坦桑尼亚驻印度大使。1996 年至 1997 年，她是联合国秘书长妇女问题的特使。2002 年，担任非统组织津巴布韦大选观察团团长。2003 年，出任世界卫生组织非洲地区友好大使。2004 年 3 月 18 日，在泛非议会成立大会上，被大家一致推选为泛非议会首任议长。

“一年之计在于春”。采访结束时，我真诚地祝愿开幕于新南非第十个春天的首届泛非议会，犹如春天一样，群芳竞秀，生机勃勃。祝愿泛非议会首任议长蒙盖拉出色地履行好自己的职责，造福于非洲国家和人民。

第五节　“和平鸽”赐福非洲

抗击外来入侵，防止内部动乱，非洲制订共同防御与安全计划

2003 年 4 月，建立非洲共同防御与安全计划首届专家大会在南非举行，作为非洲联盟轮值主席国和东道国，南非外长祖马在大会上强调：“非洲采取共同防御与安全计划的时机已经来临。”“我们曾经期盼，冷战结束后的世界能够开创一个全人类共同美好生活的时代，我们现在才知道事实并非如此。非洲要制订共同防御与安全计划以联合抗击外来入侵，共同对付内部动乱，迎接世界新形势的挑战。”

祖马表示，在当今霸权主义和强权政治横行的世界上，非洲大陆建立共同防御与安全计划显得尤为重要，“我们似乎进入一个为争夺自然资源而发生冲突和进行战争的阶段……我们正面临着削弱，如果说不是破坏，联合国的危险，我们当然不能允许这种事情发生”。

共同走向未来。

祖马强调：“我们相聚在世界各国人民密切关注伊拉克战争的时候，这提醒我们战争对人类造成的深重灾难。”“我们的首脑们一致认为，任何一场战争必须经过联合国授权才是合法的。作为弱小国家，我们生存的唯一希望就是世界的多极化。联合国的中心地位和权威作用比任何时候都显得更加重要。”“非洲要保卫自己，抗击来自内外两方面的侵略，集体行动十分必要。”“我们必须联合起来，保卫我们自己、保卫我们的人民、保卫我们的大陆。”她重申，无论是国家内部还是国家之间，“和平解决冲突是第一要务。这对我们显得尤其重要”。

建立“非洲互查机制”，成员国志愿接受检查和评估，促进大陆良政建设

进入新世纪之际，非洲国家新一代领导人和有识之士认识到，非洲问题必须由非洲人自己解决。要想根本改变非洲大陆的现状，在借助于外力的同时，非洲国家自身必须励精图治，形成强有力机制，从而加强国内政治民主建设和促进经济可持续发展。

为此，非洲联盟创造性地提出并建立的“非洲互查机制”，关注政治稳定以及经济发展的内部环境，要求志愿加入这一机制的各成员国公开其政府管理、经济政策以及人权等方面的情况，接受其他成员国的检查和评估。

“非洲互查机制”于2004年2月正式启动。南非、尼日利亚、埃塞俄比亚、肯尼亚和卢旺达等国家，纷纷加大惩治腐败的力度。2005年，南非副总统祖马因涉嫌一宗经济丑闻案而被解职；尼日利亚惩处了警察总监、劳工部长、教育部长、住房和城市发展部长以及政坛第三号人物、参议院议长瓦巴拉等腐败高官，用实际行动洗刷“全球第三大腐败国家”的不光彩名声。

事实证明，“非洲互查机制”促进了相关国家政府执政能力的提高，在敦促其成员国实行良政方面发挥了重要作用，同时有力地促进了非洲的和平与稳定，为非洲经济健康发展提供了保障。国际货币基金组织发表的《世界经济展望》报告指出，“非洲计划”和“非洲互查机制”助非洲经济发展一臂之力。非洲经济增长率近20年来首次连续数年超过4%，这表明非洲经济有望步入相对稳定的较快增长期。报告说，2004年非洲经济增速由2003年的4.1%上升至5.1%，2005年超过5.1%，2006年有望达到5.9%。2004年非洲大陆经济增长率超过5%的国家由上年的18个增至21个，2005年非洲绝大多数国家的经济增长率继续保持上升趋势。

携手治理战乱，共谋和平发展，“和平鸽”赐福非洲

2004年11月下旬，非洲大陆在治理战乱与冲突、共谋和平与发展方面迈出喜人的重大步伐，受到国际社会的注目和称赞，被誉为大湖地区和平的转折点及非洲大陆和平的里程碑。这必将对非洲的经济发展和社会稳定发挥积极的促进作用。

在坦桑尼亚，联合国秘书长安南和非洲15国的首脑出席了首届大湖地区峰会，会议签署了《达累斯萨拉姆宣言》，首脑们对该地区的和平与发展做出郑重承诺。在肯尼亚，在内罗毕举行的联合国安理会特别会议上，苏丹政府第一副总统塔哈与反政府武装苏丹人民解放运动领导人加朗签署了初步协议，双方同意在2004年底前结束内战；与此同地，索马里新政府正在此间积极组阁，会议还讨论了向索马里派遣维和部队等问题。在南非，科特迪瓦和会正在南非行政首都比勒陀利亚举行，姆贝基总统正忙前忙后，分别与该国领导人和反政府武装领导人会晤，推动该国和平进程。

非洲大陆同时出现的这些和平迹象是非洲人民厌恶战争、渴望和平的巨大心声的正确反映。过去200年间，大湖地区历经侵略与反侵略、独立战争、地区战乱、内战和部族冲突，是世界上战祸持续时间最长、难民人数最多、人均寿命最短、文盲率最高、各种问题最集中的地区，被称为“非洲的火药桶”。远的不提，乌干达北部的战乱自20世纪80年代中叶爆发，至今枪声时有耳闻；布隆迪遭受了十多年战火的蹂躏，和平进程不时经受考验；1994年，卢旺达发生了惨绝人寰的部族大屠杀；1998年爆发的刚果（金）内战，导致非洲六国卷入……这些恶性循环的战乱与冲突，造成数百万人伤亡、近千万平民流离失所的惨剧，严重阻碍了国家、地区和非洲大陆的和平、稳定与发展，给人民的生命财产安全造成难以估量的损失。人民早已厌倦了战乱，无时不在渴望安宁的生活。结束战乱与冲突是他们的共同心声和多年企盼。

告别战乱、走向和平是非洲人民努力改善自身形象、共同迎接新挑战的正确选择。大湖地区和饱受战祸之苦的其他国家，严重地影响了非洲大陆的形象，世人常常把非洲与战乱、瘟疫、疾病、贫穷等联系在一起。数百年殖民统治造成的恶果尚未消除，长期战乱又将非洲与世界发展步伐不断拉大，非洲面临着被进一步边缘化的危险。怎样树立新形象、迎接新挑战呢？非洲的有识之士早已认识到，唯有结束战乱与冲突，才能致力于发展与繁荣；惟有创造和平与稳定的环境，才能改善非洲的形象，迎接新的明天。

这些和平现象不约而同地在此时出现是非洲国家领导人适时审势、向非洲人民做出的重大承诺，是非洲人解决非洲问题的又一成功范例。新世纪之交，为了实现“非洲复兴”，非洲国家领导人携手共进，成功地实现了非统向非盟的过渡，适时提出了“非洲计划”，继而成立了泛非议会。然而，战乱与冲突阻碍着“非洲计划”的如期实施，现实与宏伟蓝图之间尚存相当差距。正如当时的坦桑尼亚总统姆卡帕所言，大湖地区国家在平息冲突、消除贫困方面取得了一些进步，但在继续发生的流血冲突面前，这些进步显得十分脆弱。“只有真正让和平泊进避风港，才能巩固大湖地区国家来之不易的发展成果。”历史已经证明，大湖地区各国唇齿相依，荣辱与共，惟有团结一致，加强区域合作，才能实现真正的和平与发展。而要“断然告别”长期以来的部族冲突、种族屠杀和国家间的战争，“求人不如求己”，惟有依靠自己。这次科特迪瓦战火一燃起，非盟就立即举行紧急首脑会议，研究制止对策，委托姆贝基斡旋和平就是最好的例证。

非洲大陆迈出的这一重大和平步伐与联合国、非盟多年的努力密不可分，赢得国际社会的普遍称赞。为解决苏丹问题，联合国安理会在内罗毕举行特别会议，这是有史以来联合国安理会在总部以外举行的第四次特别会议，也是近十多年来在总部以外举行的首次会议。会议通过了支持苏丹和平进程的第1574号决议，呼吁谈判双方尽早达成全面和平协议。双方在会上做出庄严承诺："将和平作为新年礼物献给苏丹人民和非洲人民！"这次会议还为解决备受关注的苏丹达尔富尔局势铺平了道路。

20世纪80年代，国际社会特别是联合国和非统组织就提出了一揽子解决大湖地区问题的设想。2003年再次提出举行地区峰会的动议。"经过十年来的不懈努力，终于让该地区的首脑坐在一张桌子前。"安南表示，大湖地区将会成为非洲一个新的"动力源"。如果能够掌握和开发自己的资源，他们可以成功地应对全球化的市场竞争；如果能够实现持久和平与稳定，该地区将会向全世界展示其多样性文化和自然景观的魅力与价值。

"和平鸽"在非盟总部振翅欲飞。

非洲大陆在欢庆"和平迹象"的同时又清楚地认识到，真正实施和平宣言和协议面临着诸多挑战。为此，大湖地区的首脑们决定成立部长级委员会，制订实施方案，具体落实宣言。非盟也特别强调各项和平协议的具体落实工作。人们有理由相信，"和平鸽"将会在非洲大陆振翅飞翔，赐福人民。

尾声 世界祝福你：和平！复兴！

非洲人民认识到，自己的大陆蕴藏着丰富的自然资源，本应是富饶的，如今却是世界上最贫穷的大陆。迎接挑战、实现复兴就是要扭转这一局面，以发挥资源的可利用价值，从而改善非洲人民的生活，为全体非洲人民创造更加美好的未来。

从南非回国的一年多时间里，大概是职业特点形成的惯性，我仍自觉不自觉地关注着来自非洲的各种消息，一直惦念着那片我曾工作生活过八年的美丽土地。2006 年 6 月随温家宝总理访问非洲，一看到黑人兄弟姐妹，我就有一种亲切感，从内心向他们喊出一声："HELLO! HOW ARE YOU?"

我的这种情感在南非时达到了高潮，情不自禁地想表达出来。6 月 21 日，温总理在抵达南非的当天就开始一系列的紧张活动，在温总理与姆贝基总统联合举行的记者会上，我得到一个向姆贝基总统提问的机会。当接过话筒的那一刻，我再也按捺不住，我要用英语向姆贝基总统表达我的这种心情："今天，我感到十分高兴，因为我又来到了南非。我曾在这个美丽的国度工作生活了 8 年，认识和结交了许多朋友。我虽然已经离开这里一年多了，但一直关注着这片美丽大陆的发展变化。非洲是我的第二故乡。"

接着，我用汉语向姆贝基总统提出如下问题："南非政府将采取何种措施加强中南文化交流，促进两国人民进一步了解？因为我认为南非民众并不十分了解中国，我希望中南、中非人民能够加强相互了解，增进友谊与合作。"对此，姆贝基总统回答说："你提出的问题确实存在，我们也意识到这一点。这次我与温总理签署了一系列文件，其中就包括文化交流与合作的内容。就政府工作而言，我们还将采取一些措施，比如今年 11 月将在南非举办中国文化节等活动，以加强南中文化交流，让两国人民进一步增进了解，这对促进两国关系十分重要。"姆贝基说，他自己每天看中国中央电视台英语频道的节目，但不知道南非有多少人能像他一样。姆贝基还"反戈一击"道，"加强两国文化交流与合作不能仅靠两国政府，你们新闻媒体和记者也要为此多做工作"。

姆贝基总统所言极是。在这次访问中，温总理和姆贝基总统不约而同地强调，新闻媒体和记者肩负着向中国报道非洲、向非洲宣传中国的重任。

多么可爱的非洲花朵。

高原型大陆与炎热的气候

非洲离我国有多远呢？北京到好望角的距离是 12933 公里。如果从广州乘船出发，取道南海、新加坡、马六甲海峡、印度洋去非洲的东岸城市——坦桑尼亚首都达累斯萨拉姆，需要航行 10320 公里。时代发展到今天，人们大多乘坐飞机去非洲，2006 年以前有三条航线：一条从我国北京出发，经新加坡到南非的约翰内斯堡或开普敦，或从我国香港出发直达约翰内斯堡，分别由新加坡航空公司和我国香港港龙航空公司与南非航空公司运营；一条从香港飞往肯尼亚首都内罗毕，还有一条从香港飞往埃塞俄比亚首都亚的斯亚贝巴，分别由肯尼亚航空公司和埃塞俄比亚航空公司运营。随着中非关系的快速发展，2006 年 12 月，中国南方航空公司开通了北京经迪拜至尼日利亚经济都市拉各斯的航线；2007 年又开通了广州直飞安哥拉首都罗安达的航线。2009 年 11 月 17 日，海南航空有限公司开通了北京经迪拜至苏丹首都喀土穆的航线。2012 年 2 月 1 日，南非航空开通了约堡内斯堡直飞北京和上海的航线。

当到达非洲后，你就会真切地感受到，非洲是一个辽阔而美丽的大陆。它地跨赤道南北，东濒印度洋，西临大西洋，这两大洋在它的南面交汇，连成一片；北隔地中海和直布罗陀海峡与欧洲相望，东北角以苏伊士运河与亚洲为界。不少人误以为好望角是非洲大陆的最南端，而事实上，厄加勒斯角、吉兰角、哈丰角和佛得角是非洲大陆的南北东西四角。当然，有幸能够去过这四个角的中国人屈指可数。

非洲大陆的“人头”与“脚印”说，不过是对大陆形状的形象说法。非洲大陆南北最长约8000千米，东西最宽约7500千米。大陆连同周围岛屿面积3020万平方千米，约占世界陆地总面积的20.2%，是仅次于亚洲的世界第二大洲。

非洲当时有53个独立国家，在地理上被习惯分为北非、东非、西非、中非和南非五个次区域。

众所周知，非洲是一个高原型大陆，非洲大高原的主体海拔在200~1500米之间，全洲平均海拔750米，地势比较平坦，地表起伏不大，相对高度较小，在几十米到100多米之间。海拔500~1000米的高原占全洲面积60%以上。海拔200米以下的平原多分布在沿海地带。海拔2000米以上的山地和高原约占全洲面积5%。

我曾到过刚果河畔，也去过埃塞俄比亚高原。从高度上看，非洲大高原可明显地以刚果河口至埃塞俄比亚高原北部边缘一线为界，分为两大区域：东南半部高地较多，大部分地区的海拔在1000米以上，可称为高非洲；西北半部高地较少，大部分地区的海拔在1000米以下，可称为低非洲。

非洲最高大的几座山脉多位于东南部：东部有肯尼亚山和乞力马扎罗山，南部的德拉肯斯堡山脉绵延1000余公里，其主峰海拔3314米，是非洲第三高

埃塞俄比亚的方尖碑。

峰。肯尼亚山海拔 5199 米，是非洲第二高峰。乞力马扎罗山是座死火山，海拔 5895 米，是“非洲最高峰”，方圆近百公里平地拔起，巍然屹立在坦桑尼亚东北部，犹如一个巨人，在非洲大陆站岗放哨。

不少人误认为，乞力马扎罗山既然位于赤道以南 3°，在阳光直射下，其山峰是不会积雪的。凡学过斯瓦希里语或懂得坦桑尼亚查加语的人知道，“乞力马扎罗”在斯瓦希里语中意为“光辉的山”、“耀眼的山”；其主峰“基博”在当地查加语中是“黑白相间”的意思，因为主峰上皑皑白雪与黑色岩石相互交错，构成一幅雄伟壮丽的图画。换言之，乞力马扎罗山的主峰基博终年冰雪盖顶，在赤道阳光照耀下格外绚丽多彩。

站在“顶峰”上极目环视，向北能远眺肯尼亚山；向东远望是万顷碧波的印度洋；向南远瞩便是茫茫大草原、苍郁的群山和青翠的田野；向西能眺望坦噶尼喀湖和维多利亚湖。

著名的东非大裂谷从乞力马扎罗山脚下穿过。东非大裂谷是世界上规模最大的断裂谷带，长约 6400 千米，有“地球的伤疤”之称。大约在 100 万年前，东非发生了剧烈的地壳运动，地表出现了两条大致平行的延长断裂带。东支是主裂谷，北起红海以北亚洲境内的约旦河谷，沿着红海向南，穿过埃塞俄比亚高原，抵达卢多尔夫湖直朝南，进入坦桑尼亚境内，经过马尼亚拉湖一带著名的野生动物园，纵贯坦噶尼喀大陆，沿着马拉维湖和赞比西河谷，经莫桑比克，从贝拉港一直延伸到印度洋底而消失。西支裂谷较短，由艾伯特湖，经爱德华湖、基伍湖转向东南，沿着坦噶尼喀湖，延伸到马拉维湖与主裂谷汇合，略成一个向西凸出的弧形。裂谷带一般深达 1000 ~ 2000 米，宽几十米到 300 千米，形成一系列狭长而深陷的谷地和湖泊。其中，吉布提的阿萨勒湖湖面在海平面以下 156 米，是非洲陆地最低点。

别以为大裂谷深得让人感受可怕。我曾经过东非大裂谷的西支，它从肯尼亚的西南部穿过，是从内罗毕去马萨伊马拉国家野生动物园的必经之地。由于裂谷带较宽，无论是站在高处观看还是置身裂谷带之中，你似乎都找不到想象中大裂谷的那种感觉。

非洲的全名是“阿非利加”，在拉丁文中是“阳光灼热”的意思，这自然就意味着非洲是炎热的地方。全洲年平均气温在 20℃以上的地区约占全洲总面积 95%，其中一半以上的地区终年炎热，将近一半地区有着炎热的暖季和温暖的凉季。高温是非洲气候的第一个特征，这主要因为赤道穿过非洲大陆中部，大部分土地介于南北回归线之间，有3/4的土地是太阳垂直照射的地区。不过，由于位置、高度、洋流、雨量不同，非洲大陆的温度因地因时相差还较大。非洲最热的地方并不在赤道，而是在赤道以北。南部非洲的几个国家，如南非、津巴布韦、纳米比亚和博茨瓦纳等，一年四季，气候宜人，可谓夏无酷暑，冬无严寒。不少人认为，南非是地球上最适宜人类居住的地方；其尤甚者说，如果地球上有“天堂”的话，非南非莫属。

干燥少雨是非洲气候的另一个特征。除赤道附近地区雨量充沛外，非洲大部分地区气候干燥，沙漠区域的面积约为1000万平方千米，占非洲总面积的37%，年降雨量均在250毫米以下。雨量的分布从赤道向南北两侧逐渐减少，其中，撒哈拉沙漠大部分地区的年降雨量不足125毫米。与此同时，各种气候带从赤道向南北两侧成对称分布是非洲气候的第三个特征，这在世界各大洲中绝无仅有。

由于雨量分布和气温高低不同，一般把非洲划分为六个气候区：赤道雨林气候区、热带草原气候区、热带沙漠气候区、地中海式气候区、温带草原气候区和高原山地气候区。其中，前三个气候区约占到非洲大陆总面积的90%。

人口多种族与痛苦的记忆

非洲2005年约有8.32亿人口，占世界人口总数的13.4%，仅次于亚洲。

非洲历史悠久，是世界上种族成分最复杂的地区，他们大多数是黑种人，其余是白种人、混血种和黄种人。

黑人：非洲黑人主要分布在撒哈拉大沙漠以南，根据语言不同，非洲黑人分为苏丹黑人和班图黑人两大系统。前者主要居住在北非高原南部，即撒哈拉大沙漠以南到几内亚湾沿岸一带，讲苏丹语；后者分布范围广大，从东非高原和喀麦隆向南一直到南非沿海，说班图语。

欧罗巴种地中海族人：地中海族人分布在北非沿海及撒哈拉大沙漠中，属白人的一类，但肤色是浅棕色，头发黑色成波浪状。他们多讲阿拉伯语。

埃塞俄比亚人：他们是地中海族人与黑人的混血种，分布在埃塞俄比亚和红海沿岸。

开普有色人：他们是西方殖民者特别是荷兰人和英国人与当地黑人的混血后代，分布在南非西南部。

马尔加什人：是黑人与马来人的混血后裔，分布在马达加斯加岛。

外来居民：来自其他大陆的移民，多居住在南非，主要有荷兰人、英国人、印度人、马来人和中国人等。在非洲国家中，南非的华侨华人数量最多，2005 年约 20 万人。

非洲的政治地图是用鲜血画成的。从 15 世纪葡萄牙殖民者侵入西非开始，非洲人民就长期处在被奴役、受剥削的地位。殖民主义者在非洲可谓坏事干绝，先是从事贩卖奴隶的罪恶勾当，在 300 多年中有 1000 多万黑人被贩卖到美洲，而被殖民者捕捉时和贩运途中死亡的和被杀害的黑人数量更是惊人，高达近一亿人。

紧接着，殖民者开始占领非洲的土地，掠夺非洲的资源。19 世纪早期，西方殖民者在非洲只占领了小片土地——葡萄牙占据了非洲大陆西南和东南沿海的一些孤立据点，法国侵占了阿尔及利亚全境和塞内加尔河口的小片地盘，荷兰与英国侵占了南非。

为争夺原料产地、商品市场和资本输出场所，殖民者加速对非洲的侵略与掠夺。从 19 世纪 70 年代开始，西方殖民者仅用了 20 多年的时间就把非洲基本上瓜分完毕。据记载，1876 年，欧洲列强占领的非洲领土只有 10.8%，到 1900 年，它们已瓜分了非洲的 90.4%。到第一次世界大战前，非洲除利比里亚和埃塞俄比亚外，全部成了帝国主义的保护国和殖民地；第一次世界大战后，非洲只有三个独立国家——利比里亚、埃塞俄比亚和埃及。

入侵和瓜分非洲的主要西方国家有：英国、法国、葡萄牙、比利时、德国、荷兰、意大利和西班牙等。这不但导致英语、法语和葡萄牙语成为今天非洲大多数国家的官方语言，而且对当今非洲的政治、经济、文化、社会产生了重要影响。

非洲的边界线是殖民者划分的。众所周知，边界是一个国家主权的象征，国家边界不容侵犯是国际社会的共识。当今世界上的国家边界基本上分为两种——自然边界和天文学、几何学边界。前者是历史形成的传统边界，主要以山脉、河流、湖泊、沙漠、海洋等天然屏障划分；后者是人为划分的，按照经纬线或用曲尺在地图上画出来。与自然边界的曲曲弯弯不同，天文学边界和几何学边界多是笔直的。

非洲的边界多是殖民者划分的天文学边界和几何学边界。在西方殖民者入侵前，以游牧民族为主的非洲大陆没有严格的边界可言，因为各个部落经常迁徙寻找水源和牧场，即使是组织结构较完善的国家，民众的活动区域也不完全固定，它们之间的区域划分也不十分明确。

1884 年 11 月，欧洲 14 国参加了臭名昭著的柏林会议，于 1885 年初签订了所谓的《总决议书》，从而确立了非洲划界立法的基础——“有效占领”原则，即他们之中的任何一个国家在非洲占领土地时，必须通知其他国家，以此来证明其占领“有效”，否则不予承认。在英法德三国主导下，列强们在谈判桌上用一支红笔肢解非洲大陆。例如，埃及和苏丹边界的一部分是沿北纬 22° 线划定的，而东经 22° 线构成了纳米比亚和博茨瓦纳 700 公里的边界线。概言之，非洲的国界线，44%由经纬线划分，30%用直线或曲线的几何方法划分，只有 26%的国界是自然边界。

西方列强出于各自的占有欲和私利划分非洲国家的边界，给非洲人民带来了无尽的痛苦，埋下了部族冲突和动荡不安的祸根。列强们这样做，毫不考虑非洲人民的自身利益和非洲居民的相对分布区域，把原本相同的部族和种族用一道国界线截然分割成两个国家或多个国家，同时又强行将不同的部族和种族划归到同一个实体内，使非洲人民同时经受离散与聚合之苦，使本无矛盾的部族之间产生新的矛盾，使本已存在矛盾的种族之间矛盾进一步加剧。这里，最典型的事例就是卢旺达种族大屠杀。众所周知，部族矛盾是导致大屠杀的主因，然而，人们不会忘记，在非洲历史上，西方殖民者强行划分那里的族群，在卢旺达实行“以夷制夷”的统治政策，在胡图族和图西族之间制造矛盾，挑起事端，使两个和睦部族反目成仇，种族大屠杀就是这种矛盾的极端表现形式。

在对尼日利亚靠近喀麦隆边境的克罗斯河流域进行研究后，英国学者安尼认为，该地区民族众多却“支离破碎”、“相当混乱”，这是“欧洲人的残暴造成的”，是“分割边界”的结果。非洲媒体认为，西方媒体热衷于用自己的眼光审视非洲，而无视造成非洲现状的历史根源。事实上，殖民统治及其边界划分正是非洲一些冲突和灾难的根源。

第二次世界大战后，国家要独立、民族要解放、人民要革命的滚滚洪流席卷非洲大地，到 1971 年底，非洲已有 41 个国家宣告独立；至 1994 年南非废

这就是征服和蹂躏。

除种族隔离制度，除西撒哈拉外，非洲国家全部获得独立。对于殖民者划分的边界，其中有一种声音认为，非洲的国界线是殖民者“为了分裂非洲人民、损害非洲利益而划定的人为壁垒”，“应当废除或改变”。就在新世纪伊始，也曾听到过这种声音。然而，这种想法过于理想化，废除或改变国界线谈何容易，调整边界必将引起无休止的矛盾甚至冲突。出于现实考虑，非洲国家只能接受既定事实，非统组织成立之初就明确了这一点，坚持领土完整和非洲边界不可改变的原则。尽管这一原则为非洲国家所普遍接受，但是殖民主义者在边界问题上留下的后遗症并非因此而消除。非洲不少国家的内部和外部冲突，都是直接或间接由于边界问题而引发的。

在西方的心目中，非洲的冲突与动荡不是殖民侵略与统治造成的恶果，而是因为非洲缺乏“民主”与“法制”。这一论点虽然被非洲和世界各国的有识之士嗤之以鼻，但是西方的当政者“深信不疑”，全力向非洲输出西方式“民主”，全然不顾西方式“民主”在非洲不服水土的现实，从而制造了一系列麻烦、矛盾和问题。

全球化浪潮与“民主”的尴尬

2004年12月1日，莫桑比克举行全国大选，当时设定的公布大选结果的时限早已超过，传来的却是反对党认为大选不公正、不公平、不公开的“三不公”消息，要求重新计票，甚至重新选举的呼声不绝于耳，大选结果迟迟不能揭晓。

无独有偶，在同年11月举行的纳米比亚大选中，执政党以压倒多数获胜，尽管这在预料之中，但是各反对党同样以大选缺乏公正与透明为由，联合起来拒绝承认大选结果，遂向最高法院起诉，要求重新举行大选。

非洲国家大选陷入难产窘境的绝非莫纳两国，几乎已成普遍之势。远的暂且搁起，2004年前半年举行大选的尼日利亚和马拉维，也未能摆脱同样的尴尬局面，同样地步入这一“大选怪圈”；2003年的卢旺达大选也未能跳出这一“怪圈”。于是乎，非洲不少国家的总统都是在反对党的抗议声中宣誓就职的，人们对此似乎已经司空见惯、见怪不怪了；神经中枢也麻木不仁，形成思维惰性了。

其实，这一怪象及其导致的思维惰性仅是非洲“民主”面临的尴尬处境之一，准确地说，是轻度尴尬，其尴尬的局面还不算严峻，因为它毕竟还是要求在“法制”的轨道上解决问题，彼此还留有最终握手言和的余地。因大选而闹翻天甚或是闹得天下大乱、难以收场的，也大有“国”在。

2001年，岛国马达加斯加举行大选，总统与主要反对党领导人围绕大选结果展开激烈争斗，折腾得重新计票不算，继而闹腾到最高宪法法院仍未能解决争端，于是二人同时宣誓就职，出现了“一国二主”的对峙状态。期间，双方曾各自动用军队维持其政权，直到一方被迫流亡国外，非统组织介入调解，才为结束整整一年之久的“大选怪圈”画上了休止符。

1998年，“国中之国”莱索托举行大选，反对党指责执政党在大选中严重舞弊，导致兵戎相见，国家局势失控，最后还是南非和博茨瓦纳出兵“救火”，一场大选危机才得以暂时平息。2000年，战乱了十年之久的索马里在吉布提组成了全国过渡政府，各派军阀拒绝承认，内战照打不误；2004年，索马里和会再次在肯尼亚举行，选举产生出新政府，未料新政府再次遭到拒绝，进驻国内却难以施政，索马里直到今日仍枪声四起。

因“民主”而引发战争，让“民主”跌入战争的泥淖，是对“民主”的最大嘲讽，是“大选怪圈”上最刺目的亮点，不少人将其形象地称为“逢选必乱”。遗憾的是，许多人对这一点却视而不见，而将全部目光集中在2002年的津巴布韦总统大选上。毫不夸张地讲，津国大选是非洲最受西方关注的大选，也是引起争议最多的大选，直接导致非洲与西方之间针锋相对的严重分歧。对于非洲国家的大选，除非洲地区性组织和非统组织派遣大选观察员外，西方国家也要派遣，津巴布韦大选亦不例外。结果，非洲观察员认为大选公正、透明、合法，西方观察员和西方国家坚持大选“三不公”。这一泾渭分明的态度，实质上是非洲与西方在“民主”上的不同标准所致，反映了两者价值观的严重分野，而这一点似乎掩盖了“民主”导致战争所形成的重度尴尬局面。

何谓非洲“民主”的中度尴尬呢？它既在法制的范围之内，又对“民主”嗤之以鼻。1999年纳米比亚举行第二次大选前，以执政党西南非洲人民组织为主导的国民议会修改了宪法，将总统任期不得超过两届改为三届，为努乔马三任总统铺平道路。2001年，乌干达执政党“萧规曹随”，使穆塞韦尼得以“三任”。对此，曼德拉表示：“应尊重本国人民的意愿和选择。”这是否意味着南非会紧随其后呢？2004年4月，南非举行第三次全民大选，执政党赢得国民议会2/3以上的席位，掌握了修宪主动权，姆贝基是否“三任总统”被提上议事日程，不断遭到反对党质疑，曼德拉、姆贝基先后出面释疑，强调姆贝基不会“三任”，因为这符合南非人民的意愿。

众所周知，非洲的“民主”是在国家赢得独立时，前宗主国强加给它们的，非洲“民主”今日所处的尴尬境地，实质上是其强加者遭遇的窘境，是西方式民主在非洲直面的挑战。“橘生淮南则为橘，生于淮北则为枳，叶徒相似，其实味不同。”不根据他人的国情，强行将“民主”进行输出和移植，无疑使双方陷入“民主怪圈”之中而难以自拔，进而使民主受到亵渎和嘲讽。

民主化是当今世界的潮流，民主本身并无过错，错误的是不适合国情的民主形式，是向他人强行输出民主的霸道行为。对于非洲“民主”遭遇的尴尬，非洲有识之士早已有所醒悟。联合国秘书长安南强调指出，民主并非西方特产，非洲当有其民主传统。安南说，他的祖国加纳有这样一句谚语：“单靠一个人的脑袋不足以定断。”事实上，非洲许多农村和社区的决策过程，传统上都是经过自由讨论、认真权衡不同观点，直到各方达成共识。所以安南认为，“非洲人可以从自己的传统中获益良多，教育其他人民主的意义和精神”。我在采访新落成的南非宪法法院时注意到，宪法法院的大厅特意设计了一棵大树，它象征着非洲农村的长老们在村头大树下议政的传统时至今日仍具有现实意义。

安南进而认为，他们这一代人在经历各种苦难后终于认识到，真正的民主是能够尊重少数派，而只有让所有民众分享到权力后，国家才能实现长久和平与稳定，才能得到真正发展和进步，才能不断摆脱贫困和走向繁荣。“我们已经知道，权力一定要与他人分享，不管那是在最基本的家庭层次，还是在一个国家，乃至整个国际社会的层次。”当然，民主不是空洞的，非洲就有这样的谚语“民主是从吃早饭开始的”，“饥饿的肚子没有耳朵”。安南表示：“我们这一代非洲人明白，在一个不能令人民摆脱贫穷的国度，永远不可能建立真正的民主，也没有国家能够排除人民参与决策而取得真正的发展。”

针对西方国家对别国事务指手画脚、向非洲国家派遣大选观察员的做法，时任莫桑比克总统的希萨诺反唇相讥道：“我们非洲从来没有监督过西方国家的大选，从未向西方国家派遣过大选观察员。”2003 年，当美国发动伊战，用大炮和机枪向伊拉克输出民主时，姆贝基总统充满忧虑地指出：“美国今天打伊拉克，我们非洲国家明天很有可能会成为下一个。”

非洲国家正在对“民主”进行反思，不知“民主”的输出者和卫道士们作何感想？它们是否明白“千里不同风，百里不同雷”的自然常识？

庆祝“非洲日”与非洲的复兴

2003 年 5 月 25 日是“非洲解放日”40 周年，作为非洲联盟轮值主席国——南非举行了隆重庆典。有人以非洲大陆仍存在贫穷、疾病与战乱为由，发出“如此庆祝，是否必要与值得”的疑问，对此，非洲人民异口同声地做出肯定回答。

诚然，贫穷、疾病和战乱仍在困扰着非洲的前进步伐，影响着非洲的经济发展，特别是肆虐蔓延的艾滋病正在严重威胁着数百万人的健康和生命，折射出一道凄凉的阴影，但是 40 年来，特别是近十年来，非洲大陆取得的成就举世公认，有目共睹，无疑值得隆重庆祝。

“非洲统一组织”的成立打响了推翻殖民统治的隆隆炮声，从此，从开罗到开普，国家要独立、民族要解放、人民要革命的滚滚洪流汹涌澎湃，西方的殖民统治纷纷土崩瓦解，至 1994 年废除殖民主义的极端形式——南非种族隔离制度，整个非洲大陆重见天日，获得解放。这一天翻地覆的变化难道不值得大庆特庆？

近十年来，在赢得国家独立与民族解放的基础上，非洲大陆又发生了历史性的新变化：非洲人民获得了自己的尊严，精神面貌焕然一新，得到世界的尊重与重视。正如南非报纸指出的那样：“非洲告别了受人指责的岁月，破天荒第一次登上世界舞台，占有自己的正确席位。”2003 年庆典的主题——“我是非洲人”就体现了这一巨变。非洲联盟首任主席、南非总统姆贝基表示：“我们现在能够自豪地向世界宣布：我们是非洲人。”这就是一个了不起的历史变迁。

“为非洲问题寻求非洲答案”是另一大引人注目又值得庆祝的新变化。继非统组织在完成自己的历史使命之后，非洲联盟满载着非洲人民的希望与期盼应运而生，承前启后，继往开来。南非报纸用这样两句话形容非洲联盟诞生的意义：“非洲领导人每天25小时为大陆的和平与繁荣而工作，非洲发展新伙伴计划是对困扰我们的经济难题的非洲回答。”通过非洲联盟，非洲现在能够用“一个声音说话”，因之形成合力，声音强大，备受世界关注。

非洲今天应该而且值得庆祝自己的节日，这非徒因为非洲战胜了殖民主义、克服了重重困难，而且由于有了自己的新开端、看到了新希望。布隆迪和卢旺达在内战后赢得了国家和平，安哥拉、苏丹和马达加斯加在结束战乱方面取得了突破性进步，刚果河畔的枪声已经消失，刚果（金）正在翘首迎接和平与发展。这些国家为非洲兄弟国家“化剑为犁”树立了光辉榜样。

重视自己的历史与文化，国与国之间相互学习必将为非洲大陆的团结、统一与进步奠定良好基础。在2003年的庆典上，南非和马里两国总统正式启动了“通布图手稿”保护工程，以保护这一中世纪的宝贵文化遗产，教育非洲青少年一代珍视自己悠久的传统文化，培养他们的民族自尊心和自豪感。同时，

《非洲脚印》演出剧照。

加快步伐和速度。

南非豪登省做出决定，每所学校选择一个非洲国家，学习他们的语言、文化、国旗、国歌、历史、地理和政治制度，学习兄弟国家和民族的优点，取长补短，以此来克服排外主义，学会相互尊重。非洲兄弟国家之间的这种相互学习，有助于彼此了解，共同提高，携手前进。

津纳两国合办报纸，保护非洲价值观，弘扬大陆传统文化，还非洲大陆之真实面貌。2004 年 5 月 6 日，津巴布韦总统穆加贝和纳米比亚总统努乔马决定，两国共同创办一份名为《新周日时报》的新报纸，以抗击全球绝大多数媒体对非洲的负面报道，正确宣传非洲，宣传非洲的价值观和传统文化，宣传非洲人民蓬勃向上的奋进精神，让世人正确认识非洲，而不是通过西方媒体负面的和歪曲的报道看待。新报纸于 2004 年 7 月 1 日正式创刊，面向南部非洲 14 个国家发行。报社总部位于温得和克，所刊登的报道全部来自南部非洲国家，是“从非洲视角写作”的真实的非洲报道。事实上，除新创刊的《新周日时报》外，非洲各国的绝大多数媒体都在努力履行着正确报道非洲、积极宣传非洲的职责。

非洲在迎接挑战中迎来了新世纪和新时代，在继往开来中迎来了新希望和新发展。非洲联盟首任主席姆贝基登高一呼，号召全体非洲人民，团结起来，鼓足干劲，用自己勤劳的双手，建设团结、和平、民主、繁荣的非洲，迎接非洲大陆的新生与进步，实现“非洲复兴”的宏伟目标和壮丽蓝图。此乃庆祝“非洲日”的现实意义也。

2000年1月1日，人类进入新千年。黎明前夕，由非洲大陆最优秀的登山运动员组成的三支登山队分别登上非洲三大高峰——乞力马扎罗山、肯尼亚山和德拉肯斯山，站在顶峰迎接新千年的第一缕阳光，欢呼新千年的来临。非洲人民正以饱满的豪情和昂扬的精神迎接非洲的繁荣与复兴。

“非洲复兴”是非洲人民的共同期盼，实现“非洲复兴”面临众多挑战。非洲有识之士已经认识到，非洲目前面临的主要挑战是：实现和平与稳定、消除贫困和疾病、建立适合国情的民主和加大惩治腐败的力度、提高科学文化水平和加强基础设施建设、实现可持续发展和避免进一步被边缘化。非洲大陆目前所面临的首要挑战是，各国如何避免和解决冲突、怎样恢复与巩固和平。持久和平是非洲发展和应对各种挑战的前提；反之亦然，非洲发展将增强非洲应对挑战的能力，有利于实现持久和平。

非洲人民认识到，自己的大陆蕴藏着丰富的自然资源，本应是富饶的，如今却是世界上最贫穷的大陆。迎接挑战、实现复兴就是要扭转这一局面，以发挥资源的可利用价值，从而改善非洲人民的生活，为全体非洲人民创造更加美好的未来。当然，这是一项艰巨的任务，非洲人民有信心、决心和恒心完成这一重任，“非洲计划”让非洲人民看到了曙光、希望和未来。

中国在祝福非洲：和平！复兴！

歌唱非洲和平与繁荣。

附录一

温总理虚心求教

李新烽

温家宝总理虚心求教，请诗人李瑛改诗，如今成了当代文坛一段佳话。我曾作为《人民日报》记者随温总理访问非洲七国，亲自见证他作诗的初衷，同时又亲耳聆听了李瑛老师的有关介绍，觉得有必要对此作进一步的“揭秘”。

2006年11月13日，在中国文联中国作协全国代表大会上，温总理同文学艺术家谈心时曾说：“有一次，我写了一首诗，通过范敬宜求教李瑛老师，请他不吝赐教。当时，他问范敬宜：‘总理还知道我？’范敬宜告诉我后，我立即给他回了一封信，说‘先生的诗作和为人，我早已景仰，今日相识，引以为豪。’”

李瑛说：“温总理那首诗《我回家了》就是在访问非洲期间写的，诗作热情纯朴，讴歌了中非友谊，十分感人。”

我曾在非洲任常驻记者8年，深深理解温总理对非洲人民的深情。继2003年12月赴埃塞俄比亚出席第二届中非合作论坛并访问埃塞俄比亚后，温总理于2006年6月17日至24日对埃及、加纳、刚果（布）、安哥拉、南非、坦桑尼亚和乌干达七国进行了正式访问。此访行程35000公里，纵横跨越非洲大陆，遍及非洲东西南北中五大次区域；历时八天，举行活动80余场。对于温总理这次行色匆匆、紧张辛苦的访问，刚果（布）人形象地说：中国总理是一位带着手机和行军床的友好使者。

我有幸采访报道了这次备受非洲和世界舆论高度关注的访问，温总理以情动人、以理服人、推己及人、平易近人、寄语感人的人格魅力和外交风范，给我留下了深刻印象；非洲人民热情欢迎温总理的动人场面，让我一次次感受到中非友谊的炽热与真诚。6月21日，在南非立法首都开普敦，在为温总理来访举行的欢迎晚宴上，姆贝基总统在致辞中深情地说："中国朋友们，你们回家了。"6月23日，在乌干达首都坎帕拉，在出席中乌群众联欢会上，穆塞韦尼总统发表了热情洋溢的讲话，他动情地说："温总理，你回家了！"接着，温总理以《我回家了》为题，即席朗诵了一首诗，以表达对非洲人民的友好之情和对中非友谊的歌颂。温总理热情纯朴、充满激情的诗句当即受到热烈欢迎，赢得经久不息的掌声，穆塞韦尼总统激动得起立鼓掌。当时，我在现场聆听了温总理的朗诵。

后来，2006年第15期的《世界知识》杂志发表了温总理的这首诗。

人民日报社原总编辑、现任清华大学新闻与传播学院院长范敬宜是温总理与诗人李瑛之间的"媒人"。2006年7月1日，范敬宜接到温总理寄来的诗作《我回家了》，诗是打印的，上面有总理的亲笔信："敬宜同志：我在访非期间作了一首小诗，请你斧正。如有可能可送李瑛先生予以指导。"

范敬宜遂将总理的诗转给李瑛，并写了一封信。信中说："总理为人极为平易，他的要求是诚恳的，望您不必有何顾虑，帮他做点修改，或发表一点意见，我想他都会欣然接受和衷心感谢的。"

其实，李瑛老师也是十分平易近人。谈起为温总理修改诗作，李老师说，接范敬宜同志电话，说是温总理在刚刚结束的访非期间写了一首诗，希望他看看并能转请李瑛给予指点。"我听后感到十分惊讶、意外和兴奋。"李瑛说，对温总理的印象，过去都是从报刊上读到他的许多报道和讲话，文中不但观点鲜明、逻辑缜密、思想深邃，且充满激越的文采，每每引用警语、格言、诗文，更加儒雅、生动，视野开阔，诗意盎然，说服力极强。"温总理的博学多才和他对中外古今文化的好学、吸纳，给我留下了深刻印象。我对敬宜同志说，总理为国务日夜繁忙，怎么会知道我的名字呢？"

“第三天上午，我接到敬宜同志的快件，并附一信。我怀着极度喜悦兴奋之情，读了温总理的批示、信件及诗稿。我认真捧读了这首自由体新诗，觉得诗写得自然、简洁、热情、纯朴，很适合朗读，特别是所洋溢的对非洲人民的友好情谊，表现得极为真挚与诚恳。为增加朗读效果，经反复推敲，做了些未必合适的润色和修饰，打出清稿，不揣冒昧地寄给了敬宜同志转给总理。敬宜同志接信后电话告我说，他已收到我致总理的信及改稿并即转呈。”

李瑛表示，对温总理那首诗的修改，主要是对句式的排列和韵脚略作了一点调整，使这首抒情诗的韵调更加优美，感情更加浓烈。他在给总理的信中说：“这是一首即兴短章，建议在《诗刊》发表，它的发表对诗界是莫大的鼓舞。”

李瑛 16 岁开始写诗，笔耕 60 余载，至今已出版长短诗集和理论著作 54 种，以及 14 卷的《李瑛诗文总集》，在诗坛久负盛名。谈起为温总理改诗，这位至今仍难掩兴奋之情的谦逊老人一再表示，给温总理的信发出后，修改得合适不合适、是不是符合原意，他一时难以判定。“7 月 7 日晚 9 时，忽接温总理派人送来的 6 日所写的亲笔复信，给了我许多称赞和莫大的鼓励，信的字里行间充满真挚的谦逊之情。”

温总理在信中这样写道：“大示及改稿收悉，甚为感谢。”“我那篇拙作承蒙先生润色，我也从先生的指正中得到教益。”温总理还表示：“我喜欢诗词，可惜只能读，不能做，倘能从您那里学得一点，深为幸事。我的那首诗不敢在《诗刊》发表，只宜登在《世界知识》杂志上，以作记事。不知可获谅解否。敬复。顺致敬意。”

李瑛接着说，读罢来信，深受教育，便又给总理写了一封复信，并在信中提出不忍干扰总理繁忙的工作，请勿再作复。

“诗言志，歌咏情”，鸿雁传递谦逊与真诚。李瑛老师强调：“总理能够记住一个诗人的名字和他的诗歌，并能如此平易近人，不耻下问，实在使人深受感动。我想，这也是我们的总理对文学、对诗歌的尊重，显示了他的崇高品格和渊博学识，这对所有中国作家和诗人都是一个巨大的鼓舞。”

附：温总理诗《我回家了》

我回家了

温家宝

我于6月17日至24日赴非洲七国访问，行程三万五千公里。6月21日晚，南非总统姆贝基在开普敦为我的访问举行欢迎晚宴。他在致辞中深情地说："中国朋友们，你们回家了。"6月23日，我在坎帕拉同乌干达总统穆塞韦尼一起出席中乌群众联欢会时，即席朗诵了一首小诗，以表达对非洲人民的友好之情。

我回家了。
山一程，水一程，来看望非洲弟兄。
花团锦簇，旗飞鼓鸣，似海深情。
五十年风雨历程，把中非人民连结得更紧。

我回家了。
歌相送，舞相迎，瞬间凝成永恒。
相聚短暂，相知犹长，说不尽的话语表达一个心愿：
互利合作，共同发展，共享繁荣。

我回家了。
风一更，雨一更，才聚首又要起程。
人有离合，月有圆缺，实难舍非洲弟兄。
长城与维多利亚湖相距遥远，但隔不断友谊的力量和赤诚。

（原载《团结报》2008年6月20日第3版）

厚积薄发一“情”牵

——采写温总理凭吊我援坦专家公墓的经过与体会

李新烽

一篇文章的成败取决于“文眼”是否找准,《人间伤别情悠长》一文正是抓住一个“情”字，用“情”结构和写作，以“情”牵动和贯穿全文，最终达到“以情动人”、真情打动人心的目的。

2006年6月17日至24日,国务院总理温家宝出访埃及、加纳、刚果(布)、安哥拉、南非、坦桑尼亚和乌干达七国。作为《人民日报》 随团记者,采访这次时间短、日程紧、任务重的访问,我感到十分光荣,同时又觉得肩上的担子很重。

在去程的专机上，在与随团记者座谈时,温总理对非洲七国之行的报道提出了“以情动人、以理服人”的总体要求，并介绍了其中几场重要的亲民活动,这包括在坦桑尼亚凭吊中国援坦专家公墓。如何在这次报道中贯彻温总理的指示,怎样更好地完成这次报道任务,成为随团记者们关心的主题。

尽管其中不乏大量的第一手资料。如何跳出资料、高出资料，活用资料，进而使报道“以情动人”成为记者思考的焦点。

温总理这次在紧张的访问日程中凭吊我援坦专家公墓，表达出中国政府和人民对为修建坦赞铁路而牺牲的烈士们的深切思念，进而颂扬中坦赞三国人民之间用坦赞铁路这一纽带连接起来的真诚友谊和经过历史与时间考验的中非关系。由此看来，能否写出感情是这篇报道成功的关键，行前的资料准备还应该包括描写伤别和抒发感情方面的素材，即所谓的情感资料准备。

我想起著名抒情诗中关于人间伤别的诗句，其中包括《毛泽东诗词》中关于离情别绪的动情描写、白居易的《长恨歌》中关于唐明皇与杨贵妃生离死别的悲伤场景。可是从毛泽东诗词到《长恨歌》，其中关于爱情的动人描写与凭吊烈士公墓这一特定情景不吻合。后来，我想起了杜甫的《哀江头》，这是一首借杨贵妃曾时常游幸的曲江头来正面哀悼其人之死的诗：“明日皓齿今何在?血污游魂归不得。清渭东流剑阁深，去住彼此无消息!”死别生离，孰能忘情?我从中录下了“人生有情泪沾臆，江水江花岂终极”的诗句，以备写作时直接引用，渲染感情，加重表达。

资料准备充足了，仅仅完成了第一步，这篇文章能否写好，关键是要写出凭吊现场的活动和气氛，为此现场察“情”摆在头等重要的位置。

温总理这次非洲之行节奏很快，八天七国，举行活动80余场，在坦桑尼亚的日程安排同样是紧锣密鼓，一场紧接一场。为了报道好温总理凭吊我援坦专家公墓，2006年6月23日上午，随团记者提前20分钟到达公墓所在地。当时，坦赞铁路的领导和工作人员数十人已经等候在那里，其中包括坦赞铁路当年的修建者。我先察看了一下公墓内外，接着采访了两名修建坦赞铁路的老工人，他们曾经与中国朋友肩并肩修建铁路，言谈中对中国人民充满感激之情、对中国烈士朋友们常怀思念之心。

温总理乘坐的轿车抵达。按照仪式安排，温总理先向烈士纪念碑献花圈，再到墓地献花，接着发表演讲，在留言簿上题词，然后离开。整个仪式庄重简短，突出重点。在整个仪式中，我抓住现场的几个瞬间：一是温总理向烈士墓地献花的场景，二是温总理致词后大家的感受，三是温总理准备登车离开专家公墓时的表情。

资料准备和现场采访为的是写作。由于时间十分紧张，没有更多时间思考，我基本上采用了按照时间和事件发生的顺序来结构文章，中间根据需要插入有关背景材料，突出现场感和捕捉到的几个特定瞬间。

古人云：“感人心者莫先乎情”，而要做到以情动人，作者自己首先必须充满感情、情真意切，无病呻吟、虚情假意是不可能打动他人的。在动手写作前，我联想到自己第一次采访时独自一人在烈日暴晒下的公墓内站立一个多小时逐个记下烈士墓碑上的姓名、籍贯、工作职务、生卒年月的情景，想到这些烈士为修建这条举世闻名的铁路而长眠在非洲大地、与祖国亲人遥隔万水千山的情景，想到非洲各国人民对中国人民无时无处表现出的热烈友好、亲如兄弟姐妹的情景，想到温总理在十分紧张的访问日程中前去凭吊烈士公墓、发表感人演说的情景……我眼睛湿润了，我思潮澎湃了。正是在这种激动的情绪下，我一口气完成了写作。

从感情酝酿到激情写作，进而一气呵成全文，当回过头来修改文章时，我仍处在感情波澜的高潮之中，这种情感还在喷发，还在递进。文中的几个递进排比句就是在修改过程中后补的，最后一段也是在意犹未尽、情尚未了之时增加的，从而使文章感情更加深沉，结构更趋完整。

从资料准备到现场察“情”，从激情写作到以“情”定稿，这篇报道似乎已经完成了。可是，当看到最初为文章设定的题目——《祖国永远牢记》时，我觉得这个题目太平常了，于是改为《人间重伤别，此情最悠长》。又嫌这个题目太长，经过再三斟酌，最后才改成《人间伤别情悠长》。这个题目不但题文相符，而且像诗一样抒情，不少读者就是被这个题目吸引而阅读文章的，读后又无不受到感动。也就是说，这篇文章是以感情波澜起伏来结构全文，以突出情感深沉来最终定题。

《人间伤别情悠长》一发表即引起强烈反响，受到同行、读者交口称赞。6月24日，温总理在非洲之行回程的专机上对作者说：“我看了你写的关于我凭吊专家公墓的文章，很好，很感人。”这篇通讯被评为《人民日报》最佳报道。这篇通讯打破了以往我国领导人随访报道的固定模式，在内容和形式上皆有创新。我国领导人的出国随访报道，多是些程式化的官样文章，开头几句是异国他乡的天气和景物描写，接着就是领导人活动和讲话内容的罗列，最后突出访问增进了友谊与了解之类的惯用语。这样的报道写起来比较容易，给读者的印象多是大同小异、千篇一律。不少读者感叹说：“如果国家领导人的出国随访报道都能像《人间伤别情悠长》一样，看的人自然会更多，因为读者希望看到这样的报道，从中领略我国党和国家领导人的外交风范、人格魅力和我国的对外政策。”

成功完成此次报道任务，我有以下几点体会：

一是不打无准备之仗。党和国家领导人的出国随访报道涉及我国的对外政策、双边关系和所访国的一些情况，事先必须做好充分的准备工作，以确保报道工作不出漏洞和差错。事前准备当然包括足够的资料和知识准备，如领导人所访国的概况，领导人访问日程中涉及的人、事、物的基本情况，等等。当然，如果记者本人能够事先访问过有关国家更好，感觉会更直接。

二是要找准“文眼”，突出重点。一篇文章的成败取决于“文眼”是否找准，《人间伤别情悠长》一文正是抓住一个“情”字，用“情”结构和写作，以“情”牵动和贯穿全文，最终达到“以情动人”、真情打动人心的目的。假如这篇文章平铺直叙，不是充满感情，而是将“情”一笔掠过，显然难以打动读者。在找“文眼”前，一定要重视采访特别是现场的采访。尽管可以提前为文章进行多种设计，但最终写作成稿时必须要以现场为准为主，切勿造成报道失实。

三是记者要有雷厉风行的作风、灵活应变的能力和处事冷静的风度。以温总理凭吊我援坦专家公墓一文的采写为例，温总理当天的访问日程是：会见坦桑尼亚总理、凭吊我援坦专家公墓、视察我援坦国家体育场、回下榻的宾馆用餐，午饭后赴乌干达继续非洲之行。从凭吊公墓结束到飞机起飞的时间约 4 个小时，也就是说，《人间伤别情悠长》一文的最后写作和定稿时间全部加起来是 3 个多小时，期间除午餐可以不吃节省时间外，记者还必须从 20 多公里外的公墓到我援坦国家体育场，再从体育场赶回宾馆，从宾馆跟随访问团去机场。因此，必须争分夺秒构思和写作。

这篇文章能够如期完成交稿也与适时应变密切相关。采访完温总理凭吊我援坦专家公墓后，为节省时间，我提出能否直接回宾馆写稿，可代表团无法安排车辆，加之由于单独行动没有警车开道，路途交通堵塞可能要耽误更多的时间，我只有跟随代表团一起去中国援建坦桑尼亚国家体育场工地。到体育场工地刚一下车，我就看到旁边停放着坦桑尼亚方面为代表团安排的备用车辆，我立即与对方联系，提出马上去下榻的宾馆，对方十分热情，当即安排一位经验丰富的老司机出车。这位老司机十分认路，我们穿胡同走捷径，躲开了大马路临近午餐高峰期间的交通拥挤，很快到达宾馆，为写作多提供了一些难得的宝贵时间。

将近一年的时间过去了，随温总理出访非洲七国如同昨日归来一般。每当回想起那次紧张而愉快的采访，我都感到兴奋和自豪，温总理以情动人、以理服人、推己及人、平易近人的外交风范和人格魅力感动了整个非洲大陆，给世人留下了深刻印象，使我受益匪浅，终生难忘。

（原载《新闻与写作》2007 年第六期）

附录二

一部改变中国人非洲观的力作：《非凡洲游》首发式暨作品研讨会举办

人民网北京1月19日讯　记者王南、蒋安全报道：人民网前驻南非首席记者李新烽博士的新著《非凡洲游》（上下册）首发式暨作品研讨会今天上午在中国现代文学馆举行。这是李新烽“非洲三部曲”的第二部，其第一部作品《非洲踏寻郑和路》已于2005年12月出版发行，国务院总理温家宝为该书题词：“山一程，水一程，身向世界行。风一更，雪一更，心怀天下事。”

全国政协教科文卫体委员会副主任王巨才出席了《非凡洲游》首发式暨作品研讨会，并发表致辞。《人民日报》副总编马利女士，中国新闻摄影学会会长于宁致信祝贺。我国著名文学评论家和作家阎纲、何西来、周明、程树榛、雷达、雷抒雁、杨匡满、范咏戈、傅溪鹏、李炳银、王宗仁、白烨，我国非洲学界著名学者李安山、李保平、贺文萍，以及我国新闻界知名人士刘水明、丁刚、袁晞等共计30余人与会。首发式暨作品研讨会由《人民日报》国际部主任吴长生主持。

中国记协名誉主席、北京大学新闻与传播学院院长、著名书法家邵华泽为该书题写书名，人民日报社总编辑张研农、清华大学新闻与传播学院院长范敬宜为该书题词，人民日报社副总编辑米博华、中国散文学会常务副会长周明、北京大学非洲研究中心主任陆庭恩教授为该书作序。

著名文学评论家王巨才评价道，该书是一部颇具文献品格的大作，一部汪

《非凡洲游》一书的作者李新烽博士　人民网记者　李舸　摄

洋恣肆、百科全书式的力作。作者以记者的严谨、作家的睿智、学者的渊博，融新闻的真实性、文学的思辨性为一体，赋予作品一种博大、绚丽、深邃的气质。作品展示的是一个神秘、遥远而又奇异、多彩的世界，书中既有政治风云的纵情描绘，又有社会风情的精心刻画，使人大开眼界，大长见闻，浸淫其中，不忍释卷。无论是题材的新颖、内容的翔实，还是架构的严整，文笔的流畅，都会使人不时地联想到斯诺，联想到马可·波罗，甚至联想到《徐霞客游记》、《大唐西域记》这样的传世之作。就整体质量水准而言，以我浅陋之见，它注定会成为专家学者的案头参考和诸多读者的书橱收藏，足可问鼎国家图书奖；与我们已经见到许多同类著述相比，《非凡洲游》应当是毫无愧色的。

著名文学评论家阎纲认为，该书作者倾注了他全部的热情，调动了他所有才情，使用他所擅长的各种笔墨和得心应手的艺术技巧。这是一大块会说话的非洲石雕，是凝固的中非友谊的乐曲，是国人改革开放走向世界的见证，是叙事和抒情的默契，是报告和散文的交融，是哲理和讲史的和谐。

著名文学评论家何西来、雷达指出，《非凡洲游》结构完整、布局合理，出版恰逢其时，是一部百科全书式的大作，纠正了中国人对非洲的一些误区，无疑将会改变中国人的非洲观，增进中国人对非洲的了解。

中国非洲史研究会副会长、北京大学教授、我国著名非洲问题专家李安山指出，从书中有关高层访谈的章节可以感知，该书的品味很高，颇具人文价值。对于我国非洲学界而言，书中所披露的大量、鲜活和可靠的资料，其学术价值不容低估。

人民日报社副总编辑马利女士在贺信中说："李新烽同志是一位勤奋的记者兼作家。他的新作《非凡洲游》的出版，再一次体现了他作为新闻工作者触觉的敏锐和作为学者知识的广博。""新烽同志可以是一个榜样，每一个记者在完成自己的编采任务之余，其实，都有可能向生活的深处开掘，为人民写出更有深度、更有分量的作品。"

中国新闻摄影学会会长于宁在贺信中表示："对我国绝大多数读者来说，非洲还是一片神秘的未知的大陆，关于非洲的一切，大家都是感兴趣的。因此，在倾听有关非洲的报道、故事时，人们很希望能目睹其人其事其景，其奇珍异兽、奇花异草，以弥补未能身临其境之憾。李新烽同志好像对此早有预见，所以在奔走于非洲的26个国家之际，不但笔耕不辍，而且不怕麻烦、不惜投入、用自己的相机，拍下了大量照片。因此，奉献给读者的，不仅有大量精彩的文字，而且有数百幅精美的图片。相信这会受到广大读者的喜爱和欢迎。""过去提倡'读万卷书，行万里路'，我建议再加一句：'拍万张照'。"

首发式暨作品研讨会由晨光出版社主办，《人民日报》国际部、中国散文学会和中国报告文学学会联合协办。

《非凡洲游》由晨光出版社出版发行，它是作者李新烽亲历26个非洲国家所见、所闻、所感、所思的真实记录，共计60余万字，400多幅图片。该书内容丰富，图文并茂，以图片和文字两条主线贯穿全书，以讲故事的轻松方式，告诉读者一个现代与传统相接、机遇与挑战并存、现实与理想交汇、繁荣与复兴在望的真实而立体的非洲，使遥远的非洲大陆可见可闻可感可知可信，为中国读者认识非洲开启了一扇崭新的"窗户"。

李新烽著《非凡洲游》作品研讨会发言选登

认识非洲的一本导航和指南

《人民日报》副总编辑马利的贺信

李新烽同志是一位勤奋的记者兼作家。他的新作《非凡洲游》的出版，再一次体现了他作为新闻工作者触觉的敏锐和作为学者知识的广博。

这一部厚重的非洲之书，向读者展示了一个遥远而又陌生的大陆历史的秘密和新鲜的信息。近60万字的皇皇巨著，又配以精美的图片，足可以当作我们认识非洲、走向非洲的一本导航和指南。

这部书必将为促进中非人民的友谊和推动两地经济的发展作出新的、巨大的贡献。

新烽同志可以是一个榜样，每一位记者在完成自己编采任务之余，其实，都有可能向生活的深处开掘，为人民写出更有深度、更有分量的作品。

图片使《非凡洲游》更引人入胜

中国新闻摄影学会会长、《人民日报》原副总编辑于宁的贺信

对李新烽同志关于非洲的又一部力作《非凡洲游》的出版，表示热烈祝贺！

这本新著的一个突出特点就是图文并茂，这大大增强了它的可读性、吸引力、感染力。对我国绝大多数读者来说，非洲还是一片神秘的未知大陆，关于非洲的一切，大家都是感兴趣的。因此，在倾听有关非洲的报道、故事时，人们很希望能目睹其人其事其景，其奇珍异兽、奇花异草，以弥补未能身临其境之憾。李新烽同志好像对此早有预见，所以在奔走于非洲的26个国家之际，不但笔耕不辍，而且不怕麻烦、不惜投入，用自己的相机，拍下了大量照片。因此，奉献给读者的，不仅有大量精彩的文字，而且有数百幅精美的图片。相信这会受到广大读者的喜爱和欢迎。

既重视用笔写下来，也重视用相机拍下来，我觉得不仅对新闻记者要提倡，对散文作家、报告文学作家等其他行业的一些人士也值得提倡，特别是数

码摄影技术日益容易掌握，而其投入日益减少的情况下，就更有条件大大推广。我想，优美的散文配上精美的图片，动人的报告文学配上动人的图片，深刻的研究文字配上生动的图片，等等，其产生的感染力、吸引力、说服力将会是叠加的、倍增的。过去提倡“读万卷书，行万里路”，我建议再加一句：“拍万张照”。

“李新烽现象”值得研究

中国新文学学会副会长、评论家　阎　纲

上万只火烈鸟振翅齐飞的壮观场景，《一千零一夜》里如梦如幻的阿拉伯神话般瑰丽的北非风情，啊，这美丽富饶、热情、新奇、纯净、同时贫困、落后、令人神往的非洲大地！

我很惊奇，《非凡洲游》、《非洲踏寻郑和路》，沉甸甸的三大本，耗费多少心血啊！

李新烽像苦行僧一样，历时八年，神奇般地从开普敦到开罗，从好望角到“非洲之角”，从大西洋东岸到印度洋西岸，跑遍非洲东西南北中五大次区域，搜遍历史尘封的角落。

他几乎吃透了整个非洲，他奋不顾身地发现非洲的美，他获得好几个“第一”，他纠正了不少“误以为”，他零距离地接触到非洲首脑，他跟随温总理继周总理之后强化中非友好关系的历史性访问，他重申民主不能输出和移植，嘲笑“民主怪圈”、“民主”的尴尬，他关于温总理访问非洲七国的思考和关于我国援建管理方面的弊端的反思，他的吃苦精神、科学态度和创新能力，令人颇感欣慰。

从古丝绸之路的终端，越过红海，沿东非大裂谷，走向花团锦簇的肯尼亚——三宝太监到达西洋的落脚点。

诺贝尔奖得主海明威多次到过肯尼亚。他两次打猎，两次坠机，两次脱难，他的《老人与海》的种种倔强、惊险和传奇，折射着肯尼亚硬汉子的精神。我想起海明威在诺贝尔奖授奖仪式上的发言：“对于一个真正的作家来说，每一本书都应该成为他继续探索那些尚未到达的领域的一个起点。他应该尝试去做那些从来没有人做过或者没有做成的事情。”

我也想起凯伦·布利克森。她的《走出非洲》充满女性温柔之爱。在肯尼亚，她觉得自己“通过上帝的眼睛”俯瞰美丽富饶的非洲大地，她满怀失落与惆怅离开了她热爱的这片热爱的绿色土地，最后走出非洲。

我国“走进非洲”摄制组24名队员兵分三路，历时三个半月，穿越30多个国家。他们穿越了世界上最大的沙漠撒哈拉，探访了原始森林中世界上最小的人种俾格米，深入刚果（金）战区。

中国人几进非洲，而长达八年奔波于非洲者，陕人记者李新烽也。

美丽的丹麦女士“走出非洲”，勇敢的中国汉子走遍非洲。

李新烽倾注了他全部的热情，调动了他所有的才情，使用他所擅长的各种笔墨和得心应手的艺术技巧。这是一大块会说话的非洲石雕，是凝固的中非友谊的乐曲，是国人改革开放走向世界的见证，是叙事和抒情的默契，是报告和散文的交融，是哲理和讲史的和谐。

关于李新烽，大家说了不少鼓励的话，我最欣赏的是著名新闻家范敬宜的这首七言绝句：

“三宝”沉舟究若何？茫茫沧海疑云多。
纵横万里寻遗躅，谁道报人无郑和！

李新烽的作品到底算什么？采访、探险，还是钩沉？不似徐霞客，胜似徐霞客？“纵横万里寻遗躅，谁道报人无郑和！”好，那就叫他21世纪初再下非洲的报人郑和吧。

我们的报告文学创作现在面临一种新担当，就是肩负历史使命，为信史而不惜生命，真正的“读万卷书，行万里路”。李新烽做到了。

古人云：“庸史纪事”，“良史诛意”，为安一个字，敢于踏破铁鞋。怕吃苦，怕流汗甚至流血，趁早别碰报告文学！本乎此，“李新烽现象”值得研究。

他把准了时代的脉息

中国社会科学院文学研究所研究员、评论家 何西来

李新烽是我的小乡党，邻县陕西渭南人，曾在中国社会科学院外事部门工作过一段时间，先后获硕士和博士学位。在社科院工作时，他和我住同一栋宿舍楼，常到我家来，给我的印象是谦虚、勤奋、好学。后来，他说已调《人民日报》工作，再后来就搬了家。他去做报社的驻非洲记者，我是知道的。记得中间有一次回来，还专门来看过我，送我一枚鸵鸟蛋。此后，便很有些年不曾见面，不想这次却送我厚厚的《非洲踏寻郑和路》和《非凡洲游》两部三大册新作，实在使我感到喜出望外，我为他感到自豪。

他作《人民日报》驻非洲记者，前后八年。他是有心人，注意采访，注意材料的收集与整理。自非洲返回时，积累的各种资料，经过精选，分郑和、非洲、南非、曼德拉和其他五大类，装满整整11箱，一过秤，居然重达280多斤。他要在这些材料的基础上完成他的“非洲三部曲”，已经完成了两部曲，第三部则是专写曼德拉的。他是在尽可能全而多地占有第一手资料的基础上从事写作的。作为记者，他有新闻工作必须具备的敏锐和开阔的政治文化视野，善于从纷繁复杂的国际风云中选择自己的着力点，形成《非凡洲游》的写作框架，又有着学者的认真和谨严。因此，我很赞成非洲问题专家称他是“学者型的记者”。从他的踏访非洲26国，从他重视相关材料的搜寻与积累中，让我想起司马迁治史的文化传统。司马迁生当西汉盛时，但经秦末战乱，典籍焚燔殆尽，劫灰之余，亦多散落流失于民间。为写《太史公书》，他曾漫游全国，四处搜求资料，足迹遍及南北，形成了中国史家非常可贵的重视史料收集的传统，所谓“读万卷书，行万里路”是也。这也是形成三秦故地的一个重要文化学术传统。后来以张载为创始人的关学的尚实学风，即是对于太史公的衣钵承传与发扬。新烽的故里，属三秦的左冯异旧地，离司马迁的故乡韩城不远。从新烽的重采访，从第一手资料的搜寻整理中，我看出了太史公治史遗风的承传，岂非地域文化使然耶？

我没有去过非洲，但30年前曾读过一本前捷克斯洛伐克记者写的自北而南穿行非洲全境的书，他是开着一辆捷克产的风动降温的塔特拉小车行进的。书中记录了他的沿途见闻。我觉得这位捷克记者的书虽然一定程度地摆脱了西方殖民主义和欧洲中心主义的歧视眼光，叙述也比较客观，但是猎奇的心态，还是显而易见的。李新烽的《非凡洲游》是一位中国记者在非洲生活了八年之后写的关于非洲的书，是新中国记者所写的第一部全面反映非洲现状的书。他的眼光是朋友的眼光，休戚与共的眼光，平等、客观同时又是尊重的眼光，有时也不免悲悯与惋叹，如写卢旺达大屠杀的篇什。他丝毫没有西方记者的歧视和捷克记者的猎奇。新烽的笔下，体现了和平崛起中的大国新闻记者的眼光和襟怀。

《非凡洲游》提供了非洲当下政治、经济、文化、民俗、宗教等领域的丰富信息，并且对这些信息进行了细致的分类、整理和耙梳，初步寻绎出某些带有因果性、成规律性的联系，并且充满了与非洲人民心心相印、感同身受的情怀。非洲人民与中国人民曾有过相通、相似的被西方列强瓜分、凌辱、压迫的悲惨命运和血泪历史。当代非洲是我国外交战略展开的重要空间与支点，无论对我国的和平崛起，还是对人类的和平发展及国际关系新格局的建立，都有非常重要的意义。因此，新烽的书可以说按准了时代的脉息，是一本在最需要它的时候，而适逢其时出现的书。它有助于党和国家领导人作为决策的参考，能为广大读者和国际问题研究者提供准确的当下非洲的人文和自然景观，也能帮助外国读者了解真实的非洲和中国人的非洲观。总之，是大大有益于当代国内外读者的阅读期待的。

刮目看非洲

中国小说学会常务副会长、评论家　雷　达

我曾到过东非三国——埃塞俄比亚、肯尼亚和坦桑尼亚，这是我引以自豪的经历。至今我对非洲的兴趣不减。我一直在搜集关于非洲的书，例如商务版的《非洲简史》、《东非简史》 等，也看过《拜见非洲大酋长》和《走进非洲》等，但似乎都没有李新烽的《非凡洲游》这么吸引我，这么适合我。我认为这是一部比较理想的写非洲的著作，有较高的保存价值。当然，《非洲简史》、《东非简史》一类书的研究价值是无可怀疑的。

这部书丰富广阔，平易深入，在朴素的外表下，包含着丰厚的内涵。有独到的眼光、新颖的见解、多趣的知识、纵深的概括力。作者运用记者和学者的双重眼光，写出了政治与文化的交响诗篇。政治和文化可说是此书的两大主题。比如，写温总理凭吊我援坦专家公墓的那篇文章——《人间伤别情悠长》，便是一篇感人的通讯。坦赞铁路在“文革”期间很有名，当时我们都唱过“医疗队员到坦桑”那支歌，甚至有很多人与这条铁路有过关系，但对坦赞铁路的后续报道却很不够，现在的报道部分满足了人们的需要。同时看到他的《非洲踏寻郑和路》这个专著，也不简单。所以，我要说李新烽是新闻界的才俊、是精英人物，是富于职业精神的记者，长于思索的探险者，是富有学养的对于活的文化元素充满兴趣的文化学者。我们固然佩服对凝固的历史进行研究的学者，但也更应佩服能克服困难对活的文化元素进行研究的学者。我同意陆庭恩教授在序言中说的，它“填补了当代非洲现实研究的空白”。这句话说得好。我也同意周明先生说的“小百科全书”，起码对于我这个对非洲略知一二却又充满了知识渴望的人来说是这样。作者很敬业，很能吃苦，治学严谨，文字深入浅出。全书分为六大编，一头一尾都很完整，每编都比较充实，划分得合理。八年辛苦不寻常。《非凡洲游》是一部逐渐积累的著作，不是一口气写下来的。我认为有几点格外突出：

一是，对于正确认识非洲是一部重要的作品。他的真实性、纠谬性非常突出，我们现在很需要能纠正谬误的作品。有些作品一直在误导读者。比如，一提起非洲就是战乱、饥饿、贫穷、肮脏，就是艾滋病泛滥，没别的。事实是不是这样呢？确实在一定意义上是较普遍的现象，但是，非洲绝不仅仅就是这些。正如本书中写到的，安哥拉战乱其实只发生在国家的一小部分，该国首都一直稳定；埃博拉病毒拍成电视片后让人谈虎色变，好像到处都是埃博拉病毒，其实只是发生在非洲的几个小村庄里；好望角也不是非洲大陆的最南端，厄加勒斯角才是非洲大陆的最南端。如此等等。中国景德镇的瓷器商人误进大批瓷器遭遇滞销，好多人哭了，作者能道出原委。作者作为目击者提供的情况是真实的，这本书对认识真正的非洲非常重要。

二是，在本书的不少篇章，人物描绘显示出一定的人文深度。关于领袖人物，作者写出了立体的曼德拉和传奇的塞拉西。塞拉西皇帝既是反法西斯民族英雄，又是投靠美国，在朝鲜战场与中国作对，在上甘岭战役中被我们打得一塌糊涂的糊涂蛋。但他有个特点，就是改正错误比较快，后来与我们交好，很受毛泽东器重。但他终因狂妄自大，故步自封，搞专制主义，被军事政变推翻，惨死在部下手中。

再比如写"换心之父"巴纳德，写他十分淡泊名利，却又太喜欢女人，不爱诺奖爱美人，具有传奇色彩。还有巴尔特曼的故事，说明当年的西方殖民者非常不人道，不讲人权，极为残暴。作者发出这样的疑问：到底是谁野蛮，野蛮的不是巴尔特曼，而是那些用野蛮行为虐待她的人；究竟谁是怪物，是怪物的并非那些遭受凌辱的非洲人，恰是那些凌辱巴尔特曼的殖民者们。这篇文章，作者的选材好，叙述精彩，独立来看是一个非常有人文深度的故事。

三是，作者不猎奇，不靠展示血淋淋的场景，让人毛骨悚然，或逗起兴趣，而是从最严酷中着眼，观察，思考，令人欣慰地透露出非洲的新曙光和新希望。关于反割礼运动，1.4 亿的非洲女性被割礼，被残害，其情其景令人发指，比我们过去的妇女缠脚更甚，都是对广大妇女身心的严酷摧残。现在它遭到非洲年轻一代女性的反对，一些女孩子勇敢地把自己的父亲告到法庭。作者对于反割礼运动的描写惊心动魄。关于卢旺达大屠杀，作者首先指出这是全人类的大悲剧，同时认为，西方包括美国在内，原本完全能够制止这场大悲剧，只因为美国的某些头面人物认为卢旺达对美国没有利益，故而听之任之。这一点揭露得非常好。

总之，在这部著作中，作者运用多种笔墨，时而写严酷，时而写复杂性，有的地方又写得轻松有趣。比如南非选美，黑牡丹们被写得曼妙无比，不乏文化的智慧和幽默，让人一新耳目。作者写出了非洲的历史、非洲的今天、非洲的复兴，很是难得。我祝贺这部书的出版。

撩开非洲的面纱

鲁迅文学院常务副院长、诗人　雷抒雁

以前读过不少关于非洲的书，读的第一本关于非洲全面情况的书是美国人写的《非洲内幕》，这本书影响很大，我是在大学读的，给我打下了非常深的烙印。在我的印象里，非洲就像是一盘被拨乱了的棋一样，各种棋子交织在一起，是看不出眉目的一个大陆。在我们的脑海中，那里始终存在着无端的互相厮杀、饥饿的呼叫，还有人们逃难、贫困、艾滋病，等等，这样一些画面总是呈现在我们眼前。西方这种对非洲的宣传对我们的影响太大了，不仅是西方的书，在他们的电影里，我们看见非洲很神秘，也很愚昧，有很多让我们看了不可思议的东西。西方之所以拍非洲的电影，很多就是因为那里风景好，充满了一种冒险、神秘、猎奇。

今天我们看到这部书，他给我们一个全新的关于非洲的认识。我觉得新烽是站在中国人的立场上，以公正、善良、包容的态度去看待另一个大陆的人民以及他们的事物。我们在书中看到除风光美丽、资源丰富外，非洲人富有智慧，也很善良，他们的很多现实问题都是西方殖民统治造成的，是历史问题的遗留。

我们过去对非洲陌生，而且距离遥远。我们国家对非洲非常重视，20世纪60年代周总理对非洲的访问、70年代的援建坦赞铁路，这些对中国留下了深刻印象。一直到现在，虽然对非洲的地缘距离很远，但政治距离和情感距离越来越近，顶峰活动就是中非合作论坛北京峰会。西方因此对我们进行攻击，对中非关系进行一些挑拨，认为是新的殖民主义，这本书可以以正视听。书中除正确、真实、客观地反映非洲的事务、人民、社会和自然情况外，还表达了我国对非洲人民、非洲事务的态度和政策。这一看法很重要，他毕竟是以记者的角度跟随我国领导人访问，深入非洲各国，起到了其他作品不能起到的作用。这部书除本身的价值外，其出版恰逢其时，起到了为中国的"非洲热"升温的作用，尽管本书不是为这个时期而写的。

我认为，这部书也只能新烽写。改革开放后，我们的作家出国的机会多了，见识的东西也多了，大量的作家写外国的东西难免有些残缺，主要是时间很短，浮光掠影，没有深入的采访、很好的准备和深入的思考，多是些浮皮潦草的东西，严格地说，没有多少认识价值。《非凡洲游》真正具有认识价值和文献价值，甚至就是一般坐在书斋里进行非洲史、非洲现状研究的人也没有这种机会。

作为一个记者，他的思想和目光很敏锐，但是必须要有很好的学养，他才能把握和驾驭这样一个题材，才能够把那里很深的历史背景和人情世故了解透。新闻报道的时效性很强，恒久的力量比较小，但这本书丰厚的认识和历史价值增添了其厚重程度。作为一个记者，同时又是一个学者和作家，这些东西结合在一起形成这样一本书就是了不起的事情。新烽写这本书既可以当文学作品读，又可以当新的非洲史读，还提供了大量的新的非洲的现状，这都是别人不容易做到的。这是他的新收获，对我们来说是更好的一个精神食粮。

一部学者型记者写的“真书”

中国作协文艺报总编辑、评论家 范咏戈

李新烽同志积非洲八年之所见所思，穿行于书卷与战火之中，写出了一部“非洲必读”。在“真书难入今人眼”的今天，《非凡洲游》让我读到了一部学者型记者写的真书。作者以开阔的视野、睿智的思索和深入的采访，全方位记录下大国政治与小国寡民、社会精英与原始部落、物质与非物质遗产、文明与野蛮、美女与野兽……为非洲的政治、经济、文化、军事建立起了一套崭新而又真实的话语，让我们看到了一个处于社会发展两极中的非洲，足以纠正我们过去对非洲认识的许多误区，帮助人们从所谓“欧洲观点”、“欧洲视角”改变为“亚洲观点”、“中国观点”。

《非凡洲游》不是一本一般的“非洲导游手册”，也不是那种浮光掠影的见闻录。这本书的厚重，首先体现在成功的高端采访。对温家宝总理访问非洲的随行报道是书的一个亮点。通过对温总理访非的报道，达到了一种对中国姿态和中国感动进行描述的高度。对非洲的政治家的独家专访也非常出色。比如《长夜漫漫罗本岛》一章中对曼德拉铁窗生涯的记述，就鲜明生动地写出了这位圣雄甘地式杰出政治家的钢铁意志、牺牲精神和博大襟怀。对卡翁达的三次专访，则把一位具有“中国情结”的政治家推到了读者面前。人们看到，这位在位时领导国人与帝国主义、殖民主义斗争的领导人，退休后更致力于建立艾滋病基金会，至今不顾年事已高还在带领非洲人民与艾滋病做斗争。类似高端的采访不必一 一举出，便足以使人们相信，非洲有一流的政治家，因此非洲是有希望的。

换一种角度来理解，即有什么样的公众就有什么样的政治家和政府，那么非洲人民也就绝不是愚昧和落后的代名词。新烽同志的《非凡洲游》在诸多的点上，使我的一些对非洲感性的、朦胧的认识在理性上定格。令我感兴趣的，还有作者对南非作家、1991 年度诺贝尔文学奖得主戈迪默的访问。应该说这一采访的难度是很大的，作者与这位女作家的对话，如对民族和文学表现的一些见解，对不同的国家间的文学交流的认识，因其都站在人类生存与思索的高点上而给我许多新的启发。所以，这本书的价值除了文献资料价值和新闻文学价值外，除了告诉我们一个真实的非洲外，还告诉了我们应该怎样看非洲，以其不可复制的真实具有难以企及的认知价值，为我们重新认识非洲乃至世界确立了一个新坐标。

作者多方面的才华在这本书里也有充分的展现。首先他恪守了让事实说话的新闻工作者的职业道德。他的文笔时而沉重、时而明媚、时而幽默。比如沉重，有两章给我留下了很深的印象。一是非洲“维纳斯”巴尔特曼的遭遇，这位不幸的黑人姑娘，百多年前被殖民主义者当作动物一样在欧洲巡回演出，死后尸骨仍难以回归故里。仅用一个例子，就完成了对殖民主义罪恶的揭露。还有对卢旺达大屠杀的详细报道。通过这一令人惊悚的典型事件让读者看到民族冲突和矛盾能够造成什么样的悲剧，起到了警钟长鸣的作用。

新闻记者的采访从来不是从采访才开始的，储备的时间越长越能成为一名优秀的记者。李新烽的学者身份，以及他流利的外语，出色的文字驾驭能力，都是他成功的原因。举一个例子，讲到“国中之国”莱索托发生战乱这一章，仅仅用了几行字就说清楚了：“1998 年 9 月，‘国中之国’莱索托发生战乱。战乱的起因中是该国举行的大选，大选引起静坐，静坐导致兵变，兵变点燃战火，战火殃及华人。在南非、博茨瓦纳等国的军事干预下，莱索托战乱得到平息。”文字简洁干净，一目了然。另外还应该特别提到这本书里面有很多照片，都是出版作者之手。像卡翁达“他这样面对镜头”，是一幅非常出色的政治家肖像，不一般的政治家的风度，全包括在瞬间抓取的眼神里边。所以，我认为李新烽继承了瞿秋白《饿乡纪程》、萧乾的《英伦日记》的传统，是一位优秀的传人。

世界曾因斯诺的一本《西行漫记》改变了对中国工农红军的看法，在这之前西方对共产党的认识是共产共妻和吃人妖魔。所以斯诺成为毛泽东少有的交了一辈子的一位外国朋友。这也说明一部真书可以帮助改变一个世界、改变一个时代。从这个意义上讲，李新烽同志的确做了一件功德无量的事情。我衷心希望他继续做下去，不断有新作问世。

有深度的寻访　有价值的记游

中国当代文学研究会副会长、评论家　白 烨

对于无缘去非洲的人们来说，有关非洲的印象，多是来自旅者的游记和媒体的报道。而由这些文字所描述和透露出来的非洲，因为各有所感，又各取所需，基本上是零散的、琐碎的，甚至是矛盾的和混乱的。这些印象有多少是真实的和可信的，也许要自己走过到过之后，才能够得到某种印证。而这，对有些人是可能的，对更多的一些人则是不可能的，因此，能够有一本对于非洲的独特文化、风景名胜和风土人情进行系统性介绍和全景性扫描的著述，对于一般读者来说，就显得十分的重要和必要。

现在，人们期盼的这样一本书终于有了，这便是《人民日报》记者李新烽的上、下两卷的《非凡洲游》(晨光出版社 2006 年 12 月版)。在非洲待过八年的李新烽，游历了非洲的名山大川，遍访了非洲的名胜古迹，但他并没有把自己这本书的内容仅仅局限于个人纪游一方面，他从切实走近非洲，全面介绍非洲的大视野和大角度出发，用游记、专访、考据、探秘等综合性的手段，以记感、纪实又论说、引证的混合性的文字，从援非、猎奇、探险、览胜、纪行等

几大版块，系统而详细地记述了非洲的历史与现状，自然与人文，风土与人情，精英与平民，加上大量的第一手摄影图片的交相映衬，整部书构成了对于非洲文明的系统性导读和立体性解读。

把非洲当成世界文明之一种，而不是看作蛮荒之地去猎奇，这是李新烽这部作品的主要赢人之处。这样，他就不仅带着一种好奇的心态，还带了一种敬畏的姿态，因而才有对“世界遗产”的尽述其妙，才有对“倩影佳人”的细说其美，才有对“退休总统”的深度采访，才有对“名人趣事”的娓娓道来。在这里，人们看到的和感到的，是一块生机勃勃的人间沃土，是一群个性鲜明的人类精英；而由种种历史与现实的原因造成的“内战”与“难民”，及其显现出来的非洲的矛盾、非洲的问题，让人感到的是隐隐的担忧和深深的焦虑。从文明与文明的对话和交流上看，这些都并非与我们无干和无关。让人兴奋让人愁，叫人欢喜叫人忧，这是读了李新烽的《非凡洲游》，必然会有的一种全新又切身的感受。

我个人更感兴味的，是书中有关郑和下西洋时经过好望角的那段描写，作者经过考据，指出当年郑和经过非洲的好望角是1424年，不仅远早于1497年的葡萄牙航海家迪亚士，而且先于1492年的西班牙航海家哥伦布。而且，郑和出航远洋的航船之大、之多，也远非别的船队所能相比，这里在忠实于历史事实的查证与讲述中，字里行间溢渗出的，是对中华文明的自豪与礼赞。

也是在这样的意义上，我对作者在前年出版的《非洲踏寻郑和路》（晨光出版社2005年12月版），也抱有强烈的兴趣，认为这本书具有着特别的意义。在这本书里，作者通过大量深入细致的采访，在肯尼亚、索马里等地挖掘出了与郑和航海非洲有关的历史遗迹，以及这种历史在非洲现实中的回响，作品中最为感人的，是“中国学生回家”一节。里边写到肯尼亚小女孩姆瓦玛卡刻苦学习中文，褒有中国情结，以及回到郑和下西洋的出发地太仓的莫名激动，都让人不能不为之惊奇和感动；尤其是看到那张皮肤虽然黝黑但却是中国人骨相的脸庞，更让人的心灵为之悸动。那张带有明显中国印记的非洲脸，充满着童稚，含带着渴望，似乎在诉说着思念，倾诉着亲情。这种传奇性、神秘性，以及内含的亲缘与血脉，让人们从一个活生生的事例，感到了郑和船队顽强生命的延伸，不朽的中华文明的延续。这样的采访与踏访，堪称以郑和精神走近郑和，以现代文明连接古代文明，是一次极有意义和价值的中非文明之间的互动与对话。

为研究非洲提供新的资料和见解

北京大学教授 博士生导师 李安山

首先，十分荣幸能有机会参加新烽的新著《非凡洲游》的首发式。我与新烽虽是第一次见面，但我们有诸多共同点，其中两点比较突出。一是我们是校友，都是中国社会科学院研究生院的；二是我们都属于搞非洲的，用行内的话说，是“一条黑道走到底”。他在南非待了八年，许多报道和作品我都看过。高层访谈是他这部著作的特点之一。我们搞学术的比较注重资料，而他的这部书中与非洲各国元首和政要的访谈为我们提供了鲜活的资料。书中谈到姆贝基牵着牛去莱索托赔罪很有意思。这既可以看到非洲社会的文化习俗，也可以看出姆贝基的政治智慧，而像这样的资料我们不可能从国家档案或政府文件中找到。我们知道，充分的准备是高质量采访的基础，这可以说是新烽作品的另一个特点。此外，他是一个学者型的记者，这一点可以从他的著述中体会；他的作品品味很高，充满人文关怀，这一点从作品的布局可以看出来。最后，他对一些事件有独特的见解，例如对卢旺达大屠杀的分析即是一例。一般人认为，美国不出兵干预是因为它在索马里吃了亏，但新烽认为这是与美国的战略考虑有关。总之，对于我国非洲学界而言，书中所披露的大量、鲜活和可靠的资料，其学术价值不容低估，要感谢新烽为我们非洲学术界提供了新资料和新见解。

(原载《文艺报》2007 年 2 月 14 日)

初版后记

非常感谢温家宝总理为拙著《非洲踏寻郑和路》题词。温总理诗一般语重心长的题词不但是对我的关怀、鼓励和鞭策，而且是对广大新闻工作者的关怀、鼓励和鞭策，题词寄托着温总理对广大新闻工作者的厚望和期待。我对温总理的感激，难以言表。

非常感谢著名书法家、中华全国新闻工作者协会主席、北京大学新闻与传播学院院长、人民日报社原社长邵华泽教授为本书题写书名，清华大学新闻与传播学院院长、人民日报社原总编辑范敬宜教授和人民日报社总编辑、中华全国新闻工作者协会副主席张研农教授为本书题词，著名画家、中国美术家协会会员、北京画院国家一级美术师韦江凡教授为本书作画。非常感谢人民日报社副总编辑米博华教授，著名作家、中国散文学会常务副会长、中国报告文学学会常务副会长周明老师和中国非洲史研究会名誉会长、北京大学非洲研究中心主任陆庭恩教授为本书作序。他们七人工作十分繁忙，当我提出题字、题词、作画和作序的请求后，他们欣然应允，拙著因之大为增色，使我深感荣幸。作者向各位老师再致敬意，深表谢忱！

本书在写作过程中得到三位同事的鼎力相助。国际部副主任丁刚教授、蒋安全博士和王莉同志提出了不少好建议和修改意见，他们的辛勤劳动避免了书中纰漏和错误的出现，作者再次对他们深表感谢。

继去年为读者奉献了一本设计和印制精美的著作《非洲踏寻郑和路》而受到各界交口称赞之后，云南晨光出版社社长周文林教授和本书的责任编辑张磊和周玥、特邀装帧设计亦朴和赵桂媛及责任校对余祁这次又在时间紧迫的情况下全力以赴，争取拙著及时出版，作者的感激之情不言自明。

本书的采访过程是在非洲大陆完成的。期间，我曾先后得到南非中国—非洲工程协会会长兼《南非华人报》董事长王炜、新华社前驻埃塞俄比亚首席记者赵毅、新华社前驻南非首席记者于大波和现驻南非首席记者陈铭、新华社前驻非洲总分社摄影记者龚兵、《经济日报》驻南非首席记者徐沅潮和《南非华人报》首席记者曹大松的大力帮助；2006 年 6 月，作者随团采访报道温总理访问非洲七国又与新华社文字记者明大军、刘东凯和摄影记者李学仁、饶爱民，中央人民广播电台记者刘振宇、中国国际广播电台记者郭胜昔和中央电视台的同行们成功合作。在此，作者对他们再次致谢。

本书在采访和收集材料的过程中，作者曾得到中国驻非洲 20 多个国家大使馆的帮助，特别是中国驻南非、津巴布韦、刚果（金）、安哥拉、卢旺达、布隆迪、乌干达、博茨瓦纳和科摩罗等大使馆的帮助。如果没有这些外交官们的热心相助，本书的内容无疑会大为逊色。作者再次感谢他们。

去年从南非离任前，作者花费了相当大的精力把多年积累的各种材料再次分类整理，对那些从当地报刊和非洲各国搜集来的资料进行多次筛选，将精选资料按照郑和、非洲、南非、曼德拉和综合五大类集中到 11 个箱子，总重量达 280 多公斤。在整理资料的过程中，作者得到南非金巢国际集团公司王为和李新霞的大力协助。离开南非时，除随身携带一小部分资料外，作者把那些沉甸甸的箱子分送给四位华侨朋友——全非洲中国和平统一促进会会长叶北洋、南非福建同乡会会长李新铸、南非紫荆会会长陈玉玲和南非金巢国际集团公司屠林博士，请他们帮作者带回国内。在写作本书的过程中，这些材料大多派上了各自的用场。作者再次对几位“天涯海角”的朋友表示真诚谢意。

今年 3 月，家慈突然患病住院，作者得知消息后就手提电脑回陕西老家，本书的部分章节就是在母亲的病榻前完成的。家母病后，得到家兄李新法、大嫂石萍和舍妹李新丽的悉心照料，特别是小妹新丽还同时要替作者照管小女儿，非常辛苦，任劳任怨。正是他们的辛劳为作者解除了后顾之忧，使作者能够安心写作。每当念及于此，难免感愧交加。

在写作本书的一年里，正值作者在人民日报社国际部夜班担任主编。在“黑白颠倒”的生活规律中，作者常常凌晨三四点钟入睡，清早八九点钟强迫自己起床，从而争取到整段时间写作。作者为此中断了坚持十多年的太极拳运动，唯恐在头昏脑晕的情况下习拳而万一“走火入魔”。

本书是在时间仓促的情况下完成的，对于书中可能存在的错误与纰漏，敬请读者批评指正。

汉代著名学者王充在《论衡·别通篇》中指出：“涉浅水者见虾，其颇深者察鱼鳖，其尤甚者观蛟龙。足行迹殊，故所见之物异。”在非洲工作的八年里，作者每次在“涉浅水”的采访时，都竭尽全力想深入“水”中，以期能够“察鱼鳖”，进而“观蛟龙”。读者朋友，当翻阅这本书时，您看见了什么，“虾”、“鱼鳖”还是“蛟龙”?

作　者
2006 年国庆中秋双节
于北京望京“好望园”

再版后记

再次非常感谢中共中央政治局常委、国务院总理温家宝为拙著《非洲踏寻郑和路》题词。温总理语重心长的题词，不但是对我的深切关怀和热情鼓励，而且为我指明了前进方向和奋斗目标，时刻激发着我刻苦努力，鞭策着我深入实际，鼓舞着我战胜困难，勉励着我胸怀高远。我深知，这一高瞻远瞩的题词，不仅仅是给我个人的，而且是给广大新闻工作者、外交人员和专家学者的，寄托着共和国总理对我国新闻宣传、外交战线和社科研究的深切厚望和殷切期盼。我对温总理的感激，难以言表。

衷心感谢中共中央委员、中国社会科学院院长、党组副书记、学部委员会主席王伟光为拙著作序和题词，王副院长的题词和序言同时强调了郑和研究的重要性与宣传郑和的必要性，不但是对作者本人的关怀和鼓励，而且对郑和研究、非洲问题研究、乃至整个社会科学研究具有重要的指导意义。

深情感谢中国散文学会会长、中国作家协会原党组副书记、著名评论家王巨才老师为本书作序。王老师的序言是鼓励更是鞭策，既代表着老一辈作家对年轻一代的莫大期许，又蕴含着家乡父老对作者的热情关怀。

真诚感谢中国政府非洲事务特别代表、达尔富尔问题特别代表，浙江师范大学中非商学院院长刘贵今大使为本书作序。刘大使的序言饱含着中国老外交官对作者的热情鼓励、对非洲的一往情深和对非洲研究的恳切期望。

2006 年 12 月，拙著《非凡洲游》出版，书中写了 26 个非洲国家，其中我在非洲当记者时采访了 24 个国家，2006 年 6 月随温总理访问非洲 7 国又新增加两个国家——北非的埃及和西非的加纳，其余五个国家我曾采访报道过。当时，非洲共有 53 个国家，换言之，《非凡洲游》写了一半非洲国家，涉及非洲的东西南北中五大次区域，反映了非洲大陆世纪之交的真实情况和发展变化。

这次再版，除对个别字句进行修改并更换了数幅图片外，基本上保持了原书的面貌。

近年来，我曾多次赴非洲考察访问，但基本上是重访同一国家，如南非、埃及、坦桑尼亚等，新增加的国家有四个——突尼斯、苏丹、南苏丹和摩洛哥。“男儿何不带吴钩，收取关山五十州。”我由此产生一个新想法，有朝一日，当我访问了所有非洲国家之时，我将向读者朋友呈献一本《非凡洲游》的续集——《走遍非洲》，介绍非洲大陆在新世纪的新发展、新变化、新成就。“一息尚存，此志不容稍懈。”

《非凡洲游》能够再版，我要特别感谢中国社会科学出版社的冯斌主任，其细心策划和精心编排为拙著增色添彩，让再版如重生，旧书换新颜，更加靓丽迷人。

在此，我还要感谢我的老同事、人民日报社资深编辑王南先生，他再次审阅了全部书稿，提出了好的修改意见。

在拙著修订本出版之际，作者再次感谢为本书初版付出一片热诚和辛勤劳动的晨光出版社社长周文林、责任编辑张磊、特邀编辑向云波和装帧设计赵桂媛。我们因郑和而结缘，因出书而交友，且这种友情与缘分因日久而弥深。

作　者

2013 年五一劳动节

于北京望京“好望园”

Introduction

Dear friend, have you ever been to Africa? How much do you know about Africa? Do you know that the distance between Beijing and the Cape of Good Hope is 12,933 kilometers?

This book is a faithful record of a Chinese reporter's 8–year experience in 26 African countries. As a chief reporter in Africa from *People's Daily*, a mainstream media of China, Dr Li Xinfeng, in his detailed and picturesque description and with his fresh, detailed and accurate firsthand information, unfolds to the reader an all–round, broad, multi–perspective and in–depth panoramic view of the African continent at the turn of the century and the China–Africa relationship history, which is long, equal, friendly, mutually beneficial and truly supportive.

In June, 2006, the author worked as an attendant of Premier Wen Jiabao when the Premier was visiting seven African countries. In the Premier's African trip, which was a great attraction for media of Africa and the world, Premier Wen touched the whole African continent and impressed people of the world with his great sincerity, with his convincing reasoning, with his meticulous consideration for others, with his easygoing diplomatic style and with his charming personality. The first part of the book, *Stories Touching Africa*, will lead you along the Premier's African trip route, bringing you close to the Republic premier and to the distant African continent. It provides you with a feeling of the China–Africa friendship, which is true, ardent and powerful.

With unique and fresh perception, down–to–earth work style, strict and conscientious attitude, and with the professional commitment and exploring spirit of a Chinese reporter, Li Xinfeng provides you with a trip to Africa, a true sense of Africa, the global position of Africa, a realistic idea of Africa and a crystal–clear view of Africa. Reading this book, you visualize an all–new 3D Africa in actual life.

This book, with informative text and precious pictures, and in a relaxing story-telling style, visualizes in the reader's mental eye a vivid 3D picture of an Africa which is an integration of modernity and tradition, an integration of opportunity and challenge, an integration of reality and ideal, and a promise of rejuvenation and prosperity, providing the reader with a new "window" to a distant African continent, which is visible, audible, perceptible, tangible and authentic. In case you do not have time to read through the book, its preface, introduction or epilogue will give you a bird's-eye view of Africa.

Contents

Volume II